西方經典
典故大全

Western Classical Allusions

—— a comprehensive guide

商務印書館

西方經典典故大全
Western Classical Allusions — a comprehensive guide

作　　者：左冠輝
責任編輯：黃家麗
封面設計：黃鑫浩
出　　版：商務印書館（香港）有限公司
　　　　　香港筲箕灣耀興道 3 號東滙廣場 8 樓
　　　　　http://www.commercialpress.com.hk
發　　行：香港聯合書刊物流有限公司
　　　　　香港新界大埔汀麗路 36 號中華商務印刷大廈 3 字樓
印　　刷：美雅印刷製本有限公司
　　　　　九龍觀塘榮業街 6 號海濱工業大廈 4 樓 A 室
版　　次：2020 年 10 月第 1 版第 1 次印刷
　　　　　© 2020 商務印書館（香港）有限公司
　　　　　ISBN 978 962 07 0580 9
　　　　　Printed in Hong Kong

目錄 Contents

II 文學與歷史 Literature and History

III 社會風俗 Social Customs

IV 詞海縱橫 Useful Vocabulary

序言 Foreword

　　冠輝兄洋洋一冊巨著是學習英語必備的讀物，是了解英語詞語典故不可錯過的好書。

　　本書有幾個特色，值得加以介紹。

　　其一，本書是西方詞語典故大全。作者將三百多個英語典故以類別分為四部份。第一部份是談古代希臘羅馬神話故事典故的「希臘羅馬神話」，第二部份是談外國文學、英美文學、聖經故事及西方歷史典故的「文學歷史」，第三部份是談古今歐美生活、文化、宗教典故的「社會風俗」，第四部份是從詞源及中西比較的角度介紹詞語典故的「詞海縱橫」。每部份各有重點和特色，內容同樣豐富益智。

　　其二，表達方式獨特、新穎，又具有語言學習的功能。每個詞語典故都是以敍事或背景介紹開始，以原來語境解釋原意，繼而提供現代詮釋及相關資訊，最後以例句說明用法，並翻譯為中文。這種處理方式令讀者對詞語典故的出處、理解、詞意變化，及詞語的用法都有全面的掌握。

　　其三，內容豐富，開拓識見。書中的典故，層面廣闊，涉及外中文化、古代神話、歷史事件、歷代名人、文學名著、經典電影、重大新聞等，識見學問的要求可想而知。作者學識豐富，旁徵博引，並以中外兼論的方式講解典故，令讀者更易明白詞語內涵，增廣知識。

其四，行文流暢，譯文貼切。作者中英語文高超，文化修養深厚，故而文字行雲流水，內容博古通今。閱讀本書是享受文化的盛宴。尤其值得欣賞的是例句翻譯，譯文準確地道，是學習翻譯人士的範本。

冠輝兄巨著出版，謹致衷心祝賀，料必一紙風行，洛陽紙貴。期望吾兄筆耕不輟，再出佳著，以饗讀者。

明愛專上學院人文及語言學院院長

陳善偉

前言 Introduction

　　本書講述的是英語詞源，尋根溯始，旁收博考，記述傳真。全書分四部份，每部份八十篇，收錄的十之八九是單字，其餘少量慣用語 idioms 和諺語 proverbs。其中有些字不錯是不常見，亦不常用，但起源豐富多姿，而且不用則已，一用妙趣無窮。無話可說的字詞，或者只得三言兩語，穿鑿附會亦太明顯者，可以不理。

　　且舉一例。去年英國老牌雜誌《經濟學人》The Economist 九月二十八日一期的封面漫畫化了兩位大國領袖，一位是美國總統特朗普 Donald Trump，另一位是英國首相約翰遜 Boris Johnson，兩人勾肩搭背，模樣滑稽可笑，標題是 Twitterdum and Twaddledee，這有故事可說。一七二〇年代，兩位作曲家一較高下，明爭暗鬥得頗厲害，一位是意大利的博農奇尼 Giovanni Bononcini (1670-1747)，另一位是德國的韓德爾 George Frideric Handel (1685-1759)，英國詩人拜隆 John Byrom (1692-1763) 寫了一首諷刺短詩取笑他們，詩內創作了 Tweedledum 和 Tweedledee 這兩個人物。Tweedle 是以高音唱出或奏出樂曲，作俚語用時則是哄騙或誘詐的意思；dum 和 dee 則有如中文的「傢伙」。這對難兄難弟後來溜進了兒歌，一八七一年在英國作家卡羅爾 Lewis Carroll (1832-1898) 的《愛麗斯鏡中奇遇》Alice Through the Looking-Glass（請參看第二部份

120 至 122) 登場，成為難以區分的哥兒倆，從此亦「聲名大噪」。《經濟學人》的 Twitterdum and Twaddledee 就是 Tweedledum 和 Tweedledee 的變奏。特朗普愛以 Twitter 高談闊論，故此是 Twitterdum；twaddle 的意思是口沒遮攔，約翰遜予人印象正是如此，所以是 Twaddledee。知道來龍去脈，看到這個標題，英美領袖都是咔啦啦大嘴巴，當會忍俊不禁。

本書四部份各有主題。一至三每部份的八十篇字字遞進，因話提話，一氣呵成，讀起來當更有趣味。第四部份則按字母序排列，由 A 到 Z，每字母之下篇數不等。本書不是字典或者教學工具，字義及文法變化甚多，每篇的例句只舉出較常見的用法而已。要學好英語只有一個方法，就是多用心閱讀，沒有捷徑。字典也要多翻，而且不要只翻一本，現在互聯網上有很多免費字典網站，非常方便，如 Oxford、Cambridge、Merriam Webster 和 Collins 等，只要輸入生字，一按鍵便查到意思，還有例句參考，學習事半功倍。書內提及的原來字義外文都是拉丁拼音，一律斜體，收錄的字詞則英美不拘，俚俗不避，語文血統論者可能會皺眉，在此告罪。

謝謝陳善偉教授賜序，多年友情，毋庸贅言。寫作這本書是賞心樂事，希望讀者閱讀時也感覺相同。

左冠輝
二〇二〇年三月

I

希臘羅馬神話

Greek and Roman Myths

1 英雄恨
ACHILLES HEEL

按中醫學理論，人體有死穴，受擊可令人受重傷甚至死亡。英文的 Achilles heel / Achilles' heel 也可以解作死穴，但中醫學的人體死穴有多個，Achilles heel 的 heel「足踝」只得一個，就是唯一的致命點。

阿基里斯 Achilles 是希臘神話英雄，襁褓時有預言說他會夭折，他的仙女母親西蒂斯 Thetis 於是把他浸入陽間與地府交界的冥河 Styx 裏，相傳這條法力無邊的河會令人不朽。阿基里斯浸了河水後，全身刀槍不入，可惜因為媽媽要用手提着他的右腳足踝，這個位置浸不到河水，成為他唯一的弱點。後來特洛伊城 Troy 的帕里斯王子 Paris 和希臘城邦斯巴達的皇后海倫 Helen 私奔，回到特洛伊雙宿雙棲。斯巴達王梅內萊厄斯 Menelaus 難忍奇恥大辱，向其他城邦求助，希臘人組成聯軍，渡海攻打特洛伊，但圍城十年，無法攻破這座固若金湯的城池。驍勇善戰的阿基里斯所向無敵，最後卻被帕里斯在城上一箭射中右腳足踝，倒地陣亡。

帕里斯真的箭法如神？原來希臘大軍十年來雖然攻不下特洛伊，鄰近地方卻大為遭殃，飽受希臘人蹂躪劫掠，有一個被俘虜的女子更是太陽神 Apollo 廟祭司的女兒。祭司持贖金到希臘聯軍陣營想贖回女兒，卻被取笑一番後趕走。太陽神非常不滿，降瘟疫到希臘軍中，最後還施法引導帕里斯的箭射中阿基里斯的右足踝。

阿基里斯命喪特洛伊城的版本有好幾個，以他足踝中箭的故事最膾炙人口。人怎樣剛強也好，不會沒有 Achilles heel，這脆弱的地方也許是唯一的弱點，但已足以令人一敗塗地。Achilles 還有另一個用法，人體連接小腿和足踝的肌腱俗稱 Achilles tendon / Achilles' tendon，是人體中最粗壯有力的肌腱 tendon，損傷的話，走路也有困難，更不要說跑步了。

例句
EXAMPLE SENTENCES

1　The soccer team's weak defence has been their **Achilles heel**.
　　球隊的虛弱防守是他們失敗的關鍵。

2　Wong Ming is a good student, but English is his **Achilles heel**.
　　黃明是好學生，英文是他的唯一弱點。

3　His scandal made him the **Achilles heel** of the team.
　　他的醜聞使他成為團隊的最大弱點。

2 蘋果也瘋狂
APPLE OF DISCORD

　　帕里斯王子為甚麼會和海倫私奔？說來話長。有一次，希臘天神之首宙斯 Zeus 為慶祝他鍾愛的海中仙女西蒂斯 Thetis（後來就是阿基里斯的母親）出嫁，大排筵席，但沒有邀請女神厄里斯 Eris。因為厄里斯是「不和與爭吵女神」，她一出現，必有煩亂，大家對她都敬而遠之。厄里斯知道了，很不高興，闖進婚宴，拋下一個金蘋果，上面刻着「給最美麗的」幾個字。

　　這可不得了。雅典娜 Athena、阿佛珞狄綈 Aphrodite 和赫拉 Hera 三位最有權勢的女神都要得到金蘋果，各不相讓。雅典娜是智慧女神，宙斯的女兒；阿佛珞狄綈主宰愛情；赫拉是宙斯的妻子，掌管

婚姻。三位女神爭持不下，最後要求宙斯判定金蘋果應該誰屬。宙斯左右為難，下令傳召凡人帕里斯 Paris 來做評判。

帕里斯是特洛伊 Troy 王子，出生時有預言說他是亡國禍根，被父母遺棄，由牧牛人養大。他曾經和人賽牛，戰神阿瑞斯 Ares 化身為牛，贏了比賽，帕里斯落落大方認輸，誠實公正，聞者稱道，由他做評判最好不過。三位女神於是設法利誘帕里斯。雅典娜答應賜他智慧，赫拉許諾賜他權勢，阿佛珞狄絲說可以助他贏得斯巴達海倫皇后的芳心。海倫是天下皆知的絕色美人，年輕的帕里斯血氣方剛，豈會不動心，當下便評定金蘋果應屬阿佛珞狄絲。海倫是有夫之婦，丈夫是斯巴達王梅內萊厄斯 Menelaus，斯巴達人 Spartans 強悍善戰，天下聞名。特洛伊人後來國破家亡，就是他們這位帕里斯王子闖的大禍。

希臘神話裏這個「引起不和的蘋果」的故事，帶來一句英文諺語 apple of discord，有時也寫作 golden apple of discord，糾紛爭執都有原因，即是必有其「蘋果」。Discord 是不一致，不協調，或者不和，爭吵，衝突的意思。

例句
EXAMPLE SENTENCES

1 The family property is an **apple of discord** among the Lee brothers.
李家兄弟因家族資產而不和。

2 The new manager said he would not tolerate any **discord** in the office.
新上任的經理說他不會容忍辦公室內有任何紛爭。

3 The two partners **discorded** on the management of the company.
兩個合伙人對如何管理公司各持己見。

3 木馬計
TROJAN HORSE

古希臘的特洛伊城 Troy 位於今天愛琴海 Aegean Sea 東土耳其境內，希臘聯軍渡海圍城十年，損兵折將仍無法攻破。後來聯軍一位將領奧德修斯 Odysseus 想到妙計。希臘人造了一隻木馬，腹中空，內藏精兵，放在岸邊，大軍則上船離開。

特洛伊人發現木馬，有點難以置信，但目睹敵人遠去，舉城歡欣若狂。希臘人西農 Sinon 亦現身，自稱是棄卒，鼓其如簧之舌，解釋說木馬是獻給女神雅典娜 Athena 的，以祈求保佑返回希臘的航程順利，造得這樣龐大是防止特洛伊人把木馬拉進城內據為己有。特洛伊人半信半疑，一番爭論後，最後還是決定把城牆和城門拆掉，拉馬進城。這時帕里斯早已戰死，海倫猜到希臘人的詭計，但自知特洛伊人不會相信她，於是繞木馬而行，學着希臘幾位最勇猛戰士的妻子的聲音呼喊。果然，馬腹內的希臘藏兵差點便按捺不住回應。

這天晚上，特洛伊人開懷暢飲，歡欣歌舞。夜闌人靜時，全城人不是醉倒便是沉睡。西農燒火為訊，在附近等待的希臘船隊迅速回航，木馬中的希臘精兵在奧德修斯率領下鑽出來，殺掉守衛，希臘大軍攻入城裏，把特洛伊城破了。希臘人在城內大肆殺戮，縱火搶掠。斯巴達王梅內萊厄斯找到海倫，要手刃這個不忠之妻，海倫毫無懼色，徐徐脫下長袍，梅內萊厄斯目瞪口呆，下不了手殺這人間絕色。

Troy 是特洛伊城，特洛伊人是 Trojan，以勤奮、堅毅和精力充沛而出名。所以說 He works like a Trojan「他像特洛伊人般勤力工作」。不過 Trojan 也有貶義，解作愛吃喝交際，不羈放蕩的人。Trojan 也是 Troy 的形容詞，「特洛伊木馬」Trojan horse 就是潛藏內部的顛覆份子或者因素。

1 The mobile app he had downloaded turned out to be a **Trojan** virus.

他下載的流動應用程式原來含有病毒。

2 They believed that there was a **Trojan horse** in the organization.

他們相信組織內有潛伏的顛覆份子。

3 His father warned him not to hang around with his **Trojan** friends.

他的父親告誡他不要和那些豬朋狗友來往。

4 沒人相信的預言
CASSANDRA

　　特洛伊人中當然有人反對把木馬搬運入城，卡珊德拉 Cassandra 是最大聲疾呼但也是最被輕視的人。卡珊德拉是特洛伊王普里阿摩 Priam 的女兒，有預言能力，但她的預言誰也不相信，人們還嘲笑她是個瘋女人，所以她時常被父親關起來。卡珊德拉曾經預言特洛伊因海倫而亡國，她初見海倫便發了瘋地要趕走她，可惜大家以為她又瘋了。

　　卡珊德拉為甚麼會這樣？原來太陽神阿波羅曾經很喜歡她，想得到她做情人，答應賜給她預言的能力。卡珊德拉應允了，可是得到預言能力後卻反悔，不肯和阿波羅相好。阿波羅很不高興，但天神的禮物是不能夠收回的，於是下一個咒，令卡珊德拉的預言不會有人相信。木馬拉進城後，特洛伊人歡欣慶祝，卡珊德拉拿着斧頭和火炬，要去

破壞木馬，特洛伊人連忙阻止，還不斷嘲弄她。

卡珊德拉有一大把深褐色鬢髮，眼睛大而明亮，一段孽緣卻毀了這個美麗聰敏的女子，她食言固然不對，阿波羅的報復也太殘忍。帕里斯得以回復王子身份，全靠卡珊德拉這個姊姊認得他就是被遺棄的弟弟，這也是唯一一次大家相信她說的話。她力勸帕里斯不要去斯巴達，預言海倫會令特洛伊亡國，無奈帕里斯充耳不聞，其他人亦當她是瘋人瘋語。

Cassandra 指預言不吉的人，或者是預言凶事而不見信於人，事後卻證明所言準確。形容詞是 Cassandrian 或者 Cassandran。這個字今天應用廣泛，心理學、環境科學、金融、政治，以及文學、電影等都見得到。有些人因為個人感覺而在生理或情緒上受困擾，向人訴苦卻被誤會為無病呻吟，心理學上名為「卡珊德拉情結（Cassandra complex）」。

例句
EXAMPLE SENTENCES

1 **Cassandran** scientists a century ago had predicted the danger of climate change.
一個世紀前的科學家已經言者諄諄地預言了氣候變化的危險。

2 Trump's unpopularity will make her (Hillary Clinton) look like a **Cassandra** who unsuccessfully warned against the mess in Washington.
– May 27, 2017, The Washington Examiner
特朗普的不受歡迎令她（希拉莉）看來就像卡珊德拉，警告過華盛頓將會一團糟，但無效。
一二○一七年五月二十七日《華盛頓審查者報》

5 英名有損
HECTOR

特洛伊被希臘聯軍圍攻十年，堅守不失，主帥赫克托 Hector 功不可沒。赫克托是特洛伊王普里阿摩 Priam 的長子，帕里斯王子的哥哥，寬厚仁愛，剛毅勇武，是君子，也是英雄，極得國民愛戴。自覺天下無敵的阿基里斯早已牙癢癢，何況赫克托殺了他的好友普特洛克勒斯 Patroclus。阿基里斯幾番向赫克托挑戰，要在城下比武決雌雄，赫克托沒有理會。赫克托知道自己身負重任，無謂逞匹夫之勇。

赫克托責備帕里斯不敢接受海倫丈夫梅內萊厄斯的挑戰，是懦夫所為，亦不負責任，因為對方明言，勝者可得海倫，希臘人亦會撤軍。帕里斯於是領軍出城，誰知女神阿佛珞狄緹偏幫帕里斯，施法變走他。特洛伊軍忽然間不見了統帥，陣腳大亂，希臘軍乘勢攻過來。赫克托眼看形勢危急，立即披甲上陣，但他有不祥感覺，於是先和妻兒訣別，在全家一片哭聲中出戰。

阿基里斯和赫克托陣上相見，把手中長矛飛擲向赫克托，不中。女神雅典娜恨帕里斯入骨，一心要摧毀特洛伊，偷偷把長矛送回阿基里斯手中。阿基里斯第二次擲矛，刺中了赫克托的鎖骨，赫克托傷重倒下。赫克托臨終請阿基里斯給他體面下葬，阿基里斯卻回答說，要把他的屍體棄給狗和禿鷹做食糧，赫克托最後的說話是阿基里斯亦死期不遠。阿基里斯把赫克托的屍體拉在戰車後，在城外疾馳，耀武揚威，這種囂張態度，令天神也覺得太過份了。

Hector 本來指英勇戰士，但到了十七世紀，英國倫敦有一幫少年流氓，自稱 Hectors，英雄名字無辜受損，演變到今天，hector 成為恃強凌弱、誇張吹牛或者虛張聲勢的人。這個字也可作動詞用，兩個用法 H 都不用大寫。

1 Being the youngest son and spoilt, Tiger is a **hector** in his family.
小虎是么子，亦寵壞了，在家裏是小惡霸。

2 The judge ordered the attorney to stop **hectoring** the witness.
法官下令律師不得再唬嚇證人。

3 He simply deleted the **hectoring** message from his landlord.
他索性刪掉房東發給他那咄咄迫人的短訊。

6 不乾淨的嘴巴
THERSITES

　　古希臘分為多個城邦，遠征特洛伊的聯軍由這些城邦的軍人組成，主帥是南部的邁錫尼 Mycenae 之王阿伽門農 Agamemnon，是海倫丈夫斯巴達王梅內萊厄斯 Menelaus 的哥哥。聯軍中有一個瑟賽蒂斯 Thersites，來自東部的卡萊敦 Calydon，曾和父兄聯手推翻祖父，由他的父親篡位為王，後來被堂兄弟打敗，父兄被殺，他倖存。

　　瑟賽蒂斯形貌醜陋，弓形腿，走起路來一瘸一拐，頭髮如戟張亂草，最要不得是嘴巴極之不乾淨，口不擇言，加上腦袋不大靈光，是個令人望而討厭的小人物。古希臘大詩人荷馬 Homer 形容他是「遠征特洛伊軍中醜陋人之最」。有一次在軍事會議上，他竟然挑戰聯軍統帥阿伽門農，還引述阿基里斯的說話，指阿伽門農是「貪婪的懦夫」。奧德修斯喝令他坐下，恐嚇要脫光他的衣服，還拿起阿伽門農的權杖沒頭

沒腦地打他。瑟賽蒂斯吃驚地忍着痛退下，嚅嚅嚅嚅，眼泛淚光，給他天大的膽子也不敢再多言了。會議上的人都哈哈大笑，沒有人同情他。瑟賽蒂斯不會是英勇的戰士，不過討點小便宜可不甘後人。遠道前來為特洛伊助陣的亞馬遜 Amazon 女兒國女王彭忒西勒亞 Penthesilea 被阿基里斯殺死，瑟賽蒂斯上前把她的眼睛挖出來，阿基里斯大怒，一劍把這個小人物殺了。

莎士比亞 Shakespeare 有一齣戲劇《特洛伊羅斯與克蕾西達》 *Troilus and Cressida*，以特洛伊戰爭為背景，劇中的瑟賽蒂斯是個經典小丑，嘴巴永遠不乾淨，被形容為一個「畸形醜陋的粗鄙希臘人（deformed and scurrilous Grecian）」。這個小丑尖酸刻薄，給他天上龍肉他也會批評得一文不值，極之討厭，被稱為莎士比亞戲劇裏的不受歡迎極品。

Thersites 轉為形容詞是 thersitical，意思是高聲謾罵的，滿嘴下流話的，也引伸為令人煩躁的嘈吵聲。

例句
EXAMPLE SENTENCES

1 The best way to deal with a **thersitical** person is to walk away.
對付滿嘴下流話的人最好方法是走開。

2 There are quite a lot of **thersitical** remarks in the book.
書中有頗多謾罵式的評論。

3 He said he had thought of taking the **thersitical** reporter to court.
他說他有想過把那出言不遜的記者告上法庭。

7 吃棗人
LOTUS EATERS

想出木馬計的奧德修斯 Odysseus 是綺色佳島 Ithaca 之王。這個島位於意大利和希臘之間的愛奧尼亞海 Ionian Sea，靠近希臘西岸。希臘人滅了特洛伊後，奧德修斯凱旋返國，途中卻遇上古怪的北風，吹了九天，把船隊吹到一處不知名的地方。

奧德修斯派兩個部下到處查探情況，當地人很熱情，以特產的甜美果實 lotus 款待。這些果實是當地人主要食糧，有非常神奇的功效，吃了可令人忘卻煩憂。奧德修斯的兩個探子吃了，樂陶陶懶洋洋，甚麼也不要理會，家鄉回不回去更無所謂。奧德修斯見探子久去不回，親自去找他們，看到兩人的樣子，大吃一驚，下令所有人不得吃這些 lotus，把兩個探子強拉上船，鎖在船桅上，急速起航離開。

據研究考證，奧德修斯登岸的地方大概是今天非洲北岸的突尼斯 Tunisia，這些果實 lotus 多半是中國的大紅棗之類，英語稱為 jujube。大紅棗屬溫帶植物，耐旱耐澇，適應性強，很多地方都有種植，中國古籍早有記載。據中醫藥理論，大紅棗味甘性溫，有補中益氣、養血安神功效。也有人說，這 lotus 可能是罌粟 opium poppy，成熟的罌粟莢與蓮蓬十分相似，而 lotus 就是蓮花，兩者既然形似，奧德修斯的船員吃的應該是有麻醉作用的罌粟子。

古希臘文的 *lôtos* 含意甚廣，譯成英語是 lotus，最常用是解作蓮花，在奧德修斯的故事裏，究竟是大棗還是罌粟實在無法稽考，從眾則以大紅棗較恰當，不妨譯為忘憂棗。奧德修斯所到的地方可以說是忘憂棗之鄉，當地人以忘憂棗作主食，這些人便是「吃忘憂棗的人 (lotus-eaters)」，引伸為懶散，安逸過活，渾然不知人間何世的人。英國大詩人丁尼生 Lord Alfred Tennyson（1809–1892）有一首詩，名《吃棗人》

The Lotus-eaters，講述的就是奧德修斯的奇遇，最後一句說「啊，大家歇歇，船員兄弟，我們再也不會流浪了」"O, rest ye, brother mariners, we will not wander more"。這還得了，奧德修斯當然要馬上啟航離開。

例句
EXAMPLE SENTENCES

1 His life as a **lotus-eater** was over when his banker father went bankrupt.
他的銀行家父親破產後他樂以忘憂的生活也完了。

2 Old Tang's retirement plan is only a **lotus-eater**'s dream.
老鄧的退休計劃只是個脫離現實的美夢。

3 David indulged himself in **lotus-eating** pleasure after retirement.
大衛退休後不顧一切地盡情享樂。

8 長路漫浩浩
ODYSSEY

離開忘憂棗之鄉，奧德修斯的船隊來到獨眼巨人 Cyclops 居住的海島。他領着部下登岸找補給，來到其中一個巨人波呂斐摩斯 Polyphemus 的山洞，看到洞口有羊欄，洞內儲了肉食和乾酪。奧德修斯一夥人大快朵頤時，波呂斐摩斯回來了，雙方都大吃一驚。

波呂斐摩斯用巨石堵住洞門，奧德修斯他們打不過巨人，亦無法逃跑，只有坐以待斃，心膽俱裂地看着波呂斐摩斯隨手抓了一個船員吃了。第二天，巨人推開巨石，放羊羣出去，這是他每天做的第一件事。困在洞裏兩天，眼看船員一一遇害，奧德修斯終於想到辦法。他

把隨身帶備的烈酒給波呂斐摩斯品嚐，但不依習慣先把酒用水調開，波呂斐摩斯酩酊大醉後，奧德修斯和船員合力用尖木刺瞎他長在額中央的獨眼，波呂斐摩斯痛極狂怒，但眼睛瞎了，只能亂砸亂打。第二天，瞎了的波呂斐摩斯摸索着推開巨石，放羊羣出去，大伙兒乘亂躲在羊羣下面逃出山洞。

奧德修斯脫險後得意忘形，竟然向瘋狂咆哮的波呂斐摩斯自報姓名。誰不知波呂斐摩斯是海神普塞頓 Poseidon 的兒子。海神為報兒子被刺瞎眼睛之仇，千般作弄，令奧德修斯在海上東漂西泊，船隻沉沒，部下死的死散的散，歷盡艱辛，十年後孑然一身回到家鄉，而且還是因為他在家鄉的兒子忒勒馬科斯 Telemachus 虔誠祈求父親平安歸來，感動了女神雅典娜 Athena，說服宙斯 Zeus，乘海神不在奧林匹斯山 Olympus，這才放他一條生路。

古希臘詩人荷馬 Homer 的史詩鉅著《奧德修斯記》*Odyssey*，公認是西方文學經典，講述的就是奧德修斯 Odysseus 的漂泊事跡。Odyssey 現在通常解作歷盡滄桑的流浪、漫長的旅程，也可以指殫精竭慮的上下求索。O 大小寫也可以。

例句
EXAMPLE SENTENCES

1 The expedition arrived at their destination after a 3000-mile **odyssey**.
探險隊經過三千里的艱辛旅程後到達目的地。

2 The evolution from amoeba to Man is a four-billion-year **odyssey**.
從單細胞生物進化成人類是四十億年的漫長過程。

3 The army **odyssey** has made him a tough man.
艱苦的軍旅生涯使他成為鐵漢子。

9 無名小卒
CYCLOPS

希臘神話裏有不少巨人，其中一族便是奧德修斯不幸遇到的獨眼巨人 Cyclops，這些巨人只有一隻圓眼，長在額頭中央，Cyclops 的希臘文是 *kuklöps*，由「圓（*kuklos*）」和「眼睛（*öps*）」組成。獨眼巨人是海神普塞頓的兒子，兄弟們住在一起，各人有自己的洞穴作居所，牧羊為生。據考證，這個奧德修斯和獨眼巨人的故事，多半受高加索 Caucasus 的民間傳說影響，高加索在東歐與西亞洲之間，即黑海 Black Sea 以東裏海 Caspian Sea 以西的地區。《奧德修斯記》*Odyssey* 估計是創作於公元前八世紀末左右，當時高加索地區已有一個英雄勇鬥獨眼巨人的故事，以歌謠形式代代相傳。奧德修斯和高加索的故事有一個很有趣的相似情節。

高加索的傳奇裏，獨眼巨人在山裏佔地為王，自稱是「無名小卒（Nobody）」，而在《奧德修斯記》裏，巨人波呂斐摩斯最初問奧德修斯的姓名，奧德修斯亦自稱「無名小卒」，而 nobody 也可以解作「沒有人」。巨人被刺瞎眼睛後，痛極狂呼咆哮，他的兄弟從附近趕來，在洞口問他發生甚麼事情，他回答說眼睛被刺瞎了。兄弟問他是誰幹的，他回答說 Nobody。既然「沒有人」，兄弟們咕嚕幾句後便各自回去睡覺。奧德修斯逃出生天後，報上姓名，大有好漢一人做事一人當的氣概。

希臘南部伯羅奔尼撒半島 Peloponnessus 東北部有古代石牆遺跡，估計是公元前一千六百至一千年間青銅器末期建造的，用大石砌成，但沒有砂漿之類的黏合物，手工細緻，因為上古時代這一帶的獨眼巨人以一雙巧手聞名，所以這些石牆名為 Cyclopean stonewalls。獨眼巨人 Cyclops 的眾數是 cyclopes，C 可不用大寫，形容詞是 cyclopean，意思是巨大的。

1　He resigned as editor of the **cyclopean** dictionary.
他辭任那巨型字典的編輯一職。

2　The **cyclopean** fortress on Blackwood Peak was an awe-inspiring sight at dusk.
黑木崖上那座巨大城堡在薄暮裏令人望而生畏。

3　A **cyclopean** mass of fans gathered in the street after the match.
球賽後聚集在街上的球迷擠得水洩不通。

10　風從哪裏來
AEOLIA

　　奧德修斯逃離獨眼巨人島後，來到風神島 Aeolia。風神伊奧勒斯 Aeolus 很友善，設宴款待他們。據考證，這風神島就是今天意大利南端西西里島 Sicily 以北的伊奧利亞羣島 Aeolian Islands，位處地中海，氣候宜人，風景秀麗，是渡假勝地，夏天非常熱鬧。不過神話裏的 Aeolia 是個海上浮島，和陸地並不連接。

　　奧德修斯一伙人在風神島上住了一個月，告別時，風神送了一個用銀繩紮着袋口的牛皮革囊給奧德修斯，然後用西風送船隊歸家。大家都很興奮，奧德修斯親自掌舵了九天，不眠不休，綺色佳在望時，他實在撐不下去了。奧德修斯沉沉大睡時，部下開始猜度風神贈送的革囊究竟內裏有何乾坤。議論紛紛之下，有人提議打開革囊，如果是金銀珠寶，也許可以分一杯羹。誰知革囊一打開，狂風大作，原來裏面

都是各種逆風怪風，是風神好心用革囊裝好，免得船隊航途受阻。狂風把船隊吹回風神島，風神覺得這些人愚不可及，他們回不到家亦可能是天神的意思，無謂從中作梗，於是拒絕再施援手。

風神 Aeolus 的名字轉做形容詞是 aeolian。有一種冷門樂器名「風豎琴（aeolian harp）」，也稱為 wind harp，由空氣流動發出音樂聲，基本上是一個有傳聲結構的木盒子，兩端有琴馬，通常有十至十二根定調絃線，風過時便發出樂音。風豎琴在十七世紀歐洲頗流行，是家居物品，很多家庭都在通風的窗前安置，現代的風豎琴有些是室外大型裝置，形象各異，屬藝術品。

因為風的侵蝕、搬運和堆積作用而形成的地理環境名為風成地貌 aeolian landforms，主要分佈在乾旱地區，例如非洲撒哈拉沙漠、阿拉伯半島、中亞地區、中國西北部和美國西部。風成岩是 aeolian rock；風積土是 aeolian soil。

例句
EXAMPLE SENTENCES

1   The rescuers found the plane wreckage near an **aeolian** dune.
    拯救人員在一個風積沙丘附近找到飛機殘骸。

2   The ancient tomb was buried deep under **aeolian** sediments.
    那古墓埋在風成沉積土之下深處。

3   **Aeolian** landforms are produced by wind action.
    風成地貌是風的作用所造成。

11 迷人妖女
CIRCE

　　奧德修斯離開風神島後，途中遇險，船隊只剩下一艘，來到一個海島。這個島上住的是迷人女妖切爾思 Circe，善用迷藥，把人迷醉後，用魔棒一點，變人為獸。奧德修斯派出的探子被變成豬，只有一人逃回。奧德修斯前往拯救部下，幸得同情希臘人的女神雅典娜差天神赫耳墨斯 Hermes 相助，贈他可以解迷藥的白花黑根仙草。

　　妖女不知奧德修斯有備而來，如常款待，酒食中下了迷藥，奧德修斯也吃喝不誤。妖女正要施法時，奧德修斯拔劍而起，要殺作惡多端的妖女。好個妖女，馬上投降，把變成豬的探子還原為人，然後妖妖媚媚，無微不至地服侍奧德修斯，百煉鋼的大英雄於是化為繞指柔。奧德修斯和妖女魚水共歡，快活得很，還生了三個兒子。

　　奧德修斯有他的解釋，說是要大家好好休息，養精蓄銳後再上路。過了年多，部下覺得不安，力勸奧德修斯離開，奧德修斯亦幡然覺醒，於是告別溫柔鄉，啟航回家。切爾思為奧德修斯生的其中一個兒子名泰勒戈納斯 Telegonus，長大後奉母命到綺色佳尋父，誰知有眼不識英雄父，錯手殺了奧德修斯。雅典娜指示他把父親的遺體運回去給母親下葬，還把父親的遺孀佩內洛普 Penelope 和同父異母的哥哥忒勒馬科斯 Telemachus 也帶了去海島。泰勒戈納斯有一個兒子義泰勒斯 Italus，相傳是最早在意大利半島建國的希臘人，意大利 Italy 即以他的名字來命名。

　　以 Circe 來稱呼一個女子，即是說她漂亮迷人，但妖媚萬分，有貶義。由名詞轉形容詞是 Circean，即是表面迷人卻暗藏危機。C 通常大寫。

1 Very few men could resist Mable's **Circean** charms.
很少男人可以抵受得住美寶的迷人嫵媚。

2 Local fishermen know how to keep away from the **Circean** promontory.
當地漁人知道怎樣避開那個風景美麗但危機四伏的海岬。

3 Boys in the classical literature class nicknamed Bingbing "**Circe**".
古典文學班上的男生給冰冰起了「美魔女」這個綽號。

12 小心警號
SIRENS

　　奧德修斯告別切爾思時，妖女有情有義，指點他回家之路，還叮囑他途經塞茬 Sirens 聚居的海島時要千萬小心。塞茬是一羣鳥身女人頭的妖怪，看到有船隻經過便在岸上吟唱，歌聲如泣如訴如怨如慕，聽者無不陶醉，水手被歌聲迷惑，船隻便會失控而觸礁沉沒。

　　切爾思教奧德修斯用蠟封着耳朵，聽不到塞茬的歌聲便可以安然渡過水域。奧德修斯卻好奇心起，想聽聽塞茬的歌聲究竟怎樣厲害，他下令部下所有人用蠟封耳，但把他綁在桅桿上，以防萬一他抵擋不住做出傻事。船過妖島，塞茬果然在岸上吟唱，歌聲銷魂入骨，奧德修斯聽得神搖魄蕩，高聲呼叫船員替他鬆綁。船員一來耳朵封了蠟，根本聽不到，二來奧德修斯早已有令，說甚麼也不可放開他，所以大

家只管盡力搖櫓。奧德修斯慾火如焚，痛苦不堪，拼命掙扎，到歌聲漸遠，他已筋疲力盡。按天意，若果有人聽了塞荏的歌聲而不受誘惑，塞荏便得自盡。島上的塞荏看着奧德修斯的船遠去，無奈唯有一一投海，變成岸邊的嶙峋礁石。

很多人把神話裏的美人魚 mermaid 和鳥身人頭的塞荏混淆，美人魚的傳說可追溯至公元前三千年的巴比倫 Babylon 文明，與希臘神話裏的塞荏 Sirens 是兩回事。美人魚是女人身魚尾，最古老的美人魚傳說可追溯至三千多年前古敘利亞 Syria 的女神阿塔伽提斯 Atargatis，這位水月女神和一個牧羊的凡人相戀，兩人還有一個女兒。誰知好景不常，阿塔伽提斯錯手殺了愛人，痛不欲生，悔恨內疚之下投湖自盡。但她是女神，湖水不能殺她，亦不想天下從此失去她的絕色，於是把她變成美人魚。既然有美人魚，那麼有沒有俊男魚？有，名 Merman。不過故事可沒有那麼哀怨浪漫了。

Siren 現在最常用的是指氣笛或者警報器，即是發出尖銳聲響以示警的設備，也可以指歌聲美妙的人。S 大小寫也可以。

例句
EXAMPLE SENTENCES

1 People ran to their shelters when the air raid **siren** went off.
空襲警報響起，人們飛奔往避難所。

2 A police car sped past with its **siren** ringing.
一輛警車響着警號飛馳而過。

3 He depicted his divorced wife as a **siren** who had drawn him to his ruin.
他把前妻描繪成一個令他破敗淪落的妖婦。

13 進退兩難
SCYLLA AND CHARYBDIS

切爾思也警告奧德修斯，千萬要小心錫拉 Scylla 和卡律布狄斯 Charybdis，這兩隻妖怪分據海峽兩岸，近大陸的是六頭海魔錫拉，化身為暗礁；近海島的是大漩渦卡律布狄斯。海峽很狹窄，駛經的船隻總之是進退兩難。據考證，這個海峽就是意大利南端位於西西里島東和意大利半島之間的墨西拿海峽 Messina Strait，最寬不過五公里，今天有大橋連接，不用怕甚麼妖怪了。

切爾思忠告奧德修斯說，必須靠近錫拉那邊，避開漩渦才可以駛過海峽。她勸奧德修斯不要逞勇和錫拉對抗，免得應付卡律布狄斯時分心，也不要告訴船員將會遇到的兇險，無謂令他們驚恐，反正是天意，一定會有人犧牲。奧德修斯聽從切爾思的忠告，把船靠近錫拉，但還是忍不住，自己全身披掛，雙手各持長矛，靜候錫拉來襲。全船人定睛看着卡律布狄斯。大漩渦水流洶湧，不斷打轉，眾人膽戰心驚的時候，六頭錫拉猛然撲過來，一下子便一頭一人，叼走了六個船員。奧德修斯目睹戰友在錫拉口中慘叫求救，束手無策，非常愧疚。但正如切爾思所說，這是天意，無法改變。

左右為難，進退維谷就是「在錫拉與卡律布狄斯之間（between Scylla and Charybdis）」。也許 Scylla 和 Charybdis 兩個名字不好記，這句成語也演變為較易明白的「在魔鬼與深海之間（between the devil and the deep blue sea）」或者「在巖石與堅硬地方之間（between a rock and a hard place）」，意思相同。投向魔鬼或者跳進深海都沒有好下場，碰上巖石或者堅硬地方一樣會受傷。

1   To avoid being trapped between **Scylla and Charybdis**, he quitted his job.

為免陷入兩面不是人的困境,他辭職不幹了。

2   The UN was caught between **Scylla and Charybdis** on that issue.

聯合國在那議題上進退維谷。

3   He is between **Scylla and Charybdis**, to please either his wife or his mother.

他在取悅妻子還是母親之間左右為難。

14 織織復織織
PENELOPE'S WEB

　　奧德修斯出征十年,漂泊十年,妻子佩內洛普 Penelope 便獨守空房二十年,苦候他回家。最苦的是戰事完結,奧德修斯卻緲無音訊。過了一段日子,有人開始上門生事,認為奧德修斯凶多吉少,佩內洛普無謂等下去,脅迫她改嫁。這些人其實是想霸佔奧德修斯的家產,並取得綺色佳的領袖地位。其他好事之徒聞風而至,結果聚集了一百零八人,在奧德修斯家裏吃吃喝喝,不肯離開。

　　佩內洛普以各種藉口推搪,最後聲稱要為奧德修斯的年邁父親織一塊壽布,織好後便可決定嫁給誰,這塊布一織便是三年。原來佩內洛普每天晚上偷偷把紡織機上的布拆開,第二天從頭再織,永遠織不

完。這個結果後來被一個女僕發現，向情郎洩露，眾人知道後起哄，吵鬧得更加厲害，佩內洛普也無法織織復織織下去。

奧德修斯回到家鄉，扮成老叫化現身，佩內洛普亦向迫婚者開出條件，誰人能夠拉開奧德修斯的大弓，一箭射穿十二把斧頭，她便嫁給誰。很多不自量力的人輪流嘗試，無一成功。奧德修斯這個老叫化挽弓如滿月，舉座大驚，知道不妙。奧德修斯威風凜凜，在兒子忒勒馬科斯 Telemachus 和兩個忠心家僕協助下，大發神威，把那一百零八人殺得片甲不留。

Web 是紡織機上的半製成布或者網狀織物，也指網狀物，引伸為錯縱複雜的事情，或者糾纏交結的東西，難怪互聯網的網站稱為 website。Web 也是水禽的蹼。「佩內洛普的織布」Penelope's web 意思是永遠做不完的工作，或者永遠不會完結的事情。

例句
EXAMPLE SENTENCES

1 Fighting poverty is **Penelope's web**, every country is at it.
滅貧是永遠不會完結的工作，每個國家都在做。

2 Some people compare worries and woes in life to **Penelope's web**.
有些人把人生的憂患比喻作「佩內洛普的織布」。

3 A team of agents are working hard to sort out the **web** of conflicting information.
一組特工人員正努力整理那一大堆複雜而互相矛盾的情報。

15 海中老人
PROTEUS

　　希臘聯軍打勝仗後，凱旋回國，奧德修斯卻漂泊十年。其實各路人馬也好不了多少。希臘人破特洛伊城後，殺戮擄掠，慘況令天神覺得不安。特洛伊公主卡珊德拉 Cassandra 躲在雅典娜神廟內，被希臘人小埃阿斯 Ajax the Lesser 找到，侵犯了她。

　　這固然是傷天害理的禽獸行為，更褻瀆神明。奧德修斯主張嚴懲，要把小埃阿斯處以極刑，用石頭擲死。小埃阿斯力言自己無辜，還向雅典娜發誓。他的父親是希臘猛將，勇武僅次於阿基里斯，已戰死，大家商量後決定放過他。這更加觸怒了天上諸神，雅典娜極力主張嚴懲，希臘人回家路上被天神阻梗，難免顛沛流離了。

　　其中斯巴達王梅內萊厄斯 Menelaus 的船隊駛到埃及避風時，他聽到有「海中老人」之稱的普羅透斯 Proteus 住在尼羅河三角洲，決定去找他一問吉凶。普羅透斯是水神，預言甚準，但變化無窮，只有把他捉緊他才會回答問題。這天普羅透斯在岸上曬太陽時，梅內萊厄斯悄悄上前一把抱着他，海中老人普羅透斯一驚，變了一隻獅子。梅內萊厄斯死命摟着他，兩人糾纏摔鬥，普羅透斯不斷變化，由獅子變成蛇，然後是豹、豬、水和樹。普羅透斯怎樣變也無法擺脫梅內萊厄斯，最後無法，只有投降，向梅內萊厄斯指示未來吉凶。梅內萊厄斯是希臘聯軍領袖裏比較幸運的一個，依照海中老人所言，總算可以平安回家。Proteus 便是善變的人，或者反覆無常的人。形容詞是 Protean，可引伸為多才多藝、多面手的意思。P 不大寫也可以。有一種非常罕見的遺傳病，患者的皮膚、骨骼和組織增生變形，通常只有二、三十歲的壽命，便是以海中老人之名稱為「普羅透斯綜合症狀」Proteus Syndrome。

1　His friends call him Mr. **Proteus** because he is such an inconsistent man.
他的朋友因為他是這樣一個善變的人而稱他為普羅透斯先生。

2　Nature is more **protean** than we can understand.
大自然比我們所能了解的更變化多端。

3　**Protean** actors or actresses will not be bound by stereotyped characters.
多才多藝的演員不會被樣板角色所束縛。

16　力拔山兮
HERCULES

　　希臘人騷擾特洛伊早有前科，大力士 Heracles 便曾經劫掠這個富庶的城市。希臘和羅馬神話很多重疊，只人物名字不同，Heracles 是希臘名字，在羅馬神話裏是海格立斯 Hercules，通用至今，原來的希臘名反而不及其響亮。

　　海格立斯是希臘神話裏的英雄之冠，他是希臘主神宙斯 Zeus 的私生子，宙斯的妻子赫拉 Hera 視之如眼中釘，無時無刻不想辦法折磨他。海格立斯長大後，娶了底比斯 Thebes 公主馬伽拉 Magara 為妻，生了五個兒女。赫拉沒有放過海格立斯，令他精神錯亂，把妻兒全部殺死。海格立斯的第二任也是最後一位妻子是卡萊敦 Calydon 公主迪雅拉娜 Deianira。有一天，夫妻二人在旅途上要渡河，一隻名叫內薩斯 Nessus 的半人半馬怪物出現，請纓背 Deianira 到對岸，海格

立斯則可安心泅水而過。誰知怪物不安好心，想擄走迪雅拉娜，海格立斯大怒，急忙上岸，用毒箭射中內薩斯。人馬怪物內薩斯臨死騙迪雅拉娜說，它的血可以令變心的丈夫浪子回頭，所以最好把它那染血的外衣留起來備用。後來迪雅拉娜聽信流言蜚語，懷疑海格立斯變心，於是差僕人拉伽斯 Lichas 把袍子送去給他穿上。

故事到此留下疑團，究竟血跡洗淨了沒有？沒有洗淨的話海格立斯為甚麼還會穿上？還是袍子洗淨了，但毒性殘留？可惜並無交代。天下無敵的海格立斯穿上袍子，皮肉腐爛見骨，劇痛如焚，他以為是拉伽斯想殺他，一怒之下把無辜的拉伽斯擲進海裏。海格立斯自知不久於人世，在希臘中部的阿塔山 Mount Oeta 建了火葬用的木台，但他的手下無人肯點火，只有請一個路過的人代勞。海格立斯的肉體化為灰燼，英靈則升到諸神居所的奧林匹斯山 Olympus 上，宙斯把他放上天，成為夜空裏輝煌壯觀的「武仙座（Hercules）」。

Hercules 轉做形容詞是 herculean，H 大小寫均可，意思是魁梧強大，力大無比，或者非常巨大，也引伸解作非常艱鉅和費勁。

例句
EXAMPLE SENTENCES

1　The single mother made **herculean** efforts to bring up her children.
那單親媽媽含辛茹苦養育兒女成人。

2　All his clothes are tailored-made because of his **herculean** stature.
他身材魁梧，所有衣服都要訂造。

3　He had been warned that the task would require **Herculean** strength.
早已有人提醒他這艱鉅任務要有無比精力才能完成。

17 毒血衣
NESSUS SHIRT

　　海格立斯箭鏃上的毒倒頭來害了自己性命，他做夢也沒有想到。內薩斯 Nessus 是半人半馬的怪物，這種怪物名為森陀 Centaur，上半身是人，下半身是馬。森陀另有一族在希臘東南的塞浦路斯 Cyprus 島，頭上有角，和希臘本土的有分別。

　　森陀是塞薩利 Thessaly 王伊克西翁 Ixion 的後裔，塞薩利在希臘本土的東北部，這個伊克西翁不是好傢伙，有幸獲邀到奧林匹斯山作客，卻垂涎女主人赫拉的美色，宙斯很不高興，用一朵雲變成赫拉的樣子，伊克西翁果然上當，和這朵雲歡好，生了一個畸形兒子森陀羅斯 Centauros，就是森陀的始祖。伊克西翁色膽包天，宙斯怎會容忍他，下場當然很不堪了。

　　森陀好酒好色，野性難馴。有一次，一羣森陀到塞薩利北部的拉庇思 Lapith 參加婚宴，喝得酩酊大醉，其中一個竟然對新娘子毛手毛腳，其他森陀起哄，於是和拉庇思人打起來。森陀大敗，落荒而逃。不過並非所有森陀都是這副德性，客戎 Chiron 便是好例子。客戎是最聰明和性情最好的森陀，博學多智，精通音樂和醫學，而且是狩獵好手，很多希臘英雄如海格立斯、阿基里斯等都曾經是他的門生。他去世後，宙斯把他放置天上，就是「人馬座（Sagittarius）」，以森陀彎弓搭箭的造型為圖像，拉丁文裏 *sagitta* 是「箭」的意思，所以也稱為射手座。

　　莎士比亞在《安東尼與克麗奧佩特拉》*Antony and Cleopatra* 一劇裏，羅馬大將安東尼 Antony 海戰大敗，仰天長歎說：「內薩斯的襯衣穿在我身上了！」"The shirt of Nessus is upon me!"。「內薩斯的襯衣」the shirt of Nessus 或者 Nessus shirt 就是無法逃避的不幸事情

或災難，也指毀滅性或報應式的力量。內薩斯穿的應該是古希臘和古羅馬時代男女通用的及膝短袖束腰外衣 tunic，大概因為莎士比亞用了 shirt 這個字，於是一直沿用至今，用「袍子（robe）」或者「束腰外衣（tunic）」一樣可以。

例句
EXAMPLE SENTENCES

1　It's like putting on the **Nessus** tunic if he takes up the high-interest loan.
他借那高息貸款的話便有如自己找死。

2　"You'll one day know that the so-called agreement is a **Nessus** robe."
「將來你便知道那所謂協議會令你無法脫身。」

3　"Remorse is the very shirt of **Nessus**. It is of all mental pains the most."
　　　　　　　　　— Stanley. J. Weyman（1855–1928）, English writer
「悔疚正如內薩斯襯衣。精神痛苦以此為最。」
　　　　　　　　　—英國作家斯坦利・韋曼（1855–1928）

---

18 星河
MILKY WAY

　　宙斯 Zeus 情人甚多，私生兒女也不少，赫拉 Hera 其實亦無可奈何，但她就是不喜歡海格立斯。可是海格立斯卻喝過赫拉的乳汁，而且因此而力大無窮。故事有兩個版本，其一是宙斯的凡女情婦艾葛美

妮 Alcmene 產下海格立斯後，把他遺棄在郊外。海格立斯大哭，智慧女神雅典娜 Athena 在天上目睹，心中不忍，何況她是世間英雄的保護神，這孩子將來名滿天下，她怎可以不施援手。

雅典娜也是宙斯的女兒，不過她是從宙斯頭上生出來的，但也算得上是海格立斯的姊姊。雅典娜哄赫拉到下界走走，兩人來到海格立斯被遺棄的地方，看到海格立斯哭得可憐，雅典娜對赫拉說，她是婚姻和生育女神，既然嬰孩餓得要死，由她來餵奶再也合適不過。赫拉也動了惻忍之心，於是抱起海格立斯，細意哺乳。誰知海格立斯也許餓得急了，吸吮過猛，赫拉乳頭一痛，急忙推開海格立斯，乳汁噴了出來，灑上天空，成為星河。另一個版本說宙斯很喜歡這個私生子，乘赫拉入睡，把嬰兒海格立斯放在她胸膛，希望他吃點赫拉的乳汁，吸收仙氣，永生不朽。海格立斯捧着赫拉的乳房便吃起奶來，大力吸吮時，赫拉一痛醒來，推開海格立斯，乳汁灑出來，成為星河。

十六、十七世紀之間的著名比利時畫家魯賓斯 Peter Paul Rubens（1577-1640）有一幅傑作《銀河的誕生》*The Birth of the Milky Way*，畫中赫拉抱着嬰兒海格立斯，左邊乳房噴出乳汁，較後坐着側頭觀看的宙斯，另一邊是一輛金光燦爛的馬車，由兩隻孔雀拉着，背景是深藍色的天空。這幅名畫現藏西班牙馬德里的普拉多美術館 Prado Museum。

星河或者銀河英語俗稱 Milky Way，一九三〇年代上海復旦大學趙景琛教授譯為「牛奶路」，趙教授當然知道 Milky Way 是甚麼，卻不幸掉下直譯的陷阱。銀河的希臘文是 *galaxias*，意思是乳白色的環狀物，夜空星河也的確是這樣子。所以銀河或者銀河系的正式名稱是 galaxy，眾數是 galaxies，也解作眾多出色人物或者矚目的東西。

1 The children were astounded, it's the first time they saw the **Milky Way**.
孩子們第一次見到星河，無不驚歎。

2 Our **galaxy** is just one of many billions in the universe.
我們的銀河系不過是宇宙億億萬萬星系之一。

3 She was thrilled to see a **galaxy** of stars at the premier.
她在首映禮上看到星光熠熠，興奮得不得了。

19 神喻
DELPHI

　　海格立斯的父親是天神，母親是凡間女子，所以他是半人半神的人物。赫拉痛恨丈夫不忠，滿腔怨氣轉到海格立斯身上。她曾經放兩條大蛇去襲擊只有八個月大的海格立斯，誰知海格立斯一手抓着一蛇，把兩條大蛇活活捏死了。海格立斯精神錯亂下殺死妻兒，到他治好精神病，惶恐不安，跑去特爾斐 Delphi 求太陽神阿波羅 Apollo 指示。

　　古希臘人認為特爾斐在大地正中，所以立廟祭祀地母 Gaia，後來改為供奉太陽神阿波羅，遇疑難便到來求神諭。Delphi 在希臘中部靠西的帕納塞斯山 Mount Parnasus 的山麓，南眺可俯瞰岸邊平原，風景絕佳，是古希臘人的聖地，已被聯合國教科文組織列為世界遺產。海格立斯得到的神諭是他要為阿爾戈斯 Argos 王歐里斯提厄斯 Eurystheus 工作一年，由他差遣，才可贖清罪孽。這就是希臘神話裏

有名的海格立斯的十二項苦差 Twelve Labours/Tasks of Hercules。其實求神諭的方法不重要，總之是廟內祭司說甚麼，善男信女最好不要質疑。

另外一個故事說，海格立斯也是精神錯亂之下，把一向待他不錯的伊斐陀斯 Iphitos 擲下城牆。海格立斯殺友後很內疚，更噩夢連連，於是跑去特爾斐求神諭。可是祭師說他血債未清，不夠潔淨，不肯為他求神，海格立斯一怒之下，搶了廟內的三腳祭鼎 tripod 便跑。太陽神阿波羅大怒，要去把祭鼎奪回，兩人爭執起來，勢均力敵，結果宙斯調停，海格立斯才把祭鼎歸還。祭師唯有替他求神喻，得到的指示要他賣身為奴一年，賣身錢則全數交與伊斐陀斯的兒女作賠償。

「特爾斐神諭」是 Oracle of Delphi，或者 Delphic Oracle，可作貶義用，意思是模稜兩可，意義不明的，隱晦費解的，也可解作預示性的。Delphic 的 D 大小寫均可，亦可單獨作形容詞使用，delphically 是助動詞，意思一樣。

例句
EXAMPLE SENTENCES

1　The committee released a **Delphic** report after a year.
委員會一年後發表了一份令人費解的報告。

2　She maintained a **Delphic** silence about her intentions.
她對自己的意圖隱晦地不置一詞。

3　He pronounced **delphically** that he would make a decision at an appropriate time.
他模稜兩可地宣佈他會在適當時候做決定。

20 骯髒牛欄
AUGEAN STABLES

阿爾戈斯 Argos 王歐里斯提厄斯 Eurystheus 和海格立斯有血緣關係，歐里斯提厄斯是大英雄珀爾修斯 Perseus 的孫兒，而珀爾修斯則是海格立斯的曾外祖父，雖然歐里斯提厄斯和海格立斯的母親只是堂兄妹，他總算是海格立斯的舅舅，不過兩人曾經因為爭奪英雄榮譽而反目成仇。特爾斐神諭要海格立斯為歐里斯提厄斯服役一年，有人說是赫拉從中操弄，要令海格立斯難堪。歐里斯提厄斯看到海格立斯自動上門，怎會不想盡辦法折磨這個死敵。

他差遣海格立斯做的都是世上最艱難的工作，說得老實點是根本不可能做得到。其中一項是要海格立斯把埃利斯 Elis 王奧吉厄斯 Augeas 的牛欄清洗乾淨，而且要在一天之內完成。埃利斯在希臘南部的半島之上，今天仍有同名的地方，奧吉厄斯擁有全希臘最大的牛羣，共三千頭，但他的牛欄已經三十年沒有清潔，骯髒不堪，臭氣薰天。要海格立斯洗牛欄，可算是把這位大英雄羞辱得徹底。奧吉厄斯聽到海格立斯說要一天之內洗乾淨他的牛欄，雖然覺得荒唐，但不妨消遣一下這位天下聞名的大英雄，於是開玩笑說，事成之後海格立斯可得三百頭牛作酬勞。海格立斯大發神威，趕開牛羣，然後奮力令兩條河改道，河水洶湧而至，半天時間便把牛欄沖洗乾淨。奧吉厄斯目瞪口呆，非常後悔，回過神來便反口不認賬。海格立斯大怒，把奧吉厄斯殺了。最令人氣憤的是歐里斯提厄斯也狡辯說，牛欄是河水流過洗乾淨的，不能算作海格立斯的工夫。

奧吉厄斯的牛欄 Augean stables 就是極骯髒的地方。Augean 是 Augeas 的形容詞，可單獨用，A 大小寫均可，意思是骯髒，腐敗，或者極為困難而且令人厭惡。

1　The new director tried to clean up the **Augean stables** of the department.

新主任嘗試清除部門內的腐敗。

2　He turned a deaf ear to neighbours' complaints about his **Augean** backyard.

他的後園骯髒不堪，鄰居投訴他充耳不聞。

3.　There are **Augean** amounts of debris to clear after the storm.

颶風過後，堆積如山的瓦礫殘骸有待清理。

21　九頭水怪
HYDRA

　　海格立斯的第二項任務是殺死水怪海德賴 Hydra。這條蛇狀水怪生活在希臘南端伯羅奔尼撒半島 Peloponnesus 東部的沼澤地帶，那裏亦多山泉，海德賴藏身在勒納湖 Lerna，是地府的其中一個入口。

　　海德賴是百頭蛇怪提手 Typhon 所生，有九個頭，有些版本說不只此數，總之是這些頭斬了一個便長回兩個，中正的頭更是永生不滅的。最可怕的是水怪的氣息是毒霧，血液則腥臭無比，中人即死。海格立斯來到湖邊，射火箭入湖，海德賴現身，海格立斯上前迎戰。雙方搏鬥了一會，海格立斯發覺蛇頭斬之不盡，纏鬥下去不是辦法，於是退走。他找來侄兒埃奧勒斯 Iolaus 助他一臂，他每斬下海德賴一

個頭，埃奧勒斯便用燒得通紅的木棒灸斷頸傷口，這一招果然奏效。赫拉眼見海德賴落敗，不忿海格立斯得勝，派一隻巨蟹助陣，偷襲海格立斯，卻被海格立斯一腳踹死。海格立斯把海德賴的頭一一斬下，中央的頭卻仍然猙獰可怖，被海格立斯壓在一塊巨石之下。海格立斯殺了海德賴後，把箭頭沾了毒血，以備將來對付敵人之用，誰知自己最終被這些毒血殺死。赫拉很失望，也許為了宣洩，她把海德賴和巨蟹放在天上，變成星座，即是「長蛇座 (Hydra)」和「巨蟹座 (Cancer)」。你海格立斯毀滅的，我赫拉便使之不朽，可見痛恨之深。

被譽為「現代生物分類學之父」的瑞典博物學家林奈 Carl Linnaeus (1707-1778) 研究水螅時，覺得這種淡水腔腸動物再生能力之強有如希臘神話裏的海德賴，於是以 hydra 名之，水怪的名字今天亦廣為人知。

Hydra 也可以解作難於根絕的禍患。Hydra-headed 是形容詞，意思是多方面的，或者此消彼長，難以根絕的。

例句
EXAMPLE SENTENCES

1 Drug abuse is a modern **hydra**.
   濫用藥物是現代社會一大禍患。

2 Gossip is **hydra-headed**.
   流言蜚語此起彼落，是無法遏止的。

3 He compared terrorism to a **hydra-headed** monster in his article.
   他在文章裏把恐怖主義比喻作難以消滅的妖怪。

22 巾幗英雄
AMAZONS

　　海格立斯每完成一項任務，歐里斯提厄斯總找到藉口不算數，然後派給他更難的工作，所以才有十二苦差的故事。海格立斯的第九項任務是為歐里斯提厄斯的女兒取來亞馬遜 Amazon 女王希波麗媞 Hippolyta 的金腰帶。

　　亞馬遜是女兒國，男子禁足，不准居留，為了繁殖人口，她們每年會造訪鄰國，物色合適的男子來傳宗接代。亞馬遜舉國女子驍勇善戰，這些巾幗英雄稱為 Amazons。據考證，亞馬遜女兒國大概在今天土耳其的地中海沿岸，也有說是她們原本在北非的利比亞，後來才移居土耳其。海格立斯奪取金腰帶的故事有兩個版本，一個說海格立斯來到女兒國，雙方先禮後兵，希波麗媞上船拜訪，見到這位聞名天下的大英雄，大為傾心，自動送上金腰帶。另一個說，赫拉化身為亞馬遜戰士，散播謠言，說海格立斯要擄走希波麗媞，女戰士羣起攻擊，雙方打起上來。海格立斯殺了希波麗媞，搶了金腰帶。

　　故事有一段插曲，與海格立斯結伴去亞馬遜女兒國的還有雅典王特修斯 Theseus。他們打敗亞馬遜女戰士後，希波麗媞的妹妹安提奧琶 Antiope 成為特修斯的俘虜，誰知兩人一見鍾情。特修斯把安提奧琶帶回雅典，兩人還生了一個兒子，取名希波里特斯 Hippolytus，以紀念安提奧琶的女王姊姊。

　　南美洲的亞馬遜區域即以神話裏的女兒國命名，其中的亞馬遜河是世界第二長河流，排水量則據首位。一五四二年六月，西班牙探險家奧雷亞納 Francisco de Orellana（1511–1546）沿河探索，在下游地區被土人襲擊，土人戰士有男有女，女的尤其勇猛。奧雷亞納對這些女戰士印象深刻，於是把河流以希臘神話裏的 Amazon 命其名。Amazon 就是

帶男子氣概的女子，也引伸為悍婦，潑婦。Amazonian 是形容詞，指有男子氣概的，陽剛魁梧的，通常用來形容女子，男子不會用這個形容詞。

例句
EXAMPLE SENTENCES

1 She is nicknamed "**Amazon**" for her irascible temper.
她因脾氣暴躁而被人喚作「女版李逵」。

2 The **Amazons** were a tribe of woman warriors in Greek mythology.
亞馬遜是希臘神話裏一個女戰士部族。

3 He encouraged his **Amazonian** sister to join the army.
他鼓勵粗豪如男子漢的妹妹參軍。

23 天大重任
ATLAS

　　海格立斯的第十一項任務是到赫拉的果園摘一個金蘋果。看守果園的是一條惡龍，日常打理則由一羣仙女負責，她們的父親是巨人阿特拉斯 Atlas。阿特拉斯曾經和宙斯對抗，失敗後被宙斯罰他站在大地極西之處用肩膊支承着天空。

　　海格立斯找到阿特拉斯，請他幫忙，向他的女兒拿一個金蘋果。阿特拉斯要海格立斯代他扛着天空，他便可以跑一轉。好個大力神海格立斯，立定腳跟便把天空扛起來。誰知阿特拉斯把蘋果拿到手，回來時心裏想，難得有個傻瓜肯代他做這件苦差，何不就此脫身。阿特拉斯正要揚長而去，海格立斯人急智生，喚他回來，央他扛回天空一

會，好待他用身上披着的獅皮墊好肩膊才扛起天空。阿特拉斯雖然巨大，腦袋卻不大靈光，真的扛回天空。海格立斯重負一釋，拿起金蘋果，頭也不回走了。

另一個版本說，海格立斯為了幫助阿特拉斯，奮神力堆起兩座山來支撐天空，阿特拉斯於是得以脫身。後世人把地中海通往大西洋的海峽南北岸兩座山稱為「海格立斯之柱（Pillars of Hercules)」，北柱是歐洲大陸西南端的英屬直布羅陀 Gibralta，南柱則歷來爭議頗多，至今未有定論。其實直布羅陀只得七平方公里多一點，一座小山高四百二十六公尺，比香港四百九十五公尺的獅子山還矮半個頭。

非洲西北岸著名的阿特拉斯山脈 Atlas Mountains 才厲害，綿延二千五百公里，高四千多公尺，橫亙摩洛哥、阿爾及利亞和突尼斯三國，傳說就是扛着天空的巨人阿特拉斯化成。十六世紀的荷蘭地圖學家墨卡托 Gerardus Mercator（1512-1594）繪製了歐洲多國地圖，一五八九年編成集子出版，扉頁繪上扛着天空的阿特拉斯圖像，還用了 Atlas 這個字作為書名，仿效者日多時，地圖集便稱為 Atlas。一張地圖是 map，由多張地圖及圖表編成的集子是 atlas，眾數是 atlases，這個字也引伸為圖表總集，任何科目也可以。

例句
EXAMPLE SENTENCES

1 Dr. Lee keeps a good collection of wine **atlases**.
   李博士收藏了很多美酒圖鑑。

2 You don't quite need a road **atlas** if you have GPS.
   有衛星導航便不大需要道路地圖集。

3 The job is too burdensome even for **Atlas**.
   那工作沉重得就算巨人阿特拉斯也會吃不消。

24 盜天火
PROMETHEUS

　　海格立斯懂得向阿特拉斯求助，以取得金蘋果，全憑一個人的忠告，也是他一念之仁的善報。他在前往赫拉的果園途中，正盤算怎樣才完成任務，卻看到一個巨人被鎖在石壁上，一隻猛鷹在啄開他的胸膛吃他的肝。海格立斯上前撲殺了猛鷹，打爛鐵鎖，放了巨人。

　　這個巨人就是盜天火的普羅米修斯 Prometheus，他知道海格立斯要去拿金蘋果，為了報答他解救苦難之恩，教海格立斯去找他的兄弟阿特拉斯幫忙。普羅米修斯為甚麼要盜天火？原來以前祭品由人類和天神一起分享，後來大家協議分開，於是宰了一頭牛，分成兩份，選中那份便從此只可享用那份的東西。人類是普羅米修斯用泥和水造出來的，自然愛惜，他用牛胃包着牛肉作一份，另一份把牛骨藏在牛膏內。宙斯選了牛膏的一份，很不高興，但不能反悔。從此，世人可以把牛肉留給自己吃，獻神便用牛膏裹着牛骨。宙斯一怒之下，把火從人間收回，人類沒有了火，寒夜裏沒有溫暖，黑暗中沒有光明，惶恐不安。普羅米修斯於是偷上奧林匹斯山，把火盜回來給他的人類。另一個版本說是宙斯命令普羅米修斯用泥和水造人，他完成任務後，索性把火也偷來給人類用。宙斯大怒，把普羅米修斯鎖在石壁上，每天被猛鷹啄食肝臟，但肝臟會長回來，日復一日，永不停息。

　　莎士比亞的著名悲劇《奧賽羅》*Othello* 裏，主角奧賽羅 Othello 受小人讒言唆撥，誤以為妻子黛斯德蒙娜 Desdemona 紅杏出牆。第五幕第二場，妒火中燒的奧賽羅要殺死深愛的妻子，下手前看着熟睡中的黛斯德蒙娜歎道：「我不知道哪裏有那天火／可重燃你生命的光輝」"I know not where is that Promethean heat／That can thy life relume"。

　　Prometheus 的形容詞是 Promethean，從普羅米修斯的故事引伸

意思，指不惜身而勇於創造的，或者有反抗精神的，也可以是勇敢大膽去爭取的。莎士比亞的 Promethean heat 即是 Promethean fire，奧賽羅殺妻後不可能令她復生，不會像普羅米修斯那樣，把火盜來，使人類回復光明。

例句
EXAMPLE SENTENCES

1 The Mars exploration programme is a **Promethean** daring.
火星探索計劃是普羅米修斯式的勇敢冒險。

2 Do not judge him by his acts of **Promethean** defiance.
不要以他的普羅米修斯式大膽違抗行為來評價他。

3 *Prometheus* Unbound is a lyrical drama published by the famous English Romantic poet Percy Shelly in 1820.
《普羅米修斯脫羈記》是英國浪漫主義大詩人雪萊一八二〇年發表的詩劇。

25 靈巧的水星
MERCURY

　　按希臘神話，火是天神赫耳墨斯 Hermes 發明的。他是宙斯的兒子，以靈巧聞名，絕活是妙手空空，孩童時已把兄長太陽神阿波羅的牛羣偷走。兩兄弟鬧到父親面前，赫耳墨斯用他發明用海龜殼造的絃琴彈奏動人的樂曲，聽者無不陶醉，阿波羅竟然願意以牛羣交換絃琴。

　　赫耳墨斯是大發明家，掌管科學創造，音樂和文字都是他的作品，他還發明了骰子，所以賭徒都膜拜他，求他庇佑，而且因為順手牽羊了得，小偷視他為庇護神。赫耳墨斯多才多藝，是商業貿易、道路

交通和體育之神，很多運動競技都是他的傑作。他來如閃電去如風，是眾神的使者，還有一項重要任務，便是引領亡魂到地府。有一次，多嘴仙女拉閨妲 Larunda 洩露了宙斯的姦情，宙斯命赫耳墨斯送她去地府。赫耳墨斯卻愛上了這位漂亮的仙女。

赫耳墨斯出現時通常左手持着阿波羅送給他的節杖，杖上有二蛇盤繞，頂部有雙翼，名為 Caduceus。這枝節杖是眾神使者的權杖，其實所有傳訊使者都手執一枝，赫拉的侍女彩虹女神艾麗絲 Iris 便有一枝，不過以赫耳墨斯的最有名，而且法力無邊，能夠令垂死者安詳去世，甚至能起死回生，後來成為醫療界的標記，沿用至今。

在羅馬神話裏，赫耳墨斯成為墨丘利 Mercury (*Mercurius*)，是羅馬萬神殿 Pantheon 供奉的十二位大神之一。Mercury 在天文裏即是水星，是運行最快的行星，古羅馬人於是以靈巧快捷的墨丘利來名之。汞（水銀）的英文也是 mercury，以這種化學元素流動性強，有如墨丘利。水銀也名為 quicksilver，大可顧其名思其義。Mercurial 是形容詞，意思是輕快活潑的；靈巧機智的，多數解作易變、難捉摸，也有貶義，就是賊性的、狡詐的。

例句
EXAMPLE SENTENCES

1 No one knows how long the **mercurial** truce will last.
誰也不知道那隨時有變的休戰會維持多久。

2 Her moods become **mercurial** after taking the new medicine.
她服用那新藥後情緒變化不定。

3 Yolande's **mercurial** temperament has left her with very few friends.
紫羅蘭難以捉摸的性情令她沒有甚麼朋友。

26 巨人一族
TITANS

扛起天空的阿特拉斯 Atlas 屬泰坦巨人 Titans 族。在希臘神話裏，第一代神是天父 Uranus 和地母 Gaia，他們的孩子便是泰坦，屬第二代神。泰坦族裏最年輕的是克羅諾斯 Cronus，推翻了父親的統治，成為泰坦領袖。不過報應不爽，他最小的兒子宙斯 Zeus 聯合兄姊，把他打倒，這些「叛逆者」便成為第三代神。

宙斯其實差點便小命不保。原來克羅諾斯為怕兒女將來像他一樣造反，嬰孩呱呱落地便被他吞進肚裏，妻子瑞亞 Rhea 不想最小的兒子也被丈夫吃掉，偷偷用一塊石頭換了孩子，然後把宙斯送到別處交給仙女阿達曼西雅 Adamanthea 撫養。宙斯長大後喬裝為侍童，奉毒酒給父親喝，克羅諾斯喝下毒酒，嘔吐不止，把吞下去的兒女都吐了出來。這些原本是宙斯的兄姊可以說是再生一次，按此而論則是他的弟妹，所以宙斯既是小弟也是兄長，希臘神話是這樣說。在宙斯領導下，克羅諾斯這些兒女要推翻父親的統治，雙方對抗了十年。阿特拉斯站在克羅諾斯一方，宙斯勝利後，把克羅諾斯和敵對的泰坦巨人囚在地府裏的深淵 Tartarus，阿特拉斯則被罰永遠扛着天空。

一九一二年四月十日，號稱全球最巨型的皇家郵輪泰坦尼克號（也譯作「鐵達尼號」）RMS Titanic 首航，從英國修咸頓 Southampton 駛往紐約市，五日後，這艘被傳媒稱為「永不沉沒」的巨輪在北大西洋碰撞冰山，大約兩個半小時後沉沒進攝氏負二度的冰冷海水裏，船上二千二百多乘客和船員只有七百人生還。

泰坦 Titan 可以是巨人、巨物，引伸為巨大、龐大或者強大。形容詞是 titanic。T 可以不用大寫。

1 E-commerce **titans** are struggling fiercely for control of the market
電子商貿巨企都在為控制市場而鬥得激烈。

2 The **titanic** eruption of the volcano devastated the whole island.
火山的猛烈爆發摧毀了整個島。

3 Professor Ma is a **titanic** figure in preventive medicine.
馬教授是預防醫學的巨擘。

27 冥府惡犬
CERBERUS

　　海格立斯的最後一項任務是把看守地府的惡犬賽柏洛斯 Cerberus 捉回來。歐里斯提厄斯其實並非想要這頭惡犬，他只不過要難倒海格立斯。賽柏洛斯是九頭水怪的兄弟，父親是百頭蛇怪堤丰 Typhon，所以它的長相也不簡單，有三個狗頭，尾巴是蛇，全身亦有蠕動的蛇。也有版本說賽柏洛斯有多個頭，其中三個是狗頭。

　　賽柏洛斯是冥王黑德斯 Hades 的看門犬，守着地府大門，防止亡魂溜走。海格立斯得赫耳墨斯和雅典娜的幫助來到地府，說明來意，要帶走賽柏洛斯。冥王見到海格立斯目中無人，很不高興，但按着怒火，也想看看這位大英雄有何本領，於是開出條件：海格立斯不能用任何武器，制服得到賽柏洛斯的話便可以帶走它。海格立斯二話不說，

拿披在身上的獅皮把賽柏洛斯一蓋一捲，賽柏洛斯拼命掙扎，但怎及得海格立斯的神力。冥王傻了眼，看着海格立斯把自己的看門犬抱走。

另一版本說冥王食言，和海格立斯打起來，被海格立斯打傷。海格立斯抱着賽柏洛斯從地府出來，這頭地府看門犬從來沒有見過陽光，嘔吐大作，嘔出來的膽液在地上長出烏頭 aconite 這種植物。烏頭原產西伯利亞，後傳播到各地，花朵紫色，多在庭園種植作觀賞之用，但根莖有劇毒，也是重要藥用植物，具鎮痛和麻醉作用。歐里斯提厄斯見到賽柏洛斯，嚇得心驚膽顫，馬上揮手要海格立斯把這頭地府惡犬帶走，海格立斯於是把賽柏洛斯送回地府。

地府惡犬 Cerberus 可引伸指惡形惡相的粗暴警衛或看門人，形容詞是 cerberean。

例句
EXAMPLE SENTENCES

1 Children don't want to go near the old man's garden, which he guards like **Cerberus**.
老頭兇神惡煞地守着園子，孩子們誰也不要走近。

2 I don't know how he can put up with his **cerberean** secretary.
我不知道他怎樣忍受那位兇巴巴地為他拒客的秘書。

3 Reporters were driven away by the **cerberean** security guards.
記者們被惡形惡相的警衛驅離。

28 饋狗麵包
SOP TO CERBERUS

希臘人用木馬計攻陷特洛伊城後，大肆殺戮，逃出生天的特洛伊人中有一位英雄人物埃涅阿斯 Aeneas，他集合了一班特洛伊人，乘船去了意大利。埃涅阿斯的父親安喀塞斯 Anchises 是特洛伊王普里阿摩 Priam 的兄弟，母親是女神阿佛珞狄綈 Aphrodite，特洛伊亡國之禍可說是因她而起。

特洛伊人顛沛流離了一段日子，安喀塞斯在途中病死，一伙人最後來到意大利西南部的庫米 Cumae，即是今天意大利的那不勒斯省 Naples，這個地方很早已有希臘人來定居，頗為興旺。埃涅阿斯到太陽神阿波羅廟拜祭，神廟那位已經七百歲的女祭司預言他的後人將來會建立一個偉大的國家。果然，建立羅馬城的羅穆盧斯 Romulus 和瑞摩斯 Remus 兄弟，相傳便是埃涅阿斯的後裔。埃涅阿斯思念亡父，希望可以到地府和父親相見。女祭司指示他先去找有金樹枝的樹，他折得下金樹枝，作為送給地府之后的禮物，即是可以到地府去，她也願意領路。阿佛珞狄綈憐憫兒子一片孝心，派兩隻鴿子引領他找到那棵樹，埃涅阿斯折了金樹枝，在女祭司帶路下來到地府。女祭司把一片浸泡了蜜糖和劇烈麻藥的麵包拋給賽柏洛斯，看門惡犬吃了，乖乖倒下。

埃涅阿斯見到父親，父子淚眼相看。埃涅阿斯看到一大羣人在一條河邊，父親告訴他，這些人來世便是他的後裔，條河是忘川 Lethe，喝了亡川水便會忘掉前世一切。埃涅阿斯還遇見他拋棄的情人迦太基 Carthage 女王黛寶 Dido，正想上前相認，人家卻走進樹叢後消失了。黛寶殉情而死，餘恨未消，才不要見這個薄情郎。

「把麵包拋給賽柏洛斯（throw a sop to Cerberus）」，就是送禮或

行賄以取得方便以免麻煩的意思。Sop 是泡在牛奶或肉汁裏的麵包片，引伸作小賄賂；作為安慰品的小禮物，可以單獨使用。

例句
EXAMPLE SENTENCES

1 "Just take it as a **sop to Cerberus**," he said to his aggrieved wife.
「就當作是拋片麵包給地府惡狗吃算了。」他對憤憤不平的妻子說。

2 She regarded the prize her son received as a **sop**.
她認為兒子得到的獎只是聊作安慰的東西。

3 The so-called tax relief is a mere **sop** to the middle-class.
那所謂稅務減免不過是用來安撫中產階層而已。

29 陰森地府
HADES

冥王黑德斯 Hades 的父親是克羅諾斯 Cronus，母親是瑞亞 Rhea，是宙斯的兄弟，他本來是長子，但一出生便被父親吞進肚裏。他是最後一個被克羅諾斯嘔出來的孩子，按這個情況排行，他是小弟弟。

克羅諾斯和瑞亞有六個兒女，頭三個是女孩，後三個是兒子，按次序是黑德斯 Hades、普塞頓 Poseidon 和宙斯 Zeus。打倒父親後，三兄弟抽籤來決定管轄範圍，結果宙斯管天，普塞頓管海，黑德斯管地下世界，地上則由三人共同管治。黑德斯不大高興抽籤結果，但無

話可說，所以他索性留在地下世界，上界發生甚麼事他不聞不問。

　　黑德斯的妻子是草木女神珀爾塞福涅 Persephone，本是宙斯的私生女兒，在宙斯默許下，黑德斯把珀爾塞福涅拐到冥府做妻子。這件事最傷心的是珀爾塞福涅的母親農產女神提蜜達 Demeter，總覺得委屈了愛女，珀爾塞福涅被拐之初，提蜜達心神恍惚，疏於照顧農產，結果鬧了一場饑荒。和黑德斯作伴的是賽柏洛斯，這隻三頭惡犬也替他看守着地府大門。黑德斯對做地府之王似乎並不熱衷，只要亡魂乖乖留在地府，他便甚麼也不管不理。也許和死人相處得久了，他總是冷冰冰的，這也符合地府的陰森可怕。

　　Hades 是冥王黑德斯，也可以是地府、地獄的意思，通常和 hell 交替使用。形容詞是 Hadean，意思是陰森恐怖，或者地獄般的，通常 H 大小寫也可以。地理學有「太古宙」或「太古代」Hadean aeon/period，指太陽系形成期和地球岩石形成期之間的數十億年時期。

例句
EXAMPLE SENTENCES

1　The expedition struggled to survive in the **Hadean** environment.
探險隊在地獄般的環境裏掙扎求存。

2　The explorer walked through a **hadean** channel and came to a chamber.
那探險家走過一條陰森地道，來到一個大房間。

3　A tsunami had turned the quiet coastal town into **Hades**.
一場海嘯把那個寧靜的海濱城鎮變成地獄。

30 極樂園
ELYSIUM

古今中外都有人相信，人死後會到地府。古希臘人如果和天神有關係者，例如天神的私生子女，死後卻可以在極樂園享福，生前各種享受無一或缺，犯了事受懲罰者例外。這個極樂園名為 Elysium，或者 Elysian Fields。希臘英雄例如阿基里斯、赫克托和奧德修斯等人也有資格在這個地方生活，後來獲天神垂青的人、行善的人和有德行的人，以及勇者都可以入住極樂園了。

按希臘神話，Elysium 在大地西面盡處的 Oceanus 水濱，Oceanus 是環繞大地的一條巨川，把人間世和其他地方分隔開來。極樂園綠草如茵，森木婆娑，風調雨順，各種農作物和水果自然生長，生活其中的人每天不用工作，無憂無慮，在體育活動和音樂聲中消磨時間，而且可以永生不朽，好不快樂。這個極樂園也名為「幸福仙島」Fortunate Isles，或者「享福者之島」Isles of the Blessed，顧名思義。Isles 即 islands，看來不止一個島，但後期的記載則只有一個，總之是在極西的地方，和佛教的西方極樂如出一轍。法國巴黎著名的香榭麗舍大道 Avenue des Champs-Élysées 譽滿全球，Champs-Élysées 便是法文的 Elysian Fields。

這個希臘的極樂園是不少文學和音樂作品的靈感泉源，樂聖貝多芬 Ludwing von Beethoven（1770-1827）的傑作《第九交響曲》 *Symphony No.9* 膾炙人口，最後樂章的歌唱部份，歌詞改編自德國詩人席勒 Friedrich Schiller（1759-1805）的《歡樂頌》 *Ode to Joy*，原詩是德文寫成，開首兩句是：

Joy, beautiful spark of Divinity,　歡樂燦爛的神聖火花

Daughter of Elysium...　　　　　極樂園的仙女……

Elysian 是 Elysium 的形容詞，意思是極樂園似的，或者極之幸福快樂。

例句
EXAMPLE SENTENCES

1　He just wanted to stay on the island and live an **Elysian** life.
他只想留在島上過着極樂園般的生活。

2　The bride was beaming with **Elysian** joy.
新娘子洋溢着幸福快樂已極的神色。

3　The resort has an **Elysian** meadow carpeted with flowers.
那度假區有滿是花朵的仙境般草地。

31 快活的木星
JUPITER

希臘和羅馬神話很多重疊，早期羅馬神話深受希臘文化影響，只神祇的名字不同而已。希臘的宙斯 Zeus 到了羅馬成為朱庇特 Jupiter，即是木星，妻子朱諾 Juno，即希臘的赫拉 Hera。宙斯和朱庇特都是雷神，同為眾神領袖，朱庇特手持霹靂雷電，以鷹為伴，所以鷹是眾鳥之中最吉祥的，鷹也成為古羅馬軍隊最常用的徽章圖案，很多錢幣上的圖案也是一隻雙爪抓着雷電的猛鷹。

朱庇特的兄弟是尼普頓 Neptune 和普路托 Pluto，即是海王星和冥王星，也就是希臘神話裏的普塞頓 Poseidon 和黑德斯 Hades。古

羅馬人對朱庇特非常尊敬，認為自己優於其他民族，得以統治天下，全因為這位天神所賜的力量。羅馬公民每年選出兩位執政官 consul 來領導國家，執政官就任時須以朱庇特之名宣誓，可見其地位。

希臘的宙斯住在奧林匹斯山 Olympus，地點大約在希臘本土東北部，朱庇特則住在羅馬的卡匹托拉山 Capitoline Hill，其實是只有兩三層樓高的小山崗，古羅馬建有朱庇特神廟，今天有一座博物館，是羅馬的觀光地點，比遊客稀疏的奧林匹斯山熱鬧得多。

羅馬人還把所認識的五顆行星中最大的一顆命名朱庇特，其他四顆是土星 Saturn、火星 Mars、金星 Venus 和水星 Mercury。古羅馬占星術認為地上生命都受天上行星影響，在某行星支配之下出生的人，個性、際遇和運氣都按該星而有定數。朱庇特威嚴堂皇，快樂良善，所以在木星支配下出生的人都有這種特點。

Jupiter 暱稱是 Jove，拉丁文 *jovialis* 意思是「朱庇特的」，或者「和朱庇特有關的」，中古法文變成 *jovial*，十七世紀轉成英文，意思是莊重，高貴，或者有威嚴的，今天 jovial 多數解作快活善良的意思，也可以拼作 jovian。這個字的動詞是 jovialize，名詞是 joviality。

例句
EXAMPLE SENTENCES

1 He had no idea why his wife was **jovial** one minute and angry the next.
他摸不着頭腦為甚麼妻子會喜怒無常。

2 There is always an air of **joviality** with his presence.
有他在場總會有歡樂氣氛。

3 She told her mother that she bought the dress just to **jovialize** herself.
她對母親說，買那條裙子不過是想令自己開心。

32 財神
PLUTUS

普路托 Pluto 是羅馬神話裏的冥王，天體而言即是冥王星，希臘神話裏是黑德斯 Hades，不過羅馬冥王沒有希臘冥王那麼冷冰冰，令人不寒而慄。希臘和羅馬天神的男女關係有時候頗隨便，普路托卻是不二心丈夫，和妻子草木女神普羅撒蘋娜 Proserpina（即希臘的珀爾塞福涅 Persephone）在地府廝守，非常恩愛。

普路托往往和希臘的財神普路托斯 Plutus 混作一體，一般的解釋是地下有豐富資源，而且農作物的根都在地下，種子也要埋在泥土裏才會萌芽生長，地下一切都歸普路托管，所以說他掌管財富亦合理，何況他妻子是草木女神。也許是這個原因，羅馬人覺得普路托可親，不像希臘人那樣怕了黑德斯。

真正的財神其實是普路托斯，是普路托和普羅撒蘋娜的兒子，但也有說他是普羅撒蘋娜的弟弟。這位真財神很可憐，宙斯為免他偏心，弄瞎了他的眼睛，使他派發財富時對所有人一視同仁。普路托斯還跛了一足，走路很慢，於是派財也慢，但他肩上有翅膀，財富派完後馬上飛走，來得慢去得快，就是財神作風。有「喜劇之父」之稱的古希臘詩人阿里斯托芬 Aristophanes 曾經拿普路托斯來開玩笑，在一齣喜劇中，財神治好了眼睛，看到眾生相，派起財富來便大大不同了，結果天下大亂。

Plutus 演變出來的英文字最常見的是 plutocracy，意思是財閥或富豪統治，或者是這階層統治的國家，plutocrats 是這階層的成員，也引伸為以財富把影響力加諸別人的人。經典的 Plutocracy 有古羅馬和古希臘，很多人批評今天的美國也走向 plutocracy，政治受大財團和富豪左右，並非國家之福。Plutocracy 的形容詞是 plutocratic。

1 We are now in the age when **plutocrats** and commercials have got their sway.
我們身處的是財閥和宣傳廣告支配的年代。

2 His rise from poverty to **plutocratic** fame is a local legend.
他由窮光蛋攀升到以富甲一方知名是當地傳奇。

3 When a **plutocracy** is disguised as a democracy, the system is beyond corrupt.
– Suzy Kessam, American writer & film director
財閥統治偽裝成民主政治時,這個制度是無可救藥的了。
—美國作家及電影導演蘇茜‧卡森

33 風流女神
VENUS

　　希臘神話裏,阿佛珞狄綈 Aphrodite 是愛神,也掌握性慾,特洛伊人國破家亡皆因她而起。這位希臘女神在羅馬神話是維納斯 Venus,天體來說即是金星。古羅馬人很崇拜維納斯,認為沒有她便沒有羅馬。

　　維納斯生自海濤泡沫,被風吹到岸邊,成為美麗的女神。眾天神都愛慕維納斯,宙斯卻把她許配給平庸而且瘸了一腿的伍爾坎 Vulcan,以酬謝這位火與鍛冶之神為他打造霹靂雷電。維納斯和伍爾坎的婚姻有關係而無愛情,兩人沒有兒女。維納斯情郎甚多,私生兒女也不少,伍爾坎恨得牙癢癢。維納斯和戰神馬爾斯 Mars 的戀情從

來不是秘密，但終於闖禍。伍爾坎造了一張網，暗藏在兩人幽會的地方，把這對男女一網打盡，拉到眾神面前，大大羞辱一番。可是凡人另有見解，千百年來都視愛神和戰神的愛情為佳話，文學藝術以之作題材者多不勝數，伍爾坎這位可憐丈夫反而無人理會。

Venus 亦引伸作美人，或者美女的意思，男子眼裏的情人可以稱為他的「維納斯 (Venus)」。一九九〇年代初有一本普及心理學書《男人來自火星，女人來自金星》Men Are From Mars, Women Are From Venus，闡釋兩性關係，把金星賦以維納斯的品質，大意指出女人通常比較着重感覺。這本書賣出一千五百萬冊，成為一九九〇年代最暢銷的非小說類讀物。

由維納斯的芳名衍生出來的英文字，到現在最常用的只有 venereal 這個形容詞，都與性有關，例如 venereal desire 是性慾；venereal medicine 是治性病藥。她的希臘姊妹 Aphrodite 也命運相同，aphrodisiac 是形容詞，意思是催情的，作名詞用時則是催情藥。莎士比亞有一首敘事長詩《維納斯與阿多尼斯》Venus and Adonis，其中有兩句描述女神邂逅美少年時情不自禁的失態：「情思昏昏的維納斯才不要放過他／厚顏如求愛者般開始哄他誘他」"Sick-thoughted Venus makes amain unto him / And like a bold-faced suitor'gins to woo him"。

1 She couldn't believe that her husband had contracted **venereal** disease.
她難以相信丈夫染了性病。

2 Police found a large amount of **aphrodisiacs** and drugs in the nightclub.
警察在那夜總會內找到大量催情劑和毒品。

3 She complained about the male colleagues' **venereal** comments.
她投訴男同事那些與性有關的評論。

34 血紅戰神
MARS

　　維納斯眾多情人裏，當然以戰神馬爾斯 Mars 最有名。馬爾斯以血紅色為標誌色彩，火星因為表面極多氧化鐵而呈紅色，古羅馬人於是把這顆夜空裏的紅星以戰神之名而名之。

　　馬爾斯在希臘神話裏是阿瑞斯 Ares，不過阿瑞斯代表破壞殺戮，馬爾斯卻以戰止戰，打仗是手段，和平是目的。古希臘人對阿瑞斯是敬而怕，古羅馬人對馬爾斯是敬而尊。建造羅馬城的孿生兄弟羅穆盧斯 Romulus 與瑞摩斯 Remus 便是阿瑞斯的私生子，兩兄弟出生後被遺棄，曾經由母狼以乳汁餵食，後來被牧羊人養大，可惜兩人建城時爭執，羅穆盧斯錯手殺了瑞摩斯。而按古羅馬曆法，每年首月是

Martius，即是 March，從戰神馬爾斯之名而來。馬爾斯也是農耕的保護神，風調雨順有賴他的神力，March 的第一日也是春至，是歡欣慶祝的節日，可見馬爾斯在古羅馬之受尊敬。事實上，眾神若排名次，他僅在父親朱庇特之後。

馬爾斯的出生頗奇特，朱諾覺得丈夫朱庇特既然能夠從額上生出米納娃 Minerva（即希臘的雅典娜 Athena），她為甚麼不可以不靠丈夫自己生個孩子。朱諾向花神弗洛拉 Flora 請教，弗洛拉用仙花在她肚皮上揉搓，朱諾果然有孕，產下馬爾斯。天神每位都有自己的兵器，朱庇特手上的是伍爾坎打造的霹靂雷電，馬爾斯持的是長矛，據說供奉在古羅馬一座神龕內，能預警戰禍動蕩，長矛震動的話，即是將有大事，羅馬獨裁者凱撒大帝 Julius Caesar 遇刺那天，長矛便震動了。

從 Mars 變化出 martial 這個字，martial law 是軍法管制；court martial 是軍事法庭；martial arts 是武術；martial artist 是武術家；martialist 是兵法家了。

例句
EXAMPLE SENTENCES

1 Players are not happy with their coach's **martial** way of training.
球員不喜歡教練的軍事式訓練。

2 Gurkha soldiers are renowned for their **martial** spirit.
喔喀士兵以勇武精神聞名。

3 Liang Qichao believed that **martial** traditions prevailed in ancient China.
梁啟超認為尚武傳統中國古已有之。

35 綠帽火神
VULCAN

　　羅馬神話的火神伍爾坎 Vulcan 是天神朱庇特夫婦的兒子,希臘是希菲斯特斯 Hephaestus,出生時是個非常醜陋的嬰兒,臉孔通紅,一副要嚎啕大哭的樣子,母親朱諾吃了一驚,把他從奧林匹斯山上往下一扔。伍爾坎掉了一天一夜才跌進海中,不幸還折了一條腿,所以長大後是個跛子。阿基里斯 Achilles 的海中仙女母親西蒂斯 Thetis 撿到他,帶回家撫養。

　　伍爾坎長大後,某日在海邊發覺漁人留下的火堆餘燼,好奇之下,用一個大貝殼盛好,拿回家仔細研究,自學了一身好手工,各種器具與美藝製作無一不精。有一次,西蒂斯上奧林匹斯山赴宴,戴了一串伍爾坎造給她的頸飾,朱諾很喜歡,細問之下,發覺西蒂斯的養子就是當年扔下山的嬰孩。朱諾要求和親兒相認,但伍爾坎說甚麼也不肯,朱諾大怒,揚言不會罷休。伍爾坎於是造了一張非常漂亮的椅子,送上奧林匹斯山給朱諾做禮物。朱諾一坐上去,啟動了機關,把她牢牢綁在椅子上,動彈不得。僵持了三天,朱庇特答應伍爾坎,他放了朱諾便送他一個美女做妻子。伍爾坎放了朱諾,還為朱庇特打造了雷電權杖,於是娶得美人歸。

　　特洛伊戰事中,阿基里斯把盔甲借給好友普特洛克勒斯 Patroclus,誰知普特洛克勒斯被赫克托殺死,盔甲更被取去。西蒂斯於是要伍爾坎為哥哥打製新戰衣,伍爾坎造了一面上有日月星辰及山川河嶽圖案的盾牌,阿基里斯戰死後不知哪裏去了。

　　伍爾坎在西西里島的埃特納山 Mount Etnak 的山腳有一個鍛冶工場,每次維納斯紅杏出牆,他便燒紅火爐,用力打鐵來發洩。難怪埃特納是著名活火山,千百年來經常爆發了。英文的火山 volcano 便是

從 Vulcan 的名字變出來的。形容詞是 volcanic，意思是像火山的。諺語 sit / stand / sleep on a volcano 便是身處險境的意思。

例句
EXAMPLE SENTENCES

1　Mount Etna is an active **volcano** on the east coast of Sicily.
埃特納山是西西里東岸的一座活火山。

2　His **volcanic** character makes him a difficult person to get along with.
他的暴躁性格使他很難相處。

3　She's like sitting on a **volcano** if she goes on tolerating her husband's violence.
她如果繼續容忍丈夫的暴力便有如坐在火山之上。

36 美少年
ADONIS

　　阿多尼斯 Adonis 是希臘神話裏最出名的美少年，母親是塞浦路斯 Cyprus 公主玫拉 Myrrha。玫拉長得很美麗，她的母親引以為榮，說得興奮時，竟然指寶貝女兒比阿佛珞狄絲 Aphrodite 還漂亮，這可觸怒了自覺是上天下地最美麗女人的愛神。阿佛珞狄絲施法，令玫拉愛上父親塞浦路斯王辛拿拉斯 Cinyras，還亂倫後懷了孕。玫拉十分後悔，祈求上天把她變做甚麼也好，她不要做人了。天神憐憫她，把她變了一顆樹，就是沒藥樹 myrrh tree，她的眼淚就是樹脂。沒藥樹脂可作藥用，活血散瘀、消腫止痛，古中東人多作屍體防腐劑。九個

月後，玫拉變的沒藥樹裂開，生了阿多尼斯。阿佛珞狄綈把這個可憐的嬰孩交給地府之后珀爾塞福涅 Persephone 撫養。

阿多尼斯長成一位翩翩美少年，連珀爾塞福涅也為他傾倒。愛神和地府之后都要和阿多尼斯在一起，爭風呷醋，請宙斯評理。宙斯要阿多尼斯每年四個月陪愛神，四個月在地府，其餘時間由他自行決定，阿多尼斯卻選擇和阿佛珞狄綈在一起。阿多尼斯好狩獵，阿佛珞狄綈屢勸不聽，結果阿多尼斯被一頭野豬咬死。阿佛珞狄綈傷心欲絕，撫屍痛哭，眼淚和阿多尼斯的血液混在一起，滴在地上，長出美麗的金蓮花 anemone。有版本說，野豬是戰神阿瑞斯 Ares 放去殺阿多尼斯的，阿佛珞狄綈很傷心，把天神飲用的瓊漿倒在阿多尼斯的屍身上，瓊漿混了血液，長出金蓮花。

文藝復興時期的威尼斯畫家提湘 Titian（1488-1576）繪有一幅《維納斯與阿多尼斯》*Venus and Adonis*，但複製品估計起碼有三十幅，可有真跡混其中不得而知，現藏西班牙馬德里普拉多美術館 Prado Museum 的則標明一五五四年，是唯一有年份的一幅，但專家認為也是複製品。

Adonis 是美少年的意思，差不多有如今天戲稱的小鮮肉。動詞是 adonize，意思是男子修飾儀容，已近乎浮華的花花公子了。

1　His wife and daughters are great fans of that **Adonis-like** Korean pop star.

他的太太和女兒是那個美少年韓國歌星的歌迷。

2　Sarah got suspicious when her husband began the habit of **adonizing** himself.

莎拉發覺丈夫開始有妝扮儀容的習慣時頓起疑心。

3　"Here comes **Adonis!**" his friends playfully howled when he arrived.

「小鮮肉來了！」他到達時朋友們鬧着玩哄笑。

37 啟明星
LUCIFER

　　維納斯的故事很香艷，金星可是另回事。金星的軌跡在太陽和地球之間，運行至太陽西面時，清晨便出現東邊天際，是最明亮的天體，名為「啟明星 (morning star)」，這現象每年維持約三個月。金星運行至太陽東面時剛好相反，黃昏時在西邊天空出現，這時名為「黃昏星 (evening star)」，也是大約三個月，其他時間則肉眼不可見。

　　啟明星在太陽升起前出現，所以名為 Lucifer「路西法」，拉丁文是「帶來光明 (light-bringing)」的意思。路西法也是魔鬼撒旦 Satan 的別稱，有學者認為是早期基督教《聖經》翻譯成英文的問題，有違原意，不過撒旦這個別號已根深蒂固，真有問題也改不了。希臘神話裏，路西法名叫佛斯伏路斯 Phosphorus，是曙光女神奧羅拉 Aurora 的兒

子，通常以手持火炬的男子形象出現。

Luciferianism 是路西法主義，信者稱為 Luciferians，認為路西法不是魔鬼，而是解放者、守護者與指導者，是真神。路西法主義有不同宗派，各有信徒，有美國宗派更有會址，亦出版刊物，是合法團體。基督教則視之為侍奉撒旦的邪魔外道。

十九世紀初，英國人發明摩擦火柴，名為 lucifer match，主要成份是硫磺。售賣火柴的盒子上印着啟明星，取其帶來光明的喻意，lucifer 亦逐漸成為火柴的稱呼。火柴後來改用磷，但磷有毒，火柴廠女工很多染病，下頜骨壞死，到十九世紀末才改良成安全火柴。第一次世界大戰時英國有一首很受歡迎的進行曲，名為「收起你的煩惱」*Pack Up Your Troubles*，在軍中流行傳唱。歌詞其中一句是「你已有火柴點煙屁股」"you've got a lucifer to light your fag"。當時士兵生活在戰壕裏，環境惡劣，非常艱苦，遇上潮濕天氣或雨季，火柴都擦不着，竟然有火柴點着捨不得扔掉的煙屁股，還抱怨甚麼呢？

Lucifer 的形容詞是 luciferous，L 不用大寫，意思是發光的，照亮的，或者光明的，引伸解作啟發的，啟迪的。

例句
EXAMPLE SENTENCES

1 Everyone paid attention to the old monk's **luciferous** speech.
所有人都專心聽老僧振聾發聵的說話。

2 Divers found some **luciferous** marine lives in the abyss.
潛水員在那深淵裏發現一些發光的海洋生物。

3 The **luciferous** side of the talk is that both sides are eager to reach an agreement.
會談的希望在於雙方都渴望達成協議。

38 飄飄西風
ZEPHYR

羅馬的維納斯也好，希臘的阿佛珞狄絲也好，愛神是由海濤泡沫成形的，被風吹到岸邊，這風是西風之神澤弗 Zephyr，也拼作 Zephyrus。十五世紀意大利畫家波提切利 Sandro Botticelli（1445－1510）的傑作《維納斯的誕生》，繪畫的就是這個故事，這幅名畫現在收藏在佛羅倫斯的藝術館裏。

古希臘神話裏，風神伊奧勒斯 Aeolus 之下有東南西北四位方向風神，澤弗是其一，也是春之神，因為古希臘人認為西風最和暖也最調順，而且萬物轉機亦有賴西風，所以把澤弗和春天關連在一起。澤弗是飛黃 Xanthus 和風騅 Balius 這兩隻天馬的父親，是他和一頭哈比 Harpy 生的。哈比是一種鳥怪，有女人臉孔和身體，殘忍而貪婪，這頭哈比化身成一隻非常漂亮的馬，在海灘散步時遇到 Zephyr，一見鍾情，珠胎暗結。飛黃和風騅後來成為阿基里斯的愛駒，特洛伊戰爭中為他拉戰車，除了阿基里斯外，只有普特洛克勒斯 Patroclus 才駕馭得到牠們。普特洛克勒斯很喜歡親手餵飼兩隻天馬，他陣亡時，飛黃和風騅一動不動地站在戰場上悲嘶。

澤弗曾經是愛神厄洛斯 Eros 的侍從，厄洛斯的母親就是阿佛珞狄絲，母子一男一女同是愛神。世人都稱讚凡間女子賽恪 Psyche 美若愛神再世，甚至謠傳她是愛神私生女，阿佛珞狄絲很不高興，要兒子去令賽恪愛上最醜陋的怪物。誰知厄洛斯自己愛上賽恪，不捨得下手，澤弗於是吹起風，把賽恪送到厄洛斯住的地方。一對戀人經過重重波折，最後得成眷屬。

Zephyr 是和風，輕風的意思。羅馬神話的西風之神是 Favonius，轉為形容詞是 favonian，意思是溫和的；有利的，或者吉利的。

1. She opened the window and let in a **zephyr** breeze.
她打開窗，迎進和暢清風。

2. After wuthering the whole night, the wind dropped to a **zephyr** in the morning.
整晚呼嘯的狂飆在早上減弱成為和緩輕風。

3. There has never been such a **favonian** atmosphere in the legislature.
議事廳內從來沒有這種怡和氣氛。

39 性也神也
EROS

　　厄洛斯 Eros 和賽恪 Psyche 的動人愛情故事公元前四世紀已流傳，是後世不少藝術和文學作品的藍本。厄洛斯是阿佛珞狄綈 Aphrodite 和戰神馬爾斯 Mars 的兒子，他和母親一樣都是愛情之神，是個手持弓箭的小孩，被他的箭射中的人都會愛上眼前人，可是他時常蒙上眼睛，射的箭便很有問題了。不過這是他的後來形象。

　　最原始的厄洛斯是成年男子，父親是混沌 Chaos，出生僅在天父 Uranus 地母 Gaia 之後，是繁殖之神，被說成性能力極強，所以能夠令萬物滋生。神話傳說一來版本多，二來流傳變化廣泛，厄洛斯亦輾轉由成年男子演變成小孩子。阿佛珞狄綈想不透怎麼厄洛斯這個孩子老是長不大，向法律與正義女神西彌斯 Themis 請教，西彌斯解釋說，可能厄洛斯沒有兄弟姊妹作伴，孤單寂寞，所以不會長大。阿佛珞狄

綈於是生了安提洛斯 Anteros，厄洛斯有了這個弟弟，果然快高長大了。Anteros 是戀愛之神，專門懲罰抗拒愛情和不信愛情的人，總是和哥哥伴在母親身旁。

英國倫敦皮卡迪利廣場 Piccadilly Circus 中央噴泉上的銅像，看似厄洛斯形態，一般人亦稱之為厄洛斯，其實是安提洛斯，正式名稱是「基督博愛精神天使」Angel of Christian Charity。厄洛斯和安提洛斯兩兄弟的翅膀不同，哥哥的是鳥翼，弟弟的像蝴蝶，分前後翅。皮卡迪利廣場噴泉的安提洛斯銅像卻另有任務，和男女之間的愛情無關，紀念的是第七代沙夫茨伯里伯爵 7th Earl of Shaftsbury（1801-1885）仁愛之情。這位伯爵曾提出法案，禁止煤礦場僱用婦女和童工進礦井工作，是關懷貧苦的社會改革家。

從 Eros 得到的常用字是形容詞 erotic，意思是色情的，或者引起性慾的。名詞 erotica 是色情文學或藝術作品，動詞是 eroticize。愛情是慾望，跟肉體的歡悅也許很難脫得關係。

例句
EXAMPLE SENTENCES

1 She took the film director to court for **eroticizing** her novel.
她上法院控告那電影導演色情化了她的小說。

2 His poetry was banned in many countries for being viewed as too **erotic**.
他的詩作因為被視作過份色情而在很多國家被禁。

3 It was such a farce to label the statute "**erotica**".
把那幅畫列為「色情作品」真是鬧劇。

40 愛情戰勝一切
CUPID

厄洛斯 Eros 在羅馬神話裏是丘比特 Cupid，也是蒙上眼睛，所以莎士比亞在喜劇《仲夏夜之夢》裏有一句話說：「愛情不用眼望，乃用心看／故長着翅膀的丘比特被繪成蒙上雙目」"Love looks not with the eyes, but with the mind / And therefore is winged Cupid painted blind"。

愛情是盲目的。不過丘比特的箭分兩種，一種銀箭頭，另一種鉛箭頭，被銀箭射中的人會動情，中鉛箭的卻逃情。丘比特很淘氣，有時候會亂點鴛鴦，但大致上仍是善意的，除非是奉母親之命，他和賽恪的故事便是例子。太陽神阿波羅有一次取笑他是個學大人舞弓弄箭的小鬼。丘比特才不把你太陽神放在眼內，射他一銀箭，令他愛上仙女妲芙妮 Daphne，射妲芙妮的卻是鉛箭。阿波羅中箭後，向妲芙妮示愛，但妲芙妮避他唯恐不及，令阿波羅苦惱不已。

愛情故事《丘比特與賽恪》*Cupid and Psyche* 裏，在黑暗中和凡女賽恪成親的丘比特，不會是個淘氣小孩。意大利畫家卡拉瓦喬 Caravaggio (1571-1610) 有一幅傳世傑作《愛情戰勝一切》*Amor Vincit Omnia*，英語是 *Love Conquers All*，現藏德國柏林國立博物館畫廊。這幅畫的畫題來自著名古羅馬詩人維吉爾 Virgil 名句，畫中的裸體丘比特得意洋洋，腳下是一團糟的紙筆、樂譜、提琴、盔甲、尺規等東西，全都是文化產物。相對愛情，所有這些東西都變得沒有價值。愛情真偉大！

從 Cupid 得出 cupidity 這個名詞，意思是貪婪；貪念。另外還有動詞 covet，是古希臘文到拉丁文到法文，然後成為英語的，意思是貪求；覬覦；垂涎，或者渴望擁有。形容詞是 covetous，英諺說 The covetous man is good to none and worst to himself「貪婪者對人不好對自己最壞」。

1　Unscrupulous ambition and **cupidity** led to his downfall.
肆無忌憚的野心和貪婪終於令他萬劫不復。

2　These old coins are keenly **coveted** by collectors.
這些舊錢幣收藏家夢寐以求。

3　She **covets** spending more time with her aged parents.
她渴望多點時間陪伴年邁的父母。

41 月桂
LAUREL

　　阿波羅追逐的妲芙妮 Daphne 是一位清水仙女 Naiad，顧名思義，這些仙女出沒泉水和溪澗之間，有清水的地方便有她們蹤影，但她們不會在大河大川出現，那些大水有河神，大家分得很清楚。

　　妲芙妮是狩獵女神阿耳特彌斯 Artemis 的追隨者。阿耳特彌斯是太陽神阿波羅的孿生姊姊，以貞潔聞名，就算沒有丘比特那一箭，妲芙妮也矢志守貞，不會接受阿波羅的追求。阿波羅很無奈，自己枉為掌管草藥之神，卻解不到丘比特的一箭愛情之毒。妲芙妮被熱情如火的阿波羅追到河邊，情急之下向河神父親禱告，剎那間，她變成一棵月桂樹 laurel。阿波羅把月桂樹的枝葉摘下，編成冠環，戴在頭上，從此亦對月桂喜愛不已。

月桂屬樟科，原產地中海地區，葉片揉碎後有清香氣，是烹飪常用調味料。古希臘每四年在特爾斐 Delphi 舉行競技會，以紀念太陽神阿波羅開廟，人們會從阿波羅經常去遊玩的勝比河谷 Vale of Tempe 採摘月桂枝葉，編成桂冠，給競技賽的得勝者戴上。後來有軍功的將領、競技場上的勝利者，以至卓越的詩人、音樂家等都可以戴上桂冠，作為榮譽的象徵。

　　到了今天，laurels（通常用眾數）的意思是殊榮或者冠軍，得勝者。通常會說 gain / win the laurels，即是贏得殊榮；look to one's laurels 是小心保持榮譽；rest / sit on one's laurels 是安於成就，吃老本。西方自十七世紀起即有桂冠詩人 poet laureate 這個榮銜，由政府或者有關組織頒與傑出詩人，Nobel laureate 是諾貝爾獎得獎人。laureate 可單獨使用，指在某領域成就卓越的人，或者某項殊榮，作形容詞時則是戴桂冠的，引伸為卓越的，傑出的。

例句
EXAMPLE SENTENCES

1　He must win the regional **laurels** before he can go on to the finals.
他要贏得地區冠軍才可以進入決賽。

2　She must look to her **laurels** if she wants to maintain her lead.
她要保持領先便得好好守住地位。

3　Professor Chan, a **laureate** of maritime trade history, will give a public lecture today.
陳教授是海上貿易歷史桂冠學者，今天公開演講。

42 蝴蝶與靈魂
PSYCHE

《丘比特與賽恪》*Cupid and Psyche* 是公元二世紀作家和哲學家阿普列烏斯 Apuleius（124-170）的作品，他從古希臘神話裏取材寫成故事，收錄在他的拉丁文小說《金驢記》*The Golden Ass* 裏。

賽恪是位美貌公主，丘比特愛上她，在黑夜裏與她結成夫婦。丘比特從來不在白天出現，總是夜裏來天明去，不許賽恪看他真面目。後來賽恪受兩個姊姊唆使，待丘比特熟睡時點起蠟燭，要看清楚夫婿的樣子。她痴痴地看時，不慎把蠟油滴到丘比特身上，丘比特一驚而醒，眨眼便消失，此後再沒有出現。賽恪非常懊悔，踏遍天涯海角也要和夫婿團聚，萬念俱灰時想投河自盡，卻被牧神潘 Pan 大發善心勸阻，還指點她向她婆婆愛神阿佛珞狄綈 Aphrodite 求助。

阿佛珞狄綈要賽恪先替她做幾件事情，最後一件是從地府拿一個箱子給她，但囑咐她不要打開。可是賽恪重蹈覆轍，按捺不住，打開箱子，裏面原來藏着夢神摩耳甫斯 Morpheus，賽恪碰到夢神，馬上倒在地上沉沉熟睡。丘比特其實一直把一切看在眼裏，心如刀割，跑去懇請朱庇特救活賽恪。天神之王朱庇特憐憫這對可憐人，弄醒賽恪。故事團圓結局。

古希臘文的 *psyche* 除了是人名外，也是「靈魂」或者「蝴蝶」的意思，所以賽恪成為有蝴蝶翅膀的靈魂女神。千百年來討論及研究 Psyche 的文章有很多，近代更在心理學、神經系統科學、行為學等多所發展。從 Psyche 得出 psych 這個前綴 prefix，意思是精神的或心理的。這個前綴組成上百名詞，psychology 是心理學；psychiatry 是精神病學；形容詞 psychedelic 意思是引起幻覺的，或者色彩鮮艷奪目的。用前綴 psych 組合的字詞真的多不勝數。

1　**Psychedelic** fashion, which started in the 1960's, is not a new trend.
迷幻熒光色彩時裝一九六〇年代面世，並不是新潮流。

2　Her loss of memory is a **psychological** problem, not a physiological one.
她的失憶是心理問題，與生理無關。

3　The old man believed that **psychic** power could help him win the lottery.
那老頭相信超自然力量能夠助他中彩票獎。

43 夢神
MORPHEUS

　　夢神摩耳甫斯 Morpheus 一家人都不簡單，他的父親是睡眠之神希普諾斯 Hypnos，叔叔是死亡之神桑納托斯 Thanatos，母親是知覺女神帕斯西婭 Pasithea，祖母是夜神尼斯 Nyx。他有上千個兄弟，全部都會在人的夢裏出現，而且各有職責，所以人做的夢五花八門，都是這千個夢兄弟的工作，而摩耳甫斯是兄弟之首。

　　這一家人住在地府，門戶森嚴，有怪獸守衛，居所被忘川圍繞，外人休想闖入。摩耳甫斯每天晚上和兄弟出動，他從牛角造的門出去，在夢中以各種人的形態出現，傳達信息，他的兄弟則經象牙造的門離開，帶給人的都是可怕或者沒有意義的夢。兩門分別是因為古希

臘文的「角」與「實現」近似，「象牙」則與「欺騙」類同。有研究指出，這幾兄弟其實是公元一世紀古羅馬詩人奧維德 Ovid 的創作，原始神話成份似乎不多。摩耳甫斯和兄弟們都有翅膀，他最忙碌，除了報夢外，還要背着懶得走動的父親來來去去。英文說「在摩耳甫斯的臂彎裏（in the arms of Morpheus）」，即是在夢鄉。

十九世紀初，德國化學家瑟圖納 Friedrich Sertürner（1783–1841）成功從罌粟 opium poppy 提煉出一種止痛劑，因為有令人昏睡效用，有如碰到摩耳甫斯，故以這位夢神大名 Morpheus 作基礎，名之為「嗎啡（morphine）」。嗎啡到了十九世紀中葉才商品化，其後注射器面世，嗎啡的應用遂更普及。

俄國大詩人普希金 Alexander Pushkin（1799–1837）有一首詩，名為《致摩耳甫斯》*To Morpheus*，開首是這樣的：「啊，摩耳甫斯，給我歡樂直到天明／為了我那老是令人痛苦的愛：且把燃着的蠟燭吹熄／使我的夢好好做下去」"Oh, Morpheus, give me joy till morning / For my forever painful love: Just blow out candles' burning / And let my dreams in blessing move"。

例句
EXAMPLE SENTENCES

1 "It's high noon, and he's still in the arms of **Morpheus**!"
「日已中午，他還在元龍高臥！」

2 "I've to go to bed. **Morpheus** has just touched me."
「我要去睡覺了。夢神剛觸摸了我。」

3 The doctor gave her a shot of **morphine** to ease the pain.
醫生給她注射嗎啡來舒緩痛楚。

44 忘川
LETHE

　　按希臘神話，地府有五大河流，忘川 Lethe 是其一，其他四條是冥河 Styx，悲水 Acheron，淚河 Cocytus，火河 Phlegethon。亡魂進入地府都要飲忘川水，把前世事忘記得一乾二淨才可以轉世。但亦有記載說，其實還有一條憶河 Mnemosyne，得到指點的亡魂都知道，飲了這條河的水便不會忘掉前世事。

　　Lethe 也是遺忘 forgetfulness 與湮沒 Oblivion 女神的芳名，叫她做麗菲吧，她的母親是大家避之唯恐不及的不和女神厄里斯 Eris，特洛伊人國破家亡便因她而起。麗菲的姊妹也不簡單，有困難、饑荒、戰爭、戰役、謀殺、誤殺、謊言、混亂、毀滅、爭執，只看這家人的名字已令人撟舌。

　　西班牙西北部鄰近葡萄牙的加利西亞 Galicia 有一條河，名為利迷厄河 Limia River，西流越過葡萄牙進入大西洋，古羅馬人相傳這條利迷厄河就是忘川。據說公元前一三八年，羅馬大將卡拉克斯 Callaicus 曾領軍來到，士兵迷信，不肯過河。卡拉克斯策馬到對岸，然後一一喊出士兵的名字，證明人世並無忘川。不過可真有喝了忘川水仍記得前世事的，他是天神赫耳墨斯 Hermes 的兒子艾佛里德斯 Aethalides，因為遺傳了父親的極強記憶力，轉了幾世都記得前世事，最後一世是公元前一世紀的畢達哥拉斯 Pythagoras，這位哲學和數學大師一生宣揚靈魂轉生說，難怪可以盡訴前生。至於後來為甚麼不再轉世了則不得而知，真是信不信由你。

　　從 Lethe 得出 lethean 這個形容詞，意思是導致忘記，或者湮沒，消失；還有常用的形容詞和助動詞 lethal，引伸為致命的，極危險的，或者毀滅性的，例如 lethal weapon 是致命武器，lethal dose 是足以

致命的藥劑量。

1 He said he remembered nothing. He probably had drunk from **Lethe**.
他說甚麼也不記得了。他多半是喝了忘川水。

2 That chili paste is pretty **lethal**!
這辣椒醬可真的厲害！

3 Time is a **Lethean** stream in the course of which memories fade.
時間乃逝水，回憶隨之流去。

45 催眠
HYPNOS

睡眠之神希普諾斯 Hypnos 的父親是黑暗之神埃里伯斯 Erebus，加上他的兄弟和兒子，尤其是夢神摩耳甫斯 Morpheus，一家人都令人敬畏。希普諾斯住在幽冥地府一個大洞裏，有一張烏木造的睡床，洞口種滿罌粟和其他可以麻醉人的植物，洞內黑得不見五指，一片死寂。希普諾斯的居住環境不錯是令人生畏，他卻是位冷靜和藹的神，濟人所需，頗受愛戴。

希普諾斯曾經兩次把宙斯推入夢鄉，兩次都是赫拉說服他做的。第一次是赫拉不忿海格立斯劫掠特洛伊，要他令宙斯沉睡，然後請海神普塞頓把海格立斯回航的船吹得七零八落。宙斯醒後大發雷霆，害

得希普諾斯躲起來好久。第二次也是和特洛伊有關。特洛伊被圍時，赫拉想助希臘人一臂，為免宙斯從中作梗，要希普諾斯再發功，還誘之以利，說事成之後便撮合他和知覺女神帕斯西婭 Pasithea 的婚事。希普諾斯愛慕帕斯西婭已久，於是要赫拉對冥河發誓，還要有見證人，然後才行事。宙斯進入夢鄉後，赫拉可以為所欲為，至於宙斯醒來後有沒有找希普諾斯算賬，則不得而知了。

催眠術 mesmerism 最初由德國醫生梅斯梅爾 Franz Mesmer（1732-1815）在十八世紀末發展出來的，到了十九世紀中，英國醫生布萊特 James Braid（1795-1860）以睡眠之神 Hypnos 的名字改稱之為 hypnotism，沿用至今，原來的 mesmerism 反而要讓位。Mesmerism 的動詞是 mesmerise，較流行的是美式拼法 mesmerize，現在通常解作迷惑，迷住，當然也可解作催眠。Hypnotism 和 hypnosis 是名詞，意思是催眠術或催眠狀態，形容詞是 hypnotic，動詞是 hypnotize（英式拼法 hypnotise），催眠師是 hypnotist。

例句
EXAMPLE SENTENCES

1 It was **hypnosis** that helped him overcome his nicotine craving.
催眠術助他克服尼古丁癮。

2 He was **mesmerized** by Yvette's charms.
他被伊薇特的美貌迷住了。

3 The **hypnotic** murmuring of the brook lulled her into a deep sleep.
她在小溪催眠似的汨汨水聲中沉沉入睡。

46 睡眠
SOMNUS

希普諾斯 Hypnos 在羅馬神話裏成為索莫納斯 Somnus，大同小異。不過索莫納斯的家不在地府，而是住在辛梅里安人 Cimmerians 的領土附近。歷史上也真的有辛梅里安人，他們是生活在黑海和裏海之間的遊牧民族，但神話傳說裏，辛梅里安人住在大地邊陲，毗鄰地府之門，霧迷迷黑沉沉，陰森可怖。

索莫納斯也是住在洞穴裏，洞內漆黑死寂，沒有洞門，以免門開關時發出聲響，騷擾睡眠，總之是光線不到，聲音不傳。索莫納斯的黑洞唯一被照亮的一次是彩虹女神艾麗絲 Iris 到訪，故事得從風神說起。風神的女兒是亞克安娜 Alcyone，女婿是西伊克 Ceyx，一對恩愛夫妻，有一天，西伊克乘坐的船沉沒，遇溺身亡，朱庇特 Jupiter 差遣艾麗絲去找索莫納斯，要他把噩耗報夢給亞克安娜知道。艾麗絲是彩虹女神，身上光彩絢爛，她的現身把索莫納斯的黑洞照亮了，不過她一路上得推開索莫納斯那些圍上來的夢兒子才可以前行。交代完後，艾麗絲馬上離開，免得被索莫納斯感染而睡着。索莫納斯於是吩咐摩耳甫斯 Morpheus 進入亞克安娜的夢中，以西伊克的形象出現，告訴她這件不幸消息。

索莫納斯也做過殺手。特洛伊英雄埃涅阿斯 Aeneas 率眾流亡時，船上有一個很有經驗的舵手帕里魯羅斯 Palinurus，被天神選定要犧牲來換取一船人的安全。索莫納斯化身成船員，拿一簇樹枝沾了忘川水，灑向帕里魯羅斯，在他熟睡時把他推進海裏。後來埃涅阿斯往地府尋父時和帕里魯羅斯重逢。

從 Somnus 的名字得出多個字，例如 somnambulism 是夢遊（sleepwalking），somnambulist 是夢遊者；somniferous 是致睡的，催眠的；somnolent 是令人昏昏欲睡的，困倦的；somniloquy 是夢

蘻，或者說夢話的習慣，somniloquist 便是說夢話的人，insomnia 則是失眠了。

例句
EXAMPLE SENTENCES

1　The small town is quiet in these **somnolent** summer days.
那小鎮在這些令人昏昏欲睡的夏日裏一片寧靜。

2　Slapping down the **somniferous** novel, he yawned and stretched himself.
啪一聲放下那本沉悶小說，他打了個呵欠，伸一伸懶腰。

2　She is taking Chinese herbal medicines to alleviate her **insomnia**.
她在服中草藥來舒緩失眠。

47 翠鳥
HALCYON

　　西伊克 Ceyx 是啟明星 Lucifer 的兒子，妻子是風神的女兒亞克安娜 Alcyone。西伊克本來生活美滿，可惜一次出海時溺水死了。最流行的故事版本說，這兩夫妻時常互相調笑，以天神的名字來暱稱對方，西伊克是宙斯，亞克安娜是赫拉。

　　宙斯很不高興，要教訓這對褻瀆神明的夫妻，於是乘西伊克出海時用雷擊沉他的船。亞克安娜見丈夫一出海便了無音訊，掛念不已，誰知夢裏相逢，已經天人永隔。她在夢中見到的當然是夢神摩耳甫斯 Morpheus 的化身。亞克安娜傷心欲絕，難忍愛侶捨她而去的悲痛，投

海自盡，香銷玉殞。天神無不惻然，宙斯亦自覺做得過份，心裏不安，於是把亞克安娜變成翠鳥 kingfisher。後來人們為了紀念亞克安娜，把翠鳥稱為 halcyon，因為亞克安娜的名字亦可拼成 Halcyone。傳說亞克安娜變的翠鳥每年冬至前後大約共十四天便會在海灘上築巢產卵，這時候她的風神父親便把所有風都停下來，務求風平浪靜，令她安心。

神話故事雖然動人，翠鳥卻不會造巢，只在巖石縫產卵。翠鳥種類過百，常見的是俗稱魚狗的普通翠鳥。這種小型鳥類生活在歐亞大陸及東南亞，羽毛顏色鮮麗，通常是有金屬光澤的淺藍。翠鳥是捕魚高手，喙尖而長，覷準獵物便俯衝進水裏，一擊即中。

英文 halcyon 除了是翠鳥外，也解作平靜的，或者美好幸福的，意思取自亞克安娜變成翠鳥後在沙灘上產卵的時候；所以 halcyon days 就是太平歲月，美好時光。據說古希臘水手迷信翠鳥可保佑船隻不被雷擊，所以都在船頭掛一隻翠鳥乾屍。亞克安娜的故事有多個版本，千百年來研究的人也不少，以這個最膾炙人口，由此而衍生出的字詞和諺語亦根深蒂固。

例句
EXAMPLE SENTENCES

1　He spent some **halcyon** time with his family at the seaside town.
他和家人在那海邊小鎮渡過一段平靜美好的時光。

2　Grandpa would never forget the **halcyon** days before the war.
公公永遠不會忘記戰前的幸福日子。

3　She gave up her city life and went to settle down in that **halcyon** village.
她捨棄了她的城市生活到那寧靜和平的村子住下來。

48 彩虹女神
IRIS

　　希臘神話裏，普塞頓 Poseidon 是海神之王，其下不同海洋各有海神，彩虹女神艾麗絲 Iris 的父親便是一位海神，母親是海中仙女，丈夫是西風澤弗。艾麗絲有一個孿生妹妹阿珂 Arke，是霓虹女神，霓即是副虹 secondary rainbow，顏色不及彩虹美麗，兩姊妹都有翅膀，艾麗絲的是金翅，阿珂的是彩翅。

　　宙斯率領奧林匹斯天神和泰坦巨人打仗時，艾麗絲幫忙傳訊，妹妹阿珂卻跑到泰坦陣營助陣。宙斯打敗了泰坦巨人後，算起賬來，把阿珂打入地府，還折下她的翅膀，送了給珀琉斯 Peleus 和西蒂斯 Thetis 做結婚禮物，這對翅膀後來傳到他們的兒子阿基里斯 Achilles 手裏，阿基里斯把翅膀裝在靴子上作裝飾。彩虹女神艾麗絲有時候被說成是赫拉的侍女，但她的主要工作是為天神傳訊，也許是有一位風神丈夫，她來去如風，上天下海入地府，轉瞬即到。她還有一項任務，就是用一個闊口水瓶，盛了冥河的河水，澆那些起假誓或作假證的人，令他們昏睡一年。另有一個說法是天神要起誓時，艾麗絲便用水瓶去地府盛了冥河河水到來，起誓者要向河水說出誓詞。所以艾麗絲的形象總是手持水瓶。因為天虹看起來是從天上到地面的，古希臘人認為艾麗絲是凡間與上天的橋樑，但很少人會供奉或祭祀她。太陽神阿波羅 Apollo 其實要多謝 Iris，他的母親樂托 Leto 生產不順利，捱到第九天，央 Iris 偷偷去找生育女神艾利泰雅 Eileithyia 來幫忙。這位生育女神是赫拉 Hera 的女兒，樂托生的是宙斯的私生子，赫拉知道一定不會准許艾利泰雅施援手。幸好 Iris 不負所托，樂托最後產下一對龍鳳胎。

　　Iris 是名詞，意思是虹彩，虹狀物，也指蝴蝶花，或者眼睛的虹膜，其中心的圓形開口便是瞳孔。從 iris 得出 iridescent 這個形容詞，

意思是彩虹色的；還有一個不及物動詞 iridesce，即是閃耀着虹彩顏色。

例句
EXAMPLE SENTENCES

1 The singer's **iridescent** costume glowed dazzlingly under the spot light.
   那歌星的彩虹戲裝在聚光燈下閃亮眩目。

2 The singer's sequined costume **iridesced** under the spot light.
   那歌星滿是小金屬圓片的戲服在聚光燈下閃耀着彩虹顏色。

3 The bride was **iridescent** with joy at the wedding.
   新娘子在婚禮上煥發着喜悅光彩。

49 霹靂猛喝
PAN

彩虹女神艾麗絲 Iris 的丈夫便是西風澤弗 Zephyr，丘比特與賽恪的姻緣便是由他撮合。當日賽恪尋夫無望，萬念俱灰之下想投河自盡，若不是田野及畜牧之神潘 Pan 勸阻，後來便沒有團圓結局。

潘頭上有山羊角，下肢也是山羊腿，出生不詳，按較普遍的說法，他的父親是赫耳墨斯 Hermes，由仙女阿達曼西雅 Adamanthea 撫養，吃山羊奶長大。潘住在希臘伯羅奔尼撒半島 Peloponnesus 中部偏東的阿卡狄亞 Arcadia，在田野和山林間出沒，古希臘人多數把潘供奉在巖洞裏，不會立廟。

這位牧神時常令人聯想到性，象徵繁殖及春季，他頗好色，時常追逐仙女求愛，仙女遠遠看到他便爭相走避。賽恪 Psyche 遇到他時，他正抓住仙女葦珂 Echo，坐在河邊要葦珂學着他唱歌，只是這一次他大發善心，指點了賽恪一條活路。潘時常拿着排簫來吹，據說這種樂器是他發明的，所以名為「潘簫」panpipe。潘和宙斯都是由 Adamanthea 撫養長大，算得上情同骨肉，宙斯和泰坦巨人打仗時，潘當然站在兄弟一方，他猛喝一聲，有如天上霹靂，嚇得泰坦巨人心膽俱裂。潘的喝聲很管用，後來波斯人入侵希臘，潘也是以怒喝來嚇怕波斯大軍。

希臘的天神據說都會經歷生老病死，但真正有去世記載的只得潘一個。公元一世紀，有一個名叫泰晤謨斯 Thamus 的水手聽到海上傳來上天傳喻，要他上岸後宣佈，潘已經去世。泰晤謨斯真的宣佈了，噩耗傳開，大家都十分哀傷。至於潘是怎樣死的，以及死訊是真是假，則不得而知了。

因為潘的猛喝，英文得出 panic 這個字，作為名詞用時意思是恐慌，驚慌，也可作形容詞和動詞用，動詞的過去式和過去分詞是 panicked。

例句
EXAMPLE SENTENCES

1 People fled in **panic** when they heard the gunshot.
人們聽到槍聲都驚慌地逃跑。

2 The **panic** stricken woman looked everywhere for her missing child.
那個慌張女人到處找她不見了的孩子。

3 She **panicked** when she saw a cockroach in the bath.
她看到浴缸有隻蟑螂，驚惶失措。

50 排簫
SYRINX

潘發明的排簫名為 panpipe，也叫做 pan flute，或者 syrinx flute，甚至乾脆稱為 syrinx。西琳克絲 Syrinx 是一位仙女的名字，和妲芙妮 Daphne 一樣是清水仙女。她和潘都住在阿卡狄亞，不幸被潘這個好色同鄉看中，糾纏不休。

有一天，雙方狹路相逢，潘當然不會放過機會求愛。西琳克絲東閃西躲，最後跑到河邊，眼見前無去路，情急之下向河裏的姊妹仙女求救。潘追趕到來，上前一把捉住西琳克絲，但眼前一花，手中的卻是一叢蘆葦。眼見獵物本來到手卻倏然失去，潘很無奈，歎了一大口氣，想不到氣息竟然令蘆葦管發出微弱但清脆的聲音。潘於是把蘆葦管割下，按長短排列，造了一件樂器，吹起來幽怨動人，就是排簫。潘很得意，自覺西琳克絲雖然肉體不在，精神卻永遠伴着他，只要他吹起排簫，她便要為他唱歌。

有一個版本說西琳克絲已有愛侶，是酒神狄俄尼索斯 Dionysus 的養父和老師賽利納斯 Silenus。西琳克絲消失後，賽利納斯自暴自棄，本來已經杯不離手，這下喝得更兇了，最後變了個糟酒鬼。不過賽利納斯長相有點不敢恭維，禿頭塌鼻，一對馬耳，身型肥胖，而且年紀不輕，仙女西琳克絲怎會和他相戀的，可令人百思不得其解。

西琳克絲的故事是不少文學和藝術作品的靈感來源。一九一三年，印象派音樂大師法國作曲家德彪西 Debussy 寫了一首名 *Syrinx* 的長笛獨奏樂曲，是為好友牟瑞 Gabriel Mourey (1865-1943) 撰寫的戲劇而創作，取 Syrinx 之名，演奏的是長笛。牟瑞是法國詩人和劇作家，德彪西為他寫曲的戲劇名《賽恪》*Psyché*，說的正是丘比特與賽恪的愛情故事，曲子原來的名就是《潘笛》*Flûte de Pan*，可惜戲劇沒有完稿，只得曲子。

從 Syrinx 得出來的英文字是 syringe，即是注射器、注射管，作動詞用時意思是用注射器噴水或灑水。

1 The doctor **syringed** my ears with warm water to soften the ear wax.
醫生把溫水注入我的耳朵來軟化耳垢。

2 Anyone can buy a medication **syringe** at a pharmacy.
誰也可以在藥房買醫療用注射器。

3 The vet taught her how to feed medicine to her kitten with an oral **syringe**.
獸醫教她怎樣用口服注射器來給她的小貓餵藥。

51 空谷傳音
ECHO

宙斯是個不忠的丈夫，時常下山偷情，凡間或仙界女子不拘，赫拉很不滿，一有蛛絲馬跡便會去捉奸。有一次，宙斯又下山找仙女鬼混，赫拉追尋而至，宙斯躲起來，吩咐仙女萼珂 Echo 去打發赫拉。萼珂是山林仙女，這些仙女每座山都有，千姿百態，各有不同。萼珂口齒伶俐，能言快語，喋喋不休地說話。但最後還是姦情敗露，赫拉要懲罰萼珂，令她以後只能重複別人說話的最後一句。

有一天，萼珂遇到美少年那喀索斯 Narcissus，芳心可可，可是她只能重複心上人最後一句話，無法傳情。那喀索斯本來已經心高氣傲，更加對她視若無睹，萼珂傷心失望，最後憔悴而逝。萼珂的傳說還有另

一個版本，故事說，她的母親是仙女，父親卻是凡人，所以她也是凡人，但長得很美麗，而且很會唱歌。因為母親是仙女的緣故，蕚珂自幼便和仙女相處，可是這位女子非常高傲，覺得天下男子沒有一個配得上她，偏偏牧神潘向她求愛，蕚珂看見這個山羊腿山羊角的怪物已經倒胃口，當然拒絕。潘求愛不成，氣忿之下尋思報復，於是唆使牧羊人教訓蕚珂，誰知那些瘋子把蕚珂殺了。蕚珂雖然死去，但歌聲仍嫋嫋可聞，牧羊人大驚，把她的屍體碎了，但沒有用，餘音仍不絕於耳。看着蕚珂長大的仙女都很傷心，請求地母 Gaia 憐憫，地母於是收起蕚珂的殘肢。蕚珂從此無法唱歌了，卻能夠維妙維肖地重複別人的聲音。有一天，潘聽到山谷裏傳來他吹排簫的聲音，大為驚訝，到處尋找，但山高林深，了無蹤跡。

十九世紀著名法國學苑派畫家卡本奈爾 Alexandre Cabanel（1823–1889）有一幅傑作 *Echo*，現藏美國紐約大都會美術館 Metropolitan Museum of Art。畫中的蕚珂神情惶恐，張開嘴巴，雙手掩耳，似是聽到谷中傳來的回音。

Echo 便是回聲或回音的意思，引伸為重複或者仿效，可作名詞和動詞，眾數是 echoes。

例句
EXAMPLE SENTENCES

1 He repeats everything his boss says as **echoes** in the mountains.
他像山裏的回聲一樣重複老闆每一句說話。

2 The hall **echoed** with their footsteps.
大堂回響着他們的腳步聲。

3 The editorial found an **echo** in the heart of many people.
那社論引起很多人的共鳴。

52 孤芳自賞
NARCISSUS

　　萼珂 Echo 愛上的美少年那喀索斯 Narcissus 長得絕頂俊美，女子看到他固然着迷，男人傾心於他的亦不知凡幾。不過這位美少年對所有仰慕者都不屑一顧，萼珂遇到他時，神魂顛倒，一直尾隨着他。

　　那喀索斯感覺到後面有人，回過身來問道：「是誰，有人嗎？」萼珂只能把他的說話重複一次。如是者二人「對答」了幾句，萼珂終於現身，走向那喀索斯，想投進他懷裏。那喀索斯一臉厭惡地避開，還叫萼珂不要騷擾他，然後頭也不回走了。多情自古空餘恨，萼珂傷心欲絕，從此在山野間漫無目的遊蕩，形容枯槁，最後鬱鬱而終，剩下在山裏盪漾的回音。

　　報應女神尼米司斯 Nemesis 看不過眼，要懲罰這個高傲自負的美少年。一天，那喀索斯外出打獵，途中口渴，報應女神引他來到溪水旁。那喀索斯低頭喝水，看到水中自己的倒影，頓時入迷，歎息天下間怎麼會有這樣俊美面孔的！那喀索斯痴痴地看，甚麼也不管了，忘了天忘了地，只是看着自己的水中倒影，最後化成溪旁一叢清秀脫俗的花，就是水仙花 narcissus，俗稱 daffodil。英國浪漫派大詩人華茲華斯 William Wordsworth（1770-1850）有一首非常有名的短詩《水仙花》Daffodils，通行的版本中有兩句形容水澤長滿水仙：「繁花如天星熠熠／銀漢裏閃爍晶晶」"Continuous as the stars that shine / And twinkle on the milky way"。The milky way 是天河、星河、銀河、銀漢。

　　英國牛津大學近年發現了公元前一世紀的神話古本，那喀索斯是最後抵受不住，自殺而死的。十九世紀末，心理學家研究一種不正常的心理狀態，患者有自我陶醉的行為和習慣，於是以 Narcissus 的名

字來稱呼這個理論，就是「自戀狂（Narcissism）」。Narcissist 是孤芳自賞或者自我陶醉的人，有自戀性格者，narcissistic 是形容詞。

例句
EXAMPLE SENTENCES

1 She is so **narcissistic** that she will check her appearance wherever there is a mirror.
她自戀得一有鏡子便察看自己的儀容。

2 Excessive self-love, or **narcissism**, can be destructive.
過份孤芳自賞，或者說自戀狂，會把人毀掉。

3 A **narcissist** like him never cares about what others think.
以他這樣一個自我陶醉的人永遠不會理會其他人怎樣想。

53 律己以嚴
SPARTA

美少年那喀索斯 Narcissus 是拉哥尼亞 Laconia 人，這個地方位於希臘南端伯羅奔尼撒半島 Peloponnesus 東南部，京城是斯巴達 Sparta。斯巴達人饒勇善戰，天下聞名，是古希臘最出色的戰士，特洛伊王子帕里斯 Paris 竟然勾引斯巴達皇后海倫 Helen 私奔，可說是自招滅亡。

波斯人在公元前五世紀初曾經兩度入侵希臘，兩次都被希臘聯軍擊退，聯軍的主力便是斯巴達人。最著名是公元前四八〇年的塞莫皮萊關戰役，斯巴達人以少抗多，血戰三日，最後雖然全部陣亡，但英勇事跡驚天地泣鬼神。塞莫皮萊 Thermopylae 在希臘東部，古時是一個

關口，波斯人水陸兩路進攻，陸上一路在東岸登陸後，必須經這個關口直下希臘中部平原。關口由三百個斯巴達戰士和七百其他希臘兵防守，波斯十萬大軍到達，雙方打了一天，第二天波斯人在希臘內奸引領下，繞道襲擊，血戰到第三天，關口守軍全部陣亡。斯巴達人在戰陣上一直罕有敵手，直到羅馬人在公元前一世紀東征，斯巴達才開始衰落。斯巴達人除了勇武外，生活簡樸刻苦，法律規定，公民不得從事商業及生產活動，不可擁有金銀財富，未得許可不得離開國土。他們還主張禁慾，律己甚嚴，而且出名說話簡練，多言是禁忌。

斯巴達風氣尚武，從教育到制度都以武為原則，兒童七八歲開始便得接受軍事訓練，所以斯巴達人以武聞名。斯巴達人的方陣 phalanx 亦被公認為古代最厲害的戰術，這種以盾牌和長矛組成的密集隊形後來成為羅馬軍團的典型陣法。

Sparta 的形容詞是 Spartan，意思是剛毅勇武的，紀律性強的，嚴於律己的，也引伸為簡樸，刻苦。從斯巴達人的土地 Laconia 這個名字也得出形容詞 laconic，意思是（言詞或文章等）簡潔的，精練的。

例句
EXAMPLE SENTENCES

1. The family of three lives in a **Spartan** lodge on the outskirts of the town.
   那一家三口住在鎮外一間簡樸的小屋。

2. She left the gymnastics team because she could not stand the **Spartan** training.
   她退出體操隊是因為受不了那斯巴達式訓練。

3. If he was **laconic** with his report, we could end the meeting on time.
   要是他做報告時簡潔一點，我們可以準時開完會。

54 馬拉松
MARATHON

波斯人曾經兩度攻打希臘，塞莫皮萊關戰役是第二次入侵的首場交鋒。公元前四九〇年九月，波斯人第一次入侵，大軍水陸兩路共十萬人，攻陷了東北面的埃維亞島 Euboea，然後沿希臘東岸南下，直撲京城雅典。雅典徵集了一萬軍人，其中很多是民兵，在雅典以北約四十公里的馬拉松 Marathon 佈防迎敵。

歷史記載出現了不同版本，其中比較流行的說，雅典派使者費迪皮迪茲 Pheidippides 跑去在雅典西南二百二十五公里遠處的斯巴達求援兵，這位神行太保只用了三十六小時便到達。可是斯巴達人堅守征戰時序傳統，不肯馬上出兵，費迪皮迪茲唯有跑回去馬拉松報告。於是戰鬥隨即開始，雅典人憑戰術和士氣，以少勝多，波斯人大敗，雅典軍亦馬上急行軍回空虛的雅典城防守，以防波斯人重整後攻過來。費迪皮迪茲跑在大軍之前，回城報捷。

神話故事可不同了。費迪皮迪茲跑往斯巴達途中，牧神潘 Pan 出現，質問他為何雅典人不放他在眼內，費迪皮迪茲答應戰事完後一定會祭祀他。於是潘助雅典一臂，在波斯人之間以猛喝聲散佈恐慌，波斯士兵果然 panic，希臘軍殺過去，波斯人潰不成軍。雅典人亦守信，從此供奉這位喝聲令人失魂落魄的牧神潘。

一八九六年，第一屆現代奧林匹克運動會在雅典舉行，最受觸目的便是馬拉松長跑，起點就在當年的馬拉松戰場，終點是雅典，全程約四十公里，以紀念馬拉松戰役裏的這位長跑好手費迪皮迪茲。差不多九十年後，到了一九八四年的洛杉磯奧運，女子馬拉松長跑才正式成為比賽項目。到今天，馬拉松長跑已經成為獨立的體育項目，全世界很多大城市都定期舉辦，熱鬧有如嘉年華。Marathon 的故事家傳戶

曉，這個字亦無人不識，意思亦可引伸作長期或無休止而需要耐力的事情。一般用法時 m 不用大寫。

例句
EXAMPLE SENTENCES

1 The **marathon** debate at the meeting had exhausted everyone.
會議上無休止的辯論令所有人都疲憊不堪。

2 The **marathon** is an arduous event which requires proper training and preparation.
馬拉松長跑是費力的比賽項目，適當的訓練和準備不可少。

3 Professor Lau's research work is a **marathon**, not a sprint.
劉教授的研究工作是馬拉松長跑，不是短跑衝刺。

55 天網恢恢
NEMESIS

古希臘人相信，每人一生都有定數，奢求或者苟得非份的事物，報應女神尼米司斯 Nemesis 便會找上門來。這位女神原來的職責是懲罰對天神傲慢無禮的人，後來演變成專司報應。尼米司斯的出生有多個版本，普遍都說她是 Oceanus 的女兒。希臘神話裏還有一位善惡女神，名叫阿德拉西亞 Adrestia，是阿佛珞狄綈和戰神的女兒，職責和尼米司斯大同小異。有些故事把她說成是尼米司斯的侍女，也有把兩人混為一談的，總之她的名氣不及尼米司斯。

古希臘人對尼米司斯非常敬畏，因為被這位報應女神選中的人，多半是做了些甚麼不應該做的事，不會有好結果，美少年那喀索斯就

是好例子。尼米司斯還有一項重要任務，便是懲罰冒犯天神的人。這位女神出現時通常手持皮鞭或匕首，駕着由獅身鷹頭鷹翼怪獸拉的車，古希臘有詩人以這句話來描寫尼米司斯：「尼米司斯，有翼之報應使者，黑臉女神，正義之女」"Nemesis, winged balancer of life, dark-faced goddess, daughter of Justice"。

有一個故事說，令特洛伊亡國的海倫便是尼米司斯的女兒。故事中，尼米司斯被宙斯窮追，於是化身變做鵝，宙斯變做天鵝，和她交配，尼米司斯把產下的蛋棄在沼澤裏，被牧羊人發現，送了給斯巴達女王樂達 Leda，孵出來的便是海倫。

一八三九年，英國第一艘鐵造戰船下水，長一百八十四呎，寬二十九呎，載重六百六十噸，取名 Nemesis，多數翻譯為復仇女神號，其實應該是報應女神，Nemesis 可沒有甚麼仇要復。這艘戰船翌年來到中國，參與第一次鴉片戰爭。一八四一年二月，報應女神號在虎門大戰清軍水師，把清政府從東印度公司買回來的二手戰船劍橋號擊沉了。

Nemesis 的意思是報應或者公正的懲罰，引伸為相持的對手或敵人，或者無法避免的失敗。N 大小寫均可。

例句
EXAMPLE SENTENCES

1 The environmental NGO is the long-time **nemesis** of oil companies.
那非政府環境保護組織是油公司的死對頭。

2 She finally realized that her ego was her **nemesis**.
她終於明白自負是她失敗的主要原因。

3 The British named their first ironclad warship the **Nemesis**.
英國人把他們第一艘裝甲戰船命名為「報應女神」。

56 瀚海
OCEANUS

Oceanus 是環繞大地的一條巨川，把人間世和其他地方分隔。古希臘人相信，太陽每天從巨川東面深不可測的波濤中昇起，橫過天空，然後在西面沒入水中，星星則在海浪中沐浴。巨川之神就是同名的俄刻阿諾斯 Oceanus，是天父 Uranus 和地母 Gaia 的兒子，屬希臘第二代神，也是一位泰坦巨人，宙斯低他一輩，海神普塞頓更要再低一輩，所以他是大洋神，比海神 Poseidon 大。

俄刻阿諾斯在他的巨人兄弟克羅諾斯 Cronus 造反時置身事外，沒有參與，後來宙斯和泰坦巨人的鬥爭中他亦保持中立。他對奧林匹斯山沒有興趣，也從不過問其他天神的事，在天神眼中是個異類。俄刻阿諾斯的妻子是錫斯 Tethys，他們有很多兒女，報應女神尼米司斯是其一，還有阿基里斯的母親西蒂斯 Thetis，最可觀的是三千位海仙 Oceanids 女兒。這些仙女很難歸類，也不一定和海洋或者河流有關，總之遍佈各處，人多勢眾。俄刻阿諾斯兩夫妻非常多產，最後不得不分開，免得再生下去，大地承受不了，所以說萬物都源自這位大洋神。

古代希臘和羅馬的鑲嵌畫裏，俄刻阿諾斯是個非常壯健的男子，有一大把長鬍子，頭上有角，下身是蛇。現存大英博物館有一塊古瓶碎片，大約是公元前六世紀的物件，上面繪着的俄刻阿諾斯便有蛇的下身。神話傳說，俄刻阿諾斯有時候還以伏波神龍的形象現身。古希臘人只認識地中海 Mediterranean Sea 和大西洋 Atlantic Ocean 這兩個海洋，Oceanus 就是代表，後來羅馬人和波斯人不斷擴張版圖，地理知識愈來愈豐富，Oceanus 大概已管不到那麼多大海了。

從 Oceanus 變出來的當然是「海洋」ocean 了。這個字也可引伸解作一大片，廣闊無際，或者大量的。

1 His company owned a fleet of **ocean-going** vessels at the height of its business.
他的公司生意最頂盛時擁有一支遠洋航行船隊。

2 The whole area became an **ocean** of mud after the heavy rainstorm.
整個地區在狂風暴雨後一片泥濘。

3 The surveying ship used sonar to map the **ocean** floor.
那探測船利用聲波定位儀來繪製海床地圖。

57 龍蛇混雜
PYTHON

　　大洋神俄刻阿諾斯 Oceanus 這種人身蛇尾的形象，在希臘和羅馬神話裏很常見。蛇或者大蛇類爬蟲 serpent 在古希臘象徵永恆，最常見的圖案是蛇頭咬着蛇尾的圓環，無終無始。不過蛇和龍很多時候分不清楚，古人龍蛇混雜，不太計較。

　　希臘神話有不少龍蛇故事，其中以太陽神阿波羅屠蛇記最著名。故事說，宙斯和女神樂托 Leto 通姦，樂托有了身孕，赫拉很不高興，指使巨蟒皮同 Python 去追殺樂托，不要她產下丈夫的私生兒子。樂托躲起來，產下孿生的一男一女，男的便是太陽神阿波羅，女的是狩獵女神阿耳特彌斯 Artemis。阿波羅長大後，為母報仇，去找皮同算賬。皮同是鎮守大地中央石的神蟒，古希臘人相信特爾斐 Delphi 在大地正

中，於是在該地立廟，祭祀地母 Gaia，廟中有石，標誌大地中心點，皮同是地母的兒子，自然負起守石之責。阿波羅神勇過人，直闖聖地，一箭射死皮同，還佔了神廟，改為阿波羅廟。

地母氣憤難平，向宙斯投訴，宙斯很疼愛阿波羅這個私生子，做好做歹勸說。地母要宙斯把阿波羅打入地府深淵，宙斯當然不肯，只把阿波羅逐出奧林匹斯山，到人世做九年奴隸，還要去滕比河谷 Vale of Tempe 用河水潔淨身體，洗清血債。阿波羅不敢違命，但要宙斯賜他神喻的能力，宙斯但求寶貝乖乖受罰，忙不迭答應，特爾斐神喻便是由此而開始。古希臘後來便每四年在特爾斐舉行一次競技會，名為 Delphic Games，亦稱為 Pythian Games，以紀念太陽神阿波羅和皮同 Python 這條神蟒。

Python 現在指大蟒蛇，學名是 Pythonidae，屬無毒蛇類。從 Python 得出來的形容詞有 pythonic 或 pythonical，解作預言性的，玄妙深奧的，隱晦的，或者巨大，惡魔似的。

例句
EXAMPLE SENTENCES

1. Everyone was puzzled by the manager's **pythonical** instructions.
   大家都對經理那些令人費解的指示感到困惑。

2. The **pythonic** problem they are facing now is how to get the funding.
   他們現在面對的最大也最棘手問題是怎樣找到資金。

3. Neighbours were scared to death when the **python** he kept in his backyard escaped.
   他養在後園的蟒蛇逃脫，鄰居都怕得要死。

58 炎日
HELIOS

阿波羅用箭射死皮同後，把屍體棄在廟外，被日神赫利俄斯 Helios 曬了一天，逐漸腐爛。日神和太陽神不同，阿波羅的太陽神封號是榮銜，赫利俄斯卻是太陽的化身，肩負重任，每日運行，永不間斷。他每天頭戴耀目的太陽光環，駕着四匹天馬拉的車從大地之東盡處出發，越過天空，到達西面，然後坐在一隻金碗裏，逍遙回程。

赫利俄斯有兩個妹妹，一個是月神西莉妮 Selene，另一個是曙光女神伊娥斯 Eos，還有一個後來闖大禍的私生子法厄同 Phaethon。原來法厄同被朋友取笑，不信他的父親便是日神，他跑去央父親給他一點東西向朋友炫耀，也好作父子關係的明證。赫利俄斯拿他沒辦法，敷衍着說，他要甚麼也可以，誰知法厄同要父親把太陽車給他駕一天。赫利俄斯嚇了一跳，拉太陽車的天馬神駿非凡，連宙斯也無法駕馭，法厄同無謂妄想。法厄同不信，偷偷駕了太陽車出發。果然，他一上車便慌了手腳，四匹天馬撒蹄疾馳，完全不受控制，把太陽車往上拉得過高時，太陽離大地過遠，人世徹骨冰冷，相反，太陽車往下衝得太接近大地時，下界一片枯焦。眾天神眼見世界大亂，無不目瞪口呆，不知如何是好，宙斯情急之下，用雷轟過去，把太陽車打翻，法厄同也倒下來身亡。

Helios 在羅馬神話裏是索爾 Sol。有研究說，古羅馬拜太陽的習俗大約在公元三世紀羅馬皇帝奧雷連 Aurelian 時代自敘利亞傳入，與古希臘的太陽神或日神其實沒有太大關係。但有學者認為論據薄弱，因為奧雷連之前的錢幣、瓶子、壁畫等之上已有很多太陽神圖案。

從 Sol 演變出來的英文字今天最常見的是 solar，意思是與太陽有關的，大家都很熟悉了。

1   The first round-the-world flight by a **solar** aeroplane happened in 2016.
首次太陽能飛機環球飛行是在二〇一六年。

2   **Solar** power is the conversion of energy from sunlight into electricity.
太陽能是轉化陽光的能量為電力。

3   It had cost him a lot to install **solar** panels on his roof.
在屋頂安裝太陽能板花了他不少錢。

59   皎皎明月
SELENE

　　日神的妹妹月神西莉妮 Selene 一頭秀髮，容顏美麗，每天晚上在巨川 Oceanus 沐浴後，披上光華皎潔的袍子，駕着由兩匹白馬拉動的雙軛車出發，在夜空出現，由東而西，最後沒入水中。希臘雅典的帕特儂神廟 Parthenon 東面入口頂部三角牆有一幅浮雕，描述雅典娜出生的情景，北面是日神赫利俄斯駕着車向上冒起，南面是月神西莉妮的馬車向下沉落，象徵月落日出，一夜過去，光明來臨。

　　古希臘的月神有好幾位，都是女性，但西莉妮才是月亮的化身，正如她哥哥赫利俄斯是太陽的化身一樣。這位月神曾經愛上美少年恩底彌翁 Endymion，每夜去探望他。英國浪漫主義詩人濟慈 John Keats 有一首長詩《恩底彌翁》*Endymion*，第一句是「美麗的事物是永

恆的喜悅」"A thing of beauty is a joy forever"，這個少年不簡單，不知他與阿多尼斯 Adonis 和那喀索斯 Narcissus 相比又如何？恩底彌翁是牧羊人，每天晚上睡覺時，西莉妮便偷偷去看他。西莉妮愛得太深太痴了，只想每天晚上看着他睡覺，於是懇求宙斯令恩底彌翁不要睡醒，永遠就是這個樣子這個姿態，她便可以和心上人在一起，直到地老天荒。西莉妮在羅馬神話是 Luna，古羅馬人很喜歡這位月神，為她立廟。

　　不過古羅馬人相信人的精神受月亮影響，月圓之夜問題會更嚴重，所以今天有 lunacy 和 lunatic 這兩個字。Lunacy 是名詞，意思是精神錯亂，或者瘋狂愚蠢的行為或情況；lunatic 作名詞用時解作精神病患者，瘋子，作形容詞用時則可引伸為輕率，愚蠢，古怪的意思。

　　月神西莉妮當然和精神問題無關。形容詞 Lunar 這個意思是與月亮有關的，例如 Lunar calendar 是按月亮的運行來計算的曆法，中國文化裏，月亮屬陰，故此名為陰曆，中國的農曆則是陰陽合曆，所以 Chinese New Year 不能說成是 Lunar New Year。

例句
EXAMPLE SENTENCES

1　The idea is all **lunacy** but it seems that no one wants to dissent.
　　這整個主意瘋狂而愚蠢，但看來誰也不想提異議。

2　It seemed that no one wanted to object to this **lunatic** proposal.
　　看來誰也不要反對這瘋狂愚蠢的建議。

3　A **lunar** eclipse can occur only on the night of a full moon.
　　月蝕只會在月圓之夜出現。

60 酷法
DRACO

　　龍蛇雖然混雜，但蛇是 serpent，龍是 dragon，希臘文是
drakōn，拉丁文是 *draco*。東南亞有一種蜥蜴 draco，前肢與後腿之
間有一片薄膜，四肢張開時可以利用薄膜在空中滑翔。這種奇特的爬
蟲一生在樹上生活，滑翔來滑翔去，很少跑到地上。

　　古希臘第一位制定法律的人也名叫 Draco，姑且稱他為龍子。
Draco 龍子是雅典公民選出來維持法律的，上任後即着手重新編制律
例，把世代行之已久的口頭習慣法和冤冤相報的習俗廢除，代之以成
文法令，所有人都必須遵守，當時大概是公元前六二二年。

　　這些法令條文都刻寫在一個金字塔形的木板上，置於通衢大道，
塔中央有軸，三角可以旋轉，利便雅典人查看。龍子編制的法律，除
了以成文代習例外，最重要的一點是界定了謀殺和誤殺的分別。不過
這套新法律重視有財有勢的人，地位愈低者愈吃虧。例如欠債者如果
地位低於債主，債主有權要欠債人做奴僕，沒有平等這回事。龍子亦
以嚴酷令人喪膽，犯輕微罪行的人都可判死刑。有人曾經質問龍子有
何理據，他的解釋是連雞毛蒜皮的小罪也犯者不值得同情，死有餘辜。
龍子的法例太嚴苛了，結果被雅典人轟他下台，逐出雅典城。據說他
在雅典城外隱居，鬱鬱而終。有民間傳說頗離奇，龍子其實有很多支
持者，他是被熱情的支持者按習俗往他頭上拋擲帽子和衣物時，因為
東西太多而被壓死的。

　　從 Draco 得出 draconian 這個形容詞，意思是嚴厲的，苛刻
的，殘忍的，當然也可以解作與龍有關的。另外還有 draconic 和
draconical，也是形容詞，意思和 draconian 相同。Draconically 則是
助動詞。

1 She left the company because she did not like the **draconian** environment there.

她因為不喜歡公司的苛刻環境而離開。

2 It was such a **draconic** decision for him to make.

他要做的這個決定真嚴苛。

3 The policeman stared **draconically** at the drunken driver.

那警員嚴厲地瞪着那醉酒駕駛者。

61 龍牙
DRAGON'S TEETH

　　龍和蛇在希臘神話裏是守護獸，通常以兇猛形象出現。屠龍蛇的英雄有好幾位，以腓尼基王子卡德摩斯 Cadmus 和希臘英雄賈森 Jason 的故事最膾炙人口。兩人的屠龍記大同小異，以卡德摩斯的為先。

　　腓尼基 Phoenicia 是地中海古文明，發源在今天黎巴嫩和以色列北部。卡德摩斯的妹妹歐羅巴 Europa 被宙斯誘拐，他奉父命去找她回來。卡德摩斯也許真的找不到妹妹，或者不想亦不敢與宙斯為敵，流浪了一段日子後，來到特爾斐 Delphi 求神喻。誰知卡德摩斯得到的指示要他放棄尋妹，到廟外等一隻脇腹上有半月形紋的牛，隨着牛走，去到牛疲倦得躺下來的地方，便在那裏建立自己的國家。

　　卡德摩斯隨着牛來到希臘中部的皮奧夏 Boeotia，牛果然躺下來

不要前行了。卡德摩斯把牛宰了，奉獻給女神雅典娜，求她保佑。他派兩個手下去附近的水泉取水，兩人卻被守護水泉的猛龍殺了，卡德摩斯大怒，把猛龍殺死。雅典娜教他把龍牙種在泥土裏，眨眼間，一羣武士從泥土冒出來。卡德摩斯扔一塊石頭過去，武士馬上打起上來，直到只剩下五個人才停手。這五個武士協助卡德摩斯建立了底比斯城 Thebes，他們的後人亦成為底比斯五大望族。

不過守護水泉的猛龍原來是戰神阿瑞斯 Ares 的聖獸，卡德摩斯被罰侍候阿瑞斯八年，服役期滿，宙斯把阿瑞斯的女兒哈耳摩尼亞 Harmonia 許配他為妻。夫妻在底比斯建立了一個王朝，還生了一兒四女。

「種下龍牙」to sow / plant the dragon's teeth，是引起紛爭，種下禍根的意思，也可以單用「龍齒」dragon's teeth，與第一部份〈2 蘋果也瘋狂〉的 apple of discord 相同。英國大詩人約翰・彌爾頓 John Milton (1608–1674) 在他那篇一六四三年的著名演說《論出版自由》裏，談到書本有時候難免會引起爭議，「就像神話裏的龍牙：撒了一地之後，可能會很快長出手持武器的人來」"as fabulous dragon's teeth: and being sown up and down, may chance to spring up armed men."

例句
EXAMPLE SENTENCES

1 Their discord did not sprout out of the ground like **dragon's teeth**.
他們的不和並不是一朝一夕的事。

2 The Treaty of Versailles after World War I had sown the **dragon's teeth** between Germany and the other world powers.
第一次世界大戰後的凡爾賽條約為德國與其他強國種下禍根。

62 歐羅巴
EUROPA

歐羅巴 Europa 是腓尼基王厄期那 Aegnor 的女兒，哥哥卡德摩斯因為奉父命去找她而一去不回頭。這位公主長得如出水芙蓉，古希臘文 Europa 意思是開朗明亮的眼神和面容，她究竟有多美麗，不妨想像一下。

歐羅巴被宙斯看上，決心要得到她，於是化身成一頭漂亮的白公牛，混入厄期那王的牛羣中。歐羅巴和同伴採摘花朵的時候，看到這頭在牛羣中非常突出的大公牛，忍不住上前摸摸拍拍，還坐上牛背。宙斯可不客氣了，邁開牛步，一直渡海去到希臘南面的克里特島 Crete。宙斯變回原狀，表明身份，歐羅巴別無選擇，於是成為宙斯的情婦。宙斯送給歐羅巴的定情之物是一條項鍊，是鍛冶之神希菲斯特斯 Hephaestus 的傑作，還有兩件禮物，一件是用來守衛克里特島的巨型活動銅人泰洛斯 Talos，另一件是追捕獵物永不失手的獵犬萊拉普斯 Laelaps。

銅人泰洛斯當然也是希菲斯特斯製造的，有如今天的機械人，每日沿岸邊繞克里特島巡邏三次，以防海盜和敵人。獵犬萊拉普斯的名字在希臘文是「颶風 (hurricane)」的意思，可想而知跑得有多快。這隻獵犬後來去追永遠不會被捉到的佻彌斯安狐狸 Teumessian fox，一追一逃，沒完沒了，宙斯頭昏腦脹，把一犬一狐都變成石頭，放在天上成為星座，萊拉普斯便是「大犬座 (Canis Major)」，佻彌斯安是「小犬座 (Canis Minor)」。

古希臘人在公元前六世紀已經有「歐洲」Europe 這個概念，名字當然從歐羅巴得來，所指的大約是亞洲和歐洲之間的高加索地區，後來則擴及土耳其和巴爾幹半島。到了公元前五世紀，古希臘人才把

世界分為歐洲、亞洲和非洲三大部份，其實是指巴爾幹半島 Balkan Peninsula、遙遠的東方和北非的利比亞 Libya 而已。歐洲大陸這個更廣泛的概念，一直到公元九世紀才逐漸流行，當時亦主要是用來區分西方基督教、希臘東正教和阿拉伯伊斯蘭教這三個宗教的勢力範圍而已。

Europe 是歐洲，European 作形容詞時是歐洲的，作名詞時則是歐洲人的意思。歐洲這片古老大陸是西方現代文明的發源地，而一切當然由希臘開始。歐洲大陸分成多個國家，語言和文化各有不同，但在很多高傲的歐洲人心中，歐洲就是歐洲。最能表達這種大歐洲思想的是法國大文豪雨果 Victor Hugo（1800-1885）這句話：「歐洲人之間的戰爭是內戰。」"A war between Europeans is a civil war."

例句
EXAMPLE SENTENCES

1　The new VR app depicts Europa as a snowy landscape.
那虛擬實境手機應用程式，描繪歐洲為冰天雪地。

2　I cancelled my trip to Europa Park yesterday.
我昨天取消去歐洲公園的行程。

63　和諧女神
HARMONIA

和諧女神哈耳摩尼亞 Harmonia 是宙斯許配給卡德摩斯為妻的。這位女神是愛情女神阿佛珞狄絲 Aphrodite 和情夫戰神馬爾斯 Mars 所生的女兒，但也有說是宙斯的私生女。阿佛珞狄絲的丈夫鍛

冶之神希菲斯特斯 Hephaestus 對妻子的不忠含恨在心，時常找機會報復。

　　卡德摩斯和哈耳摩尼亞成婚時，諸神到賀，各有禮物送給一對新人。卡德摩斯送給新婚妻子一條黃金項鍊，是首尾相接的蛇形設計，鑲嵌了其他珠寶。這條項鍊是希菲斯特斯造的，問題就出在這裏。原來戴上或者擁有項鍊者雖然可以青春長駐，但噩運亦會接踵而至，希菲斯特斯把對不忠妻子的怨憤報復在無辜者身上，可恨亦可憐。所以「哈耳摩尼亞的項鍊 (Harmonia's necklace)」是指帶來噩運的不祥物件。卡德摩斯夫妻二人並不快樂，壞事接二連三的發生，最後決定把底比斯交給五個兒女打理，到別的地方找新生活。他們去到希臘北部的蠻荒地區，打敗了當地土著，建立了另一個國家，後來由兒子 Illyrius 命名為伊利里亞 Illyria，即是今天巴爾幹半島的黑山 Montenegro 和阿爾巴尼亞 Albania 地區。卡德摩斯仍然時常受當年屠龍的事困擾，焦慮不安，有一天抱怨上天不放過他，為了一條龍而令他情緒受盡折磨，還賭氣說，如果龍真的比人重要，那便把他變成龍吧。說時遲那時快，卡德摩斯倏地變了一條大蛇。哈耳摩尼亞又吃驚又傷心，決意追隨丈夫，向天神祈禱，於是她和丈夫一樣變成大蛇。

　　從 Harmonia 的名字得出來的有 harmony 這個名詞，意思是一致，融洽，也指音樂的和諧，引伸為平靜，協調，形容詞是 harmonious，助動詞是 harmoniously，動詞是 harmonize；當然，還有常見的「口琴 (harmonica)」。

1   Nam Nam's cat and dog live in **harmony** with each other.
    楠楠的貓狗和平共處。

2   He cares much about keeping **harmonious** relationships
    with his colleagues.
    他很在意和同事保持和諧的關係。

3   The houses in the small village **harmonize** well with the
    landscape.
    小村裏的房子和風景融成一片。

64 迷宮
LABYRINTH

　　宙斯把歐羅巴誘拐去的克里特島 Crete 是希臘第二大島，克里特最傳奇的神話要算彌諾陀 Minotaur 的故事。Minotaur 的意思是「彌諾斯的牛 (the bull of Minos)」，而彌諾斯 Minos 是歐羅巴為宙斯生的兒子。

　　歐羅巴和宙斯一共有三個兒子，她後來嫁了克里特島王阿斯得里昂 Asterion。阿斯得里昂視三個孩子如己出，但他去世後，三兄弟為爭王位而起爭執。彌諾斯在三人中野心最大，時常自覺是真命天子，一次祭祀海神普塞頓時，彌諾斯揚言自己受上天眷顧，祈求甚麼都可以得到，他請海神 Poseidon 賜他一頭牛，好待他宰了獻祭。果然，一頭雄壯的白色大公牛出現，大家無話可說，奉他為王。彌諾斯登位後

卻食言，把海神賜的白公牛據為己有，另外宰了一頭牛作獻祭。

　　海神很不高興，要懲罰彌諾斯，向愛神阿佛珞狄絲 Aphrodite 求助，愛神令他的妻子帕西法厄 Pasiphaë 愛上白公牛。帕西法厄渴望接近公牛，請雅典著名巧匠代達羅斯 Daedalus 想辦法，代達羅斯和兒子伊卡羅斯 Icarus 合力造了一頭栩栩如生的木牛，把帕西法厄藏在裏面，大白牛見到，走上前和木牛交配，帕西法厄懷了孕，最後產下牛頭人身的 Minotaur。彌諾斯大怒，重重懲罰了代達羅斯父子，但沒有難為妻子。彌諾陀日漸長大，帕西法厄再無法照顧它，最可怕的是這怪物肚餓便吃人，宮中雞犬不寧。彌諾斯要代達羅斯設計一個牢獄關起彌諾陀，克里特島的迷宮 Labyrinth 就這樣建成。

　　迷宮內道路縱橫交錯，人在其中，很難走得出來。考古學家曾在克里特島北部發現了據說是迷宮 Labyrinth 的遺跡，近年卻有研究否定了。

　　Labyrinth 可引伸為錯縱複雜，或者曲折及難以解決的事情或困境。形容詞是 labyrinthine。

例句
EXAMPLE SENTENCES

1　One will easily get lost in the **labyrinth** of alleys and lanes (labyrinthine alleys and lanes) in the bazaar.
　　市集縱橫交錯的里巷很容易令人迷路。

2　You must sort out the **labyrinth** of facts before you can come to a conclusion.
　　你一定要整理好那些錯縱複雜的事實才可以得出結論。

3　He moved to the countryside to escape from the **labyrinth** of city life.
　　他搬到郊外居住以逃避令人迷失的城市生活。

65 線索
CLEW

　　克里特島的迷宮把牛頭人身的怪物彌諾陀 Minotaur 困住，怪物走不出來，其他人走不進去，其實哪會有人敢走進去。不過克里特島上的罪犯可倒楣了，他們會被驅進迷宮裏給彌諾陀做食糧。彌諾陀每年還有處男處女各七人做點心享用。原來彌諾斯有一個兒子安德魯節昂 Androgeon 在雅典一場競技賽中稱冠，成為勇士，雅典王派他去馬拉松收服一頭野公牛，誰知安德魯節昂不敵，傷重不治。彌諾斯遷怒雅典，興兵進攻，雅典不幸瘟疫流行，無力防守，唯有求和。彌諾斯開出的條件是雅典要每年送七男七女到克里特島。

　　及至雅典王子特修斯 Theseus 長大成人後，英明勇武，為解脫雅典人的苦難，決意除去彌諾陀。他來到克里特島，與彌諾斯的女兒艾里阿德娜 Ariadne 一見鍾情，這位克里特公主為助愛郎，跑去懇求代達羅斯教她解破迷宮的法子。代達羅斯本來是雅典人，怎樣也想不到自己設計建造的迷宮竟然折磨了雅典人多年，於是教艾里阿德娜，出入迷宮要用一團線 clew，進時把線繫在入口，沿途放線，出時便跟着線走。特修斯依法而行，殺了彌諾陀，走出迷宮，還帶了艾里阿德娜上船離開克里特島。可惜這對戀人命途多舛，特修斯為逃避追兵，在海上迂迴曲折航行，還遇上大風浪，最後去到塞浦路斯島 Cyprus，懷了身孕的艾里阿德娜在島上病逝。

　　Clew 可拼作 clue，名詞動詞相同，兩種拼法發音一樣。Clue 本來是線團的意思，引伸解作線索，暗示或提示，填字遊戲的提示便是 clue。作動詞時通常和 in 一起使用，clue in 除了解作提示線索外，也有使明白或使知道的意思。

1 The police could not find any **clue** that would help them in their investigations.
警察找不到任何有助他們調查的線索。

2 Morris was late and wanted to be **clued** in on the progress of the meeting.
莫理思遲到了，想知道會議進展。

3 His life style may hold the **clue** to the cause of his illness.
他的病可能是由生活習慣導致。

66 蠟翅膀
ICARUS

　　建造迷宮的代達羅斯 Daedalus 是著名發明家和工匠，他收了姪兒泰洛斯 Talos 為徒，誰知徒兒青出於藍，名氣蓋過了師傅。代達羅斯妒忌之下，殺了泰洛斯。雅典人把代達羅斯逐出城，代達羅斯和兒子伊卡羅斯 Icarus 流落到克里特島。

　　特修斯大鬧克里特島，彌諾斯大怒，亦猜到沒有代達羅斯的指點，特修斯根本無法進出迷宮，於是把代達羅斯父子困在迷宮裏，任其自生自滅。代達羅斯豈會束手就斃，他用蠟和羽毛造了兩對翅膀，父子一人一對，飛上天空，離開克里特島。代達羅斯出發前叮囑伊卡羅斯，不要飛得太低，否則海面濺起的浪花會打濕翅膀，但也不要飛得太高，不然太陽的熱力會把蠟溶化。可是伊卡羅斯始終少年心性，而且在天空飛翔實在太令人興奮了，不一會已經把父親的叮囑拋諸腦後。他愈

飛愈高，自由自在，沒有留意父親正向西面飛去，更沒有察覺蠟翅膀在陽光下正逐漸溶化。伊卡羅斯發覺翅膀的羽毛紛紛落下時已太遲了，他最後掉進接近土耳其以西的海裏，後世人把這片水域名為伊卡利亞海 Icarian Sea，還有一個伊卡利亞島 Icaria，以紀念這個樂極生悲的少年。代達羅斯則一直飛到意大利的西西里島才停下來，島上的人知道這位天上來客就是大名鼎鼎的發明家代達羅斯時，待之如上賓。

十六世紀著名荷蘭畫家老勃魯爾 Pieter Brugel the Elder (1525–1530) 有一幅《伊卡羅斯墮海風景圖》*Landscape with the Fall of Icarus*，現存比利時皇家藝術博物館 Royal Museum of Fine Arts of Belgium，專家估計是十六世紀後期的仿製品。畫中陽光普照，海上停泊着船，陸上農人在犁田，牧人在照顧羊羣，右下角有一條人腿露出水面，要細心才看得到。似乎世界才不管你甚麼飛天蠟翅膀。

輕率魯莽，得意忘形時便會樂極生悲，伊卡羅斯就是好例子。Icarus 的形容詞是 Icarian，I 大寫，意思是輕率魯莽，自行其是，或者膽大妄為，當然是貶詞。

例句
EXAMPLE SENTENCES

1 **Icarus** flew too near the sun and the wax attaching his wings melted.
伊卡羅斯飛得太近太陽，黏合他翅膀的蠟溶化了。

2 The commander's **Icarian** mentality could only lead to disastrous results.
指揮官的輕率魯莽思維只會導致災難性後果。

3 The dot-com bubble in the early 2000's was a **Icarian** tragedy.
二〇〇〇年代初的科網泡沫是伊卡羅斯式悲劇。

67 神奇睡床
PROCRUSTEAN BED

進出迷宮 Labyrinth 的雅典王子特修斯 Theseus 身世離奇，生父究竟是海王普塞頓 Poseidon 還是雅典王埃勾斯 Aegeus 沒說得清。他與母親在雅典西南百多公里處的特里圳 Troezen 相依為命，長大後，母親告知他身世，並要他往雅典和埃勾斯王相認。

特里圳和雅典距着海灣相對，最短路程是乘船渡海，特修斯英雄肝膽，自忖走水路的話，很難避免受到海神照拂，所以寧願走盜賊妖怪出沒的陸路。特修斯卻一路上斬妖除魔，雅典在望時，鐵匠大盜普羅克斯特斯 Procrustes 也栽在他手裏。普羅克斯特斯據說也是海神的兒子，如果屬實，和特修斯就是兩兄弟，他是個鐵匠，但在往雅典的必經路上開了一間小旅館，熱情招呼投宿客人，服務殷勤。晚上就寢時間到了，他便引領客人去一張床上睡覺，並解說這張神奇睡床大小剛好，任何身材的人睡上去也必定合適。客人真的躺上去了，他便把人綁住，人短床長的，他用床上機器把人拉長，人長床短時，他便把人的雙腳砍掉。這張神奇睡床已經害了不知多少人命。普羅克斯特斯如常請特修斯躺上床，特修斯要他示範一次，鐵匠大盜當然拒絕。特修斯豈是等閒之輩，很快便制服了他，把他綁在床上，以其人之道還治其人之身。

Procrustes 轉做形容詞是 Procrustean。意思是強求一致的，削足適履的，或者迫使就範的。Procrustean bed 喻意強求一致的制度，政策或者思想。P 一般大寫，小寫亦無不可。黎巴嫩裔美藉作家塔勒布 Nassim Nicholas Taleb 二〇一〇年出版了一本格言集，鞭撻現代人把思想和道德簡化及商品化，有如把所有事物放在普羅克斯特斯的床上，強行用自己的尺度去剪裁，書名便是《普羅克斯特斯之床》*The Bed of Procrustes*。

1　The **Procrustean** training has compromised the athletes' individuality.

這強求一致的訓練犧牲了運動員個人的獨特性。

2　You cannot expect the whole world to fit in a **Procrustean bed**.

你不可能期望整個世界符合一個標準。

3　He dissented, saying that majority opinion was **procrustean**.

他不同意，還說大多數人的意見是迫人就範。

68 命運
FATES

　　希臘神話裏，clew 除了是引導出迷宮的毛線外，也指人的命運之線，操控在三位命運女神的手裏。她們是紡線的克洛索 Clotho，量度長短的拉基西斯 Lachesis，以及剪線的阿特洛波斯 Atropos。古人有時候會委婉地稱她們為「那三姊妹 (the three sisters)」。

　　那三姊妹是身披白袍的老婦人，每個人的一生就由她們主宰，是福是禍由克洛索紡出來，是長是短由拉基西斯計算，到阿特洛波斯把線一剪，人生也就完結。古希臘人相信，嬰兒產下後第三個晚上，三位女神便會出現，決定這新生命的一生，大家在這天晚上都不敢怠慢，預備好祭品恭候。

　　有一個故事說，卡萊敦 Calydon 王子梅利埃格 Meleager 出生後，命運女神出現，預言壁爐內一根木柴燒盡時，孩子便夭折。梅利

埃格的母親偷偷把木柴澆熄藏起來，梅利埃格也活下來。卡萊敦在希臘本土與伯羅奔尼撒半島之間的科林斯海灣 Gulf of Corinth 北岸，梅利埃格長大後，殺死為禍地方的野豬，為民除害。也幸好他母親當年偷偷藏起那截木柴。

民間故事不斷轉變，到後來，傳說三個命運女神在嬰兒出生後第七天晚上便會在壁爐出現，因此按習俗，古希臘人要到嬰兒出生後第七天，一生命運定了，才為嬰兒改名字。儘管命運女神令人敬畏，古時雅典婦女對她們都必恭必敬，因為希望生下的孩子都得到她們保佑，一生平安，所以出嫁時會剪下一絡頭髮作獻祭，大概是祈求萬一將來子女生命之線不足，可以用頭髮補救。

古希臘文稱三位命運女神為 Moirai，英文是 Fates，是名詞，可作動詞用，形容詞是 fateful，也引伸作重大的，或者決定性的。

例句
EXAMPLE SENTENCES

1　I can only say that a thing like this is always the result of **fate**.
　　我只能說這樣的事情通常都是天意。

2　The huge compensation was a **fateful** blow to his company.
　　那巨額賠償對他的公司是致命打擊。

3　It would seem that she was **fated** not to have the job.
　　看來她是注定得不到那份工作。

69 無可逃避
MORTA

三位命運女神手握人生命運，誰也無權干預。天神宙斯雖然至高無上，也要尊重她們。不過宙斯有一把秤，用來估量人的運氣，最常用是兩雄對陣時，他便用秤來量出勝負。例子之一是赫克托和阿基里斯陣上決生死時，宙斯秤出赫克托較輕，阿基里斯於是勝出，否則雅典娜也無法可施。

三位女神是姊妹，阿特洛波斯 Atropos 居長，她的名字在古希臘文裏是「無可逃避」或者「必然發生」的意思，也只有死亡才是人必須面對的。她有一把剪刀，人的壽緣盡了，她便把生命之線一剪，誰也沒法改變。卡萊敦王子梅利埃格 Meleager 追殺野豬時，獵隊中有一個非常饒勇的女子阿特蘭妲 Atlanta，是她首先刺中野豬，梅利埃格才趕到把野豬殺死。梅利埃格雖然是有婦之夫，但很愛慕阿特蘭妲，把野豬皮送給她做戰利品。他的兩個舅舅很不滿，而且早已反對隊中有女子同行，於是和梅利埃格爭吵起來，梅利埃格盛怒之下，錯手把兩個舅舅殺了。他的母親接到噩耗，既驚且怒，把當年澆熄後收起來的一段木柴投進爐火裏，木柴燒盡時，梅利埃格也身亡。有一種植物名顛茄，英文名是 atropa，果實含顛茄鹼，有劇毒，但可作藥用，名字便是來自這位命運女神 Atropos。

Atropos 在羅馬神話裏是 Morta，拉丁文是死亡的意思，與英文名詞 mortal 字源上同義。凡人會死，是 mortal，天神是 immortal，永生不朽，mortal 作形容詞時解作人世的，或者致命的，至死方休的，亦引伸作極端的，非常大的（害怕或恐懼）。另外有一個名詞 mortality，意思是死亡率，死亡數字，或者失敗率。Mortally 是助動詞，可引伸為極度的，嚴重的。

1　We spent a **mortal** day in that Marathon meeting.
我們在那馬拉松會議花了要命的一天。

2　Infant and child **mortality** in that region is high because of pollution.
那地區因為污染而導致嬰孩和兒童死亡率高。

3　Her husband is **mortally** afraid of serpents.
她的丈夫怕蛇怕得要死。

70 什一
DECIMA

　　三位命運女神的二姊是拉基西斯 Lachesis，專司量度，人的壽命長短都由她量出來。她也負責分派人的命中際遇，人從呱呱墮地的一刻起一生已有定數，連人性之中的善和惡，都由拉基西斯分派。

　　拉基西斯分派命運的方法其實令人無可奈何，原來她是以抽籤來決定的，所謂命運就是這一回事。不過命運女神也有失手的時候，太陽神阿波羅便把她們耍過一次。話說阿波羅殺死特爾斐神蟒皮同 Python後，宙斯罰他為凡人服役，他選擇到希臘北部的塞薩利 Thessaly 為國王阿德墨托斯 Admetus 牧牛。阿波羅和阿德墨托斯相處愉快，結成好友，還撮合他的婚事。阿波羅送給好友的大禮是永生不死，原來他請命運女神喝酒，乘她們酩酊大醉時達成協議，阿德墨托斯壽緣將盡時，只要有人自願代死，他便可以活下去。不過阿德墨托斯自知生命快到

盡頭時，卻找不到這樣慷慨的人，連他年邁的父親也拒絕替死。最後他的妻子因為不想兒女無父，亦深愛丈夫，自願替代一死。

拉基西斯 Lachesis 在羅馬神話裏是 Decima，這個名字的拉丁文意思是十分之一，大概喻意女神量度準確，分毫不差。今天通行的 decimal system「十進制」，其中的 decimal 是從拉丁文的 *decimus*「十分一」而來，和 decima 在字義上相同。古羅馬軍隊裏有一個「什一（decimation）」懲罰制度，把違反軍紀或謀反的士兵列隊，以抽籤方式十人選一來處死，十分可怕。Decimation 是名詞，動詞是 decimate，引伸為大量毀滅，或者消耗殆盡的意思。

例句
EXAMPLE SENTENCES

1 We work our numbers in a **decimal** *system* because we have ten fingers.
我們以十進制來計算是因為有十隻手指。

2 The cattle industry of the region will be **decimated** if the drought continues.
乾旱持續下去的話這地區的養牛業將會被摧毀。

3 We are facing the biggest **decimation** of species in the history of the earth.
我們面臨地球歷史上最大規模的物種滅絕。

71 如風
AURA

命運女神 Fates 曾經預告狩獵女神阿耳特彌斯 Artemis 將來是個接生婦，阿耳特彌斯是太陽神阿波羅的孿生姊姊，她甫出生便幫母親樂托 Leto 產下弟弟，也難怪命運女神會這樣說。古希臘很多地方奉阿耳特彌斯為接生之神，她卻以狩獵聞名，而且守身如玉。

阿耳特彌斯有一個要好狩獵同伴奧拉 Aura，名字是輕風的意思，父親是北風波瑞厄斯 Boreas。奧拉也真的來去如風，行走迅速，是狩獵能手，綽號「風之女奧拉（Aura the Windmaid）」，同樣守身如玉。不過她的守貞似乎是因為她非常男性化，男人不當她是女人，女人有點怕了她，而她對男女之事根本亦不屑一顧。有一天，大伙兒去打獵，在一塘清泉旁休息，還脫光了衣服走進水裏涼快。奧拉開玩笑說，阿耳特彌斯的乳房豐滿，看來是飽嘗男女之慾。阿耳特彌斯很不高興，向報應女神尼米司斯 Nemesis 投訴，尼米司斯安排厄洛斯 Eros 射酒神狄俄尼索斯 Dionysus 一箭，酒神看見奧拉便慾念頓生，用酒灌醉了她，把她玷污。奧拉酒醒，發覺自己已破貞，但不知道是誰做的好事，狂性大發，遇見男人便殺。她知道自己懷孕後想自殺，但無法下手，最後產下兩個男嬰，瘋癲起來把一個吃了，另一個幸好被阿耳特彌斯取走。奧拉抵受不了，投進薩卡里亞河 Sakarya River 自盡。這條河在今天土耳其首都安哥拉 Angora 以西，逶迤往北流入黑海 Black Sea，據說奧拉在投水的地方變成一壁河岸，泉水不斷滲出，象徵她仍為自己的失貞悔恨不已。

奧拉以輕風為名，她的故事卻像狂飆，一句不知輕重的戲言，卻以悲劇收場。阿耳特彌斯應該也不好過，否則她不會救走奧拉的孩子。今天 aura 這個英文字解作人或物的氣味，氣息，或者氛圍，也可以是

（神像頭上的）光環，光輪，醫學上則是中風、癲癇或偏頭痛等病的先兆階段。

例句
EXAMPLE SENTENCES

1　An **aura** is a perceptual disturbance experienced by some with migraines or seizures.
先兆階段是不少偏頭痛或癲癇症患者經歷的知覺混亂。

2　The tea sent forth an **aura** of rosebuds.
那茶透着玫瑰花苞的芳香。

3　The castle was shrouded in an **aura** of grandeur at sunset.
城堡在黃昏裏為壯麗的氣氛所籠罩。

72 曙光
AURORA

　　羅馬神話有一位奧羅拉 Aurora，名字和奧拉 Aura 非常接近，常常被人混淆。奧羅拉是曙光女神，希臘神話裏是伊娥斯 Eos，哥哥是日神 Sol，姊姊是月神 Luna。奧羅拉每天早上整理儀容後便越過天際，向大地宣告太陽的來臨。

　　奧羅拉和姊姊月神一樣都是愛上凡間男子，她愛的是特洛伊王子提托洛斯 Tithonus，是特洛伊亡國之君普里阿摩 Priam 的弟弟。奧羅拉把愛郎帶到埃塞俄比亞 Aethiopia 雙棲雙宿。這個地方雖然和今天的非洲國家埃塞俄比亞 Ethiopia 名字相似，拼法略有分別，在古希臘

則泛指尼羅河 Nile 上游地區。凡人會死亡，女神不會，奧羅拉很想和愛郎天長地久相愛，懇請宙斯賜提托洛斯永生，宙斯亦如她所願。但不知道是宙斯故意，還是奧羅拉大意，提托洛斯雖然不死，卻逐漸老去。奧羅拉看着情郎衰老，日甚一日，眼前人瑞已非當年英偉男子。這位曙光女神愈來愈心灰意冷，後來眼不見為淨，把老朽不堪的特洛伊王子提托洛斯關在房裏。提托洛斯淒淒切切，最後變成蟋蟀，終夜唧唧悲鳴，就像懇求生命快點完結。

千百年來，不少文學作品裏都有這位曙光女神的芳蹤。莎士比亞的《羅密歐與茱麗葉》*Romeo and Juliet* 開場時，羅密歐的父親蒙塔古 Montague 慨歎他的多情兒子終夜和同伴在街上無聊流連，直到太陽「在極東之處開始拉起／奧羅拉的羅床重幃」"in the furthest east begin to draw / The shady curtains from Aurora's bed"。

英文的 aurora 是曙光，晨曦，或者曉光的橙黃顏色，也指極光。形容詞是 auroral，也可解作光亮的，光輝的。

例句
EXAMPLE SENTENCES

1 They saw the **aurora** before the sky began to cloud over.
他們在天空開始被雲遮蓋前看到極光。

2 A faint **auroral** glow began to appear in the eastern sky.
東面天際現出微弱的曙光。

3 She told him that she could no longer live with his **auroral** splendours of promises.
她告訴他再不能和他那些晨光般美好的承諾生活下去。

73 蛇髮女妖
GORGON

　　古希臘的埃塞俄比亞 Aethiopia 泛指尼羅河上游地區，亦可以是非洲北部，即地中海沿岸。希臘英雄珀爾修斯 Perseus 殺了蛇髮女妖 Gorgon 後，曾在埃塞俄比亞停留，救了公主安德洛墨特 Andromeda，兩人還結為夫妻。

　　珀爾修斯也是宙斯的私生子，母親是阿爾戈斯 Argos 公主，但不容於父親，母子二人流落到愛琴海 Aegean Sea 的塞里福斯島 Seriphus。珀爾修斯長大成人，英氣迫人，但要時常護着母親，免被塞里福斯王波里得達斯 Polydectes 侵犯。波里得達斯無時不想除去珀爾修斯，有一次他設下盛宴，藉口徵集俊馬作奉獻與天神，要求出席賓客送馬一匹作禮物。珀爾修斯是賓客之一，卻兩手空空赴會，被波里得達斯冷言奚落，珀爾修斯按捺不住，問波里得達斯想要甚麼禮物，他可以去取來。這正中波里得達斯下懷，開價說想要蛇髮女妖美杜莎 Medusa 的腦袋。

　　美杜莎的身世其實很可憐，她原本是個美貌女子，不幸被普塞頓在雅典娜神殿內把她玷污了。雅典娜把氣出在美杜莎身上，把她變成猙獰可怕的蛇髮女妖。蛇髮女妖其實不只一個，頭髮都是亂舞羣蛇，容貌非常醜陋，而且與她們眼神一接觸便會變為石頭。珀爾修斯生父是宙斯，自然有神助，長話短說，他得到一個用來盛妖怪頭顱的革囊，一頂令人隱身的頭盔，一對有翅膀的靴子，還有把一邊利刃一邊倒鉤的寶劍。珀爾修斯把盾牌磨得像鏡子一樣，全身披掛，悄悄走進女妖睡覺的洞穴。他看着盾牌上的倒影，走近美杜莎，手起劍落斬下妖頭，其他女妖驚醒，珀爾修斯已經逃之夭夭。

　　Gorgan 引伸為醜陋可怕的人（尤其是女性），或者是令人呆若木

雞的可怕事情，也可作形容詞用。動詞是 gorgonize，意思是像蛇髮女妖 gorgon 一樣瞪着人，或者把人嚇呆了。G 大小寫均可。

例句
EXAMPLE SENTENCES

1 She averted her eyes to avoid the woman's **Gorgon** stare.
她轉移目光以避開那女人狠毒的瞪視。

2 He was **gorgonized** as if he had seen a ghost.
他像看到鬼魂一樣的嚇呆了。

3 The air stewardess tried to calm down the **gorgon**.
空中服務員嘗試令那醜陋惡女人冷靜下來。

74 飛馬
PEGASUS

美杜莎 Medusa 被珀爾修斯 Perseus 殺死時，從流出的血液飛躍出一匹駿馬珀格索斯 Pegasus。另外有一個說法是美杜莎的血滲進泥土裏，地面裂開，珀格索斯從裂縫中飛出來。

珀格索斯毛色雪白，有一雙翅膀，出生後一直朝天空的雷電閃光飛去，來到宙斯面前。宙斯很喜歡這匹駿馬，後來把雷電權杖交由珀格索斯馭着，還賜牠成為星座，就是天馬座 Pegasus。相傳珀格索斯用蹄踏擊地面時，便會有清泉出現，希臘中部赫利孔山 Mount Helicon 上有一個靈泉 Hippocrene，就是珀格索斯為掌管音樂詩歌的幾位仙女繆斯 Muses 踏出來的，詩人喝了這個泉的水便會靈感如泉湧。按公元

前八世紀的希臘詩人赫西奧德 Hesiod 所說，Pegasus 的名字來自希臘文的 *pēgē*，意思是泉、井；珀格索斯和泉水是分不開的。

後來斬魔除妖的希臘英雄柏勒洛丰 Bellerophon 在雅典娜神廟外捉到珀格索斯，幾經辛苦，在雅典娜的協助下馴服了這匹天馬，成為坐騎，跨着牠去殺了吐火女妖 Chimera。不過柏勒洛丰太妄想，以為可以騎着珀格索斯跑上奧林匹斯山，宙斯用一隻牛虻螫了珀格索斯一下，珀格索斯吃驚，猛抖一下，柏勒洛丰失轡，從馬背上倒栽下來。雅典娜收回珀格索斯，把牠帶上奧林匹斯山，養在宙斯的馬廄裏。珀格索斯非常馴良，很喜歡助人，有時候完全無防人之心，千百年來都是智慧和榮譽的象徵，也是詩歌的靈感泉源，更是不少圖案設計的藍本。美國老牌雜誌《讀者文摘》*Reader's Digest* 的商標便是珀格索斯。

Pegasus 現在多數引伸為詩才，或者創作詩歌的靈感。Pegasus 的形容詞是 pegasean，較少見，意思是如珀格索斯般的，或者是有詩意的，亦引伸為快捷，就像天馬飛行一樣。P 一般大寫。

例句
EXAMPLE SENTENCES

1 "He's a flying horse, a **Pegasus** breathing fire out his nostrils."
– *Henry V* (Act 3 Scene 7)，William Shakespeare
「牠是一匹飛馬，鼻孔噴出火焰的珀加索斯。」
—莎士比亞《亨利五世》（第三幕第七場）

2 He mounted his **Pegasus** at a very young age.
他很年輕便創作詩歌。

3 "What you need is discipline and hardworking, not **Pegasean** wings," she said to him.
「你需要的是自律和努力，不是靈感。」她對他說。

75 繆斯
MUSES

赫利孔山 Mount Helicon 在希臘本土中部，俯瞰科林斯灣 Gulf of Corinth，山上的靈泉 Hippocrene 是珀格索斯踏出來的，這裏也是仙女繆斯 Muses 居住的地方。有一個故事版本說，雅典娜把天馬珀加索斯馴服，送了給這羣仙女作伴。繆斯最初只有三位，後來演變成九位，掌管各類詩歌和戲劇、音樂、舞蹈和歷史。

九位繆斯是宙斯的私生女，母親是記憶女神 Mnemosyne，這位女神即是地府憶河的化身。父親是天神之首，母親專司記憶，九位仙女的能力可想而知。有一次，著名樂師馬爾西厄斯 Marsyas 挑戰阿波羅，要和天神一比演奏造詣高下，敗者任憑處置，還邀請繆斯做評判。馬爾西厄斯表演雙簧管古笛，技驚四座，阿波羅彈奏古絃琴，聞者動容，第一回合平手。阿波羅接着把絃琴倒過來彈撥，隨聲吟唱。繆斯評判阿波羅勝出。阿波羅的處置方法非常殘忍，把馬爾西厄斯的皮膚剝了下來。據說阿波羅後來也覺得自己做得過份，好一會沒有再彈奏絃琴。另一個也是音樂比賽的故事是著名歌唱家泰梅里斯 Thamyris 挑戰繆斯，還誇口說要是他贏了，便娶其中一位繆斯做妻子。結果當然是泰梅里斯輸了。為了懲罰他口出大言侮辱仙人，繆斯挖了他的眼睛，取去他的歌唱天份。

與這兩位可憐的音樂家相比，馬其頓 Macedon 王皮埃羅斯 Pierus 的九個女兒下場也許沒有那麼淒慘。這九個女孩極有天份，詩歌音樂無一不精，居然斗膽要和九位繆斯一較高下。結果當然是她們不敵，全部被變成聒噪的喜鵲 magpipe。希臘天神可不是好說話的，凡人向天神挑戰，真的十分愚蠢。

Music「音樂」這個普通不過的英文字便是從 Muse 而來。Muse

亦可作動詞用，通常連着前置詞 about、over、on、upon，意思是沉思、冥想或者默想。Museful 是形容詞，但有點過時，不常用了。

例句
EXAMPLE SENTENCES

1　She **mused** for a long time, thought about what to do next.
她沉思了很久，想想下一步要怎樣做。

2　The old lady sat on the verandah and **mused** upon the distant hills.
那老太太坐在陽台，若有所思地凝望遠方山巒。

3　He wrote a lot of poems for his wife, his **muse**.
他寫了很多詩給妻子，即是他的繆斯。

76 吐火女妖
CHIMERA

希臘英雄柏勒洛丰 Bellerophon 殺死的吐火女妖 Chimera 是混種怪物，獅身，山羊頭，長尾巴末端是毒蛇，口吐火焰，住在小亞細亞 Asia Minor 近地中海的利西亞 Lycia，大概是今天土耳其西南海岸區。吐火女妖的父親是皮同 Python，母親是半女人半蛇怪物厄喀德那 Echidna，與地獄惡犬和蛇髮女妖一母所生。

柏勒洛丰是海神普塞頓與凡間女子所生，因為犯了殺人罪，請求提賴因斯 Tiryns 國王普羅透斯 Proteus（與海中老人同名。）赦免，普羅透斯見他一貌堂堂，於是免了他的罪，還待之如上賓。可是他的

妻子傾慕這位少年英雄，以色相誘，柏勒洛丰嚴詞拒絕。這個女子向丈夫誣告柏勒洛丰對她無禮，要丈夫治之以罪，普羅透斯把柏勒洛丰打發到岳丈利西亞王艾奧巴特斯 Iobates 那裏，想假手於岳丈殺人。但艾奧巴特斯不想手沾血腥，於是要柏勒洛丰去對付吐火女妖。柏勒洛丰遇到一位先知，忠告他要殺吐火女妖必須先取得天馬珀格索斯 Pegasus，還教他到雅典娜神廟睡一晚，求神指示。果然，柏勒洛丰在夢中得到雅典娜賜給他一副黃金馬籠頭，他清晨醒來，在神廟附近看見珀格索斯在喝水，於是制服了天馬，出發除妖。柏勒洛丰很聰明，在長矛頭上繫上一大塊鉛，騎着珀格索斯在上空迎戰吐火女妖，乘女妖張嘴吐火，一矛飛擲進她的嘴巴，火焰把鉛塊溶化，就此殺了為禍四鄰已久的吐火女妖。

　　Chimera 現在引伸解作幻想、妄想和虛構的怪物，或者胡思亂想出來的鬼怪。Chimerical 和 chimeric 是形容詞，chimerical 意思是異想天開的，或者荒唐的；chimeric 亦指生物科學上的嵌合體。C 可不用大寫。

例句
EXAMPLE SENTENCES

1　The management concept he so highly values is only a **chimera**.
　他極為重視的管理概念只是個異想天開的構想。

2　No one believed his **chimerical** story of alien abduction.
　誰也不相信他那被外星人綁架的荒唐故事。

3　His proposal for creating **chimeric** winged mice was rejected by the advisory panel.
　他製造嵌合體飛天老鼠的計劃被顧問委員會拒絕了。

77 神盾
AEGIS

珀爾修斯 Perseus 殺了蛇髮女妖美杜莎 Medusa 後，把她的頭獻祭給雅典娜以示謝意，雅典娜把頭置於盾牌 aegis 中央，然後送給宙斯。有關這個神盾 aegis 的記載其實有好幾個版本。

Aegis 有時候是一塊羊皮，即是羊皮做的盾牌，據說是宙斯用養母一頭奶大他的山羊的皮造的。但也有說 aegis 是宙斯的盔甲護胸，令人望而生畏，可是宙斯全副武裝的造型甚少，一般都是手持雷電，從來沒見過他拿着盾牌或者穿上護胸。古希臘長篇敘事詩《伊利亞特》Iliad 主要講述特洛伊戰爭最後一年的故事，相傳是荷馬創作，其中對雅典娜的神盾有很詳細的描述，這個盾牌「有百絡真金流蘇，每絡價值可買一百頭牛，時而發出龍吟，搖動時，艾達聖母山 Mount Ida 雲霧籠罩，人聞之無不膽戰心驚。」特洛伊戰爭時，赫克托有一次在陣上受了傷，宙斯把神盾交給阿波羅，命他去救援。阿波羅只用神盾，已經可以把希臘軍一直驅趕回擱在岸邊的戰船上，可見其威力。另一個故事說，aegis 是雅典娜殺死另一隻吐火女妖艾斯 Aex 後，剝下她的皮製成的護身甲或者短袍。記載雖然各異，相同的是 aegis 都以蛇髮女妖的頭來作為圖案裝飾。原來古希臘人相信蛇髮女妖的頭有辟邪作用，喜歡把石造的女妖頭放置大門前或牆上，或者作為盾牌和盔甲護胸上的圖案，這種辟邪物便名為 Gorgoneion。

Aegis 一般都指宙斯和雅典娜的神盾，引伸為庇護，保護，或者贊助，支持，也可解作主辦，主持，領導，最常用法是 under the aegis of，即是在其庇護或保護之下的意思。

1   The project funded by him was set up under the **aegis** of the university.
他資助的計劃得到大學的支持而成立。

2   May lost her **aegis** when the manager left the company.
經理離開公司，美美失去靠山。

3   The Chinese aid workers arrive at the war-torn city under the **aegis** of the UN.
中國援助人員打着聯合國旗幟到達那個戰火蹂躪後的城市。

78 無涯之苦
SISYPHUS

　　殺死吐火女妖的柏勒洛丰 Bellerophon 其實身世可疑，他的母親是古希臘中南部科林斯 Corinth 的皇后，父親應該是科林斯王格勞格斯 Glaucus，但傳說他是海神普塞頓的骨肉，而柏勒洛丰的祖父，即格勞格斯的父親便是臭名昭彰的西西弗斯 Sisyphus。

　　西西弗斯是科林斯的立國之君，其人貪婪成性，冷酷無情，而且非常狡詐，時常欺壓商旅，謀財害命的事幹了不少。古希臘人重視待客之道，西西弗斯反其道而行之，天神早已不齒。宙斯誘拐了河神艾索普斯 Asopus 的女兒艾珍娜 Aegina，西西弗斯打聽到藏嬌之處，向河神通風報訊，以換取一道清泉轉流他的城市，更惹宙斯不滿。最後宙斯借口西西弗斯作惡多端，命死神桑納托斯 Thanatos 把他扣押到地

府。西西弗斯看到引領亡魂的赫耳墨斯 Hermes 沒有出現，知道事有蹊蹺，裝糊塗向桑納托斯請教身上的鐵鍊是怎樣纏上的。死神桑納托斯不虞有詐，示範給他看，西西弗斯連忙把死神一鎖，令他無法脫身，然後溜之大吉。死神無法執行職務，沒有人死，陽間大亂，戰神阿瑞斯 Ares 第一個不高興，軍人打不死，戰爭成何體統。西西弗斯的惡行罄竹難書，最後被宙斯罰他推一塊大石頭上山坡，快到山頂時石頭會滾落山，西西弗斯要從頭再來一次推石苦役，永不停息。

從 Sisyphus 得出形容詞 Sisyphean，S 一般大寫，意思是永無休止的苦差，吃盡苦頭的工作，或者徒勞無功的事情。有時候也會用「西西弗斯的石頭」Sisyphus rock，甚至「西西弗斯的山坡」Sisyphus hill 作形容。

例句
EXAMPLE SENTENCES

1 He is tired of this **Sisyphean** cycle of going to work and going home.
他已厭倦了這上班和回家的無休止循環。

2 The fight against drugs is a **Sisyphean** battle.
撲滅毒品是一場永遠打不完的仗。

3 His commission as a mediator is **Sisyphus** rock; they will never shake hands.
他的調解員任命是徒勞無功的工作；他們永遠不會握手言和。

79 可望不可即
TANTALUS

希臘神話裏有不少死後復活的故事，但以珀羅普斯 Pelops 的經歷最令人毛骨悚然。他被父親坦塔羅斯 Tantalus 宰了，烹成筵席上的菜餚，款待天神。多得宙斯請命運女神克洛索 Clotho 把他復活過來的。

坦塔羅斯是宙斯的私生子，安納托尼亞市 Anatolia 的統治者，這個地方在今天的土耳其地中海地區。他甚得宙斯歡心，時常獲邀請上奧林匹斯山相聚，一起吃飯，與一眾天神頗熟稔。可惜坦塔羅斯品性不佳，曾經把天神的仙餚瓊漿偷偷帶走，向下界凡人炫耀。最要不得的，也惹天神們反感的是大嘴巴，把在山上聽到的天神言談到處搬弄，不應該說的也說了。終於令宙斯下逐客令的是他順手牽羊，拿走了克里特島宙斯神廟的鎮門銅犬，交給好朋友潘達洛厄斯 Pandareus 保管。也有說偷狗的是潘達洛厄斯，坦塔羅斯只負責接贓，總之他怎樣也脫不了關係。坦塔羅斯為了表示悔意，亦希望和天神言歸於好，設筵席宴請天神，把兒子也宰了烹成菜餚。他為甚麼會這樣做？較多人相信的解釋是他以為天神吃了他兒子後便會受他要脅。不過天神沒有上當，大家都覺得噁心。坦塔羅斯得到的懲罰是打下地獄深處，站在水中，旁邊是果樹，滿枝果實垂在頭上，但他要吃時永遠吃不到，想低頭喝水解渴，水會一直退卻，涓滴不沾他的乾裂嘴唇，直到永遠。

珀羅普斯 Pelops 長大後，違信更害人，受到詛咒，子子孫孫互相仇殺，大多不得善終。領軍攻打特洛伊的梅內萊厄斯 Menelaus 和阿伽門農 Agamemnon 便是他的孫兒，梅內萊厄斯還好，阿伽門農後來被紅杏出牆的妻子殺死。坦塔羅斯家族的際遇在希臘神話裏算是少有。

從 Tantalus 得出動詞 tantalize，意思是惹弄，逗弄，或者可望不

可即之苦。形容詞是 tantalizing，可引伸解作非常有吸引力；名詞是 tantalizer 和 tantalization。T 不必大寫，英式拼法則易 z 為 s。

例句
EXAMPLE SENTENCES

1 "Don't look. She's **tantalizing** you."
「不要看。她在逗弄你。」

2 The job offer is so **tantalizing** that no one can resist.
這樣吸引的工作機會誰也無法抗拒。

3 The **tantalization** of fame and fortune is so great that he compromised his dignity.
名利的逗引力大得他終於不顧人格。

80 狂妄自大
HUBRIS

坦塔羅斯 Tantalus 烹子宴天神是向天神挑戰，測試他們會不會上當吃人肉，這在古希臘是非常膽大妄為的事，傲睨神明最終必會招致自己的滅亡，而這種狂妄自大的野心稱為 hubris。西西弗斯 Sisyphus 也是犯了這個嚴重過錯，還有馬爾西厄斯 Marsyas 和泰梅里斯 Thamyris，例子很多。

最膾炙人口的 hubris 教訓要算織女阿拉克尼 Arachne 的故事了。阿拉克尼是小亞細亞的呂底亞國 Lydia 人，自小織布，手藝了得，長大後成為非常有名的織布師，時常誇口說掌管手工藝的智慧女神雅典娜

也技不如她。雅典娜很不高興，化成老婦去找阿拉克尼，勸她快點向神明謝罪，不要再說勝過雅典娜。阿拉克尼傲慢地說，雅典娜不滿的話大可跟她來一次比賽。雅典娜現回真身，阿拉克尼毫不畏懼，滿有信心地和雅典娜比賽。織布講究在布上表達的故事，雅典娜織出告誡世人不可挑戰天神的圖案故事，阿拉克尼織的圖案卻盡是數落天神的所作所為，尤其是譏諷宙斯毫無道德，玷污了不少女子。雅典娜勃然大怒，再也忍不住，推織布機而起，追打阿拉克尼。織布女阿拉克尼驚惶走避，雅典娜用巫術女神赫卡忒 Hecate 提煉的毒水潑向她，阿拉克尼眨眼便變成一隻蜘蛛，從此只會在房子的角落織網。人神相爭，吃虧的怎會不是人。

Hubris 在古希臘也是法律所不容，舉凡傷人打人侵犯人，令人受損受痛楚以致毀人聲譽以自快的都是犯了 hubris 罪。Hubris 今天當然不算犯法，而是引伸作傲慢，自大，自恃的意思，形容詞是 hubristic，助動詞是 hubristically。

例句
EXAMPLE SENTENCES

1 **Hubris** is followed by nemesis.
自大自恃則報應接踵而來。

2 He has nothing to blame but his own **hubristic** ambition.
除了自己狂妄自大的野心外他沒有甚麼可歸咎。

3 She sneered **hubristically** and refused to answer the reporter's question.
她傲慢地冷笑，拒絕回答那記者的問題。

II

文學與歷史

Literature and History

81 小人國
LILLIPUT

　　十八世紀的愛爾蘭作家斯威夫特 Jonathan Swift（1667-1745）是英國文學史上有數的諷刺大師，以寓言小說《格列佛遊記》*Gulliver's Travels* 名垂後世。在這本小說裏，斯威夫特以豐富想像力塑造了幾個子虛烏有的地方，以荒謬怪誕的情節鍼貶時弊，一七二六年出版時即非常哄動。

　　小說主角格列佛是商船大夫，某次出海遇險，商船觸礁沉沒，他拼命泅水上岸，倒下便睡，一覺醒來卻動彈不得，發覺原來被一羣大約六吋高的小人用幼繩綑綁起來，牢牢繫在地上。格列佛本來掙脫不難，但他不想傷害這些小人，於是表示投降。小人勞師動眾，把格列佛運到京城，騰出城外最大的神廟來關起他，還用鐵鏈鎖着他的左腳，防止他逃走，這些鐵鏈其實比女士的錶鏈粗不了多少。捕獲巨人的消息很快傳開去，成千上萬小人從各地湧來觀看，京城秩序大亂。

　　格列佛住下來後，慢慢學懂小人的語言，知道這個國家名「利利普（Lilliput）」，小人則以「人山」來稱呼格列佛。人山每天食量驚人，足夠一千七百個小人吃飽，但對格列佛來說，那些羊腿不過有如「百靈鳥翅膀」大小。格列佛雖然曾經幫助利利普打敗鄰邦「布萊富斯克（Blefuscu）」，也用一泡尿救熄了一場大火，但人山的食用消費實在太驚人，利利普國王為了除去這個負擔，於是羅織了連串罪名，要把格列佛處死。格列佛唯有逃到布萊富斯克，幸好不久便找到在附近漂流的小艇，而且在布萊富斯克人協助下把小艇修補妥當，揚帆離開，最後被一艘船救起，得以回國。斯威夫特的利利普當然有所指，呼之欲出的是英國，布萊富斯克則是法國，英國人的缺點在他筆下無所遁形。

Lilliput 國的人便是 Lilliputian，比喻作個子小的人，引伸為器量小或者眼界狹窄的人。Lilliputian 也可作形容詞，意思是非常小，矮小，引伸解作器量小的，胸襟狹窄的，或者眼光如豆的。L 通常大寫。

例句
EXAMPLE SENTENCES

1 She has spent a lot of money collecting **Lilliputian** toy-houses.
她花了不少金錢收藏小玩具房子。

2 When they stand next to each other, he makes his boss look downright **Lilliputian**.
老闆和他並肩站着時，就把他比下去像個小人國的人。

3 A small-minded person is a **Lilliputian**.
眼光如豆者就是小人國人。

82 飛行島
LAPUTA

格列佛第二次出海遇上海盜，被放到一隻小艇上任他自生自滅，幸好漂流到荒島。過了兩天，他正自歎劫數難逃，天空忽然飛來一巨型物體，上面還有人走動。這些人把格列佛救了上去，他才發覺原來這巨型物體是一個會飛的大島。這個島圓形，直徑四哩半，名為「勒普泰（Laputa）」，島上住的是「布爾尼巴爾比（Balnibarbi）」的統治階層，全島面積一萬畝，島上有一塊大磁石，勒普泰人便是利用磁石兩

極的原理來控制飛行。

勒普泰人很奇形怪狀，「頭側在一旁，不是向左便是向右。一隻眼睛內視，一隻向天斜視。」最有趣的是他們時常無故陷入沉思，所以一定有僕人隨行，神遊天外時便由僕人用一個盛着豆子的氣囊拍打他們臉龐，喚醒他們。勒普泰人只對數學和音樂有興趣，其他事情不屑一顧。可是他們的數學一點不實用，連簡單的量度計數也不會，所以裁的衣服以至蓋的房子都七歪八倒，亂七八糟。格列佛在這個飛行島上住了八個月，非常厭煩，覺得這些怪人完全不切實際，只識空想，而且笨手笨腳，除了天文學、數學和音樂，可算無知。勒普泰人時常擔心太陽和地球會愈來愈接近，終有一天把地球吞掉，也憂慮地球會和彗星相撞，總之是憂心忡忡過活。格列佛最後再難忍受，向國王請辭，離開勒普泰飛行島。斯威夫特諷刺的是誰？那些活在自己世界裏的英國皇家學會會員是也。

不過勒普泰人並非一無是處，他們精於天文學，發現火星有兩個月亮。《格列佛遊記》出版後一百五十年，天文學家觀察到火星果然有兩顆衛星，於是把較大的衛星上一個坑洞名為勒普泰 Laputa。

Laputa 的形容詞是 Laputan，意思是像勒普泰的，引伸作空想而不切實際的，或者荒謬怪異的。Laputan 也可以指勒普泰的居民，拼作 Laputian 亦可，但較罕用，引伸為好幻想，不切實際，行為怪誕的人。L 通常大寫。

1　She was roused from her **Laputan** pondering by a loud bang outside.

外面砰一聲巨響把她從神遊天外的沉思中喚醒。

2　His research will lead to nowhere because it is based on a **Laputan** theory.

他的研究是基於空想的荒謬理論，不會有甚麼成果。

3　Lilly's friends were astounded when she turned up in her **Laputan** dress.

朋友們看到莉莉一身怪誕衣着出現時都傻了眼。

83 人耶獸耶
YAHOO

　　格列佛最後一次奇遇無關海難。他獲聘為商船船長，不料船員叛變，把他放逐到一個不知名的荒島。格列佛到處探索，希望找到人煙，卻遇到一羣奇特畸形的怪物。

　　這些怪物頭和胸口長滿拳曲或直長厚毛，身無寸縷，用後腿站立，行走時四肢着地，手腳有利爪，會爬樹，最可怕是到處排洩，還對着格列佛猙獰咆哮。幸好一匹馬出現，怪物馬上四散。這匹馬不斷示意格列佛隨牠走，格列佛覺得牠很有靈性，應該可以帶他去有人住的地方。誰知道這一去便改變了他的一生。原來這個島是馬的世界，馬是統治者，名「霍南（Houyhnhnm）」。唸起來就像馬的嘶叫聲。霍南有語言

而無文字，智慧高超，好整潔而重紀律，性情平和。相反，那些怪物叫做「亞唬（Yahoo）」，是供霍南支使的低賤動物，格列佛細心觀察之下，驚覺這些亞唬其實是人類。格列佛在這個奇怪的地方生活愈久，愈了解霍南的社會，他不斷反省，兩相對照，對歐洲以至人類感到失望。霍南重理性，清心寡慾，道德高尚，語言裏沒有欺騙、謊話、虛假這些字眼。格列佛向霍南講述歐洲的情況，談到戰爭、權力、政治，也談到人類怎樣勞役馬匹，霍南覺得匪夷所思。令格列佛最難堪的是霍南一直視他為比較文明的亞唬，亞唬則當他是同類。有一次，格列佛看到自己的水中倒影，竟然作嘔。格列佛在這個馬國一住五年，雖然在思想和行為上和霍南很接近，霍南卻認為這是非理性而且違反自然的，最後下逐客令。

　　一九九四年創立的科網巨企以「雅虎（Yahoo）」為名，曾叱咤風雲，可惜現在大不如前。格列佛遇到的 Yahoo 今天引伸為粗漢、不文明的人，或者人面獸心的人。Yahoo 也可作不及物動詞用，即做出亞唬的行為；Yahooism 是名詞，指亞唬的作風或行為。Y 不用大寫。

例句
EXAMPLE SENTENCES

1　The warden warned them that **yahooism** would not be tolerated in the hostel.
舍監警告他們，宿舍內不得有不文明的粗鄙行為。

2　Police soon arrived and drove away the **yahoos** who tried to make trouble.
警察很快來到把那些企圖生事的粗漢趕走了。

3　Her son hurt himself when **yahooing** with his classmates in the classroom.
她的兒子和同學在課室裏喧嚷鬧事時弄傷了自己。

84 星期五
FRIDAY

　　英國小說家笛福 Daniel Defoe（1660-1731）與斯威夫特同年代亦年紀相若，他的《魯賓遜漂流記》*The Life and Adventures of Robinson Crusoe* 比《格列佛遊記》早七年出版，他亦以這部傑作名垂後世。書中主角魯賓遜和格列佛一樣，也是在海上遇險，流落荒島。不同的是魯賓遜憑着從擱淺船上找到的工具，在荒島上建立自己的天地。

　　魯賓遜的荒島環境不差，飛潛動植不缺，肯動腦筋的話，生存下去不是問題，何況還有工具可用。魯賓遜不斷掙扎，艱苦經營，而且在這段孤獨的歲月裏，愈經磨練，思想愈成熟，他亦不斷反省，對生命和宗教得到深刻的全新體會。在荒島生活的第十五年，魯賓遜發現，原來每隔大約半年便有一羣土人登岸，在沙灘上把俘虜宰殺吃掉。幸好這些土人吃完人便離去，不會到處走動。這發現令魯賓遜震驚不已，這種野蠻的血腥行為令人噁心，對來自文明社會的魯賓遜來說亦天理不容，但他覺得自己無權干擾土人的習俗。十年後，有一次土人上岸準備吃人時，一個俘虜突然掙脫逃跑，被魯賓遜救了，收他作僕人，還為他取名「星期五（Friday）」，以紀念救人那一天。星期五很聰明，魯賓遜傳授他各種知識和技能，教曉他英語，還向他灌輸宗教思想。魯賓遜很喜歡星期五這個好助手和忠僕，自覺彼此相依為命，情同父子，深信星期五會為他犧牲性命。後來魯賓遜救了一個被叛亂水手放逐到島上的船長，還助他平定亂局，帶着星期五上船離開那個他生活了二十八年的天地。

　　「星期五（Friday）」是得力助手，忠心僕人或僱員的意思，魯賓遜的星期五名 Man Friday，後來有人把女助手稱為 Girl Friday。幾十年前的招聘廣告還常用 Friday 這個字，今天不多見了，以「星期五」作為

助手的用法畢竟已經過時，何況很多人批評說，這根本是大白種人主義的產物。

例句
EXAMPLE SENTENCES

1 Nancy, the company founder's **Girl Friday** in the 1950s, died last week.
公司創辦人一九五〇年代的得力女助手蘭茜上星期去世了。

2 "I'm your wife," she said to her husband. "Not your **Girl Friday**."
「我是你太太，」她對丈夫說。「不是你的忠心女僕。」

3 He is lucky enough to have a **Man Friday** taking care of everything for him.
他運氣好，有一個為他打點一切的得力助手。

85 守財奴
SCROOGE

十八世紀初有一則短篇小說《韋夫人之亡魂》，以小冊子形式出版，作者佚名，後世普遍認定是《魯賓遜漂流記》作者笛福的作品。故事內容大致說韋夫人訪友，行為古怪，還說將要遠行，然後倏地走了。朋友覺得不安，去找她時，才發覺原來她在上門前的一天已去世。英國大文豪狄更斯 Charles Dickens（1812–1870）從小是笛福的書迷，有研究者指出，狄更斯著名的《聖誕述異》*A Christmas Carol*，靈感便是來自笛福這則鬼故事。

一八四三年，狄更斯雖已有名氣，但經濟頗拮据，《聖誕述異》是他在聖誕節前寫的，一出版便大受歡迎，首印七千冊瞬即賣光。他在故事裏塑造了斯克魯奇 Scrooge 這個守財奴，吝嗇刻薄，任何與金錢無關的事都不感興趣，聖誕前夕還迫逼僱員工作，趕跑前來邀請他過節的姪子，冷言打發上門募捐的人，聖誕節對他來說是哄人花錢的大騙局。斯克魯奇孤伶伶回到家裏，未幾去世拍檔的鬼魂到訪，身上纏着的鎖鏈由無數賬簿、房地產契、鎖匙和錢箱等東西造成。拍檔勸他不要再做守財奴，否則死後便像他，而且纏身鎖鏈恐怕比他的還要長。斯克魯奇認為是幻覺，嗤之以鼻。接着是過去、現在和將來三個聖誕精靈先後出現，帶他見識自己的所作所為，往事幕幕重現，今日種種眼前，將來是斯克魯奇孤清清去世，誰也沒有為他流一滴淚。斯克魯奇幡然悔悟，決定改過，不再做守財奴，以後熱心助人，慈善為懷，快快樂樂生活。

狄更斯出身清寒，嚐過貧窮滋味，對社會上的不公及剝削有深刻體會，所以下筆格外傳神。他在《聖誕述異》裏創造的人物 Scrooge，從此也成為守財奴、吝嗇鬼，以至貪得無厭者的代名詞，也引伸為尖酸刻薄或者脾氣不好的人。

例句
EXAMPLE SENTENCES

1 He is such a **scrooge** that daily commodities are rationed in his family.
他吝嗇成性，家裏的日用品都要配給使用。

2 If you know the hardships he had pulled through, you won't call him a **scrooge**.
如果你知道他是怎樣捱過來的，你不會說他是守財奴。

3 "Don't call your father a **scrooge**!" her mother warned her.
「不要說你爸是吝嗇鬼！」她的媽媽警告她說。

86 大樂天
MICAWBER

狄更斯被譽為英國十九世紀最偉大的作家,一生創作了十五部長篇小說和多個中篇及短篇小說,今天仍有不少讀者。他不愧是大文豪,塑造的人物很多都活靈活現,有時候配角比主角還要精彩,《塊肉餘生記》*David Copperfield*(也有按書名直譯為《大衛·科波菲爾》)的米考伯 Wilkins Micawber 便是好例子。故事主角大衛是遺腹子,母親在他七歲時改嫁,他飽受後父虐待,母親病逝後他逃跑去投靠性情古怪的姑婆。

《塊肉餘生記》講述的便是大衛·科波菲爾從童年到成長的經歷,是狄更斯第八本長篇小說。大衛的母親去世,後父要他輟學,到酒瓶廠工作,在米考伯家寄居。大衛和米考伯一見如故,兩人年紀雖然差了很多,卻成為好朋友,米考伯可以說是大衛的啟蒙導師。米考伯衣着寒傖,但襯衣領永遠挺直,戴着單片眼鏡,拿着手杖走路,神氣十足,信心亦十足,為人樂觀得近乎盲目,聲音響亮,愛咬文嚼字,很喜歡說話,時常以為鴻鵠將至,所以有一句口頭禪「會有事發生的」"Something will turn up",還有他的理財心得:「年薪十九鎊,每年開支十八鎊十九先令六便士,那是幸福。年薪二十鎊,每年開支二十鎊六便士,那是可悲」。不幸他便是可悲的人,經常拮据不堪,債務纏身,更因為欠債曾經坐牢;這位米考伯,其實就是狄更斯父親的化身。米考伯曾經受僱為大衛一個少年朋友 Uriah Heep 希普工作,希普是卑鄙小人,不喜歡米考伯,譏諷他因為不老實才會吃錢債官司。不過最後米考伯揭發希普挪用公款,希普才是不老實的人。米考伯後來舉家移民去了澳洲,努力工作,成為銀行經理,更做了地方官 magistrate,生活幸福快樂,果然「有事發生」了。

米考伯 Micawber 即是老是想着會走運的樂天派。形容詞是 Micawberish。米考伯主義是 Micawberism。M 大寫。

例句
EXAMPLE SENTENCES

1   He is hopelessly optimistic, a Mr. **Micawber**.
他是個大樂天，樂觀得無藥可救。

2   This kind of **Micawberism** is the major cause of his failure.
這種盲目樂觀主義是他失敗的主要原因。

3   The **Micawberish** proposal was voted down at the meeting.
那個樂觀得不切實際的計劃在會議上被否決了。

87 偽君子
PECKSNIFF

狄更斯覺得自己寫得最好的一部小說是《馬丁‧朱佐威特》*Martin Chuzzlewit*，可惜這部小說備受冷待，在狄更斯不受歡迎的作品內榜上有名。不過小說一個人物的名字卻為英文添了一個名詞。

故事的主角馬丁自幼父母雙亡，由同名的富有祖父撫養長大，因為愛上照顧祖父的女僕，被祖父逐出家門。馬丁投靠祖父的表兄弟帕克斯涅夫 Seth Pecksniff，在他的建築事務所安頓下來。帕克斯涅夫衣冠楚楚，「頭髮梳得光滑向上挺」，裝腔作勢，滿嘴仁義道德，卻是魑魅心腸。他雖然是建築師，還自稱是測量師，有自己的事務所，但經手的建築乏善足陳，偶然有的也是以他名義設計的學徒作品，美其名由他修改。他以招收有錢子弟為學徒來賺錢，學習費食宿費等一大筆，

收入可觀。他收留馬丁是覷準老馬丁始終會和孫兒冰釋前嫌，到時便可以撈一筆。帕克斯涅夫小把戲耍得一流，把學徒哄得貼服，一副扶掖後進的模樣，他要學徒設計各種各樣偉大的建築，令他們自我感覺良好，「要是這些學徒設計的教堂有二十分之一付諸實踐，全世界有好幾十年不用蓋教堂了」。帕克斯涅夫還會展示他的工作室，內裏四壁書籍，還陳列了據說由名家替他畫的素像和雕塑的半身像，參觀者無不肅然起敬。這個偽君子和騙子最後陰溝裏翻船，被謀財的保險公司騙光所有，落得在小酒館裏發牢騷度日的下場。

Pecksniff 就是偽君子的代名詞。常用的是形容詞 Pecksniffian，意思是偽善的，虛偽的，用法與 hypocritical 相同。P 大小寫也可以。

美國評論家和新聞記者門肯 H.L. Muncken（1880–1956）在著作《美國語言》The American Language 裏，批評美國人說話裏的忌諱，他舉了不少例子，最令人啼笑皆非的是在費城 Philadelphia，連「處女（virgin）」也要委婉地說「年輕女孩（young girl）」，他說「費城是美國城市中最虛偽的，而且可能冠絕全世界 "Pecksniffian of American cities, and thus probably leads the world."

例句
EXAMPLE SENTENCES

1 It's **Pecksniffian** to say one thing and do another.
虛偽是說一套做一套。

2 Isn't it **Pecksniffian** of her to criticize her colleagues for flattering the boss while she is a toad-eater herself?
她批評同事奉承老闆，自已卻是拍馬屁精，是否虛偽？

3 He feigned enjoying the **Pecksniffian** conversation.
他裝作享受那虛偽的談話。

88 導人向賤
FAGIN

偽君子固然可恨，盜賊禍害社會，更加可恨可憎，如果有人專門教人做盜賊，尤其是教孩子做鼠竊狗偷，那是人人得而誅之了。狄更斯的《苦海孤雛》*Oliver Twist* 裏便有這樣一個人。

《苦海孤雛》是狄更斯第二部長篇小說，故事說孤兒奧利佛 Oliver 在濟貧院長大，九歲時被送到殯儀館做學徒，他不堪虐待，逃到倫敦，遇到小扒手傑克 Jack，兩人成為好朋友。傑克帶奧利佛去見他的師父費根 Fagin，奧利佛天真無邪，怎知道已走進罪惡淵藪。費根收容了一羣街童，訓練他們偷竊和做其他不法勾當，這些孩子但求有飯吃有地方睡覺，不用在街上流浪，都覺得這樣的生活沒有甚麼不妥，所以都聽命於費根。費根一頭紅髮，惡形惡相，面目可憎，從不諱言吝嗇成性，對手下這羣小偷小賊當然一毛不拔，對自己也是可省則省，不可省也省，最關心的是他的小嘍囉會不會出賣他。

奧利佛第一次出動便失手，幸好遇到善心人老紳士布朗羅 Brownlow，費根把看管不力的傑克揍了一頓。費根有一個女弟子蘭茜 Nancy，已長大成人，奧利佛被捉回賊巢後想逃走，費根要揍奧利佛，蘭茜勸阻了。蘭茜深愛與費根朋比為奸的大惡人比爾 Bill，她很同情奧利佛，還義助奧利佛查得身世，但費根唆使比爾，指蘭茜告密，比爾揍蘭茜時下手過重，把她打死了。比爾畏罪逃走，殺人後亦疑神疑鬼，他偷了費根的錢，逃走時從屋頂懸繩而下，卻意外被繩纏頸而亡。最後費根老巢被搗破，被法庭判處絞刑。布朗羅則把奧利佛認為義子，故事快樂收場。

孤兒奧利佛的遭遇賺人熱淚，狄更斯的作品一貫煽情，但十九世紀英國下層社會的種種現象，他也的確描寫得入木三分。Fagin 便是

教唆人（尤其是兒童或少年）犯罪的人，或者是接贓者的代名詞。F 大小寫也可以。

1 No one knew he was a **fagin** in disguise until the police found a hoard of stolen goods in his house.
警察在他的屋子裏找到大量贓物時，大家才知道他原來是個掩飾得很好的接贓人。

2 Dickens described **Fagin** as a "villainous-looking and repulsive" man.
狄更斯把費根描繪成一個「惡棍模樣且令人討厭」的人。

3 He was a **Fagin** who recruited young people for dishonest purposes.
他是個立心不良的惡棍，招攬年輕人作不可告人勾當。

89 匹克威克
PICKWICK

　　狄更斯的第一部長篇小說是《匹克威克外傳》*The Pickwick Papers*，一八三六年三月起在雜誌上連載，翌年十一月完結，本來只是配合插畫的文字，後來反客為主，變了插畫跟着文字走，狄更斯亦聲名大噪。

　　故事主角匹克威克 Samuel Pickwick 是位長袖善舞的鄉紳，退休時是又胖又圓的富家翁，他成立了匹克威克俱樂部 Pickwick Club，自任永遠會長，會員稱為 Pickwickians。匹克威克用功鑽研學問，對社

會和人生很感興趣，希望多點觀察及了解，建議離開倫敦到處遊歷，回來後向俱樂部會員報告心得。在俱樂部支持下，匹克威克和三位會員組成通訊社，結伴同遊，出發去也。匹克威克是寬厚老實人，體胖禿頭，和藹樂觀，對朋友忠誠慷慨，討厭卑鄙和不擇手段的人，但天真單純得近乎孩子氣，加以有點不通世務，所以很容易受騙。《匹克威克外傳》全書輕鬆幽默，匹克威克一行四人經歷了不少滑稽可笑的事情，狄更斯亦把當時的社會眾生相挖苦一番。

匹克威克的所謂學問，其實是不切實際的鑽牛角尖。俱樂部有位會員名布萊頓 Blotton，時常和匹克威克針鋒相對，俱樂部討論出遊計劃時，他一直冷嘲熱諷，還說匹克威克是「騙子 (humbug)」。匹克威克以紳士作風客氣地問他要不要收回這指控，布萊頓不肯，匹克威克於是再問他 humbug 這名詞是否按照正常情形的用法，布萊頓妙答說是「按匹克威克意思 (in a Pickwickian sense)」，意思是閣下自行解釋好了。

從此，「匹克威克意思」便是不按字詞表面意思解釋，可以是為了免傷和氣，有時候也是故意模稜兩可。Pickwickian 是形容詞，也可以解作像匹克威克般天真的意思。P 一般大寫。其實以匹克威克的天真單純個性，竟然是個成功商人，可算異數。

1 He was **Pickwickian** enough to trust that so-called investment fund.
他竟然天真得相信那所謂投資基金。

2 "You call this love? Or love in a **Pickwickian** sense?" she said to him.
「你說這就是愛情？還是別有意思的愛情？」她對他說。

3 There should be a limit to using words in a **Pickwickian** sense.
遣詞用字而不按字面意義要有分寸。

90 騎士夢
DON QUIXOTE

　　狄更斯雖然從來沒有解釋，但創出匹克威克這個人物的靈感來自西班牙的堂吉訶德 Don Quixote 已成文學史上的定論。《堂吉訶德傳》*Don Quixote of La Mancha* 是西班牙作家塞萬提斯 Miguel de Cervantes（1547-1616）的長篇小說，這部諷刺騎士文學的作品被譽為現代文學的奠基之作，亦開創了現代小說的先河。

　　當時仍流行歐洲的「騎士文學（chivalric romance）」其實已走進死胡同，文體僵化，主題重複，內容千篇一律，不外是騎士的英雄事跡。《堂吉訶德傳》的主角便是看了太多這類小說，不能自拔。堂吉訶德是西班牙馬德里南部拉曼查 La Mancha 某處的小鄉紳，西班牙文

裏，「堂（Don）」是尊稱，即先生的意思。堂吉訶德終日幻想自己是英勇騎士，非常嚮往遊俠生活，有一天終於按捺不住，於是披上一套殘舊盔甲，騎一匹瘦弱老馬，離家出外，矢志除暴安良，斬妖降魔。一路上，他視村姑為淑女，旅館老闆為城堡主人，鬧了無數笑話，結果被人揍了一頓，由鄉民救回家。神父和與他相依為命的姪女兒覺得他太沉迷騎士小說了，把他的書燒了大半。可是吉訶德健康好轉後便偷偷再上路，還說服了一個頭腦簡單的農人桑丘 Sancho 做隨從。

這主僕兩人只活在自己的騎士世界裏，在俗世中橫衝直撞，最令人津津樂道的笑話是把風車當作巨人。吉訶德深信敵人是「有魔法的摩爾人（來自北非的伊斯蘭教徒）」，極難對付，所以他屢戰屢敗。鬧得不可開交時，還是同鄉設計，假扮騎士，打敗吉訶德，迫令他回鄉，還要他放棄騎士銜頭一年。吉訶德回家後一病不起，臨終忽然心境一片清明，回復正常，還立下遺囑，明令姪女兒不可嫁給看騎士小說的人，否則不能繼承遺產。反而是桑丘大惑不解，他的騎士主人怎麼失去信心了。

堂吉訶德 Don Quixote 便是脫離現實的理想主義者，或者是幼稚的理想主義者的代名詞。他對抗風車的故事亦演變出「向風車衝刺 (tilting at windmills)」這句諺語，意思是與假想敵戰鬥，或者枉費氣力與虛幻的敵人周旋。

一九四九年獲諾貝爾文學獎的美國作家福克納 William Faulkner (1897-1962) 曾說他每年都看一次《堂吉訶德傳》，還說：「生命無善惡之分。堂吉訶德不斷在善惡之間選擇，不過他是在夢幻之下作決定的。」"Life is not interested in good and evil. Don Quixote was constantly choosing between good and evil, but then he was choosing in his dream state."

1 He felt like Don Quixote chasing windmills in the pursuit of becoming a famous painter.

他追求成為知名畫家，但感到像堂吉訶德追逐風車般渺茫。

2 "Don't be like Don Quixote! You have wasted too much time in your crazy dreams!".

"別像堂吉訶德一樣！你已為自己的瘋狂夢想付出太多時間了！"

91 邪惡家族
SNOPES

　　福克納 William Faulkner 是美國文學的殿堂人物，儘管有批評者認為他是受過譽，但他成就斐然，影響亦深遠。他的名作《喧鬧與狂怒》 The Sound and The Fury 是美國文學經典，曾被老牌出版社「現代圖書」Modern Library 選為現代一百部英語文學佳作之一，且名列第六。

　　福克納在美國南方出生及成長，一生大部份時間在南方度過，所以作品都反映他對美國南方的觀察和感情，對美國內戰後沒落的南方世家和新興的資產階級描寫得入木三分。除了《喧鬧與狂怒》外，他的「斯諾普斯三部曲」更為英語添了一個字詞，這三部曲是《村莊》The Hamlet、《城鎮》The Town 和《大宅》The Mansion 三部小說的統稱。福克納以一個虛構的密西西比州小村莊為背景，細膩地描述斯諾普斯家族 Snopes 的巧取豪奪發跡史。這個家族在福克納其他小說裏也有出現，家族的大家長艾布納 Abner 是個佃農，帶着家人到處漂泊為地

主打工，其人冷酷無情，睚眥必報，只識以暴力來表達感情，對家人是這樣，外人更不用說了。他的兒子弗萊姆 Flem 遺傳了他的個性，青出於藍的是工於心計，不擇手段。書中描述弗萊姆「眼睛是一潭死水的顏色」；「小鈎鼻像游隼的尖喙」。村莊的大地主僱用弗萊姆在雜貨店工作，弗萊姆不斷蠶食，還娶了老闆未婚懷孕的妹妹，從此扶搖直上，奪了產業，更移居縣城，成為銀行家。斯諾普斯家族自艾布納起三代裏沒有一個好人，有殺人犯、貪污政客、色情販子、盜賊，更有變態的，比較善良的不是年幼便是頭腦不靈光。弗萊姆雖然有財有勢，但無法打入上流社會，亦得不到別人的尊重，他後來回到發跡的小村莊，蓋了一座大宅，最終被坐了三十八年牢，一直懷恨在心的堂兄弟明克 Mink 在大宅內一槍打死。

Snopes 便是不擇手段、無恥的商人或政客的代名詞。形容詞是 snopesian，還有一個名詞 Snopesism，即是為利益而不擇手段的行為或思想。S 大小寫也可以。

例句
EXAMPLE SENTENCES

1　No one could challenge his **snopesian** hold on the company.
沒有人可以挑戰他對公司不擇手段的控制。

2　Her father's **Snopesism** has kept her away from the family business.
父親唯利是圖的作風令她對家族生意卻步。

3　The "**Snopes** trilogy" is a series of three novels written by Faulkner.
「斯諾普斯三部曲」是福克納創作的三部系列小說。

92 高利貸
SHYLOCK

Sound and Fury 出自莎士比亞 William Shakespeare (1564–1616) 戲劇《麥克白》*Macbeth*，主角麥克白接到妻子去世的噩耗，悲歎人生就像一個無知蠢人說的故事，充滿「喧鬧與狂怒（Sound and Fury）」，但毫無意義。莎士比亞是戲劇大師，對人生有深刻而獨特的見解，他創造的人物多姿多采，像弗萊姆那樣唯利是圖的有《威尼斯商人》*The Merchant of Venice* 裏放高利貸的夏洛克 Shylock。

《威尼斯商人》是一部出色喜劇，故事說巴薩尼奧 Bassanio 想向富家女波西亞 Portia 求婚，卻沒有錢治行裝，找好朋友富商安東尼奧 Antonio 商量，安東尼奧也是手頭緊張，但為了幫助朋友，於是向放高利貸的猶太人夏洛克借錢。安東尼奧和夏洛克早有過節，安東尼奧最看不起猶太人，經常當眾羞辱夏洛克，夏洛克早已恨得牙癢癢。兩人商談貸款時還針鋒相對，最後夏洛克開出條件，錢可以借，利息也不要，不過到期還不到錢的話，安東尼奧要割一磅肉作抵償。安東尼奧滿有信心，他的商船把貨物賣了便有可觀利潤，不怕還不到債。借到了錢，巴薩尼奧馬上求婚去也。誰知安東尼奧不久接到消息，他的船隻沉沒，血本無歸，還錢給夏洛克更不用說了。火上加油的是安東尼奧的好朋友和夏洛克的女兒私奔，還夾帶了大筆金錢，夏洛克更加執意報仇。兩人法庭相見，夏洛克要履行借貸合約，巴薩尼奧趕到，願意雙倍奉還所借款項，夏洛克不肯接受。這時女扮男裝的波西亞以律師身份出現，好言相勸，可惜仍打不動鐵了心腸的夏洛克。猶太人夏洛克要動手時，波西亞使出絕妙的一招，指出要割的是一磅肉，所以只能是肉，不能有血，亦只可以不多不少，剛好一磅，否則便是違反合約。夏洛克啞口無言，一場風波，喜劇收場。

Shylock 便是狠毒的放高利貸者，或者貪得無厭的放債人。這個字也可作動詞用。形容詞是 shylockian，引伸為不合理的苛刻條件。S 大小寫也可以，一般小寫即可。

例句
EXAMPLE SENTENCES

1 **Shylocking** is banned in most countries.
大多數國家都禁止高利貸。

2 That café is a hang around place for the **shylocks**.
那咖啡店是放高利貸人聚集的地方。

3 The delegation refused to accept the **shylockian** terms of the agreement.
代表團拒絕接受協議內不合理的苛刻條款。

93 遊戲人間
FALSTAFF

莎士比亞和塞萬提斯是同代人，兩人都巧合地同在一六一六年去世，但莎士比亞較塞萬提斯年輕十七歲。塞萬提斯筆下的堂吉訶德是主角，是活在自己的理想裏有悲劇遭遇的喜劇人物，莎士比亞則創造了一個遊戲人間的喜劇人物，是大配角，為他的戲劇添加熱鬧。

這個大配角名福斯泰夫爵爺 Sir John Falstaff，在《亨利四世》（上下）Henry IV (1&2)、《亨利五世》Henry V 和《溫莎的風流婦人》The Merry Wives of Windsor 幾齣戲裏都有他的角色。福斯泰夫身材肥胖，妙趣詼諧，自嘲損人不費吹灰之力，自負而好豪言，機智但怯懦，放縱及不檢點，最愛在「野豬頭酒館」流連買醉，和下三濫的哥兒們來往。

他終日和任性的皇太子到處胡混，後來太子登基為亨利五世，疏遠了他。福斯泰夫貪生怕死，在戰場上佯裝陣亡；亦貪財，徵兵時收受賄賂助人免役；對不想見的人他會裝聾扮啞，不想談的事會顧左右而言他，還揚言要到窰子裏娶個老婆，事實上他有一個相好的妓女。《亨利四世》（下篇）裏他自嘲說：「各式人等都以嘲笑我為得意的事」"Men of all sorts take pride to grid at me"。他的名句是「我不但自己風趣，他人的風趣也是由我而生」"I am not only witty in myself, but the cause that wit is in other men"。《亨利五世》裏他沒有出場，但從酒館老闆娘的口中傳出他的死訊。

福斯泰夫這個角色很受歡迎，據說女皇伊利莎伯一世 Elizabeth I 要求莎士比亞以福斯泰夫為主角寫一齣喜劇，於是這位非常有觀眾緣的爵爺「復活」，在《溫莎的風流婦人》裏因為窮得發慌，變身為情聖，向兩位富有的貴婦人求愛，以為可以有收獲。結果他被人家連番作弄，大大出醜。狼狽不堪的福斯泰夫卻不以為忤，還自嘲是活該。

Falstaff 便是這樣一個人，無以名之。Falstaff 的形容詞是 Falstaffian。F 大寫。

例句
EXAMPLE SENTENCES

1　He is welcomed on most occasions because of his **Falstaffian** wit.
以他的自嘲式風趣，大多數場合都受人歡迎。

2　Not everyone in the tour liked the **Falstaffian** guide.
旅行團內並非所有人都喜歡那個瘋言瘋語的導遊。

3　"Sorry, Mr. **Falstaff**, I don't see the fun," she said coldly to him.
「對不起，喜劇先生，我不覺得有趣，」她冷冷地對他說。

94 綠眼妖魔
GREEN-EYED MONSTER

　　莎士比亞的戲劇裏，主題最複雜的要算是《奧賽羅》*Othello*，種族、愛情、妒忌、背叛、復仇、悔恨融於一劇。這齣悲劇的上演記錄亦出奇地保存完整，自一六〇四年首演以來直到今天，各地各處的演出都有案可稽。

　　劇中主角奧賽羅是摩爾人 Moor，即是堂吉訶德幻想出來的大敵那類人。摩爾人泛指來自非洲北部的人與阿拉伯人，信奉伊斯蘭教，公元八世紀曾經統治歐洲伊比利亞半島 Iberia，即今天的西班牙和葡萄牙，勢力最盛時擴展至意大利的西西里島 Sicily，十三世紀起衰落。奧賽羅雖然是威尼斯的大將，領軍對抗入侵的土耳其人，但因為是摩爾人，和白種的威尼斯人很難真正水乳交融。可是他偏偏和一位威尼斯元老的女兒黛絲德蒙娜 Desdemona 相戀，更私訂終身。他的掌旗官伊阿古 Iago 因為不忿獲得擢升的不是他而是同袍卡西奧 Cassio，於是施毒計唆弄是非，令奧賽羅誤以為愛侶和卡西奧有私情。伊阿古的妻子愛蜜娜 Emila，撿到黛絲德蒙娜不慎掉了的手帕，伊阿古如獲至寶，把這件奧賽羅送給黛絲德蒙娜的訂情之物偷偷放在卡西奧的房間。結果妒火中燒的奧賽羅殺了黛絲德蒙娜，到真相大白，奧賽羅悔恨交雜，自殺身亡。第三幕第三場戲是全劇轉捩點，伊阿古以退為進，裝成忠心耿耿，好言勸奧賽羅不要被妒忌之心操弄，「啊，當心，大人，當心妒忌；/ 那是綠色眼睛的妖魔，真的會嘲弄 / 餵給它的肉……」"O, beware, my lord, of jealousy; / It is the green-eyed monster which doth mock / The meat it feeds on..."。

　　綠色眼睛的妖怪便是妒忌 jealousy。妒忌和綠色有甚麼關係？一般的解釋是古希臘人相信妒忌是因為膽液分泌過多，這時皮膚會呈現

青黃顏色，所以莎士比亞借伊阿古之口創造了綠眼妖魔，為英語添了一個常用語。有時候也可以只說 green-eyed，作形容詞用。

例句
EXAMPLE SENTENCES

1　He turned into the **green-eyed monster** when he saw his girlfriend with another man.
他看到女朋友和別的男子在一起時，酸風醋雨驟然而來。

2　The **green-eyed monster** can easily destroy a good relationship.
妒忌之心可以輕易把一段良好關係破壞。

3　Gary was overwhelmed with **a green-eyed rage**.
加里妒火中燒。

95 丹麥王子
HAMLET

　　莎士比亞戲劇篇幅最長，而且公認為內涵最豐富的是《哈姆雷特》*Hamlet*，也是他受歡迎的作品之一。這齣經典悲劇取材自北歐民間傳奇，幾百年來不斷被改編及詮釋，研究資料汗牛充棟，各國譯本甚多，中文譯本光緒末年已出現，近年仍有新譯本面世。

　　哈姆雷特是丹麥王子，父親猝逝，叔父克勞迪厄斯 Claudius 繼位，還娶了他的母親格特茹德 Gertrude。未幾父親鬼魂出現，告訴他是克勞迪厄斯謀朝篡位下毒手殺他的，要哈姆雷特為他報仇。哈姆雷特極為苦惱，一方面對父死母嫁叔繼位的事不能沒有懷疑，另一方面

對鬼魂的說話卻不知道應該信還是不信，於是猶疑不決，壓力愈來愈大之下，他變得很情緒化，有時候甚至狀若瘋狂。第三幕裏，克勞迪厄斯和格特茹德要朝臣波洛尼厄斯 Polonius 的女兒奧菲利亞 Ophelia 去測試哈姆雷特是真瘋還是佯狂。哈姆雷特出場的獨白便唸了一句「活下去，還是死去：這可是個問題」"To be, or not to be: that is the question"。這句話傳誦到今天，就算沒有讀過《哈姆雷特》的人也朗朗上口。

　　哈姆雷特是很獨特的角色，要分析一點也不容易，研究者各有見解，有人更偏離文學，從心理學來分析哈姆雷特，牛角尖愈鑽愈深。不管怎樣，在英語裏，Hamlet 便是一個焦慮不安及猶疑不決的人的代名詞。《哈姆雷特》的全名是《丹麥王子哈姆雷特的悲劇》*The Tragedy of Hamlet, Prince of Denmark*，英語有一句很有趣的說話「沒有王子的《哈姆雷特》」(*Hamlet* without the Prince / the Danish Prince / the Prince of Denmark)，意思是主角缺席的表演，沒有中心人物的行動，或者去掉本質的東西。H 須大寫。不過 Hamlet 也可以解作比 village 還要小的小村莊，這時的 h 便不用大寫了。

例句
EXAMPLE SENTENCES

1　The forum will be like **Hamlet** without the Prince if Professor Chan is not speaking.
論壇如果沒有陳教授發言便像一台戲沒有了主角。

2　He is nicknamed "**Hamlet**" for being moody and indecisive.
他因為情緒化和優柔寡斷而被稱為「哈姆雷特」。

3　A carnival without a Ferris wheel is like **Hamlet** without the Prince of Denmark.
沒有摩天輪的嘉年華會就像哈姆雷特沒有丹麥王子。

96 雁行賽馬
WILD GOOSE CHASE

莎士比亞最膾炙人口的作品要算是《羅密歐與茱麗葉》*Romeo and Juliet*，這齣愛情悲劇一五九七年首演，到今天仍非常受歡迎，故事所在地的意大利維羅納 Verona 更成為旅遊勝地，遊客蜂擁往參觀的小樓，便是第二幕第二場戲裏，窗前的茱麗葉與樓下的羅密歐情話綿綿的地方。

同一幕的第四場戲，羅密歐失蹤了一夜後在街頭與朋友重聚，互相調笑。墨古西奧 Mercutio 和羅密歐最親密，兩人語帶雙關地鬥嘴，墨古西奧有點招架不住，羅密歐叫他加把勁「好好鞭策坐騎」，墨古西奧卻說：「不，要是以你的機智去參加雁行賽馬，我輸了⋯⋯」"Nay, if thy wits run the wild-goose chase, I have done..."。這句說話中的 wild-goose chase 今天英語裏常見，一般的解釋是沒有成功希望的追求；徒勞無功的工作，或者追求一些根本得不到甚至虛無的東西。Wild goose 是野鵝，即是雁，chase 是追趕，按字面解釋，追趕一隻野鵝是白費氣力，捉到它的機會微乎其微。比莎士比亞晚一百年的著名辭書編纂家約翰遜 Samuel Johnson（1709–1784）在他編著的字典裏也是這樣解釋。

不過據考證，wild goose chase 其實是當時的一種賽馬方式，領先馬匹的騎士可選擇路線和做出各種動作，尾隨的騎士必須跟隨，就像雁羣一樣，所有雁都要隨着領頭雁飛。這裏的 chase，是追着前面的馬匹的意思，不是追趕野鵝 wild goose，所以權且譯作「雁行賽馬」。Wild goose 兩字之間不加連字符號也可以。現在一般都說 wild goose chase 這句說話是出自莎士比亞的《羅密歐與茱麗葉》，其實莎翁不過是把當時流行的賽馬活動順手拈來，不算得是他的原創。時日

久了，wild goose chase 變成徒勞無功的「趕野鵝」，原來的意思反而沒人理會了。

例句
EXAMPLE SENTENCES

1 She was on a **wild goose chase** the whole morning looking everywhere for her cat.
她白費氣力了一個早上到處找她的貓兒。

2 Professor Wang works hard to prove that his research is not a **wild goose chase**.
王教授埋頭苦幹去證明他的研究並非瞎搞。

3 She does not see it a **wild goose chase** to find out the source of the rumour.
她覺得找出謠言的來源並非沒有意思。

97 血肉之軀
FLESH AND BLOOD

莎士比亞的戲劇裏有不少字詞和警句到今天仍常用，其中有些是他創作的，也有引用當時流行的語文，不過後世都一股腦兒算在他的賬裏。Wild goose chase 是一個例子，而 flesh and blood 可說是莎翁引用最多的字詞，在多齣戲劇裏都有出現。

《威尼斯商人》*The Merchant of Venice* 第三幕第一場戲裏，安東尼奧的兩個朋友在談論商船遇險一事，夏洛克 Shylock 進場，兩人問他有些甚麼消息，他一肚子氣地說他的女兒私奔了，兩人不但不同情，

還揶揄他，夏洛克咬牙切齒地說：「我自己的血肉造反了」"My own flesh and blood rebel"。朋友之一的蘇拉尼奧 Solanio 笑他一把年紀了，還有甚麼肉造反。夏洛克沒好氣地說：「我說我的女兒是我的血肉」"I say my daughter is my flesh and blood"。「我的血肉」My / my own flesh and blood 即是中文的「骨肉」，至親也，例如父母、兒女、兄弟姊妹。

不過如果只用「血與肉」flesh and blood，則指血肉之軀，或者凡夫、世人。《哈姆雷特》Hamlet 第一幕第五場戲裏，鬼魂現身，自稱是哈姆雷特 Hamlet 的父親，要哈姆雷特為他報仇，並歎息地獄之苦無法向「血肉之耳（ears of flesh and blood）」訴說，「血肉之耳」就是世人的耳朵。

《無事生非》Much Ado About Nothing 一劇裏，第五幕第一場，墨西拿 Messina 總督里安納度 Leonato 為女兒喜樂 Hero 的事憂心忡忡，他的弟弟安東尼奧 Antonio 諸般開解，他苦惱地說：「求求你，別管我，我想做個凡人。」"I pray thee, peace, I will be flesh and blood"。這裏的 flesh and blood 和哈姆雷特亡父鬼魂所說的 flesh and blood 一樣，都是凡人、世人的意思。

Flesh and Blood 並非莎士比亞原創，而是出自基督教《聖經》的〈馬太福音〉，指耶穌也是有血有肉的人，莎翁高明之處是把本來解作凡人、世人的「血肉（flesh and blood）」賦以新意，引伸為「至親骨肉」。Flesh and blood 也可按字面解釋，即是血腥的意思。

1 The film is not suitable for children, too much **flesh and blood**.
那電影不適合兒童觀看，太血腥了。

2 The ordeal they had gone through was all **flesh and blood** could bear.
他們經歷的是凡人所能忍受的最大苦難。

3 It's hard to imagine that he would harm his own **flesh and blood**.
很難想像得到他會傷害自己的親骨肉。

98 笑柄
LAUGHING STOCK

另一個算到莎士比亞賬裏的常用詞是「笑柄 (laughing stock)」，出現在《溫莎的風流婦人》*The Merry Wives of Windsor* 一劇裏。莎翁在兩字之間加了連字符號，其實不加也可以。

這齣喜劇有兩條主線，一條是福斯泰夫 Falstaff 財困，妄想搭上富有的貴婦人，撈點油水，結果鬧出連串笑話。另一條是其中一個富有人家的女子安妮 Anne 為愛情煩惱，母親要她嫁法國大夫凱易斯 Caius，父親要她嫁公子史棱德 Slender，她鍾情的范通 Fenton 卻被父親嫌棄，還令到大夫凱易斯要和站在史棱德一方的牧師埃文斯 Evans 決鬥。第三幕第一場，凱易斯和埃文斯勢成騎虎，劍拔弩張，埃文斯悄悄對凱易斯說：「拜託，不要使我們成為其他人開心的笑柄」

"Pray you let us not be laughing-stocks to other men's humors"。

其實 Laughing stock 這個名詞早在莎士比亞之前已出現，關於起源有兩個解釋。一個解釋說，stocks（眾數）即是披枷戴鎖的「枷」，犯人的雙足被枷鎖住，有時候連手也要上枷，還要示眾，被人恣意嘲笑侮辱。另一個解釋則認為 stock 的另一意思是原材料，或者烹調用的湯汁、原湯，有如中菜的上湯，例如 chicken stock 是雞湯，fish stock 是魚湯，那麼可笑事情的原材料或者原湯就是 laughing stock。

美國第二十六任總統老羅斯福 Theodore Roosevelt（1858－1919）很看不起花言巧語的政客，覺得人民對政治圈子的不屑，很多時是因為這些政客的言行令人反感。他曾經撰文說，有少數極端的人大聲疾呼自稱正義，其實是虛有其表，故此有些所謂政治家的所作所為，為正直的從政者所不齒，真正的改革者也要提防那些偽改革者「千方百計令改革成為善良人的笑柄」"…the mock reformer who does what he can to make reform a laughingstock among decent men"。老羅斯福把 laughing stock 連成一個字 laughingstock，美式英文，也無不可。

例句
EXAMPLE SENTENCES

1   His miserly habits made him the **laughing stock** of the neighbourhood.
他的吝嗇習慣使他成為左鄰右里的笑柄。

2   The footballer became a **laughing stock** for kicking the ball twice in his own face.
那足球員兩度把球踢到自己臉上，成為笑柄。

3   If the truth gets out, the department will be a **laughing stock**.
真相洩露的話，部門會成為笑柄。

99 公道
FAIR PLAY

Fair play 是今天常用的英語字詞，可譯作「公道」，在莎士比亞的同一戲劇裏出現過兩次，而且都是出於同一人之口，但每次都有不同味道。戲是《約翰王》King John，說者是劇中約翰王哥哥理查一世 Richard I 的私生子腓力 Philip。

《約翰王》顧名思義，說的是英國君主約翰的事跡。這位約翰王可以說是英國歷史上聲名最差的國君，他是亨利二世 Henry II 的么子，他的三哥是理查一世，史稱獅心王理查 Richard the Lionheart。理查一生東征西討，在國內的日子不多，一一九九年中箭受傷，不治身亡，約翰在母親支持下繼位。按史書記載，約翰刻薄寡恩，冷酷多疑，縱情聲色，而且不敬神明，幾乎是說有多壞便多壞，難怪自他以後再沒有英國君主以約翰為名。他在位時，國內貴族羣起造反，迫他簽下《大憲章》Magna Carta，闡明君主、貴族和教會的關係，制約王室的權力，是議會政治和三權分立制度的濫觴。

《約翰王》一劇裏，約翰登基不久，法國支持約翰的姪子阿瑟 Arthur 討回王位，阿瑟是約翰四哥的兒子，法王認為既然獅心王無子嗣，阿瑟應該比約翰更有資格繼位。此外，約翰與教會亦因爭權而交惡，而國內貴族則不滿約翰橫徵暴斂而羣起反抗，內憂外患之下，獅心王的私生子腓力卻忠心耿耿，守在這位叔父身邊。在第五幕，約翰向教廷求和，希望教廷勸退入侵的法軍，第一場戲裏，腓力聽到約翰的計劃，慨歎大軍壓境，難道可以期望外敵公道？原文是「向入侵的大軍……傳達公道的囑咐？」"send fair play orders...To arms invasive?"。這當然是諷刺的反問。同一幕第二場，腓力代表約翰向教廷特使表明立場，「按世間公允之心」"According to the fair play of the world"，請大家聽他一言；這當然是客套話，腓力是大丈夫，威武不能屈。

Play 是比賽或者運作，fair 是公平或者不偏不倚，按規則公平比賽，或者不偏不倚地運作，便是 fair play，引伸為公道、公允，或者公平原則、均等條件的意思。這個詞已公認是莎士比亞所創的了。

例句
EXAMPLE SENTENCES

1 **Fair play** and sportsmanship are important in all kinds of games.
公平原則和體育精神對所有比賽都很重要。

2 It was not **fair play** to the small countries that had signed the agreement.
對那些簽了協議的小國來說並不公道。

3 He complained that he had not been given **fair play** to present his case.
他投訴得不到公平對待來申述他的情況。

100 卑鄙手段
FOUL PLAY

Fair play 的相反便是 foul play，不按規矩，手段不正當的意思。Foul play 在女皇伊利莎白一世時代已是流行用語，莎士比亞在悲劇《哈姆雷特》*Hamlet* 和喜劇《愛的徒勞》*Love's Labour's Lost* 兩劇裏都有用到。

《哈姆雷特》第一幕第二場尾聲，哈姆雷特聽到好友霍雷西奧 Horatio 說貌似先王的鬼魂在城頭出現，半信半疑，但答應會和鬼魂相見。霍雷西奧離開後，他心有疑惑，覺得「恐怕有不可告人之事」"I doubt some foul play"。哈姆雷特當然相信好朋友霍雷西奧，但為甚麼貌似父親的鬼魂會在城頭出現，但不肯開口和霍雷西奧說話？父親之猝逝對哈姆雷特是極大的打擊，叔父匆匆繼位，還娶了他母親，更加令他不滿，難免覺得事有蹺蹊，懷疑是否有甚麼事情他們要隱瞞。Foul 一解作惡臭難聞，令人噁心，這裏的 foul，意思是不正當的，或者齷齪，play 是行動或者活動，齷齪不正當的行動，不是「不可告人之事（foul play）」是甚麼？

在《愛的徒勞》裏，國王和三個好朋友決定清心寡慾，靜心讀書三年。誰知美麗的法國公主和三位漂亮女士到訪，四人書當然讀不成，甚麼立志的誓言也拋諸腦後了。第五幕第二場，全劇到了尾聲，四對鴛鴦喜得有情人的時候，公主接到法王駕崩的噩耗，要馬上告辭。國王請她留下，其中一位朋友比羅尼 Berowne 也插話勸幾位美人不要走，還說為了愛情，他們想也沒有多想便「違背了我們的誓言」"play'd foul play with our oaths"；拿自己的誓言 oath 來不正當 foul 地弄着玩 played，這是愛情比誓言重要。

Foul play 便是體育活動中的犯規動作，或者不合體育精神的行為，也指奸詐行徑，或卑鄙手段，引伸為罪行或暴行（尤其是謀殺）。

1　"Beware of Steven. He is a master of **foul play**."
「提防史提芬。他是下三濫手段大師。」

2　He was found dead in the room, but **foul play** is not believed a factor at this point.
他被發現在房間內倒斃，但到目前為止相信沒有可疑之處。

3　It was really rare that not a single player was warned for **foul play** in that match.
那場比賽裏一個球員也沒有被警告犯規真是罕見。

101 實不相瞞
NAKED TRUTH

　　《愛的徒勞》第五幕第二場，全劇尾聲，國王安排表演給法國公主觀看，作客的西班牙人阿馬度 Armado 粉墨登場，扮演特洛伊英雄赫克托 Hector。誰知鄉巴佬哥斯達 Costard 當眾宣佈，未婚村姑賈克妮坦 Jaquenetta 已有身孕，腹中塊肉的父親就是國王這位座上客阿馬度。

　　阿馬度和哥斯達早有過節。原來國王不但自己要清心寡慾，還下令全國跟隨，不得違旨。阿馬度卻向國王舉報哥斯達和賈克妮坦幽會，犯了寡慾之戒，結果哥斯達受罰。阿馬度其實是有私心，村姑秀色可餐，他早已看上，踢走哥斯達後，他亦得償所願，現在被揭穿面目，唯有裝腔作勢要和哥斯達決鬥，鄉巴佬也不示弱，嘴巴不饒人地說就算不用甚麼盔甲，只穿着襯衣也可以和阿馬度一決雌雄。阿馬度馬上軟

化，說道：「實不相瞞，襯衣我沒有穿⋯⋯」"The naked truth of it is: I have no shirt..."。阿馬度出盡洋相，被人取笑他穿的是賈克尼坦的洗碗布。決鬥當然告吹。The naked truth 直譯便是「赤裸裸的事實」。阿馬度說自己沒有穿襯衣，有如裸體 naked；半點沒有隱瞞事實，也是 naked。西班牙人阿馬度自知被鄉巴佬哥斯達吃定了，唯有以嬉皮笑臉地自嘲來為自己解圍。

Naked truth 不是莎士比亞所創。古羅馬有這樣一個故事：事實 Truth 和虛假 Falsehood 去游泳，Falsehood 乘 Truth 在水裏時，把 Truth 的衣服拿了，留下自己的，揚長而去。Truth 泅水後上岸，不見了自己的衣服，但不要穿上 Falsehood 留下的，寧願赤裸着身子 naked 走回家。這便是 naked truth，赤裸裸的事實。事實有時候也真的會令人難堪及尷尬，不穿上虛假的衣服是要有勇氣的。Truth 是真相、實情、事實，是 true 的名詞；falsehood 是名詞，意思是虛假、謊言、謬誤，形容詞是 false。

例句
EXAMPLE SENTENCES

1　He was hesitant to tell the **naked truth**.
他在猶豫要不要把真相和盤托出。

2　The company management may be of good intention, but the **naked truth** is no one likes the policy.
公司管理層可能出於好意，但明擺着的事實是沒有人喜歡那政策。

3　She insisted that she had told the **naked truth** at the press conference.
她堅持在記者招待會上所說的沒半點隱瞞。

102 一股腦兒
BAG AND BAGGAGE

To tell the naked truth 按字面直譯是「說出赤裸裸的真相」。英文有一句慣用語 empty the baggage 也是同樣意思，把「行李（baggage）」「倒空（empty）」，即是毫無遺漏，引伸為「和盤托出」。Baggage 這個字拆開來是「旅行袋／箱（bag）」裏的「東西（gage）」。

莎士比亞的喜劇《皆大歡喜》*As You Like It* 裏，公爵被弟弟奪位，放逐到森林裏，未幾，他的女兒羅莎琳德 Rosalind 也被逐，到森林尋父，堂妹西莉亞 Celia，也就是公爵弟弟的女兒，不忿父親所為，出走相伴，同行的還有小丑試金石 Touchstone。暗戀羅莎琳德的奧蘭多 Orland 也被獨佔家產的兄長所逐，來到森林，還到處張貼詩句，向羅莎琳德表達愛意。第三幕第二場，試金石和牧羊人科林 Corin 爭辯，把宮廷和田園生活互相比較，各執一詞。羅莎琳德和西莉亞來到，看到張貼的詩句，大為詫異。試金石插科打諢，自言這樣的作品他可以寫個不停，西莉亞有點不耐煩，請他退下，試金石對科林說：「來吧，牧羊人，我們來一次體面的撤退；雖然輜重一概不帶，朝香袋卻要隨身」"Come, shepherd, let us make an honourable retreat; / though not with bag and baggage, / yet with scrip and scrippage"。

Bag and baggage 是軍旅用語，指輜重物品，軍隊撤退時把 bag and baggage 都帶走 to retire / retreat bag and baggage，即是堂堂之師體面撤退，甚麼也不留下給敵人，這句話今天引伸為全部、整個、一股腦兒的意思。Scrip 是朝香客、牧人和行旅用來盛載隨身物品的袋子，scrip + page 就像 bag + gage；此外還有 lug（使勁拉、吃力攜帶）+ gage。

Baggage 和 luggage 中文一律是「行李」，有些字典辭書解

釋說 baggage 是美式英語，其實不一定，這兩個字頗為磨人。不過 baggage 作比喻用法時，中文一般譯作「包袱」，例如「政治包袱（political baggage）」、「感情包袱（emotional baggage）」，絕不可以用 luggage 替代。

例句
EXAMPLE SENTENCES

1 The family moved out **bag and baggage** last week.
那家人上星期一股腦兒搬走了。

2 Soldiers entered the village only to find that the guerillas had left, **bag and baggage**.
士兵進入村子，發現游擊隊已撤走，甚麼東西也沒有留下。

3 They were told to vacate the premises **bag and baggage** in a week's time.
他們被通知要在一星期內完全空出物業。

103 寬餘有地
ELBOW ROOM

　　莎士比亞是戲劇大師，遣詞用字是高手，也很喜歡賦字詞以新意，令詞語含義更豐富。上文〈血肉之軀〉裏的 flesh and blood 是一例，另一個例子是《約翰王》*King John* 裏的「寬餘」elbow room。

　　據正史記載，約翰王死於痢疾，但野史則說他是在修道院內被一個修士下毒殺死的，那修士是誰則仍無從稽考；戲劇當然採用野史情節才夠引人入勝。《約翰王》第五幕第七場，全劇告終，約翰王中毒

後彌留之際，侍從把他抬到修院的花園，太子亨利親王 Henry、腓力 Philip 及眾大臣陪伴在側。約翰覺得五內灸熱如焚，歎息道：「呀，真的，現在我的靈魂寬餘有地了，它不肯從窗子或門戶出去」"Ah, marry, now my soul hath elbow-room, / It would not out at windows nor at doors"。人之將死，其言也善，約翰王的靈魂不肯離開，即是說他還是有靈魂的，不過為了權力和慾望，壓抑得太久了，現在生命走到盡頭，他終於面對自己，靈魂也得到放鬆，所以有「寬餘之地（elbow room）」。約翰王迴光返照剎那，喘息之後，溘然而逝。

Elbow room 是手肘自由活動的空間，寬裕的空間，或者充足伸展活動的餘地，也引伸為發展或發揮的機會，或者做事的自由。莎士比亞把原來實際的用詞，化作抽象，喻為靈魂得以不受壓迫而舒展。Elbow-room 之間的連字符號，和 wild-goose, laughing-stock 一樣，今天一般都刪去了。

美國航空學工程師及科幻小說家海涅林 Robert A. Heinlein（1907-1988）有一段很有趣的說話：「航天員一在太空工作的人、飛機師、飛行員、宇宙航行員等等一是那些喜歡有幾百萬哩寬裕空間的人」"Spacemen–men who work in space, pilots, jetmen, astrogators and such–are men who like a few million miles of elbow room"。太空無垠，你要多大的 elbow room 也可以。

1 There is hardly any **elbow room** in the crowded fast food shop.
在那擁擠的快餐店裏很難有寬裕空間。

2 He hopes he can have more **elbow room** in the new company.
他希望在新公司可以有更多機會發揮所長。

3 She does not have much **elbow room** implementing the new policy.
她執行新政策時頗受制肘。

104 都不理
DOGBERRY

莎士比亞創造了不少深入人心的人物，主角固然出色，有好幾位小角色也活靈活現，尤其是插科打諢的丑角，更為戲劇情節平添了不少熱鬧。《無事生非》*Much Ado About Nothing* 裏的都不理 Dogberry 便是好例子。

《無事生非》是大團圓結局的喜劇，以西班牙阿拉貢 Aragon 王子帕德羅 Pedro 戰場上得勝歸來，途經意大利西西里島的墨西拿 Messina 開始。王子的朋友克勞迪奧 Claudio 與墨西拿總督里安納度 Leonato 的女兒喜樂 Hero 一見鍾情，戰友班尼狄克 Benedick 卻與喜樂的表姊貝雅特麗絲 Beatrice 成為歡喜冤家。王子的兄弟約翰 John 是私生子，老是妒忌兄長，王子想撮合兩對鴛鴦，他卻陰謀破壞，要

令王子尷尬。約翰散佈謠言，誣蔑喜樂不貞，還安排手下波拉紀奧 Borachio 到喜樂香閨，製造喜樂偷情假象，其實是波拉紀奧和喜樂的女僕隔着窗子甜言蜜語調情。這時糊塗蛋都不理 Dogberry 出場，他是巡夜人的領班，說話不停，顛三倒四，最愛裝腔作勢，賣弄似是而非的道理，但往往誤用詞彙而令人啼笑皆非，無知而不自知，他煞有介事地指導巡夜人的一場戲已令人捧腹。波拉紀奧和同伴在吹噓他們的勾當時，被巡夜人以為是盜賊，拘禁起來，由都不理押去見總督，他糾纏不清地交代，把「逮捕 (apprehended)」說成「理解 (comprehended)」；「可疑的 (suspicious)」說成「吉利的 (auspicious)」，大家幾經辛苦才把事情搞清楚。真相大白，兩對有情人亦終成眷屬。

Dogberry 是山茱萸，和枸杞子相似，是漿果中最便宜的一種，莎士比亞時代的人視之為賤物，莎翁是故意採用這個名字，逗得觀眾大樂。Dogberry 便是愚蠢而多言，無知而自以為是的低級官員的代名詞，D 一般大寫。由此而生的 Dogberryism 是名詞，引伸為誤用詞彙的意思，D 大小寫也可以。

例句
EXAMPLE SENTENCES

1 She was unfortunate enough to have encountered the **Dogberry** at the immigration.
她在入境時碰到那個自以為是的愚蠢官員真是倒楣頂透。

2 His new book was referred to as a collection of **Dogberryism**.
他的新書被稱為誤詞大全。

3 The synonym of **dogberryism** is malapropism, which is much more popular.
Dogberryism 的同義詞是常用得多的 malapropism。

105 言差語錯
MALAPROP

Dogberryism 的同義詞是 malapropism，是從十八世紀諷刺喜劇《情敵》The Rivals 裏，馬拉普太太 Mrs. Malaprop 這位劇中人的名字演變出來的。雖然莎士比亞創造都不理 Dogberry 在先，Dogberryism 這個名詞卻後於 malapropism 出現，而且不及其流行。

《情敵》是英國劇作家和劇團老闆謝里丹 Richard Brinsley Sheridan（1751-1816）的處女作，首演時劣評如潮，他大幅修改，換了演員，再度上演，重演好評如潮，他也聲名大噪。這齣喜劇從此公演不絕，遠至美國亦大受歡迎。劇中人馬拉普太太是女主角富家女莉迪亞 Lydia 的姨母及監護人，千金小姐莉迪亞看了太多小說，終日沉醉在浪漫愛情之中。世家子傑克 Jack 化身為窮軍人，追求莉迪亞，浪漫沖昏了頭腦的莉迪亞想到得以和一個不名一文的軍人私奔已經陶醉不已。馬拉普太太是喜劇角色，以時常咬文嚼字卻誤用或錯用詞彙而製造笑料，令觀眾嘻哈絕倒。例如她想說「絕頂有禮」，卻把「絕頂（pinnacle）」說了「鳳梨（pineapple）」；「固執如鱷魚」，卻把「鱷魚（alligator）」說了「諷喻（allegory）」。

Malapropism 可以是煞有介事鬧笑話，也可能只是口誤的無心之失，但有時候是故意開玩笑，美國著名棒球經理人及教練游吉 Berra Yogi（1925-2015）最好此道，他有頗多「名句」，例如「完結前還沒有完結」"It ain't over till it's over"。美國人覺得他很幽默風趣，還創了 Yogiism 一詞，不過這種刻意賣弄口舌似乎和 malapropism 是兩回事。還是波士頓前市長萬尼奴 Thomas Menino 說得好，他本來想讚揚前任是「頂天立地的人（a man of great stature）」，卻把「高境界（stature）」誤說「塑像（statue）」，這才是真正的 malapropism。

Malapropism 是名詞，意思是用詞錯誤。Malapropian 是形容詞，malaprop 可以是名詞或形容詞。M 不用大寫。

例句
EXAMPLE SENTENCES

1. President George W. Bush was renowned for his **malapropism**.
   小布殊總統以經常錯用詞語而出名。

2. The media would not easily let go any of President Bush's **malaprops**.
   傳媒不會輕易放過小布殊總統任何錯用的詞語。

3. His seemingly **malapropian** use of words was actually calculated satires.
   他表面上是錯誤用詞，其實是別有機心的諷刺。

106 吹牛大王
MUNCHAUSEN

十八世紀開始的工業革命帶來資本主義，經濟繁榮的背後卻是光怪陸離的社會現象，文學家當然不會放過。與謝里丹同時代的德國作家拉斯比 Rudolf Erich Raspe（1736-1794）有一部故事集更加奇特。

拉斯比是科學家和作家，最著名也是唯一傳世的作品是小說集《閔希豪生男爵之驚險歷奇》*The Surprising Adventures of Baron Munchausen*。這位閔希豪生男爵是真有其人，曾加入俄國軍隊，上戰場打過土耳其人，退役後優悠過活，酒餘飯後最愛大話西遊，都是

軍旅生涯的見聞,但添油加醋。閔希豪生的荒唐故事很受歡迎,不少人更慕名而來,拉斯比以閔希豪生男爵為主角的小說集亦因此而生。他最初是在德國雜誌上以單篇故事發表,主角名字隱晦,後來在英國出版的小說集才正式用閔希豪生男爵的名字,作者則匿名。果然,閔希豪生男爵很不高興,要控告出版商,拉斯比果然有先見之明。

閔希豪生的歷險故事是諷刺作品,把當時德國上流社會的浮誇言行挖苦一番。小說集的中文版曾改編成兒童文學讀物,名《吹牛大王歷險記》,有好幾個譯本,頗受歡迎。閔希豪生的瘋狂歷險非常滑稽誇張,例如騎着炮彈飛上月球,以及和四十呎長的鱷魚搏鬥等,其中有一段情節說,閔希豪生出門射鴨子,匆忙跑下樓梯時碰在柱子上,眼前金星亂冒。結果他舉槍時,發覺剛才把槍上的火燧碰掉了,於是把槍上的火藥池湊近臉孔,用力拳擊眼睛,冒出來的火星點着火藥,一槍打了五隻鴨子。

Munchausen 可以是形容詞,意思是敘事誇張的、異想天開、荒唐無稽。Munchausenism 是名詞,意思是好誇張的作風,或者荒誕不經的故事或言詞。有一種心理病症名 Munchausen syndrome,患者有很多幻想,假裝有病,甚至自殘,以期取得同情,曾經歷長期病患,或者有極不愉快經驗而不能自拔者都較容易得病。M 須大寫。

1 Sam can easily win an audience of kids with his **Munchausen** tales.

阿森的天馬行空滑稽故事很容易吸引到一羣孩子做聽眾。

2 He is thinking of writing a book about his **Munchausen** experiences in the war.

他在考慮寫一本有關他戰時匪夷所思的經歷的書。

3 **Munchausenism**, making fun of the real world, is what makes the film a blockbuster.

電影賣座是因為以荒誕不經的故事開現實世界的玩笑。

107 機緣巧合
SERENDIPITY

閔希豪生也真是夠荒謬的。荷蘭學者奧馬 Sebastian Olma 在二〇一六年出版著作《為意外收獲辯護》*In Defence of Serendipity*，批判科技與社會的關係，認為數碼技術的商品化及市場化只是意外副產品，即英文所謂的 serendipity。他在書內討論科技正蠶食專業知識和人性，連人的情感表達也要納入模式，大家都知道這是荒謬的「閔希豪生遊戲 (game of Munchausen)」，但誰也無法不參與。

Serendipity 的意思得從斯里蘭卡 Sri Lanka 說起。斯里蘭卡從前名「錫蘭 (Ceylon)」，古時稱為 Serendip，一九七二年起才用現在這個名字。Serendipity 便是從 Serendip 這個古名變化出來，是英國作家和藝術歷史學家沃爾浦爾 Horace Walpole（1717–1797）的創作。

沃爾浦爾意外得到一幅失蹤過百年的十六世紀意大利畫，喜出望外，寫信給朋友，自言就像「錫蘭的三個王子」，總是意外地或者憑洞察力，找到些並不是原來追尋的東西，serendipity 這個字便是這樣創造出來。

《錫蘭三王子》*The Three Princes of Serendip* 是波斯民間傳奇集，十四世紀時以意大利文出版，後來譯成法文和英文。錫蘭和波斯早於公元前五世紀已有貿易往來，Serendip 這個名字也是波斯人對這個島國的稱呼。錫蘭王子的傳奇是民間故事，說者以「在古老東方的錫蘭」開始，以令聽眾神往。三位王子結伴遊歷天下，有很多有趣的經歷，除了機緣巧合的發現外，他們的洞察力極強，與後世小說裏的神探福爾摩斯相似。例如在故事《走失的駱駝》*The Lost Camel* 裏，他們憑一路上的觀察，推測到駱駝跛了一足，瞎了一眼，缺了一齒，駄着的貨物一邊是油一邊是蜜糖，還有一個懷孕的女子騎在背上，結果全部準確，卻被人懷疑駱駝是他們偷的，否則怎會瞭如指掌。

Serendipity 是名詞，形容詞是 serendipitous，助動詞是 serendipitously，這個詞有時候也可以解作好運氣。S 不用大寫。

例句
EXAMPLE SENTENCES

1　It's mere **serendipity** that they found their dream house.
他們找到夢寐以求的房子完全是機緣巧合。

2　You'll always have **serendipitous** enjoyment in his restaurant.
你在他的餐館裏總會有意想不到的享受。

3　Legend has it that tofu was **serendipitously** invented some 2,000 years ago by Liu An, Prince of Huainan in the Han dynasty.
傳說豆腐是大約二千年前漢代淮南王劉安意外發明的。

108 寶庫
ALADDIN'S CAVE

　　波斯 Persia 是伊朗 Iran 歷史上一個朝代，公元前六世紀建立，歷二百年而亡，波斯和伊朗已混而為一，波斯作為伊朗的舊稱亦約定俗成。波斯文化燦爛，正如中國的漢唐兩代，中國人現在仍稱為漢人、唐人，波斯之於伊朗也應作如是觀。

　　古老文化都有豐富的民間傳奇和神話，很多其實同一來源，流傳久遠後便出現不同版本，不少波斯、埃及、阿拉伯和印度的傳說追源溯始都有關聯，著名的故事集《一千零一夜》*One Thousand and One Nights* 便是這樣一個大熔爐。這個故事集的原始版在公元八世紀已流傳，不斷被改編增刪，到十世紀開始有波斯版結集，十二世紀則在敍利亞和埃及流行阿拉伯版，十八世紀初由法國人伽朗 Antoine Galland (1646–1715) 根據阿拉伯版選譯，成為今天西方語文版藍本。

　　《一千零一夜》是伽朗的法文版故事集書名，英文版改為《阿拉伯之夜》*The Arabian Nights*。這部故事集幾百年來膾炙人口，最為人熟悉的莫如《阿拉丁》*Aladdin*。據伽朗留下的信札日記，這個故事不在原來流傳的版本之內，而是伽朗從一個阿勒頗 Aleppo 人聽來，潤飾後收錄在法文版續篇的。有趣的是，伽朗一開始便說「在中國一個富庶地方的首都」，英文版本則有說「在中國的首都」，亦有「在中國某城市」，這與《錫蘭三王子》以「在古老東方的錫蘭」作為開始如出一轍。阿拉丁的故事不用多說，大意是阿拉丁受巫師誘騙，進入危機四伏的山洞，找到神燈，因為識穿了巫師的真面目，被困在山洞裏。阿拉丁脫險回家後，得神燈內精靈的幫助，生命從此不一樣了。

　　從這個故事得出「阿拉丁的山洞（Aladdin's cave）」這個常用詞，一般解作藏有大量珍寶的洞穴，喻作寶庫。不過山洞內甚麼奇珍異寶

也及不上一盞法力無邊的神燈。

例句
EXAMPLE SENTENCES

1 The small shop around the corner is an **Aladdin's cave** of old magazines and posters.
街角的小店是一個舊雜誌和舊海報寶庫。

2 Professor Wang's laboratory is an **Aladdin's cave** to young researchers.
王教授的實驗室對年輕研究員來說是個寶庫。

3 Susan's dropping out is like leaving **Aladdin's cave** empty-handed.
蘇珊的退學有如入寶山而空手回。

109 神燈
ALADDIN'S LAMP

《阿拉丁》並非甚麼中東民間傳奇，而是法國人伽朗的創作，靈感來自敘利亞人 Syrian 迪亞布 Hanna Diyab。伽朗留下的信札日記裏，清楚記載了兩人相遇及迪亞布自述身世，也就是阿拉丁故事的藍本。

迪亞布在敘利亞古城阿勒頗 Aleppo 出生，年輕時為法國和意大利商人工作，學會法文和意大利文，是個天生的說故事能手。迪亞布後來結識了正為法王路易十四 Louis XIV 到處搜羅古董的法國人路卡斯 Paul Lucas。路卡斯是生意人，也是自然學家，頗有名氣，他邀請迪亞布做翻譯及助手。迪亞布隨路卡斯到過埃及和突尼斯等北非地區，

最後去了法國。一七〇九年，迪亞布結識了伽朗，那時伽朗已在翻譯及出版《一千零一夜》，也許他向迪亞布請教，亦可能是迪亞布聽到他在做這件工作，於是知無不言，說了很多中東地區流傳的民間傳奇，伽朗的《一千零一夜》續篇於是便出現阿拉丁的故事。

「阿拉丁神燈（Aladdin's lamp）」可以比喻作能滿足擁有者願望的法寶。出名幽默的美國作家馬克·吐溫 Mark Twain（1835-1910）曾任職報社，以特約記者身份派駐夏威夷，他把當時的信札輯錄成書信集《夏威夷來鴻》Letters From Hawaii，談到加利福尼亞州 California 時說：「傳說的阿拉丁神燈就埋藏在這片土地裏⋯⋯」"It is the land where the fabled Aladdin's Lamp lies buried..."。當時是一八六六年，美國內戰剛平息，國家正逐漸恢復元氣。馬克·吐溫接着說，三藩市 San Francisco 是「新阿拉丁（the new Aladdin）」，可以把神燈找出來，召喚燈內的精靈，使加州成為繁榮富庶的地方。三藩市是加州的龍頭，也的確可以負起促進全州經濟發展的重任。

例句
EXAMPLE SENTENCES

1   The reforms are not **Aladdin's lamp**.
那改革並非阿拉丁神燈。

2   To his children, he is the genie of **Aladdin's lamp**, one who will gratify any of their wishes.
對他的兒女來說，他就是阿拉丁神燈的精靈，有求必應。

3   Hardworking is the **Aladdin's lamp** to success.
努力是成功的法門。

110 芝麻開門
OPEN SESAME

《一千零一夜》另一個故事《阿里巴巴與四十大盜》*Ali Baba and the Forty Thieves* 也非常著名，流傳到今天仍十分受歡迎，改編的電影、漫畫、歌曲多不勝數，中國的電子商貿巨企便以「阿里巴巴」為名。這個故事和《阿拉丁》一樣，多半也是伽朗的創作，並非在原來的中東民間傳奇集之內，素材當然也是來自阿勒頗人迪亞布。故事內最有趣的是一句咒語「芝麻，開門 (Open Sesame)」，真是無人不識。

阿里巴巴是個樵夫，無意中發現一幫大盜把劫來的金銀珠寶藏在山洞裏，打開山洞門的咒語是「芝麻，開門」，要關門便得唸「芝麻，關門 (Close Sesame)」。他的貪財哥哥知道了，脅迫他說出秘密後，進了山洞，以為滿載而歸，但忘記了開門咒語，結果大盜回來，把他殺了。阿里巴巴見哥哥失蹤，尋到山洞，發現哥哥已死，唯有把屍體運回家。大盜追查下，找到阿里巴巴，卻被阿里巴巴哥哥的忠心女奴先後使計殺了。

「芝麻，開門」究竟有些甚麼意思？難道只是伽朗隨便創作？還是迪亞布教他的？伽朗的故事是法文寫成 (他說是譯自阿拉伯文)，原文是 *Sésame, ouvre-toi*，即是「芝麻，你自己打開」，從法文到英文再到中文便是「芝麻，開門」了。最普遍的解釋是芝麻油在中東地區是主要的植物油，芝麻藏在莢果裏，收割後要曝曬幾天，莢果張開，芝麻子才容易取出。所以「芝麻，開門」是戲語芝麻打開莢果的意思。

另一個解釋是這句咒語和一個阿拉伯詞語「大門 (*simsim*)」有關，法文或者英文的「芝麻」發音和 *simsim* 亦相近。也許當時迪亞布說的是「大門 (*simsim*)，開吧」，伽朗為了增加趣味，改成「芝麻，開門」。真相如何，有待再考證了。

不管怎樣，「芝麻開門（Open Sesame）」已成為非常流行的慣用語，通常解作可助人進入某地方，或者達到某項目的的法寶。

EXAMPLE SENTENCES
例句

1 Good EQ is an **open sesame** to success.
   情緒智商好，成功的法寶。

2 Getting rich and famous is not an **open sesame** to getting respect.
   名利雙收者並非便如有神助地受人尊重。

3 Jimmy thought being the company founder's son was an **open sesame**, but he was wrong.
   占美以為自己是公司創辦人的兒子便可以為所欲為，但他錯了。

111 狼來了
CRYING WOLF

《一千零一夜》只是把原來的中東地區民間傳奇集選譯，還加入編譯者的創作，算不上原汁原味。要選歷久常新的古代故事，伊索寓言Aesop's fables 絕對不遑多讓。伊索 Aesop 的生平是個謎，他大概是公元前七至六世紀的人，據最普遍的說法，他是生活在古希臘的奴隸，善於以寓言來教化人。

二千多年來，不少人質疑伊索是否真有其人，他名下的寓言只不過是民間口耳相傳的故事而已，來源及作者已不可考，而且後世不斷增添，所以就算真的有這位寓言家伊索，他的作品也有正宗和非正宗之分。

伊索寓言有不少名篇，從中衍生的字詞已成為今天日常用語，例如《狼來了》*Crying Wolf* 這個無人不識的故事。Cry 在這裏是呼喊的意思，cry wolf 便是大喊「狼呀，狼呀！」。故事大家都耳熟能詳，但有不同結局的兩個版本：一個是狼把羊都吃了，另一個是連牧羊童也吃掉。《狼來了》是古老的希臘民間故事，十五世紀被譯成拉丁文，再譯成德文，才流傳開去。古希臘哲學家阿里士多德 Aristotle（384-322 BC）據說有一次被人問到，撒謊的人究竟得到些甚麼？阿里士多德回答說：「他們說真話的時候沒有人會相信」"when they speak truth they are not believed"。這便是《狼來了》的主題。

不過據近年的研究，孩子讀了這些寓言故事，未必會達到培養品德的效果。加拿大多倫多大學華裔心理學教授李康 Kang Lee 在二〇一四年做了一項研究，以《狼來了》作為其中一種測試工具，發現孩子讀了這個故事，反而更容易說謊。據他推斷，故事的結局令孩子害怕，為了逃避，不如撒個謊算了。

例句
EXAMPLE SENTENCES

1 Environmentalists are not **crying wolf** over climate change crisis, it's real.
環境保護論者所說的氣候變化危機並非狼來了，是真的。

2 The commentator **has cried wolf** so often that no one pays attention to him anymore.
那評論員狼來了喊得太多，再沒有人理會他。

3 He apologized for the false warning issued but insisted that he was not **crying wolf**.
他為發出不確警告道歉，但堅持不是喊狼來了。

112 酸葡萄
SOUR GRAPES

　　伊索的生平只能從零散的記載拼湊起來，他出生在歐亞之間的黑海 Black Sea 地區，成長後在希臘愛琴海 Aegean Sea 東部靠近土耳其的薩摩斯島 Samos 為奴。伊索能言善辯，但他的寓言故事沒有文本，只靠口述。他曾經為一位有錢人辯護獲勝，得有錢人之助而回復自由身。不過伊索下場悲慘，他在特爾斐 Delphi 因多言闖禍，開罪了當地人，指他在神廟盜竊，這當然是誣告，他百詞莫辯，獲判極刑，被擲下懸崖，粉身碎骨。

　　伊索寓言裏除了《狼來了》，還有一個《狐狸和葡萄》*The Fox and the Grapes* 也是千百年來家傳戶曉，而且從中得出「酸葡萄 (sour grapes)」這個慣用語，中文有時候還不怕囉唆說成「吃不到的葡萄是酸的」，這個故事不用多介紹。伊索寓言裏通常都有兩三位主角，只得一位的不多，這個狐狸唱獨腳戲的《酸葡萄》是少有。雖然是古老寓言，卻有現代心理學家以專業分析，解釋狐狸這種心態可名之為「認知失調 (cognitive dissonance)」，即是同一時間內有兩種矛盾的想法，因此覺得不爽，為了消除這種心理壓力，唯有改變行為或想法，使兩者協調。以狐狸為例，牠同時有吃葡萄的慾望和吃不到的失望，於是改變想法，認為葡萄是酸的，吃不到的行為和酸葡萄的想法便沒有衝突了。挪威社會及政治理論學者厄爾斯泰 Jon Elster 在一九八二年出版了一本《酸葡萄：理性顛覆之研究》*Sour Grapes: Studies in the Subversion of Rationality*，書內提出「適應性選擇 (Adaptive Preference)」理論：狐狸吃不到葡萄其實沒有損失，因為牠認定葡萄是酸的，而牠之所以相信葡萄是酸的，因為已肯定知道吃不到。想不到一個簡單寓言故事竟然有這麼多學問。

「酸葡萄」是自己得不到的東西便是不好，引伸為自己得不到卻妒忌別人成功。二〇一六年美國總統選舉後，民主黨人投訴選舉有俄羅斯介入，特朗普獲選有可疑，親共和黨報章馬上大字標題譏諷民主黨是 sour grapes 心態。翌年年初，卸任總統奧巴馬的夫人向記者抱怨兩句特朗普的就職典禮，這些報章一大串酸葡萄當面便擲過來了。

例句
EXAMPLE SENTENCES

1 The playwright brushed all criticisms aside as **sour grapes**.
   那劇作家把所有批評都視作酸葡萄而置之不理。

2 It's a matter of **sour grapes** the way Thomas talked about his successor.
   譚文斯這樣子談論自己的繼任人是酸葡萄心態。

3 It's really surprising that Venus could take **sour grapes** to such a level.
   韋南詩酸葡萄得這樣厲害可真的令人詫異。

113 冒險犯難
BELLING THE CAT

「非正宗」的伊索寓言有很多，較出名的有《鼠輩會議》*The Mice in Council*，故事大概說一羣老鼠不堪被貓兒獵捕，開會商討，決議把一個鈴繫在貓兒頸上，鈴響即貓動，大家便可以趨避。但誰去肩負這件危險任務呢？各鼠面面相覷。從這個故事得出一句英文諺語「為貓繫上鈴（Belling the cat）」，大意是縱使有好計劃或念頭，沒有人肯去

執行或執行不到的話也是枉然，亦引伸為冒險犯難。

據考證，這個故事在中世紀才流傳，比伊索的年代晚了過千年，最初在英國出現，作為宣教用的寓言，後來被譯成拉丁文、法文和西班牙文等歐洲語文，到差不多十七世紀下半葉才被收錄在伊索寓言集裏。「非正宗」的伊索寓言還有一個類似的故事，名為《貓兒與老鼠》*The Cat and the Mice*，大意是老鼠被貓兒獵捕得怕了，躲在洞穴裏不要出來，貓兒於是用後腿勾着掛物栓，倒吊着身子裝死，誘騙老鼠，可是詭計被老鼠識穿。寓言的教訓是：明知是敵人便不要上對方裝模作樣的當，即是英文諺語「一次被咬，兩次驚怕（Once bitten, twice shy）」；被狗咬了一次，很驚怕 shy，再見到惡狗時，怕了，不要再送上去給牠咬一口。

十四世紀時，英國的法院名聲不佳，國會亦散漫，法治不彰，《鼠輩議會》便被用來諷刺當時這個政治現象，挖苦那些法官和議員空話說了很多，實務工作卻誰也不要做，或者根本做不到。當然，豪傑之士還是有的，蘇格蘭第五代安格斯伯爵杜格拉斯 Archibald Douglas, 5th Earl of Angus 便是這樣的人物。公元一四八二年，一班貴族開會，商量對付蘇格蘭王詹姆斯三世 James III 的佞臣郭克倫 Robert Cochrane，有人問「誰去把鈴繫上貓兒的頸」？杜格拉斯挺身而出，終於把郭克倫殺了，還贏得「繫貓鈴者（Bell-the-Cat）」的綽號。不過據考證，杜格拉斯殺郭克倫是史實，甚麼綽號則是好事者杜撰出來而已。

1 We had some good suggestions but no one offered to **bell the cat**.
我們有些不錯的建議，但沒有人願意負責執行。

2 Mary was brave enough to **bell the cat**, telling the boss that he was wrong.
瑪麗勇敢得去為貓兒繫上鈴，告訴老闆他錯了。

3 You cannot expect others to **bell the cat** if you are not going to do it yourself.
你自己不打算冒險犯難便不要期望他人會這樣做。

114 火中取栗
CAT'S PAW

《鼠輩會議》流傳到十七世紀最廣為人知，這要多得法國詩人方亭 Jean de la Fontaine（1621–1695）。方亭蒐羅了很多古今寓言，以自由詩體改寫，編成十二冊，其中收錄了很多伊索寓言和古希臘故事，全集名為《寓言》*Fables*，出版後大受歡迎。

方亭的寓言集幽默諷刺，第二冊有一個故事《猴子與貓》*The Monkey and the Cat*。故事大概說，餘燼裏有些栗子烤得香味四溢，猴子想吃，但無法取得，於是鼓其如簧之舌，游說貓兒去把栗子取出來，協議大家二一分作五。貓兒也傻得可以，真的火中取栗，牠拿出一顆，猴子吃一顆，結果貓兒燙傷了爪，栗子卻被猴子吃光，擾攘之時，女僕走進來，結束了這場鬧劇。其實《猴子與貓》是法國古老民間故事，在方亭之前已流傳，法文有一句諺語，譯成英文是「貓兒和猴子

的把戲（a cat and monkey game）」，就是這個意思。十六世紀中葉有另外一個版本：猴子把壁爐的餘燼撥開，但不敢取出栗子，看見爐旁在熟睡的小狗，於是一把抓着小狗的一隻前爪，把栗子撥出來。

從前歐洲有不少圖文並茂的寓言集子都收錄了這個故事，無辜受害的不是貓便是狗，並不像方亭改編的那隻貓這樣貪心和愚蠢。十六世紀末，故事裏的猴子變成羅馬天主教教皇尤里烏斯三世 Julius III（1487-1555）的寵物猴，諷刺教皇操控他人為自己謀取利益。其實尤里烏斯整頓教廷紀律，支持文藝復興，不算壞人，不過樹大招風，被損被批評免不了。

十九世紀英國畫家藍西爾 Sir Edwin Henry Landseer（1802-1873）很喜歡以動物為題作畫，他有一幅《貓爪》*The Cat's Paw*，畫中的猴子強行按着貓兒，用貓爪來撥出火中的栗子，那隻可憐貓張嘴慘叫，栩栩如生。《貓爪》是藍西爾的傑作，原畫在一八二四年展出，現藏何處則待考，複製品則散見各地美術館。

「貓爪（cat's paw）」也就是被利用或愚弄去做一些損已利人之事的人。

例句
EXAMPLE SENTENCES

1　The boy the police arrested last night is only a **cat's paw** of the gang.
警察昨晚拘捕的孩子不過是被匪幫蒙騙利用的人。

2　Poor countries will easily become a **cat's paw** in the hands of the great powers.
貧窮國家在大國手中很容易成為可操控利用的工具。

3　Everyone, except himself, knows that he is only a **cat's paw**.
只有他自己才不知道是為他人作嫁衣裳。

115 彩衣笛手
PIED PIPER

貓與鼠從來是死對頭，鼠多勢眾，貓非善類，衝突起來便不簡單，所以中外自古都有不少貓鼠相爭的寓言故事。老鼠繁殖力驚人，數量太多時，貓狗也得退避，要消滅可不容易。德國民間傳說《漢梅林的彩衣笛手》*The Pied Piper of Hamelin* 便是因滅鼠而起的故事。

這個傳說流傳已久，十九世紀被德國文學家格林兄弟 Brothers Grimm 改編，收錄在他們的童話集裏。格林兄弟的故事一向調子灰暗，這個《彩衣笛手》也不例外。故事大概說，德國西北部的漢梅林鎮 Hamelin 某日來了一個穿彩衣的人，自言有滅鼠本領，鎮長於是請他一試，雙方議好價錢，彩衣人吹起笛子，老鼠果然蜂擁而出，隨着笛手往鎮外走，全部掉進河裏淹死了。可是鎮長食言，不肯付足滅鼠費。據今天漢梅林鎮上的紀念碑所言，一二八四年六月二十六日，彩衣人吹起笛子，鎮上一共一百三十個孩子隨着他走，一直走進山裏，消失無蹤。全鎮只有三個孩子留下來，一個是瘸子，跟不上大隊；一個是瞎子，邊聽邊走，終於脫了隊；一個失聰，根本聽不到笛子聲。

雖然是民間傳說，認真研究者卻大不乏人，還提出了不同理論，大多數認為這個故事有歷史事實根據。其中一個理論是一場傳染病令鎮上的孩子都病死，但查無實據，當時當地並沒有甚麼傳染病。另一個理論則說是與邪教有關，這又是齊東野語。最可能的解釋是有人到鎮上招募移民，吸引了一批人往勞動力不足的地區發展，所謂「孩子」，其實指鎮上土生土長的「漢梅林兒女 (children of Hamelin)」。姑妄言之姑聽之，真相如何則無從稽考了。

Pied piper 的 pied 是形容詞，是喜鵲 pie (全名是 magpie) 般黑白間色的意思，引伸作顏色斑駁。Pipe 是笛子，piper 是吹笛子

的人。「彩衣笛手（Pied piper）」是比喻誘使人追隨他的人，或者誘騙者，尤其是誘騙人而令人遇上災難者，亦可解作愛開空頭支票的領導人。

例句 EXAMPLE SENTENCES

1 He is always at the front like the **pied piper**, with others following behind.
他總是像彩衣笛手般走在最前，其他人則在後面追隨。

2 The paparazzi tail after her like being lured by the **pied piper**.
狗仔隊就像被彩衣笛手吸引似的尾隨着她。

3 He calls himself a politician, but he is actually the **pied piper** of politics.
他自稱政治家，但他其實是個愛開空頭支票的政客。

116 李伯大夢
RIP VAN WINKLE

中外文化都視猴子為搗蛋傢伙，但《猴子與貓》裏的猴子真是可惡之極，中國神話裏有一隻猴子可愛得多，當然是神通廣大，斬妖除魔的齊天大聖孫悟空了。《西遊記》第一回，還未稱為孫悟空的猴王到處尋訪神仙，在山裏聽到樵夫唱歌：「觀棋柯爛，伐木丁丁，雲邊谷口徐行⋯⋯」。這「觀棋柯爛」其實是兩個故事。第一個說某人策馬旅途之中，見到路旁有人下棋，下馬觀看，過了一會，忽然發覺馬鞭已爛，馬

亦成枯骨，回到家裏，親人鄰居已故，景物人面全非。另一個說有人入山伐木，見到幾個孩子在唱歌，他駐足觀看，到孩子唱完走了，這人才發覺斧柄（柯）已腐爛，回到家裏，原來已過了幾十年。

西方也有類似的故事，最出名的有美國作家歐文 Washington Irving（1783–1859）的短篇小說 *Rip Van Winkle*《李伯大夢》。故事以十八世紀末為背景，美國獨立戰爭前夕，李伯是荷蘭裔人，在紐約州東南部的卡茲基爾山 Catskill Mountain 山腳一條村莊居住，妻子終日嘮叨不休。某日，李伯帶着獵犬上山，遇到一班在玩撞球的長鬍子人。這些人居然知道李伯的名字，李伯一向樂天和善，沒有追問，還喝了這些人的酒，然後睡着了。他一覺醒來，發覺鬍子長了一呎有多，獵槍已生鏽，槍柄腐爛了，獵犬亦不知所蹤，他回到村莊，遇見的盡是陌生人。李伯對獨立戰爭和美國已獨立成為國家一無所知，幸有一個上了年紀的女人認得他就是失蹤多年的李伯，助他尋回家人。李伯的妻子已去世，兒女亦長大成人。原來他已在山裏一睡便是二十年。

Rip Van Winkle 指一個如在睡夢中，或者混沌不清醒的人，引伸為長時間對世事一無所知的人。名詞是 Rip-Van-Winkleism，意思過時的言論習慣，或者表達方式，就像李伯那樣。Rip-Van-Winkleish 是形容詞，即是仿似李伯。注意，不作人名用時，三字之間要加連字符號。

1   "Call our **Rip Van Winkle** this hour of the day? He's probably still sleeping."

　　「這時候打電話給我們的李伯？他多半仍在睡覺。」

2   His **Rip-Van-Winkleish** comments / **Rip-Van-Winkleism** surprised us all exceedingly.

　　他那些和現實發生的事嚴重脫節的評論／態度令大家感到非常詫異。

3   The new policy is described as **Rip-Van-Winkleism** by the media.

　　傳媒把那新政策形容為落後於形勢的夢想。

117 信天翁
ALBATROSS

　　《李伯大夢》的作者歐文被譽為美國文學之父，一八〇五年遊歷歐洲期間結識了寓居羅馬的美國畫家艾斯頓 Washington Allston（1779-1843），成為好友。翌年，英國詩人柯勒律治 Samuel Taylor Coleridge（1772-1834）亦到訪，和艾斯頓一見如故，艾斯頓為柯勒律治繪畫的肖像今天收藏在倫敦的國立美術館內。

　　柯勒律治健康很差，患有抑鬱和焦慮症，長期服食鴉片酊來鎮靜，晚年鴉片癮甚深。艾斯頓為他畫的肖像卻精神飽滿，一點也不像癮君子。柯勒律治是著名浪漫派詩人，代表作是一七九八年發表的 *The Rime of the Ancient Mariner*，中文有好幾個譯本，現較流行的是《古

舟子詠》。Rime 是霜或者白露，這裏與 rhyme「押韻詩」通；ancient 一般解作「古代」，這裏是「古稀」的意思，所以中國新月派詩人朱湘（1904-1933）把這首詩譯為《老舟子行》，其實較貼切；mariner「舟子」即是水手。這首詩結構嚴密，氣象恢宏，想像雄奇，大概講述一艘船被風吹到南極的冰封海域，幸好飛來一隻信天翁 albatross，引導這艘船脫險。可是舟子卻把信天翁射殺了，航船漂到赤道附近，船上的人受盡折磨，大家指責舟子，認為是他殺了帶來好運的信天翁才有這個報應，要他把信天翁的屍體掛在頸上，要他承擔後果。經過重重苦難及折磨，其他人都死了，剩下舟子，最後他徹悟，對海洋重新體會。船沉沒後舟子獲救，餘生到處漂泊，向人訴說他的故事。

歷來《古舟子詠》不乏研究者，理論有很多。信天翁 albatross 是大海鳥，生活在南半球，翅膀長而窄，極宜滑翔，可以長時間飛行。因為柯勒律治的這首詩，信天翁成為喻意無法磨滅的罪疚，引伸為沉重的負擔，引起憂慮的事物，或者無法擺脫的苦惱或障礙。通常用法是「頸上的信天翁（an albatross around the neck）」，也可以用 on 或者柯勒律治原文的 about。

例句 EXAMPLE SENTENCES

1 The debt is an **albatross** around the company's neck.
那債務是公司的沉重負擔。

2 The aging infrastructure will one day become an **albatross** for the city.
老化基建終有一天會成為那城市無法解決的問題。

3 Her ego is an **albatross** about her neck.
她無法擺脫自我的桎梏。

118 渡渡鳥
DODO

信天翁是鳥中的飛翔高手，有些禽鳥卻有翼不能飛，雞鴨之類是也。印度洋海島有一種奇特的大鳥，也是有翼但不能飛，而且早已絕種，雖然如此，這種鳥卻在英文裏留下一個常用詞，就是渡渡鳥dodo。

渡渡鳥原在非洲以東印度洋的毛里求斯島 Mauritius 棲息，十六世紀末被荷蘭人發現，大量獵殺後絕種。到了十九世紀下半葉，歐洲人開始研究渡渡鳥，從中更衍生出保護地球物種以免其消失這個概念。可是研究人員只能靠零碎的繪圖和一些不完整的標本來推斷，渡渡鳥基本上仍然是個謎。

渡渡鳥屬鴿科，有一米高，重十至十七公斤，看來就像一隻鵝，毛棕灰色，因為覓食容易，翅膀退化至不能飛翔。Dodo 估計是從荷蘭文 *dodaars*「肥屁股」轉過來的，也有人說是葡萄牙文，因為葡萄牙人亦曾踏足毛里求斯。渡渡鳥的研究頗哄動，尤其是當時正值達爾文 Charles Darwin（1809-1882）發表「物競天擇（natural selection）」理論，渡渡鳥之名於是流行起來。

英國作家卡羅爾 Lewis Carroll 在他一八六五年出版的《愛麗斯夢遊仙境》*Alice's Adventures in Wonderland* 便有一隻渡渡鳥。卡羅爾的真名是道奇森 Charles Lutwidge Dodgson（1832-1898），他這部作品是「荒誕文學（literary nonsense）」的經典，故事情節天馬行空，有時候匪夷所思，出人意表，內容大概講述小女孩愛麗斯 Alice 掉進兔子洞裏，到了一個與現實生活完全不同的世界：動物和物件會說話，語言互相矛盾，邏輯混亂，但荒唐之中自有秩序，雖然故事被歸類為兒童文學，對現實世界卻是很大的諷刺。《愛麗斯夢遊仙境》很受歡迎，

據說英國維多利亞女皇 Queen Victoria 也是粉絲。渡渡鳥 dodo 也因而更加有名。

渡渡鳥 dodo / dodo bird 在英文裏喻作落伍、愚蠢，或者遲鈍的人或組織。慣用語 dead as a / the dodo「像渡渡鳥那樣死翹翹」意思是完全過時，或者完全失效。

例句
EXAMPLE SENTENCES

1　The organization may be as dead as a **dodo**, but it still has an address.
那機構也許早已不再運作，但仍有會址。

2　"Don't waste your time on him. Can a **dodo** fly?"
「不要為他浪費時間。渡渡鳥會飛嗎？」

3　His small printing workshop is going the way of the **dodo** bird.
他的小型印刷工場將會像渡渡鳥一樣消失。

119 黨團賽跑
CAUCUS RACE

道奇森有口吃，據說他向人報上姓名時有時候會把姓氏說成「道一道一道奇森（"Do-Do-Dodgson"）」，所以他很喜歡「渡渡鳥（dodo）」這個名字，於是在故事裏安排了這樣一個角色。

《愛麗斯夢遊仙境》分十二章，第二章裏，愛麗斯大哭，眼淚氾濫成災，掉了一班動物進去，其中一隻便是渡渡鳥。到第三章，大家從

眼淚大水裏游上岸，渾身濕透，渡渡鳥提議來一次「黨團賽跑（caucus race）」來弄乾身體。方法是劃出一個範圍，一個圓圈之類，大家隨便站着，也不用號令開始，隨時跑隨時停，怎樣跑也可以，一切隨意。跑了半小時，渡渡鳥宣佈賽事結束。誰贏了？渡渡鳥說，大家都贏了，還問愛麗斯有些甚麼東西可作獎品。愛麗斯在裙子口袋找到些糖果乾果之類的零食，一一頒發給參賽者，派完了才發覺自己甚麼也沒有，幸好口袋裏有一個縫紉用的頂針，於是由渡渡鳥頒給她。

Caucus 一詞源自美國，通常譯作「黨團會議」。據記載，一七五〇年左右已有黨團會議這回事，即是美國立國前，原來是政黨商討策略的會議，其後指政黨內選出參加選舉者的大會，caucus race 便是有意參加選舉者在黨內爭取提名的競爭 race。傳到英國後，caucus 則指政黨核心成員見不得光的會議，目的在搞操控。有考證說，caucus 這個字來自印第安語 *cau-cau-a-su*，「長老」的意思，族中長老坐下商討，與政黨開會似乎意義差不多。

《愛麗斯夢遊仙境》是顛覆常理的故事，渡渡鳥大概聽過「黨團競爭」這回事，但不求甚解，以為就是賽跑 race，於是提議大家跑一次，老鼠、小鸚鵡、小鷹、愛麗斯等大伙兒也真的瘋瘋癲癲地跑起來。Caucus race 大多數的字典和辭書都不收錄，意思是浪費時間和氣力但沒有結果的活動，或者徒勞無功的兜圈子事情，亦引伸為所有牽涉其中的人都得益的事情或制度，就像愛麗斯把糖果零食頒給大家一樣。

例句 EXAMPLE SENTENCES

1 Their debate was a **caucus race** because everyone knew what the result would be.
他們的辯論是白費時間和精神，大家都知道將會有甚麼結果的了。

2 Fair trade is believed to be a **caucus race** for all parties involved.
公平貿易被認為是所有參與者都得益的制度。

3 It's a **caucus race** that we have to submit the forms for them to file away.
我們要遞交這些表格給他們歸檔是瞎折騰。

120 混合 PORTMANTEAU

一八七一年，卡羅爾出版了《愛麗斯夢遊仙境》的續篇《愛麗斯鏡中奇遇》*Alice Through the Looking-Glass*。這一次，愛麗斯走進鏡子裏的世界，發覺一切都倒過來，荒誕而滑稽。她來到園子裏（書裏說她浮下樓梯，再浮出外面），發覺花草樹木都會開口說話，然後遇見紅棋女皇，在小山丘上看到原來田野是一個大棋盤。愛麗斯很興奮，女皇對她說，她們現在處身棋盤的第二格，愛麗斯可以做白棋的卒子，只要她走到第八格便可以做女皇。於是愛麗斯便展開她的奇幻之旅。

《愛麗斯鏡中奇遇》也是分十二章，在第六章裏，愛麗斯遇到英國小孩無人不識的胖哥兒 Humpty Dumpty，一如童謠 "Humpty Dumpty sat on the wall" 描述般坐在牆頭。胖哥兒很不高興愛麗斯叫它做「蛋」，愛麗斯心裏嘀咕，雖然眼前的胖哥兒和人相似，但它仍然是一隻蛋。整個第六章都是胖哥兒和愛麗斯的有趣對話，胖哥兒教愛麗斯，每個字都有不同的意思，兩個意思合起來便是一個新字，就像旅行皮箱 portmanteau。胖哥兒拿一首童謠裏的一個字為例，把「柔軟 (lithe)」和「黏滑 (slimy)」混合加起來，便成為「柔黏 (slithy)」了。

就是這樣，卡羅爾為 portmanteau 下了一個新定義。這個詞原來是法文，由「攜帶 (*porte*)」和「斗篷 (*manteau*)」組成，指旅行用的皮箱，打開來是左右各一半，合起來便是一個；「混合字 (Portmanteau words)」) 便是如胖哥兒說的 "two meanings packed up into one word"。「打點行裝」便是 pack up，把兩個意思 pack up 為一個字，借用 portmanteau 再貼切不過。英文裏的混合字有很多，例如 breakfast 混合 lunch 成為 brunch；Chinese 混合 English 成為 Chinglish；Singaporean 混合 English 成為 Singlish。Portmanteau 作形容詞用時，引伸的意思是由不同用途或特點合成的，混合的。

例句
EXAMPLE SENTENCES

1　Her new book is a **portmanteau** novel of different elements.
她的新書是融合不同元素的小說。

2　They tried to include everything and came up with this **portmanteau** proposal.
他們盡量包羅萬有，於是得出這個混合建議。

3　"Smog" is a **portmanteau** (word) of "smoke" and "fog".
「煙霧 (霧霾)」是「煙」和「霧」的混合字。

121 胖哥兒
HUMPTY DUMPTY

愛麗斯初見胖哥兒 Humpty Dumpty 時，忍不住喊道：「真的像一隻蛋！」胖哥兒很不高興，覺得這是挑釁。愛麗斯不好意思地解釋說：「我是說你看來像一隻蛋。有些蛋是很漂亮的。」分手時，胖哥兒說就算將來重逢也可能認不到愛麗斯了，他覺得人的臉孔千篇一律，很難辨認，如果愛麗斯的雙眼在一邊，嘴巴在上面，那容易辨認得多了。

Humpty Dumpty 是一首十九世紀的英國童謠，有好幾個版本，較流行的是：

Humpty Dumpty sat on the wall	牆頭坐着胖哥兒
Humpty Dumpty had a great fall	狠狠摔個倒栽葱
All the king's horses and all the king's men	國王人馬傾巢出
Couldn't put Humpty together again	胖哥片碎拼無從

Humpty Dumpty 一般譯做「不倒翁」，也真的有蛋形不倒翁玩具，但胖哥兒是會倒的，從牆上摔下來跌個粉碎，就算國王所有人馬來了，也無法把碎成片片的胖哥兒拼回原狀。這首童謠原意是給孩子猜的謎語，謎底便是雞蛋，掉在地上碎了的雞蛋，當然無法還原。愛麗斯覺得坐在牆上搖搖欲墜太危險了，胖哥兒卻不以為然，還告訴愛麗斯，國王親口向它保證，萬一他真的摔下來（胖哥兒說不大可能），這時愛麗斯接口說，國王便會派遣他的人馬到來。胖哥兒馬上嚷起來，懷疑愛麗斯偷聽國王和他的對話。卡羅爾是拿這首童謠來尋開心。

有人考證說，這首童謠其實是影射理查三世 Richard III (1452-1485)，humpty 形容他駝背（humpbacked），dumpty 則笑他是廢物

（dump）；這完全是莎士比亞戲劇《理查三世》裏的形象！歷史學家已為這個苦命皇帝翻案，前幾年發掘到的骸骨亦證明他並非駝背，只是脊柱彎側。考證歸考證，Humpty Dumpty 在英文裏喻損壞了便無法修復的東西；失敗後無法翻身的人，或者危如累卵的事情，也指矮胖的人。H 和 D 應該大寫，但現在小寫愈來愈普遍。兩字之間加上連字符號也常見。

例句
EXAMPLE SENTENCES

1　A public image is as fragile as **Humpty Dumpty**; you can't put it together again once it falls.
公眾形象有如牆頭上的胖哥兒那樣脆弱，一摔倒便無法回復原狀。

2　They used explosive to demolish the building, collapsing it like **Humpty Dumpty**.
他們用炸藥拆卸那幢建築物，就像把胖哥兒推倒似的。

3　We don't think the **Humpty Dumpty** management can save the company.
我們不覺得那岌岌可危的管理層可以挽救公司。

122 哈哈笑
CHORTLE

　　胖哥兒說得出「混合字」portmanteau，卡羅爾當然要示範。《愛麗斯鏡中奇遇》第一章，愛麗斯走進鏡子裏，找到一本書，翻到一

首古怪詩，發覺原來要看着鏡子裏反過來的影像才讀得到。可是就算讀完了，愛麗斯仍然一頭霧水，只大概知道是「有人殺了某東西」"somebody killed something"。

這首古怪詩名 *Jabberwocky*，是卡羅爾的傑作，文字古古怪怪，很多混合字，例如胖哥兒向愛麗斯解釋的「柔黏」。*Jabberwocky* 是所謂「胡鬧詩 (nonsense verse)」，不少作家寫過，格律齊整，意思全無，只是文字遊戲，一般寫給孩子讀，但求好玩有趣，孩子大樂便成功。*Jabberwocky* 講述一頭叫做 jabberwock 的怪物，詩中說它有利齒和利爪，雙眼如噴火，當年《愛麗斯鏡中奇遇》的插圖則繪成似龍非龍，有雙翼和一條長尾的怪物。

有好幾位翻譯高手曾把這首胡鬧詩譯為中文，各有千秋。語言學家趙元任 (1892–1982) 則依着原詩顛三倒四的風格，譯 *Jabberwocky* 為「炸脖 X」，第三個是自創的字，字庫所無，唯有以 X 代之。反正胡鬧，在此不妨湊興譯為「桀魟噁龍」，自創怪字則不必了。*Jabberwocky* 全詩七段，桀魟噁龍被勇士殺死，第六段最後一句說勇士「開懷哈哈大笑」"He chortled in his joy"，趙元任譯為「他快活的啜個得兒的飛唉」。愛麗斯就算懂中文亦恐怕更加一頭霧水。

「哈哈大笑 (chortle)」便是卡羅爾創的混合字，由「吃吃笑／咯咯笑 (chuckle)」和「嗤笑／輕蔑狂笑 (snort)」兩字混合而成，通常指開懷大笑，是名詞也是形容詞。至於 jabberwocky，當然是指沒有意思或者顛三倒四的說話或文字，也可以指荒唐無稽的行為。

1 Not even a fake **chortle** was heard when he cracked the dry joke.

他說了個不好笑的笑話，連裝出來的哈哈大笑也聽不到一個。

2 The children **chortled** gleefully when the clown performed some funny tricks.

小丑表演了些有趣的小把戲，孩子快樂地哈哈大笑。

3 She was very depressed when Professor Lee commented her paper as **jabberwocky**.

李教授批評她的論文顛三倒四，令她非常沮喪。

123 吱吱叫
TWITTER

形容聲音的動詞有很多，chortle 是開懷哈哈大笑，常見的 twitter 是鳥兒般吱吱叫。Twitter 今天已成為社交網絡及微博客服務的品牌名稱，不用多解釋，這個字的歷史卻可以一談。很多人都說這個字是有「英國文學之父」美譽的喬叟 Geoffrey Chaucer（1343–1400）所創，其實頗堪商榷。

喬叟是文學家、哲學家和天文學家，做過官及在朝廷行走，曾出使法國，傳世之作是詩歌體短篇小說集《坎特伯雷故事集》*The Canterbury Tales*，內容是一班人在朝聖途中互相講故事解悶，藉着這些故事來反映當時社會狀況。喬叟是第一位以中古英文 Middle English 寫作的人，當時寫作用的語言不是拉丁文便是法文，所以他可以說是

承先啟後，是從中世紀文學過渡到文藝復興文學的關鍵人物。喬叟曾翻譯古羅馬政治家和哲學家波伊提斯 Boethius（480-542）的拉丁文著作《哲學的慰藉》*The Consolation of Philosophy*，在其中一段使用上 twitter 這個字。波伊提斯本來手握大權，因為想修補意大利西羅馬帝國與君士坦丁堡東羅馬的關係而樹敵，被誣陷下獄，最後被處死。

《哲學的慰藉》是波伊提斯坐牢期間寫的，是他與想像出來的哲學女史 Lady Philosophy 的對話，從牢獄之災反省一生，以及人事世情。全書分五卷，第三卷第二章有一段講述籠中鳥，喬叟的譯文是中古英文，轉為現代英文是 "the chattering bird...twitters..."，翻成中文是「啼囀雀……啁啾鳴……」。實話實說，喬叟可能是按記載最早使用這個字的人，但與他同代的其他作品裏也有這個字的蹤影，所以很難說 twitter 是他創出來的。

Twitter 可以作名詞或動詞用，意思是鳥兒啁啾，吱吱叫，或者唧唧喳喳地講話，絮絮叨叨不休，也可以是格格笑，甚至可以解作渾身顫抖。有一句慣用語 in a twitter 或者 all of a twitter，意思是緊張或者忙亂的意思。

例句
EXAMPLE SENTENCES

1 Her parents are in a **twitter** over her wedding.
父母為了她的婚禮緊張得不得了。

2 The poor kid was wet to the skin and **twittered** in the rain.
那可憐的孩子渾身濕透，在雨中顫抖。

3 The speaker was annoyed by the faint **twittering** in the audience.
聽眾有人低聲吱吱喳喳令講者感到不快。

124 科學怪人
FRANKENSTEIN

《古舟子詠》的作者柯勒律治 Samuel Taylor Coleridge 有一位好朋友戈德溫 William Godwin（1756-1836），是記者和作家，也是無神論者，一生提倡無政府主義。柯勒律治後來與他因政見不合而分道揚鑣，但君子之交，友誼仍在。

戈德溫有一個女兒瑪麗 Mary，後來嫁了給英國大詩人雪萊 Percy Bysshe Shelley（1792-1822），也就是名作家瑪麗‧雪萊 Mary Shelley（1797-1851）。瑪麗童年時，有一次柯勒律治到她家作客，還朗誦了《古舟子詠》，她躲在沙發背後聽得手心冒汗，印象畢生難忘。瑪麗、雪萊曾經和幾個好朋友結伴遊歷歐洲，其中一人是大名鼎鼎的拜倫 Lord Byron（1788-1824），三人相約比賽，看誰最先寫出一部恐怖小說，結果瑪麗贏了，寫了著名的《科學怪人》*Frankenstein*，一八一八年出版。這部小說副題名為《現代普羅米修斯》*The Modern Prometheus*，普羅米修斯是希臘神話裏用水和泥造人的天神，《科學怪人》的主角法蘭肯斯坦 Victor Frankenstein 則以科學方法造出一個八呎高的怪物 monster，釀成連串悲劇。法蘭肯斯坦悔疚之下，決意追殺他製造出來的怪物，可惜在冰天雪地中染上肺炎，筋疲力盡而逝。怪物最後出現，向敘述整個故事的船長傾訴，承認罪孽，但它是人造出來作孽的，它更無辜，只有一死才可了結痛苦。怪物說完，越窗而出，沒入波濤，消失在黑暗中。

Frankenstein 是造怪物的科學家，但一般都當作是科學怪人。其實科學怪人沒有名字，書中只稱它為怪物、鬼怪、惡魔、妖魔。瑪麗曾經到訪德國西南部的達姆施塔特市 Darmstadt，市郊有一座古堡 Frankenstein Castle，相傳從前有煉金師在堡內用死屍做實驗，

瑪麗的靈感據說便從中而來。Frankenstein 現在可比喻作製造出來的可怕事物，或者危及甚至毀滅其創造者的東西。使用時可單用一字 Frankenstein，也可以說 Frankenstein's monster 或者 Frankenstein monster，「法蘭肯斯坦的怪物」。F 大寫。

例句
EXAMPLE SENTENCES

1　People don't like the new building and call it architectural **Frankenstein**.
人們不喜歡那座新大樓，稱之為建築怪物。

2　They are concerned that nuclear energy will one day become a **Frankenstein's monster**.
他們擔心核能終有一天會成為反噬的惡魔。

3　Genome engineering if unharnessed will inexorably evolve into a **Frankenstein monster**.
基因工程如不受約束便勢難避免演變成反過來害人的妖怪。

125 玀僕
ROBOTS

　　瑪麗・雪萊的「科學怪人」有血有肉，有思想感情，只是模樣駭人，最後還懂得自盡以消罪孽。如果有一種仿製人，外貌和真人一模一樣，最後把製造它們出來的人類殺光，統治世界，那才更加可怕，幸好只是文學作品的情節。

　　統治世界的仿製人是捷克作家恰彼克 Karel Čapek (1890-1938)

大膽想像出來的戲劇情節。恰彼克曾七度獲提名諾貝爾文學獎，可惜始終和諾獎無緣，不過捷克筆會 Czechoslovak PEN Club 則隔年頒一個「恰彼克獎 (Karel Čapek Prize)」，以紀念這位傑出的文學家。一九二一年，恰彼克發表了著名戲劇《羅森萬用機械人》*Rossum's Universal Robots*，用了 robots 這個字作為仿製人的名稱，在此姑且譯為「玀僕」。劇情大概說，羅森 Rossum 是發明玀僕的科學家，他本來只研究製造動物，卻被野心的姪兒拿來發大財，設立工廠，大量生產玀僕作為廉價勞工。誰知玀僕愈來愈多，終於造反，殺光人類，統治世界。唯一倖存的人類是工廠的總工程師，因為製造玀僕的方程式已毀，玀僕要工程師重新把它研究出來。劇終時，工程師有意為難玀僕，提出要解剖主角的一男一女兩個玀僕其中一人，以仔細研究。兩人原來已發展出人類的感情，相愛甚深，甘願犧牲自己，要求工程師放過愛侶。工程師當下惘然，如果是這樣，這些機械人和人類有甚麼分別呢？

Robots 今天都籠統譯作「機械人」，可以只是一組機器，也可以有人類的面貌形態，即所謂 android，恰彼克筆下的「玀僕 (robots)」便是這種仿製人。Robot 這個字源自斯拉夫語的 *robota*，指封建制度裏被勞役的農民。恰彼克不是 robot 的原創者，他很君子，表明是他兄弟約瑟夫 Josef Čapek 建議用這個字的。

Robot 也指自動控制的裝置，引伸為行動呆板的人。Robotic 是形容詞，引伸為如機械人般僵硬的，無感情的；Robotics 則是名詞，指機械人學，或者機械人技術。

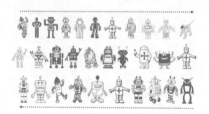

1　He kept on echoing the company's stance like **a robot** at the press conference.
他在記者招待會上像機械人般不斷重複公司的立場。

2　An industrial **robot** is an automation system used for manufacturing.
工業機械人是用作生產的自動化系統。

3　Reporters could get nothing from his **robotic** responses.
他的反應有如機械人，記者甚麼消息也得不到。

126 化身博士
JEKYLL AND HYDE

　　科學怪人也好，獼僕或者機械人也好，都是人製造出來的，不受創造者控制的時候便很危險。如果有一種藥，吃了會變成另一個人，根本無法自制，那便更加可怕了。文學家想像力豐富，也真的有這樣一部小說《化身博士》*Strange Case of Dr Jekyll and Mr Hyde*，是著名作家斯蒂文森 Robert Louis Stevenson（1850–1894）的傑作。

　　斯蒂文森是蘇格蘭人，著作豐富，作品如《金銀島》*Treasure Islands*、《綁架》*Kidnapped* 差不多是中學課程的指定讀物，外文譯本亦甚多。《化身博士》講述吉基爾醫生 Dr. Henry Jekyll 的悲劇。吉基爾除了醫科畢業外，還有法學博士學位 LLD，中文書名把 Dr. Jekyll 的 Doctor 譯作「博士」雖然亦無不可，其實不太貼切，因為吉基爾的

悲劇源於他的醫學知識，與他的法律學無關。吉基爾五十歲左右，是位溫文紳士，承繼了大筆遺產，自己亦事業有成，頗有社會地位。可是他內心裏有黑暗的一面，一種蠢動的慾望，書中隱晦地說他做了一些不光彩的事，為了壓抑這種慾望，他調製了一種藥劑，誰知道服後卻變了另一個人，便是兇殘冷酷的海德 Edward Hyde。海德是吉基爾內心黑暗一面的化身，滿足了吉基爾的慾望，卻令回復原狀的吉基爾感到很不安，在變身與不變身的選擇中猶豫。百上加斤的是情況逐漸失控，吉基爾睡覺中會變成海德，在公園裏坐着也變，還成為殺人惡魔，變身亦愈來愈頻密，藥劑更開始失效。吉基爾很擔心終會有一天變成海德後無法回復原狀，他寫下長長的遺書，交代了整件事，並解釋問題可能出在最初藥劑的某種化合物（原文是 salt）不夠純淨，後來調製用的化合物因為純淨，反而令藥劑失效。吉基爾的朋友最後破門進入實驗室，看到海德穿着吉基爾的衣服，已自殺死了。

「吉基爾與海德（Jekyll and Hyde）」便是雙重人格的人，或者兩種性格交替出現的人。兩個名字之間加連字號，Jekyll-Hyde，便是形容詞。

例句
EXAMPLE SENTENCES

1　He leads an almost **Jekyll and Hyde** life – by day he's a
　　school teacher, by night he's a bartender.
　　他過的可算是雙重生活─白天是學校老師，晚上是酒保。

2　Her boss can be **Jekyll** one day but **Hyde** the other.
　　她的老闆可以時而和藹可親時而極難相處。

3　"Hurry, Professor Simons is **Dr. Jekyll** today!"
　　「快，西門教授今天是大好人！」

127 小飛俠
PETER PAN

　　斯蒂文森 Robert Louis Stevenson 譽滿天下，但一生被肺病困擾，英國寒冷潮濕的天氣令他受不了。一八九〇年，他舉家遷到太平洋薩摩亞羣島 Samoa 其中一個海島定居，四年後去世。在海島居住的那幾年內，他和英國一位作家書信來往不綴，但二人從未謀面，只是魚雁論交，這位作家便是創作小飛俠傳奇的巴里 Sir James Matthew Barrie（1860-1937）。

　　巴里也是蘇格蘭人，成名作是到今天仍非常受歡迎的《小飛俠》Peter Pan。巴里曾任英國作家協會主席，一九一三年獲英皇封爵，他在遺囑裏把小飛俠故事版權的所有收益都捐了給倫敦的一間兒童醫院，這間醫院到今天仍受其惠澤。小飛俠 Peter Pan 原本是巴里另一部小說內其中一個小孩角色，巴里以他做主角寫了一齣舞台劇《彼德潘──不會長大的男孩》Peter Pan; or the Boy Who Wouldn't Grow Up，一九〇四年上演，大受歡迎。他於是把劇情發揮，寫成一九一一年出版的《彼德潘與溫蒂》Peter Pan and Wendy，即是小說《小飛俠》Peter Pan 的原裝版本。溫蒂是女主角，十一二歲的年紀，和兩個弟弟隨小飛俠去到「永不島（Neverland）」，島上住的是以小飛俠為領袖的二十多個「迷失男孩（Lost Boys）」。他們遇到很多有趣的人物，驚險刺激的經歷接二連三而來，最後溫蒂和弟弟要回家，但大家捨不得分開，溫蒂提議所有人都到她家作客。大伙兒來到溫蒂的家，溫蒂的母親收養了所有迷失男孩，小飛俠彼德潘不要長大，當然拒絕，但答應會回來探望溫蒂。

　　彼德潘幾乎集所有令人頭疼的男孩所為於一身：粗心大意、好吹噓、自以為是、甚麼也滿不在乎、膽大妄為、好暴力而有點沒心肝。長不大的成年人，或者成年人而有彼德潘這些性格的，都可以叫做「彼

德潘」、「小飛俠」，其實帶點貶義。有一種所謂「彼德潘綜合症 (Peter-Pan Syndrome)」的心理病，指成年人在心理上的成長障礙，患者可以稱為 Peter Panner，但正統醫學對這個症狀仍有不少爭議。

例句
EXAMPLE SENTENCES

1　She is fed up with her **Peter Pan** boyfriend.
　　她受夠她那彼德潘男友了。

2　"You're not Wendy, and I'm not **Peter Pan**," he said to her.
　　「你不是溫蒂，我也不是彼德潘。」他對她說。

3　Nobody can do anything with him; he is such a **Peter Pan**.
　　誰也拿他沒辦法，他是這樣的永遠長不大。

128 白羽毛
WHITE FEATHERS

　　巴里沒有着墨太多描寫小飛俠彼德潘的外貌衣着，今天深入人心的小飛俠形象是一九五三年的迪士尼動畫塑造出來的，動畫師把小飛俠畫成穿着淺綠衣深綠褲，還配了一頂左側插了一根紅羽毛的軟帽子。這頂小飛俠帽後來被隨意配搭，羽毛顏色悉隨尊便，總之不是白色的便可以，因為白羽毛是懦夫的象徵。英國作家梅森 Alfred Edward Woodley Mason（1865–1948）便以白羽毛為主題，寫了一部小說。

　　梅森曾任演員和板球員，後來執筆寫作，發表了二十多部小說，其中最有名的是一九〇一年的《四根羽毛》*The Four Feathers*，曾被多次改編成電影、電視劇和舞台劇。故事以十九世紀末英國在蘇丹的

戰爭為背景，主角哈里 Harry 生於軍人世家，父親是將軍，曾參與十九世紀中的克里米亞戰爭 Crimean War，從來視馬革裹屍是理所當然的事，亦殷切期望哈里能光大門楣。哈里的母親早逝，他自幼便聽父親和昔日同袍緬懷戰場上的歲月，但他最難忘是為軍人所不恥的逃兵的故事。哈里長大後按家族傳統參軍，可是在出發往蘇丹參戰前夕，他申請退伍。其實哈里一直在掙扎，他害怕自己會臨陣退縮，但沒有母親可以傾訴，父親不會明白，他唯有選擇退出。哈里成為眾矢之的，三個同袍好友恥與為伍，送了三根白羽毛給他以作羞辱，連未婚妻也不諒解，從扇子上摘下第四根白羽毛給他。決心洗脫恥辱的哈里潛入蘇丹，用了六年時間，以英勇行為證明自己並非懦夫。

　　白羽毛象徵懦夫據說源自鬥雞，尾巴有白羽毛的雞都不善鬥。英文慣用語會說「展示白羽毛」to show the white feather 以喻示弱，或表現懦弱，引伸為氣餒。第一次世界大戰時，英國有一個「白羽毛運動 (White Feather Movement)」，目的在刺激男子漢上戰場，不肯入伍者會收到白羽毛。不過白羽毛在其他地方和文化則可能另有意思，不可一概而論。

例句
EXAMPLE SENTENCES

1 The work is difficult indeed, but you must not show the **white feather**.
工作不錯很難，但你不可退縮。

2 He had boasted a lot about his karate, but he showed the **white feather** in front of the thugs last night.
他曾經大吹大擂自己的空手道了得，昨晚面對那些惡棍時卻表現懦弱。

3 The old soldier had never shown the **white feather**.
那老兵從來不會臨陣膽怯。

129 要人條例
CATCH 22

　　軍人亦血肉之軀，貪生怕死人之常情，自古以來，怕死軍人逃避上陣的方法應該有很多。有位美國作家創作了一部小說，把軍人面對戰爭的百態描寫得可算別出心裁。

　　小說是一九六一年出版的 *Catch 22*，作者是海勒 Joseph Heller（1923–1999）。海勒第二次世界大戰時曾參軍，戰後取得碩士學位，在大學教寫作，自己也勤於執筆，以這部黑色幽默小說成名。*Catch 22* 講述第二次世界大戰時，駐守地中海的美國空軍中隊指揮官只想升官，不理下屬死活。按規例，官兵飛行任務完成指定數目便可以退役，但指揮官不斷增加任務數目，基地怨聲載道。主角尤薩里安 Yossarian 是 B-25 轟炸機的投彈手，想盡辦法逃避飛行任務，與他同營帳的機師奧爾 Orr 也真的快要瘋了。第五章裏，尤薩里安問唯利是圖的軍醫丹尼卡 Daneeka，奧爾可不可以停飛，丹尼卡回答說當然可以，但奧爾要自己問他，不過問了還是要飛。尤薩里安問丹尼卡：「你意思是有蹊蹺？」"You mean there is a catch?" 這裏的 catch，按《韋氏國際辭典》*Webster's International Dictionary* 解釋，大意是「令不為意者措手不及的詭辯」。丹尼卡接着說，證明到自己是瘋子便可以停飛，不過可以證明自己是瘋子即是沒有瘋，那便得繼續飛行，但只有瘋子才會繼續飛行。丹尼卡還順口胡謅這是 Catch 22，竟然成為條例了。至於 22 這個數字，海勒和出版社改了又改才選定，其實亦扣上第十七和十八章的情節。那兩章裏，尤薩里安裝病，躲進醫院，自稱視力有問題，看到的影像會出現兩次 "saw everything twice"，醫生舉起兩隻手指問他，他答對了，醫生接着一隻手指也不舉起，再問他，他還是答兩隻。兩個二並排便是二十二了。

現在普遍都把 Catch 22 譯為「軍法二十二條」，其實不妨譯為「蹊蹺法二十二條」。以下舉幾個 Catch 22 的例子。C 大小寫都可以，加上連字符號亦可。

1　He can't hire people to start the project without funding, but if he wants to start the project, he has to hire people in the first place. It is **catch 22**.
沒有資助他請不到人展開計劃，但他要展開計劃首先要請到人工作，令人為難。

2　In that city if you want to get employed, you must provide an authentic address, but you can't rent a place unless you are employed. It is **Catch 22**.
你要在那城市找到工作，得要提供合法的住址，但你沒有工作根本租不到地方，真是進退兩難。

3　"You can't get a job. You have no experience."
"If I don't have a job, how can I get experience?"
"It is a **Catch-22** situation."
「你找不到工作的。你沒有經驗。」
「如果我沒有工作，怎會有經驗。」
「是左右為難的情況。」

130 自由騎士
FREELANCE

Catch 22 是嬉笑怒罵的反戰小說，書中人物都瘋瘋癲癲，面世後極受歡迎，西方經典文學裏，以金戈鐵馬作主題的有很多，主角當然都是大英雄，不會是尤薩里安之類的人物。

英國文學有一部著名歷史小說《撒克遜劫後英雄傳》*Ivanhoe*，一八二〇年出版，曾被改編成電影和電視劇。這部長篇小說的作者是司各特 Sir Walter Scott（1771-1832），蘇格蘭詩人、劇作家、小說家和歷史學家。司各特是浪漫主義運動 Romanticism 的先驅，雖然他的作品今天有點不合潮流，但他的風格和創新精神對英美文學影響深遠。

《撒克遜劫後英雄傳》講述的是傳統家國情仇故事，以十二世紀末獅心王理查一世 Richard I 的朝代為背景。當時法國北部的諾曼人 Normans 在英國勢力龐大，連皇室也有諾曼血統，本土的盎格魯─撒克遜 Anglo-Saxon 人受盡壓迫，兩族人水火不容。主角艾凡豪 Wilfred of Ivanhoe 是撒克遜貴族，卻忠於理查一世，還追隨他領導的十字軍，父親一怒之下和他斷絕關係。理查的十字軍戰事並不順利，回國途中傳出被擄的消息。後來當然父子冰釋前嫌，理查回國，可惜未幾意外身亡，艾凡豪則與愛侶遠走他鄉。故事中有多位騎士 knights 人物，這些騎士很多都是僱傭兵，其中有一位莫理斯 Maurice de Bracy，是一班僱傭兵的首領，自言曾向理查毛遂自薦，但不獲僱用，「我向理查表示我手下的自由騎士可以效勞，但他拒絕了」"I offered Richard the service of my Free Lances, but he refused"。這裏的 Lances 是長矛，是騎士的主要武器，比喻為騎士，Free Lances 便是不效忠任何人，可以自由接受僱用的騎士。Free Lance 演變到今天是自由職業的意思。

Free Lance 這個詞其實早已有之，不過司各特名氣大，作品受歡

迎，所以很多人都說是他創的。現在通常都兩字合拼為 freelance，是名詞，也可作動詞或形容詞用。從事自由職業的人是 freelancer。

例句
EXAMPLE SENTENCES

1 Thomas was injured when working as a **freelance** photo journalist in Syria.
譚馬士以自由新聞攝影師身份在敘利亞工作時受了傷。

2 She has been writing **freelance** for several journals since 2015.
她自二〇一五年起便為幾本刊物自由撰稿。

3 It's not that easy to maintain a steady income for a **freelancer**.
自由職業者很難有穩定收入。

131 明目張膽
BLATANT

騎士為錢賣命而做僱傭兵，其實有違標榜高尚情操的騎士精神。歐洲騎士階層最興盛是十一世紀開始的十字軍時期，二三百年間打着宗教旗號，攻城掠地，屠殺異教徒，作孽不淺。由騎士而有中世紀出現的「騎士文學 (chivalric romance)」，其中最膾炙人口的莫過於阿瑟王與圓桌武士的故事。英國大詩人斯賓塞 Edmund Spenser (1552-1599) 有一首名作，主角便是傳統歐洲騎士。

斯賓塞家境普通，寒窗苦讀，對詩歌與語文尤其用心，其後在劍橋大學半工半讀，一五七三年畢業。他被譽為文藝復興時期的最偉大詩人，是喬叟 Chaucer 以來的英國詩壇泰斗，去世後下葬西敏寺，

與喬叟為鄰。斯賓塞的詩作格律嚴謹，詞藻典雅，內涵豐富而情感細膩，一洗英詩的頹風，對浪漫派詩人影響極大。他的長篇諷喻史詩《仙后》*The Faerie Queene* (The Fairy Queen) 揉合宗教、道德與政治，被譽為英國文學瑰寶，所創的格律稱為「斯賓塞分節 (Spenserian Stanza)」。斯賓塞構思的《仙后》是十二大本，每本講述一位騎士的傳奇，每位騎士都表現不同的高貴品德，可惜他寫到第七本不及一半便擱筆，未幾去世，所以《仙后》是未完成的作品。「仙后」是「仙境 (Faerie Land)」的統治者，騎士都向她効忠，評論者大多數認為斯賓塞是憑詩以取悅女皇伊利莎白一世 Elizabeth I，女皇亦果然聖顏大悅，賞賜不在話下。第五本第十二章，也是最後一章，騎士阿特戈爾 Artegall 奉召入朝，途中被兩個妖婦妒忌 Envy 和詆毀 Detraction 放一隻「吥吥叫的野獸 (blatant beast)」襲擊他，被他的同伴泰洛斯 Talus 殺退了。

這 blatant beast 有一百根舌頭，喻意妒忌和詆毀都以言語傷害人。Blatant 是斯賓塞創的形容詞，指野獸吼叫的聲音，演變到今天，解作吵嚷的，喧鬧的，或者炫目的，刺眼的，引伸為毫不忌諱的，公然的，明顯的，或者明目張膽。名詞是 blatancy，助動詞是 blatantly。

例句
EXAMPLE SENTENCES

1 It will be a **blatant** lie to say that you are not involved in the matter.
你說自己和事情無關是個彌天大謊話。

2 It's **blatantly** obvious that he will run for the chairmanship.
他將會競逐主席之位已明顯不過。

3 The **blatancy** outside woke him up.
外面的喧嚷吵醒了他。

132 美善信徒
PANGLOSS

司各特 (Sir Walter Scott) 是「浪漫主義 (Romanticism)」先驅，「浪漫主義」是十八世紀末在歐洲出現的文化、文學和藝術思潮，推崇主觀感受，主張抒發內心感覺，着重大自然之美，對較早的「啟蒙運動 (Enlightenment)」頗有意見。啟蒙運動較浪漫主義早大約一百年，提倡客觀知識和理性思考，主張打破傳統和宗教的束縛，是西方文化擺脫蒙昧的重要階段。啟蒙運動有不少傑出人物，表表者有伏爾泰 Voltaire (1694−1778)。

伏爾泰是筆名，這位法國哲學家的真名是 François-Marie Arouet，他大力批評教會，對當時經教士傳入歐洲的儒家哲學推崇備至，非常欽佩孔子，認為歐洲文化應向儒家思想借鑑。他有一部代表作諷刺小說《老實人》，一七五九年出版，書中主角甘迪德 Candide 是私生子，長於貴族之家，深受家庭教師潘格羅斯教授 Professor Pangloss 影響。潘格羅斯是德國哲學家萊布尼茲 Gottfried Wilhelm von Leibniz (1646−1716) 的信徒，對世事人情樂觀得近乎盲目，認為「世界已經盡善盡美」"Best of all possible worlds"，「萬物皆至善」"All is for the best"。甘迪德暗戀表妹，愛情正要萌芽，卻被男爵舅舅逐出家門，從此流浪天涯。他漂洋到了南美洲，再回到歐洲，經歷種種折磨苦難，看盡人間醜惡，最後和教授與變得醜如夜叉的表妹重逢。甘迪德在君士坦丁堡 Constantinople，即今天的伊斯坦布爾 Istanbul，盡罄所有買了一個小農莊定居，還娶了表妹為妻。教授雖然也是歷劫生死，但樂觀不減，仍然堅信世界的美善。有一天，甘迪德遇到一個土耳其人，自言勤勞工作，自食其力，所以沉悶 boredom、邪行 vice 和貧窮 poverty 這三惡不能近他。甘迪德大徹大悟，美善原來就在自己手中。

Pangloss 便是過份樂觀者的代名詞。Panglossian 是形容詞，也可以是名詞，指像 Pangloss 的人。Panglossism 是過份樂觀主義。P 大小寫也可以。

例句
EXAMPLE SENTENCES

1 Investors must be careful when **Panglossism** prevails.
盲目樂觀主義盛行時投資者便得小心。

2 A **pangloss** as she is, Lai Ming never loses faith.
麗明是個樂觀得無可救藥的人，從來不會失去信心。

3 Do you think we can pull through with his kind of **Panglossian** thinking?
你覺得以他這種過份樂觀的想法我們可以渡過難關嗎？

133 不文怪傑
RABELAIS

十七世紀末的啟蒙運動好比打開了窗戶，引進清風，更早始於十四世紀的文藝復興 Renaissance 則有如拉開窗帷，屋外景色可見。文藝復興是思想文化運動，始於意大利，席捲歐洲，二百年間非凡人物不少，不可不認識的是怪傑拉伯雷 François Rabelais（1494-1553）。

拉伯雷是法國人，年輕時是芳濟各會 Franciscan 修士，精研希臘文和拉丁文，亦勤習科學、哲學和法學，後來轉入本篤會 Benedictine，最終還俗，入大學讀醫科，畢業後行醫濟世，餘暇執筆寫作。一五三二

年，拉伯雷以筆名發表《龐大固埃傳》*Pantagruel King of the Dipsodes*，內容嬉笑怒罵，荒唐滑稽，把當時的教會和教育制度挖苦得大快人心。這部小說的靈感來自流行的通俗民間傳奇，雖然結構鬆散，卻大受歡迎。拉伯雷接着寫了《龐大固埃傳》的前傳，塑造龐大固埃的父親高康大 Gargantua，後來更發展成一套五卷的《巨人傳》*The Life of Pantagruel and Gargantua*。也是意料之中，批評之聲此起彼湧，教會和當時勢力極大的索邦神學院 Sorbonne 視之為離經叛道的異端邪說。幸好貝雷主教 Cardinal Bellay 是他的病人兼好友，貝雷家族在政治上舉足輕重，有主教的支持，他才可以繼續寫作出版。

拉伯雷和很多文藝復興時期的文人一樣，文理兼通，博學通識，不過他筆下則冷嘲熱諷，荒謬諧謔，不避俚俗，鄙陋不文，下流笑話不少，露骨雙關語常見，最多罵人的粗言穢語，但讀者捧腹之餘，仔細咀嚼，卻不難看到嚴肅豐富的諷喻內涵。拉伯雷是文藝復興的怪傑，備受後世推崇，不喜歡他的人還是有的，《動物農莊》*Animal Farm* 和《一九八四》*1984* 的作者奧威爾 George Orwell（1903-1950）便批評他「非常變態，是令人毛骨悚然的作家，可作心理分析的個案」。

從 Rabelais 的名字得出 Rabelaisian 這個形容詞，意思是像拉伯雷文風的，引伸為粗野諧趣的，或者尖刻諷刺的。Rabelaisian 也可以是名詞，指崇拜拉伯雷的人，或者拉伯雷的模仿者。Rabelaisianism 是名詞，即拉伯雷風格。R 通常大寫。

1 The speaker's **Rabelaisian** humour brought down the house.
講者的拉伯雷式幽默令全場絕倒。

2 It seems that his **Rabelaisian** style of writing has not really been appreciated.
看來他的粗野不文寫作風格不大受讀者欣賞。

3 He calls himself an advocate of **Rabelaisianism**, but his are sick jokes.
他自稱提倡拉伯雷風格，但他說的都是令人噁心的下流笑話。

134 大胃巨人
GARGANTUA

《巨人傳》*The Life of Gargantua and Pantagruel*（原來的書名甚長，從略）一共五卷，只有卷一是講述高康大 Gargantua 的故事，卷二他是大配角，卷三曇花一現，最後兩卷影蹤全無，如前文所述，拉伯雷是發表龐大固埃在先，創作高康大於後。

高康大的父親是王爺高朗古杰 Grandgousier，脾氣好，愛喝酒，重享受。妻子生產時痛不欲生，他在旁打氣，說快點生完，再生一個，妻子氣得說要把他閹割了，原文非常逗笑，不贅。高康大結果穿過母親腹部，從左耳鑽出來，所有嬰兒甫下地都大哭，高康大卻大喊「喝的、喝的、喝的」"some drink, some drink, some drink"。襁褓中的高康大食量驚人，差不多二千頭牛產的奶才餵得飽。他很少哭啼，因為他一開始吵鬧，只要給他喝點酒便馬上靜下來，所以他一聽到酒壺

酒杯聲便興奮。高康大天賦異稟，未懂人事，對保姆已經不規矩，那些女子也不客氣，以調笑他為樂，原文太露骨，不好說。

高康大長大後去巴黎讀書，走在街上時，萬人空巷來看奇景，擠得水洩不通，他氣惱之下撒了一大泡尿，淹死了不少巴黎人。後來高朗古杰治下子民和鄰邦人有糾紛，他本想息事寧人，但對方拒絕，還揮軍進攻，幸好在約翰修士 Friar John 協助下，高康大領兵打敗了敵人。高朗古杰很高興，所有人都有獎賞，更贊助約翰修士建一座一反傳統的修院，男僧女尼共處，有女傭服侍，但樣子不好看者免問，還列明恕不接待的諸色訪客，例如偽君子、小器鬼、頑固老朽，以及好管閒事的法官等等。建築修院時，工地上掘出一首像謎語的預言詩，高康大認為是上天所賜，訓勉世人以上主為依歸，修養品德，行善積福。約翰修士卻不以為然，按他的解釋，這首詩不過是指人生好比打網球賽，一場下來，有輸有贏，贏的當然高興，輸的不必介懷，其實大家都開心，休息後便可以再來一場。

Gargantua 可解作龐然大物，或者食量和酒量大的人，形容詞是 Gargantuan，巨人，龐大的意思。G 大小寫也可以。

例句
EXAMPLE SENTENCES

1 You have to prepare more food, he has a **gargantuan** appetite.
你要預備多點食物，他的胃口大得驚人。

2 The **gargantuan** oil tanker sailed through the channel, guided by the pilot boat.
那艘龐然巨大的運油輪在領航船引導下駛過海峽。

3 Scientists are trying to find out the age of the glacial **Gargantua**.
科學家在嘗試找出那巨大冰川形成了多少年。

135 野巨人
PANTAGRUEL

《巨人傳》共五卷，最早發表的是單行冊《龐大固埃傳》*Pantagruel King of the Dipsodes*，一五三二年出版，第五冊面世時已是一五六四年，拉伯雷去世十一年，墓木已拱。有研究者認為第五卷疑點甚多，很可能是拼湊出來，並非完全拉伯雷手筆。拉伯雷在卷一的序言說，這部小說沒有甚麼微言大義，但不會害人，看官讀得開心即可，「蓋宜人者，一笑也」"Because to laugh is proper to the man"。

龐大固埃 Pantagruel 的人生是「吃喝玩樂」"eat, drink and be merry"。龐大固埃的出生更神奇，從他母親肚皮出來的首先是馱着鹽和火腿、鹹魚等食物的騾隊和駱駝隊，然後才是混身是毛的龐大固埃，怪不得母親會一命嗚呼。高康大以希臘文給兒子取名，*Panta* 是「所有」，*gruel* 是「乾渴」，因為當時全世界都鬧旱災。

龐大固埃有一個浪蕩子好友巴汝奇 Panurge，詭計多端但為人怯懦。巴汝奇想娶老婆，到處問人意見，所有人都認為無謂自尋煩惱，這也是終身不娶的拉伯雷夫子自道。為求答案，龐大固埃和巴汝奇夥同幾個朋友出海求「聖瓶神喻 (Oracle of the Holy Bottle)」，卷四和卷五便是他們的海上奇遇，有點像中國的《鏡花緣》，更像希臘神話英雄奧德修斯 Odysseus 的歷險，只是滑稽化了。一行人最後去到「燈籠國 (Lantern-Land)」，走進宏偉的地下聖殿，巴汝奇喝下如酒的聖泉水，神喻只得莫名其妙的一個字 *trinc*，即是「喝」。巴汝奇茅塞頓開，決意娶妻，亦決意此後杯莫停酒到乾。他們臨走時要奉獻點錢，女祭師卻說，在他們的國度，至善境界「不在取受，乃在施與」"not in taking and receiving, but in bestowing and giving"。《巨人傳》的結局想不到是這樣的一本正經。

從 Pantagruel 的名字衍生出形容詞 Pantagruelian，意思是巨大的，或者以粗野戲謔看待世事人情的人。Pantagruelism 是名詞，龐大固埃作風或思想的意思。P 大小寫也可以。

例句
EXAMPLE SENTENCES

1　A lot of food was wasted in that **Pantagruelian** banquet.
那場鋪張盛宴浪費了很多食物。

2　His poor health resulted from a **pantagruelian** style of living.
他身體不好是過度吃喝玩樂的生活方式所致。

3　His new book is a brilliant political satire disguised in **Pantagruelism**.
他的新書是以粗野諧趣作包裝的政治諷刺傑作。

136 和平使者
DOVES

《巨人傳》卷二談到龐大固埃 Pantagruel 的先祖赫得利 Hurtali，說上古大洪水時，赫得利身型太大了，挪亞方舟 Noah's ark 容不下，他唯有騎在方舟上，就像小孩子騎木馬一樣，衝濤乘流。也多虧赫得利，方舟在洪水中穩定漂流。

挪亞造方舟的故事經由基督教文化 Christianity 傳播了幾千年，故事說，基督教的上帝為了懲罰腐敗的人類，以洪水淹沒大地，事前命挪亞 Noah 造一艘船，把陸上各種動物存在船上。挪亞造的船像一個長方形的箱子，中文譯為「方舟」。歷代都有人搜索方舟遺跡，近代更

用上各種科學方法，可惜仍是 a wild goose chase。

挪亞方舟的故事可追溯至公元前十八至六世紀的巴比倫帝國 Babylon，傳至猶太人的希伯來 Hebrew 文化，再傳至基督教以及伊斯蘭教文化。故事還說，洪水開始退卻時，挪亞放一隻鴿子出去，黃昏時鴿子飛回來，銜着橄欖葉 olive leaves，挪亞知道大地回復生機了。到了公元四世紀，也是因為翻譯的問題，橄欖葉變成橄欖枝 olive branch，鴿子銜着橄欖枝的形像亦逐漸演變成和平的象徵。其實古時猶太人舉行喪禮時都用上鴿子和橄欖葉，鴿子代表投向他們的上帝，因為耶穌 Jesus 受洗後禱告，天堂打開，聖靈以鴿子的形體降臨，而橄欖象徵安詳，有如挪亞故事裏的大地泥土，但與和平無關。以橄欖枝象徵和平是古希臘文化，外交出使和平息干戈都以橄欖枝作象徵，不過亦止於橄欖枝而已，沒有鴿子的角色。不同文化交流互通，經千百年的演變，到了今天，鴿子銜着橄欖枝，或者其中一樣，已經成為和平的象徵。

英文的 pigeon 和 dove 都是指鴿子，鴿子可以烹成佳餚，但千萬小心，英文裏，我們吃的是 pigeon，不是 dove。沒有人把和平使者吃進肚裏的，弄笑話便不好。

例句
EXAMPLE SENTENCES

1 **Doves** are often associated with the concept of peace and pacificism.
鴿子常常與和平及反戰思想聯繫一起。

2 A **dove** with an olive branch is a symbol of peace.
銜着橄欖枝的鴿子是和平象徵。

3 The **olive branch** symbolised peace or victory in ancient Greece.
橄欖枝在古希臘象徵和平或者勝利。

137 通天塔
TOWER OF BABEL

洪水之後，挪亞子孫繁衍，便是人的始祖。後來人口漸多，往西遷移至底格里斯河 Tigris 和幼發拉底河 Euphrates 的兩河流域定居。兩河流域即是今天的伊拉克和敘利亞，上古時代稱為美索不達米亞 Mesopotamia，曾孕育了輝煌的巴比倫 Babylon 文明。挪亞的後裔因為同一宗族，語言相同，大家同心協力，不久便興盛起來。

人的始祖野心很大，安定繁榮之後便想到要建造一個城市，還要築一座高塔，直通上天，以名垂後世。他們信奉的上帝可不這樣想，於是令語言混亂，大家無法溝通，城市和塔當然無法建成，人也逐漸四散，在各地聚成不同文化，語言亦五花八門了，這便是著名的「巴別塔（Tower of Babel）」故事。基督教《聖經》的記載說「……他們停止建造那城市。這是為何它叫做巴別」"...and they stopped building the city. That is why it was called Babel"，這裏的「它 (it)」按文理應該指建造中的城市，既然城是巴別城，把塔稱作「巴別塔」也順理成章。總之城沒有建完，塔也沒有築好，所謂「巴別」，只是喻意混亂。據考證，babel 應該源自希伯來文動詞 *bālal*，意思是使混雜或混亂。

研究巴別塔的人不少，情況就和挪亞方舟一樣，最流行的理論是巴別塔傳說可溯源至巴比倫帝國的 Etemenanki 神廟，這個名字的意思是「天基奠地之所（House of the foundation of heaven on earth）」，這種兩河流域的祭祀用神廟稱為 ziggurat，一般建在高地上。按古籍記載推斷，巴比倫神塔建於公元前十四至九世紀之間，毀於公元前七世紀。後來在公元前三三一年，希臘馬其頓 Macedonia 國王阿歷山大大帝 Alexander the Great 攻陷巴比倫，命人修復神廟，但他忙於征討，兩年後回來，發覺工程未有寸進，下令把神廟遺跡拆掉，打算在原

址重建，可惜他未幾便去世，事情亦不了了之。

Babel 是名詞，意思是嘈雜聲，混亂，或者嘈雜混亂的環境或地方，也解作高聳的建築物，或者空想的計劃。

1 The banquet hall was filled with **babel**, which made her feel very tired.
宴會大廳裏都是嘈雜聲，令她感到很疲累。

2 The **babel** of his ambition was staggering on the brink of ruin.
他野心勃勃的空想大計敗象已呈。

3 His racist comment in the radio programme yesterday raised a **babel** of criticism.
他昨天在電台節目上的種族歧視言論引起議論紛紛。

138 代罪羊
SCAPEGOAT

按基督教信仰，人是上帝造出來的，但人的腐敗令上帝不滿，於是以大洪水淹沒世界。後來人想建通天高塔，上帝令人的語言混雜，無法溝通，塔亦建不成。人與神從來實力懸殊，最好俯首聽命，古希臘文化更有 hubris 這個概念，人若果傲睨神明，必會自招惡果。

孟子認為人性善，但人性似乎善惡兼備，視乎環境和教育的影響。人性難馴，小者犯錯，大者犯罪，更大者作孽，自有人以來就是這樣。人亦狡獪而虛偽，犯了人世之法受到制裁沒話說，作了孽卻以為向上

天懺悔即可心安理得，中國善男信女燒香拜神，西方信徒向牧師神甫告解，同一道理，不過最有創意則非猶太人莫屬，他們會找一隻代罪羊 scapegoat。按猶太教 Judaism 曆法，每年七月十日（即公曆九月至十月間某天）名為「贖罪日（Day of Atonement）」，贖罪方法是先選兩隻羊，然後抽籤，一隻獻給他們的上帝耶和華 Jehovah，另一隻則放到荒野裏，這隻放生的羊便是代罪羊，所有人犯的過錯作的罪孽都由這隻可憐的羊帶走，可謂責任重大。據考證，原來的希伯來文記載是用 ăzāzel 這個名詞來指那隻放生的羊，意思是「惡魔（demon）」，最早以英文翻譯基督教《聖經》的廷德爾 William Tyndale（1494-1536）把這個詞誤為 ez ozel，意思是「離去的羊（the goat that departs）」，於是譯為 scapegoat。後來的修訂者發覺廷德爾的一五三〇年版本有誤而修正過來，可是 scapegoat 這個詞已深入人心。

Scape 舊時解作「逃跑的行動（the act of escape）」，今已廢用。羊兒最無辜，帶着人的過錯罪孽被放到荒野，於是人可以從頭開始，就像把舊電腦檔案刪掉一樣。Scapegoat 是名詞，但也可作動詞用。

例句 EXAMPLE SENTENCES

1　It's wrong to put all the blame on Susie, she's only a **scapegoat**.
要蘇西承擔所有責任不對，她只是代罪羊。

2　New immigrants should not be **scapegoated** for longstanding social problems.
新移民不應成為社會老問題的代罪羊。

3　He believes he has been **scapegoated** and is considering fighting back.
他認為自己是代罪羊，正考慮反擊。

139 羊啊羊
SHEEP AND GOATS

猶太人用作代罪的是山羊 goat，不是綿羊 sheep。山羊和綿羊有甚麼分別？以外貌來說，山羊有鬍子和角，綿羊沒有；綿羊的尾巴向下，山羊尾巴向上；綿羊的毛長而蜷曲，可紡織成絨布，是重要原材料，山羊只有喜瑪拉雅山地區產的毛才有價，這些山羊原產印度北部的克什米爾 Kashmir，所產的山羊絨毛即是茄士咩（或譯開士米），英文稱為 cashmere wool，把 Kashmir 訛轉為 cashmere。西藏地區的山羊毛更輕柔，是上品茄士咩羊毛，稱為 pashmina wool。

基督教文化裏的山羊和綿羊則另有所指。按基督教《聖經》記載，到了「審判日 (Judgement Day)」，耶穌重臨，把人分開兩類，就像牧羊人一樣，把綿羊安置在右邊，山羊在左邊，右邊的人是行善的好人，可以得永生，左邊的未必是壞人，卻是不行善的人，得要永受火刑。這個綿羊與山羊的比喻很有名，英文裏有這一句諺語「把綿羊從山羊裏分出來」"separate the sheep from the goats"，喻意把好與壞的分開來，綿羊的英文 sheep 單數和眾數相同，所以這句話不是說把一隻綿羊從山羊裏找出來，而是把兩類羊分開。

為甚麼輕山羊而重綿羊？原來綿羊比較溫馴，喜羣居，山羊則脾氣不好，更固執而狡猾，亦不及綿羊合羣。山羊吃草時總愛一面吃一面瞄着別處，有欄杆的話設法吃欄杆外的草，而且一有機會便會逃出欄外，所以在民間傳說裏，山羊不是甚麼好東西。希臘神話裏的畜牧之神潘 Pan，山羊模樣，正邪難分，其實邪多於正，正是好例子。綿羊很合羣，牧羊人便利用這點，訓練一隻老綿羊，由牠帶領，其他綿羊便乖乖跟着，走進屠房。山羊可不買這個賬，要宰要割，少來這套。

1　If you want to **separate the sheep from the goats**, you'll be disappointed. The new recruits are all the same.
你要是想分開好壞便會大失所望。那批新招聘回來的人是同一貨色。

2　What are your criteria for **separating the sheep from the goats**?
你用甚麼標準分辨好壞？

3　The report on different brands of cooking oil is to help consumers **separate the sheep from the goats**.
那分不同牌子食用油的研究報告目的在協助消費者分辨優劣。

140 行善有福
GOOD SAMARITAN

　　人不一定要作惡，但不行善也不該，恐怕得要站到左邊做山羊。《聖經》裏還有另一個與行善有關的名詞，今天非常流行，就是「好撒馬利亞人（Good Samaritan）」。不是普通撒馬利亞人，是「好」撒馬利亞人。人當然分善惡好壞，但撒馬利亞人有甚麼問題？

　　公元前十世紀，以色列分裂為二，北面是以色列王國 Israel，以撒馬利亞 Samaria 為首都，即是今天的西岸地區 West Bank，原居民便是撒馬利亞人 Samaritans。南面是猶太王國 Judah，首都是耶路撒冷 Jerusalem。後來美索不達米亞 Mesopotamia 北部的亞述人 Assyrian 攻陷以色列，佔領了百年，猶太國則被巴比倫人入侵，猶太皇室及貴

族被擄到巴比倫，很多猶太人 Jews 亦四散，一直到巴比倫被波斯所滅，這些猶太人才陸續回到故土。猶太人與撒馬利亞人互相瞧不起對方，猶太人覺得撒馬利亞人被亞述人統治時與外族混雜，血統不純；撒馬利亞人則認為猶太人是巴比倫人俘擄，沒有資格批評他們，而且信仰亦不及他們純淨，更堅持他們的律法才是正統。所以大家雖然都是以色列人，相處卻絕不融洽。

有一次，有個拉比 rabbi（猶太教長）詰問耶穌，說耶穌教人要「愛身旁的人如愛自己」"love your neighbour as yourself"，那誰是「身旁的人」？（Neighbour 通常是「鄰人」的意思，但這裏解作「身旁的人」較妥當。）耶穌便說了一個故事，他說有人路上遇劫，受了傷，倒在地上，一個教士經過，繞過他走了，一個利未人（猶太祭司）Levites 經過，也繞過他走了。後來有一個撒馬利亞人經過，救了受傷的人，把他送到旅店，留下點錢給旅店主人，請他照顧那不幸的人，還說要是錢不夠，他回來時會補回。耶穌說完，反問拉比：「教士、利未人和撒馬利亞人，誰是遇劫者身旁的人呢？」

這便是著名的「好撒馬利亞人」的故事，而 Good Samaritan，也成為行善助人者的代名詞。不過有時候，Good 被省去了，只說 Samaritan，亦無不可。S 須大寫。

1 Fortunately a **good Samaritan** gave us a lift back to the city last night.
昨晚幸好有位好心司機載我們一程回市區。

2 The **good Samaritan** took the lost child to the park office.
那好心人把那迷路的小孩送到公園辦事處。

3 Steve would have bled to death if not because of the **Good Samaritan** who drove him to hospital.
要不是那好心人開車送他去醫院，史蒂夫可能流血致死了。

141 市儈庸人
PHILISTINES

　　猶太人瞧不起同宗不同族的撒馬利亞人，與其他人亦不見得相處融洽。歷史記載，以色列人 Israelites 大約在公元前十三世紀定居迦南 Canaan，即是今天的黎巴嫩 Lebanon、約旦 Jordan 和以色列 Israel 地區，這大片沃土早已有不少人聚居，統稱迦南人 Canaanites。以色列人自稱迦南是他們的上帝賜與的「應許之地 (Promised Land)」，迦南人自然不滿，衝突難免。

　　迦南西南部毗鄰埃及的地方名叫非利士 Philistia，在那裏生活的便是非利士人 Philistines，他們比以色列人早一百年左右從土耳其 Turkey 西部和塞甫路斯 Cyprus 遷移來到迦南。非利士人是以色列人大敵，雙方打了好幾次仗，最後在公元前七世紀末被以色列的所羅門王 King Solomon 打敗，不久所羅門去世，以色列分裂為二，南面的猶

太王國 Judah 與非利士接壤。不到二十年，巴比倫人攻陷猶太，非利士亦遭殃，從此一蹶不振。

考古發現，非利士人經濟頗發達，橄欖油生產豐富，釀酒業非常旺盛，冶鐵技術亦高明，以色列人的鐵器農具都靠他們打造保養，所以他們的武器精良，打起仗來如虎添翼。據基督教的《聖經》記載，以色列人從埃及脫離奴隸生活西遷往迦南時，上帝為免他們遇到非利士人而害怕，要他們繞道而行。因此以色列人怎會喜歡非利士人，猶太人是以色列大族，更加仇視非利士人，基督教《聖經》還幾次提到上帝要把非利士人消滅。猶太人眼中的非利士人有三大罪，第一當然是不敬拜他們的上帝；第二是愛喝酒；第三是沒有割禮 circumcision，是污穢的人。

基督教文化在西方無遠弗屆，千百年下來，「非利士人 (Philistines)」已成為沒有教養和文化的市儈、庸人的代名詞，也引伸作甚麼也不懂的人，或者門外漢；歷史當然不是這樣說，但今天已沒有非利士人可以抗議了。Philistine 是名詞也是形容詞，P 大小寫也可以。

例句 EXAMPLE SENTENCES

1 He is a complete **Philistine** when it comes to classical music.
說到古典音樂，他可是個徹頭徹尾的門外漢。

2 Some **philistine** developer had demolished the old building which was believed to be of cultural value.
某市儈發展商把那幢估計有文化價值的古老房子拆卸了。

3 She didn't expect the sponsorship would come from Mr. Lee, a well-known **philistine**.
她意想不到贊助會來自出名庸俗市儈的李先生。

142 強弱懸殊
DAVID AND GOLIATH

以色列人和非利士人打過好幾場仗，最著名的是以拉山谷 Valley of Elah 一役。以拉山谷在耶路撒冷西南約三十公里，長滿篤耨樹 terebinth，這種樹的希伯來文名稱就是 elah。篤耨樹又名松脂樹 turpentine trees，樹脂香氣濃郁，可用作香料以至入藥。

以拉山谷之役大約在公元前十一世紀末打的，以色列陣營由掃羅王 Saul 領軍，雙方對峙了四十天，非利士人每天兩次派他們的巨人勇士哥利亞 Goliath 到陣前挑戰。哥利亞身高三米有多，銅盔鎧甲，槍桿粗如織布機機軸，鐵槍頭重六百謝克爾 shekels，折合約為今天的八公斤，以色列人無人敢應戰。這時牧羊少年大衛 David 奉父命送食物給以色列軍中的三位兄長，目睹哥利亞叫陣，質問大家為甚麼沒有人去教訓這個不信耶和華 Jehovah 的巨人。掃羅接到消息，於是召見大衛，本來不想他去送死，但大衛自言牧羊時曾力搏獅熊，還說信耶和華的人不應怕非利士人。掃羅要賜一套盔甲給大衛，大衛嫌礙事，只到河邊撿了五塊石子便上陣。哥利亞見到大衛，不相信以色列人會派一個少年人接戰。誰知大衛用投石環索 sling 一塊石子打過去，正中哥利亞額頭，哥利亞應聲倒地。大衛上前，抽出哥利亞的腰刀，把他的頭割了下來。非利士人大驚，以色列人乘機衝殺，大勝而回。

掃羅很高興，封大衛為將，還答應把女兒嫁給他。凱旋而歸時，以色列人夾道歡迎，女人們唱道：「掃羅殺敵千千，大衛殺敵萬萬。」掃羅滿不是味道，嫉妒之下動了殺機。掃羅的兒子約拿丹 Jonathan 很喜歡大衛，知道父親要對大衛不利，通知大衛小心，大衛唯有逃亡。後來掃羅兵敗自盡，約拿丹和兩個兄弟陣亡，掃羅倖存的兒子繼位為王，大衛才結束東躲西藏的生活。

以上便是有名的「大衛與哥利亞」故事，而 David and Goliath 這句用語亦成為表示強弱懸殊的意思。Goliath 則可以解作巨大的，G 應大寫，但現在也有小寫的，大家都接受了。

例句
EXAMPLE SENTENCES

1 The match looks like a **David and Goliath** contest.
那場比賽看來是大衛對哥利亞。

2 William's company beat an international **Goliath** and won the contract.
威廉的公司擊敗一間國際巨企贏得合約。

3 It will be a **David and Goliath** scenario if he takes the company to court.
他要是把公司告上法庭將會是個強弱懸殊的局面。

143 智者
SOLOMON

　　大衛在位四十年，晚年失德，與軍人的妻子芭思希巴 Bathsheba 通姦，更指派軍人上陣，待他戰死了，便娶了這個情婦。芭思希巴為大衛生了兒子所羅門 Solomon，大衛因為寵幸芭思希巴，把王位傳給所羅門。

　　所羅門雄心勃勃，滿腹大計。他整頓吏治，大興木土，建了以色列第一座神廟，還東征西討，擴張版圖，算得上是雄才偉略的君主。所羅門亦以智慧而聞名，據記載，他登位後在夢中見到上帝，請上帝

賜他明辨是非的能力，以智慧治理國家，上帝很高興，認為他沒有私心，於是賜他過人智慧。所羅門最為人樂道的是他判斷兩個女人爭兒子的案件。兩人都堅稱自己是孩子生母，所羅門下令把孩子一分為二，每人一半。孩子的生母不忍心，自願退出紛爭，所羅門於是判定她便是孩子的生母。

中國也有一個類似的故事，是元朝雜劇，簡稱《灰闌記》。故事說馬員外被妻子胡氏毒殺，胡氏誣告員外妾侍海棠殺夫，還奪去海棠親生子。後來包拯覆審，用石灰在地上畫一圓圈，即是劇目的「灰闌」，命兩女各據一邊，拉孩子出來。海棠不忍心拉扯孩子，甘願放棄，包拯於是判斷海棠是生母，並為她翻案。《灰闌記》在十九世紀傳入歐洲，後來德國著名戲劇家布萊希特 Bertolt Brecht（1898－1956）改編成《高加索灰闌記》*The Caucasian Chalk Circle*，把故事移到十三世紀高加索地區的格魯吉亞 Georgia。布萊希特的改編出人意表，故事說總督在動亂中被殺，夫人為逃命而棄親兒不顧，女傭把孩子帶回家撫養。幾年後，亂事平息，總督夫人歸來要領回孩子，目的是利用孩子去取得丈夫的遺產，女傭不想和孩子分離，於是兩人爭奪孩子的監護權。法官的審案方式和包拯一樣，但用力拉扯的是對孩子沒有感情的總督夫人。

所羅門也是晚年失德，但他的名字已成為智慧的代名詞，使用時通常會說「所羅門的智慧（wisdom of Solomon）」。S 須大寫。

1   You may need the wisdom of **Solomon** to solve their dispute.
你也許要有所羅門的智慧來解決他們的糾紛。

2   Mr. Justice Bowl said he was not **Solomon** at the end of the hearing.
包爾法官在聆訊尾聲時說他不是所羅門。

3   It doesn't take the wisdom of **Solomon** to understand the message in his book.
他那本書的寓意不用有所羅門的智慧也可以明白。

144 一吻棄義
KISS OF JUDAS

　　所羅門和他的父親一樣，也統治了以色列四十年，去世後由兒子繼位，可惜數年間以色列便分裂為南北兩國。所羅門的智慧及身而滅，半點也沒有遺傳給兒子，有一本書卻以他的天賦為名，那便是《所羅門之智慧》*Wisdom of Solomon*，亦名《智慧之書》*Book of Wisdom*，原是希伯來古籍，後來出現古希臘文譯本，基督教的《聖經》即以這些古籍為藍本。這冊古籍裏有一個預言，說將會有一位「義人（righteous man）」降臨，是上帝的兒子，他會指出人間的罪孽惡行，世人為考驗他，會羞辱和折磨他。很多註釋都認為預言裏的「義人」便是耶穌 Jesus Christ，當然有學者不同意。

　　耶穌的事跡就算不是基督教信徒也不會陌生，他在人世的最後一

星期在《聖經》裏記載得頗詳細。在這七天裏，耶穌來到耶路撒冷，當時三月將盡，還有幾天便是猶太教的逾越節 Passover。耶穌星期一騎驢入城，羣眾夾道歡迎。猶太教的長老和大祭司非常不高興，他們對耶穌早已不滿，覺得他傳的教離經叛道，對猶太教及他們的地位不利，很想除去這個影響力愈來愈大的人。到了星期三，耶穌與長老和大祭司激辯，斥責他們是偽君子，這些人於是動了殺機，耶穌十二門徒之一的猶大 Judas 這時亦願意合作，出賣耶穌。星期四，耶穌和門徒吃完最後的晚餐，來到客西馬尼園 Gethsemane Garden 休息。午夜時分，猶大領着一班羅馬士兵和長老調派的人來到，他上前吻了耶穌，作為記認，指出目標人物，耶穌便被捕了。

猶大為甚麼出賣耶穌？有幾個解釋。最多人接受的是為了錢，但最不足信。他這一吻卻為英文添了一個慣用語「猶大之吻（kiss of Judas / Judas kiss）」，意思是表面上以示友好，其實是背信棄義的行動或事情，亦可引伸為好心做壞事；有時候也可以說「死亡之吻（kiss of death）」。Judas 一個字則指出賣朋友的人，或者叛徒。

例句
EXAMPLE SENTENCES

1　Tom wants to leave the team in the right circumstances, not be seen a **Judas**.
阿湯希望在適當情況下離隊，不想被視作叛徒。

2　She keeps him at a distance, knowing that his attentiveness can be **a kiss of Judas**.
她和他保持距離，心裏明白他的殷勤可以是笑裏藏刀。

3　His helping hand turned out to be **a kiss of death**.
他的援手結果是幫倒忙。

145 天賜食糧
MANNA

耶穌和門徒一起吃的最後晚餐很有名，文藝復興巨匠達芬奇 Leonardo da Vinci (1452–1519) 便以這個題材，為意大利米蘭 Milan 的聖母院食堂畫了一幅壁畫，已被列為世界文化遺產，參觀者終年絡繹不絕，須購票進場，往往一票難求。

據基督教《聖經》記載，耶穌在晚餐上把麵餅擘開分給門徒，對他們說，那麵餅便是他的肉體。英文都把這麵餅叫做 bread，一般譯為麵包，怎樣稱呼也好，麵餅或麵包在基督教文化裏有重要意義，尤其是耶穌在最後晚餐上這樣一說，麵餅的象徵更加鮮明了。

以色列人曾經在埃及為奴，後來在他們的領袖摩西 Moses 帶領下前往迦南 Canaan。歷史學家多數認為以色列人從埃及大量東移的事只有宗教上的意義，並無歷史上的真憑實據。基督教《聖經》裏說，摩西領着以色列人渡過紅海 Red Sea，走了多天，到了西奈半島 Sinai 南部，從埃及帶出來的糧食差不多吃完，大家開始抱怨，摩西向上帝禱告，上帝於是降下「嗎哪（manna）」給以色列人做糧食。嗎哪是白色小圓片，隨露水而來，日出便會溶化，必須快點收集。這種天賜食物味道有點像芫荽種子，搗磨後可以造麵餅，烤出來有點像油煎餅，生吃則像蜜糖薄酥餅。嗎哪會一連降六天，必須當日吃完，不能儲存，因為會生蟲變壞，但第六天會降雙倍份量，因為第七天是不工作的安息日 Sabbath，所以第六天降的嗎哪不會變壞，可以在安息日吃。以色列人在路上走了四十年，嗎哪準時下降不誤，到了迦南後，嗎哪便無影無蹤了。

嗎哪究竟是甚麼神奇東西？研究者不少，理論也不少，有人說是中東地區一種樹脂，有人說是一種昆蟲，有人說是昆蟲的分泌物，但誰也無法令人完全信服。不管怎樣，英文裏，manna 的意思可引

伸為上天的幫助，或者意外收穫，一般作「天賜的嗎哪（manna from heaven）」，也可以單字用 manna。

EXAMPLE SENTENCES
例句

1 The rain was **manna** from heaven for the farmers.
   那場雨對農人來說是天降甘霖。

2 She did not expect that she would be getting a bonus, which was really **manna** from heaven.
   她料不到會分到獎金，那真是意外的收穫。

3 The traffic accident which led to the arrest of the fugitive was **manna** from heaven for the police.
   一場交通意外令逃犯落網，對警察來說是天助。

146 巨獸 BEHEMOTH

摩西領着以色列人走了四十年，迦南在望時卻溘然而逝，無緣踏足「應許之地（Promised Land）」，基督教《聖經》是這樣記載。以色列人不可能四十年都吃嗎哪過活，事實上，以色列人離開埃及時帶了很多牛羊牲畜，應該不致挨餓。所以宗教學家解釋說，嗎哪不過是信仰的問題，耶和華不會離棄以色列子民，當然，子民也必須信任耶和華。說到信仰，據基督教《聖經》記載，最敬神的莫過於約伯 Job 了。

約伯很富有，擁有的牛羊駱駝以千百計，婢僕亦多，有七兒三女，生活美滿。不過他並不崇尚物質，而是樂善好施，慷慨助人，所以極

受敬重。他也虔誠崇拜耶和華，信仰從來沒有動搖。有一次魔鬼撒旦 Satan 挑戰耶和華，認為約伯的信仰不過是貪圖物質利益，如果沒有好處，他便會棄信仰不顧。耶和華於是容許撒旦考驗約伯。可憐的約伯一日之間家破人亡，但依然信仰不變，撒旦令他全身長滿毒瘡，但他對耶和華忠誠如舊。約伯有三個朋友來探訪他，大家討論起信仰的問題，約伯雖然不明白為甚麼自己一生行善敬神，卻蒙受這種種災劫，他沒有改變信仰，只希望耶和華回答他。耶和華在捲起的大風裏說話，要約伯不要懷疑自己的信仰，還陳述自己創造萬物的能力，以顯出約伯的渺小，其中提到兩種龐然巨怪。第一種是 behemoth，如牛般吃草，力大無窮，骨如銅鐵，在沼澤蘆葦叢中生活，大水氾濫也毫不畏懼，牠警覺時誰也捉不到牠。很多人按描述都說這巨獸 behemoth 便是河馬 hippopotamus，中文版《聖經》也翻譯為河馬，也有人說是大象，另外有人說是鱷魚，甚至有人說是恐龍！其實最好的解釋是 behemoth 便是 behemoth，一種神話裏的巨獸，無謂強行附會。

Behemoth 是名詞，解作龐然大物，也可作形容詞用，另有形容詞 behemothian，大得驚人的意思。

例句
EXAMPLE SENTENCES

1 The **behemoth** stadium is a prominent landmark.
那巨型體育館是個顯著的地標。

2 Small independent media are drawing audience from the broadcasting **behemoth**.
小型獨立媒體正把觀眾從那廣播巨企吸引過去。

3 A **behemoth** of water flooded the villages as the dam collapsed.
堤壩崩塌，洪水淹沒了村落。

147 海怪
LEVIATHAN

　　約伯與巨獸 Behemoth 相比根本微不足道。耶和華提到的第二隻怪獸是 Leviathan，與 Behemoth 一樣，也是力大無窮，牙齒銳利，鱗甲堅韌，刀槍不入，心如堅石，眼如晨光，張嘴噴火，鼻孔冒煙，縱橫江海，所向無敵。按描述，Leviathan 應該稱霸四海，Behemoth 則陸上為王。這種龐然大物無可匹敵，只有耶和華才能把牠們毀滅。

　　據考證，Leviathan 源自美索不達米亞地區 Mesopotamia 神話，是被海神殺死的海怪，傳入猶太文化成為龍之類的怪獸。猶太神話裏，Leviathan 是耶和華創造的，本來一雌一雄，但耶和華擔心牠們繁殖起來會遺禍人間，於是把雌的宰了，用鹽醃好，留待將來猶太人的救主降臨時，義人 the righteous 進餐時享用；所謂義人，即是敬神者。按猶太神話，Leviathan 一天要吃一條鯨魚，其巨大可知。有研究者提出理論，Leviathan 是已滅種的帝王鱷 sarcosuchus，這種史前巨鱷大約在一億一千萬年前生活在非洲和南美洲，重六千至八千公斤，身長可達十二公尺，比現存最大型鹹水鱷 saltwater crocodile 大一倍以上。上世紀四五十年代，非洲撒哈拉地區 Sahara 首次發現帝王鱷化石，後來在巴西、摩洛哥和利比亞等地都有發現。Leviathan 是否就是帝王鱷且存疑，中文版《聖經》則一律把 Leviathan 翻譯為鱷魚了。

　　回頭再說約伯，耶和華很讚賞他的堅定信仰，於是令約伯恢復健康，財富比起從前有多無少，還生了大羣兒女，而且活到一百四十歲。基督教《聖經》有〈約伯記〉一卷，記載的就是他的事跡。法國大文豪雨果 Victor Hugo（1802-1885）很欣賞〈約伯記〉，認為是詩歌瑰寶，曾說如果全世界文學作品都要毀掉，只許留下一部的話，他會選擇〈約伯記〉。

　　Leviathan 是名詞，也可作形容詞用，意思是龐然大物，尤其指船

隻，引伸為極有財有勢的人或組織。另有形容詞為 leviathanic。

1 The **leviathan** claims to be the biggest ocean liner ever built.
那巨舶號稱是有史以來最大型的郵輪。

2 The **leviathanic** bureaucracy will one day bring down the organization.
龐大的官僚架構終有一天把組織拖垮。

3 The online shopping market has been dominated by a few **leviathans**.
網購市場已被幾間巨型企業控制。

148 災星
JONAH

Behemoth 與 Leviathan 都是巨獸，但止於描述，故事情節則欠奉。基督教《聖經》裏有一個有名的故事，一條大魚把人吞進肚裏，三日三夜，此人竟然毫髮無傷。他便是先知約拿 Jonah。

約拿生於北面的以色列王國，是一位先知 prophet，即是上帝的代言人。有一次上帝叫他去尼尼微 Nineveh，警告當地的人不可再作惡，勸他們悔改，否則會有災禍。尼尼微是當時亞述 Assyria 帝國首都，大概是今天伊拉克 Iraq 的摩蘇爾 Mosul。約拿不想做這件差事，溜到雅法 Jaffa，即是今天以色列首都特拉維夫 Tel Aviv 的港口，乘船西行。船行不久便遇上古怪的大風浪，船員掣籤問吉凶，得出的結果

指約拿是帶來厄運的災星。約拿請船員把他拋下海中，船員不忍心，拼命划船，但無法靠岸，唯有拋約拿進海裏，真的風浪平息。約拿被一條大魚吞進肚裏，三日三夜，他在魚肚內誠心祈禱，大魚把他吐出來，落在岸上，約拿不敢違命了。

美國上世紀初有一宗科學與宗教之爭，鬧上法庭，約拿的故事成為公堂上其中一項論點。話說一九二五年，田納西州 Tennessee 戴頓鎮 Dayton 有位代課老師被控在堂上教授「進化論 (Evolution)」，違犯當地法例。老師背後是主張科學與宗教兼容的現代主義教派信徒 Modernists，對方是保守的原教旨主義者 Fundamentalists。為原教旨主義作證的拜仁 William Bryan (1860–1925) 是民主黨元老，辯方由名律師達羅 Clarence Darrow (1857–1938) 盤問。達羅問拜仁怎樣切實解釋約拿的故事，拜仁回答說，上帝造了大魚，也造了約拿，自然有安排，不是可能或不可能的問題。聆訊後過了幾天，拜仁在睡夢中去世。

Jonah 是名詞，指災星，或者帶來厄運的人，可引伸作倒霉鬼。J 須大寫。

例句
EXAMPLE SENTENCES

1　He tried to find a **Jonah** in his team to vent his anger on.
他想在團隊內找個倒楣鬼來出氣。

2　We were stranded in Lucerne because Susan, our **Jonah**, had wrongly booked a hotel in Lausanne.
我們在琉森狼狽不堪，因為我們的災星蘇姍錯誤訂了在洛桑的酒店。

3　She said that anyone whose name started with J was her **Jonah**.
她說名字以 J 開始的人會為她帶來厄運。

149 啟示錄
APOCALYPSE

約拿到了尼尼微，傳達耶和華的旨意，尼尼微人馬上悔改，可算神奇，尼尼微人逃過一劫，約拿功不可沒。其實一城一地的末日事小，全世界終結之時才可怕，基督教《聖經》最後一卷說的便是這回事。

這一卷名為〈啟示錄〉Book of Revelation，亦簡稱 Apocalypse，啟示者，啟發指示，使有所領悟也。Revelation 是名詞，動詞是 reveal，揭示，揭露，顯露的意思，例如說 reveal the truth / secret，即是揭示真相／秘密。Apocaylpse 源自希臘文 apokalupsis，與 revelation 同義。〈啟示錄〉是先知約翰 John 預言世界末日的景象，其中最有戲劇性亦最為人熟悉的是四騎士 horsemen 的出現。第一位騎士跨着白馬，拿着弓，戴上冠冕，征服大地；第二位騎士跨着紅馬，一手摧毀和平，令人互相殘殺，他然後接過一把大劍；第三位騎士跨着黑馬，手持天秤，有聲音喊道物價高漲，還叫人不要浪費油和酒；第四位騎士跨着灰馬，是死亡的化身，後面緊跟着的是冥王黑德斯 Hades，以利劍、饑荒、瘟疫和野獸來殺戮。千百年來對四騎士的研究多不勝數，普遍認為白馬騎士象徵瘟疫，紅馬騎士象徵戰爭，黑馬騎士象徵饑荒，而灰馬騎士就是死亡，後面的黑德斯是希臘冥王，因為〈啟示錄〉成書於公元一世紀末，以色列受羅馬統治，典籍裏出現希臘或羅馬文化不足為奇。到近代，四騎士的故事啟發了不少電影、電視、音樂，以至動漫等流行文化作品，而谷歌 Google、臉書 Facebook、蘋果 Apple 與亞馬遜 Amazon 更被稱為科技四騎士。

Apocalypse 這個名詞非常流行，意思是末日似的大災難或動亂，一九七九年有一齣荷里活電影《現代啟示錄》Apocalypse Now，以越南戰事為背景，鞭撻戰爭的荒謬和殘酷，真的是末世景象。

Apocalyptic 是形容詞，意思是世界末日似的，或者災難性的。有一種流行文學類型名「末日小說 (apocalyptic fiction)」，題材不是末日世界便是大災禍，這種題材的電影便是「末日電影 (apocalyptic movies)」。

例句
EXAMPLE SENTENCES

1 Nuclear weapons are increasing the risks of man-made **apocalypses**.
核子武器增加了世界被人為毀滅的風險。

2 The **apocalyptic** scene after the tsunami awed even the most experienced rescuers.
就算最有經驗的救援人員看到海嘯後的末日景像也目定口呆。

3 The fiction is about an **apocalyptic** war between earthlings and aliens.
這部小說講述地球人與外星人之間的一場世界末日式大戰。

150 匈奴
HUNS

世界末日的預言從來不缺，幸好這一天沒有出現，人類大致上還可以生存下去。不過公元五世紀的歐洲人卻以為世界末日真的來臨了。當時匈奴 Huns 在阿提拉 Attila（409−453）領導下，從東面攻過來，把歐洲人打得落花流水。

歐洲人所稱的 Huns 便是中國史書上的匈奴，儘管仍有學者持異

議，其實已成定論。匈奴活躍於公元前三世紀至公元五世紀的七百年之間。公元一世紀中葉，匈奴分為南北二部，南匈奴漸與漢族同化，北匈奴則往西遷移。四世紀下半葉，匈奴從羅馬帝國的東境侵入歐洲，到達今天的匈牙利、意大利、德國和法國等地，整個歐洲震驚。匈奴王阿提拉於公元四三四年獨攬大權後，曾兩度越過多瑙河 Danube，並圍攻東羅馬首都君士坦丁堡 Constantinople（即今天的伊斯坦布爾 Istanbul）與西羅馬的名城羅馬 Rome。匈奴野蠻殘暴，每破城必殺光所有人，掠奪一空而去，歐洲人惶惶不可終日，認為世界文明將被這些野蠻人摧毀，很多人相信是天譴，更稱阿提拉為「上帝之鞭（Scourge of God）」，是上帝差使來懲罰世人的。據當時人描述，匈奴是「邪惡的苗圃（seedbed of evil）」，極度野蠻，就像豺狼，只識偷和搶；他們把男嬰的臉孔劃破令結疤，所以男人都不長鬍子；他們在馬背上過活，身體變得畸形，站在地上時有如一隻用後腿站立的野獸。匈奴人野蠻是事實，但這些描述頗多偏見，從中可見歐洲人的恐懼。匈奴萬馬奔騰衝過來，以步兵為主的歐洲人怎會不吃虧，直到公元七世紀左右，馬鐙 stirrup 傳入歐洲，騎士在馬背上坐得穩了，歐洲才發展出騎兵戰術，可惜到了十三世紀，歐洲騎兵仍被蒙古人打了個落花流水。

　　Hun 是匈奴人，喻作野蠻人，性格或行為粗野者，或者大肆破壞的人，尤其是踐踏文化或者糟蹋大自然的傢伙。形容詞是 hunnish。H 大小寫也可以。Hun 也是第一次世界大戰時德國士兵的貶稱。

1 He turned into a **hun** after finishing the whole bottle of wine.
他把整瓶酒喝光後變了一個野蠻人。

2 Professor Lo knows very well that his students call him Attila the **Hun** behind him.
盧教授清楚知道學生在他背後叫他做匈奴王阿提拉。

3 The cherry-blossom trees were in a terrible mess after the **hunnish** tourists had left.
粗野的遊客離開後，櫻花樹滿目瘡痍。

151 破壞王
VANDALS

公元五世紀的歐洲多災多難，羅馬帝國早已分裂為東西兩部，西羅馬一連幾位君主無作為，帝國日暮窮途，已無力抵抗外敵，尤其是從東面過來的強悍遊牧民族。匈奴王阿提拉於公元四五二年入侵意大利，一度圍困羅馬，最後和西羅馬帝國達成協議而退兵。

羅馬於公元四一〇年已被東歐的西哥特人 Visigoths 攻陷搶掠過，黃台之瓜，何堪再摘。可惜阿提拉雖然放過羅馬，這座名城卻大概氣數已盡，三年後一劫難逃，落入汪達爾人 Vandals 手中。

汪達爾人原本生活在今天的波蘭南部，與西哥特人同屬日耳曼民族 Germanic peoples，在自視為文明人的羅馬人眼中全是蠻子，只有匈奴比他們更野蠻。五世紀初，日耳曼人被匈奴所迫，不斷西移，西羅馬帝國窮於應付。汪達爾人西遷至今天的西班牙南部建立地

盤，還攻佔了羅馬帝國在非洲北部的殖民地，大約即是今天的突尼斯 Tunisia。公元四二二年，西羅馬和汪達爾人和談，把北非殖民地拱手相讓，汪達爾人勢力更盛。公元四五五年，西羅馬皇帝瓦倫提尼安三世 Valentinian III 遇弒身亡，篡位的馬辛木斯 Petronius Maximus 迫尤朵茜萼公主 Eudocia 嫁給自己的兒子。汪達爾王蓋塞里 Geiseric 大怒，因為瓦倫提尼安早已答應把公主給他做兒媳，於是起兵進攻羅馬，馬辛木斯聞風先逃，在亂軍中被殺。四年前勸退匈奴王阿提拉的教皇利奧一世 Leo I 再度充任特使，與蓋塞里約法三章：羅馬人不抵抗，任由汪達爾人入城，但汪達爾人一不可殺人，二不可破壞。於是汪達爾人在六月初入城，盡情搶掠十多天，但也遵守協定，只拿財物，滿載而歸，帶走的當然還有尤朵茜萼公主。二十年後，西羅馬帝國亦亡。

千百年來，汪達爾人 vandals 已成為破壞者代名詞，尤其是故意毀壞文物，或者破壞他人財產的人。這當然有點冤枉，但已無從翻案。動詞是 vandalize，名詞是 vandalism。一般用法時 V 不用大寫。

例句
EXAMPLE SENTENCES

1 The **vandals** smashed the window of the restaurant before they fled.
那些野蠻人把餐館的窗子砸爛了才逃跑。

2 Tom was furious when he saw his car being **vandalized** with spray paint.
阿湯看到自己的車子被人用噴漆破壞，怒不可遏。

3 You're risking theft and **vandalism** if you park your car here overnight.
你停車在這裏一整夜便要冒着它被偷走或被破壞的風險。

152 蠻人韃靼
TARTARS

　　歐洲在公元五世紀經歷了多次劫難，西羅馬帝國覆亡，政治秩序重整，到了十三世紀，亞洲北部的遊牧民族再次疾馳而至，整個歐洲震動。這一次來犯的是蒙古人，比匈奴和汪達爾人更強大更可怕。

　　蒙古人在成吉思汗帖木真領導下，所向無敵，開始向西擴張，不過蒙古人真正攻打歐洲卻在成吉思汗去世後。公元一二三五年，蒙古大軍在成吉思汗的孫兒拔都率領下向歐洲進發，一路上見城攻城，見國滅國，俄羅斯的莫斯科、基輔等城相繼陷落。大軍接近歐洲時兵分兩路，一路攻波蘭，另一路由拔都親自領軍攻匈牙利。破波蘭後，兩軍會師，越過多瑙河，直撲威尼斯，要不是蒙古大汗窩闊台去世，蒙古大軍退兵東歸，歐洲恐怕會變焦土。

　　據當時人記載，蒙古大軍過處不留活口，連貓狗也不放過，有一段這樣說：「我們不知道他們從何處來，往何處去。只有上帝才知道，因為是祂派遣他們來，為了我們所犯的罪而懲罰我們。」真實的蒙古人非常精明，並非只是強悍野蠻，施暴目的是震懾其他人不要反抗。蒙古人亦善用戰術，制度嚴密，有功者必重賞，而且重視工匠，每滅一地必把工匠俘虜，軍中工匠極多，所以武器及用具精良。

　　歐洲人把蒙古人稱為 Tatars，也就是中文的韃靼，更多時是拼成Tartars，以其與希臘神話裏的 Tartarus 相近。Tartarus 是地府裏的深淵，差不多是中文裏的十八層地獄，對歐洲人來說，韃靼便是從地府深處來的惡鬼。其實韃靼是一個遊牧民族，唐代已有記載，後來被蒙古吞併，蒙古軍中便有不少韃靼人，廣義上亦可作為中國北方民族的統稱。

　　英文裏，Tatars / Tartars 指剽悍強暴的人，脾氣猛烈的人，或者極難應付的人。有句慣用語說 catch a Tartar，意思是碰到強敵，或者

遇到難應付的對手。一般用法時 T 可以不用大寫。

例句
EXAMPLE SENTENCES

1　Don't argue with him unless you want to catch a **tartar**.
　　除非你想找個難纏的對手，否則不要和他爭辯。

2　It's such a nightmare to be the class teacher of the group of young **tartars**.
　　成為那些小惡魔的班主任可真是個噩夢。

3　"No one will get a **tartar** for a wife," she said to her daughter.
　　「沒有人會娶個悍婦做太太。」她對女兒說。

153 回馬箭
PARTHIAN SHOT

　　花剌子模大約是今天烏茲別克 Uzbekistan 和哈薩克斯坦 Kazakhstan 之間的地區，是絲綢之路上的重鎮，成吉思汗領軍第一次西征時滅之，便是要除去西進的障礙。公元一二五三年，蒙古人第三次西征，第一個滅的是木剌夷 Mulahida，這片地區古時候有一個國家，名為帕提亞 Parthia。

　　帕提亞地處伊朗高原東北部，裏海 Caspian Sea 以南，原屬波斯帝國，公元前四世紀曾被馬其頓 Macedonia 的阿歷山大大帝 Alexander the Great 佔領，公元前三世紀中葉獨立，全盛時期領土包括整個伊朗高原與美索不達米亞地區 Mesopotamia，歷時四百年，公元二世紀亡。帕提亞就是中國史籍上的安息，東漢時的西域都護班超曾派遣使者

甘英出使稱為大秦的羅馬帝國。甘英從新疆出發，一直西行去到安息西面盡處，也就是波斯灣 Persian Gulf 岸邊。安息船夫對他說，海水廣大，渡海不容易，順風也要三個月，風弱的話，要用上兩年時間，要渡海最好預備三年糧食。甘英半信半疑，但既無法前進，唯有回去覆命。

帕提亞人弓馬嫻熟，絕技是退卻或佯作退卻時，可以拍馬疾馳中突然回過身來彎弓搭箭，把尾隨的敵人射倒。當時馬鐙 stirrup 尚未發明，騎士要穩坐馬背，還要轉身發箭，這下子可不簡單。公元前五十三年，帕提亞戰士和羅馬大軍在今天土耳其中南部靠近敘利亞的哈蘭 Harran 打仗，以一萬對五萬，便是用這手功夫大敗羅馬軍，「帕提亞箭（Parthian shot）」，或者稱為「帕提亞回馬箭」聲名大噪。其實這種功夫很多在馬背上生活的遊牧民族也不弱，匈奴和蒙古人一樣了得，也許帕提亞人曾打敗羅馬大軍，青史留名，只好由他們專美了。

Parthian 是 Parthia 的形容詞，意思是帕提亞的，shot 是名詞，射擊，射箭的意思。Parthian shot 引伸為臨走時所說的話或做的事，尤其是令人感到不安的所為。P 大小寫也可。

例句
EXAMPLE SENTENCES

1 He is so disputatious that he never fails to deliver a
Parthian shot.
他個性好爭辯，總會最後回敬人一句。

2 With a **Parthian shot**, he made his way out of the meeting room.
他拋下最後一句說話，然後逕自離開會議室。

3 The retreating soldiers dealt a **Parthian shot** to the pursuing enemy.
撤退中的士兵突然回過頭來向尾隨的敵人反擊。

154 慘勝
PYRRHIC VICTORY

羅馬人以武立國，軍力強大，但兵兇戰危，打敗仗亦常有，敗在帕提亞人的回馬箭之下沒有甚麼大不了。公元前三世紀，羅馬人和希臘人在意大利南部打了兩場大仗，那才慘烈。

故事得要從希臘人在意大利南部的殖民地說起，羅馬一直想消滅這些殖民地，把整個意大利納入版圖。公元前二八〇年，羅馬人打敗了意大利中南部的土著後，開始南進，南部的斯巴達人殖民地塔仁屯 Tarentum 感到大難臨頭，於是向希臘城邦伊比魯斯 Epirus 求救。塔仁屯就是今天意大利東南部港市塔蘭托 Taranto，伊比魯斯在希臘西岸，兩地只隔了一個海峽。伊比魯斯王皮洛士 Pyrrhus 素來野心勃勃，而塔仁屯之前曾在戰場上助他一臂，人情始終要還的，於是糾集了四萬大軍，還有二十隻戰象，渡海到了意大利，羅馬則派出八萬人應戰。雙方在塔仁屯以西的赫拉克里厄 Heraclea 佈陣，皮洛士派特使到羅馬軍中，提出可作調解，只要羅馬不侵犯塔仁屯，雙方便不用殺戮，可是對方一口拒絕。兩軍隨即開戰，打了半天，不分勝負，最後皮洛士用戰象猛衝，羅馬軍陣腳大亂，希臘軍趁機殺過去，大勝而回。這場仗算下來，羅馬士兵陣亡一萬五千人，希臘軍一萬一千人。翌年，兩軍在塔仁屯東面的阿斯庫隆 Asculum 第二次交鋒，羅馬軍早有準備，造了幾十輛對付戰象的戰車。打了兩天，羅馬人的戰車受地形所限而無用武之地，最後也是希臘軍贏了，雙方各有大約一萬五千人陣亡。以戰而論，皮洛士略勝一籌，但損失較慘重，他身邊的將領已所餘無幾，羅馬人雖然傷亡也多，但補充不缺，兵力源源不絕。據說皮洛士慨歎道：「再這樣贏一次，我要孤身回希臘了。」

Pyrrhic 是 Pyrrhus 的形容詞，「皮洛士的勝利 (Pyrrhic victory)」

是慘勝，引伸為得不償失的勝利，或者代價太大的行動。P 大小寫也可。

例句
EXAMPLE SENTENCES

1　He won the court case but had to pay huge legal fees, a typical **Pyrrhic victory**.
他贏了官司，但要付巨額訴訟費，完全得不償失。

2　It could be a **pyrrhic victory** for the company even if it succeeded in bringing the strike to an end.
公司就算成功令罷工結束，代價可以很大。

3　History has made it clear that any military success in Afghanistan will be a **Pyrrhic victory**.
歷史已很清楚，在阿富汗要打勝仗便得付出沉重代價。

155 破釜沈舟
CROSSING THE RUBICON

羅馬王國分為兩個時期，以公元前二十七年為分水嶺，前期是共和國 Republic，後期是帝國 Empire。共和國每年由公民選出兩位執政官 consul 領導國家，帝國則由皇帝統治。由共和國到帝國的轉捩點在公元前四十九年，主角是歷史上大名鼎鼎的凱撒 Julius Caesar（100–44 BC）。

凱撒生於軍政世家，父親早逝，他憑天份及手段往上爬，進入共和國的權力中心後與龐培 Pompey（106–48 BC）和克拉蘇 Crassus

（115–53 BC）這兩個權貴結盟。龐培出身貴族，年紀輕輕已領軍出征，心狠手辣，有「少年屠夫」之稱。克拉蘇被譽為羅馬最富有的人，公元前五十三年，他領軍攻打帕提亞，大敗後陣亡。三人雖然結盟，但各有盤算，龐培與凱撒更暗中較量，凱撒為了維持表面上的關係，把女兒朱莉婭 Julia 嫁給與自己年齡差不多的龐培做第四任妻子。凱撒的政治活動令他負債累累，為了開闢財源，他謀得高盧 Gaul 地區總督一職，管治大約今天的法國和比利時。克拉蘇陣亡後，龐培和凱撒的不和白熱化，龐培甚至要求凱撒裁軍。既然抓破了臉，凱撒領着他的親兵第十三雙子軍團向意大利本土進發。公元前四十九年一月十日，大軍來到盧比孔河 Rubicon 北岸。按共和國憲法，外地將領解除兵權之前不得越河，違者問斬，所領部隊亦全部處死。凱撒的愛女朱莉婭早已生育難產去世，他再無顧慮，於是揮軍渡河。

凱撒越過盧比孔河，揭開了羅馬共和國內戰的序幕。龐培不敵，逃到埃及，上岸時被行弒身亡。凱撒大權獨攬，羅馬有共和國之名，而行獨裁政治之實。到了公元前二十七年，繼承獨裁者之位的凱撒養子屋大維 Octavian（63 BC-14 AD）索性登基做皇帝了。

「渡過盧比孔河（Crossing the Rubicon）」喻意下重大決心，採取斷然行動或手段，或者沒有回頭路的意思，與中文的「破釜沉舟」有點相似，也可引伸為經過一個關鍵時刻，或者越過界限。R 須大寫。

1 His new fiction has **crossed** an ethical **Rubicon**.
他的新小說越過了道德界線。

2 She knew that by coming out to her family she would be **crossing the Rubicon** but she could not live a lie anymore.
她知道對家人坦白後是沒有回頭路的了，但她不能再在謊言裏過活。

3 Brexit is the **Rubicon** many British people do not want to cross.
脫歐是很多英國人不願意走的不歸路。

156 頭頂懸劍
SWORD OF DAMOCLES

凱撒向羅馬推進時，元老院都知道龐培不是凱撒敵手，支持龐培的人紛紛逃亡，其中一人是西塞羅 Cicero（106-43BC）。龐培死後，內戰逐漸平息，西塞羅亦回到羅馬，凱撒為了顯示器量，亦既往不咎，何況西塞羅極得民心。

西塞羅早已看穿凱撒的野心，他是演說家和哲學家，極有風骨，一士諤諤，大力反對凱撒獨裁。凱撒被行弒後，他批評手握重兵的安東尼 Mark Antony（83-30 BC）弄權，最後被安東尼殺死。

西塞羅著作豐富，對古希臘哲學極有心得。他在羅馬南郊的托斯庫隆 Tusculum 有一座莊園，他有一套哲學著作便名為《托斯庫隆論辯

錄》*Tusculan Disputations*。這套書共五冊，最後一冊論說仁德與人生喜樂的關係，有點近似儒家的「仁者不憂」。他用了很多古希臘和羅馬發人深省的故事來喻意，其中有一個故事流傳至今。

話說大約公元前四世紀中葉，意大利西西里島 Sicily 的統治者是暴君 Dionysius the Younger，史稱小狄奧尼西奧斯，他的父親則是老狄奧尼西奧斯 Dionysius the Elder。有一次，諂臣達摩克里斯 Damocles 歌功頌德，讚美狄奧尼西奧斯手握天下大權，衣綾羅錦繡，食百味珍饈，可說是天下間最幸福快樂的人。狄奧尼西奧斯問達摩克里斯要不要和他調換位置一天，嘗試滋味。達摩克里斯受寵若驚，亦不敢違旨，於是欣然坐上皇座。狄奧尼西奧斯命人在皇座上懸一柄利劍，只用一條馬尾毛繫着利劍護手，搖搖欲墜。達摩克里斯大驚，汗流浹背，請求狄奧尼西奧斯恕罪。狄奧尼西奧斯對他說，權位愈高危險也愈大，敵人也愈多，就像頭上懸了一把利劍，隨時掉下來，所以帝王的生活不值得艷羨。

西塞羅以這個故事作為全書最後一章，結語便是人生的喜樂在於仁德，像狄奧尼西奧斯這樣危機四伏的生活根本無幸福可言。而「達摩克里斯之劍（a / the sword of Damocles）」便是喻意隨時有危險事情發生的情況，引伸為令人焦慮不安的危機或威脅。D 須大寫。

1   The old dam is like the sword of **Damocles** over the villages below.
    那古老的水壩對下面的村莊來說有如懸在頭上的利劍。

2   The meagre funding is the thread holding a sword of **Damocles** over our project.
    那些少得可憐的資助是一條線，繫着懸在我們計劃之上的一柄利劍。

3   It's not exaggerating to describe global warming as a sword of **Damocles**.
    以達摩克里斯之劍來形容地球暖化並不誇張。

157 好快劍
GORDIAN KNOT

　　凱撒年輕時宦海浮沉，鬱鬱不得志，公元前六十九年，他到西班牙西南部的港市加的斯 Cádiz 出任庫務官。當時西班牙在羅馬王國版圖之內，庫務官職位不高不低，難有作為。加的斯有一座神廟，供奉的都是古希臘半人半神的英雄。一天，凱撒參觀神廟，來到阿歷山大大帝 Alexander the Great（356–323 BC）的神像前，一時感觸，潸然淚下。同行的朋友不解，凱撒歎道，阿歷山大三十二歲去世，留下一個龐大的帝國，他也三十二歲了，卻一事無成。

　　阿歷山大是古希臘馬其頓 Macedonia 君主，二十歲繼父親之位為王，雄材偉略，先後征服波斯與埃及，並入侵印度，被譽為歷史上最偉大的軍事家。阿歷山大有不少軼事，傳說公元前三三四年，他領軍來到

位於今天土耳其中西部的弗里吉亞 Phrygia，在首都戈爾迪昂 Gordium 停駐過冬。戈爾迪昂的故宮前繫有一輛牛車，車軛上的繩結打得很巧妙，相傳是建城的戈爾迪阿斯 Gordias 留下的，誰能解開這個結便會成為全亞洲之王。阿歷山大當然不會不一試，但無法解開，於是拔出劍來，手起劍落，把繩結斬開。另有版本說，阿歷山大拔掉車軛的栓，鬆脫出繩子，於是解開了繩結。阿歷山大後來東征西討，建立馬其頓王國，希臘文化亦廣為傳播，遠及印度北部，阿歷山大大帝之名永垂千古。

中國也有類似的故事，南北朝時，大約公元六世紀初，北魏權臣高歡測試兒子的才能，要他們解開一堆糾結的麻繩。他的次子高洋拿刀斬斷麻繩，還說：「亂者須斬！」就是成語「快刀斬亂麻」的典故。高洋長大後篡了北魏，成立北齊，可惜是個暴君。

阿歷山大斬開或者解開的是 Gordian knot，「戈爾迪結」（也譯作「哥丁結」），Gordian 是 Gordias 的形容詞。Gordian knot 喻意難辦的事，或者複雜的問題；cut the Gordian knot 便是以大刀闊斧的方法解決複雜的問題，近乎快刀斬亂麻了。G 須大寫。

例句
EXAMPLE SENTENCES

1　Racism is a **Gordian knot** that needs courage and wisdom to unravel.
　　種族主義是要以勇氣和智慧才解得開的結。

2　She cut the **Gordian knot** by holding a press conference to stop the rumour.
　　她快刀斬亂麻地開記者招待會來平息謠言。

3　Henry said he had cut the **Gordian knot**, but we all knew he only tried to play ostrich.
　　亨利說已大刀闊斧解決問題，但大家都知道他只是迴避現實。

158 滑鐵盧
WATERLOO

　　中外歷史上都有不少傑出兵法家，凱撒與阿歷山大是例子，後世法國的拿破崙 Napoleon Bonaparte（1769-1821）也是佼佼人物。拿破崙很欣賞阿歷山大，但阿歷山大後來變得狂妄自大而神經質，在事業如日中天時猝逝。拿破崙很不以為然，批評阿歷山大最終「心如尼祿 Nero，道德如黑利阿加巴盧斯 Heliogabalus」。拿破崙舉例的兩人都是羅馬帝國歷史裏喜怒無常的暴君。

　　阿歷山大從未吃過敗仗，真的是所向無敵。拿破崙卻在滑鐵盧 Waterloo 一敗塗地。這場大仗於一八一五年六月十八日在比利時中部的聖桑崗 Mont-Saint-Jean 開始，戰場就在這條小村外的田野，距滑鐵盧鎮約五公里。法國人把這場戰役稱為聖桑崗之役，打勝仗的聯軍把指揮部移到滑鐵盧，發出消息，後世於是以滑鐵盧來命名這場歷史上有名的大仗，其實聖桑崗才是真正的戰場。

　　當時法軍七萬二千人，由英國威靈頓公爵指揮的英國、荷蘭和比利時聯軍有六萬八千人，三十公里外還有兩日前被拿破崙打敗的普魯士軍。大戰前一天，大雨滂沱，第二天早上才停止。後世有評論說，遍地泥濘不利騎兵和炮兵移動，所以拿破崙等到差不多中午才攻擊。但戰場情況對雙方都有影響，拿破崙判斷錯誤則無可辯解。他估計普魯士軍大敗後要兩日才能重整，對方卻很快再次集結了四萬多人。追擊普魯士敗軍的法軍亦未能完成任務，結果普魯士軍趕到，投入戰場，法軍壓力陡增。到了半夜，法軍潰不成軍，聯軍找到拿破崙棄置的馬車，知道他已落荒而逃。

　　拿破崙滑鐵盧之敗還有其他因素，威靈頓大讚拿破崙了得，誰也知道他不過是在抬高自己。拿破崙從來不覺得被威靈頓打敗，認為只

是天意，他也絕口不提威靈頓的名字，只破例一次，批評威靈頓根本不懂打仗，要不是普魯士軍趕到，滑鐵盧的結局便不一樣了。

「滑鐵盧（Waterloo）」從此便成為慘敗，決定性打擊，或者失敗原因的代名詞。拿破崙泉下有知，很難瞑目。W 最好大寫。

例句
EXAMPLE SENTENCES

1　The team met their **Waterloo** as two of their players were dismissed.
球隊因為兩名球員被罰離場而慘敗。

2　The botched election campaign was his **Waterloo**.
競選活動一團糟是他慘敗的原因。

3　Thomas, our Don Juan, met his **Waterloo** in love when Mary forsook him.
我們的浪子湯馬士被瑪麗拋棄，在愛情路上敗下陣來。

159　不擇手段
MACHIAVELLIAN

拿破崙在聖桑崗見大勢已去，棄了座駕，策馬逃走。威靈頓把拿破崙的座駕獻給英國皇太子，好事者謠傳車內有一冊《君王論》*The Prince*，上有拿破崙的親筆評註，其實查無實據。拿破崙愛讀《君王論》倒不假，據說他曾經慨言，世上值得一讀的書只有這本。

《君王論》的作者是馬基維利 Niccolò Machiavelli（1469-1527），文藝復興時期 Renaissance 意大利人，是政治家、歷史學家、哲學家、

劇作家，也是詩人，曾在意大利西北部的佛羅倫斯共和國 Florentine Republic 任高官，負責外交和軍事，一五一三年寫成《君王論》。馬基維利生活的年代頗動盪，意大利分為不同城邦，各自為政，其他歐洲勢力為了爭奪地盤，攻伐不斷，意大利已失去昔日領導商貿的地位。一五一二年，佛羅倫斯最有財勢的梅提奇家族 Medici 重掌佛羅倫斯政權，解散共和，對付異己，馬基維利被捕下獄，且受酷刑，獲釋後潛心著述，《君王論》便是這時寫成的。

馬基維利也是軍事家，著有兵書，但《君王論》非常有名，已蓋過了他的其他著作。《君王論》最初只有手抄本流傳，當時已議論紛紛，馬基維利去世五年後終獲准出版。這本書闡釋的是治國之術，與中國的法家極為相似，主張中央集權，君主要恩威並濟，必須「像狐狸般趨避陷阱」，而「像獅子以震懾狐狸」，總之君主要鞏固權力，不要受道德束縛，千秋惡名何足道哉。

《君王論》是備受爭議的奇書，面世後非議不絕，馬基維利也被稱為現代政治學之父。後世人亦以這本書概括馬基維利的政治思想，那便是為達政治目的，可以不擇手段。至於書中其他論點，例如用人唯才，施政有序，嚴明吏治，賞罰清楚等等，反而少人理會了。

Machiavelli 指為求目的，不擇手段者。Machiavellian 是形容詞，也可作名詞用。馬基維利主義是 Machiavellianism。M 須大寫。

1　Be careful of Johnny, he's getting quite **Machiavellian**.
　　提防尊尼，他愈來愈不擇手段了。

2　**Machiavellianism** has become a negative term associated with unscrupulous politicians.
　　馬基維利主義已經成為與不擇手段的政客掛鈎的貶詞。

3　To him, securing further promotion is a **Machiavellian** exercise.
　　對他來說，要往上爬便得不擇手段地做事。

160 鐵血
IRON AND BLOOD

　　一八一五年六月，拿破崙在聖桑崗戰敗，兩個多月前，在四月初，普魯士 Prussia 有一個嬰孩出生，這個孩子長大後成為風雲人物，對歐洲政局影響深遠，他便是俾斯麥 Otto von Bismarck (1815–1898)。很多人把俾斯麥和馬基維利並論，認為他是第一個活學活用馬基維利主義的政治家。

　　俾斯麥是貴族子弟，年輕時立志做外交官，大學修讀法律，曾任律師，三十二歲那年當選普魯士國會議員，從此在政壇大展拳腳。一八六二年，普魯士皇威廉一世 Wilhelm I 委任俾斯麥為總理兼外交大臣，負責由普魯士領導的統一德國大業，可是普魯士國會下議院否決了增加軍費的提案。九月三十日，俾斯麥到國會，條陳利害，解釋普魯士必須強軍才能統一國家，增加軍費事在必行，其中有一句說：「眼前的重大問題不能靠演說和大比數決議來解決……靠的是鐵與血 (iron and blood）。」這「鐵與血」便是武力，沒有軍事力量做後盾，甚麼也是白談。原文的「鐵與血」在不同的翻譯版本變成「血和鐵」，意思一樣。結果德國在普魯士領導下，成功在一八七一年統一，俾斯麥出任第一任首相，更被稱為「鐵首相（iron chancellor）」，中文卻變成「鐵血首相」。

「鐵與血」並不是俾斯麥所創，而是來自德國詩人舒根多夫 Max von Schenkendorf (1783-1817) 的一首詩，其中有兩句：「因為只有鐵才能拯救我們／而只有血可以贖我們的罪」"For only iron can save us / And only blood redeem us"。

俾斯麥的演說還有一句發人深省的話，他說普魯士必須發奮圖強（英文譯文是 struggles），否則最後會「像中國人那樣」！俾斯麥雖然以「鐵血」聞名，但一生致力平衡外交，主張大國之間互相制衡 check and balance。威廉一世的孫兒威廉二世 Wilheim II 登基後，與已經老邁的俾斯麥合不來，俾斯麥掛冠而去。一八八九年七月三十日，俾斯麥去世，臨終預言歐洲將會陷入戰禍。遠在中國，這時是戊戌年六月中，清帝光緒正計劃組織新政府，希望以變法維新來挽救國家。

Blood and iron 或 iron and blood 亦可引伸為冷酷強硬的意思。

例句
EXAMPLE SENTENCES

1 The team needs a **blood-and-iron** coach to discipline the players.
球隊要有一個鐵血教練來管束球員。

2 The terrorist group ruled the place by **blood and iron**.
恐怖組織以強硬手段來統治那地方。

3 To promote social changes by **blood and iron** will never work.
以流血和武力來推行社會改革永遠行不通。

社會風俗

Social Customs

161 無可選之選
HOBSON'S CHOICE

英國東南部的劍橋郡 Cambridgeshire 景色秀麗,郡內的劍橋大學成立於十三世紀末,由多間學院組成,這些學院的所在也形成了劍橋郡的中心。劍橋距離倫敦差不多百公里之遙,往來交通頻繁。十六世紀末,劍橋的凱瑟琳學堂 Katherine Hall(今天名為聖凱瑟琳學院)附近有一間旅館,老闆名字是何伯遜 Thomas Hobson(1544-1631)。旅館生意不錯,還附設馬房,有四十匹馬,何伯遜還領有執照,經營劍橋與倫敦之間的郵遞和客運服務,劍橋的師生也可租用馬匹,在學院之間往來。客人租馬,自然挑選最好的那匹,結果幾匹好馬都疲於奔命,其他馬反而優哉悠哉。何伯遜覺得不是辦法,擔心他的好馬終有一日會被弄垮,最後想到一個辦法。他訂了一條規例,客人光顧,只能租馬廄入口的第一匹。這樣一來,四十匹馬可以依次租出,機會均等,客人亦一視同仁,不會厚此薄彼。客人可以選擇租或不租,所以選擇還是有的。沒多久,「何伯遜的選擇(Hobson's Choice)」這條有趣的規矩便不脛而走,亦成為今天的常用語。

據說何伯遜雖然頗富有,但一毛不拔,其實有點冤枉。他曾經資助興建引水道,從附近河流引水入大學城供市民使用。劍橋大學城有街道以他的名字來命名,今天仍在,可見他並非不受歡迎。一六三〇年年底,何伯遜的郵遞客運服務被迫結束,因為倫敦爆發瘟疫,交通停頓。第二年,何伯遜去世。大詩人彌爾頓 John Milton(1608-1674)與何伯遜熟稔,曾慨歎要不是生意走下坡,老何應該會多活些日子。他還寫了一首詩《大學郵使》*On the University Carrier*,其中有兩句是這樣的:「年壽何能折,若非週驛隳」"And surely Death could never have prevailed / Had not his weekly course of carriage failed"。

「何伯遜的選擇」便是無選擇餘地的選擇。現在也可形容無選擇餘地的局面，即是兩害之下取其一。這第二個用法愈來愈流行，有論者卻不以為然，認為不符原來意思。但語文隨俗變化，真的沒有辦法。

例句
EXAMPLE SENTENCES

1 It's **Hobson's choice** for her; either she accepts the salary cut, or she'll lose her job.
   對她來說是無可選擇的選擇；不是接受減薪，便是失業。

2 Students can choose their lunch at the canteen. But only fish is served this whole week. It's **Hobson's choice**.
   學生可在食堂選擇午餐。但這星期只有魚吃。那是無可選擇的選擇。

3 There are two restaurants in the small town. But they take turns to open on alternate days. It's **Hobson's choice** for visitors.
   小鎮有兩間餐館，輪流隔天營業，對遊客來說是無可選擇的選擇。

162 馬槽狗
DOG IN THE MANGER

馬廄裏放飼料餵馬的器具或設備叫做槽，或者馬槽，其實所有放置畜牲飼料的也可以叫槽。基督教的《聖經》說，耶穌的母親馬利亞產下耶穌後，無處可放嬰孩，唯有把他放在馬槽裏，所以後世慶祝聖誕節必定有馬槽聖嬰這一幕。槽的英文是 manger，從拉丁文 *manducat*

演變而來，英文從這個拉丁文變過來的還有 manducate 這個動詞，咀嚼或者吃的意思，典雅措辭，不常用。

馬槽放的飼料不外是穀物苜蓿之類，有隻狗跳進槽裏躺下，馬吃不到飼料，但牠也不會吃這些食物。英文諺語便有這一句 dog in the manger，馬槽裏的狗，即是損人不利己。大多數字典把這句英諺翻成中文的「佔着茅坑不拉屎」，頗堪商榷。茅坑誰也可以用，某君佔着卻不做事而已，馬糧狗是不吃的，何必礙着不給馬吃。

這個馬槽狗的警世寓言在公元前一世紀的古希臘典籍裏已出現過幾次。上世紀四十年代，有一批古籍在埃及出土，其中有一部《多馬福音》*Gospel of Thomas*，估計成書於公元一或二世紀，記錄了耶穌的言論，是早期基督教傳道用書。書中引述耶穌對法利賽人 Pharisees 的批評，指這些故步自封的猶太教支派信徒就像在槽裏睡覺的狗，自己不吃槽裏的飼料，但也不讓牛吃得到。

耶穌所說的比喻裏，馬換了作牛。伊索故事集亦有收錄這個寓言，也是狗佔牛槽，馬不見了。不過要到十五世紀的伊索版本才有這個故事出現，明顯是後加上去的，原來的伊索可沒有。故事說狗在牛槽的禾草上睡覺，辛勞了一天的牛羣想吃草，惡狗卻咆哮不已。牛羣覺得這隻狗很自私。農人看到，一棍子把狗趕走。故事的教訓是「自己無法享受的東西，別人得到便不要氣忿」。

Dog 是公狗，母狗是 bitch。如果「馬槽狗」所指的是個女子，要不要改為 bitch in the manger 呢？

1 No one would like to make friends with him because he is the **dog in the manger**.

沒有人會喜歡和他做朋友，因為他是個損人不利己的傢伙。

2 You're the **dog in the manger** if you frequently begrudge something to others that you yourself cannot enjoy.

要是你常常不忿氣別人得到你無法享受的東西，你便是那馬槽狗。

3 John called his sister the **"bitch" in the manger**, blaming her for spoiling his relationship with his girlfriend.

約翰叫妹妹做馬槽母狗，把與女友弄糟了的關係歸咎於她。

163 碰瓷蠻牛
BULL IN A CHINA SHOP

馬廄的英文是 stable，裏面分成 stalls 隔欄，每隔一匹馬。Stable 也指牛欄，其實牛欄是 cowshed，牛馬有別。希臘神話裏埃利斯王奧吉厄斯有三千頭牛，他的牛欄 Augean stables 幾十年沒有清洗。嚴格來說牛欄應該是 cowsheds，不過習慣上用 stables，從眾亦無不可。

一頭牛是 cow。不過 cow 是母牛，公牛另有稱呼，閹割了的是 ox，未閹割的是 bull。另外還有一個字 cattle，牛的統稱，不分性別。Cattle 是眾數，不作單數用，奧吉厄斯有三千頭牛，那是 3,000 head of cattle。Head 不可加 s，否則 3,000 heads of cattle 便是三千個

牛頭了。一頭牛也不要說 a head of cattle，直接說 a cow、an ox 和 a bull 好了。Ox 的眾數是 oxen，這些公牛很溫馴，多數用來拉車。Bull 則脾氣猛烈，所以鬥牛是 bullfighting，鬥牛士是 bullfighter。英文的 bully 便是從 bull 得來，作名詞用時指恃強凌弱者、強橫霸道者，或者乾脆叫做惡霸。Bully 也可作動詞用，除了解作欺凌外，也有威嚇或者脅迫的意思。今天時常說的校園欺凌、網絡欺凌等種種欺凌便是 bullying。

英諺有說 a bull in a china shop「瓷器店裏的蠻牛」，牛性一發可不得了，店內的瓷器 china 恐怕都被砸個粉碎。據說這句諺語出於歷史事實。一八一六年，英國派出一個使節團，由特使阿默斯特 William Amherst(1775–1857) 率領，往中國謁見嘉慶皇帝，希望建立商貿關係，這是英國第二次派使節團到中國。第一次是一七九三年，特使馬戛爾尼 George Macartney (1737–1806) 拒絕向乾隆下跪叩頭，認為有辱國體。阿默斯特遭遇相同，兩位特使都無功而還。英國人老謀深算，兩個使節團沿途觀察，已探得大清虛實了。阿默斯特回到英國，有報紙刊登了一幅漫畫，把阿默斯特畫成一頭蠻牛，闖進了瓷器店。英國人綽號「約翰牛 (John Bull)」，瓷器是 china，亦是中國，妙在一語相關。

A bull in a china shop 通常是調侃行動或說話魯莽的人；笨手笨腳動輒闖禍者，或者在社交場合失禮人前的人，就像一頭脾氣猛烈的公牛闖進瓷器店，不天翻地覆才怪。不過也是想像而已。

1　The new headmaster said that he would not tolerate **bullying** at school.
新校長說他不會容忍校園欺凌。

2　A **bully** is always a coward.
恃強凌弱者從來都是懦夫。

3　He's like a **bull in a china shop**, embarrassing the guests with his barrage of dirty jokes.
他就像瓷器店裏的公牛，下流笑話說不停，賓客都尷尬得很。

164 大象珍寶
JUMBO THE ELEPHANT

　　Bull 也指公象，全稱 bull elephant，母象便是 cow elephant，很多時候乾脆只叫 bull 和 cow。象是體型最大的陸上哺乳類動物，分非洲象和亞洲象兩大類，喜羣居。歷史上著名的大象要算 Jumbo，珍寶是非洲草原象，大約於一八六〇年十二月在蘇丹出生，被獵人捕獲，賣到意大利，再賣了給法國巴黎的動植物園。一八六五年，巴黎和倫敦的動物園交換動物，珍寶落戶倫敦，這時才由倫敦動物園給牠起了 Jumbo 這個名字。珍寶在倫敦動物園安頓下來，愈長愈大，成為龐然巨獸，名堂也愈來響亮，是英國人的寵兒。

　　珍寶是有史以來最大隻的馴化象，最後的紀錄高達三百二十三公分，重六千多公斤。一八八二年，美國馬戲團老闆班林 P.T. Barnum

(1810–1891) 出價二千英鎊向倫敦動物園買下珍寶，消息一出，全國嘩然。據動物園的解釋，珍寶脾氣愈來愈暴躁，恐怕會出事。但國人不接受這個解釋，紛紛抗議，還鬧上法庭，但判決指協議有效。於是珍寶在英國舉國心碎之中去了美國。班林把珍寶巡迴展覽，迷倒了萬千美國人，二千鎊轉眼便賺了回來，據說珍寶一共為班林賺了超過一百萬美元。可惜珍寶於一八八五年在加拿大安大略省轉運中被火車撞死了。班林把珍寶的遺體製成標本，送了給美國麻薩諸塞州的塔虎脫學院 Tufts University，可惜一九七五年一場大火，把珍寶燒成灰燼。據珍寶的解剖研究，原來牠吃的飼料太軟，臼齒長得不好，經常牙痛，所以脾氣暴躁。當年倫敦動物園可沒有騙人。

Jumbo 便是巨大，龐大的意思。波音 747 客機一九七〇年面世時，載客四百人，哄動一時，被稱為「珍寶噴射機（Jumbo jet）」。Jumbo 也可帶貶義，指高大但笨拙的人，或者笨重物件，眾數加 s 即可。Jumbo 這個字的出處有三個說法，一是東非斯瓦圖 Swahili 語 *jumbe*，意思是酋長；二是南非祖魯 Zulu 語 *jumba*，即大件的東西；三是西非和中非的土語 *nzamba* 或者 *njamba*，就是大象的意思。

例句
EXAMPLE SENTENCES

1 We didn't expect a small guy like him could finish that **jumbo** hamburger.
我們沒有想到他這小個子竟然吃光那巨型漢堡包。

2 His new book is a **jumbo** novel.
他的新書是一本大部頭小說。

3 The police officer subdued the **jumbo** with a stun gun.
警員用電槍制服了那胖大漢子。

165 希臘文
ALL GREEK

　　Jumbo 大概是非洲流行土語，應用廣泛，意義各殊。十八世紀末，英國人在西非洲沿岸地區看到戴着面具的男巫跳舞，稱為 *maamajomboo*，意思是守護神上身，驅邪治病。從前英國人到處去，以英文記錄其他文化，名字拼音往往遷就英語，這個西非舞者的土名於是變成 mumbo jumbo。在西方人眼中，這些舞蹈和伴奏音樂都古怪不可解，久而久之，mumbo jumbo 在英語裏便成為胡說八道的廢話，或者沒有意思的事情。例如說「他廢話連篇，大大出了醜（He made a right fool of himself with that mumbo jumbo）」。

　　不過有時候說的可能並非胡言廢話，只怪聽者不懂，這情況英語會以 Greek / all Greek「希臘文／全是希臘文」來形容。希臘文歷史悠久，三千多年前是地中海地區的主要語言，分古文和現代文，大概類似中文的文言和白話，現代希臘文是希臘和塞浦路斯 Cyprus 的官方語言。希臘文是拉丁文的基礎，可以說是西方文化的原始語言，很多科學和醫學名詞的組成不是希臘文便是拉丁文。成書於公元一世紀前後基督教《新約聖經》便是以古希臘文寫成的。據說中世紀歐洲流行的是拉丁文，希臘字母和語文的影響力已大不如前，在寺院中抄經的僧侶遇到不可解的字或句時便會打趣說：「這是希臘文，我可不懂。」

　　莎士比亞的著名悲劇《凱撒大帝》*The Tragedy of Julius Caesar* 開場戲是凱撒打勝仗，回到羅馬，萬民夾道歡呼，凱撒亦躊躇滿志。不過羅馬元老院不滿凱撒的人不少，元老卡西烏斯 Cassius 便早已計劃除去凱撒。第一幕第二場戲，卡西烏斯問另一位元老凱斯卡 Casca 廣場上的所見所聞，還問他演說家西塞羅 Cicero 可有發言。凱斯卡回答說，西塞羅說的是希臘文，懂的人相視而笑，搖搖頭，但「對我來

說，那是希臘文」"As for myself, it was Greek to me." 西塞羅是飽學之士，懂希臘文不出奇，但他是否真的用希臘文演說，還是凱斯卡只想說自己不懂西塞羅說甚麼，不得而知了。

例句
EXAMPLE SENTENCES

1　He tried to explain how the machine worked to his wife. But it was **all Greek** to her.
他嘗試向妻子解釋那機器如何操作。但對她來說，完全摸不着頭腦。

2　The abundant jargons in Professor Liu's talk were **Greek** to the audience.
劉教授的演講滿是艱澀的行話，聽眾根本不懂。

3　"Don't tell me you don't understand my words," her father said. "It's not **Greek** to you!"
「不要告訴我你不明白我的說話，」她爸爸說。「你懂的（對你來說那不是希臘文）！」

166 荷蘭
DUTCH

　　和希臘文一樣難懂的是「雙重荷蘭文（double Dutch）」，兩者用法相同，都是指費解的說話或事物。Dutch 亦指荷蘭人，即 Dutchman，這個字還可作形容詞用，意思是荷蘭的（荷蘭 Holland 的正式名稱是 The Netherlands，Holland 只是省區名稱）。有一種跳繩

運動 rope jumping 也叫做 Double Dutch，中文叫做交互跳繩，兩人面對，一同朝相反方向甩動兩條繩，跳繩者人數不限。據說這種交互跳繩源於十七世紀，是美洲荷蘭移民小孩最喜歡的遊戲。當時荷蘭移民在今天的紐約市建立殖民地，名新阿姆斯特丹，後到的英國移民看到荷蘭孩子玩這種遊戲，便名之為 Double Dutch。

英國和荷蘭於十七世紀衝突不絕，都是為了爭奪海上貿易控制權和殖民地。除了動刀動槍外，英國人在言語上對荷蘭人也不客氣，很多說話挖苦人家，往日仇讎雖已了了，但今天很多這些字詞仍在通用，荷蘭人就算不忿氣也無可奈何。這裏舉幾個例子：

Dutch bargain 荷蘭式交易。酒到杯乾後完成的交易。

Dutch comfort 荷蘭式安慰。冷冰冰的安慰，比不聞不問好一點。

Dutch courage 荷蘭式勇氣。酒後的勇氣而已。

Dutch defence 荷蘭式防守。虛張聲勢的防守，不管用。

Dutch talent 荷蘭式天份。只識蠻幹，毫無知識及技術可言。

"I am in Dutch"「我有麻煩／被人懷疑」；"If not, I'm a Dutchman"「不是的話，我就不是人」；"Well, I'm a Dutchman"「噯，鬼才信你」。總之甚麼不好的都加 Dutch 在前即可。

今天最常用的要算 go Dutch，各自付賬，或者平攤費用。這個用法的起源有不同說法，較為人接受的是英國人嘲笑荷蘭人都是窮措大而小家子氣，吃飯後各自付賬。另有一個解釋是源自「兩截門（Dutch door）」的設計，這種門分上下兩部份，各自開關，拴起來卻又是一度門。Dutch door 由荷蘭移民帶到美洲，因為極適合在農莊使用，很快便大行其道。各自付賬就像兩截門，合起來是一體，用起來卻各自操作。這解釋其實頗牽強。不管怎樣，go Dutch 互不相欠，今天社交常見，歐美國家尤其普遍。

1　She insisted on going **Dutch** after the dinner, which made Henry feel embarrassed.

　　她堅持晚飯消費平均攤分，令亨利覺得尷尬。

2　"I think you need some **Dutch courage** before taking the dare."

　　「我看你先喝幾杯才好接受挑戰。」

3　"Oh, really? I'll be a **Dutchman** if I do!"

　　「呀，是嗎？我要喝幾杯便是膽小鬼！」

167　不辭而別
FRENCH LEAVE

　　英國文化藉十九世紀的帝國主義遍及全世界，英語更成為全球通行的語文，不少貶損別人的英語字詞今天仍常用。除了荷蘭人外，英國人對法國人也頗有意見，看不起法國人情緒化和好享樂，法國人則嘲笑英國人古板做作。其實英法兩國是歡喜冤家，近代當然哥兒倆，從前卻隨時大打出手。

　　莎士比亞的《亨利六世》Henry VI 上篇第三幕，第三場戲裏，領軍對抗英國人的法國女民族英雄貞德 Joan of Arc (1412–1431) 說服了本來支持英國人的法國勃艮第公爵 Duke of Burgundy 倒戈，站到法軍一邊，然後向觀眾唸了這一句台詞：「法國人就是這種作風，反過來覆過去」"Done like a Frenchman, turn and turn again"。以法國女士之口笑法國男人，莎翁也真有他的。十八世紀的英國大作家約翰遜

Samuel Johnson (1709–1784) 亦曾經曲筆挖苦過法國人。法國以雄雞為象徵，今天法國國家足球隊的標誌便是雄雞，這個傳承來源甚古，不贅。約翰遜拿高高架在屋頂上的風信雞 weathercock 來開玩笑，說所謂雄雞之勇，不過是隨風擺動而已。

英語裏貶損法國人而今天仍流行的有 French leave，意思是不辭而別，或者擅自缺席。這個詞十八世紀下半葉出現，起源已不可考，大概是宴會有些人悄悄離開，不辭而別，講究禮節的英國人覺得不好，於是以「法國式的離開 (French leave)」名之，趁機損法國人一下，至於法國人是否真的這副德性則不管了。家傳戶曉的歷險小說《金銀島》*Treasure Island* 第二十二章裏，尋寶隊被海盜圍困在島上的木寨裏，主角少年占姆 Jim 覺得氣悶，計劃「不辭而別溜出去」"to take French leave and slip out"。當然要 take French leave，他一開口，其他人放他出去才怪。

Leave 這裏是名詞，to take leave 是辭別的意思。French leave 亦指軍隊中士兵開小差，美國內戰時南北雙方都有很多人 took French leave，不一定是逃兵，總之是沒有批准便擅自離隊。不過法國人也非善類，你英國人說 to take French leave，我們禮尚往來回敬一句 *filer à l'anglaise*，英文是 to flee the English way「英式逃跑」。彼此彼此。

例句
EXAMPLE SENTENCES

1 The soldiers took **French leave** to visit the pubs in town.
士兵未得批准便溜出去到鎮上的酒館買醉。

2 She met the host of the party in the hallway when she tried to take **French leave**.
她正想不辭而別，卻在門廳碰到宴會主人。

3 He was dismissed for taking **French leave**.
他因為擅離職守而被開除了。

168 黃肚皮
YELLOW-BELLY

　　美國四年內戰（1861-1865）裏，南北雙方都有不少士兵脫隊，有些未得批准而離開 took French leave，這些人多半最終會回來，但亦有人一走了之，做逃兵。據估計，當時北軍差不多五個士兵便有一個人跑了，南軍亦相若。士兵離隊的原因很多，士氣低落、長官無能或無理、裝備糧食短缺，都可以令士兵無心留下。有時候戰陣上膽怯，也會掉頭而去。

　　英語裏有 white feather「白羽毛」一詞，贈人以白羽毛，即是譏諷對方是懦夫，尤其是臨陣退縮的軍人。另外還有 yellow-belly「黃肚皮」，也是對懦夫的嘲諷。這個詞的起源眾說紛紜，最簡單的是來自北美洲的黃肚吸汁啄木鳥 yellow-bellied sapsucker。鳥兒比較膽小，風吹草動便飛走，懦夫便有如這些雀鳥，所以稱之為 yellow-belly。Yellow-belly 是名詞，yellow-bellied 則變為形容詞了。

　　但所有鳥兒都是這樣，很多雀鳥都有鮮明的特徵，為甚麼選中黃肚皮？何況這種啄木鳥生活在北美洲，而 yellow-belly 這名詞在十八世紀末便在英國出現，指那些在英國東岸沼澤濕地居住的人，肚皮黃色，就像沼澤裏的鰻魚一樣。這完全是胡鬧開玩笑，當然不可認真。城市人看不起鄉下人，覺得他們寒酸，在沼澤生活的更加古怪，於是拿他們來訕笑，謔稱為 yellow-belly。但為甚麼最後演變成懦夫卻仍然說不出一個所以然。

　　還有一個解釋說，黃色代表虛假、背信、奸詐，而肚皮 belly 可解作膽量，勇氣 guts，所以兩者合起來便是 yellow-belly，即是勇氣膽量都是假的，不可信，那還不是懦夫？也有人說，yellow-belly 其實是美國人搞出來的，最早見於一八四二年四月的一篇新聞報導，當時美

國和墨西哥衝突不斷，大戰一觸即發，美軍在得克薩斯州邊境戒備，揚言墨西哥人有膽子過來的話，便會用「刺刀把墨西哥軍那些『黃肚皮』殺光」"bayonet every yellow belly in the Mexican army"。墨西哥士兵為甚麼是「黃肚皮」？他們的軍服腰腹位置可不是黃色的。難道指墨西哥人的膚色？似乎欠通。恐怕無從稽考了。

例句
EXAMPLE SENTENCES

1 He was too **yellow-bellied** to date her.
他提不起勇氣約會她。

2 The little boy confronted the bully to prove that he was not a **yellow-belly**.
那小男孩勇敢地面對欺凌他的人，證明自己不是懦夫。

3 Henry just laughed off being called a **yellow-belly**.
亨利對被稱為懦夫只一笑置之。

169 百合花肝
LILY-LIVERED

膽小懦弱除了是「黃肚皮」外，也可以是 lily-livered「百合花肝」。

原來中世紀歐洲醫學認為肝 liver 生血，主宰情緒，肝臟功能弱，血液產生得不好，人的精神和身體都會出問題。所以從 liver「肝」衍生出兩個形容詞 liverish 和 livery，意思都是易怒的，脾氣壞的，或者不適的，不快的。晚上大吃大喝後，肝臟功能減弱，第二天一覺醒來，覺得有點不適，可以用 liverish 來形容。相反，肝臟功能正常，血液充足，

人的臉龐紅潤，身體健康，做事也起勁。所以肝臟被認為是勇氣和活力的來源。

百合花 lily 則象徵純潔。百合花種類很多，顏色各有不同，但以白百合 Madonna lily 最有名。白百合花如其名，花瓣潔白無瑕，白得被譽為是白之極致。這種百合花原產巴爾幹半島 Balkans 和東歐的山林，據說以色列所羅門王的聖殿柱子上便飾以白百合花的圖案。中世紀的基督徒最愛以這種白百合花供奉聖母馬利亞，Madonna lily 這名字便是這樣得來。*ma donna* 原是意大利文，意思是「我的女士／夫人（my lady）」，基督教文化在歐洲興盛後，聖母馬利亞被尊稱為 Madonna，即是 Our Lady。

白百合花和肝藏拼在一起便成為「百合花肝（lily-livered）」。肝臟弱，產血不足，人血氣不好，臉色蒼白，有如白百合花。百合花肝者，沒有勇氣也沒有活力之人也，引伸為懦夫。

莎士比亞的悲劇《麥克白》*The Tragedy of Macbeth* 第五幕，也就是最後一幕戲，謀朝篡位後自立為蘇格蘭王的麥克白 Macbeth 已變得暴戾自大，半陷瘋狂。第三場戲裏，一個僕人面色蒼白跑進來，氣急敗壞地向他報告英格蘭一萬大軍壓境，麥克白罵他：「去刺破你的臉，把你的害怕染個通紅吧。你這膽怯小子」"Go prickle thy face, and over-red thy feare. Thou lily-liver'd boy"。

與「黃肚皮」一樣，「百合花肝」也分為名詞 lily-liver，形容詞 lily-livered。Lily-livered 除了是膽小，懦弱外，也可引伸為軟弱無力。

1　The city, with its chaotic traffic, is not for the **lily-livered**.
那城市交通之混亂，不適宜膽小的人居住。

2　The workers paid no attention to the **lily-livered** manager.
工人不把那軟弱的經理放在眼內。

3　He is just a timid and overcautious person, not exactly a **lily-liver**.
他只是個謹小微慎的人，不算得是懦夫。

170 幽默
HUMOUR

　　中國古人認為肝氣微弱的人喝酒便會面青，不健康。不過中西醫學對肝的理論是兩回事，西醫的肝是確實的器官，中醫的肝卻指一個系統。Lily-livered 雖然是懦弱膽小的意思，基本概念則是肝功能弱，血氣不足，和中醫的肝氣微倒有點相似。

　　古代歐洲醫學繼承自希臘，認為人體有四大體液 four humours，分別是血液 blood、黏液 phlegm、黃色膽液 yellow bile 和黑色膽液 black bile。血液不用說了，黏液穩定情緒，黃膽液令人積極進取，黑膽液令人沉靜，四液平衡則身體健康。黏液過多，人會冷漠；黃膽液多了，人會暴躁悍戾；黑膽液太盛，人會鬱鬱寡歡。

　　四體液的原始理論來自埃及，公元前四世紀結合了古希臘的「四元素（four elements）」哲學，即是世界由土、火、水和風（空氣）組成的概念。四元素不同組合便成為四種「相反關係（contraries）」，即是

熱、寒、乾和濕，例如熱乾生火，熱濕生風，寒乾生土，寒濕生水。配合四體液理論，於是熱乾生黃膽液，寒乾生黑膽液，熱濕生血，寒濕生黏液。人也按這些組合而分四大類型性情和氣質。體液 humours 是不停變動的，所以人也會有情緒變化以至衝動的時候。十七世紀末，humour 成為滑稽人有趣事的意思，原因已不可考，也許因為不禁莞爾也好開懷大笑也好，都是一時情緒之故。

作家林語堂於一九二〇年代把 humour 翻譯成「幽默」，自創新詞，音義俱佳，他也贏得「幽默大師」美譽。林語堂有《論幽默》一文，認為「幽默只是一位冷靜超遠的旁觀者，常於笑中帶淚，淚中帶笑。其文清淡自然，不似滑稽之炫奇鬥勝，亦不似郁剔之出於機警巧辯。」

「幽默（humour）」是舶來品，殆無疑問，中國人講的是滑稽，司馬遷的《史記》便有一章〈滑稽列傳〉。滑者，亂也；稽者，同也，即言非若是，說是若非，寓諷刺於正反錯亂之中。

名詞的 humour 是英式拼法，美式是 humor。形容詞是 humorous。幽默感是 sense of humour。當然，humour 也可以按原來意思使用，指情緒、心境、脾氣或者氣質（也可以用 mood 這個字）；例如 in good humour 便是心情好，反之便是 in bad humour 了。

例句
EXAMPLE SENTENCES

1 She obviously did not get his **humour**, which made him feel snubbed.
她顯然不懂他的幽默，令他感到沒趣。

2 His great sense of **humour** helps to keep the office cheerful.
他豐富的幽默感有助令辦公室氣氛愉快。

3 "Excuse me. I am in no **humour** to hear you further."
「對不起，我沒有心情聽你再說下去。」

171 血紅
SANGUINE

　　古希臘的四體液理論 four humours 是怎樣得來的？瑞典醫學教授華勒艾斯 Robin Fåhræus (1888–1968) 是研究血液的權威，他推斷是古希臘人從觀察中建立這個理論。方法是用瓶子盛着血液，一段時間後，血液便會沉澱為四層，最底一層凝結成塊，顏色最深，就是黑膽液 black bile；其上是血液 blood，即紅血球；再上一層白色的是黏液 phlegm，即白血球；頂層的液體純清，呈黃色，就是黃膽液 yellow bile，即血清。

　　血對動物生命極為重要，無血即死，所以中外文化對血都各有執着。中國人講「血肉」，血先行，西方卻以肉在血先 flesh and blood，你要倒過來也可以，但沒有人會這樣做。英諺有謂 blood is thicker than water「血濃於水」，源起十二世紀的德國，意即血脈相同者的關係並非外人可相比。但有語文學者推翻了這解釋，認為這句諺語的 water 是指母親子宮 womb 內的羊水，意思是古時戰場上插血為盟的將士，一起出生入死，關係比同一子宮出來的親兄弟還要緊密。這也有道理，諺語裏的「水」總算有着落，不再令人摸不着頭腦。

　　猶太教和基督教對血液尤其敏感，兩教都明言生命在於血，屠宰牲畜必定把血放淨，肉類不能見血，否則不食。基督教《舊約聖經》的〈創世紀〉Genesis 說得清楚，「帶血的肉 (flesh with the blood thereof)」不能吃，血塊更加是絕對禁止入口了。這禁例今天的東正教 Eastern Orthodox Church 信徒仍遵從不誤。

　　Blood 是血，血色好，面紅潤，可以用 ruddy，千萬不要說 bloody，因為 bloody 的意思是淌血的，血污的。除了 ruddy，另一個常用字是 sanguine，源自拉丁文的 sanguineus，「血」的意思。

Sanguine 是形容詞，意思是紅潤，血色好，或者血紅色，引伸為樂天，樂觀。另有形容詞 sanguinary，除了以上意思外，還指血腥、嗜血、好殺戮和殘暴。Sanguinity 是名詞，意思是樂天，樂觀。

1 He is too **sanguine** about the development of the company.
他對公司的發展太樂觀了。

2 They visited the site where a **sanguinary** battle was fought 200 years ago.
他們參觀了那二百年前打過一場血腥戰役的遺址。

3 She may be a little childish, but you have to admire her **sanguinity**.
她可能有點幼稚，但你不得不佩服她的樂觀。

172 脾氣
SPLEENFUL

古希臘人認為四體液裏的黑膽液 black bile 產自脾 spleen，過多時人便會憂鬱不歡，心情和脾氣都不會好得到哪裏。現代醫學當然早已找出脾的真面貌。脾是儲藏血液的器官，所有脊椎類動物都有，位置在腹部左上，胃之上肋骨之下，主要功能是過濾血液和調節血量。中醫以五行來解釋人體內五臟，脾屬土，所以脾亦稱為「脾土」。按中醫藥理論，胃主消化，脾則助胃氣化穀，所以兩者並稱「脾胃」，引伸為人的脾氣及性情。中文有「脾憋」一詞，意思是鬱結，與古希臘四體

液的黑膽液令人憂鬱 melancholy 如出一轍。

中文的「脾氣」即脾臟之氣，引伸為人的習性，脾失調，氣亦壞，西方也有相同的理論。十八世紀的英國人認為女人心情不好是受脾發出的氣 vapour 所影響。英語裏有 to vent one's spleen「為脾排氣」，就是發洩怒火的意思，可一點也不憂鬱了。這不就是中文的「發脾氣」！中西文化竟然巧合若斯。脾氣排不出來，或者排不好便是 spleenful，即壞脾氣、乖戾、好抱怨，或可解作惡意的、怨毒的。還有 splenetic，也是形容詞，意思一樣，亦可作名詞用，即脾氣壞的人。

還是要談莎士比亞，在《凱撒大帝》*The Tragedy of Julius Caesar* 一劇裏，凱撒被行刺死後，主謀的元老卡西烏斯 Cassius 和刺凱撒最後一刀的布魯托斯 Brutus 關係愈來愈緊張。布魯托斯本來和凱撒情同父子，但天真地以為殺凱撒便可挽救羅馬共和。但他逐漸發覺卡西烏斯是反覆嗜權之徒。第四幕第三場戲裏，兩人唇槍舌劍，布魯托斯慍怒地對卡西烏斯說：「……我要站在這裏，屈膝哈腰，忍受你的暴躁脾氣嗎？皇天在上，你的滿脾怨毒，縱然已把你溶成兩半，你也得要自己消解……」"...Must I stand and crouch / Under your testy humour? / By the gods, You shall digest the venom of your spleen / Though it do split you..."

Testy 是暴躁、易怒和不耐煩，testy humour 便是暴躁脾氣。Venom 是毒液，引伸為怨恨，digest 是消化和吸收，split 是分開。布魯托斯可罵得一點不客氣。

1 She sent a **splenetic** message to her divorced husband.
她向前夫發了一則惡狠狠的訊息。

2 "Be careful. The new manager is a **splenetic**."
「小心。新來的經理是個脾氣暴躁的傢伙。」

3 He was **spleenful** the whole morning because of the hangover.
他宿醉未醒，整個早上煩躁不安。

173 冷靜
PHLEGMATIC

　　按四體液理論，人要健康便必須保持體液平衡。理想的比例是以血液為主，黏液是血液的四分一，黃膽液是十六分一，黑膽液是六十分一，不過這很難做得到，所以總是有某一種體液主導。血液旺盛的人是 sanguine people，健康樂觀；黏液主導者是 phlegmatic，說得好是冷靜沉着，不好是冷漠得近乎遲鈍；黃膽液 yellow bile 也稱為 choler，受黃膽液影響的人是 choleric，暴躁急性子；黑膽液過多者是 melancholic，內向而多愁善感，屬憂鬱型。

　　古時的歐洲人相信飲食可調節體液，莎士比亞在喜劇《馴悍記》 The Taming of the Shrew 裏，彼特齊奧 Petruchio 把烈性子的凱瑟琳娜 Katherina 娶回家，處處留難，誓要改變她的脾氣。第四幕第一場戲裏，吃晚飯時，僕人端上羊肉，彼特齊奧卻抱怨羊肉已經燒焦得乾巴

巴，不許凱瑟琳娜吃，還說醫生叫他少吃羊肉，因為「會生黃膽液，積聚怒火」"For it engenders choler, planteth anger"。

四體液裏要數難搞的是黏液 phlegm，主要因為很容易混淆今天對 phlegm 的認識。基本而言，黏液是動物體內分泌出來的黏稠液體，例如痰和鼻涕。四體液裏的黏液卻很難說得出是甚麼東西，總之是一種令人少動乏勁的體液，自肺產生，老人家最多。四體液理論由希臘傳到羅馬，歐洲人深信不疑，後來被伊斯蘭文化吸收。十六世紀已開始有人挑戰這個理論，現代醫學發展起來後，四體液理論亦逐漸被遺棄。一九一三年獲諾貝爾醫學獎的法國醫學教授理塞 Charles Robert Richet (1850–1935) 便曾經公開質疑四體液理論，認為黏液根本是想像出來的東西，誰也沒見過。

根據從四體液衍生出來的所謂四種氣質 four temperaments，phlegmatic 的人不喜歡對抗，渴望平穩安定，不要出頭，是可以委曲求存的人。這些人不一定是沒有信心或者想做老好人，但對堅持己見覺得很不自在而已。

例句
EXAMPLE SENTENCES

1 Steven is **phlegmatic**, never getting excited about anything.
史提芬很冷靜，發生任何事都處變不驚。

2 She was always restless, having none of her father's **phlegm**.
她總是靜不下來，沒有半點她父親的沉着。

3 He went on with his work **phlegmatically** in the courtyard as the rain splashed down.
他在滂沱大雨下若無其事地繼續在院子工作。

174 仙間美饌
AMBROSIA

　　飲食習慣影響健康，古今中外的人都明白這個道理。凡人吃的不外飛潛動植，喝的茶水酒漿，視乎烹飪調製而已。天神吃的可不同了。《西遊記》裏，王母娘娘的蟠桃宴上，「桌上有龍肝鳳膽，熊掌猩唇」，不要說吃，光看看已足以令人瞠目結舌。西方神話以希臘和羅馬為宗，希臘天神吃的是甚麼？Ambrosia，遠不及王母娘娘請客的講究。

　　Ambrosia 可以是吃的也可以是喝的，有時候很難說得清楚，不過因為有另一個詞 nectar，天神喝的玉液瓊漿，於是 ambrosia 一般都解作珍饈百味。Ambrosia 有令人長生不老的功能，原來的古希臘文 *ambrotos* 就是這個意思，*a* 這個前綴 prefix 是否定的意思，*mbrotos* 與拉丁文的 *mortalis* 相同，都解作死亡，否定死亡，那就是長生不老，或者不朽了。

　　Ambrosia 究竟是甚麼食物不得而知，奧林匹斯山 Olympus 上的天神要吃飯了，鴿子便會把 ambrosia 銜來。鴿子可以銜來的，一定不會是龍肝鳳膽之類。有學者推斷，ambrosia 應該是蜂蜜之類的東西，因為蜂蜜有療傷功效，而且有益健康，廣義引伸便是長生不老了，古希臘人將日常吃用的蜂蜜想像為天神食糧，解釋亦合理。

　　希臘天神吃的 ambrosia 也許簡單，但有專人侍候，司其職者青春女神荷貝 Hebe。荷貝是宙斯和赫拉的女兒，後來嫁了給大力神海格立斯 Hercules，侍候天神進餐的職務交了給特洛伊 Troy 王子甘尼美德 Ganymede。算起來，甘尼美德是特洛伊亡國之君普里阿摩 Priam 的叔公，是天下美男之冠，被宙斯看中，拐了上奧林匹斯山作侍從。宙斯的私生子坦塔羅斯 Tantalus 是奧林匹斯山常客，時常偷偷把 ambrosia 帶走，拿到凡間向朋友炫耀，結果被禁足上山。

Ambrosia 是天神吃的東西，喻為豐盛的珍饈美味。形容詞是 ambrosial，即是美味有如仙間食物的意思。

例句
EXAMPLE SENTENCES

1 The food served at the banquet last night was sheer **ambrosia**.
   昨晚宴會的食物好吃極了。

2 The simple food at the small café was like **ambrosia** to them after the exhaustive journey.
   疲憊的旅程後，那小咖啡館的簡單食物對他們來說就是美味珍饈。

3 He wanted to take a nap after the **ambrosial** lunch.
   他吃過那頓美味的午飯後想打個盹。

175 天上甘露
NECTAR

希臘天神吃的是 ambrosia，喝的是 nectar。這種天間甘露究竟是甚麼東西，一樣誰也說不清楚。Nectar 來自 *nektar* 這個古希臘詞，*nek* 是消亡或者逝去 perish；*tar* 是克服 overcome，即是不死。有另一個故事說，侍餐的荷貝 Hebe 有一次不小心，摔了一跤，把 nectar 打翻了，連身上的袍子也掉了一半，露出乳房，被認為是大不雅，所以不用她侍餐。

據古希臘詩人荷馬 Homer 在史詩《奧德修斯記》*Odyssey* 描述，

奧林匹斯山的天神吃飯時，在桌上羅列仙間美饌 ambrosia，並調製玫瑰色甘露 rosy-red nectar。這甘露多半不是酒，是酒的話，古希臘人可不會忌諱不言。會不會是蜂蜜調出來的飲料？畢竟在酒發明之前，古希臘人已有喝蜂蜜水的習慣。

Nectar 和 ambrosia 時常混而為一，兩者都芬芳馥郁，可以作香水之用。斯巴達王梅內萊厄斯 Menelaus 為了捉海中老人 Proteus，和手下披上海豹皮假扮海豹，但那些皮其臭無比，幸好天神賜他們 ambrosia 來辟味。特洛伊戰爭裏，前來助陣對抗希臘人的克里特英雄撒彼多 Sarpedon 戰死，阿波羅太陽神用 ambrosia 潔淨他的遺體，以等待運回家鄉。這情況出現了不止一次。阿基里斯 Achilles 的好友普特洛克勒斯 Patroclus 陣亡後，也是用 ambrosia 潔淨遺體。美少年阿多尼斯 Adonis 打獵受傷而逝，傷心欲絕的愛神阿佛珞狄絲 Aphrodite 也是用 ambrosia 來清潔他的遺體。如果 ambrosia 是食物，那倒很難想像是怎麼一回事。較合理的解釋是 ambrosia 是可作食物用的液體，例如蜂蜜。不過希臘天神的吃喝未免太單調了。

Nectar 現在指植物的甜美汁液，果汁花蜜等即是，引伸為甘美的飲料或者事物。形容詞是 nectarous，甜美的意思。另有名詞 nectarine，即油桃，又名桃駁李。Nectarine 果表光滑，與有細絨毛果皮的桃子 peach 不同。Nectarine 也可作形容詞用，與 nectarous 相同。

1　She is enchanted with the **nectar** of love.
她陶醉在愛情的甜蜜之中。

2　"All I want now is a **nectarous** glass of iced drink."
「我現在只想要一杯香甜凍飲。」

3　You'll find some exotic **nectarine** fruit in the bazaar in this season.
這個季節你會在市集上找到些香甜的異國水果。

176 豪奢
LUCULLAN

　　希臘天神的飲食只有 ambrosia 和 nectar，擺出來的排場，很難與中國王母娘娘的筵席相比。孟子三千年前已批評那些一朝得志的人「食前方丈」，面前一方丈的地方都擺滿食物，奢侈得可想而知。中外歷史上都有這種「食前方丈」的人，羅馬帝國的大將盧卡拉斯 Lucullus (117-57 BC) 是其表表者，他的名字更演變成形容詞 lucullan，意思就是豪侈，真正「名垂後世」。

　　盧卡拉斯和凱撒是同代人，比凱撒年長十八歲，他去世時，凱撒還未大權在握，仍在今天的英國與土著作戰。盧卡拉斯一生的勳業在於小亞細亞 Asia Minor 的武功，小亞細亞大約就是今天土耳其東部，當時黑海 Black Sea 南岸的本都國 Pontus 勢力日盛，對羅馬帝國的東面疆土是很大的威脅。公元前八十八年，盧卡拉斯參軍討伐本都時不過是個低級軍官，但戰績彪炳，擢升得很快，十年間已成為獨當一面

的執政官，更獲選為羅馬元老。公元前七十四年，盧卡拉斯出任小亞細亞東南岸的西里西亞 Celicia 的總督，領軍攻破本都，本都國王米特拉達提六世 Mithridates VI 往東逃到今天裏海 Caspian Sea 西岸的阿美尼亞 Armenia 地區。不過盧卡拉斯在軍事上再沒有寸進，反而部下陽奉陰違，表明立場以保衛羅馬為責之所在，不會為他賣命。

　　盧卡拉斯最後被召回羅馬，他從小亞細亞地區搜括所得令他成為巨富，未幾即退出軍旅生涯。政治爾虞我詐，當時的羅馬政壇更風起雲湧，盧卡拉斯為明哲保身，在羅馬郊外半退休過活。他很慷慨，而且禮賢下士，把一座別墅改建成圖書館和賓館，接待學者文人，頗有中國的孟嘗之風。不過他生活奢華，以筵席豐盛見稱，而且有自家的農場，培育各種時果和野味。據古羅馬傳記作家普盧塔克 Plutarch (46-120) 記載，有一次手握大權的羅馬元老龐培抱恙，大夫說要吃斑鶇 thrush。僕人說時值夏季，市上沒有這種雀鳥，除非去向盧卡拉斯要，整個羅馬的斑鶇都在他的農場裏育肥。龐培慍怒說：「豈道是彼盧卡拉斯弗窮奢極慾，龐培乃得一命嗚呼哉！」

例句
EXAMPLE SENTENCES

1　She had to give up her **lucullan** lifestyle after her husband went bankrupt.
她的丈夫破產後，她必須放棄奢華的生活作風。

2　They held a **lucullan** wedding banquet for their only daughter.
他們為獨生女兒舉行了極盡豪華的婚宴。

3　She cannot understand why her children will find hamburgers and French fries a **lucullan** meal.
她不明白為甚麼她的孩子會視漢堡包和薯條為豐盛大餐。

177 美食家
EPICURE

　　盧卡拉斯生活奢華，但飲食是否講究則不得而知，他請客吃飯也是極盡豐盛 lucullan 而已，菜式有多精美則並無記載。說到美食家，英語有 epicure 一詞。這個字衍生自古希臘哲學家伊壁鳩魯斯 Epicurus (341-270 BC) 的名字，不過其實有點冤枉。

　　伊壁鳩魯斯在愛琴海 Aegean Sea 的薩摩斯島 Samos 出生，父母是雅典人，他受的是古典希臘哲學教育，融會貫通而自成一家。他曾講授哲學，公元前三〇七年回到雅典，買了一幢花園房子，在園裏講學，來聽課的有婦女和奴隸，伊壁鳩魯斯亦有教無類。在當時的雅典這可是離經叛道的事，自然招來不少閒言閒語。

　　伊壁鳩魯斯講授的主要是物理學、邏輯學和倫理學，尤其以倫理學對後世的影響最深遠。他提出「快樂論 (Hedonism)」，認為人生最幸福莫如快樂，人生目的亦在追求快樂，因此享樂合乎道德，受苦則反之。而所謂受苦，其實是世人對死亡、報應和往生懲罰的非理性恐懼，若能擺脫這些恐懼帶來的痛苦便能快樂。伊壁鳩魯斯的快樂着重心境平靜，不在乎物質，他亦強調克己節制，認為人只要活得有理性、自重正直，人生即快樂。伊壁鳩魯斯每天通常只喝點水，吃點麵包，飲食非常簡單，因為他相信，食不厭精之後，悵然的感覺會更強。

　　問題出在他去世後。傳人裏慢慢有人從他的學說中各取所需，於是「快樂論」最後變成「享樂主義」，追求快樂是人生目的，故此行樂及時。他主張的克己節制也演變成為對生活的要求，目迷五色，舌嚐百味，寧缺毋濫。大概到了十六世紀，英語出現 epicure 這個詞，雖然來自 Epicurus 的大名，其實和他的學說是兩回事了。

　　Epicure 是名詞，指美食家或講究飲食的人，亦泛指對其他事物如

音樂或藝術有鑑賞力者。形容詞是 epicurean，可以作名詞用，引伸為喜愛精美感官享受的人。

1 He used to say that marriage is not for an **epicure** in love like him.
他常常說婚姻不是為他這個愛情鑑賞家而設。

2 We were excited to find that the small country restaurant could serve such an **epicurean** meal.
那小鄉村餐館竟然有這樣精美的餐飲，可令我們驚喜不已。

3 They can afford an **epicurean** lifestyle because their father is a multi-billionaire.
他們可以過錦衣美食的生活，因為他們的父親是億萬富翁。

178 萬應解藥
MITHRIDATE

　　盧卡拉斯破了本都，把米特拉達提六世 Mithridates VI 趕到東面，但沒有乘勝追擊，一來是羅馬軍亦現疲態，主要是他忙於搜括，美其名是穩定地區局面。米特拉達提六世曾經和羅馬打了三場硬仗，三場的對手都是羅馬名將，盧卡拉斯是第二場。盧卡拉斯被召回國後，米特拉達提捲土重來，第三場大戰的對手是龐培 Pompey。米特拉達提六世戰敗，領着殘部越過高加索山 Caucasus 到了克里米亞 Crimea。

米特拉達提的名來自古波斯文，意思即「光明之神（Mithra）所賜」。這光明之神是「瑣羅亞斯德教（Zoroastrianism）」崇拜的神靈，這教即是中國歷史上的「祆教」，俗稱拜火教。米特拉達提有波斯和希臘血統，他的父親米特拉達提五世駕崩時，他年紀尚幼，由母親攝政，但他的母親屬意把王位傳給他的弟弟。米特拉達提逃到民間，長大後回朝，大概攝政的母后不得人心，他被擁立為王。他把母弟軟禁起來，後來母親病死，弟弟未幾亦去世，死因則不得而知。

米特拉達提五世是被人下毒殺死的，所以六世引以為鑑，處處提防。他流落民間時，曾在荒野之地生活了七年，據說在這段日子裏，他研究出百毒不侵的方法。他不斷服食毒藥，劑量漸增，慢慢在身體內培養出抗毒的能力，還發明了一種萬應解藥。米特拉達提六世兵敗後眾叛親離，他把隨身的所有毒藥混和服下，可是死不去，最後由一個追隨他多年的僱傭兵一劍送他上路。

據記載，米特拉達提的萬應解藥有五十四種成份，合成後要放起碼兩個月才有效。他去世後，不少古羅馬醫師聲稱拿到秘方，有些還說調製出改良版，功效更強。這種解藥在歐洲流傳了千百年，到十九世紀更出現了六十五種成份的新配方。不過米特拉達提的原方其中一種成份非常神秘，要通靈才有效，所以他身旁總有一班靈媒候命。流傳的配方沒有這種成份，功效應該打折扣。米特拉達提六世 Mithridates VI 發明的萬應解藥就名為 Mithridate，形容詞是 mithridatic。

1 **Mithridatism** is the immunity to a poison by administering gradually increased doses of the poison.

耐毒性是逐漸增加服用某毒物的劑量以達至對該毒物有免疫力。

2 Europeans in the Middle Ages believed that **mithridate** was a powerful antidote for poisoning.

中世紀的歐洲人相信萬應解藥是最強效的解毒劑。

3 She said the herbs she grew in her garden had **mithridatic** effect.

她說她園子裏栽種的草藥有萬應解毒功效。

179 靈丹
PANACEA

Mithridate 是萬應解藥,中毒後服之有效,但未必能夠治病,人生病了還得吃藥。古語說「良醫醫病,病萬變,藥亦萬變」,病變而藥不用變的,除非是仙丹,但世上何來能醫百病的靈丹仙藥?希臘神話裏有一位女神潘尼西萼 Panacea 就有這個治百病的本領。

潘尼西萼的父親是醫藥之神阿斯克勒庇俄斯 Asclepius,祖父是太陽神阿波羅 Apollo。阿斯克勒庇俄斯是阿波羅的私生子,母親是凡女,所以他是半人半神,但獲阿波羅賜予治病的能力。他手上持着的手杖有一條蛇纏繞,名為 Rod / Staff of Asclepius,很多時與天神使者赫爾墨斯 Hermes 的雙蛇節杖 Caduceus 混淆。Caduceus 原本是出版商印在醫學書籍上的圖案,在美國流行,被視為醫學象徵,其實只得一條蛇的醫藥之神手杖才是正宗標誌。

潘尼西萼從父親處得到使用草藥治病的知識，她有一種膏藥，能治百病，所以她的名字 Panacea 亦成為萬應靈藥的代名詞，更引伸為能解決各種問題的萬全之計，有時候可以是帶貶意的反話。古時很多人都嘗試煉出萬應靈藥，中世紀歐洲的術士和煉金師尤其熱衷。煉金的基本概念是把普通金屬或礦物煉製成黃金及白銀等，在中國也稱為煉丹，所煉的物質有多種，萬應靈藥或者長生不老藥是其一。中國二千多年前的戰國時代已有煉金術，據說唐代末年傳入阿拉伯，埃及、希臘和印度等亦早已有這門技術，不同文化互相交流，晚起的阿拉伯文化則兼容並蓄。

歐洲煉金術始於十一世紀，最初的煉金知識由寺院僧侶從翻譯希臘和拉丁古籍中得來，到十三世紀，煉金術已發展得頗有系統。現代化學在十八世紀萌芽後，煉金術才慢慢消退。歐洲煉金師對四體液理論當然深信不疑，而且認為所有礦物的變效對人體都有影響。他們有一個很有趣的理論，就是如果掌握到把黃金提煉純淨的方法，便同樣地能夠純潔人的靈魂。這比煉出能治百病的靈藥 panacea 更加不得了。

例句
EXAMPLE SENTENCES

1 She believes that vegetarian diet is a **panacea** for a lot of diseases.
她相信素食對很多疾病都有療效。

2 There's no **panacea** for the ecological crisis we are facing today.
我們今天面對的生態危機並沒有萬全良策可以解決。

3 Free trade has been touted as a **panacea** for economic and political ills.
自由貿易被吹嘘為解決經濟和政治問題的萬應良方。

180 長生藥
ELIXIR

　　靈丹 panacea 能治百病，長生藥令人永生不死，二者配合，的確引人入勝，所以煉金師不惜窮一生精力鑽研。長生不老藥英語是 elixir，原是古希臘文，意思是「凝結傷口的粉末」，後轉為阿拉伯文，再於十一世紀左右傳回歐洲。

　　長生不老藥的概念源起自中國和印度。中國神話裏的羿從西王母處得到長生不老藥，誰知被妻子嫦娥偷吃了，嫦娥飛奔月宮，羿徒呼奈何。這大概是中國最古老的長生不老藥故事。中國古籍則記載，秦始皇為求長生不老藥，派方士徐福率領數千童男童女渡海往東，方士即煉金師的鼻祖。傳說徐福到了日本，不回來了。漢代很多人喜歡煉丹，據說漢武帝劉邦的叔父劉安在煉丹時意外地發明了豆腐。劉安煉的是仙丹，後來得道成仙，飛升上界，留下的丹藥被家中雞和狗吃了，也升天而去，就是「一人得道，雞犬升天」這句說話的由來。

　　Elixir 除了是長生不老藥外，亦能治百病，功效與 panacea 相同。Elixir 還能夠把其他物質變成金或銀，所以亦稱為 philosophers' stone，「點金石」或「魔法石」。為了區分，elixir 的全名是 elixir of life 或 elixir of immortality，即是「生命之方」或「不死藥」，elixir 則可引伸為活力、精髓、精華或者要旨。Philosopher 通常譯作「哲學家」，按原來的古希臘文字義是「喜愛智慧的人」，好鑽研學問追求知識者都是 philosopher，煉金師便是這種人。曾風靡一時的暢銷奇幻小說《哈利波特》Harry Potter 系列的面世之冊便名為《哈利波特與魔法石》Harry Potter and the Philosopher's Stone。

　　公元五七〇年，波斯大夫博祖亞 Borzuya 在書本上看到印度深山裏有一種草藥，可以起死回生，於是長途跋涉去印度尋找這種 elixir。

博祖亞草藥找不到，卻遇到一位智者。智者給他一冊書，告訴他世人愚昧，就像死人，要受啟迪教化才有生命，智慧和知識便是起死回生的 elixir。博祖亞把那冊書帶回波斯，翻譯成波斯文，便是著名的古印度梵文寓言故事集《五卷書》*Panchatantra*。

例句
EXAMPLE SENTENCES

1　"The **elixir** of life," he raised his glass of whisky and said.
「生命之藥。」他舉起他那杯威士忌說。

2　The **elixir** of the research project is in the report.
研究計劃的精髓就在報告之中。

3　Water is also called the **elixir** of life.
水也稱為生命之方。

181 孽霧
MIASMA

波斯大夫博祖亞 Borzuya 往印度求的是起死回生之藥，已不單純是可令人長生不老的 elixir。不過靈藥也好，仙方也好，治的是病，延的是壽，對人間的糾纏鬱結恐怕效用不大。

希臘神話裏，這種糾纏鬱結名為 miasma，按字義是污跡或腐敗，中英文都頗難有相似解釋，姑名之為孽霧。古希臘人相信，必定有傷天害理之事才有孽霧出現，除非作孽者在神靈前受到應有懲罰，孽霧不但不會消散，還會蔓延。古希臘悲劇《伊底帕斯王》*Oedipus*

Rex 開場時，底比斯 Thebes 的莊稼牲口紛紛染病，嬰兒夭折，神諭所示，因為之前的君主拉伊俄斯 Laius 死得不明不白，兇手未獲，所以孽霧降臨。真相是伊底帕斯王懵然不知自己弒父娶母，怪不得了。

另一個例子是邁錫尼王阿特厄斯 Atreus 的故事。阿特厄斯的父親就是被坦塔羅斯 Tantalus 宰了烹成菜餚款待天神的珀羅普斯 Pelops，他懷疑弟弟提厄斯特斯 Thyestes 和他的妻子有染，把三個姪兒殺了，烹了給提厄斯特斯吃。坦塔羅斯是始作俑者，整個家族都受孽霧 miasma 籠罩，可怕的事不斷發生。

中世紀歐洲開始有所謂「瘴氣理論 (Miasma Theory)」，名字的靈感即來自 miasma。按這個理論，物質腐爛後會發出惡臭，積聚而成瘴氣，傳染病都由這些瘴氣而來。例如瘧疾 malaria，便是意大利文 *mala*「壞 (bad)」和 *aria*「氣 (air)」組成。到十八世紀，細菌研究日盛，醫學界開始接受很多疾病由細菌引致的概念，瘴氣理論開始消退。不過工業革命令城市人口膨脹，環境惡劣，疫病肆虐。以十九世紀的倫敦為例，一國之都卻烏煙瘴氣，污水臭味被謔稱為「大臭 (the Great Stink)」，當時很多人仍相信，所有傳染病都由這種臭味引起，但現代醫學正迅速發展，瘴氣理論已日薄西山。

Miasma 是名詞，可解作惡臭，難聞氣味，或者某些味道彌漫的空氣，引伸為不良的氣氛，或者濃郁的氣氛。形容詞是 miasmatic / miasmal / miasmic。

1　The air was filled with a **miasma** of strong tobacco.
空氣中彌漫着濃烈的煙草味。

2　The **miasmatic** odour from the chemical plant was irritating.
化工廠發出嗆鼻的難聞氣味。

3　A **miasma** of mistrust ruined their marriage.
互不信任的氣氛毀了他們的婚姻。

182 路在人為
MACADAM

　　十九世紀的倫敦也真是烏煙瘴氣，世紀初的人口已達一百萬，但十之八九是窮苦大眾，兒童夭折率甚高，原因不是營養不良，便是衛生環境惡劣。英國的有識之士亦早已鼓吹改革。當時是工業革命的前夕，翻天覆地的大變將臨。

　　任何社會要改變和進步，必先要從交通着手，地方之間往來暢通即可以互通有無。所以古羅馬極着重修築道路，以羅馬為中心，四通八達，以利便軍事、民政及貿易運輸，俗語說「條條大路通羅馬」"Every road leads to Rome" 便是這個意思。羅馬人的築路技術當時很先進，路面以碎石鋪砌，向兩旁微微傾斜，以便雨水流向路旁的排水系統。羅馬由共和至帝國，一共修築了四十多萬公里的道路，在英國的四千多公里都是在公元一世紀至五世紀之間築成。

　　英國的羅馬道路網使用了千年殘破不堪，下雨便成崎嶇不平的泥

澤。十七世紀末，英國通過收費道路法案，容許地方上成立法團，在主要道路設置關卡收費，所得則用來維修保養負責的路段，情況才有改善。《魯賓遜漂流記》的作者笛福便曾撰文大讚收費道路是德政。到十九世紀初，築路技術有新發展，道路交通才徹底革新，這得歸功於蘇格蘭工程師麥卡亞當 John Loudon McAdam (1756-1836)。麥卡亞當曾在北美洲營商，回到英國加入一個收費道路法團，開始鑽研修築道路的技術。他改良了當時流行的方法，路基用較大石塊鋪砌，路面以碎石混和沙礫壓實，略拱以利排水。麥卡亞當的技術效果理想，很快便傳遍歐洲和美洲。這種碎石路亦名為 macadam roads，或者簡稱 macadam，以紀念麥卡亞當。二十世紀初更出現升級版，就是在路面上再鋪一層混沙的柏油 tar，減少塵土飛揚，亦更防水，名為 tarmacadam，簡稱 tarmac，或者 tarmac roads，今天飛機場的停機坪也叫做 tarmac。

Macadam 是名詞，可解作硬地，動詞是 macadamize，即以碎石鋪砌路面。Tarmac 也可作動詞用。

例句
EXAMPLE SENTENCES

1　There is only one **macadamized** road in the small town.
那小鎮只有一碎石鋪砌的路。

2　The piece of wasteland will be **tarmacked** and turned into a carpark.
那片荒地會被鋪上碎石和柏油，改建成停車場。

3　The alumni are raising fund for the school to build a **macadam** ball court.
校友們在籌款為學校建一個硬地球場。

183 關卡
TURNPIKES

英國十七世紀末通過法案，地方上可成立法團，在公路設置關卡，向過路的人車收費，所得用作維修保養道路。起初只容許地方政府或鄉紳等有這個特權，後來擴展至私人也可以申請成立這種 turnpike trusts，即是信託基金之類的組織。

Turnpikes 原來是指中世紀歐洲戰場上防禦騎兵的軍事設施，一般是以長矛或削尖的長木 pikes 交叉架成欄柵，其中一節可轉動 turn，以便出入。敵方騎兵衝過來時，碰上這些長矛尖木，非死即傷。不過歐洲的騎兵戰術，要到公元八世紀才出現，因為馬鐙在公元七世紀左右才傳入歐洲，騎士有了馬鐙，雙腿支撐，在馬背上騎得穩，腰背有力得多，活動更加自由，這才促使各國發展騎兵，所以這種尖木欄柵 turnpike 多半是中世紀的產物。Turnpike 到第一次世界大戰仍是重要軍事設施。美國獨立戰爭時，革命軍便在紐約的赫德遜河 Hudson River 架起巨型 turnpike，還加上鐵鍊，以阻擋英軍。

後來在幹道或要塞上設置的障礙物也稱為 turnpikes，人馬車輛經過都要停下來，繳納了所需稅項或過路費才可通過。十九世紀上半葉是這些收費道路法團的全盛時期，據一八三〇年的統計，全英國有八千個這類組織，管理的道路總長達四萬八千公里。不過從中亦衍生出不少問題，主要是管理不善以及貪污，很多小規模的組織更嚴重虧損，結果道路欠修，債務和爛攤子倒不少。

很多人對這些收費道路組織頗有微言，工業革命後，大量商品運輸往來，管理欠佳的收費道路組織被批評為阻礙經濟發展的絆腳石。一八八八年，英國政府決定取締這類組織，把管理和維修道路的責任交給地方政府。這時候，鐵路運輸發展興旺，macadam 技術成熟，

陸路交通變化很大，turnpike trusts 於是成為歷史，只剩下 turnpikes 這個字，成為收費道路的代名詞，也稱為 toll road 或者 tollway，toll 是通行費的意思。

1　There are a lot of motels along the **turnpike**.
那條收費公路沿途有很多汽車旅館。

2　We avoided the **tollway** and drove on to a country road.
我們避開收費公路，駛上一條鄉間小路。

3　The **turnpike** was closed because of the heavy snow.
收費公路因為大雪而封閉了。

184 殺菌消毒
PASTEURIZE

　　「工業革命」只是為方便論述而起的名字，其實並無一場甚麼「革命」，所指的是二百多年前機器發明改變了生產方式，經濟、政治、社會無不受影響而出現巨變，亦促進了醫學、科學及技術的發展。舊有理論被推翻了，「四體液理論」被「細菌理論」取而代之便是例子。十九世紀後期，細菌研究突飛猛進，理論更加完善，功臣是名留青史的法國微生物學家巴斯德 Louis Pasteur (1822－1895)。

　　巴斯德是近代微生物學奠基人，被譽為「微生物學之父」。他年輕時表現一般，後來為考進巴黎高等師範學院而發奮用功，以優異

成績入學，最後取得碩士學位。一八五四年，巴斯德出任里爾大學 University of Lille 新成立的科學院院長。他有一個學生的父親是釀酒商，向他請教防止酒變酸的方法。巴斯德仔細研究後，觀察到糖分解為酒精和碳酸氣時，亦會發酵而產生乳酸。他推翻了一向認為微生物是發酵才出現的理論，指出情況剛好相反，而不同的微生物會引起不同的發酵。巴斯德不斷實驗，發現只要適當加熱便可殺死液體內的微生物，達到保質效果，亦解決了酒變酸的問題。這個消毒方法便以他的名字稱為「巴斯德消毒法 (pasteurization)」。到十九世紀末，牛奶商把這種消毒方法應用在產品上，沿用至今，其後雖有改良，基本原理則一樣。以煮沸方法來保存牛奶古已有之，但牛奶風味盡失，巴斯德的消毒方法可殺死對牛奶有影響的細菌，保存牛奶味道，但不能完全除去牛奶內的微生物，故此消毒後必須馬上冷藏。

巴斯德開創了微生物生理學，建立了工業微生物學和醫學微生物學的基礎。他一生專心致志，除了科學研究還是科學研究，不屑人情世故，不愛交際應酬，所以人緣普通，對他有意見的人不少。不過以他的成就和地位，根本不會在乎。

Pasteurization 是名詞，也可以指加熱消毒。動詞是 pasteurize。

例句
EXAMPLE SENTENCES

1　They drink raw milk, which is not **pasteurized**, at the farm.
　　他們在農場裏喝沒有消毒的生牛奶。

2　Raw food diet followers do not accept **pasteurization**.
　　生機飲食者（生吃素食）不接受加熱消毒法。

3　Most dairy products are **pasteurized** today.
　　大多數乳製品今天都經過加熱消毒。

185 力抗狂瀾
LUDDITES

　　工業革命始於十八世紀末的英國，冶鐵技術的改良和蒸氣機的發明改革了紡織業，紡織機造得更大，蒸氣作動力加快了生產速度，也減省了人手。資本家笑開顏，工人被剝削得厲害，更時常擔心會被機器淘汰。結果十九世紀初出現了一場反機器的運動。

　　參與這場運動的人名「盧德份子 (Luddites)」。名字的起源據說是有一個名為盧德 Ned Ludd 的紡織學徒，盛怒之下毀壞了兩部織布機，這場反機器運動便以他的名字為名。但據考證，這根本是子虛烏有，並無盧德其人，杜撰他出來無非作號召而已。紡織工人造反，破壞機器甚至縱火燒廠，之前亦時有所聞，否則英國政府不會於一七八八年通過一條保護織布機法案。

　　從前的紡織工人有一門手藝，有經驗者才可以操作紡織機，紡織業使用機器後，聘用大量薪酬較少的半熟練工人，原來工人不滿，可想而知。一八一一年三月，一班紡織工人大肆破壞倫敦以北諾定咸郡 Nottinghamshire 阿諾德鎮 Arnold 的紡織廠，其後不斷組織起來，事件亦愈演愈烈，最後蔓延全國，變成動亂。這些盧德份子攻擊紡織廠，破壞機器設備，向工廠老闆和官紳發恐嚇信件，甚至暗殺了一個曾口出大言批評他們的紡織廠老闆。當時社會上也有同情盧德份子的人，大詩人拜倫 Lord Byron (1788-1824) 便曾在國會為他們發聲，批評政府對付工人的手段卑劣得令人難以忍受。英國政府置若罔聞，派軍隊大力鎮壓，雙方血戰了好幾次。一八一三年年初，政府把拘捕了的六十多人送上法庭，有半數人不是被判死刑便是充軍海外，嚴刑峻罰之下，動亂才慢慢平息。

　　Luddites 便是反對機械化的人，貶義則指抗拒或阻礙進步者，這

個字也可作形容詞用，L 可以不用大寫。Luddism / Ludditism 是名詞，意思是 Luddite 主義，即反對不斷的機械化自動化的立場。當年盧德份子反機器是為切身利益，但鑑古知今，究竟人役於科技還是科技役於人，不妨深思。

例句
EXAMPLE SENTENCES

1　Professor He said he was a humanist, not a **Luddite**.
何教授說他是人道主義者，並非阻礙進步的人。

2　People who have **Luddite** mentality are resistant to change.
那些對科技進步有敵意的人會抗拒改變。

3　She resented the accusation of **Luddism** levelled at her.
她對被指責為持反進步立場感到憤憤不平。

186 杯葛
BOYCOTT

　　盧德份子 Luddites 打砸機器，騷亂了兩年，以失敗告終。十九世紀末，愛爾蘭的農民採用另一種方法抗爭卻成功了，而且為英語留下一個常用字 Boycott。

　　十九世紀的愛爾蘭百分之八十人口以務農為生，但田地都是向地主租的，地主通常都住在大城市，管理工作都交給代理人。一八七九年，一班天主教徒為主的愛爾蘭民族主義者成立「愛爾蘭土地聯盟」，為農民爭取權益，目標是公平田租、自由買賣和穩定租約，

內裏是反都市化、反地主土地所有制、反英國化，以及反基督新教 Protestantism。

第二年，收成欠佳，愛爾蘭西部梅奧郡 Mayo County 的農民要求減田租，地主答應減一成，農民要求減四分一，地主拒絕，代理人退役上尉杯葛 Charles Boycott 計劃收回部份農民的田地。按土地聯盟成立時制訂的策略，任何人承租被逐農民土地，其他人可斷絕來往。這策略本來並非針對地主及代理人，但形勢緊急，姑且一試，誰知竟然收效。很多早已受夠地主氣的居民紛紛響應，農民罷耕杯葛代理的田地，小商戶拒絕和他交易，連郵差也不肯給他派信。杯葛十分狼狽，而且是收割時候，幸好得到天主教徒死對頭的新教徒答應幫忙下田，但要上千的警察和軍人保護。土地聯盟早已明言，他們的行動不涉暴力，果然亦沒有事故發生，不過杯葛花費之巨遠超過收割所獲，完全得不償失。

這件事很快便成國際新聞，未幾即出現以杯葛的名字鑄出來的新詞 boycott，指為迫使一方就範而採取集體孤立及抵制的非暴力行動，這新詞很快便傳遍英語世界。百多年來，杯葛事件多得很，最著名的要算印度聖雄甘地為爭取國家脫離英國獨立，鼓勵印度人抵制英國貨，尤其是紡織品，對已經在走下坡的英國的紡織業造成深重打擊。美國人後來杜撰了 girlcott 一字，以示兩性平等，不應只是 boy。就當作是笑話好了。

Boycott 是名詞，也可以作動詞用。B 不用大寫。

1　Animal rights activists appealed to the public to **boycott** the circus.
動物權益份子呼籲公眾抵制那馬戲團。

2　They are organizing a **boycott** of the company's products.
他們在組織行動抵制那公司的產品。

3　The impact of a **boycott** is not simply economic.
抵制行動不僅是經濟上的影響。

187 排斥
OSTRACIZE

　　Boycott 杯葛是集體抵制行動，被抵制者要是鐵了心腸，寧願一拍兩散也不低頭，雙方可能僵持到不知甚麼時候。古希臘雅典 Athens 有一種名為 ostracism 的公民裁決才令人無奈。

　　Ostracism 是名詞，動詞是 Ostracize（英式拼法是 ostracise），原來的希臘文是 *ostrakizein*，意思是貝殼、陶器或者陶器碎片。古時希臘雅典的公民每年一年將盡時便會開大會，即雅典式民主，會上其中一項議題是決定是否需要舉行 ostracism，大多數人都支持的話，兩個月後便會在廣場上「投片」：在陶片 *ostrakon* 上寫上要對付者的名字，把多數人認為對雅典不利的人物驅逐出境。公民會把陶片交給廣場上的書記，被點名最多的人要在十天之內離開，十年後才可以回來。不過被點名者所獲得的陶片，亦必須不少於六千塊才算有效，也算是一種平衡措施。

Ostracism 是雅典法律以外的一種公民集體裁決，通常被針對的都是公眾人物或政客，不一定是犯了法，被逐者的身份、地位、家庭和財產都不會受影響。這些人不是貴族便是富人，在別的地方生活絕對沒有問題，被逐不過是面子問題，有時候大會還可以決定提早解除禁令，不用十年便可以回雅典。這種雅典式公民集體裁決大約始於公元前五世紀初，後來時常被政客利用。據記載，公元前四一七年左右，雅典政客希帕波洛斯 Hypebolos 企圖煽動民眾把政敵逐出雅典，誰知被對方與他的另一個敵人聯手，反過來把他趕走。希帕波洛斯是最後一個被 ostracized 的人，雅典人厭倦了 ostracism，不久便摒除了。

公元十六世紀，英語裏出現 ostracize 這個字，應用日廣，意思亦引伸為把人排斥，被社會或羣體擯棄，被排斥者猶如消失了，沒有人理會。現代資訊科技發達，有所謂 cyberostracism「網絡擯斥」，被擯斥者所發的訊息一概如石沉大海。這究竟算不算網絡欺凌？還是受害人要好好反省？

例句
EXAMPLE SENTENCES

1 She was **ostracized** by her colleagues for refusing to support the strike.
她因為拒絕支持罷工而被同事排斥。

2 Johnny was **ostracized** by the neighbours after being arrested for family violence.
尊尼因為家暴被拘捕後，鄰居都不要和他來往。

3 He is afraid of the social **ostracism** that may occur if he reveals his sexual orientation.
他害怕一旦洩露自己的性傾向便可能招來社會的排斥。

188 公民
CITIZENS

　　古代雅典只有公民才有投票權，也只有公民才可以參與公共事務。公民在英語是 citizens，源自中古法文 *cíteíen*，意思是「城市的」，*cíte* 是「城市」，citizens 即是指「在城市居住的人」。儘管有歷史學家仍有異議，一般而言，公民的概念可追溯至古希臘的雅典，不過古雅典的公民與今天的公民有很大的分別。

　　古希臘分為不同城邦 *polis*，英語是 city-state，通常是在海港或者要塞位置建一座城 city，控制着周圍地方，自成一邦 state。雅典也是城邦，內裏的人口分為幾個等級，公民一定是雅典出生的人，之下是外來人，再下面是自由人，即是脫離奴隸身份的人，最底層的是奴隸。貴族當然是公民，佔人口不到一成，不過政治和經濟權都在他們手中。其他古希臘城邦的社會結構亦大致相若。

　　公民必須是成年男性，有權擁有田地房產，婦女及兒童是沒有地位的。公民內也分等級，貴族不用說了，農民及窮人也可以是公民，中產階級如文人、藝術家和商人也是。公民身份由父傳子，對雅典有功的非公民有時候也可獲公民大會發給身份，通常是打勝仗的軍人。身為公民不能虛有其名，城邦之事，公民有責，雅典公民不能為私不為公，執戈保家衛邦固然不能逃避，其他公眾事務亦不得不參與。其實為公也是為私，雅典管治得不好，外敵入侵，一旦戰敗，大家都會淪為奴隸，那可不是開玩笑的事。

　　Citizens 是名詞，citizenship 也是，指公民資格、身份，亦可以解作公民的品德。公民資格或身份着重權利 rights 和義務 duties，和古代雅典既同亦異，所異者是現代公民只要遵守法律，誰也管不到他理不理政治。雅典公民卻不可置身政治以外，否則就算逃得過法律責

任，也會被大哲學家阿里士多德 Aristotle (384-322 BC) 譏諷為：「袖手旁觀眾人之事者非畜牲即神！」"To take no part in the running of the community's affairs is to be either a beast or a god!"

例句
EXAMPLE SENTENCES

1　It's a violation of human rights that the minority tribes living in the jungle have no **citizenship**.
　　森林裏居住的少數民族沒有公民身份是違反人權。

2　Foreign **citizens** cannot own any property in that country.
　　外國公民不可以在那國家擁有房產。

3　Her father was granted an honorary **citizenship** of Canada last year.
　　她父親去年獲加拿大頒授榮譽公民銜。

189 奴隸
SLAVES

　　雅典的貴族及中產公民都是奴隸主，一戶三四個奴隸是等閒事。據記載，公元前六世紀的雅典有奴隸八萬人，佔雅典人口幾近三分一，雅典公民沒有奴隸便麻煩，因為所有粗重工作都是奴隸做的。奴隸就像馬牛豬羊一樣，而且是可以買賣的商品，連哲學家阿里士多德 Aristotle 也認為奴隸是人，但也是財產，而財產必須有主人，離開主人的財產是傻瓜。

　　奴隸在英語是 slaves，源自歐洲東部的斯拉夫人 Slavs。這個民

族在中世紀不斷被外族侵略征服，被俘擄的斯拉夫人都被賣為奴，整個歐洲都有他們的蹤跡，最遠去到西面由穆斯林控制的西班牙地區。中世紀通行歐洲的拉丁文稱這些斯拉夫奴隸為 *sclavus*，演變到後來便成為英語中的 slave。不過早在斯拉夫人大量為奴前，拉丁文裏有另一個名詞 *servus*，以表示奴隸，也就是英語名詞 servant「僕人」的前身。到了中世紀，拉丁文的 *sclavus* 和 *servus* 兩詞各有所指，*sclavus* 意思如上文所述，*servus* 則並非私人財產，而須依附出生所在的土地，屬地主所有，即是農奴，英語另有名詞稱為 serf。

奴隸也好，農奴也好，都是此身非己所有，命運在主人之手。奴隸可以結婚生子，但子女也是主人的財產。不過據古雅典法律，主人不得虐待奴隸，違者依法懲處。奴隸當然不可以把主人告到官裏，但其他雅典公民可以。立法目的並非為保障奴隸，而是雅典人自命文明，認為不該使用過份暴力，必須制止。

中世紀的奴隸貿易是利潤甚高的大生意，市場差不多被來自北歐的維京人操控。這些兇悍的北歐人到處擄劫，財寶其次，俘擄才值錢。最喜歡和他們交易的是阿拉伯奴隸販子，因為白種奴隸在中東向來是熱門商品。

Slaves 是名詞，可作動詞用，意思是像奴隸般苦幹。Slavery 也是名詞，指奴隸身份，或者奴隸制。另一較常用的動詞是 enslave，即奴役人，控制人，使人成為奴隸。

例句
EXAMPLE SENTENCES

1 She is **a slave of / to** fashion.
她是個趕時髦的人。

2 **Slavery** was abolished in the U.S. after the Civil War.
美國在內戰後廢除了奴隸制。

3 Alcoholism has completely **enslaved** him.
他嗜酒如命，難以自拔。

190 無知小民
IDIOTS

雅典公民美其名關心政治，但農民和窮苦大眾大多數目不識丁，徒有公民身份，政治卻非他們所能了解，何況大權都在貴族手裏。中產階級還可以弄個一官半職，讀書人還可以放言高論，平民百姓不如安分守己，總之依着官府指示去做，甚麼公民責任就不好說了。

古希臘文稱這些沒有官職亦不涉政治的公民為 *idiōtēs*，意思就是「無官職之人 (private person)」，即是平民和普通人，後來泛指無知小民。事實上就算中產公民，不讀書的話，與沒有受教育的農民和窮人相比也好不到哪裏去。這個名詞從希臘文到拉丁文再轉為法文，到十三世紀便成為英語的 idiot。

英語的 idiots 可不同了，除了原來所指外，還多了一重意思，就是傻瓜、笨蛋。到十四世紀更變本加厲，idiots 是形容智力有缺陷的人，即是白痴。有些解釋說，idiot 含意的演變雖然有點苛刻，但古時

雅典人對「為公」和「為私」兩種態度很看重，覺得細民只顧自己過活，有損公民精神，所以是無用之人，粗鄙自私而無知，「白痴」是舊詞新解，但與原意大致相符，亦無不可。二十世紀初，心理學家提出「智力年齡（mental age）」的概念，用科學方法來量度人的智力，三歲是最低年齡，成年人而只有三歲智力年齡的便是 idiots，以智商 IQ 計算低於三十。很多國家都有法例保護 idiots，這些人智力太低，根本無法自理，很容易受傷害。美國有些州份更禁止 idiots 投票，免得受人利用，人權份子當然不滿，但也徒呼奈何。

《西遊記》裏，豬八戒常常被作者吳承恩稱為獃子。第六十八回，西遊師徒來到朱紫國，孫悟空哄豬八戒上街買好吃的，「那獃子口內流涎，喉嚨裏嘓嘓的嚥唾」。師兄弟二人走到街上，孫悟空作弄豬八戒，叫他拿着碗面壁而站不要動，獃子竟然照辦。真的是個 idiot！

Idiot 是貶損人的詞語，指白痴、笨蛋和獃子。Idiot 也可以是形容詞，與較常用的 idiotic 相同。

例句
EXAMPLE SENTENCES

1 It's a waste of time arguing with an **idiot** like him.
   和像他這樣的白痴爭辯是浪費時間。

2 We are all tired of these **idiot** formalities. But what can we do?
   我們都厭倦了這些愚蠢頂透的手續。但那又怎樣？

3 He did the most **idiotic** things out of bravado.
   他為了逞強，做出最白痴的事。

191 砍柴打水
HEWERS AND DRAWERS

　　奴隸做的是粗重工作，勞苦大眾除了社會地位外，胼手胝足，生活並不好過，有時候富家大戶的奴隸反而更見溫飽。做粗重工作或者卑賤工作的人，英語名為 hewers and drawers，相等於中文的「販夫走卒」或者「引車賣漿」，都是卑賤的工作。

　　Hewers and drawers 的全稱是 hewers of wood and drawers of water「砍柴打水的人」。Hew 是砍劈的意思。Wood 是木柴，是單數字，眾數 woods 解作樹林，hewers of wood 是樵夫，砍柴的人。Draw 在這裏不是畫寫的意思，而是抽出，提取，Drawers of water 便是打水的人；也可以說 carriers of water，即是運送 carry 水的人，或者挑水的人。不過 carry water 只是挑水，沒有打水的意思了。

　　這句說話一般都認為出自基督教《舊約聖經‧約書亞記》*Book of Joshua*。約書亞是摩西 Moses 之後的以色列人領袖，以色列人在迦南 Canaan 被吉比恩人 Gibeonites 欺騙，約書亞詛咒他們將會世世代代為以色列人操賤役，砍柴打水。或者說，約書亞要脅吉比恩人，要他們為奴為僕服侍以色列人。當時以色列人來到迦南地區，為了建立地盤，與迦南人衝突不絕。吉比恩人不是以色列人對手，要砍柴打水也是無可奈何。

　　其實這句話在猶太人的希伯來 Hebrew 古本聖經的《申命記》*Deuteronomy* 裏已出現。據記載，摩西臨終時召集以色列人，向他們訓話，要以色列人男女老幼從上到下都不可違背神的旨意，上層的當然是各族領袖，最下的就是那些砍柴打水人。有研究基督教文化的學者解釋，摩西口中的砍柴打水人，並非只是簡單地指卑賤階層，而是對高高在上者的棒喝，要求他們謙卑地為人民服務。生命不可缺水，

柴薪亦是溫暖和光明的來源，砍柴打水是民生所需，這兩件基本的事做不好，在上者還有何顏面高居廟堂。

Hew 的過去式是 hewed，過去分詞是 hewn；draw 的過去式是 drew，過去分詞是 drawn。

例句
EXAMPLE SENTENCES

1 The explorers tried to **hew** a path through the jungle.
勘探隊嘗試開闢一條路穿過森林。

2 Villagers **draw** water from the river.
村民從河裏打水。

3 People of the minority tribe have been **hewers** of wood and drawers of water for centuries.
那少數民族幾百年來都是做粗重卑賤的工作。

192 官爺
MANDARINS

無知小民、砍柴打水的人和奴隸，都是處於社會底層。管治社會的大權則在有官職者手裏。現代英語裏，政府官員叫做 government officials，有個較古老的名詞 mandarins 頗富傳奇，值得一談。

Mandarin 來自葡萄牙文，可追溯至十六世紀初。葡萄牙人十五世紀末來到東南亞，在馬來半島西岸的馬六甲 Malacca 建立殖民地。一五一六年，葡萄牙人比萊斯 Tomé Pires (1465–1524) 奉命出使中國，當時是明武宗正德十一年。比萊斯在澳門的文獻裏譯作「卑利

士」，他是葡萄牙藥劑師，曾在馬來西亞、蘇門答臘、爪哇等地遊歷觀察，對這片地區頗了解。比萊斯經澳門從廣州北上，買通了官員，獲得在南京的正德皇接見，頗得歡心，還隨正德回北京。一五二二年，正德駕崩，明水師則與葡萄牙人在香港東面的伶仃洋打了一場海戰。事緣葡萄牙人不斷滋擾廣東沿岸，而馬六甲是朝貢國，向明政府求援，指控葡萄牙人侵略，雙方便打起上來。中國境內的葡萄牙人於是遭殃，全被拘禁起來，比萊斯於一五二四年在廣州獄中病逝。他在獄中曾寄家書回葡萄牙，裏面用了 mandarin 這個字，指的就是中國官員。

　　Mandarin 源自馬來語的 *menteri*，這個馬來名詞則來自梵文的 *mantri*。印度教傳入東南亞時，梵文亦隨之而來，語言互相影響，輾轉成為英語裏的 mandarin，本來專指中國古時九品制內的官員，後來引伸指政府主要官員，政界要人，亦帶貶義地指保守或者城府深的官僚。Mandarin Chinese 則是官話，國語，一般簡稱 Mandarin（M 大寫），今天中國大陸稱為普通話。

　　一九七〇年有一齣搖滾音樂劇《萬世巨星》*Jesus Christ Superstar*，大師韋伯 Andrew Lloyd Webber 的傑作，歌詞由才子賴斯 Tim Rice 執筆，當年風靡全球，今天上演仍賣座。第二幕〈最後晚餐〉裏，猶大譏笑耶穌是個「筋疲力盡的官老爺（a jaded mandarin）」。耶穌筋疲力盡倒不錯，但他不是官老爺，猶大只是諷刺他操控信眾有如一個 mandarin，於是一口氣唱 "a jaded mandarin, a jaded mandarin, a jaded, jaded, faded（憔悴）mandarin"，唯恐耶穌不動氣，可見恨意之切。

1 His great grandfather was a **mandarin** in the late Qing era.
他的曾祖父在晚清時當官。

2 All Whitehall **mandarins** remained silent on that scandal.
所有英國政府官員都三緘其口，不談那件醜聞。

3 She speaks fluent **Mandarin**.
她說得一口流利國語。

193 東方
ORIENT

　　葡萄牙是第一個從水路來到亞洲的歐洲國家，其後才是西班牙、法國、英國和荷蘭。歐洲人有能力繞過非洲進入印度洋之前，由西至東的海運都控制在波斯人和阿拉伯人手裏。

　　歐洲人的「東方」概念始於羅馬帝國時期，拉丁文的 *oriri* 是形容詞，意思是升起或出現，太陽東升，所以喻為東方，演變成英語便是 Orient。公元十二世紀左右，歐洲人開始以「近東 (Near East)」、「中東 (Middle East)」和「遠東 (Far East)」來區分歐洲以東的地方。近東是土耳其地區，有時候埃及也算在內；中東是阿拉伯半島和伊朗等地；遠東當然是中國和日本等遙遠的亞洲國家了。而不論遠近，統稱為 Orient。這種劃分是以歐洲人為中心，所以很多人都不以為然，近代尤其反對者眾，Near East 最早被淘汰，併了入 Middle East 之內，Far East 也愈來愈少人用。美國人則早已連 Orient 也棄用，或者盡量

少用。不過 Middle East 因為歷史意義特殊,似乎亦無可替代,所以仍然流行。事實上也難怪美國人,亞洲在他們西面,東甚麼遠近!以美國人的自大,做歐洲人的跟屁蟲,怎麼可以。

Orient 指概念或文化上的東方時,O 須大寫,還要在前面加定冠詞 the,即是 the Orient;例如香港稱為「東方之珠」,就是 Pearl of the Orient。但 oriental food / carpets「東方食物／地毯」的 O 卻可小寫,約定俗成,沒辦法。Oriental 是形容詞,O 可不用大寫,亦有例外,例如 Oriental languages「東方語文」。不過今天常用的是 the East 和 Eastern,Orient 和 Oriental 比較少見了。

Orient 也可作動詞用。基督教普及後,歐洲興建教堂時,建築物的縱向軸線必須朝向耶路撒冷 Jerusalem,也就是朝東,教堂內的聖壇更一定設在東端;所以 orient 作動詞用的原意就是朝東。Orient 現在通常解作朝向,面對,確定方向,或者使適應。轉為名詞是 orientation。

例句
EXAMPLE SENTENCES

1 Her father is skeptical about **Oriental** traditional medicine.
她父親不大相信東方傳統醫藥。

2 You can easily **orient** yourself in New York City with the app.
有那手機應用程式便可以在紐約市內來去自如。

3 Poor Jane was bored to death in the **orientation** camp.
可憐的阿珍在迎新營裏悶得要死。

194 西方
OCCIDENT

　　東方是 orient，西方是 occident，來自拉丁文的 *occidens*，意思是落下，紅日西沉，所以喻為西方。Orient 和 Occident 一東一西，一升一落，永遠相對。印度出生的英國著名小說家及詩人吉卜林 Rudyard Kipling (1865–1936) 有一首詩《東西吟》*The Ballad of East and West*，第一句到今天仍膾炙人口：「啊，東是東，西是西，兩者永遠不相見」"Oh, East is East, and West is West, and never the twain shall meet"。

　　公元三世紀末，羅馬帝國因版圖太大而分作東西兩部份，以便管治。四世紀末，帝國分裂為二，東羅馬以君士坦丁堡 Constantinople 為都，即今天土耳其伊斯坦布爾 Istanbul，「西方（Occident）」的概念開始出現。東羅馬全盛時期疆域廣及地中海東岸、非洲北岸，以及阿拉伯半島北部，君士坦丁堡是政治、經濟和文化中心，與西羅馬分庭抗禮。Occident 基本上就是有別於西羅馬的東羅馬。公元七世紀，伊斯蘭教興起，不斷與信奉基督教的歐洲衝突，Occident 的概念亦成熟，所指的就是相對於西歐基督教國度以外的文化。

　　今天的 Occident 當然不限於歐洲，美國、加拿大、澳洲等英語國家也包括在內。西方文化始於希臘的哲學和藝術，強於羅馬的軍事和法律，繼而由基督教統一，至西方帝國主義橫掃全球，西方文化 Occidental culture 無遠弗屆至今。第一次世界大戰前夕，年輕的奧地利詩人特勒戈 Georg Trakl (1887–1914) 發表詩作 *Abendland*，德文意思是「傍晚之鄉」，翻譯成英文是 *Occident*，黃昏日落，暮色四合，喻意西方文明 Occidental civilization 大劫將臨。且看這幾句：「風起雲湧之中／可怕的晚霞／兇恣地嚇壞了／你們這些垂死的人！」

"In storm clouds / The scary afterglows / Frightens enormously / You dying people!" 大戰爆發，特勒戈是救護員，目睹多不勝數的傷兵痛苦死去，情景仿如煉獄，他極度沮喪抑鬱，絕望之下以過量古柯鹼了結自己。

Occident 典雅得有點做作，今天不常見，用 the West 乾脆得多。Occidental 是形容詞，即是 Western。Occident 大小寫都可以，但 Western 除非意思是指位置或方向，否則 W 要大寫。

例句
EXAMPLE SENTENCES

1 It's true that modern science and technology began in the **Occident**.
現代科技始於西方是真的。

2 The sky in the **occident** was painted red by the setting sun.
西方的天空被落日染紅了。

3 **Occidental** lifestyle prevails in a lot of Oriental countries nowadays.
西方生活方式今天在很多東方國家流行。

195 劇場
THEATRE

整個世界好像只分 Orient 和 Occident 兩大文化。莎士比亞說：「整個世界是一座舞台」"All the world's a stage"，舞台上兩大主角 Orient 和 Occident 就來一場精彩的對手戲好了。

舞台是 stage，台上的演戲，台下的看戲。西方戲劇起源於希臘，古希臘的劇場 theatre（美式拼法是 theater）都是露天的，呈扇形，舞台在劇場前端。Theatre 這個字來自希臘文 *theatron*，意思是觀看 *thea* 的地方 *tron*。戲劇起源於祭神活動，古希臘的戲劇很豐富，除了祭神和節慶外，還可以在體育競技大會上演出。公元前六世紀的雅典酒神節 Dionysia 是大日子，雅典人在衛城 Acropolis 南面山腳依斜坡建造了一個劇場，稱為酒神劇場 Theatre of Dionysus，可容一萬七千人，觀眾座位沿山坡而上，天然音效極佳，是歷史上第一座西方劇場。

酒神劇場也是希臘悲劇 tragedy 的誕生地。古希臘悲劇原本是一種有舞蹈配合的吟唱，以敬拜酒神狄俄尼索斯 Dionysus，內容從傳說中取材，詠歎及諷刺人性，主要講述人的墮落和滅亡，主角都是有地位或成就的大人物。後來諷刺的形式脫出來成為諷刺劇，而相對悲劇的喜劇亦出現，古希臘戲劇於是分為三大劇種，即悲劇、喜劇和諷刺劇。不過雅典酒神節最受歡迎的仍然是悲劇，所以劇作家人才輩出，劇目亦多，文獻記載過千，可惜留存至今的不到四十。

西方劇場到了十六世紀發展一新，其一是起源於意大利的即興喜劇，演員戴着面具上場，插科打諢，但求諧趣逗笑，冷嘲熱諷，劇情倒無所謂，觀眾嘻哈絕倒已經成功，可以說是諷刺劇的變奏。另一種是煽情劇，情節人物千篇一律，講究的是台詞對白是否能觸動觀眾情緒。這兩種劇場在歐洲極為流行，到十九世紀現代戲劇出現才消退。

Theatre 是劇場、戲院或電影院，也指戲劇或劇作，引伸為發生重大事件的場所，戰爭的戰區。形容詞是 theatrical，意思是戲劇性的。Theatricals 是名詞（注意是眾數），意思是戲劇演出，通常是業餘性質的，也可解作職業演員，或者戲劇老手，引伸為戲劇性的行為。

例句

EXAMPLE SENTENCES

1　His grandfather fought in the Pacific **theatre** during World
War II.
他的祖父第二次世界大戰時在太平洋戰區作戰。

2　"Let's go to the **theatre**."
「我們看戲去。」

3　Leo's silly **theatricals** at the party embarrassed the host.
李奧在宴會上的無聊誇張行為令主人家覺得尷尬。

196　悲劇
TRAGEDY

　　西方戲劇裏的悲劇 tragedy 源自希臘已無疑問，但悲劇的起源則
人言人殊。最早的記載是二千五百年前的雅典酒神節必有悲劇表演和
比賽，劇情都是講述大人物由盛而衰的墮落經過，多數取材自希臘人
耳熟能詳的傳奇，或者古詩人荷馬 Homer 的作品，如《奧德修斯記》
內的故事。

　　Tragedy 這個詞的字義也有爭議。一般都說，tragedy 來自古希
臘文的 *tragōidia*，由 *trago*「山羊」和 *ōidē*「歌唱」組成，所以悲劇是
「山羊歌 (Goat Song)」。有人解釋說，因為悲劇比賽的獎品是一隻山
羊，也有人說是因為演員都披上山羊皮造的戲服而得名，更有人說悲
劇演出只是祭神的其中一個環節，祭神必備山羊，悲劇因此而名山羊
歌。公元二世紀有希臘歷史學家更提出異議，認為 tragedy 應該衍生

自 *trygodia*，意思是葡萄收成 *trygos* 之歌，因為酒由葡萄釀成，收成葡萄之時拜祭酒神自然不過。似乎言之成理。不過雅典酒神節每年春天舉行，葡萄收成則在夏末秋初。總之各有說法，難有定論。

古典希臘戲劇傳至羅馬，再遍及歐洲，但中世紀開始衰落，幾至湮沒，至十六世紀才在意大利復興。法國人從古希臘和羅馬戲劇取材，改編了很多悲劇故事上演，英國戲劇則以莎士比亞的時代最興旺，這時期的悲劇更多了一個復仇類型，是為「復仇劇 (revenge plays)」，經典作品有莎士比亞的《哈姆雷特》*Hamlet*，中文便有譯為《王子復仇記》。到了十九世紀，哲學家和文學家重新檢視悲劇的定義，推翻了古典悲劇的主題，即是悲劇主角必定是有身份和地位的大人物，認為普通人在擺脫處境時的掙扎也是悲劇，值得刻劃。這時期歐洲和美國都出現了很多優秀的作家和作品，而除了戲劇外，小說亦成為重要的悲劇媒介。這個發展一直到二十世紀仍不衰，中國的巴金、曹禺和老舍等，筆下都是人與時代及環境的抗爭。

Tragedy 是名詞，可引伸為災難、不幸事故，或者慘事、慘劇。形容詞是 tragic，可解作可悲的或者可歎的。助動詞是 tragically。

例句
EXAMPLE SENTENCES

1 The concert ended in **tragedy** when the stage collapsed.
音樂會因舞台倒塌而悲劇收場。

2 The whole town was shocked by the **tragic** accident.
那意外慘劇令整個鎮震驚。

3 His life was **tragically** ruined by alcoholism.
可歎酗酒毀了他一生。

197 浮士德
FAUST

　　莎士比亞同時代的劇作家馬洛 Christopher Marlowe (1564-1593) 有一齣《浮士德博士的悲劇》*The Tragical History of the Life and Death of Doctor Faustus*，非常有名，有文評家甚至說比莎士比亞的任何一齣悲劇還要好。馬洛是當時有數的悲劇作者 tragedian，要不是英年早逝，成就不在莎士比亞之下。

　　馬洛筆下的浮士德 Faustus 取材自德國民間故事人物 Faust，據說真有其人，名 Johann Georg Faust，是十五至十六世紀之間的遊方煉金師、星相家和術士。據記載，他時常到處表演把戲，自稱能夠複製耶穌的神蹟。很多人說他是騙子，教會亦譴責他褻瀆神明，與魔鬼為伍。浮士德也不是完全聲名狼藉，有人讚他是占星大師，也有人說他醫學知識豐富。一五四〇或四一年，浮士德大約六十歲，煉金時發生意外，被炸得粉身碎骨。

　　浮士德的故事在馬洛之前已經在德國流傳，不但有書刊出版，戲劇以至木偶劇都上演他的傳奇，一般都把他描繪成反派人物，躭迷世俗之樂而離棄聖靈。馬洛則把浮士德塑造成學識淵博的讀書人，出身寒微，顯達之後卻覺得世間天地有限，不足以供他馳騁。他學得巫術後召來魔鬼，約定以靈魂交換魔鬼的二十四年服務，使他得嚐把人世玩弄股掌之上的滋味。劇終時魔鬼要帶他走，他悔之已晚。馬洛之後二百年，德國文豪歌德 Johann Wolfgang von Goethe (1749-1832) 寫了上下共兩集的長篇詩劇《浮士德》*Faust: A Tragedy*，是德國文學經典，也是西方文學瑰寶。歌德的詩劇內涵豐富，浮士德渴望的是體驗人不應該知道或不應該做的事，這根本就是人性。他和魔鬼也這樣協定，一旦他不再有慾求，魔鬼便可以帶他走。後來浮士德雙目失明，

但反而看清楚了這個世界和自己的所作所為，所以魔鬼要帶走浮士德時，天使出現阻止。浮士德最後上了天堂，他得到救贖，上帝是仁慈的。

從 Faust 有 Faustian 這個形容詞，引伸意思是為物質利益而犧牲精神價值的，或者精神上得不到滿足而苦惱的。F 一般大寫。

例句
EXAMPLE SENTENCES

1　It was a **Faustian** deal that the union had made with the company.
工會與公司達成的是浮士德式協議（只顧利益不講精神）。

2　"It's a **Faustian** bargain. You'll regret accepting it."
「那是浮士德的交易。你接受了會後悔。」

3　He was tormented by his **Faustian** desire.
他被自己的浮士德式慾望煎熬。

198 戲如人生
THESPIAN

　　戲劇要有演員，中國古時以樂舞和戲謔為業的人稱為優人，可以說是演員的祖師。春秋時楚莊王身邊有個優人，名孟，故名優孟。莊王要用大夫之禮來為死去的愛駒風光大葬，羣臣勸諫不果，優孟卻認為大夫之禮也配不起莊王的駿馬，提議舉行更隆重的喪禮，否則天下人怎會知道莊王輕人而重馬。莊王慚愧萬分，取消了荒唐的馬葬。優孟是公元前六至七世紀人，差不多同時代的古希臘也有一位很有名的演員，名叫泰斯庇斯 Thespis。

古希臘最初沒有演員表演這回事，只有一羣人吟唱故事。泰斯庇斯首創從合唱裏走出來，扮演故事裏的人物，以更換面具來表示不同角色，這些角色還會和合唱隊或者領唱者對唱，令故事情節更多變化。泰斯庇斯的創新手法大受歡迎，有研究者認為當時的人把這種新表演方式名為 tragedy，就是悲劇的起源。泰斯庇斯將傳統的表演從歌唱和舞蹈擴展至有角色扮演的戲劇，他也被公認為西方劇場演員的鼻祖。泰斯庇斯非常有創意，把表演用的服裝、面具和必須道具用牛車裝了，到處演出，是後世巡迴劇團的濫觴。

泰斯庇斯是雅典人，亦有說他是雅典以北馬拉松附近的伊卡利亞 Icaria 人。他是演員，也是導演，更是劇作家和詩人，記載說他是首位贏得雅典悲劇比賽的作家。據說有一次雅典極受人尊敬的元老政治家梭倫 Solon 看了泰斯庇斯的表演後，問泰斯庇斯，面對大羣人撒謊難道不感到羞恥的嗎？泰斯庇斯回答道，大家都知道是在演戲，不會有問題。梭倫很不高興地說，如果認為娛樂便可以撒謊的話，有一天公眾事務便會變成娛樂。梭倫不幸而言中。

從 Thespis 衍生出 thespian 這個形容詞，意思是悲劇的，戲劇（尤其是悲劇）的。作名詞用時意思是戲劇演員，或者悲劇演員。

例句
EXAMPLE SENTENCES

1 Her daughter went to New York to study **thespian** art about two years ago.
她的女兒大約兩年前去了紐約讀戲劇藝術。

2 He had been a professional **thespian** before acting in movies.
他曾經是專業戲劇演員，後來才在電影演出。

3 The traffic accident put an end to his **thespian** dream.
那場交通意外令他的戲劇夢想幻滅。

199 喜劇
COMEDY

　　相對悲劇的當然是喜劇。法國劇作家拉辛 Jean Racine (1639–1699) 有一句名言：「人生之於思考者乃喜劇，感受者則悲劇矣」"Life is a comedy to those who think, a tragedy to those who feel"。

　　拉辛也許說得有道理，不過對喜劇觀眾來說，人生是甚麼不打緊，快快樂樂開懷大笑可舒暢極了。喜劇是 comedy，源自古希臘文的 *kōmōidía*，由 *kômos*「狂歡」和 *ōidē*「歌唱」組成，顧名可思義。上文說過古希臘戲劇有悲劇、喜劇和諷刺劇三大劇種，喜劇就是從諷刺劇變化出來，把可譏可諷的人和事誇大，冷嘲熱諷，嬉笑怒罵，就是喜劇的性質。所以中世紀甚至把喜劇作為諷刺劇的同義詞，兩者事實上也關係密切。古希臘的原始喜劇其實是節日裏的狂歡派對，粗鄙低俗，最常見是以男女之事來玩鬧，十分色情露骨。

　　大哲學家阿里士多德 Aristotle 對喜劇頗寬容，更為喜劇下定義。他認為喜劇令人歡樂，總是好事，而喜劇有如一面鏡子，照出社會的種種荒謬可笑，使人從中反省而改善。他的老師柏拉圖 Plato 可不這樣想，認為喜劇對人的自我有害，人嬉哈大笑中產生的情緒會影響理性，所以必須嚴加控制。師徒二人似乎南轅北轍，但他們一致認為人都會幸災樂禍，這種樂是出於「你不如我」的心理。阿里士多德曾經說，我們笑不如己者或醜陋之人而感到快樂，因為自覺比他們優越。喜劇的精華在於種種錯失和誤會所表達的荒謬處境。祖師爺蘇格拉底 Socrates 亦早已明言，無知而不自知者示範其無知即是荒謬。一門三代大哲學家的評語，為後世定下喜劇的調子。

　　歐洲文藝復興先驅、意大利詩人但丁 Dante Alighieri (1265–1321) 的不朽名著《神曲》針砭社會時弊，諷刺權貴和教會，內容並不

該諧逗趣，書名卻叫做 *The Divine Comedy*。因為其結局幸福喜樂，正是古典 comedy 的特色。Comedy 也可解作喜劇性或喜劇成份。Comedian 是喜劇演員。形容詞是 comic 或 comical。Comic book 是漫畫冊，comic strip 是連環漫畫，也可用眾數 comics 作統稱。

例句
EXAMPLE SENTENCES

1 Happiness is seeing the **comedy** in life.
快樂是看到生活裏的喜劇。

2 He is an accountant in the daytime and a stand-up **comedian** at night.
他日間是會計師，晚上是棟篤笑演員。

3 The scene was so **comical** that the audience broke into laughter.
場面滑稽得引起哄堂大笑。

200 天神打救
DEUS EX MACHINA

古希臘劇場除了有演員、合唱團和舞蹈員外，還應用上機械裝置，演員從天而降，觀眾拍掌歡呼。這種裝置名 *deus ex machina*，是拉丁文，來自希臘文 *theos ek mēkhanēs*，直譯是 *mēkhanēs*「機械」*ek*「出來的」*theos*「天神」，中文無以名之。

這種機械裝置基本由一條長木臂和滑輪組成，設在舞台旁邊，劇情發展到難分難解，或者不知如何收場時，便使用長臂把扮演天神的演

員吊着，從天而降，所有問題都因為天神出現而迎刃而解。字典一般都把 *deus ex machina* 解釋為解圍的人物或事情，或者突然出現而扭轉局面的人。這個裝置據說是公元前五世紀希臘三大悲劇家之一的埃斯庫羅斯 Aeschylus 發明的，不過使用最多的是位列三大家之內的歐里庇得斯 Euripides。有一齣歐里庇得斯的悲劇裏，從天降下來的竟然是日神 Helios 和他那輛金碧輝煌的馬車。

很多人對 *deus ex machina* 頗不以為然，認為作者不是技窮便是躲懶，劇情走進死胡同，於是用天神來解困，觀眾但求娛樂，覺得刺激，亦不深究，但戲劇欠缺峯迴路轉的合理發展，一刀切式簡化結局，並不足取。支持者則振振有詞，指出希臘天神本來就好管世間事，例子俯拾皆是，戲劇裏出現一位解圍天神有何出奇？再者，如果劇情以天神啟幕，則劇終時天神重臨，有何不可？

這個問題千百年來辯之不休。今天的電影、電視劇，尤其是武俠小說，故事到了樽頸，忽然出現意想不到的人物或情節，馬上豁然而通，觀眾讀者諸君縱不滿意亦請見諒。*Deus ex machina* 其妙無窮，大師如莎士比亞也用之可也。《皆大歡喜》*As You Like It* 一劇裏，劇終時對對有情人終成眷屬，所有問題解決了，但被弟弟篡位的公爵雖然從來沒有現身，他的下場如何總得交代。莎翁二話不說，篡位的弟弟忽然覺悟前非，自願遜位，迎哥哥回朝，自己則去修院渡過餘生。這不是 *deus ex machina* 是甚麼？

1 The **deus ex machina** in the closing scene of the movie was too illogical.
電影終場時以突如其來的情節解圍太不合邏輯了。

2 "Don't expect a **deus ex machina** to save you. You've to work it out yourself."
「別指望有神仙從天而降打救你。你得自己想辦法。」

3 The Mongol army retreated because of the death of Genghis Khan, which was some **deus ex machina** for the Europeans.
蒙古軍因成吉思汗駕崩退兵，這意想不到的發展為歐洲人及時解圍。

201 清教徒
PURITANS

悲劇亦喜，喜劇亦悲，戲劇悲喜交雜更好看。若論悲劇喜劇寫得同樣出色的劇作家，表表者是莎士比亞。一五九九年，莎士比亞與他的劇團演員兼股東集資，興建了一座新穎劇場，名為環球劇場 Globe Theatre。這座圓形的露天建築物三層高，直徑約三十米，舞台由一方伸出，約兩米高，演員經活門出入。環球劇場可容三千人，觀眾可自由飲食喧嘩，與中國舊時的戲棚十分相似。一六一三年，一場大火把這座木構建築燒毀，翌年重建。兩年後，莎士比亞去世。

一六四二年，清教徒 Puritans 控制的英國國會立法禁止戲劇表

演，兩年後更把全英國的劇場關了。清教徒是些甚麼人？話說十六世紀時，天主教內出現反對教皇制的宗教改革運動，陸續有新宗派脫離羅馬天主教會，統稱「新教 (Protestant)」，英國教會也自立為聖公會 Anglican Church，成為英國國教，但仍保留了不少羅馬教會的典章禮儀。很多英國新教徒不滿，認為要徹底清除這些糟粕，他們對當時社會的世俗風氣亦很反感，提倡勤儉簡樸的生活。一六三〇年代中，不少這些教徒舉家移民北美洲，在今天美國東岸北部建立他們的理想社會。

這些新教徒就是「清教徒 (Puritans)」，名字來自名詞 purity，意思是純淨或者純潔，purist 也是名詞，指純粹主義者。清教徒講求道德純粹，當時的人便謔稱他們為 Puritans，中文譯作「清教徒」很貼切。十六世紀中期，英國保皇派和國會派相爭，清教徒和國會派聯手，佔了上風。在清教徒眼中，所有娛樂都敗壞道德，誘人對教會離心，非禁不可，環球劇場就算不關門亦無戲可演。後來政治問題政治解決，國會派和保皇派暫時放下分歧，清教徒靠邊站，劇場才逃出生天。

Puritan 亦可作形容詞用，但意思是「清教徒的」而非「清教徒似的」時，P 須大寫。較常用的形容詞是 puritanical，p 可以不大寫，引伸意思道德上拘謹的，道學先生的，或者清心寡慾的。

1 Early **Puritan** settlements in North America were small communities of no more than a dozen families.
早期的北美洲清教徒殖民地是一些只有十來戶人口的小社區。

2 His dissolute life is inconsistent with his **puritanical** upbringing.
他生活放縱，與自小接受的清教徒式教育大相逕庭。

3 He lives a dissolute life to revenge on his **puritan** parents for his unhappy childhood.
他童年不快樂，於是以放縱生活來向拘謹道學的父母報復。

202 貴格
QUAKERS

十七世紀很多英國新教徒對聖公會不滿，舉家飄洋過海到北美洲尋找新世界。這些新移民裏，有影響力的除了清教徒外，還有貴格會教徒 Quakers。這個新教宗派的正式名稱是「教友派」或「公誼會」Religious Society of Friends，來自基督教《聖經》裏耶穌說的：「你們若遵行我所吩咐的，就是我的朋友 (friends) 了」。

貴格會出現於十七世紀英國內戰前後，創派者名福克斯 George Fox (1624-1691)，本來是清教徒，卻比清教徒走得更前。福克斯對當時的宗教和政治建制很反感，認為真正的信徒要打開心扉接納耶穌，即是他提倡的「內在之光 (Inner Light)」，繁文縟節的禮儀根本多此一舉，而在神面前所有都是平等的，教會內的階級和貴賤之分是違背了基督的精神。福克斯到處傳道，信眾甚多，足跡遍及英國各地和荷蘭。

聖公會當然視福克斯為異端邪說，一六五〇年，福克斯被教會以褻瀆上帝的控罪告上法庭。據說，福克斯在庭上警告法官，在上帝面前誰也要顫抖 quake，其中一位法官班納 Gervase Bennet 回答說，庭上唯一顫抖者 quaker 應該是被告人。Quaker 之名於是不脛而走。

貴格會教徒在北美洲亦非一帆風順，壓迫他們的還竟然是批評教會專橫的清教徒。早期的北美洲英國殖民地在清教徒控制之下，不容其他教派活動，尤其防範在英國頗受歡迎的貴格會。所以每有船抵岸，清教徒便上船搜查，貴格會書籍及傳教用品一律沒收，教徒不得登岸，原船遣返，不然便扣留起來，直到有歸航回英。

貴格會今天仍活躍，香港和台灣都有分會。以 Quaker 為名的「桂格燕麥（Quaker Oats）」原本是美國小公司，創於一八七七年，創辦人可不是貴格會教徒，但很欣賞貴格會揭櫫的正直 integrity，誠實 honesty，純正 purity，故此以之作為公司的宗旨。桂格現是國際食品企業，商標沒有變，仍然是十七世紀的北美洲英國移民半身像。

Quakers 的 quake 是顫抖、哆嗦、或者震動、搖晃的意思，所以地震是 earthquake，可簡作 quake。英語有句慣用語 quake in one's boots / shoes，「穿上鞋子在顫抖」，即是緊張或者害怕得不得了。

例句
EXAMPLE SENTENCES

1 The poor child was **quaking** with fear.
那可憐的孩子嚇得渾身發抖。

2 The earth suddenly began to tremble and **quake**.
大地突然搖晃震動。

3 The thought of meeting with her parents had him **quaking** in his shoes.
想到要和她父母見面他便緊張得要死。

203 滴酒不沾
TEETOTAL

貴格會反對戰爭，教徒就算上前線亦只擔任救傷工作，不會執起武器殺人，第一和第二次世界大戰時便有不少美國貴格會教徒這樣做，甚至拒絕服兵役。貴格會也主張衣着樸素，生活簡單，教徒滴酒不沾。禁酒並非貴格會獨有，很多宗教都限制喝酒，佛教僧人便得守酒戒，印度教 Hinduism、錫克教 Sikhism、耆那教 Jainism 這些印度宗教亦嚴禁杯中物。宗教以外也有人對喝酒很有意見，十九世紀初英國有組織更發起一場「戒酒運動 (temperance movement)」。

這場運動的發起人名李甫斯 Joseph Livesey (1794–1884)，是一位出版商、報章老闆、作家、社會改革家，也是慈善家。李甫斯在英國中部蘭開夏郡 Lancashire 的普累斯頓 Preston 出生，家境清貧，後來做乳酪生意發達，開始熱心社會事務，曾出版報刊，提倡重整道德，鼓吹禁酒。一八三三年，李甫斯在家鄉成立「普累斯頓戒酒會 (Preston Temperance Society)」，主張禁絕酒精，醫學用途除外，所有可令人醉倒的含酒精飲料都在被禁之列。Temperance 這個字的意思是理性的自制能力，尤其飲食的節制，亦解作不喝酒。滴酒不沾則另有名詞 teetotalism，戒絕飲酒的人是 teetotaller。

Teetotalism 來源有典故。據說普累斯頓戒酒會有一次開會，其中一位會員發言時說，戒酒必須「徹徹底底 (total)」。可是這位會員有口吃毛病，total 說了幾次才出口，誰知他 t-t-t-total 之下，大家反而覺得效果很好，可以加強語氣，於是 teetotal 這個字便成為徹底戒酒的宣傳口號。不過有人不同意，覺得這段所謂軼事似乎杜撰居多。有歷史學家研究後提出另一個解釋，認為 teetotal 是美國戒酒組織牧師比查 Lyman Beecher 的傑作。比查每次聚會點名時，習慣在那些誓言徹底

戒酒的教友名字旁加字母 T，這些人後來便名為 teetotaller。

　　兩個解釋何者較可信，悉隨尊便。Teetotal 是形容詞，意思便是滴酒不沾。從 teetotal 衍生出一個助動詞，意思是完全、全部或者整個，可以說是 totally 的變奏。

例句
EXAMPLE SENTENCES

1　It's hard to believe that he is **teetotal** because his father and brothers are heavy drinkers.
很難相信他滴酒不沾，因為他父親和兄弟都嗜酒如命。

2　The movie is **teetotally** awesome!
那電影好看極了！

3　He gave up **teetotalism** after the death of his wife.
他在妻子去世後破了酒戒。

204 新教徒
PROTESTANTS

　　貴格會教徒和清教徒都是基督教 Christianity 新教徒 Protestants。基督教脫胎自猶太教 Judaism，創教者是耶穌基督 Jesus Christ，意思是「奉上帝之名的救世者」。耶穌去世後，門徒把他講的道理向東西方傳去。公元四世紀三十年代，東羅馬帝國皇帝君士坦丁一世 Constantine I 將基督教列為合法宗教，基督教從此迅速發展。

　　公元十一世紀，基督教分裂為東西兩大派，西羅馬教會自稱 Catholic Church，拉丁文是「全世界教會」的意思，故名公教，即天

主教；東羅馬教會則以正統 Orthodox Church 自居，一般稱為東正教。天主教是中世紀歐洲的支柱，教會與世俗君王不斷爭權。到了十六世紀，不滿天主教會專制腐敗的聲音愈來愈響亮，最後引起一場宗教改革運動，發起者是馬丁・路德 Martin Luther (1483–1546)。

　　路德是位德意志神學教授，當時未有德國，德意志乃指地區而言。令他忍無可忍的是教會出售贖罪券斂財，於是多次撰文抨擊，並否定教皇權威，強調「因信稱義」，認為人只要篤信上主即可得救，不必依賴教會規條。路德一呼百諾，支持者甚多，教會亦態度強硬，要逐路德出教會及禁止他活動。一五二九年，六位德意志侯王及一些支持路德的城市發表聯合聲明，向教會抗議迫害路德。宗教改革亦大勢已成，歐洲各地教會紛紛脫離羅馬教會，英皇亨利八世 Henry VIII 亦早已因教皇反對他離婚而不滿，乘機把英國教會從羅馬教會分開。

　　這些脫離羅馬教會的教徒後世稱為新教徒，以示與舊羅馬教會不同，英文名 Protestants，衍生自那篇抗議 protest 聲明 protestation。今天的基督教 Christianity 分為 Catholicism 天主教、Protestantism 新教和東正教 Orthodoxy 三大派，其中新教通稱基督教，以相對天主教，其實直譯是「抗議派」、「反對派」或者「異議派」。

　　Protest 可作名詞或動詞用，但讀音有別，動詞而意思是抗議，反對或提出異議時，須附以前置詞 about、against 或 at，否則是聲言，申明或斷言的意思。名詞則附以 over、against 或 at。

1 Johnny **protested** that he had told the truth.
尊尼申明自己說的是真話。

2 She sent a letter of **protest** over the proposed new carpark rentals to the management office.
她給管理處發了一封信反對建議的停車場新租費。

3 He accepted all the terms without **protest**.
他一聲不響接受了所有條件。

205 烏托邦
UTOPIA

當時反對新教者大有人在，最有名的是曾任英國下議院院長與內閣大臣的摩爾 Thomas More (1478–1535)。摩爾是虔誠天主教徒，認為所謂宗教改革是異端邪說，目的是摧毀天主教教會。他反對英皇亨利八世 Henry VIII 離婚，亦反對英國教會脫離羅馬天主教教會，更拒絕承認亨利八世對英國教會有凌駕羅馬教皇的最高統治權。錚錚風骨要付出代價的，摩爾最後被誣陷叛國，罪名成立，判處斬首極刑。

摩爾對馬丁・路德很反感，任內政大臣時曾下令禁路德的著作，不准入境，但他並非弄權，只是緊持道統，固執護教。摩爾是飽學之士，著述頗勤，傳世之作也是爭議最多的是以拉丁文寫成的小說《烏托邦》*Utopia*，原來的書名頗長，後世只以這簡稱名之。Utopia 由希臘文的 *ou*「沒有」和 *topos*「地方」組成，「烏有鄉」也，即是沒有這個地

方，虛構的。不過摩爾在補遺裏拿 Utopia 玩了一次文字遊戲，自言其實用 Eutopia 一詞更妙，兩字讀音一樣，但 *eu* 在希臘文是「好」的意思，故此 Eutopia 是「福地」，勝過「烏有鄉」。

《烏托邦》分上下兩卷，借一位旅行家的敘述帶出一個位於美洲新世界的島嶼。這個島名為「烏托邦（Utopia）」，有五十四個城市，每市六千戶，是一個自給自足的理想國度，法律、政治、道德都完美，島上一切物品存於公倉，島民各取所需，大家自律，亦和睦相處，健全的人都要工作，沒有失業這回事，難得是島上不同信仰相安無事。這部奇特的小說在摩爾死後十多年才出版，評論家普遍認為摩爾是以這個虛構的國度來諷刺當時英國政治和宗教的腐敗及虛偽。但書中有些地方頗堪玩思，例如島上神職人員可由女性擔任；神甫可以娶妻；離婚沒有問題，還有宗教上的包容，明顯不符當時的天主教教規，而以摩爾的保守宗教觀，筆下出現這些情節令人大惑不解。

Utopia 便是理想中的最美好社會，理想國，理想的完美境界，貶義則指空想的社會改良計劃，以為可令社會更好，其實是不切實際。Utopian 是形容詞，作名詞時指空想家或理想家。U 大小寫都可以。

例句
EXAMPLE SENTENCES

1　They thought they had found a **Utopia** on that peaceful Pacific island.
他們以為在那寧靜的太平洋海島找到一個理想天地。

2　Professor Brown's theory is just a **Utopian** daydream.
白朗教授的理論只是個完美的白日夢。

3　He called himself a pragmatic **utopian**.
他自稱為實幹派理想家。

206 寫真
WARTS AND ALL

　　摩爾被後世天主教教會視為護教的殉道者，一九三五年更封他為聖人。可是他任內政大臣時，不少新教徒被冤死，有案可稽。不過歷史不及小說戲劇有趣，一九五四年，劇作家布特 Robert Bolt (1924-1995) 以摩爾做主角為英國廣播公司編了一齣廣播劇《四季人》*A Man for All Seasons*，大受歡迎，於是變成電視劇，一九六六年更拍成電影，香港上映時名為《日月精忠》。「四季人」是指任憑環境如何改變，摩爾信念和原則如一。劇中大反派是亨利八世的親信克倫威爾 Thomas Cromwell (1485-1540)。亨利八世無子，要和皇后離婚另娶，希望生個兒子，克倫威爾於是到處游說施壓，要為皇帝辦好這件頭等大事，摩爾自然是必須除去的眼中釘。第二場戲後段是全劇高潮，摩爾被囚三個月後上庭應訊，克倫威爾指他否認皇帝為教會之首是欺君，摩爾辯說他一直沉默，而沉默不等於否認。克倫威爾滔滔解說何為沉默後，結論是摩爾的沉默「完全不是沉默，而是最傳神的否認」"This silence was not silence at all but most eloquent denial"。

　　伴君如伴虎，克倫威爾後來失勢，下場也是被亨利八世斬首。六十年後，他的後人出了一位叱吒風雲的人物 Oliver Cromwell (1599-1658)。這位奧利佛·克倫威爾是清教徒，父系原姓威廉 William，曾祖母是亨利八世的親信克倫威爾的妹妹，兒子改隨舅舅姓，後人於是都姓克倫威爾。奧利佛是軍事家和政治家，英國內戰時率領國會軍打敗保皇軍，把國王查一世處死，成立共和國，解散國會，建立軍事獨裁統治，自任「護國公 (Lord Protector)」，死於腎病，一說是尿毒。這位強人最為人津津樂道的是他請了荷蘭著名肖像畫家萊利 Peter Lely (1618-1680) 為他繪像，要求如實繪畫，面上的粗糙、粉刺、「肉贅等

所有東西（warts and all）」都要毫不掩飾畫出來，否則不會付潤筆費。

這段軼事有人說是杜撰出來的，只為表示這位克倫威爾的信心及氣派。不管怎樣，後世則因此添了一句有趣的俗語 warts and all，意思是毫無隱瞞，或者不掩飾缺點。

例句
EXAMPLE SENTENCES

1 "You must learn to accept me, **warts and all**," he said to Mary.
「你要學習接受我，包括我的各種缺點，」他對瑪麗說。

2 The billionaire's biography is definitely not a **warts-and-all** portrait.
那億萬富翁的傳記絕對不是毫無諱言的如實寫照。

3 He confessed, **warts and all**, to the committee.
他毫無隱瞞地向委員會坦白一切。

207 雲上子規鄉
CLOUD CUCKOO LAND

烏托邦 Utopia 今天多少帶點揶揄，世上何來理想社會？理想社會裏人人平等，但平等必須由法律和道德約束，否則很難做得到。摩爾構思出一個理想國度，最後卻被皇帝殺頭，絕不理想。古希臘的阿里斯托芬 Aristophanes (446–386 BC) 比他幸福得多。

阿里斯托芬是古雅典喜劇大師，有「喜劇之父」的美譽，據記載，他一共創作了四十多齣喜劇，完整傳到今天的有十一齣，是希臘古典

喜劇的寶貴遺產。喜劇作家得冒不少風險，喜劇要有諷刺才好看，愈挖苦得傳神愈受歡迎，這一來便很容易因為開罪人而惹是非。阿里斯托芬被人罵過，也吃過官司，柏拉圖便責怪阿里斯托芬的戲劇醜化了他的老師蘇格拉底，把蘇格拉底塑造成一個高傲和無視俗例的人，令雅典人對他有偏見，間接導至他受審訊和被處死。

阿里斯托芬有一齣喜劇，名為《鳥》*The Birds*，內容主要說有個雅典人唆使世上的雀鳥在空中建築一座城市，橫亙天地之間，阻隔世人與天神的溝通，以為就此可以掌控天下。這座城市的希臘文名字是 *Nephelokokkugia*，由 *nephelē*「雲」和 *kokkux*「杜鵑」組成，英語是 cloud cuckoo land，意思是「在雲上的杜鵑之地」。Cuckoo 是杜鵑，別名子規，希臘神話裏，天神之首的宙斯 Zeus 化身為受傷杜鵑，誘使後來成為他妻子的赫拉 Hera 把他抱入懷裏，才得以成其好事，杜鵑亦成為天后赫拉的吉祥物，對古希臘人意義非凡。

Cloud cuckoo land 現在是常用慣用語，意思是過份樂觀但脫離現實的念頭，或者荒謬的幻想，比 Utopia 多了重癡人說夢的謔調。這句慣用語經常被引用，一九八〇年代，英國首相戴卓爾夫人 Margaret Thatcher (1925–2013) 批評爭取南非擺脫白人統治的非洲國民大會 African National Congress (ANC) 是恐怖組織，還說所有認為這些恐怖份子可以組織政府領導南非的人都是「癡人說夢 (living in cloud cuckoo land)」。不到十年，國民大會在曼德拉 Nelson Mandela (1918–2013) 領導下推翻了白人政府，想不到癡人說夢，竟然會夢境成真。

1 Anyone who believes that he will keep his promise is living in **cloud cuckoo land**.

相信他會守諾言的人都是活在幻想裏。

2 "If you think the problem will be solved overnight, you're living in **cloud cuckoo land**."

「要是你以為問題一夜之間便可以解決,那你是荒唐地樂觀。」

3 The Utopia he tries to create is nothing but **cloud cuckoo land**.

他努力要建立的烏托邦只是個虛幻念頭。

208 大人國
BROBDINGNAG

摩爾的烏托邦對十七世紀的著名作家斯威夫特 Jonathan Swift 影響很大。斯威夫特在他的不朽傑作《格列佛遊記》Gulliver's Travels 裏便按摩爾的烏托邦塑造了一個理想社會,就是小說第二章的〈大人國〉Brobdingnag。

主角格列佛流落在大人國,在農田裏走着時,看到田裏一步十碼的工人身高可及英國教堂的尖塔頂,令他想起小人國 Lilliput,只是剛好倒過來。格列佛被農田主人收養,田主的女兒還教格列佛當地語言。這個小女孩只有九歲,但格列佛看上去她差不多四十呎高。田主帶着格列佛四處張揚,要他表演,這可苦了格列佛,操勞得皮包骨。幸好消息傳到皇宮,皇后要見這個引起哄動的小人,出錢向田主買了

他，還容許田主的女兒入宮和格列佛作伴，格列佛才逃出生天。

格列佛安頓下來後，發現這個大人國原來是烏托邦。大人國的國民文明友善，重道德，講邏輯，公平公正，他們的法律條文言簡意賅，每則不出二十字，教育只有道德、歷史、詩歌和實用數學這幾科，毫不花巧，言辭文章不會長篇大論，沒有廢話。大人國的國王很有興趣了解英國和歐洲社會，格列佛有點慚愧，相對大人國，自己的社會非常不堪，知無不言則難掩種種醜陋，於是婉轉地說了一遍，但已令國王驚訝不已，覺得英國人是「令人厭惡的害蟲（odious vermin）」。格列佛頗惱惱，唯有自我安慰，認為怪不得國王，因為大人國的人活在自己的天地裏，根本不會也沒有接觸過外面世界。但這不就是烏托邦嗎？除了田主的女兒外，大人國上至國王下至田主，只把格列佛當作玩物，在這些道德巨人的眼中，非我族類者不是人，格列佛只不過是一隻有趣的蟲子。其實我們何嘗不是這樣看待其他生命？

Brobdingnag 可作形容詞用，意思是巨大的，龐大的。另有形容詞 Brobdingnagian，也可用作名詞，解作巨人，大漢。B 一般大寫。

例句
EXAMPLE SENTENCES

1　They raised money to conserve that **Brobdingnag** classical architecture.
他們籌款來保育那座龐巨的古典建築物。

2　The **Brobdingnagian** with his tiny kitten waited patiently in the pet clinic.
那彪形大漢與他的小貓咪在獸醫診所裏耐心等待。

3　"I think **Brobdingnagian** cruise ships should be banned from sailing into Venice."
「我覺得應該禁止巨型觀光郵輪駛進威尼斯。」

209 世外桃源
ARCADIA

　　烏托邦是不是世外桃源？兩者有分別。烏托邦是人渴望建立的理想社會，世外桃源是因為與世隔絕而沒有受到外界影響的地方。陶淵明筆下，桃花源裏的人怡然自樂，衣着裝扮則古拙，原來他們的祖先是為避秦而找到這片樂土定居。由秦至陶淵明時代，七百年了。後世以桃花源喻意避世隱居之所，當然也指理想的境地。

　　古希臘的阿卡狄亞 Arcadia 與桃花源有點相似。阿卡狄亞在希臘伯羅奔尼撒半島 Peloponnesus 中部，今天是希臘一個省，在神話和文學裏意義非凡。阿卡狄亞以宙斯 Zeus 的私生子阿卡 Arcas 命名，阿卡的母親是狩獵女神阿耳特彌斯 Artemis 的女侍。宙斯的妻子赫拉 Hera 很不高興，把阿卡的母親變成一隻熊，宙斯為防赫拉加害兒子，把阿卡藏在深山裏，就是後來的阿卡狄亞。阿卡長大後有一次出獵，與母親相遇，那可憐女子沒有想到自己已經變成一隻熊，撲上前和兒子相認。阿卡大吃一驚，彎弓搭箭要射熊，宙斯手急眼快，把阿卡也變成一隻熊，還把母子兩隻熊放到天上，就是大熊座 Ursa Major 和小熊座 Ursa Minor（「熊」的拉丁文便是 ursa）。

　　阿卡狄亞山巒起伏，間以農田牧地，風景秀麗，古時交通不便，幾乎與外界隔絕，亦因此得以保存自然，是希臘牧神潘 Pan 的家鄉。古羅馬詩人維吉爾 Virgil (70–19 BC) 有一組十首的《牧歌》*Ecloques* 便是以阿卡狄亞為背景，對後世頗有啟發，文藝復興 Renaissance 的文學家和藝術家對 Arcadia 便近乎着迷，作品甚多。十七世紀有兩位畫家則同樣以《阿卡狄亞牧羊人》*The Arcadian Shepherds* 為題寫過畫，其中一位是法國古典主義繪畫奠基人普桑 Nicolas Poussin (1594–1665)，作品現藏巴黎羅浮宮 Le Louvre。

阿卡狄亞 Arcadia 原指淳樸寧靜的田園，喻意世外桃源。形容詞是 Arcadian，亦可作名詞用，指過恬淡田園生活的人，a 可小寫。

例句
EXAMPLE SENTENCES

1　Her **Arcadia** will soon be gone as developers are coveting the whole area.
發展商在覬覦那整個地區，她的世外桃源快要消失。

2　We had a delightful **arcadian** meal at a country restaurant.
我們在一家鄉村飯店吃了一頓恬意的田園風味餐。

3　His daughter is renowned as a painter of **Arcadian** landscape.
他的女兒是著名田園風景畫家。

210 香格里拉
SHANGRI-LA

烏托邦 Utopia 和世外桃源 Arcadia 之外，還有一個香格里拉 Shangri-La，都是人不斷追尋的安樂窩、理想地。一九三三年，小說家希爾頓 James Hilton (1900–1954) 出版他的名作《消失的地平線》 *Lost Horizon*，香格里拉便是書內描述的地方。

香格里拉是一個小村落，羣山環繞，與世隔絕，由一座藏傳佛教寺院的僧人統治，村民無憂無慮生活，而且長生不老，外來客住下來後只要不離開，一樣可以永享青春。故事以駐印度的年輕英國領事康韋 Conway 為主角，他和三個同伴在飛機意外中倖免於難，來到香格里拉，後來寺院的大喇嘛要傳位給他，但康韋已愛上一個女子。故事尾聲時康韋被發現躺在重慶一間醫院裏，他把在香格里拉的經歷告訴

也在住院的一個小說家，就是故事的敘述者。康韋復原後要回去香格里拉，小說家尾隨他，可惜失去他的蹤影。據醫生說，康韋是一個老婆婆送來醫院的，那老婆婆年紀很大，這樣大年紀的人真是少有。

希爾頓把香格里拉設在崑崙山西端，西藏附近。他在小說出版後接受訪問時說，他在大英博物館和圖書館內找到很多西藏的資料，前人的遊記尤其啟發良多，但他沒有解釋香格里拉一名的由來。據推測，這個名字很可能來自「藏」的拼音 Tsang，至於 ri 是藏文的山，la是通道，Shangri-La 便是「藏山口」。《消失的地平線》當年是暢銷小說，但今天看過原著的人恐怕不多。不過「香格里拉」這個名字則無人不識，更有人認為可能真有其地，眾說紛紜，大熱門則是雲南麗江的中甸。結果二〇〇一年，中甸便索性易名為香格里拉。

一九四二年第二次世界大戰時，美軍派飛機轟炸東京，事後的記者會上，美國總統羅斯福 Franklin D. Roosevelt (1882–1945) 被記者追問飛機從甚麼地方出發，羅斯福回答說：「香格里拉。」

Shangri-La 也可拼作 Shangri-la，喻意世外桃源，或者偏僻但怡人的可藏身之所，亦因羅斯福一語，引伸為秘密的地方。

例句
EXAMPLE SENTENCES

1 At this time of the year, he'll probably escape to his **Shangri-La**.
   每年這個時候，他多半會跑到他的安樂窩裏躲起來。

2 The island was a **Shangri-La** for the sailors after a month on the sea.
   水手們在海上一個月之後，那海島就像桃源。

3 The huge mall is promoted as a shopper's **Shangri-La**.
   那巨型商場以購物者的樂園作推廣。

211 黃金國
EL DORADO

　　烏托邦是理想國度，世外桃源是人間樂土，但遍地黃金的地方可能更誘人。十六和十七世紀的歐洲人便相信有這個黃金國，名之為 El Dorado，尋金者前仆後繼，不少人為了這個黃金傳說犧牲了性命，一去不回的更加不計其數。

　　歐洲人十六世紀初登陸中南美洲，發現當地印第安土著金器多得不得了，內陸有一個黃金國的故事於是開始流傳。El Dorado 是西班牙文，意思是「塗金的人（the gilded one）」。傳說在南美洲安第斯山 Andes 北部，即是今天的哥倫比亞 Colombia，有一族印第安人，他們領袖更替時，新酋長便全身塗上金粉在一個大湖上祭神，族人會把黃金和金銀珠寶拋進湖裏。這個印第安族後來被滅，祭神儀式隨之湮沒。十六世紀三十年代，西班牙人找到這個湖，就是哥倫比亞首都波哥大 Bogotá 東北的瓜達維他湖 Lake Guatavita。西班牙人挖掘溝渠洩水來找黃金，但湖太大了，只能把水位略為降低，也真的找到零星的黃金。

　　傳說的新世界黃金國不止一個，今天的委內瑞拉 Venezuela、巴西 Brazil 和圭亞那 Guyana 都是尋金者搜索的地區，各國隊伍互不相讓時，打起來免不了。英國著名探險家羅利 Sir Walter Raleigh (1554?-1618) 第二次出發去找 El Dorado 時，基地設在圭亞那，他兒子率領的隊伍和西班牙人打起來，兒子戰死。羅利回國後被指破壞英國和西班牙的和平協議，西班牙要求英國嚴懲，結果羅利被殺頭。

　　美國詩人愛倫坡 Edgar Allan Poe (1809–1849) 有一首短詩《黃金國》*Eldorado*，描寫一個騎士尋找黃金國，一無所獲，垂垂老矣時遇到一位朝聖者的影子，他向影子打聽黃金國在甚麼地方。最後一段

是影子的回答：「『越天涯之山嶺／臨死亡之幽谷／策馬前進，勇敢地策馬前進吧，』／那影子回答道，／『要是你尋找黃金之國！』」" 'Over the mountains / Of the moon / Down the valley of the shadow, / Ride, boldly ride,' / The shade replied,- / 'If you seek for Eldorado!' "。

El Dorado 是西班牙文，愛倫坡的 Eldorado 是轉為英文的寫法。El Dorado 亦可引伸為極富庶或者機會處處的地方，也可解作樂園。

例句
EXAMPLE SENTENCES

1 Europe is **El Dorado** for many people in the neighbouring poor countries.
歐洲對鄰近貧窮國家的很多人來說就是黃金國。

2 Investors soon found that the city was not an **Eldorado**.
投資者很快便發覺那城市並不是機會處處的地方。

3 The country park is an **El Dorado** for hikers.
那郊野公園是遠足客的樂園。

212 七重天
SEVEN HEAVENS

歐洲人看到美洲印第安人穿金戴銀，這才流傳一個黃金國 El Dorado 的故事，空穴來風，並非無因。所以古巴比倫人 Babylonians 觀天，看到太陽、月亮和金木水火土七個天體周而復始按軌跡運行，從中想像天神所在的環境，在中東地區輾轉流傳而成為「七重天（Seven Heavens）」這個概念。

印度教、猶太教、伊斯蘭教都相信天有七重。印度教有七重天和七重地，人間世是最底一重。人死後，生時作惡者往下走，行善者往上升，按所積的業往不同天地，業力期滿便輪迴返到人間世。猶太人的七重天源自巴比倫文化，確實承傳已不可考。猶太希伯來文的「天」是 shammayim，由 sham「天」和 mayim「水」組成，天水一體。據猶太典籍，天分七重，最高的第七重是上帝王座所在，最下一重在人世之上，就是亞當和夏娃被逐前所居住的樂園。伊斯蘭教的七重天受猶太教影響，最下一重是水，也是亞當和夏娃的居所，與猶太教相同。每重之間有門隔絕，穆斯林如在塵世奉行教規，門則開，奉行愈多，門亦愈開得多。七重天最上一重聖光耀眼，到此者莫能張目，盡處有一棵雄偉的棗樹，是天下萬物和一切智識的根源。據先知穆罕默德的言行錄 hadith 記載，公元六二一年七月二十七日夜裏，穆罕默德曾經上過七重天，每到一重遇見一位古代先知，到第七重時，真主默示他令穆斯林每晝夜禮拜五十次。穆罕默德恐怕穆斯林體力未必應付得到，在先知穆撒（即以色列人的摩西）的鼓勵下，苦苦哀求，最後真主答應改為每晝夜五次，就是穆斯林五功拜的由來。穆罕默德這次七重天之行穆斯林視為神蹟，稱為「登霄」，是伊斯蘭教的紀念節日。

基督教脫胎自猶太教，卻沒有七重天這回事，天是整體的。不過英語有所謂 in seventh heaven「在第七重天」，意思是狂喜不已，或者極之快樂。上到第七重天，不極樂才怪。

1. John was in **seventh heaven** when he got promoted.
   約翰獲晉升，開心得不得了。

2. The country was in **seventh heaven** when the war ended.
   戰事結束，舉國歡欣若狂。

3. The kids came down from **seventh heaven** when the visit to Disneyland was cancelled.
   不去迪士尼了，孩子們一下子嗒焉若失。

213 天空之城
CASTLES IN THE AIR

中國的天不止七重，而是有九重，所以有「九天」、「九霄」、「九重天」的說法，有學者認為「九」只極言其多，喻意天之高深廣大，並非實數，至於「天有九野」，則指八方加中央這九個天域。中國神話的天似是實有，《西遊記》裏，玉皇大帝「駕坐金闕雲宮靈霄寶殿」，可知天上亭台樓閣不缺，事關神仙也要有居所。英語則有所謂 building castles in the air，把城堡建在半空，一看已知是不可能的事。

這話源自一句法文諺語「在西班牙建城堡」。原來八世紀初，非洲北部信奉伊斯蘭教的柏柏爾人 Berbers 入侵歐洲，佔據了西班牙和葡萄牙，歐洲人把這些柏柏爾人和所有穆斯林都稱為摩爾人 Moors，雙方打了幾百年，直到十四世紀，摩爾人才退出歐洲。據說公元七七八年，歐洲霸主查理大帝 Charlemagne (748–814) 的大軍在西班牙遇伏，撤到今天法國南部接近西班牙的納邦 Narbonne 附近。查理下旨，

攻下納邦者，即封為納邦之王。當時摩爾人在納邦重兵駐守，查理的將士則疲態盡露，於是軍中流傳一句開玩笑的說話：「在西班牙建一座城堡？不了，謝謝！」

這句戲語大概十六世紀在英語出現，但變成「在空中建城堡」。美國哲學家和作家梭羅 Henry David Thoreau (1817–1862) 主張生活簡樸，認為師法自然即可擺脫羈絆，直悟真理。他在波士頓 Boston 西北十多公里處的沃爾登湖 Walden Pond 旁林子裏隱居了兩年多，期間寫成的散文後來結集，就是著名的《沃爾登—或林中生活》*Walden–or Life in the Woods* (亦譯作《湖濱散記》)。在集子的結語裏，梭羅談到夢想，認為人要有勇氣去追尋夢想，過自己的生活，而「要是你在空中建造了城堡，你的工夫無謂白費；城堡就應該在那裏。現在就在城堡下面置一個基礎吧」"If you have built castles in the air, your work need not be lost; that is where they should be. Now put the foundations under them"。

梭羅是哲學家，有他的道理。不過 building castles in the air 或者 castles in the air 是指空中樓閣、白日夢、幻想和空想，意思很清楚。

例句
EXAMPLE SENTENCES

1 They keep talking about their grand plan, but it's only **a castle in the air**.
他們老是在談論大計，但那只是白日夢。

2 Idealism is **a castle in the air** unless on a solid social and political foundation.
欠缺堅固社會和政治基礎的理想主義只是空中樓閣。

3 "You must do something to prove that you're not just building **castles in the air**."
「你得做點甚麼事情來證明自己不是只在空想。」

214 天上餡餅
PIE IN THE SKY

在天空建城堡是空想，但人有做白日夢的自由，只要不影響別人，旁人無權干涉，譏之諷之當然可以。要說譏諷，有一句英諺 pie in the sky「天上餡餅」才尖刻。

這句話是美國著名工運人士希爾 Joe Hill (1879–1915) 的傑作。希爾瑞典 Sweden 出生，曲詞家，移民美國後才學英語，一直當民工賺取微薄收入，嚐盡被剝削和失業的滋味，後來加入工會，創作了不少歌曲和漫畫以宣揚工運。一九一四年某天，猶他州 Utah 鹽湖城 Salt Lake City 發生命案，一個雜貨店老闆和兒子被槍殺。同日黃昏，身帶槍傷的希爾求醫，自稱與人爭風呷醋時被對方所傷。警察可不相信，希爾則堅持所言屬實，但不肯透露涉案人是誰，法庭最後判希爾殺人罪成。一九一五年十一月，希爾被槍決。差不多一百年後，有傳記作家抽絲剝繭解開謎團。原來希爾和一個同鄉合租房間居住，兩人同時愛上房東的女兒，爭執之下被同鄉開槍打傷，他不忍心公開事情，免那女孩受不必要的壓力，寧可自己含冤。

當時基督教有一首非常流行的聖詩《讚慕美地》In the Sweet By and By，不外是讚頌上主，然後信眾快樂地 sweet 終於 by and by 在美麗的彼岸相聚，副歌是這樣的「到日期，快樂地，與眾聖徒聚會在美地」（譯文各有版本）"In the sweet by and by, we shall meet on that beautiful shore"。希爾卻認為教會根本漠視民間疾苦，只以好話空言來愚惑信眾，於是把這首歌另填新詞，並易名為《牧師與奴隸》The Preacher and the Slave，副歌其中一句則改成「工作祈禱，啃的是草。死了有天上餡餅領到」"Work and pray, live on hay. You'll get pie in the sky when you die"。今天在互聯網上可欣賞得到。

Pie in the sky「天上餡餅」便是空頭支票，不保證能實現的承諾；坦白點說，即是騙人的鬼話。人死了，到天上才有餡餅可吃，真可憐。一九七一年，瑞典導演韋得保 Bo Widerberg (1930–1997) 拍了一齣電影，描述希爾的事跡，一九七五年在香港上映時片名譯作《碧血黃花》。劇終時，瑞典演員伯格倫 Thommy Berggren 飾演的希爾向行刑隊大喊「開槍！」據說是真有其事。

例句
EXAMPLE SENTENCES

1　His plan to retire at 40 is just **pie in the sky**.
他四十歲退休的計劃只是個渺茫的希望。

2　The politician's proposed reformation was nothing but **pie in the sky**.
那政客提出的改革不過是空頭支票。

3　"Your idea sounds good. Hope it's not **pie in the sky**."
「你的主意聽來不錯。希望不是空口說白話。」

215 明天果醬
JAM TOMORROW

與「天上餡餅」異曲同功的有另一句英諺 jam tomorrow「明天果醬」，出自名著《愛麗斯夢遊仙境》的續集《愛麗斯鏡中奇遇》*Alice Through the Looking-Glass*。

在第五章裏，愛麗斯撿到白女王的披巾，還為跑得氣急敗壞的白女王披上。白女王感激不已，反正身邊沒有女侍為她打點，於是提出

可以聘用愛麗斯，待遇是「一星期兩便士，每隔一天有果醬吃」。愛麗斯婉拒了，還說不喜歡果醬。白女王說那是很好的果醬。愛麗斯回答說怎樣也好，她今天不想吃果醬。白女王馬上更正道，果醬要隔一天才可以吃，「規矩是，明天有果醬，昨天有果醬，但今天永遠不會有果醬」"The rule is, jam tomorrow, jam yesterday – but never jam today"。愛麗斯摸不着頭腦，不是總會有「今天」的嗎？白女王堅持果醬要每「隔一天」才可以吃，而「今天」不能算是「隔一天」。愛麗斯覺得白女王顛三倒四，不可理喻。

Jam tomorrow「明天的果醬」因此成為一句流行諺語，引伸解作不能兌現的美好承諾，連經濟學大師凱因斯 John Maynard Keynes (1883–1946) 也在文章裏引用作比喻。凱因斯反對人太着重為未來及後代儲蓄而忽略了自己處身的當時環境，認為對這些人來說，「果醬不是果醬，除非是一箱明天的果醬，而永遠不是今天的果醬」"jam is not jam unless it is a case of jam tomorrow and never jam today"。

第一次世界大戰時，英國果醬商狄克勒 Thomas Tickler 取得政府合約，向英軍供應果醬，大戰四年內進賬一百萬鎊。送上前線的狄克勒果醬主要有兩種，顏色一紅一青，味道則沒有分別。果醬供應源源不絕，軍士不久便發明了利用果醬的空罐子來造土製手榴彈，名之為狄克勒彈 Ticklers artillery。不過大家每天都吃狄克勒果醬，昨天吃今天吃明天也吃，實在膩得要死，怨聲四起。軍中還流行一首歌，結尾兩句大意說：在夢中拿着一罐狄克勒果醬，打到達達尼爾海峽 Dardanelles；即是當時英法想奪取的土耳其要塞。國內報刊亦為軍士抱不平，有報紙更大字標題 Jam Tomorrow, Jam Yesterday, But Never Jam Today!

1 "His promise is not **jam tomorrow**," she said. "But jam next year!"
「他的承諾不是空話，」她說。「是鬼話！」

2 Politicians are good at selling **jam tomorrow**.
政客都擅於推銷明天的果醬（以空話騙人）。

3 She hops from job to job, saying that she prefers jam today instead of **jam tomorrow**.
她不斷跳槽，還說自己很現實，不要甚麼飄渺的前景。

216 忍氣吞聲
HUMBLE PIE

天上餡餅吃不得，人世有一種餡餅有時候卻不得不吃，就是 humble pie，直譯是「低聲下氣的餡餅」，humble 是謙虛，謙遜，或者低聲下氣，忍氣吞聲，卑躬屈膝，也解作低微的，簡陋的，粗劣的。

Humble pie 的 humble 是 umble 的訛用，umble 意思是動物內臟，尤其是鹿的內臟，這個古老名詞早已廢用。從前打獵所獲，上等肉給有錢人吃，動物內臟浪費了太可惜，於是一股腦兒剁碎了造內臟餡餅 umble pie，往餡料拌點平價肉更佳，烘得香噴噴，下人和勞苦大眾吃得津津有味。十七世紀的英國作家佩皮斯 Samuel Pepys (1633-1703) 在他的日記內便提到這種餡餅，這部日記集記述了一六六〇至一六六九年間的生活小事和歷史大事，非常著名。一六六二年七月五日，佩皮斯記下烤了鹿肩來吃，還烘了一個 umble pie，非常美味。

當時已有這種餡餅食譜流傳，現代改良版則如下：一副有心、肝、肺、腎、胸腺和胃的鹿或牛羊內臟，有排洩物的膀胱不要，除去脂肪，徹底洗乾淨，煮半熟，加適量牛板油和薰鹹肉，全部剁得精碎，以鯷魚、丁香、肉荳蔻、玉桂、胡椒和鹽調味，加點檸檬汁，可隨意拌入喜歡的乾果，餡餅材料即大功告成。至於 umble pie 何時變成 humble pie 的則人言人殊，估計應該後於佩皮斯的時代。這種餡餅雖然說是地位低微 humble 的平民或窮人食物，烘得美味的話，上等人一樣大快朵頤。佩皮斯曾任國會議員，當過海軍行政官，地位一點不 humble，他也說 umble pie 好吃。

前英國首相戴卓爾 Margaret Thatcher (1925-2013) 作風硬朗，綽號「鐵娘子」，對一九八九年當選美國總統的老布殊 George H. W. Bush (1924-2018) 頗不耐煩。老布殊溫文爾雅，覺得戴卓爾硬邦邦兇巴巴不好惹，戴卓爾則自歎學懂了與老布殊相處要少說話多讚美，不過為了大局和英國的利益，「我會毫不猶疑低聲下氣一點」"I had no hesitation to eat a little humble pie"。果然是鐵娘子，內臟餡餅淺嚐一口可以，整個吃進肚裏則休想！

例句
EXAMPLE SENTENCES

1 "Eat **humble pie**? No way! I didn't do anything wrong."
「忍氣吞聲？不行！我沒有做錯。」

2 He had to eat **humble pie** for the inaccurate figures in the report.
他得為報告內不確的數字低聲下氣道歉。

3 She is too strong a character to eat **humble pie**.
她個性太強，不會卑躬屈膝。

217 三明治
SANDWICH

Umble pie 或 humble pie 今天大概不會有甚麼人吃了，大家常吃的是漢堡包、熱狗和三明治這些簡便食物。漢堡包和熱狗是美國人搞出來的，三明治 sandwich 則普遍認為是英國人發明，雖然夾肉麵包其實起源甚古，公元前在中東已流行。

Sandwich 一詞來自第四代三明治伯爵蒙塔古 John Montagu, the Fourth Earl of Sandwich (1718–1982)。三明治在英國西南部肯特郡 Kent，是一個有上千年歷史的市鎮，名字的意思是「沙土上的墟市」。第四代三明治伯爵十歲即繼承祖父的爵位，曾任郵政大臣、首席海軍大臣、北部事務大臣，地位顯赫。據說這位爵爺喜歡牌戲，有時候玩得興起，為節省時間，命僕人用麵包夾着肉給他吃，其他人覺得有趣，照板煮碗，sandwich 式夾肉麵包不脛而走，流行起來，直到今天。

文學作品裏，《愛麗斯鏡中奇遇》Alice Through the Looking-Glass 的三明治最有趣。第七章，愛麗斯遇到白國王，聽到國王的侍從叫做 Haigha，開始想以 H 字母為首的字，首先想到火腿三明治 ham sandwich 和稻草 hay。這時候國王說有點眩暈，要吃東西，命 Haigha 給他一份火腿三明治。Haigha 果然從掛在胸前的袋子裏拿出火腿三明治來。

今天的三明治五花八門，麵包夾着的食物任君選擇。不過三明治的定義倒引起過一場官司。事緣二〇〇六年，一間售賣墨西哥玉米卷 tacos 的快餐店在美國波士頓某商場準備開業，商場內的三明治店反對，因為據租約，商場只可以有一間三明治店。法庭判決，三明治必須起碼有兩片麵包，墨西哥玉米卷不算三明治。這位法官多半讀過費滋羅德 Francis Scott Fitzgerald (1896–1940) 的小說《上下流社會》The

Beautiful and Damned。費滋羅德曾做過電影編劇,以描寫一九二〇年代美國社會而享譽文壇。小說故事尾聲時,主角安東尼 Anthony 和兩個朋友閒聊怎樣才算是一位紳士,向來刻薄的莫里 Maury 說:「男士的社會地位由他吃三明治時有多少片麵包決定」"A man's social rank is determined by the amount of bread he eats in a sandwich"。

Sandwich 除了是吃的三明治外,還有夾層,插入的意思。名詞動詞均可。The meat in the sandwich「三明治的夾肉」則喻兩面受敵。

例句
EXAMPLE SENTENCES

1 Poor Henry was **sandwiched** in between his mother and his wife.
可憐的亨利被夾在母親和妻子之間。

2 The old building is **sandwiched** between two modern skyscrapers.
那幢老房子夾在兩座現代摩天大樓中間。

3 This kind of wood **sandwich** panels can easily be broken.
這類木夾板很容易被打破。

218 一碗豆湯
MESS OF POTAGE

公元前二世紀,猶太人過逾越節 Passover 時便用沒有發酵的硬麵餅裹着羊肉來吃,可以說是 sandwich 鼻祖。中東地區的所謂麵包其實是扁平的燒餅 flatbreads,古時老百姓飲食簡單,燒餅和濃湯便

是一餐。濃湯一般以當地盛產的豆子和蔬菜熬成，豆子裏最常用的是小扁豆 lentils。英諺有一句 a mess of potage「一碗豆湯」，mess 可以解作一盤餐，一般是半流質的食物，potage 是濃湯。這句諺語喻意為了眼前好處而犧牲更大利益，來自一個奪嫡的故事。

據基督教《聖經》所載，猶太民族傳至阿伯拉罕 Abraham，在迦南 Canaan 居住，兒子是以撒 Issac，有一對孿生孫兒以掃 Esau 和雅各 Jacob。以掃居長，按俗例將來分父親遺產時可得雙份，而長子亦須肩負聖職。以掃好動，時常外出狩獵，雅各較靜，為父親牧羊。阿伯拉罕去世，以撒哀慟不已。猶太人辦喪事，須為前來弔喪的客人供應食物，通常是一碗濃豆湯。以掃打獵回來，說自己快要死了，要喝豆湯。雅各要他把長子嫡位 birthright（今天也解作與生俱來的權利）讓給他，便給他喝湯。以掃說反正自己快要死了，甚麼長子嫡位他才不管，雅各要他發誓，以掃於是發誓，喝了豆湯。以掃為甚麼一而再說自己快要死了，不得而知。

有學者分析說，以掃根本不在乎甚麼長子嫡位，他有自知之明，要他乖乖侍奉上帝可要了他的命。雅各後來獲上天指示改名以色列 Israel，子孫遂自稱以色列人。也是家門不幸，他的么兒約瑟 Joseph 被幾個哥哥賣為奴，流落埃及，誰知卻成為埃及法魯王身邊紅人。迦南鬧饑荒時，雅各舉族往埃及投靠約瑟，宗族繁衍，又生出許多事端。

梭羅有一篇散文《沒有原則的生命》Life Without Principle，認為維持生活必須工作，生活愈簡單便需求愈少，工作也愈少。他不會為自由出賣自己，營營役役，為生活忙碌奔波，「我相信我永遠不會只為一碗豆湯便賣了自己與生俱來的權利」"I trust I shall never thus sell my birthright for a mess of potage"。

1 "Don't sign the agreement. You're selling yourself for **a mess of potage**."

「不要簽那協議書。你會因小失大。」

2 They sold the family business for **a mess of potage**.

他們為了眼前利益賣了家族生意。

3 He is so desperate that he will take any **mess of potage**.

他已窮途末路，任何紓困方法都會接受，將來損失不管了。

219 暗香盈室
POTPOURRI

雅各覷準機會，一碗小扁豆湯換來長子權，可說工於心計。小扁豆亦名雞眼豆，有好幾種，顏色不同，其中有紅色的，所以中文版《聖經》把這碗湯譯為「紅豆湯」。小扁豆湯很簡單，只有豆和香料，要是菜蔬肉豆一鍋熬，英語稱為 hodgepodge 或者 potpourri。

Potpourri 來自法文 *pot pourri*，原是西班牙北部的家常菜，西班牙文是 *olla podrida*，據說是十九世紀初拿破崙戰爭 Napoleonic War 時，法軍佔領西班牙地區時學來的。不過早在十七世紀初已有 potpourri 的記載，這說法似乎不成立。西班牙文的 *olla* 是鍋或缽，*podrida* 則是腐爛的意思。法文的 *pourri* 也解作腐爛，*pot pourri*s 直譯便是「腐爛鍋」。有人說因為這一鍋菜肉要熬好久，喜歡的覺得香氣四溢，不喜歡的認為氣味難聞。但這解釋頗牽強。十八世紀中期，法

國人開始以 *pot pourri* 來指用不同乾花乾草製成的香物。花草香物古已有之,中國古時就時常用「香草」作比喻忠貞之士,《詩經·采葛》裏有「彼采蕭兮」,這「蕭」就是香草艾蒿,屈原就最愛這些乾花乾草,把自己搞得香噴噴。當時法國人的香物製法是春夏二季時收集新鮮花草,放兩三天讓水份蒸發,然後一層花草一層粗海鹽儲起來,一直添至秋天,加些防蟲作用的松柏類樹葉與樹皮,均勻混和便大功告成。這盤東西可想而知一點不好看,所以要用特製罐子盛好,香氣由蓋上的小孔透出,喜歡的但覺暗香盈室,不喜歡的掩鼻而走。

　　Potpourri 普及後,菜肉一鍋熬的意思逐漸消失。今天的 potpourri 就是用盤子盛着的乾花乾草,當然是改良現代版。Potpourri 也喻作混雜物,亦指文學上不同作品的結集,音樂的 potpourri 便是串成一起的雜錦歌曲。美國老牌雜誌《新共和》*The New Republic* 一九五五年三月某號有一篇文章,把往日美國西部形容為「維珍尼亞人(喻農人)、流氓惡棍、歐洲貴族和中國苦力的大雜會」"a potpourri of Virginians, varmints, European nobles and Chinese coolies"。中國苦力?不錯,就是中國苦力。

例句
EXAMPLE SENTENCES

1　The new book he is editing is a **potpourri** of short stories by local writers.
他在編輯的新書是一冊選錄本地作家的短篇小說結集。

2　He did not like the robust fragrance of the **potpourri** in her room.
他不喜歡她房間裏那乾花盤的濃烈香味。

3　The celebration will be a **potpourri** of events.
慶祝活動將會是一個有各種節目的大雜燴。

220 大雜燴
HODGEPODGE

Potpourri 和 Hodgepodge 都是指菜肉熬一鍋的家常飯。Potpourri 今天多數指乾花香盤，要說大雜燴鍋，還是 hodgepodge 通用。這種一鍋煮的烹調方式中外皆有，比喻也相同。《紅樓夢》第六十五回，賈璉對情婦尤二姐說，不如把她的妹妹三姐和賈珍撮成一對，到時一家人了，「索性大家喫個雜燴湯」。大觀園真是亂七八糟。

Hodgepodge 可分作兩字，或者中間加連字符號，也叫做 hotchpotch，有解釋說 hodgepodge 流行北美洲，hotchpotch 則是英式叫法，其實並無根據。Hodge 是英文名 Roger 的昵稱，很普通的名字，據說從前莊稼漢常用，podge 則是為了和 Hodge 押韻把 pot 變音而成，所以 hodgepodge 意思是「莊稼漢鍋」，菜蔬肉類胡亂煮成一起，沒有甚麼烹調可言。Hotchpotch 則來自法文 *hochepot*，法國北部菜餚，把肉、栗子、蕪菁用肉湯和酒放進陶鍋裏燉出來，也許比莊稼漢鍋講究。法文 *hoche* 是「搖動 (shake)」的意思，有解釋說這是烹飪術語，即把不同材料混在一起，亦有人說是材料放進鍋裏後要用力搖勻。這種菜式源自荷蘭，肉類通常有牛尾和羊肩，還有醃薰肉和其他菜蔬。法式 *hochepot* 烹調食譜十三世紀已出現，還列出不同肉類的處理方法，例如鹿肉和野豬肉先要在肉裏縱向插入豬膏，長時間煮，多長則沒有說，然後換水再煮，還要加肉豆蔻衣和大量酒。

荷蘭還有一種相類菜式，名 hutspot，英國的變奏版本稱為 hotpot，不過今天的 hotpot 通常指中國的火鍋，你要吃英式 hotpot，別人可能不知所云。Hutspot 源自十六世紀西班牙和荷蘭長達八十年的戰爭。一五七四年，西班牙圍困荷蘭西部的城市萊頓 Leiden，城中居民被困得饑餓難抵，最後毀堤放水以解圍。大水湧至，正在吃飯的

西班牙士兵慌忙逃命。萊頓城有個大膽少年出去打探，竟然在狼藉的敵陣內找到一盤洋葱和胡蘿蔔燜肉，尚有餘溫，hutspot 於是誕生。從此每年十月，荷蘭人都慶祝這一次解圍之役，大吃 hutspot。

例句
EXAMPLE SENTENCES

1 The paper was only a **hodgepodge** of others' ideas.
   那論文只是拉扯其他人意見的雜燴。

2 It's really hard to reach any conclusion with this **hodge-podge** of people at the meeting.
   會議上這樣人馬雜遝，很難達成結論。

3 The movie has been criticized as a **hotchpotch** of historical inaccuracies.
   那電影被批評為集不確歷史之大成。

221 矮腳雞
BANTAM

萊頓之圍雖解，戰事卻未完結，後來在英國出兵支持下，荷蘭終於脫離西班牙的控制，國力亦日盛，與東南亞地區貿易頻繁，在印尼的殖民地維持到第二次世界大戰後才結束。荷蘭人在十六世紀初踏足印尼，在爪哇島 Java 建立了幾個據點，大本營在今天的耶加達 Jakarta，另一重鎮是爪哇島西端的萬丹 Bantam，今天名 Banten。

萬丹是有千年歷史的古國，十六世紀信奉伊斯蘭教，地處扼要，是貿易大港，十八世紀全盛時期非常富庶。荷蘭人在萬丹發現一種小型雞，帶回歐洲飼養，成為有名的荷蘭萬丹雞 Dutch Bantam。這種

雞體型比普通雞小四分一，下的蛋也只有普通蛋一半大小，養作食用划不來，但毛色漂亮，神態活潑，作為觀賞寵物則大受歡迎。大多數普通雞種都有相對的小種雞，稱為矮腳雞，萬丹雞卻沒有相對普通雞種，是純種小種雞，到後來，所有矮腳雞都稱為萬丹雞 bantams 了。

純種萬丹雞 true bantams 的母雞很多產，下蛋快而多，而且見蛋即孵，不管是不是自己的。雄雞則勇悍好鬥，但鬥志一般，所以不常用作鬥雞，這亦和體型無關，因為大小相差太遠的雞不會比賽。就是這種雄雞特性，bantam 遂引伸為個子小但好鬥的，而且是好鬥到可笑地步的，或者莽撞的意思，也可解作小型的。拳擊比賽裏，拳手體重在五十二至五十三公斤半的稱為最輕量級或雞量級 bantamweight。

第一次世界大戰時，英軍入伍標準身高最少一百六十厘米。不少有心報國但身高不及格的人很不服氣，尤其是礦工，因為下礦坑工作，小個子反而更靈活，但偏偏不能從軍。有一批礦工操上街頭，向高個子下戰書，結果其中一人一連打敗了六個應戰者。政府於是改例，招募了三千名身高至少一百四十七厘米的士兵，編為幾個「萬丹營（bantam battalions）。這些「矮腳雞」軍人非常英勇，打了幾場硬仗，並不莽撞可笑，可惜傷亡頗重，不過大家再也不敢小覷矮小的人了。

例句
EXAMPLE SENTENCES

1 His son plays in a **bantam** baseball team.
   他兒子是少年棒球隊球員。

2 The boy walked out of the classroom boldly, proud as a **bantam** rooster.
   那男孩大踏步走出課室，趾高氣揚一如萬丹公雞。

3 It took four police officers to hold down the stout **bantam**.
   那粗壯小個子要四個警員才制服得到。

222 永生鳥
PHOENIX

粵劇《鳳閣恩仇未了情》裏，將軍與郡主相戀，但兩人地位懸殊，將軍歎道：「山雞焉可配鳳凰」。山雞當然配不上鳳凰，著名純種萬丹雞 true bantams 也配不上。鳳凰是一對，鳳是雄，凰是雌，才不要甚麼雞或鳥來配。現在一般都把鳳凰翻譯成 phoenix，其實很有問題，所以權威英文諺俗辭典 *Brewer's Dictionary of Phrase & Fable* 列有 Fung-hwang，解釋是「中國傳說的 phoenix」。

中國傳說的鳳凰簡稱鳳，羽毛五色，聲如簫樂，是百鳥之首，象徵祥瑞，太平盛世才會出現。西洋的 phoenix 是希臘傳說的靈禽，羽毛斑斕，鳴聲如琴，每五百年築一巢，婉囀啼唱，接着拍動雙翼，巢枝起火，在烈焰裏化成灰燼，然後再生。Phoenix 的生命循環不息，是永生鳥、不死鳥。古羅馬與希臘在文化上一脈相承，當然有永生鳥傳說，據著名羅馬歷史家塔西陀 Tacitus (56-120) 所記，公元三十四年（原文是羅馬立國後七百八十七年），有永生鳥飛到埃及。有人解說是預示羅馬皇帝提比略 Tiberius 之死，但那是三年後的事了。有研究說，永生鳥傳說是古希臘人觀察天空流星而來的，流星在天際掠過，拖着長長的火光，就是永生鳥的尾巴，燦然一炬而滅，另一流星再現，不就是永生鳥火浴重生嗎？

Fung-hwang 和 phoenix 都是神鳥，凡間禽雀休得妄想匹配。莎士比亞可不這樣想，他寫過一首詩，歌頌永生鳥和斑鳩的愛情，原詩無題，其後才名為《永生鳥與斑鳩》*The Phoenix and the Turtle*。Turtle 通常指海龜，這裏則是 turtledove「斑鳩」的簡稱。斑鳩是普通不過的雀鳥，但愛情是不分階級的，兩鳥相愛極深，在火中一起化作飛灰，百鳥羣至哀悼，為不渝的堅貞與動人的愛情唏噓歎息。「愛情堅貞

今逝去／永生與鳩別塵寰／熊熊火中雙逸飛」"Love and constancy is dead; / Phoenix and the turtle fled / In a mutual flame from hence"。

Phoenix 是永生鳥、不死鳥，引伸作完美或獨特的人物，亦喻經波折後重生的人或事，從俗則譯作「鳳凰」。P 不用大寫。

例句
EXAMPLE SENTENCES

1 The country, war-torn ten years ago, rises like a **phoenix** from the ashes.
那國家十年前飽受戰火蹂躪，現在像灰燼裏重生的永生鳥般復興。

2 She thinks highly of herself as a **phoenix** of the local cultural circle.
她自視甚高，以為自己是當地文化圈出類拔萃的人物。

3 The company is the **phoenix** from the ashes of a trading firm which closed down last year.
那公司的前身是去年結業的貿易行，整頓後重新開業。

223 天鵝之歌
SWAN SONG

《永生鳥與斑鳩》一詩裏，百鳥羣集，death-divining 的天鵝一身白色如祭司，唱着輓歌，主持哀悼。Divine 在這裏是預言的意思，death-divining 即是預言死亡。古希臘人相信，天鵝終生不作聲，一旦啼鳴即死期近矣。後世的 swan song「天鵝之歌」，便由此而引伸為臨

別秋波，或者告別之作，尤其是對文人與藝術家而言。

最早在作品裏以 swan song 作比喻的是希臘悲劇大師埃斯庫羅斯 Aeschylus，他在《阿伽門農》Agamemnon 一劇裏，講述特洛伊戰爭的希臘聯軍統帥阿伽門農凱旋回國，被紅杏出牆的妻子克呂泰墨斯特拉 Clytemnestra 殺死的經過。阿伽門農把特洛伊公主卡珊德拉 Cassandra 擄回國作姬妾，卡珊德拉預言阿伽門農的死亡，到她和阿伽門農雙雙被殺後，克呂泰墨斯特拉站在屍體旁邊譏笑她「像隻天鵝，唱完了她最後的死亡哀歌」"like a swan, has sung her last lament in death"。埃斯庫羅斯之後，柏拉圖 Plato 在他的對話錄裏記述了老師蘇格拉底 Socrates 被處死前的說話，其中便談到「天鵝之歌」。蘇格拉底覺得世人懼怕死亡，以為天鵝啼鳴是預示死亡的哀歌，殊不知天鵝是在歡唱，因為快將回到主人太陽神阿波羅身旁。而他與天鵝同道，以欣喜之心面對死亡。柏拉圖的學生阿里士多德 Aristotle 著有一冊《動物探源》History of Animals，內裏也提到天鵝「聲如樂韻，啼鳴則死亡近矣」"...are musical, and sing chiefly at the approach of death"。

歷代文學作品內以天鵝之歌作比喻的有很多，莎士比亞的《奧賽羅》Othello 第五幕第二場，愛蜜莉亞 Emilia 揭發丈夫伊阿古 Iago 的奸計，被伊阿古刺了一劍，臨終躺在被她間接害死的女主人黛絲德蒙娜 Desdemona 屍體旁，歎道：「我要像天鵝，在歌聲中逝去」"I will play the swan / and die in music"。最有趣的是《老舟子行》The Rime of the Ancient Mariner 作者柯勒律治 Samuel Taylor Coleridge 的短詩《自告奮勇之歌者》On a Volunteer Singer，只有兩句：「天鵝死去前唱歌一並非壞事的是／某些人唱歌前死去」"Swans sing before they die – 'twere no bad thing / Should certain persons die before they sing"。

1 Today's lecture is Professor Thomson's **swan song** before retirement.
今天的講座是湯普遜教授退休前的最後一課。

2 Napoleon did not expect that the battle at Waterloo was his **swan song**.
拿破崙沒有想到滑鐵盧之役是他最後一戰。

3 Her **swan song** ended abruptly as the production house went bankrupt.
製作公司破產,她的告別之作戛然而止。

224 馬作的盧飛快
EQUESTRIAN

天鵝臨終才啼鳴當然是齊東野語,古羅馬學者普林尼 Pliny the Elder (23–79) 在他的《博物志》*Naturalis Historia* (History of Nature) 內早已指出是謬誤。地中海一帶的疣鼻天鵝尤其鳴聲聒噪,不然怎會稱為 whooper swan,直譯即是「大喊天鵝」者也。

普林尼曾參軍,官拜騎兵指揮,退伍後習法律,並潛心學術。羅馬帝國內戰後,普林尼應召復出,先後任非洲與西班牙行省總督。公元七十九年,普林尼奉命統領羅馬海軍,駐西南部的那不勒斯 Naples。同年八月,維蘇威火山 Vesuvius 爆發,普林尼視察災情時不幸遇難。普林尼出身羅馬騎士 equestrian 世家,這名詞來自拉丁文的 *equus*「馬」,騎士稱為 eques。早期的羅馬軍人須自備糧食器械,國

家則支付薪酬及津貼，貴族子弟參軍自然裝備精良，還可以騎馬，再大手筆的便自行組織騎兵陪伴，久而久之便形成特別的騎士貴族。後來羅馬帝國軍事專業化，裝備統一，騎士貴族必須為每個四千五百人的標準軍團提供二百至三百名騎兵。當時騎馬的都是軍官，多數由貴族子弟出任，非貴族的有錢人亦可以為參軍的子弟裝備，但只是普通騎兵。古時作戰以步兵為主，一來馬匹不多，飼養亦不容易，二來騎兵戰術要到公元七世紀馬鐙傳入歐洲才出現，所以羅馬軍團的騎兵經常短缺。

歐洲中世紀的騎士 knights 和古羅馬的騎士 eques 沒有甚麼關連。歐洲的騎士出身封建貴族地主，效忠君王或者教廷。十一世紀的十字軍 Crusades 打着宗教旗號，和伊斯蘭勢力爭奪中東地區，打了近五百年的仗，主力便是騎士。十七世紀後，十字軍式微，騎士則成為世俗制度，是徒有虛名的榮銜，今天不少歐洲國家仍樂此不疲，獲封騎士的據稱都是建樹良多或卓有成就者。

Equestrian 今天指馬術，可作名詞和形容詞用。奧運會的 equestrian events 是馬術項目，equestrian school 是馬術學校。騎師是 equestrian，女騎師是 equestrienne。很多人嫌 equestrian 咬文嚼字，馬術乾脆用 horsemanship，騎馬就是 horse riding，騎師就叫做 rider 好了。

1　They took a group photograph by the side of the **equestrian** monument.

他們在那騎士像的紀念碑旁拍了一張團體照片。

2　He said he had bought the best horse in the **equestrian** auction.

他說在馬匹拍賣會上買了最好的一匹馬。

3　**Equestrian** sport is becoming popular nowadays.

馬術運動現在愈來愈流行。

225 百科全書
ENCYCLOPEDIA

　　普林尼的遺作《博物志》*Naturalis Historia* (History of Nature) 共三十七冊，分作十卷，首十冊於公元七十七年出版，其餘各冊則在他去世後由後人付梓。History of Nature 是「自然的歷史」，普林尼開宗明義說他輯錄的是自然世界，即「生命 (life)」。第十冊第三十二章談到雁和天鵝，普林尼指出以他的觀察，天鵝臨死哀鳴之說純屬謬誤。《博物志》涵蓋十六個題目，計為天文、數學、地理、人種、人類、生理、動物、植物、農耕、園藝、藥物、礦藏、礦物、雕塑、繪畫和寶石，是羅馬帝國保存至今最完整的叢書，亦為後世百科全書 encyclopedia 的濫觴。

　　Encyclopedia 由兩個希臘文 *enkyklios*「綜合」和 *paedia*「教育」組成，意思是「所有知識 (complete knowledge)」。十五世紀中期，印刷術在歐洲剛起步，書籍製作仍得靠抄寫員謄寫，有抄寫員以為

egkuklios 和 *paideia* 這兩個希臘文是一個字,抄成 *egkuykliopaideia*,轉為拉丁文是 *encyclopaedia*,這個錯誤一直沒有更正過來,習非成是之下反而成為正字,最後成為英語的 encyclopedia,亦有沿用拉丁文 paedia 的原來拼法,形容詞是 encyclopedic,中文譯為「百科全書」。後綴詞的 paedia / pedia 則時常被用作組成新詞,以表示百科全書的性質,最有名的例子便是今天互聯網上的 Wikipedia「維基百科」。

百科全書從普林尼至今已有二千年的發展歷史,歷代出版的百科全書五花八門,有綜合知識,也有專門範圍。中國古代相類的刊物稱為類志、類函、類書或叢書,最經典的要算明代的《永樂大典》與清代的《四庫全書》,兩套都是圖書集,若非皇帝下旨,這種煌煌鉅製永遠是「天空之城」。近代最有名的百科全書是《大英百科全書》 *Encyclopaedia Britannica*,是現存最古老的英語百科全書,一七六八年在蘇格蘭愛丁堡 Edinburgh 面世,第十五版也就是最後的印刷版二〇一〇年出版,從此這套由一百名編輯和四千位撰稿員編纂的百科全書便完全進入電子書與互聯網時代。

例句
EXAMPLE SENTENCES

1 There're a lot of dictionaries and **encyclopedias** in his study.
他的書房裏有很多字典和百科全書。

2 She is working on an **encyclopedia** of crimes.
她在編一套罪案百科全書。

3 He enjoys showing off his **encyclopedic** knowledge of food and wine.
他樂此不疲地賣弄如數家珍的飲食知識。

226 鐵面無私
PISO'S JUSTICE

　　普林尼曾先後出任羅馬帝國的西班牙和非洲小行省總督，管理地區事務，小行省總督之上有行省總督，是整個屬地的長官，小行省總督負責行政錢糧治安，司法權則在行省總督手裏。普林尼之前有一位西班牙行省總督毘素 Piso (44 BC-20)，其事跡不可不記。

　　有一次，兩個軍人請假，但只得一人回來。毘素知道了很不高興，認為是這個軍人把同伴殺了，下令處死「殺人兇手」。軍人多番解釋不果，唯有引頸就戮，快要行刑之際，另一人回來報到，監斬官馬上向毘素請示。毘素大怒，要把兩個軍人和監斬官一共三人處死。他的理由是，第一個軍人已被判死刑，判決必須執行；監斬官沒有執行處決死囚是疏忽職守，論罪應斬；遲了回來的軍人令兩個無辜者枉死，罪無可恕，該殺。毘素的裁判說得頭頭是道 verbally right，道德上卻不通 morally wrong，後世遂以 Piso's justice「毘素的裁判」指只講法律而不顧道德的判決，引伸為表面有道理但不合人情的決定。

　　普通法有一警句「就算天垮下來也要伸張正義」"Let justice be done though the heavens fall"。據說毘素裁決時便說了這句話，很多人便用毘素的故事來反詰這警句，認為固執正義未必是好事。但毘素的裁決伸張了正義嗎？這警句的來源已不可考，最早的記載見於十七世紀初，毘素是否說過這句話且存疑。英國十八世紀哲學家與歷史學家休謨 David Hume (1711-1776) 則另有見解。休謨主張哲學是講人性的科學，應知性、情感和道德並重，他在《論有法必守》*On Passive Obedience* 一文裏，認為正義感須以社會利益為基礎，若情況特殊或緊急時，伸張正義會有損公利則應放下正義，所以「就算天垮下來也要伸張正義」是捨本逐末，並不正確。他舉例說，燒毀民房有違正義，但

為了阻擋敵人而不得不燒，那是利先義後，可也。

一九九八年，美國總統克林頓 Bill Clinton 因性醜聞向大陪審團作假證供，涉嫌妨礙司法公正，國會辯論彈劾議案，同屬民主黨的資深參議員莫寧漢 Daniel Patrick Moynihan (1927–2003) 力主啟動彈劾程序時便說 Let justice be done though the heavens fall.。

例句
EXAMPLE SENTENCES

1   She insisted on suing him for slander. Let **justice** be done, she said.
    她堅持要控告他誹謗，說是為了伸張正義。

2   The decision is harsh in the extreme, a typical example of **Piso's justice**.
    那決定極之無情，是典型的合法棄義。

3   It's **Piso's justice** that convicted him.
    他於法罪名成立，但這判決有違道德。

227 魔鬼的代言人
DEVIL'S ADVOCATE

歷史記載，毘素脾氣暴躁，冷酷嚴苛，極不得民心。他後來被控下毒殺人，政敵趁機羅織了大串罪名，不過他家勢顯赫，元老院要公開聆訊，他亦獲准傳召證人及為自己辯護。在聆訊有結果前，他卻自盡身亡。辯護人或者辯護律師叫做 advocate，這個字可作動詞用，亦有提倡、主張和擁護的意思。為人辯護有如代人發言，魔鬼的代言人

devil's advocate 不可不談。

　　原來自十六世紀末，羅馬天主教追封生前死後有神蹟者為聖徒時，教廷會委派一位法典律師出任 Promoter of the Faith，中文稱為「信仰起訴人」或「列品調查員」，職責顧名思義，就是審查這位聖徒候選者的資格，世俗則稱之為「魔鬼的代言人 (devil's advocate)」，亦有名為「魔鬼的辯護者」。這位 advocate 有如辯論賽的反方，負責詰難封聖理據，盡力找出其中漏洞，例如那些神蹟是否真有其事，當中可有涉及偽證等，還要設法找出候選者的缺點，總而言之，這位 advocate 就像代表魔鬼抨擊封聖之舉，可以說是魔鬼的代言人，稱為辯護者反而似乎不對題了。魔鬼代言人於上世紀八十年代被取消，教廷另設一位「保義官 (Promoter of Justice)」專責審查核實封聖候選者的資料。

　　終生在印度加爾各答做慈善工作的德蘭修女 Mother Teresa (1910-1997) 去世後，教廷籌備封她為聖徒，當時頗有非議，主要不滿她反對墮胎的立場，英裔美國作家希贊 Christopher Hitchens 更批評她是個欺世盜名的宗教狂熱份子。當時教廷已沒有魔鬼代言人的職位，於是由保義官仔細研究正反兩方資料，最後教廷維持封聖決定。

　　「魔鬼代言人」今天是常用諺語。有時候，有些人會對某些問題或計劃提出相反意見，他們未必是反對，而是希望可以從辯論中對問題或計劃有更紮實的看法，這些人便是 devil's advocate。當然，有些人喜歡抬槓，凡事必辯，是專業魔鬼的代言人，遇上了只好嘆倒楣。

1   We need a **devil's advocate** to find out any flaws in our plan.
我們需要人來挑剔一下，找出計劃可有甚麼缺點。

2   "Mr. Chan does not like any **devil's advocate**. Anyway, he's the boss."
「陳先生不喜歡人抬槓。總之他是老闆。」

3   No one wanted to play the **devil's advocate** in this confrontational situation.
誰也不要在這劍拔弩張的情況下反覆詰難。

228 牛虻
GADFLY

　　喜歡抬槓的人不會放過任何辯論機會，但不是所有喜歡辯論的人都在抬槓。孟子說：「予豈好辯哉，予不得已也。」孟子有話要說，難怪好辯。古希臘大哲學家阿里士多德 Aristotle (384–322 BC) 與孟子是同時代人，比孟子年長十二歲，六十二歲去世，孟子則高壽八十六。阿里士多德的師公是蘇格拉底 Socrates，和孟子一樣也是有話要說，可惜落得不容於雅典的下場。蘇格拉底自比牛虻 gadfly，嗡嗡叫，到處擾人，令人討厭，其實是要向世人說道理。蘇格拉底經常在公共場所談論各種問題，尤其是倫理學，認為「美德即知識」，善出於知，惡出於無知，追隨者眾，弟子中不乏貴族青年。雅典當權者很討厭蘇格拉底，忍無可忍之下控告他傳播異端邪說，毒害年輕人，公開審訊後判他有罪。蘇格拉底最後在獄中飲下毒藥服刑。

牛虻亦簡稱虻，狀似蠅而稍大，雌蟲吸食牛馬等動物的血液，危害牲畜。希臘神話裏，主神宙斯 Zeus 把情婦艾奧 Io 變成一頭小母牛，以為可以瞞騙妻子赫拉 Hera。誰知赫拉用一隻牛虻叮得艾奧不勝其煩，逃得不知所蹤。另外一個故事說希臘英雄柏勒洛丰 Bellerophon 騎着天馬珀格索斯 Pegasus 飛往奧林匹斯山，妄想直上天神居所，被宙斯用一隻牛虻狠狠叮了珀格索斯一下，天馬吃痛抖動，把柏勒洛丰摔下來。

十九世紀有一部著名小說《牛虻》The Gadfly，作者是愛爾蘭女作家伏尼契 Ethel Voynich (1864–1960)，以十九世紀四十年代風起雲湧的意大利為背景，書中主角以「牛虻」為筆名發表文章，議論政治，針砭時弊，當然是如牛虻一樣，令很多人覺得討厭。已故武俠小說大師梁羽生曾明言非常喜歡這部小說，他的傑作《七劍下天山》裏便多處都有《牛虻》的影子。

今天的所謂名嘴其實就是牛虻。貶義上，牛虻指說話不留情而令人不勝其煩的人，也解作有意令人不得安寧的人，或者喜歡刺刺不休談論社會問題的人。當然不會是孟子或者蘇格拉底了。

例句
EXAMPLE SENTENCES

1 She is a **gadfly** in the neighbourhood, complaining about everything.
她甚麼也投訴，左鄰右里不勝其煩。

2 He considers himself sort of a Socratic **gadfly**, but his friends do not think so.
他自命是隻蘇格拉底般的牛虻，他的朋友卻不以為然。

3 I don't mind having a **gadfly** around. I can walk away anytime.
我不介意別人喋喋不休惹人討厭。我可以隨時走開。

229 費城律師
PHILADELPHIA LAWYER

　　牛虻人刺刺不休令人不快，就算有道理也沒有用。蘇格拉底堅持自己說的是道理 truth，但雅典決意除去他的人可不管。Truth 也可以解作真相、實情和所言俱實，就算對簿公堂也不用擔心，法律上有例可援，蘇格拉底的時代畢竟過去了。

　　一七三五年，美國仍是英國殖民地，紐約 New York 有一位出版商被控在報章上誹謗皇家總督，他的朋友建議請費城 Philadelphia 名律師漢密爾頓 Andrew Hamilton (1676-1741) 協助。漢密爾頓不收分文義助出庭，慷慨發言，指出只要說的是事實便不能是誹謗。他的陳詞打動了陪審團，結果出版商獲判無罪，這件誹謗官司亦成案例。後來便出現「費城律師 (Philadelphia lawyer)」一詞，喻意眼光如炬，精明能幹的律師。不過有人認為這個名詞其實與起草美國獨立宣言的富蘭克林 Benjamin Franklin (1706-1790) 有關，他雖然不是律師，但精於外交談判，心思之敏銳比頂尖律師有過之而無不及。

　　美洲殖民地的法律系統都沿用英國的一套，律師要在有經驗的前輩指導下接受長期及嚴格訓練，不然便得去英國讀書受訓，所以律師都是千挑萬選的人材，受人尊重。十九世紀初有一句流行的說話：「這可考倒了費城律師」"This would puzzle a Philadelphia lawyer"，意思是問題之難，連費城律師這樣的聰明人也摸不着頭腦。當時美國人認為他們的律師比英國同行優勝，因為他們不但要熟悉普通法，還要認識美國各州相異的法例，一點不簡單。

　　「考倒費城律師」這句諺語今天已不常見，「費城律師」倒另有新義，除了指精明能幹的律師外，也指狡滑而善於利用法律程序的律師。一九四〇年代末有首美國民歌《費城律師》，講述一個費城律師甜言蜜

語哄新相識的豔女與丈夫離婚，由他辦手續，之後兩人即可成親，誰知人家的牛仔丈夫剛好回來，在窗外聽到一切。最後兩句唱道：「老費城今夜／費城律師少一人」"There's one less Philadelphia lawyer / In old Philadelphia tonight"。

例句
EXAMPLE SENTENCES

1 "You don't need a **Philadelphia lawyer** to handle this simple case for you, unless you want to spend a fortune."
「這簡單的訴訟你用不着請甚麼頂級律師，除非你想大灑金錢。」

2 Her attorney is a **Philadelphia lawyer**, extremely knowledgeable in the very minute aspects of the law.
她的律師善於利用程序，對法律極微細的地方瞭如指掌。

3 This document is incomprehensible even to a **Philadelphia lawyer**.
這文件再精明的律師也無法理解。

230 雄辯滔滔
PHILIPPIC

蘇格拉底和孔子一樣是述而不作，只說不寫。他雖然自比像牛虻般擾人，但他自說他的道理，不像其他滔滔雄辯的雅典演說家。古希臘和羅馬很着重雄辯演說術，政治家和律師都無不鑽研，雅典更是培訓中心，很多羅馬人都去拜師學藝。雅典歷史裏最有名亦最

富傳奇的演說家，要算是蘇格拉底去世後十五年才出生的狄摩西尼 Demosthenes (384–322 BC)。

狄摩西尼二十歲即一鳴驚人，在法庭上慷慨陳詞，成功從監護人手上取回父親留給他的遺產，後來從政，之前一度以撰寫演講辭和做律師為生。狄摩西尼的父親是著名鑄劍師，家境不俗，可惜他七歲時父母雙亡，豐厚家產則被監護人控制，所以長大後苦學法律和雄辯演說術，誓要奪回遺產。據記載，他有點口齒不清，發音結結巴巴，為了改善，他把石子含在嘴裏，反覆練習說話，又站在鏡子前面，注意說話時的神態。狄摩西尼專心研讀雅典歷代名演說家的講詞，據說他把頭髮剃了一半，強迫自己留在家中，可見其決心，當然比不上中國戰國時代蘇秦懸樑刺股的駭人。

狄摩西尼的演說作品主要針對馬其頓 Macedonia 君主腓力二世 Philipp II，即是阿歷山大大帝 Alexander the Great 的父親。馬其頓是北方邦，古希臘一直三分天下，以雅典、底庇斯 Thebes 和斯巴達 Sparta 最強盛，馬其頓後起，到狄摩西尼的時代成為雅典勁敵。在狄摩西尼眼中，腓力是「野蠻人 (barbarian)」，興起是雅典人不作為的惡果，而且就算一個腓力倒下了，雅典人若仍是這種心態，另一個腓力便會出現。狄摩西尼抨擊腓力的演說稿以腓力為名，統稱 Philippics，共有三卷，另有第四卷，但學者懷疑是後人假借其名的作品。公元前一世紀的羅馬演說家西塞羅 Cicero 有十四篇演說抨擊羅馬大將安東尼 Mark Antony，仿效的便是狄摩西尼的文體，亦稱為 Philippics。後世遂引伸 Philippics 為抨擊性的演說，或者痛斥的意思，P 不用大寫。

1　The coach gave the team a **philippic** for losing the game.
教練因為輸掉比賽痛罵了球隊一頓。

2　His speech turned out to be a **philippic** against the industry.
他的演說原來是對整個行業的大力抨擊。

3　She was very upset by the **philippics** about her acting in the movie.
那些對她片中演技毫不留情的批評令她很難受。

231 野蠻人
BARBARIANS

　　狄摩西尼罵馬其頓的君王腓力二世是「野蠻人（barbarian）」一點不出奇，希臘人自命文明人，雅典人尤其覺得高人一等，認為希臘以外地方生活的都是野蠻人。

　　希臘文的「野蠻人」是 *barbarikos*，是公民 citizens 的反義，客氣的意思是外客或者陌生人，文字讀音上卻反映狹隘的排外心態，看不起不說希臘話的外人，覺得他們說話嘰哩吧嗒，不知所謂。連希臘話說得不好的希臘人也受歧視，被稱為 *barbarikos*，雅典人要貶低或者侮辱人時，這個名詞更大派用場。在希臘人眼中，野蠻人都是口齒不清，表達能力拙劣，因此無道理可講，他們還怕事懦弱，饞嘴貪婪，蒙昧無知及無法自理。古羅馬從希臘沿習了這種非我族類的觀念，*barbarikos* 變成拉丁文 *barbaricus*，就算在羅馬生活的外族都是野蠻

人。羅馬帝國鼎盛時，東征西討，和野蠻人打的仗多不勝數，俘獲的野蠻人中，勇悍善戰的便送回羅馬，在競技場上拼死格鬥，以野蠻人鮮血來娛樂文明的羅馬人。

今天在羅馬卡比托利博物館 Capitoline Museum 收藏了一座大理石雕像，名《垂死的高盧人》The Dying Gaul，估計是十七世紀初在羅馬挖掘出來的，據研究，原作是公元前三世紀的希臘青銅像，紀念希臘打敗野蠻高盧人的戰役。雕像是個裸體戰士，右腿屈曲，坐在盾牌上，旁邊是劍及其他物品，神態凜然，盡顯高盧戰士的英勇。這座雕像有頗多複製品，世界各地博物館都有收藏，十九世紀時稱為《垂死的格鬥士》The Dying Gladiator，大詩人拜倫曾賦詩以詠，其中兩句如下：「他的大丈夫神情／接受了死亡，戰勝了痛苦」"...his manly brow / Consents to death, but conquers agony"。

Barbarians 是野蠻人，引伸為沒有文化或者粗野的人，亦可作形容詞用。另有形容詞 barbaric，意思是粗野的，殘暴的，還有barbarous，也是形容詞，用法和 barbaric 基本相同，但亦可解作沒有文化或教養的，或者語文上的粗野鄙俗。

例句
EXAMPLE SENTENCES

1 He warned his students not to use **barbarous** internet language in their homework.
他警告學生做功課時不可用粗鄙的網絡語文。

2 She was very surprised that her **barbarian** son behaved in the party.
她很驚訝她的野蠻兒子在宴會裏循規蹈矩。

3 This kind of training is too **barbaric**.
這種訓練太野蠻了。

232 長太息
JEREMIAD

除了狄摩西尼外，歷史上有另一位以抨擊別人而出名的人，被他痛責的是他的同胞，所說的話最後也是輯錄成書，他就是基督教舊約聖經《耶利米書》*The Book of Jeremiah* 的主角耶利米 Jeremiah。

耶利米大約是公元前六五〇至五七〇之間的人，他在猶太國都城耶路撒冷附近的小鎮出生，父親是猶太教祭司，猶太教和基督教都奉他為舉足輕重的先知。據記載，耶利米十七歲時聽到上帝召喚，要他傳道，他回答說自己只是個少年人，甚麼也不懂。上帝告訴他不要怕，他只要照着吩咐去辦便可以。耶利米開始傳道時便痛責猶太同胞離棄上帝，拜別的神，還預言上帝為了懲罰猶太人，將會有災禍自北方而來。那是大變革的時代，雄霸亞洲西部千多年的亞述帝國 Assyrian Empire 沒落，由復興的新巴比倫王國 Neo-Babylonian Empire 取而代之。公元前五八六年，巴比倫人攻陷耶路撒冷，很多猶太人被擄走，耶利米目睹國破家亡，但視為預言應驗，是上帝的懲罰，反而呼籲猶太人接受巴比倫人的統治。

耶利米一生都在斥責同胞不敬畏神，抨擊掌權的宗教領袖，警告大家若不悔改便會吃苦果。他就像一隻牛虻，很難討人歡喜，討厭及反對他的人很多。他曾經被迫害，甚至囚禁和虐待，但無怨無悔，只為同胞的冥頑不靈感到痛苦。後世人稱耶利米做「哭泣先知 (the weeping prophet)」，因為他真的有如屈原的「長太息以掩涕」。

巴比倫人攻陷耶路撒冷後，很禮待耶利米，也許因為他叫猶太人順從，但這一來，更多猶太人憎恨他了。後來有些留在耶路撒冷的猶太人反對巴比倫統治，逃往埃及，脅迫耶利米同行。耶利米下場如何歷史並無確實記載，但有研究推斷，他是被猶太同胞在埃及用石頭擲死的。

從耶利米 Jeremiah 的名字得出 jeremiad 這個名詞，意思是哀訴，悲歎，通常是有點過長的，或者是傷心的故事或事跡。

例句
EXAMPLE SENTENCES

1　He needs someone to listen to his **jeremiad**.
他要找個人來大吐苦水。

2　The journalist published a book about the **jeremiads** he collected in the refugee camp.
那新聞工作者出版了一本書，輯錄了他在難民營內收集的悲傷故事。

3　Her article, as usual, was just another **jeremiad** against the literature circles.
她的文章如常地不過是對文學圈子的另一長篇歎息。

233 詭辯
SOPHISTRY

耶利米以傳道為志，狄摩西尼則演說為業。古希臘的演說家為人捉刀，或者上庭辯護，收入可以很豐厚。雅典有法例，辯護士必須是當事人朋友，不得收取分文費用，但道高一尺，魔高一丈，方法多的是。狄摩西尼有死敵埃斯基涅斯 Aeschines，兩人都是雅典有名演說家，但勢成水火，最有趣的是互指對方是 sophist。

Sophist 在公元前五世紀出現，原是傳授學問的老師，基本以哲學 philosophy 和修辭學 rhetoric 為主，也有教其他如音樂、體育和

數學等術科的，通常由有錢人家聘請來教導子弟。Sophist 的古希臘文是 *sophistés*，意思是「智者」或者「追求智慧的人」，這行業便是 sophistry。這些追求智慧的人都是有學問的人，能詩能文，其中當然有混飯吃的冒牌貨，古今中外多的是。不少人對這種賣學問的行業很不以為然，據柏拉圖記述，蘇格拉底曾經批評這些賣學問者教的只是教學生思想，不是真正的道理；蘇格拉底教學生當然不收錢。柏拉圖則更進一步，把賣學問的 sophists 和哲學家 philosophers 分開，認為賣學問是為錢，哲學才是追求智慧，賣學問者的所謂哲學只是教學生從思想上修德，不是求真，而修辭學則誤導學生巧舌如簧，有如欺騙。喜劇大師阿里斯托芬 Aristophanes 在《鳥》*The Birds* 裏，更把賣學問的 sophists 和哲學家一竹桿打了，劇中影射蘇格拉底的主角哲學家收了錢教人詭辯來逃債。蘇格拉底的徒子徒孫當然不忿，一面極力把兩者分開，一面大力貶抑賣學問者，很多人亦眼紅這些富有人家的西席入息豐富，sophists 的名聲於是每況愈下了。

　　Sophist 到後來被貶成為詭辯家，sophistry 是詭辯術，指貌似正確而實際上顛倒是非及混淆黑白的議論。十八世紀出現 sophistication 一詞，指詭辯術 sophistry 的使用。今天 sophistication 的意思則解作有教養、老練或者老於世故，老成，亦指產品或技術的精密和複雜。形容詞是 sophisticated。

1 She has an air of **sophistication** and confidence.
她有一種有教養和信心的氣質。

2 The frequency and **sophistication** of cyber-attacks are on the rise.
網絡攻擊的次數日趨頻密，技術也愈來愈高明。

3 The dress is too **sophisticated** for her.
那條裙子對她來說是太老成了。

234 煽動家
DEMAGOGUE

　　詭辯家以似是而非的言辭來混淆黑白，對社會的傷害不及蠱惑民心的煽動家 demagogue。這個名詞由古希臘文的 *dêmos*「人（people）」和 *agōgós*「引導（guide）」組成，也就是引導人的人，當然不是導人向善，而是為了私心。Demagogue 也可作動詞用，意思就是煽動。形容詞是 demagogic。

　　古雅典的民主政治制度着重參政者的演說和辯論表現，要贏得公民手中一票，有志者必須以滔滔雄辯來打動人心。一般而言，貴族和富有人家有更多機會接受教育及訓練，站出來向羣眾公開演說的都是這些社會上等人，但平民百姓裏不乏英才，一樣可以循這途徑踏上青雲之路。普羅大眾對政治很難認識透徹，大多數不是一知半解便是蒙昧無知，演說者慷慨激昂，表情豐富，似在演戲，如果說話似乎亦言之

成理，羣眾好感自然而生。從政而別有用心者就是利用這點，操弄聽眾的情緒，將問題簡化後扭曲，以配合私心，這些人就是煽動家。

美國歷史學家盧廷 Reinhard Luthin (1905–1962) 曾經為煽動家下這樣的定義，他認為煽動家是精於演說的政客，口甜舌滑，攻擊人時卻絕不留情。這些人善於避重就輕，不管是誰要求甚麼也會先答應，只會訴諸公眾的情緒而非理性，而且以挑起種族、宗教和階級的偏見來製造矛盾，這些人「對權力有慾望但無原則，只想成為羣眾的主人」。

與蘇格拉底同時代的雅典政客克里昂 Cleon 便是典型煽動家，此人曾是雅典軍隊統帥，屢次煽動人民，有案可稽。公元前四二八年剿平米蒂利尼島 Mytilene 的叛亂後，克里昂公開演說，煽動雅典人把島上男丁殺光，婦女及兒童賣為奴，公民大會亦竟然通過，幸好第二天再辯論後才投票推翻這個決定。歷史上最出名的煽動家非希特勒 Adolf Hitler 莫屬，這個德國納粹領袖從一個普通軍人攀上權力高峯，控制國家，演說聲情並茂，動作誇張，煽動國民，最後發動戰爭，令生靈塗炭，把全世界推落苦海。

例句
EXAMPLE SENTENCES

1　People just don't trust the politician's **demagogic** promises.
人們根本不相信那政客蠱惑人心的承諾。

2　The union leaders tried to **demagogue** workers to go on strike.
工會領袖試圖煽動工人罷工。

3　The Democrats labelled President Trump as a **demagogue**.
民主黨人稱特朗普總統為煽動家。

235 魅力
CHARISMA

　　毋庸諱言，成功的煽動家需要有魅力 charisma，不然如何煽動羣眾甘心受擺佈。Charisma 來自古希臘文 *khárisma*，意思是「天賦的舉止（gift of grace）」，原來是形容幾位美麗嫻雅的女神，一位這樣的女神是 Charis，合稱是 Charites，她們表現的氣質和舉止便是 charisma。

　　基督教信仰裏則是 charism，指神賜的力量，有別於 charisma 的個人舉止，但古希臘文翻譯的聖經一概用 charisma 了。神賜的力量 charism 分治病能力和傳道能力兩大類，傳道能力則包括語言技巧和預言能力，基督教的救世主耶穌便有這種「神賜的力量」。據基督教《聖經》裏的描述，耶穌受洗後禱告，天堂打開，霞光耀目，聖靈以鴿子的形體降臨，其實就是神賜力量的過程。

　　Charisma 脫離宗教為世俗所用是近代的事，首見於德國社會學家韋伯 Max Weber (1864-1920) 一九二二年出版的遺作《經濟和社會》*Economy and Society*。韋伯在書中提出有三類權威：法理型權威、傳統型權威和魅力型權威 charismatic authority，即是組織或領導層的權威來自領袖的魅力。到一九五〇年代，charisma 應用日廣，除了政治領袖外，名人、明星、運動員、作家，所有公眾人物都可以被視為是有 charisma 的人。一九六〇年代的美國總統甘乃迪 John Kennedy (1917-1963) 更加不得了，公認 charisma 迫人，夫人積桂蓮 Jacqueline 同樣魅力十足，兩夫婦所到處萬人空巷，爭相一睹兩人風采。

　　甘乃迪最佩服的是英國首相邱吉爾 Winston Churchill (1874-1965)。邱吉爾是第二次世界大戰的風雲人物，當年 charisma 這個名

詞仍未流行。不過邱吉爾真的是位魅力型領袖，他的演說文采斐然，一九五三年更奪得諾貝爾文學獎。一九五五年，年邁衰弱的邱吉爾在內閣壓力下辭任首相，結束政治生涯。三月一日，邱吉爾到下議院發表他的 Swan Song 演說，最後一句是「永不退縮，永不消沉，永不絕望」"never flinch, never weary, never despair"。

Charisma 是名詞，charismatic 是形容詞。

例句
EXAMPLE SENTENCES

1 It's impossible to come to the fore in show business without **charisma**.
從事演藝事業而欠魅力沒有可能脫穎而出。

2 He did not understand why Sally could resist his **charisma**.
他不明白莎莉為甚麼能夠抗拒他的魅力。

3 The **charismatic** speaker always attracts a large audience.
那講者很有魅力，總是吸引大批聽眾。

236 諂媚
SYCOPHANCY

邱吉爾出名機鋒了得，一九五二年某次新聞會上，有記者不客氣地問他，滿堂的人聽他演說，是否有點飄飄然 flattered。邱吉爾回答說，如果他不是在演說而是被問吊，來的人會多一倍。Flatter 是動詞，諂媚、奉承的意思，人被奉承而覺得高興，就是 flattered。同義的有 sycophancy，奉承人者就是 sycophants，形容詞是 sycophantic。

Sycophancy 是名詞，起源甚古，字義則頗多爭論。這個詞來自希臘文 *sukophantia*，由 *sykos*「無花果（fig）」和 *phainein*「揭露（show）」組成。較普遍的解釋是無花果引進古希臘時物以罕為貴，園子種有無花果是身份象徵，偷無花果是罪行，告發者可獲賞作獎勵，所以 sycophants 就是告發偷無花果賊的人。但這只是推測，難以稽考。最天馬行空的解釋是古時南歐有一種侮辱人的下流手勢，就是手握拳，拇指從食指和中指間伸出，叫做「露出無花果（show the fig）」。有頭有臉的人當然不好這樣做，但可以派下人甚至僱請閒人向敵人侮辱一番，做這下流手勢的人就是 sycophant。這手勢今天一樣流行。

雅典倒真的有些以打官司為業的人，專門向人找麻煩，事無大小都要對簿公堂，有錢人家最易遭殃，被纏上者往往為免麻煩，唯有給他們點錢了事。這些根本就在勒索的訟棍就是 sycophants，所以有另外一個解釋說敲詐別人金錢，就像搖撼無花果樹，把樹上果實露出來。Sycophants 是社會寄生蟲，為人所不恥，雅典亦有法例對付，例如官司一旦在案便不能取消，以防告人者收錢後銷案。而被控告者如有證據，可以反過來指告人者是 sycophant，查明屬實的話，刑罰可不輕。但社會上總會有這種寄生蟲，行險僥倖，視法律和道德如無物。

Sycophant 在英語出現是十六世紀的事，意思卻完全不同，變成是諂媚者、奉承者和拍馬屁的人，其中轉折誰也說不出所以然。大抵諂媚者和誣告者都有如寄生蟲，同是以不確的說話來謀私利，不怕粗鄙的話，可以 show them the fig。

1 The new manager said that his did not like yes-men and **sycophants**.
新上任的經理說他不喜歡唯唯諾諾者和拍馬屁的人。

2 His **sycophancy** did not work this time. The new manager was a wise guy.
他的拍馬屁功這次不管用了。新經理是聰明人。

3 There was always **sycophantic** laughter from him whenever the boss cracked a stale joke.
老闆每次說老掉大牙的笑話他都會奉承地哈哈笑。

237 春秋史筆
TACITUS

　　古今中外，千穿萬穿，馬屁不穿。古羅馬卻有一位不喜歡人拍馬屁的皇帝提比略 Tiberius (4 BC–37 AD)，據著名歷史學家塔西坨 Tacitus (56–120) 記載，提比略很討厭人阿諛奉承，認為羅馬元老院充斥拍馬屁之徒，他甚至拒絕元老院頒給他的眾多榮銜。

　　塔西坨出生騎士家庭，曾任元老院元老，年輕時研習修辭學，有志於政法事業，後來成為羅馬的知名演說家和律師，有趣的是他的名字 Tacitus 意思是「沉默 (silent)」。公元一○○年，塔西坨和普林尼 Pliny the Older 的姪兒小普林尼 Pliny the Younger 聯手檢劾非洲總督普林斯克斯 Marius Priscus 貪污瀆職，成功將這大貪官送入獄。小普林尼也是有名文人，他記述其事時說塔西坨的陳詞雄偉縱橫，是他一貫的特色。塔西坨卻覺得雄辯演說已失去昔日光芒，平庸之輩充斥，

於是退隱幾年，潛心著述，先後完成兩套史書，《歷史》*The Histories* 和《編年史》*The Annals*，共三十卷，可惜留存至今的只有一半左右。《編年史》以文首提及的提比略開始，至把羅馬一把火燒掉的暴君尼祿 Nero 止，一連四朝，按年記事。《歷史》則講述羅馬帝國公元六十九至九十六年之間的事，那是個戰亂不斷，民不聊生的時代，四個皇帝有三個死於非命。第一個是加爾巴 Galba，年老體弱，個性冷漠，無法駕馭大局，更屢屢犯錯，最後被禁衛軍行弒身亡。塔西坨評論加爾巴時有一句發人深省的說話，大意是君主被人民痛恨時，做對做錯都同樣不得人心。數年前有人便以這句評語杜撰一句唬人術語「塔西坨陷阱」，說是甚麼政治學理論，也哄動了一陣子。

塔西坨文筆洗練簡潔，敘事緊湊，對後世拉丁文學影響深遠。他的作品警句甚多，要拿來做文章的話俯拾皆是，例如這一句：「報怨易報德難，讎添快意恩荷如擔」"Men are more ready to repay an injury than a benefit, because gratitude is a burden and revenge a pleasure"。

形容詞 Tacitean 便是如塔西坨的言簡意賅而多警句的文風。T 大小寫都可以。

例句
EXAMPLE SENTENCES

1 The agreement, with its **Tacitean** brevity, is not hard to understand.
那協議行文簡潔，不難明白。

2 His writing style is an example of **Tacitean** prudence of language.
他的寫作風格是精練綿密文體的例證。

3 The report was unexpectedly written in such **Tacitean** style.
那報告想不到寫得這樣精簡。

238 偽善
HYPOCRISY

塔西坨 Tacitus 對提比略 Tiberius 其實一點不客氣，形容他陰沉而城府深，說一套做一套，是暴君和偽君子 hypocrite，登基之初仁義道德，老是說自己一心為國，晚年生活荒淫不堪，還諸般掩飾。十九世紀的英國辭典編纂家史密夫 William Smith (1813–1893) 更稱提比略是「偽君子之王 (Prince of Hypocrites)」。

Hypocrisy 的形容詞是 hypocritical。Hypocrisy 來自古希臘文 *hupokrisis*，意思是「演戲 (play-acting)」，偽君子或者偽善者 hyprocrite 原本是指戲子，人格隨劇情而變，說的話都是台詞，所以公眾人物要取信於人，最好不要做戲。雅典演說大師狄摩西尼 Demosthenes 的死對頭埃斯基涅斯 Aeschines 年輕時做過演員，狄摩西尼便咬着不放，時常批評他不可信。

英國十九世紀是偽君子的世界，輝格 Whig 和托利 Tory 兩大政黨互相攻擊，批評對方是偽君子，提出的所謂改革不過是幌子，實際上是撈取政治利益。輝格演變成今天的自由黨，托利則是保守黨，政黨說一套做一套不出奇，百年前如此，百年後一樣。主張廢除奴隸制的美國總統林肯 Abraham Lincoln (1809–1865) 亦批評反對者是偽君子，美國立國精神是人人平等，但這人人原來不包括黑奴。不過林肯亦主張解放後的黑奴離開美國，建立自己的殖民地，今天西非洲的利比里亞 Liberia 就是一個由美國民間組織資助，把黑人送回非洲建立的國家。林肯口說平等，但心裏有數，不如送走黑人。那他算不算 hypocrite？第二次世界大戰時，日本偷襲珍珠港，美國參戰，把在美國的日裔美國公民都關起來，日本在宣傳廣播裏大肆抨擊美國是偽君子，一面宣揚自由平等，另一面卻剝奪日裔美國人的權利。

文學裏最經典的偽君子是莎士比亞創造的伊阿古 Iago。這個大反派把所有人操控在手，上司、同袍、朋友、妻子，無不以為他是好人。英國散文家赫茲利特 William Hazlitt (1778–1830) 說得好：「偽君子的悔悟本身就是偽善」"The repentance of a hypocrite is itself hypocrisy"。

例句
EXAMPLE SENTENCES

1 To talk of equality but practise injustice is **hypocrisy**.
口說平等而行不公義是偽善。

2 A **hypocrite** is a person who says one thing and does the exact opposite.
偽君子是說的和做的完全相反。

3 It's somehow **hypocritical** of him to say this.
他這樣說有點矯情。

239 克己修德
STOIC

塔西坨生活於古羅馬文學的白銀時代 Silver Age，宮廷文學成為主流，講究辭藻，文風綺麗，作品脫離現實，另一方面則諷刺文學大盛，成就亦最高，代表人物有斯多葛學派 Stoic 的塞內加 Seneca (4 BC–65 AD)。

塞內加是哲學家、政治家和劇作家，他是暴君尼祿 Nero 的老師和顧問，尼祿被殺後，他受牽連而被迫自殺，去世時塔西坨才十一

歲。塞內加是斯多葛學派的重要人物，這個學派由希臘哲學家辛農 Zeno（或譯芝諾）所創。辛農大約生活於公元前三三四至二六二年之間，是塞浦路斯南岸的基提昂 Citium（或譯季蒂昂）人，所以一般稱他為基提昂辛農 Zeno of Citium。公元前三百年左右，辛農在雅典講學，創立斯多葛學派，影響希臘和羅馬達五百年之久。辛農的哲學思想以道德為主，認為人應該以理性思維認識天地之道 natural world，幸福安樂在於接受當下，所以人應該無慾無求，忘卻恐懼煩憂，求諸內心，與天地合一。人與人更應公平正直相待。人世唯一之善是德行，財富健康等等所有外在事物不善亦不惡，只隨人的德行而呈現。塞內加則兼收並蓄斯多葛先賢的理論，認為哲學可療治人生的創傷，人應該視生死如一，明白年壽有限，死亡即無足懼，有害的情感，尤其是憤怒和悲傷，必須根除，不然亦須設法以理性調節。

辛農在雅典中央市集旁的柱廊下講學，吸引學生和聽眾，像柏拉圖和阿里士多德那樣有房子來辦學他可負擔不起。那是個畫滿 *poikilē* 壁畫的柱廊 *stoa*，後來他的弟子便自稱為「柱廊學人（Stoics）」，後世則稱學派所提倡的是斯多葛哲學 Stoicism；音譯 Stoic 便是「斯多葛」了。Stoic 在十四世紀成為英語名詞，十六世紀時成為常用詞，指不為苦樂所動的人。Stoic 今天可作名詞或形容詞用，另一形容詞是 stoical，一個壓制感情，不為苦樂所動，能堅忍逆境的人就是 stoic。S 不用大寫。

1　The refugees endured all their hardships with **stoicism**.
難民們咬緊牙關忍受種種苦難。

2　Mary will never forget her grandfather's **stoical** acceptance of death.
瑪麗永遠不會忘記祖父坦然面對死亡的態度。

3　You'll never know what he's thinking when you look at his **stoic** face.
看着他那不露感情的面孔，你永遠不會知道他在想甚麼。

240 學堂
ACADEMY

　　辛農在柱廊講課，柏拉圖和他的高足阿里士多德則先後辦學。柏拉圖是世家子弟，大約四十歲時在雅典北郊一處名為 Akademia 的橄欖園內買了一座房子，學堂就設在那裏。

　　這個地方大有來歷，故事好幾個，最引人入勝的與斯巴達美人海倫 Helen 有關，即是後來引發希臘和特洛伊大戰十年的那位禍水紅顏。海倫十二三歲已經艷色傾天下，雅典王特修斯 Theseus 把她拐了回國。特修斯從來膽大包天，和拉庇泰族 Lapiths 的庇里托俄斯 Pirithous 是好兄弟，兩人相約各搶一個美女，他搶了海倫，於是便陪庇里托俄斯去搶地府之后珀耳塞福涅 Persephone，結果被困地府。這時斯巴達人大軍壓雅典境，要搶回海倫，雅典亂作一團。雅典人阿

卡狄默斯 Academus 跑到斯巴達軍中談判，請求退兵，條件是帶斯巴達人到海倫藏身之處，否則斯巴達人永遠找不到海倫，雅典人則不惜拼死一戰。斯巴達人答應了，救回海倫，雅典亦逃過一劫。雅典人為了紀念阿卡狄默斯的功績，把近郊一處橄欖園以他的名字命名，這個地方後來成為一個公園，也是雅典人體育競技的場所。

柏拉圖的學堂便以這地方為名，是西方學校的鼻祖，阿里士多德曾經在這裏追隨柏拉圖二十年，後來另起爐灶，自己辦學。學堂並無甚麼課程或範圍，只由柏拉圖和導師提出問題，由學生討論及解答。柏拉圖去世後，學堂還一直辦下去，公元前一世紀毀於戰火，後來重開，課程漸見規範，學堂亦制度化了，到公元六世紀才被東羅馬帝國下令停辦。

Academy 今天指中學以上的高等教育機構，學術組織或學會也稱為 academy，例如中國社會科學院便是 The Chinese Academy of Social Sciences。 Academic 是形容詞，意思是學院的，或者純學術的，作名詞用時指學者。 Academia 則是學術界，也指學術生涯。

例句
EXAMPLE SENTENCES

1 Professor Lee was elected to honorary fellowship of the **academy** last year.
李教授去年被選為學院的榮譽院士。

2 The company employs people with good **academic** qualifications only.
那公司只聘請有良好學歷的人。

3 His **academia** ended when he was found forging data in his papers.
他被發現在論文內偽造資料，學術生涯完結。

IV

詞海縱橫

Useful Vocabulary

241 痛苦
AGONY

　　古希臘人喜歡聚在一起競技比賽，節日裏或者舉行慶典時更少不得這些項目，今天四年一度的奧林匹克運動會便起源希臘。希臘文的慶祝是 *agein*，公眾集會慶祝便是 *agōn*。競技時各健兒都全力以赴，以爭取獎品，於是從 *agōn* 衍生出 *agōnia*，意思是「費勁地奮鬥」，引伸為箇中所忍受的精神和肉體痛苦。羅馬從希臘接收了這兩個名詞，意思亦沒有變。

　　拉丁文的 *agōnia* 首先變為中古法文，十四世紀成為中古英語，開始帶有「內心的悲痛」之意，但基本上仍保存原來的用法。到了十八世紀，英語的 agony 添了一重新意思，表達突如其來而控制不到的宣洩，這當然包括喜樂的情緒，例如說 an agony of mirth 就是「大笑」或「狂笑」，或者把 agony 作眾數用的 agonies of joy，意思是「狂喜」。這個變奏其實亦很符合「慶祝 (*agein*)」的歡欣喜樂原意，但直至今天，agony 主要仍是解作「痛苦」，這種痛苦是精神上的極端折磨大於肉體所忍受的傷痛，也指人臨終的懼怕。第三部份〈231 野蠻人〉內提到拜倫有一首歌頌格鬥士的詩，其中一句是「戰勝了痛苦」"but conquers agony"，格鬥士受了重傷，自知必死，但他沒有懼怕，因為已戰勝了 agony。

　　被譽為現代偵探小說鼻祖的美國作家愛倫・坡 Edgar Allan Poe (1809–1849) 有一個短篇小說《坎穴與鐘擺》*The Pit and the Pendulum*，描述一個受宗教法庭折磨迫害的人，在不見天日的囚室裏驚恐度日的經過，以 agony 始，agony 終，情節不多但讀來令人不寒而慄。故事一開始，主角便說：「我很難受─痛苦了這麼久，我難受得要死」"I was sick – sick unto death with that long agony"。故事完

結時，主角不再掙扎，「我心靈的痛苦在一聲響亮、長長、最後的絕望尖叫中找到宣洩出口」"The agony of my soul found vent in one loud, long and final scream of despair"。

Agony 是名詞，agonize 是動詞。形容詞是 agonized 或 agonizing；現在美式的 -ize 已成主流拼法，英式的 -ise 不常用了。

例句
EXAMPLE SENTENCES

1　She screamed in **agony** as the cockroach flew towards her.
那隻蟑螂飛向她時，她萬分驚惶地尖叫。

2　For a long time, they **agonized** over whether they should emigrate.
他們為應否移民苦苦思索了很久。

3　The fans could not accept the **agonizing** defeat of their team.
球迷們難以接受他們的球隊慘敗。

242 狂性大發
AMOK

Amok 源自馬來、印尼和東南亞的馬來語，也可拼成 amuck，意思大約是「狂怒下到處殺傷」。一般用法是以動詞 run 或 go 帶出，running / going amok 就是亂斬亂殺，狂性大發，可引伸作到處亂竄，沒命四散，胡作非為的意思。

最早記載 amok 的是葡萄牙人巴博薩 Duarte Barbosa (1480−

1521)，他曾是印度西岸一個英國港口的書記及翻譯，博聞強記，十六世紀初出版了一冊記述異域風土人情的書，其中提到爪哇 Java 的土著裏有些人病得嚴重時便向上天發誓，要死得光彩，然後手持匕首上街，見人便殺，男女老幼不放過，直到自己被殺死，這種可怕的事情叫做 *amuco*。很多人因此說 amok 便是從 *amuco* 而來。另一個解釋則說馬來文化相信邪靈附體時人便會狂性大發殺人，馬來語的 *amoq* 意思是「醉（intoxicated）」，這些人就像喝醉酒一樣，最後就算不被殺死，清醒後亦甚麼也記不起來，這便是 amok 的來源。另外有人說，amok 來自馬來語的 *mengamoke*，意思大概是「盛怒下的拼死衝殺」，有些人蒙受無法忍受的恥辱，盛怒之下便失常性，胡亂殺人。

Amok 在十六世紀已常見於英語，十八世紀的英國探險家庫克 James Cook (1728-1779) 卻另有見解。一七六九年，庫克領隊乘「皇家奮進號（HMS Endeavour）」從英國出發，繞過南美洲，在大溪地觀察和記錄金星凌日的天文現象，接着橫渡太平洋，經紐西蘭和澳洲到達荷蘭人控制的爪哇，修理「奮進號」後西航，越印度洋，繞過非洲，一七七一年回國。他在爪哇觀察到 amok，認為這些殺手是受鴉片影響，吸食鴉片後神智不清，發狂殺人。庫克不會胡說八道，但晚清中國吸食鴉片的多得很，似乎沒有同類事件記載，其中原因有待考據。

Amok 現在已界定為精神問題，研究很多，有些人長期抑鬱或壓抑，受到刺激而狂性大發，胡亂殺傷無辜，對 amok runners 來說，其實是在自殺。

1　Countries around the world are facing the problem of anti-social extremists running **amok**.
全世界國家都在面對反社會極端份子發狂胡亂殺人的問題。

2　The boys ran **amok** the minute their teacher stepped away from the classroom.
老師一走出班房，男孩們便瘋了起來。

3　The football hooligans went **amuck** when their team lost the match.
那些足球流氓在他們的球隊輸了球賽後到處生事破壞。

243 軼事
ANECDOTES

軼事是不見於正史記載的事跡，司馬遷作《史記》時，寫到〈管晏列傳〉便開宗明義說「世所有之」的事不說了，只「論其軼事」。軼事是 anecdotes，源自公元六世紀東羅馬帝國的歷史學家普羅科匹厄斯 Procopius (500-562)。

普羅科匹厄斯是猶太人，在巴勒斯坦出生，是東羅馬帝國查士丁尼 Justinian (483-565) 一朝的史官，被譽為古代西方最後一位大史學家。普羅科匹厄斯有三部重要著作，《戰史》*History of the Wars* 記述羅馬帝國的戰爭，共八冊，其中一冊所記的帝國對手就是第二部份〈151 破壞王〉裏的汪達爾人 Vandals，《建築》*The Buildings* 是歌頌查士丁尼建設君士坦丁堡 Constantinople 的讚辭，這兩部作品都不及《秘史》*Secret History* 有名。

《秘史》在普羅科匹厄斯去世千年後才得見天日，在此之前，世人直到十世紀才從當時出版的古籍索引裏知道有這部作品，而且被列入 *Anekdota* 類別，即是 *an*「無（not）」*ekdota*「出版（published）」。十七世紀初，《秘史》被發現有一冊藏在梵蒂岡圖書館內，知識界哄動，後來由法國出版商在一六二三年印行出版。這部奇書分三十章，每章各有故事，全書並無明顯佈局結構，只是隨筆記載，娓娓道來，都是講述查士丁尼及其近臣鮮為人知的一面，當然不是好事，否則當年早已出版了。按書中所記述，查士丁尼是個冷酷貪財、驕奢無能的暴君，他的妻子狄奧多拉 Theodora 是馬戲團馴熊師的女兒，當過戲子，後來成為宮女，千方百計吸引查士丁尼注意，終於做了皇后。這些故事無不令人看得過癮，滿足了大眾的好奇心，帝王將相的風光背後原來齷齪不堪，老百姓過癮之餘也彷彿出了一口氣。

Anekdota 成為英語的 anecdotes 是十七世紀下半葉的事，今天是一個常用名詞，指軼事或者人或物的花邊小故事。好的 anecdotes 必須簡短鮮明，輕鬆幽默，不可胡鬧低俗，至於可否揭人私隱，攻人私陰，見仁見智了。

例句
EXAMPLE SENTENCES

1 "Go and get some juicy **anecdotes**!" the chief editor yelled to the young reporter.
「去找些刺激的花邊故事！」總編輯向那年輕的記者嚷道。

2 Some legendary **anecdotes** about the late billionaire were fabricated.
那已故億萬富翁的某些傳奇軼事是杜撰的。

3 Her **anecdotes** about her first cruise trip made us laugh.
她第一次郵輪旅程的各種遭遇令我們笑開懷。

244 銳利目光
ARGUS-EYED

《西遊記》第七十三回有個「百眼魔君」，又名「多目怪」，與孫悟空打得不可開交時，「剝了衣裳，把手一齊抬起，只見那兩脅下有一千隻眼，眼中迸放金光，十分利害」。孫悟空不敵，落荒而逃。希臘神話裏也有個百眼人物，並非作惡妖怪，卻死得冤枉，他是位泰坦巨人 Titan，名叫阿耳戈斯 Argus。

阿耳戈斯是天后赫拉 Hera 的忠心僕人，百眼只是極言其多，究竟有多少則不清楚。有說他的眼睛分佈全身，並非都在頭部，睡覺時眼睛有張有合，有如頂級監察系統，所以是最佳守衛。赫拉的丈夫宙斯 Zeus 風流成性，情婦甚多，有一次看中阿爾哥斯 Argos 公主艾奧 Io，勾引到手後，把艾奧變成一頭小母牛，以為可以瞞過妻子。赫拉怎會不知道，但假裝很喜歡這頭小母牛，央宙斯送了給他。宙斯想不到甚麼理由拒絕，無奈唯有答應。赫拉把艾奧變成的小母牛交給阿耳戈斯看管，百眼監視下，誰也無法走近。宙斯找鬼計多端的兒子天神赫耳墨斯 Hermes 想辦法，赫耳墨斯從來不買非生母的赫拉賬，何況赫拉對所有宙斯的私生子都不算好，既然父親有命，於是馬上去辦。他扮成牧羊人，吹着笛子，悠揚樂聲哄得阿耳戈斯睡起覺來，眼睛全都合上了。另有版本說赫耳墨斯是說故事來哄阿耳戈斯入睡的。赫耳墨斯見機不可失，用石頭把阿耳戈斯砸死，牽走小母牛艾奧。阿耳戈斯已睡着了，赫耳墨斯拉走小母牛便是，其實不必殺人。不過宙斯亦得不到艾奧，赫拉用一隻牛虻叮艾奧，把她叮跑了。赫拉為了紀念阿耳戈斯，把他的百眼放在孔雀翎上，孔雀開屏時，翎上的圖案便是 Argus eyes。

阿耳戈斯 Argus 這個名字可引伸指機警的人或者守衛，形容詞是 Argus-eyed，意思是機警的，目光銳利的。A 通常大寫。

1　They called him **Argus** because he watched the colleagues for the boss.
他們叫他做百眼怪，因為他為老闆監察同事的一舉一動。

2　Watchful as **Argus**, she kept her eyes on her children who were playing in the water.
她機警地全神貫注看着在水中玩耍的兒女。

3　The **argus-eyed** doorman recognizes every resident student of the dormitory.
那目光銳利的門房認得宿舍所有寄宿學生。

245 刺客
ASSASSINS

　　成吉思汗去世後，大汗之位三傳至孫兒蒙哥。一二五三年，蒙古大軍攻打波斯，當時傳說盤據波斯西部的一個伊斯蘭支派秘密派出幾百個刺客去行刺蒙哥，蒙古軍於是圍攻這個支派的老巢，一二五六年把這個支派滅了。傳說多半不確，蒙哥不是在北京便是在其他行宮，千里迢迢去行刺蒙古大汗真是難若登天。

　　這個伊斯蘭支派屬什葉派 Shiite，建立了一個名尼札里 Nazari 的小國，創立者名哈桑•沙巴 Hassan-i Sabbāh (1050–1124)，就是武俠小說《倚天屠龍記》裏提到的山中老人霍山。哈桑的父親原本在阿拉伯半島南部居住，後遷移到波斯北部，哈桑很好學，十七歲時信奉伊

斯蘭教，之後在埃及求學，回波斯後在北部山區和裏海 Caspian Sea 南岸傳教，吸引了大批追隨者。一〇八八年，哈桑及他的追隨者佔領了阿拉穆特堡 Alamut，建立尼札里，以紀念他支持的埃及哈里發（伊斯蘭國家領袖）穆斯坦緩爾的長子尼札里。哈桑從此在阿拉穆特堡隱居，幾乎足不出戶，鄰近地方都稱他為「山中老人」。

尼札里一丸之地，但阿拉穆特堡扼守要塞，易守難攻，為了自保，他們從不與敵人正面交鋒，而是採用突襲和心理戰，最令人聞之喪膽的是他們一個組織，招募了一批死士，專職暗殺和行刺，這些刺客叫做 Assassins。很多解釋說 Assassin 源自阿拉伯文 *hashishin*，即是吸食「大麻（*hashish*）」的人，還說這些刺客出發前會吸食大麻，有說是麻醉自己，有說是紓緩壓力。不過有學者說，什葉派規律甚嚴，信徒不會吸食有麻醉作用的大麻，以「吸食大麻者」來稱呼尼札里刺客，其實是敵對派系詆毀侮辱這些可怕的殺手。亦有解釋說 Assassin 其實來自阿拉伯文的 Asasi，意思是「有原則的人（people of principle）」。

Assassin 是刺客，另有名詞 assassination，意思是行刺。動詞是 assassinate，可引伸為詆毀，破壞或者糟蹋，尤其是名譽。

例句
EXAMPLE SENTENCES

1 The **assassin** was overpowered by the brave passers-by.
那刺客被勇敢的路人制服了。

2 The **assassination** of President Kennedy has remained a mystery for half a century.
甘乃迪總統的遇刺身亡半個世紀以來仍是未解之謎。

3 His reputation **was assassinated** overnight by paparazzi.
他的聲譽一夜之間被狗仔隊記者毀了。

246 吉兆
AUSPICE

隋唐史書記載，西域有一種鳥卜，由巫者入山念咒，把召來的雄雞剖腹，有粟即預兆豐年，沙石則有災禍。古羅馬也有鳥卜，方法是觀察鳥兒的飛行形態來定吉凶，名為 auspice，原來的拉丁文是 *auspictum*，由 *avis*「鳥（bird）」和 *specere*「看（look）」組成。

這種鳥卜方法起源甚古，據記載，早在公元前十四世紀，希臘已從埃及輸入鳥卜師，可以說是古代的人才交流。傳說羅馬始祖孿生兄弟羅穆盧斯 Romulus 和瑞摩斯 Remus 因為建城問題爭執，決定以鳥卜來求上天指示。兩人各自選了位置來觀察，瑞摩斯坐下不久便有六隻兀鷲 vultures 飛來，喜不自勝地宣佈得勝，誰知羅穆盧斯說自己有十二隻。兩兄弟吵得面紅耳熱，瑞摩斯堅持他的兀鷲飛來時形態優美，羅穆盧斯則認為應該以數量作準，兩人的手下亦劍拔弩張。兩兄弟初則口角，繼而推撞，羅穆盧斯盛怒之下，錯手殺了瑞摩斯。

古羅馬設有卜吉院，卜官名為 augurs，初時只有三人，都是貴族，公元前三百年左右增至四人，其後又加入幾個平民卜師，全盛時期有十五人。羅馬人的卜吉並非預告未來，而是確定天神的指示，所問的事情可以是出航、征伐、建築、官員任命，以至制定法律，總之所有大事皆問。進行鳥卜時，卜官只負責觀察和解釋，觀察地點和範圍由一位執政官決定。整個儀式和過程完成後交由元老院審議，若發覺有任何不合規矩的地方，這次鳥卜便作廢，重新再來一次。羅馬人求 auspice 的方法亦不止鳥卜，其中一種有如文首所說的觀察動物內臟，獻祭的動物必須一擊即殺死，否則被視為不吉，內臟也不必看了。

Auspice 這個名詞由鳥卜而來，預兆，前兆的意思，現在多解作吉兆；under the auspices 則是在某某的支持下或贊助下。形容詞是

auspicious，意思是吉利的，吉祥的，或者興隆的。

例句
EXAMPLE SENTENCES

1　Old Chinese people believed that an unclaimed dog's coming up to the door was an **auspice** of wealth.
老一輩中國人認為自來狗是發財吉兆。

2　She taught her children how to speak **auspicious** words on Chinese New Year's Day.
她教兒女在農曆元旦日如何說吉利話。

3　Their conservation project is **under the auspices of** UNESCO.
他們的保育計劃由聯合國教科文組織贊助。

247　白璧特
BABBITT

　　美國上世紀二十年代有一個名詞 Babbitt，象徵庸俗市儈而自以為是的生意人。這名詞流行一時，亦成為英語常用詞，今天仍適用。Babbitt 是美國作家劉易斯 Sinclair Lewis (1885–1951) 筆下的小說主角，小說就名為《白璧特》*Babbitt*。

　　劉易斯曾任記者和編輯，作品以針砭第一次世界大戰後美國的資本主義和物質主義而著名，一九三〇年獲諾貝爾文學獎，是美國以至美洲首位獲得這個獎的作家。在《白璧特》一書裏，劉易斯虛構了一個名叫「天峯 (Zenith)」的城市，城中人大多數都隨波逐流，自囿於社

會規範，但好吹噓炫耀，是個典型的美國中西部城市。白璧特是地產商，眼中只有賺錢兩字，自覺很有成就，沒有甚麼品味，一心往上爬，城中有份量的會所和俱樂部都加入了，目的是結交名流和權貴，既可自高身價，亦可拉關係做生意。

白璧特其實內心有一種渴望「出軌」的衝動，他也真的嘗試過，結識一些文化圈子的人，卻格格不入，還真的試過出軌，搞婚外情。有一次和好朋友去郊外野營，驚覺大自然之美之純，看着寧靜的大湖時，竟然說但願寄餘生在此。後來好朋友入獄，他自己重遊時，完全不是那麼一回事了。白璧特一直在徘徊掙扎，表面上他是個庸俗勢利的生意人，內心卻有一股慾望，想走出自己的天地。小說尾聲時，他的十七歲兒子和鄰居的女兒私自結了婚，還睡在一起，這可不得了！鄰居大興問罪之師，親戚朋友齊集，七嘴八舌。白璧特把兒子叫進飯廳，關上門，兒子對他說不要上大學了，要闖一番事業，結婚的事他會負責，白璧特要兒子放心，會支持他的決定，然後父子一起出去面對眾人，面對整個社會。白璧特自己做不到的事，兒子替他做了。

Babbitt 便是重物質、自滿及隨眾的生意人，尤其是那些只識賺錢而對文化生活完全沒有興趣者。另有名詞 Babbittry，意思是 Babbitt 的作風。

1　It's impossible to persuade the **Babbitt** developer to give up that building project.
　　說服那保守且短視的發展商放棄那建屋計劃是沒有可能的事。

2　Her speech had enraged all the conservative **Babbitts** in the community.
　　她的演講惹怒了圈子裏所有自滿而保守的銅臭生意人。

3　His success in business has also earned him a reputation for **Babbittry**.
　　他長袖善舞，贏得的卻是庸俗自滿的名聲。

248 畫餅充饑
BARMECIDE

　　民間故事《蘇二過年》說，家塾教師蘇二辛苦一年後，領得十二両銀書金，趕回家過年，快到家時看到朋友的妻子正想投水尋死，連忙勸阻。原來朋友出外經商，音訊全無，家無餘糧，年關在即，婦人不知如何是好，唯有一死了之。蘇二情急之下，撒謊說途中遇到朋友，一切安好，不過他還要辦點事，未及回家，但託他把十二両銀交付。那婦人接過銀子，歡天喜地走了。蘇二回到家裏，妻子氣得七竅生煙。除夕夜，兩夫妻就坐在飯桌前把一餐豐富的團年飯想像出來。

　　著名的《一千零一夜》*One Thousand and One Nights* 故事集裏也有一場想像出來的盛宴。話說淪落街頭的沙卡巴克 Schacabac 有一次來到巴格達城 Baghdad 一座大宅前，打聽到主人就是有名的大

善長巴米賽德 Barmecide，於是央門房放他入去，好討點金錢或者吃的。門房倒爽快，也許主人是大善長的緣故。巴米賽德見到沙卡巴克，非常同情他，馬上吩咐開飯，但一個僕人也沒有出現。巴米賽德虛擬着先洗了手，沙卡巴克亦裝模作樣照辦。接着巴米賽德一面比劃一面說，想像的飯菜送上，沙卡巴克照「吃」可也，還「喝」得大醉，一拳把主人家打倒在地。巴米賽德哈哈大笑，完全不以為忤，只覺得好玩極了，吩咐重開筵席，這一次是真的美酒佳餚了。

十九世紀的歐洲曾經出現一股「烏托邦社會主義 (Utopian Socialism)」思想潮流，空言放論，不切實際。一八三四年的英國雜誌《新文藝月刊》*The New Monthly Magazine and Literary Journal* 七月號有一首打油詩，諷刺英國鼓吹這種虛無思想的人，其中一句形容這些人是「誇誇空話，畫餅之徒」"Windy purveyor of a Barmecidal feast"，直譯便是「誇誇其談供應了一餐巴米賽德筵席的伙食商」。

Barmecide 便是指口惠而實不至的人，也可作形容詞用，就像打油詩裏的 Barmecidal。畫餅充饑，或者虛假的殷勤，佯裝的慷慨就是 Barmecidal / Barmecide feast。一般用法 B 須大寫。

例句
EXAMPLE SENTENCES

1　He is a **Barmecide** who is always eager to offer help, verbally.
他是口惠實不至的人，老是嘴巴上熱心表示幫忙。

2　The so-called financial aids turned out to be a **Barmecidal** feast.
那些所謂經濟援助原來是令人失望的假象。

3　The **Barmecide** politician promises a lot but does very little.
那假大空政客承諾多但做事少。

249 粗言穢語
BILLINGSGATE

　　英語的「髒話」是 foul language，現在常用；to speak foul language 就是「說髒話」。Foul 的基本意思是腐爛的、發臭的、令人惡心的，語言令人掩鼻，就是下流髒話。髒話有一個更道地的英語名詞 Billingsgate，起源頗有趣。

　　Billingsgate 原本是英國泰晤士河上的一個水寨，建寨者據說是公元前四世紀的凱爾特 Celtic 領袖比利諾斯 Belinus，水寨亦以他為名，叫做 Blynesgate，後來才變成 Billingsgate。但有人不同意，認為比利諾斯的事跡太多傳說附會，Billingsgate 不過是以地主之姓來命名的水路貨運碼頭，這個地主的姓不是 Beling 便是 Biling。更有人說，建造 Billingsgate 的工程師名 Billing，因此得名。真相如何，各有各說。Billingsgate 在泰晤士河北岸，倫敦橋 London Bridge 和塔橋 Tower Bridge 之間，初時是一個碼頭，百貨集散，旁邊是一個大市場。一六六六年倫敦大火後，市場商店及攤販重新開業，後來政府為了規劃，把該地發展為魚市場，碼頭雖然仍有其他貨物卸運，但以海產為主。

　　Billingsgate 出名的還有髒話。魚市場內的髒話舉國聞名，尤其是女攤販，髒話之五花八門，變化多端，別出心裁，男子漢望塵莫及。英國史學家霍林希德 Raphael Holinshed (?–1580) 的編年史裏記載，李爾王 King Leir（莎士比亞的《李爾王》*King Lear* 即取材於此）有一個信差，舌頭之壞，只有「比林斯街魚市的賣蠔女人（oyster-wife at Billingsgate）」才會有。

　　今天的 Billingsgate 是英國最大的海產市場，佔地十三英畝，現址一九八二年建成，毗鄰金絲雀碼頭 Canary Wharf，與金融區僅一水

道之隔，遊客慕名而至者絡繹不絕。據說魚市場從前豎了一個比利諾斯像，外來客必須上前親吻，否則運貨工人會用腥濕的貨物碰撞。這些運貨工人都領有執照，自成行業，外人不得染指，傳統維持了三百多年，直到二〇一二年才被取締。今天魚市場的海產都由陸路運來，市場內的髒話是否仍然冠絕英倫不得而知，但 billingsgate 則毫無疑問已成為英語常用詞，意思是髒話，粗言穢語；B 可小寫。

例句
EXAMPLE SENTENCES

1 "No **billingsgate**, please," the chairman warned.
「請不要粗言穢語，」主席警告說。

2 Growing up with six brothers, she is invulnerable to **billingsgate**.
她和六個兄弟一起成長，對髒話已免疫。

3 He was very upset by the **billingsgate** of insults on his Facebook account.
他為臉書賬號上的污言侮辱感到非常苦惱。

250 巧言
BLARNEY

愛爾蘭 Ireland 有座城堡，高處石牆上有一石塊，據說親吻一下便會變得能言善道。吻這塊石的最佳方法是仰臥立腳處，反過身來接近石牆。從前要吻石塊得要有人協助，抓着吻者雙腿，後來城堡安裝了鐵欄把手給吻石的人抓着，但仍得有人在旁看護，免生意外。

這座中世紀城堡名布拉尼堡 Blarney Castle，那塊石便名為「布拉尼石 (Blarney Stone)」。城堡位於愛爾蘭西南部科克郡 Cork，大約建於十三世紀，由愛爾蘭的麥卡錫家族 McCarthy 建造，原為木結構，後改為石堡，十五世紀時由家族領袖哥麥克 Cormac 重建。據說有一次哥麥克為一宗官司煩惱，向科克郡守護女神克里安娜 Cliodhna 禱告求助。克里安娜指示他早上外出時，看到第一塊石頭便吻一下。結果哥麥克滔滔雄辯，把官司解決了，於是把這塊石頭安放在城堡上。

另一個故事則說，十四世紀初，蘇格蘭 Scotland 與英國開戰。一三一四年的班諾克河之役 Battle of Bannockburn 裏，麥卡錫家族另一位亦名哥麥克的領袖派兵助陣，大敗英軍。蘇格蘭王羅柏特一世 Robert I (1274–1329) 為了答謝，送了一塊「加冕石 (Coronation Stone)」給哥麥克。這「加冕石」是砌成一張石櫈的石塊，蘇格蘭新王登基時便坐在櫈上加冕。哥麥克把這塊石嵌入城堡高牆。不過近年有考古學家用科學方法研究，發現布拉尼石屬當地石質，並非外來物，證明這傳說是虛構的。

布拉尼石的故事多得很，姑言之姑聽之好了。愛爾蘭有不少民歌亦以布拉尼石作題材，其中有一首說，有年輕人去找布拉尼石來親吻，向一個女子問路，女子對他說，到處都有布拉尼石，他的鼻子之下便有一塊。年輕人心旌搖曳，把美麗的女子一抱入懷，深深吻下去。還吻甚麼布拉尼石！

Blarney 作名詞用時，解作奉承話，或甜言蜜語，引伸為有趣而無傷大雅的廢話；作動詞用就是巧言奉承，甘言哄騙，但不是肉麻低俗的拍馬屁。一般用法時 B 不用大寫。

例句
EXAMPLE SENTENCES

1　"Quite true, the movie is a bit of **blarney**."
　「說得對，那電影有點胡鬧無稽，但頗有趣。」

2　He had **blarneyed** the doorman into letting him in.
　他以甜言蜜語哄得那門房放他進去。

3　"I don't trust him. He had kissed the **Blarney** Stone."
　「我不相信他。他太過花言巧語了。」

251 勒斃
BURKE

　　一八二九年一月二十八日，成千上萬的人聚集在蘇格蘭愛丁堡 Edinburgh 觀看絞刑。死囚被套上奪命索時，據說有人大叫：Burke him, burke him！一呼百應，喊聲雷動。Burke him 是甚麼意思？這得從解剖學說起。

　　解剖學起源甚古，據記載，埃及公元前一千六百年已有研究。到十九世紀，西方自然科學和醫學突飛猛進，解剖學 anatomy 成為重要學科。當時法例規定，死囚、獄中去世者、自殺者，以及棄嬰和孤兒的屍體可作解剖之用，但供不應求。盜屍行業應運而生，所盜的當然是新下葬的屍體。法例亦很尷尬，掘墳是刑事毀壞，取走墓中物品是盜竊，但死者家屬不是屍體物主，既然沒有物主，取走並不犯法。喪親者唯有各出奇謀護墓，墳場亦守衛森嚴，社會頗為困擾。

　　既然盜屍難，於是有人挺而走險，乾脆殺人取屍；柏克 William

Burke 和哈厄 William Hare 便是代表。兩人年紀相若，臭味相投，好飲酒鬧事，在社會下層打滾。一八二七年某天，他們居住的廉租屋有個房客病死，收殮後待下葬，兩人把屍體偷了，抬到愛丁堡大學兜售，有學生教他們找解剖學教授諾克斯 Robert Knox，做成交易。諾克斯的助手還對他們說，教授歡迎他們再來。兩人發覺這無本生意有利可圖，起了歹念。廉租屋裏有不少無親無故的人，兩人請這些人喝酒，獵物爛醉如泥時便掩着其口鼻令其窒息，反抗者便勒死，屍體賣給諾克斯。到他們殺一個有親屬的女人時出事了，警察接到有人失蹤的報案，追查之下，揭發了這些滔天罪行。據官方記錄，遇害者共十六人，但估計可能多達三十。哈厄轉做污點證人，得以免死，柏克招認一切，被判絞刑。諾克斯堅稱一無所知，最後仍是失去大學教席。

Burke 這個殺人兇手的名字於是成為英語常用動詞，意思是使人窒息致死，或者勒斃的意思，引伸為不動聲息地平息，壓制或者消弭。

例句
EXAMPLE SENTENCES

1 It was said that the findings of the drug's side effects **have been burked** by the pharmaceutical company.
據說那藥物的副作用研究結果被製藥公司偷偷壓下了。

2 He did not know that his proposal **had** already **been burked**.
他不知道自己的建議早已被悄悄扣起了。

3 She tried to **burke** the cold war between her parents.
她設法不動聲色地平息父母間的冷戰。

252 災禍
CATASTROPHE

天災人禍或者事情的災難性結果在英語是 disaster 或 catastrophe，兩字意思和用法相同，要細分的話，catastrophe 可以解作較嚴重的 disaster。不過這個字原來的意思是另一回事。

Catastrophe 是古希臘戲劇用語，原來的希臘文由 *kata*「向下（downwards）」和 *strephein*「轉（turn）」兩字組成，意思大約是「（把故事）倒轉過來」。按古希臘戲劇結構，一齣戲分作四部份，第一部份裏，戲劇的矛盾關係出現，第二部份是這種關係的發展，第三部份是高潮，最後部份是結局，便是 catastrophe，以顛覆 overturn 整個故事來達致最佳戲劇效果，主角在開場時的身份完全改變了，而且失去當初所有。最經典的例子是公元前五世紀悲劇大師索福克勒 Sophocles 的著名悲劇《伊底帕斯王》*Oedipus Rex*。開場時伊底帕斯做了皇帝，前朝皇后嫁了給他，好不風光，接着線索出現，抽絲剝繭發展，高潮戲是他發現自己原來是弒父娶母的罪人，所生的兩個孩子既是女兒也是妹妹。最後在 catastrophe 部份，母親懸樑自盡，伊底帕斯解下屍身，用母親扣着袍子的金針自刺雙目，痛苦呻吟。

戲劇的四部結構並不限於悲劇，喜劇一樣依循，不過當然是美滿團圓，最常見有情人終成眷屬，也是戲劇性的顛覆，莎士比亞在《皆大歡喜》*As You Like It* 裏便作了最佳示範。喜劇同樣有 catastrophe，莎翁的《李爾王》*King Lear* 有一句台詞可作證明。劇中忠於李爾王的格洛斯特伯爵 Earl of Gloucester 有兩個兒子，埃德加 Edgar 是長子，獃頭獃腦，埃德蒙 Edmund 是私生子，看不起哥哥，時常覬覦埃德加的繼承權。第一幕第二場戲裏，埃德蒙看着哥哥走過來，輕蔑地說：「呸！他就像古老喜劇的結局般走過來。」"Pat! he comes like the catastrophe of the old comedy」。

到了十七世紀，catastrophe 成為英語常用詞，但意思已不限於戲劇結構。Catastrophe 今天仍是戲劇詞彙，但一般用法則解作災難，或者災難性的結果。形容詞是 catastrophic。

例句
EXAMPLE SENTENCES

1　The new policy would be a **catastrophe** for the industry.
新措施對業界來說將會是一場災難。

2　The extinction of dinosaurs was caused by an ecological **catastrophe**.
一次生態大災難令恐龍絕種。

3　The **catastrophic** bushfires had destroyed thousands of acres of natural vegetation.
那災難性的叢林大火摧毀了數以千畝的自然樹木。

253 混亂
CHAOS

中國古代傳說，世界開辟前元氣未分，模糊一團，「混沌相連，視之不見，聽之不聞」（班固《白虎通》）。古希臘也有類似的傳說，認為太古之時一片空白，名為 Chaos。

Chaos 從希臘文 *khaos*「空白（void）」或「深淵（abyss）」而來，茫茫無盡，不知所止。從這空白生出黑暗神埃里伯斯 Erebus 和夜神尼斯 Nyx，兩兄妹又生了其他神，如希普諾斯 Hypnos 和尼米司斯

Nemesis。公元前八世紀的希臘詩人赫西奧德 Hesiod 則說 Chaos 還生了地母 Gaia、塔爾塔羅斯 Tartarus 和厄洛斯 Eros。地母自生了烏拉諾斯 Uranus，即是天父，或者天空之神，然後和天父生了泰坦巨人 Titans，泰坦之後便是宙斯等第三代天神了。後來宙斯兄弟姊妹和父輩泰坦族打起來，得勝後把泰坦族交由塔爾塔羅斯囚禁，即是地獄最深之處。所以希臘神話的所有天神都是從 Chaos 而來。赫西奧德還說，Chaos 功成之後並沒有消失，而是藏到地之下的深處，在塔爾塔羅斯之上。

古希臘哲學家頗受這個 Chaos 觀念影響，認為世界衍生自一個原始的整體，無形無限，是宇宙萬物的基礎。Chaos 的概念可追溯至公元前四千年的埃及，古埃及人相信天地之初只有一個空茫的原始神。從上世紀四、五十年代出土的「死海古卷 (Dead Sea Scrolls)」推斷，《希伯來聖經》Hebrew Bible 的撰寫人採用了不少埃及的神話傳說，故此早期版本的基督教《聖經》裏，有關天地初開的描述便說「大地無形，空虛一片，深處之上是黑暗」"And the earth was without form, and void, and the darkness was upon the face of the deep"。

十五世紀中葉，英語開始有 chaos 一詞，但狹義地解作地獄深處，到了十七世紀才有今天的意思，就是古羅馬詩人奧維德 Ovid (43 BC-17 AD) 所說的，chaos 是「雜亂無條理的一團東西 (jumbled, disorganized mass)」。

Chaos 既是單數亦是眾數。形容詞是 chaotic。

1　The blackout caused **chaos** throughout the city.
停電令整個城市一片混亂。

2　Traffic was so **chaotic** that he chose to walk home.
交通亂成這個樣子，他選擇走路回家。

3　His life has been **in chaos** since his wife died.
他自妻子去世後生活亂七八糟。

254 犬儒
CYNIC

　　蘇格拉底 Socrates 在獄中服毒時，有幾個弟子陪伴在旁，其中一人名安提西尼 Antisthenes (444–360 BC?)。安提西尼後來自立門戶，以老師的倫理學為中心，發展學說，世人名之為「犬儒主義 (Cynicism)」，奉行者稱為「犬儒 (Cynic)」。

　　安提西尼的學說認為人生以德行為先，與自然不悖，理性之人可循刻苦訓練感受快樂，生活應簡樸自然，名利、慾望與所有物質應予摒棄。安提西尼的學說吸引了不少下層社會本來就生活清苦的人，衣食豐足者則很難不視他為異端。他有一個學生第歐根尼 Diogenes (412?-323 BC) 更青出於藍，在雅典街頭如叫化子般生活，住在人家棄置的一個大酒甕裏，對俗世不屑一顧。Cynic 來自古希臘文的 *kyôn*，意思是「狗」，是雅典人蔑視安提西尼及其門徒的貶稱，尤其是叫化子第歐根尼，衣不蔽體，行徑怪誕，在一般人眼中與狗無異。中文譯名

「犬儒」亦以此作根據,「儒」指讀書人,與孔門儒家無關。

第歐根尼對被稱為狗毫不介懷,還說其他狗會咬敵人,他這隻狗會咬朋友,因為要救他們。他時常提着燈到處去,說要尋找有德行的人,可惜雅典只有庸碌大眾和名利之徒。有一次他看到有個孩子用手掬水喝,覺得自己仍受制於物質,於是把唯一家當的一隻木碗扔掉。第歐根尼的軼事 anecdotes 流傳甚多,真真假假,無從稽考。最膾炙人口的故事是阿歷山大大帝 Alexander the Great 慕其名而紆尊降貴拜訪,問可有效勞之處。誰知第歐根尼對這位名震天下的霸主說:「勞煩讓開一點,你擋着陽光了。」

Cynic 演變至今天解作憤世嫉俗者,或者好挖苦挑剔及冷嘲熱諷的人。Cynic 不相信世上有美善真誠,認為人的行為無不為了自利。形容詞是 cynical,助動詞是 cynically,亦可引伸作尖酸地懷疑或不信任的意思。除了專指犬儒學派及學派中人外,一般使用時 c 不須大寫。

例句
EXAMPLE SENTENCES

1 Most people are **cynical** about the district councillor's pledges.
大多數人對那區議員的承諾都冷嘲熱諷。

2 The public has **cynically** disregarded the district councillor's pledges.
公眾人士對那區議員的承諾都嗤之以鼻。

3 It's very frustrating getting along with a **cynic** such as Alfred.
與阿費這樣一個憤世嫉俗的人相處很令人沮喪。

255 三伏天
DOG DAYS

　　農曆小暑和處暑之間是一年中溫度最高,而且是最潮濕和悶熱的日子,分初伏、中伏和末伏三段時間,所以名為三伏天。英語裏的三伏天是 dog days「狗日」,起源可追溯至古埃及的天文學。

　　古埃及人觀察到每年天狼星 *Sothis* 日出前在東方天際重現,即是尼羅河泛濫之時,洪水帶來的肥沃河泥農業不可缺,所以古埃及人把天狼星化為女神索德特 Sopdet,象徵尼羅河的洪水,亦以天狼星重現作為一年之始。希臘人則把天狼星稱為 *Seirios*,意思是「灼熱(scorching)」或者「燃燒(burning)」,因為這顆星出現時是又乾又熱的夏天。事實上,天狼星是最光亮的恆星,每年有一兩個月時間與太陽一起升落,古希臘人亦因此認為是熱上加熱。

　　希臘神話裏,天狼星是巨人獵手俄里翁 Orion 的獵犬,一人一犬後來都成為天上星,俄里翁是獵戶座,獵犬成為天狼星,是大犬座 Canis Major 的一顆星,所以天狼星在希臘文裏也稱為 *kyôn*「狗」。天狼星出現不但是天氣熱,令人頭昏腦脹,也表示會有突如其來的雷暴,是凶兆。古希臘詩人荷馬 Homer 記敍特洛伊戰爭的史詩《伊利亞特》*Iliad* 裏,阿基里斯殺死赫克托前,有一段描寫天狼星最是光明燦爛,但「不吉之兆,施暑熱瘟狂與苦中蒼生」"...an evil portent, bringing heat / And fevers to suffering humanity"。

　　拉丁文天狼星是 *Sirius*,古羅馬人把一年裏最熱的日子稱為 *dies caniculares*,就是「狗日(dog days)」。這「狗日」也真的和狗有關,普林尼 Pliny 的《博物志》*History of Nature* 記載,這炎熱的天氣裏特別多狗咬人意外,要防止狗發狂,可以餵之以雞糞。十六世紀的人認為「狗日」不可做放血及催吐治療,否則會令健康更差。十七世紀更

妙，男人在「狗日」切忌半夜出汗，激烈之事不可做，所以千萬不要行房，否則傷身折壽。

Dog days 也可引伸為困難的日子，或者水深火熱的時候。

例句
EXAMPLE SENTENCES

1　Grandpa was nodding in his armchair in this **dog day** afternoon.
這個炎炎夏日的下午，爺爺在他的扶手椅裏打盹。

2　The town people prefer to stay indoors in the **dog days** of summer.
鎮上居民在夏天最炎熱的日子裏寧可留在室內。

3　The company had made every effort to get through the **dog days**.
公司用盡方法渡過難關。

256 鬱悶消沉
DOLDRUMS

柯勒律治 Samuel Taylor Coleridge 的《古舟子詠》*The Rime of the Ancient Mariner* 裏，舟子殺了信天翁後，船漂流到赤道附近便停下來，動也不動。

Day after day, day after day,　　日復一日，日復一日，
We stuck, nor breath nor motion;　我們被困住了，沒有風沒有動；

As idle as a painted ship
Upon a painted ocean.

閒擱着像畫裏的船
在畫裏的海洋上。

因為他們的船進入了後來氣象學所稱的「熱帶輻合區（Intertropical Convergence Zone）」，俗稱「無風帶」。簡單地說，就是東北和西南兩股季候風遇合，互相抵消，結果一絲風也沒有，這現象沿赤道不同海域出現，隨季節而定，從前靠風力航行的船隻最怕遇到。航海的人把這種無風天氣叫做 doldrums，由「呆滯（dull）」和「發脾氣（tantrum）」組成，原本是沒精打采，消沉鬱悶的意思。He is in a tantrum 是「他在發脾氣」，但 He is in the doldrums 便是「他悶悶不樂」了。很多字典詞書都說 doldrums 這個字來自航海人的行內語，其實是剛好相反，是航海人借用這個字來形容無風的天氣。

最早用 doldrums 來形容船隻因無風而不動的應該是大詩人拜倫 Lord Byron。一七八九年，英國皇家海軍「收成號（HMS Bounty）」的船員不堪船長虐待而叛變，震驚了以海軍自豪的大英帝國，事件亦成為各類創作的題材，拜倫一八二三年發表的敘事長詩《海島》*The Island* 是例子。這首詩分四章，第二章描寫叛變的船員躲在南太平洋一個海島上，享受人間天堂般的生活，但內心極度不安。終於有一天，負責放哨的船員發現一艘外船，「我看它悶悶不動，只因風微微亦亂亂吹」"I saw her in the doldrums, for the wind was light and baffling"。有趣的是，可能受拜倫啟發，十九世紀中期航海行內語以 in the doldrums 來形容無風時，很多人以為真的有這個地方，船隻駛進去便不動了。

In the doldrums 亦引伸作停滯，陷於困境或低潮的意思。注意須與冠詞 the 一起使用。

1　The property market has been in the **doldrums** for almost half a year.

物業市場已呆滯了差不多半年。

2　The office was quite in this afternoon **doldrums**.

在這個午後的鬱悶氣氛裏，辦公室鴉雀無聲。

3　She finally has a new book published after years in the **doldrums**.

她沉寂了幾年後終於有一本新書出版。

257 遲鈍兒
DUNCES

　　十三世紀的飽學之士、舉足輕重的哲學家和宗教家，去世幾百年後名字成為笨蛋的同義詞，這不只是躺着也中槍，而是死了也中槍。他是司各脫，也譯作董思高 John Duns Scotus (1265-1308)。

　　司各脫是蘇格蘭人，出生於蘇格蘭南部鄧斯市 Duns 的望族世家，鄧斯也是家族姓，所以他的姓名應該是約翰・鄧斯 John Duns，通常稱為 Duns Scotus，意思是「蘇格蘭人鄧斯 (Duns the Scot)」。司各脫是方濟各會修士 Franciscan，肄業牛津大學，巴黎大學神學博士，曾任教牛津大學、巴黎大學和科隆大學。他認為宗教講信仰，哲學靠理性，互不從屬，各有原則，神學理論不能以理性解說，理性哲學只應用於詮釋現象、物質和經驗。一三〇七年，本來在巴黎教書的司各脫突然接到教會通知，要他馬上離開，前往科隆，原因不明。翌年，司各

脫在科隆猝逝，死因亦不明。他的墓誌銘是一句拉丁文，意思是「蘇格蘭生我，英格蘭育我，加里亞教我，科隆容我。」加里亞 *Gallia* 是西歐古國高盧 Gaul 的拉丁名字，即是今天的法國。

司各脫的理論對中世紀神學和世俗思想影響深遠，信徒被稱為 Dunsmen 或 Dunsers，在英國學院裏是不容忽視的勢力。二百年後，以人為中心的人本主義 Humanism 興起，與千百年來控制歐洲社會的神本主義多相扞格，宗教改革的呼聲亦響徹雲霄，歷史潮流勢不可當。學院派的 Dunsers 向來保守，對這些現象非常反感，火上加油的是教廷不斷引用司各脫的神學理論駁斥改革派，結果司各脫成為箭垛，被改革派視為保守象徵，而 Dunsers 都是故步自封、阻礙進步的老頑固。於是 Dunsers 變了 dunces，成為笨蛋，低能兒，學習遲鈍的傢伙等等貶詞了。十七世紀時有人想出個鬼主意，用紙糊一頂圓錐形帽，上面寫着 DUNCE，名為「笨蛋帽（dunce / dunce's cap）」，放在課室裏唬嚇小學生，有誰不規矩便要戴上。這帽子在一九五〇年代仍可見，今天這樣做的老師或者校長應該是不怕吃官司的笨蛋。

例句
EXAMPLE SENTENCES

1 She was very angry that her son was called a **dunce** at school.
她很氣憤兒子在學校被人叫做遲鈍兒。

2 The writer of this anonymous letter is a **dunce**, whoever he or she is.
寫這封匿名信的人不管是誰都是笨蛋。

3 He is a **dunce** when it comes to dating girls.
說到約會女孩，他可是個低能的傢伙。

258 熱心
ENTHUSIASM

古希臘人有疑難便去特爾斐 Delphi 的神廟求神指示，廟裏的祭師請神時會陷入昏迷，神情興奮。這種自稱神靈附體的靈媒古今中外皆有，請神的方法亦大同小異。

希臘文的神靈附體是 *entheos*，由 *en*「激發 (inspire)」和 *theos*「神 (god)」組成，即是受神的激發或者啟示。神靈附體可以很激烈，有時候更後果嚴重，古希臘對酒神狄俄尼索斯 Dionysus 的拜祭就是例子。希臘人對酒神非常尊敬，每年三月左右的酒神節是重要日子，拜祭時，虔誠的婦女披上小山羊皮，手持纏着葡萄藤的木杖，兩件道具不可少。原來狄俄尼索斯是天神宙斯的私生子，宙斯擔心妻子赫拉對這孩子不利，於是把狄俄尼索斯變成一隻小山羊，送到遠處交人撫養，而酒由葡萄釀成，所以兩者是重要象徵。拜祭儀式達高峯時，這些女人像喝醉了酒，瘋狂跳舞，直至筋疲力盡，倒地不醒人事。據傳說，底比斯 Thebes 國王彭西厄斯 Pentheus 曾下令禁止這種拜祭儀式，結果被人誘騙進樹林裏，被拜酒神的女人殺了，還肢解他的屍身，瘋女人中有一個就是彭西厄斯的母親，以為自己殺的是一隻獅子。

希臘文的 *entheos* 是形容詞，轉為名詞是 *enthousiasmos*，十七世紀被英文吸收後成為 enthusiasm，意思沒有變，仍指對宗教的狂熱，enthusiasts 便是宗教狂熱份子。英國哲學家莫爾 Henry More (1614–1687) 曾說：「基督教若有滅絕之日，皆因宗教狂熱」"If ever Christianity be exterminated, it will be Enthusiasm"。基督新教興起時，激進的新教派信徒都被指為 enthusiasts，是社會不安的根源，英國皇家學會 Royal Society 更明文規定，不得在學會內討論宗教或政治，違者一律被視為 enthusiasts，驅逐出會。

Enthusiasm 一詞到了十八世紀開始脫掉宗教的意味，今天解作熱誠，熱心，熱忱，或者濃厚的興趣。形容詞是 enthusiastic，而 enthusiast 是熱衷或者愛好某些事物的人。

例句
EXAMPLE SENTENCES

1. "If you want the job, you must show **enthusiasm** during the interview."
   「你想得到那份工作，面試時便要顯出熱誠。」

2. He is not that **enthusiastic** about joining his father's company.
   他不是那麼熱心加入父親的公司。

3. We all wonder why she suddenly became an **enthusiast** for politics.
   我們都奇怪為甚麼她忽然成為熱衷政治的人。

259 秘傳
ESOTERIC

孔子教書與弟子打成一片，西漢學者董仲舒則在帷幔後講課，弟子不得隨便見他面，史稱「下帷講誦」。西方也有一位這樣的老師，名叫畢達哥拉斯 Pythagoras (580–500 BC?)，就是第一部份〈44 忘川〉裏那位據說轉世自天神之後的古希臘哲學家和數學家。

畢達哥拉斯生於希臘本土以東的薩摩斯島 Samos，年輕離鄉，遊學四方，中年時定居意大利南部的希臘人殖民城邦克羅頓 Croton，招

收門徒，不久便以他的魅力和出色演說吸引了大批追隨者，還娶了一個女弟子，生兒育女。畢達哥拉斯主張素食，生活則苦行禁慾，創立的門派有如秘密組織，加入者財產共享，門徒及追隨者要宣誓守秘，不向外人洩露組織內事。他的門徒分兩類，最親近是「內徒 (esoteric disciples)」，其他是「外徒 (exoteric disciples)」。Esoteric 的希臘文是 *esoterikos*，意思是「內圈的 (belonging to an inner circle)」。他講課時放下帷幔，內徒可在帷幔內聽課，外徒則只能在外。

畢達哥拉斯的學說融合宗教、哲學和政治，組織的不傳外人理念成為後世歐洲「秘傳主義 (Esotericism)」的基礎。他認為靈魂不滅，人死後靈魂會進入另一個身體。他熱愛數學，主張以數學解釋世上事物，希臘哲學的數學傳統即自他始。他曾經以數學研究樂律，是第一個探討音樂和諧概念的人。他也是第一個提出地圓說的古代天文學家，更指出啟明星和黃昏星其實是同一星體。畢達哥拉斯的著作早已散佚，但他的學說和思想對古希臘哲學影響極大，後來者如柏拉圖、阿里士多德等的著作裏都可以見到他的影子，甚至有人說，柏拉圖抄襲了不少畢達哥拉斯的東西。畢達哥拉斯一生極富傳奇，他亦刻意把自己搞得神神秘秘，令人覺得他上天下地無所不能，門徒和追隨者都奉他若神明。

Esoteric 是形容詞，意思是秘傳的，難以理解的，或者內行才懂的，也可解作小圈子的，或者隱秘的。

1 His new novel is **esoteric** to general readers.
他的新小說一般讀者不會看得明白。

2 The gang had developed an **esoteric** language that only their members understood.
那匪幫有一套他們自己才懂的說話。

3 Computer programming is no longer an **esoteric** subject now.
電腦程式編寫現在已不是難以理解的科目。

260 我知道了
EUREKA

　　古希臘數學家阿基米德 Archimedes (ca. 287–212 BC) 的「我知道了」故事很多人都大概知道是甚麼一回事。他苦思一個數學問題，終於坐進澡堂浴池時恍然大悟，興奮大叫 *heurēka*！。這個希臘文的拉丁拼音是 *eureka*，意思是 "I have found"，「我知道了」或者「我找到了」。

　　阿基米德生於意大利西西里島 Sicily 的敘拉古 Syracuse，是傑出科學奇才，集數學家、物理學家、天文學家、工程師和發明家於一身。他的「槓桿原理 (Law of the Lever)」和「阿基米德定律 (Archimedes Principle)」是物理學經典，他也確定了許多物體的面積和體積的計算方法，還設計了多種機械，例如螺旋抽水機 screw pump 和複式滑輪 compound pulley 便是他的發明，今天仍在應用。公元二一二年，羅馬人攻打敘拉古，阿基米德利用他的發明協助防衛，其中有一隻巨型

機械鐵臂，可以抓爛羅馬人的戰船。羅馬人傾盡全力，戰事持續了一年，敘拉古終於陷落。羅馬統帥下令不可傷害阿基米德，可惜一個魯莽的士兵把阿基米德殺了。

阿基米德在澡堂大叫的故事，則要從敘拉古的暴君希埃羅二世 Hiero II 說起。希埃羅有一次造了一頂金冠，懷疑工匠偷工減料，黃金不夠純淨，摻了白銀之類的其他金屬，於是要阿基米德找一個方法來測試。阿基米德苦思了很久，想破腦袋也想不到辦法。有一天，他到公共澡堂洗澡，坐進浴池時，池水四溢，阿基米德靈光一閃，興奮地大叫：「我知道了！」他想到物體放進水裏時會排走與體積相同的水量，白銀的密度比黃金低，相同重量的白銀和黃金會有不同體積，排走的水量便不同。傳說阿基米德衣服也不穿了，裸體飛奔回家。

一八四八年，美國加里福尼亞州 California 發現黃金，掀起尋金熱，加州政府在官式印鑑上加上 Eureka。「我找到了」之聲直到一八五五年才逐漸靜下來，但尋金熱已帶動了美國西岸發展。一九五〇年代，加州政府曾經想更改印鑑設計，不過反對聲音不絕，Eureka 最後還是保留下來。

例句
EXAMPLE SENTENCES

1　"I was going to give up when I glanced at the full bookshelf and **eureka**!"
「我正要放棄的時候，瞄了滿是書的書架一眼便找到了！」

2　There won't be any **eureka** moment if you don't work hard.
你不努力，問題不會自己豁然而通。

3　"**Eureka**!" they shouted cheerfully when the lodge was in sight.
「找到了！」小旅館在望時他們大聲歡呼。

261 可愛女孩
FANNY ADAMS

八歲女孩被變態兇徒謀殺肢解，她的名字卻成為俗語，流行了百多年。女孩名叫芬尼・阿當斯 Fanny Adams，這宗令人毛骨悚然的案件在英國漢普夏郡 Hampshire 的奧爾頓 Alton 發生，當日是一八六七年八月二十四日。

漢普夏郡在英國南部，奧爾頓以種植啤酒花 hops 著名。阿當斯家有五個孩子，芬尼活潑聰明，長得比同齡孩子高大和成熟。案發當日天氣晴朗炎熱，芬尼和一個姊妹及朋友出外玩耍，三個孩子遇到二十四歲律師樓文員貝克 Frederick Baker。貝克給她們一點零錢買糖果吃，三個孩子玩了一會，兩個孩子先走，留下芬尼和貝克。夜幕低垂，芬尼還未回家，消息傳開，大家到處找，在一個啤酒花園子裏發現芬尼的零碎殘肢。晚上九時，警察在律師樓找到貝克，他堅稱自己無辜，但警察找到他的日記，當日一項寫着「殺了一個女孩。很好，也熱」，還找到一把小刀和染血的衣服。鎮民羣情洶湧，警察要從後門偷偷押走貝克。律師在法庭上以貝克精神失常為理由為他辯護，但陪審團用了十五分鐘便決定貝克有罪。同年聖誕前夕，貝克被絞刑處死。

兩年後，英國皇家海軍獲配給一種新罐頭羊肉，但海員覺得這種羊肉倒胃，有人戲稱就像 Fanny Adams 的碎屍一樣。這當然是非常要不得的涼薄說話，可是竟然流行起來，過了不久，下價羊肉、難吃的東西，以及殘羹剩菜都被謔稱為 Fanny Adams，或者添油加醋成為「可愛的芬尼・阿當斯（sweet Fanny Adams）」，大概是這樣子有名有姓始終不大好，於是簡略成 sweet F.A.。第一次世界大戰時，sweet F.A. 一變而為髒話的委婉語，初時是軍隊中戲語，後來傳到民間。原

來罵話 fuck all「全操了」的首兩個字母是 F.A.，和 Fanny Adams 相同；既然全都「操 (fuck)」了，即是甚麼也沒有，或者甚麼也不是，甚麼也不懂，甚麼也不知道了。於是此 sweet F.A. 即是彼 sweet F.A.，為免令人誤會說罵話，沒辦法，還是連名帶姓好了。

例句
EXAMPLE SENTENCES

1 We were served sweet **Fanny Adams** at the banquet last night.
昨晚宴會的食物難吃極了。

2 "And what does she know about it? Sweet **Fanny Adams**!"
「她知道是甚麼一回事嗎？甚麼也不懂！」

3 The part-time worker was dismissed with sweet **Fanny Adams**.
那兼職員工被辭退時甚麼補償也沒有。

262 第五縱隊
FIFTH COLUMN

《孫子兵法》第十三篇亦即最後一篇是〈用間篇〉，列出鄉間、內間、反間、生間、死間這五間，解釋說若運用得宜，其妙無窮。一九三〇年代西班牙內戰時，有一種兵書不載的「間」聲名鵲起，名為「第五縱隊 (Fifth Column)」。

西班牙內戰發生於一九三六至三九年之間，一方是左翼的共和國政府，另一方是右翼的民族黨和長槍黨。右翼叛軍首先在北非的摩洛

哥 Morocco 西班牙佔領區發難，並得到德國和意大利援助，戰事迅速蔓延至西班牙本土，英國和法國則採取「不干預政策」。一九三六年十月，叛軍進攻馬德里 Madrid，統帥莫拉 Emilio Mola (1887-1937) 接受電台訪問時信心滿滿，揚言有四個縱隊的軍隊枕戈待旦，而馬德里的民族黨支持者好比另一個縱隊，到時會配合行動。英國《時報》The Times 於是大字標題說，馬德里內有叛軍的「第五縱隊 (Fifth Column)」。西班牙政府馬上在馬德里內大搜捕，把可疑人物拘留審訊，最後處死了差不多二千人。叛軍則抓着「第五縱隊」做口號，乘機煽動民族主義情緒，號召支持者行動。不過莫拉看不到勝利的一天，一九三七年六月，他乘坐的飛機在惡劣天氣中失事，墜毀西班牙北部山區。

當時美國作家海明威 Ernest Hemingway (1899-1961) 以戰地記者身份來到馬德里，在隆隆炮聲中創作了一齣戲劇，名字就是《第五縱隊》The Fifth Column，主角是西班牙政府的反間諜，專門追查第五縱隊，自言是「二流警察假扮三流記者」。這齣戲一九四〇年在百老匯 Broadway 上演，劣評如潮。平心而論，海明威的作品水準一向參差，但《第五縱隊》被大幅改編，海明威也氣得要求把自己的名字刪掉。到第二次世界大戰時，對抗納粹德國的盟國風聲鶴唳，很怕國內潛伏了希特拉的第五縱隊，這個名字亦經常見報，把老大哥「特洛伊木馬 (Trojan Horse)」完全比下去了。

1　Both belligerent countries had established a **fifth column** among each other.

兩個交戰國都有顛覆力量潛伏在對方。

2　They suspected that there was a **fifth column** within the corporation.

他們懷疑組織有內奸。

3　"He's just a loose cannon, not a **fifth column**."

「他只是個不受控制的麻煩人物，並不是奸細。」

263　冗長演說
FILIBUSTER

　　公元前六十年，凱撒 Julius Caesar 平定西班牙南部後凱旋回國，接受元老院的嘉獎，而按規矩，儀式之前，將領不得入城，否則嘉獎取消。凱撒剛好四十歲，合資格參加元老院選舉，也是按規矩，競逐元老席位者必須出席選舉，否則無效。選舉投票日已定了，凱撒要入城參選便得放棄嘉獎，要嘉獎便得放棄參選，他想兼得魚與熊掌，於是建議元老院更改規矩，好讓他可以缺席參選。信奉斯多葛哲學 Stoicism 的保守派元老加圖 Cato (95–46 BC) 與凱撒向來不和，在凱撒的建議提交表決前開始發言，滔滔不絕，完全沒有停下來的打算。也是按規矩，元老院必須在黃昏前把所有事情辦妥，加圖口若懸河，凱撒的建議無望當日審議了。凱撒權衡之下，無奈唯有入城。

　　加圖可說是後世 filibuster 的先行者。 Filibuster 是阻撓程序的

手段，通常是發表冗長的演說，是議會政治制度裏議員經常採用的策略，香港譯作「拉布」，拉着布匹，怎會不拖延。Filibuster 來自荷蘭文的 *vrijbuiter* 意思是「搶掠者」，轉為西班牙文是 *filibustero*，其實全都是源自英語的 freebooter，轉來轉去還是回到英語。Filibusters 原本所指的是十九世紀中葉在中美洲和西印度羣島活動的野心家和冒險家，這些人自資組織軍事力量，策動當地人革命來奪權，美國人沃克 William Walker (1824–1860) 就是好例子。他一度在尼加拉瓜 Nicaragua 得勢，自稱總統，最終被中美洲聯軍打敗，在洪都拉斯 Honduras 被處決。

十九世紀初，美國參議院 Senate 開始有議員以拖延策略阻撓會議，發言不着邊際亦無關痛癢，只求令議案無法表決。參議院本來決定，會議主持有權限制議員發言，可是這權力在一八七二年被推翻了。這些議員就好比從前沃克之類的 filibusters，同是以製造混亂來達到目的，這個名詞亦流行至今。Filibuster 目前的最長紀錄是二十四小時十八分鐘，由美國參議員瑟蒙特 Strom Thurmond (1902–2003) 一九五七年所創，不過當年的人權法案並沒有因此而受阻延。

EXAMPLE SENTENCES 例句

1 The **filibuster** took so long that most of the legislators left the chamber.
阻撓程序的發言說了這麼久，大多數議員都離開了議事廳。

2 The Senator threatened a **filibuster** to block the bill.
那參議員威脅說要以冗長發言來阻撓通過法案。

3 It's hard to know whether the public support **filibustering** or not.
很難知道公眾究竟是否支持以冗長發言來阻撓議會的策略。

264 狂怒
FURY

　　希臘神話裏，天地初開時，天父 Uranus 和地母 Gaia 生了泰坦巨人，後來夫妻不和，地母唆使泰坦巨人兒子克羅諾斯 Cronus 對付丈夫，克羅諾斯竟然把父親闍了。天父的鮮血淌滴時，生出三姊妹，合稱依理尼斯 Erinyes。

　　依理尼斯姊妹是老婦，住在地府，所以人稱「地府女神 (infernal goddesses)」。三姊妹專司報復，不敬長者、忤逆父母、以客犯主、在上而不憐下，還有殺人者和發假誓者，全都逃不過她們的追捕。三姊妹狗頭蛇髮，身體漆黑如煤，有一對蝙蝠翅膀，眼睛血紅，總之模樣可怕，犯事者被她們追上了，下場不是染上頑疾便是精神失常，包庇犯事者的城市亦會遭劫難。含冤受屈者可向三姊妹禱告，尤其是父母遭不肖兒女欺壓凌虐，更加有求必應。有解釋說，三姊妹就是因為兒子傷害父親而生出來的，所以對不敬父母者特別在意。

　　古希臘悲劇大師埃斯庫羅斯 Aeschylus 有一齣戲劇，講述特洛伊戰爭中希臘聯軍統帥阿伽門農 Agamemnon 回家後，被紅杏出牆的妻子殺死，他的兒子俄瑞斯忒斯 Orestes 殺母為父報仇，在雅典被公開審判。智慧女神雅典娜 Athena 主持審判，為被告辯護的是太陽神阿波羅 Apollo，其實是他教俄瑞斯忒斯殺母的，控方就是依理尼斯姊妹。她們認為殺人者死，事實俱在，血債必須血償，何況殺母。阿波羅則力言母親不該在先，兒子殺母是為父報仇。結果公眾認為俄瑞斯忒斯無罪，依理尼斯姊妹堅持立場。雅典娜裁決時勸三姊妹以公義為重，不要執着血債血償復仇。其實這也是新舊觀念之爭，論輩份，三姊妹比雅典娜高，思想屬老一輩，堅持舊有價值自然不過。

　　羅馬人把 Erinyes 稱為 *Furiae*，從 *furere*「狂怒 (rage)」而來，

轉為英語就是今天常用的 fury，意思是暴怒，狂暴，激烈，形容詞是 furious，助動詞是 furiously。

例句
EXAMPLE SENTENCES

1 We could see the **fury** in his eyes.
  我們看到他眼中的怒火。

2 It was raining **furiously**.
  下着暴雨。

3 She was **furious** at her daughter over very trivial matters.
  她為了小事對女兒大發雷霆。

265 天才
GENIUS

　　中外民族都相信祖先，都會祈求祖先保佑，不過人不奮發，祖先就算有靈亦無能為力。古希臘人則相信每個人呱呱墮地開始便有一個守護神 *daimōn*，終其一生都會護着他。

　　古羅馬人承傳了這種文化，*daimōn* 轉為拉丁文是 *genius*，從 *gignere*「父生 (beget)」一字而來，即是「作某人的父親」的意思，例如說「孔子生子鯉」就是 "Confucius begat Li"；begat 是 beget 的過去式。男子的守護神是 *genius*，女子另有守護神，名 *juno*。男子的一生際遇都由他的 *genius* 操縱，這和命運女神的責任有點重疊之處，不過 genius 的重點在於守護，也可以說，大方向早已決定，細節際遇

則視乎後天環境而變化。另一個說法是守護神有兩個（*genius* 的眾數是 *genii*），一好一壞，此強則彼弱，不該做的事多做了，壞的守護神得勢，於是人也更壞，噩運亦隨之紛至沓來，而人若成就卓越，即是說他的好守護神特別有力量。公元一世紀左右，守護神 *genius* 衍生出另一重意思，指「天賦的才能」或者「上天的感應」，人有沒有成就，視乎他的 *genius*。

到了十六世紀，英語的 genius 已從古希臘和羅馬的守護神演變為人的天賦傾向，尤其是在文學和藝術創作上，是否有 genius 有很大的分別。十九世紀的英國科學家高爾頓 Francis Galton (1822-1911) 更着手研究 genius 是否和遺傳有關。高爾頓非常博學，是遺傳學 Eugenics 先驅，他研究了很多名人的家族史，以統計學分析，一八六九年出版了《遺傳的天賦》*Hereditary Genius*，認為人的才能可以經遺傳而延續給後代。他的理論引起頗大爭議，批評者指他沒有把社會經濟因素計算在內，即是說，後天栽培一樣可以把人的才能發揮，與遺傳沒有直接關係。這亦牽涉英語 genius 和 talent 的分別，兩者譯成中文都是天才，有甚麼不同，在此不贅。也許德國哲學家叔本華 Arthur Schopenhauer (1788-1860) 說得好："Talent hits a target no one else can hit; Genius hits a target no one else can see"，達到的目標是其他人達不到的是 talent，達到的目標是其他人看不到的便是 genius 了。

1 Her daughter was a mathematical **genius** at the age of four.
她女兒四歲時已是數學天才。

2 Simon is a **genius** at persuading people to work for him.
西門有說服別人替他工作的天賦本領。

3 He finally got rid of his evil **genius**.
他終於擺脫了噩運。

266 斷頭台
GUILLOTINE

　　一七九三年一月二十一日早上十時，馬車把被國民會議 National Assembly 判處死刑的法皇路易十六世 Louis XVI 送到巴黎的革命廣場，即是今天香榭麗舍大道東端的協和廣場。路易鎮定地步上由他批准建造的斷頭台 guillotine，他想發表演說，但鼓聲雷動，根本沒有人會聽到他說甚麼。路易被綁好架定，鋒利的鍘刀落下，他的脖子可能太短了，鍘刀把他的頭顱從後腦到下顎破成兩半。

　　一七九三年秋天至一七九四年夏天，大約九個月之間，一共有二千六百三十九人被這座斷頭台處決了。Guillotine 是以法國醫生紀堯庭 Joseph-Ignace Guillotin（1738-1814）的名字命名的，法文名詞分男女性別，guillotine 是女性，法國大革命時，法國人把這座斷頭台戲稱為「紀堯庭夫人（Madame Guillotine）」，大概是法國人的黑色幽默，

無法解釋。大革命爆發後，紀堯庭獲選為國民會議委員，他建議所有死囚都應該以簡單的器械斬首處決，以減少痛苦。原來當時死囚分兩類，普通人以問吊處死，貴族則斬首，但問吊往往要一段時間才斷氣，斬首更可怕，可能要斬幾次才了斷，所以親屬要賄賂劊子手，請他速戰速決。紀堯庭覺得太殘忍了，於是有這個建議。Guillotine 的設計者是德國機械工程師舒密特 Tobias Schmidt，由路易十六世的御醫劉宜 Antoine Louis（1723-1792）推薦，劉宜亦負責監督設計，最後由當時仍是皇帝的路易十六世拍板製造。坊間流傳紀堯庭最後被送上斷頭台的事並不確，他是在巴黎家中壽終正寢的。

斷頭台並非法國人發明，歐洲各地早已有類似設計，guillotine 只是改良版。後來納粹德國曾經用斷頭台處決了差不多二萬人，法國則在一九七七年最後一次動用這座殺人器械，不過是在監獄內進行，大革命時代的公開行刑已禁絕。一九八一年，法國廢除死刑，斷頭台才被送進了博物館。Guillotine 可作動詞用，意思是切斷或者切短，亦指英國議會內截止辯論以作表決。大型切割機械也稱為 guillotine。

例句
EXAMPLE SENTENCES

1 A **guillotine** motion is to stifle unnecessary lengthy arguments.
終止辯論動議是要制止不必要的冗長爭論。

2 The new measures are to **guillotine** needless waste.
新措施是要削減浪費。

3 They used a huge **guillotine** to demolish the building.
他們用一部大型切割機來拆卸那座建築物。

267 同心幹
GUNG HO

一九三八年，抗日戰爭正式展開，上海公共租界以外的地區遭到嚴重破壞，很多工廠被毀，有愛國人士聯合一班外國朋友發起籌辦工業合作社，簡稱「工合」，號召失業工人和難民組織起來，生產救亡，亦可解決生活。這些人士當中有一位紐西蘭人艾黎 Rewi Alley (1897–1987)，當時在上海公共租界工部局工業科任督導長。

艾黎把工合的事告訴他的美國朋友卡爾森 Evans Fordyce Carlson (1896-1947)，從此為美式英語添了一個新詞。卡爾森曾任美國海軍陸戰隊上尉，駐上海公共租界，後來是美軍觀察員，負責收集軍事情報。他結識了左傾的美國記者斯諾 Edgar Parks Snow (1905–1972)，對斯諾剛出版的《西行漫記》*Red Star Over China* 讚賞不已，還隨斯諾到訪中共根據地延安，逗留了一段時間。卡爾森很欣賞中共的武裝力量，尤其是部隊的思想教育，認為這種政治覺悟令部隊內部以至軍民之間關係更密切。一九四一年，卡爾森出任海軍陸戰隊第二突擊營的指揮官，把之前在中國觀察所得的經驗融會，改組部隊，在西南太平洋突襲日軍，打了幾場漂亮的仗，聲名大噪，他領導的部隊亦被稱為「卡爾森突擊隊」。卡爾森以 gung ho 作為激勵部隊的口號，就是工合的美式英語發音。他向部下解釋說，gung ho 是「同心協力（work together）」的意思。工合只是簡稱，當然和同心協力沒有關係，卡爾森手到拿來，創了這個口號，亦不諱言是受中共軍隊內思想教育的啟發。卡爾森一九四六年退役，已官拜准將，但一身傷患，翌年去世，年僅五十一歲。艾黎一九三〇年代已加入中國共產黨，一直留在中國，還領養了兩個中國孩子，一九八七年在北京去世。工合則在一九五〇年代初停止運作，一九八七年恢復活動迄今。

Gung ho 最初在美國海軍陸戰隊中流行，現在已普及，是名詞也是形容詞，意思是同心協心，賣力，起勁，狂熱或者熱心；亦可帶貶義的指偏激或者莽撞。可加連字號成為 gung-ho。

1　He seems to be **gung ho** about his new assignment.
他看來對新任命很起勁。

2　They worked **gung ho** for the fundraising.
他們為了籌款同心協力。

3　The **gung-ho** young boxer is very confident that he will win the coming match.
那勇猛的年輕拳手非常有信心勝出下一場比賽。

268 傢伙
GUY

一六〇五年十月二十六日，英國上議院議員蒙狄戈男爵帕克 William Parker (1575–1622) 接到一封匿名信，勸他不要出席十一月五日的國會復會日，還請他閱後把信件燒毀。帕克是天主教徒，英國國教聖公會一直懷疑天主教徒想造反，這封信事關重大，他唯有上呈。英皇詹姆斯一世 James I (1566–1625) 半信半疑，其他人可不敢怠慢。國會復會前一天，士兵搜查了場地兩次，在附近一個地窖發現儲存了大量木柴，掩蓋着三十六桶火藥。一名自稱約瑟夫的男子當場被捕。

這個約瑟夫的真名是福克斯 Guy Fawkes (1570–1606)，嚴刑之下，終於招認一切。福克斯在約克郡 Yorkshire 出生，父母是聖公會教

徒，八歲喪父，母親改嫁一個天主教徒，他亦改信天主教。福克斯當過兵，加入西班牙的軍隊和荷蘭人打過仗，回國後和一班天主教徒混在一起，大家都不滿聖公會，覺得天主教徒受壓迫，於是密謀行刺英皇詹姆斯。事有湊巧，國會附近一個地窖可以直通大樓之下，空置已久。這夥人把地窖的租約弄到手，放置了火藥，用木柴掩蓋，福克斯有戰陣經驗，所以由他看守和負責點火。致函帕克是不想有天主教徒受傷害。福克斯招供後，其他人相繼落網，八個主謀經審訊後被判死刑。

這便是英國歷史上有名的「火藥陰謀案（Gunpowder Plot）」。英國人為了慶祝皇帝鴻福齊天，每年十一月五日便定為「福克斯日（Guy Fawkes Day）」以作紀念，夜裏會燒起大火堆，把用稻草和舊衣服造的假人拋進火裏燒掉，這假人是福克斯的象徵，福克斯名 Guy，大家便叫這假人做 guy「阿佳」。這天晚上，街上的孩子會拿着一個 guy，向路人索錢買煙火：「給阿佳一塊錢」"a penny for the guy"。後來所有假人，以至外表奇特或者衣着古怪的人都叫做 guy 了。十九世紀中期，guy 這個字在美國成為流行口語，今天更加常用，意思則簡單地指人，或者戲稱傢伙，男女均可，但有時候 guys 指男子，女子是 gals。

Guy 也可作動詞用，意思是嘲笑，戲弄，或者挖苦。

例句
EXAMPLE SENTENCES

1 He is a queer **guy** in the eyes of his colleagues.
他在同事眼中是個怪人。

2 They never stopped **guying** him about his being a henpecked husband.
他們老是拿他的懼內來開玩笑。

3 "Who's that **guy** standing next to the vice-chancellor?"
「站在校長身旁的那傢伙是甚麼人？」

269 障礙
HANDICAP

　　伸手進帽子裏可以做甚麼？不是魔術師變戲法，原來是一種以物換物的交易遊戲。這種遊戲最早可追溯至十七世紀。手伸進帽子裏，英語是 hand in cap，就是今天常用的 handicap 這個字的來源。

　　這遊戲首先是有物品交換，交易雙方請一個公證人，三人放點錢進帽子裏，交易者伸手進去。接着公證人描述交換的物品，若認為價值有差異，便開出補償的條件。交易雙方聽完描述，協定同時把手從帽子裏退出來。兩隻手掌都張開即是交易告吹，公證可得帽子裏的錢。握拳即是交易成功，仍是公證可得帽中錢。一掌一拳，即是握拳者同意交易，但因對方反對而無法交易，握拳者可取去帽子內的錢。十四世紀有一首長篇寓言詩《莊稼漢皮爾斯》*Piers Plowman*，作者是生平不詳的朗格蘭 William Langland，詩內講述了類似的遊戲。在這首諷喻詩的第五章裏，饕餮 Glutton 走進酒館，一班人正在玩一種名為「公平（Fair）」的遊戲。馬伕希克 Hick 拿他的兜帽來出價，鞋匠克萊門特 Clement 同意以斗蓬交換，但兩件東西明顯價值不同，大家議論紛紛，各有主意，最後由製繩匠羅賓 Robin 做公證人，判定差額由一杯啤酒作補償，交易不成的話，兩人得送一加侖啤酒給饕餮。結果饕餮喝得醉眼歪斜步履蹣跚才離開。

　　Hand in cap 甚麼時候成為 handicap 的無從稽考。十八世紀初的賽馬開始有所謂「讓磅賽（handicap race）」，由公證人決定優質馬應該馱多少鉛塊來增加負重，以平衡參賽馬匹勝出的機會。這種制度今天世界各地仍採用，香港的賽馬大部份都是讓磅賽。其他體育比賽也有讓賽，高爾夫球賽便以桿數和洞數來作調整。讓賽的原理來自 hand in cap 遊戲，物件價值有差異須作補償，比賽裏則為較強選

手適當設障。二十世紀初，handicap 開始用來形容肢體或者智力上的問題，所以肢體傷殘是 physical handicap，智力障礙便是 mental handicap 了。

Handicap 可以是名詞或者動詞，形容詞是 handicapped。

例句
EXAMPLE SENTENCES

1　He likes to play **handicap** chess with his son.
他喜歡和兒子下讓賽棋。

2　Johnny **is handicapped** by his obesity.
尊尼行動不便皆因過胖。

3　Inefficient public transport is **a handicap** to the development of the city.
低效率的公共交通對那城市的發展是障礙。

270 稀奇有趣
HEATH ROBINSON

一九八二年，英國和阿根廷 Argentina 為了南美洲南端的福克蘭羣島 Falkland Islands 開戰。當時英國空軍戰機施放金屬箔片來干擾雷達的系統零件短缺，軍中工程師以其他物料湊合，製成代替品，稱之為「羅賓遜改良版干擾器 (Heath Robinson Chaff Modification)」。

這位羅賓遜全名是 William Heath Robinson (1872–1944)，是英國著名漫畫家和插畫家，父親和兩個哥哥也是插畫家。羅賓遜為不少名著和兒童文學畫過插畫，以莎士比亞的《仲夏夜之夢》*A Midsummer*

Night's Dream 最有名，其他如《堂吉訶德傳》*Don Quixote of La Mancha*、《一千零一夜》*One Thousand and One Nights* 的故事，還有文藝復興時期的怪傑拉伯雷 Rabelais 的選集，都是非常出色的插畫作品。

羅賓遜擅長繪畫稀奇古怪的複雜機械，他這些天馬行空的紙上發明荒謬可笑，完全不實用，但洋溢作者豐富的想像力和幽默感，讀者看得樂不可支。他有一幅一九三〇年代的漫畫，描寫開派對跳舞的人，每人都戴着耳機，電線連着天花上一個輪子，音樂直接傳到各人耳朵，大家腳下亦套上海棉，安心跳舞，不會擾及他人。漫畫分兩格，明亮的派對之下是陰暗的睡房，床上的人好夢正濃，畫題寫着：「如何善用英國廣播公司（BBC）的跳舞音樂而不騷擾芳鄰」。第一次世界大戰時，羅賓遜以他的妙筆畫了很多諷刺漫畫，一方面對抗德國的宣傳，另一方面亦沖淡一下戰爭的嚴酷。其中有一幅畫了一排德軍，正準備引爆身後一大槽的笑氣 laughing gas，畫的下方是沙包堆後笑彎了腰的英軍。羅賓遜一九四四年去世，第二次世界大戰已近尾聲，英國亦研製出一台破譯德國密碼的機器，操作的皇家海軍婦女服務隊把它名為 Heath Robinson。倫敦有一間羅賓遜博物館，二〇一三年啟幕，由非牟利的基金會設立，收藏了很多羅賓遜的作品，其中不少更是原稿。

Heath Robinson 現在指設計精巧但荒誕不實用的東西，或者結構異想天開的發明。

1 His proposal is a **Heath Robinson** fantasy.
他的建議是異想天開但不切實際的幻想。

2 "You really think this **Heath Robinson** contraption works?"
「你真的覺得這複雜玩意行得通嗎?」

3 The **Heath Robinson** gadgets she designed have become a big hit.
她設計的那些稀奇古怪小玩意十分流行。

271 荷馬
HOMER

　　古希臘文學以《伊利亞特》*Iliad* 和《奧德修斯記》*Odyssey* 兩大史詩為中心。《伊利亞特》敘述特洛伊戰爭最後一年內幾個星期間的故事;《奧德修斯記》則是希臘英雄奧德修斯戰後流浪十年的經歷。兩首史詩相傳都是荷馬 Homer 的作品。

　　荷馬的生平撲朔迷離,最普遍的說法指他生於小亞細亞,即是今天土耳其西岸,是行吟瞽師,到處吟唱神話故事和英雄事跡為生。很多學者卻認為這只是傳說,並無確實證據。荷馬的時代也是個謎,古希臘史學家希羅多德 Herodotus (484–425 BC) 認定荷馬是比他早四百年的人,推算是公元前九世紀中期。有學者不同意,還估計荷馬的年代應該距特洛伊戰爭不遠,即是公元前十二世紀左右。不過雖然考古證實確有特洛伊這個地方,是否真的有這場戰爭則未有定案。

千百年來對荷馬的研究汗牛充棟，兩部史詩更是歐洲文學史上爭論不休的議題，稱為「荷馬問題 (Homeric Question)」，成書的經過、時間、地點、作者，以至荷馬是誰等等，至今仍眾說紛紜，一派認為兩詩都不是一人一時所作，另一派的意見則剛好相反。荷馬若真有其人，亦泉下有知，說不定會笑不可仰。英語裏有 Homeric laughter「荷馬的大笑」，意思是縱情大笑，笑得人仰馬翻，正是源出兩首史詩。《伊利亞特》卷一，眾天神看着跛足的火神希菲斯特斯 Hephaestus 忙來忙去倒酒給大家喝，樂不可支，轟然大笑；《奧德修斯》卷二十，女神雅典娜令在奧德修斯家中鬧事的人狂笑不止，笑得吐血。

這兩首史詩氣魄雄厚，場面壯觀，誰是作者也好，都不愧是經典，所以有 Homeric 這個形容詞，從 Homer 的名字而來，今天常用，意思是史詩般的、英勇的或者大規模的。H 須大寫。

例句
EXAMPLE SENTENCES

1　The corridor echoed with Professor Chan's **Homeric** laughter.
走廊回蕩着陳教授響亮的大笑聲。

2　It seems that nothing can be done to stop the **Homeric** conflict in the region.
看來沒有甚麼辦法可以制止區內的大規模衝突。

3　They were overjoyed at the **Homeric** victory.
他們為大勝而歡欣若狂。

272 夢魘
INCUBUS

中國古代神魔鬼怪故事裏，時常有半夜出現的狐仙鬼魅，把書生和稍有姿色的婦女害得慘。西方古時傳說也有這種男女妖精，潛入人的夢裏，令人無法動彈，男妖最愛和睡覺中的婦女交合，十分可怕。

男夢妖叫做 incubus，拉丁文的意思就是「噩夢 (nightmare)」，在男人綺夢裏現身的女妖是 succubus。夢妖傳說起源於美索不達米亞 Mesopotamia，夢妖還會生兒育女，男妖令婦女成孕，女妖則為男子懷胎。基督教盛行後，教會一直把這些傳說視為惑眾妖言，但民間則照信不誤，口耳相傳，言之鑿鑿，教會亦莫可奈何。中世紀意大利神學家阿奎那 Thomas Aquinas (1225-1274) 曾經大力抨擊這些傳說，認為完全不可信，何況生而為人就是人，只有上帝才能夠賦與生命，有血有肉的人便有上帝創造的靈魂，得以在上帝的庇佑下生活。事實上當時未婚懷孕的女子往往被指為被夢妖玷污，懷了妖胎，必須燒死，所以阿奎那才這樣說，希望可以遏止歪風。英皇詹姆斯一世 James I 的理論更妙，他認為男夢妖是妖，不會有精子，不能令婦人成孕，所以必須以女夢妖形態進入男人的綺夢，取得精子，然後馬上變成男妖和婦人交合，用剛取得的精子令婦人成孕，女子的腹中塊肉是如假包換的人，不是妖，男夢妖 incubus 和女夢妖 succubus 根本是二而為一，變來變去而已，夢中懷孕的婦女非常無辜，懷的是人胎，不是妖孽，不應燒死，更不要說這種民間惡習為法所不容。

夢中醒來，意識清楚，但動彈不得，中外迷信都認為是被鬼怪壓着。現代醫學解釋則稱為「睡眠癱瘓症 (sleep paralysis)」，估計是生活壓力所致，作息不規律亦有影響，通常幾分鐘後症狀便消失，對健康亦無損。Incubus 和 succubus 在現代社會絕無機會作祟，不過

incubus 今天則可引伸解作夢魘般的精神壓力，或者沉重的負擔。

例句
EXAMPLE SENTENCES

1 The biggest **incubus** for the country is its shrinking population.
那國家最沉重亦揮之不去的壓力是它的人口在萎縮。

2 She is trying hard to throw off the **incubus** of the past.
她在盡力拋開過去的包袱。

3 The mortgage will be an **incubus** until he has paid it off.
房子按揭清付之前是他的一大負擔。

273 接種
INOCULATE

希臘神話裏，孔雀開屏時展示的美麗圖案，就是百眼巨人阿耳戈斯 Argus 的眼睛，名為 Argus eyes。其實所有眼睛形狀的東西在英語裏都可以叫做 eyes，拉丁文是 *oculus*。

馬鈴薯的芽便是芽眼 potato eyes。馬鈴薯原產南美洲，十六世紀才傳入歐洲，但古羅馬公元前一世紀已知道有些植物的「眼」可以嫁接到另一株植物上，一樣生長繁衍，對改良園藝品種很有用，於是由 *oculus* 變化出動詞 *inoculare* 和名詞 *inoculatio*，意思是把 *oculus*「眼（eye）」移接。十五世紀英語有 inoculaten 這個動詞，便是後來的 inoculate，含義不變，仍然是園藝用語。十八世紀初，預防天花 smallpox 的接種疫苗技術傳入歐洲，這種技術就好像移種植物芽眼，醫學界於是以 inoculation 名之，動詞是 inoculate。

以疫苗預防天花的方法起源自中國，明清兩代的醫書都有記載。原始的疫苗來自痘漿，即是發病者皮疹內的膿液，最普遍的接種方法是用棉條拭了，塞入鼻中，後來改為用痘痂，把乾痂研末，吹入鼻中。歐洲最先引入這種預防天花方法的是英國，由駐奧托曼帝國 Ottoman Empire 大使從土耳其人學得，土耳其人則學自波斯，波斯人不是學自中國便是印度。歐洲人初時不大重視這種東方傳來的醫術，很多人甚至抗拒，法國國會更立法禁止。不過天花實在猖獗，據統計，十八世紀的英國人口平均十分之一死於天花，高峯時更不止。後來皇室及貴胄顯宦率先使用，證明有效，才慢慢普及民間。這種預防天花方法其實有頗大風險，因為接種了的人成為帶菌者，可能感染旁人。一七九六年，英國醫生詹納 Edward Jenner (1749-1823) 從牛隻痘疹 cowpox 取得更安全和有效的疫苗，他不是發明者，但改良了其他人的研究，而在他的大力提倡之下，種牛痘遂成為標準的預防天花方法。

今天的疫苗和注射技術當然更先進。Inoculate 除了解作接種或注射外，亦引伸為移接，或者預防的意思。名詞是 inoculation。

例句
EXAMPLE SENTENCES

1 Nurses would come to schools to **inoculate** the children against smallpox in the past.
從前護士會到學校為孩子注射預防天花疫苗。

2 There's nothing she can do to **inoculate** herself against gossips.
她無法百毒不侵，不受流言蜚語的影響。

3 His fruit trees **inoculation** methods have won him a number of awards.
他的果樹接種方法為他贏得不少獎項。

274 兩面派
JANUS-FACED

　　羅馬神話和希臘神話一脈相承，神祇也相同，名字有別而已，故事當然變化成多個版本。不過有一個羅馬神是希臘所無的，原產地就是羅馬，這位神名杰納斯 Janus。

　　杰納斯是始終之神，即是說所有事情的開始和終結都和他有關，很多人認為一月 January 便是因此而以他的名字命名。古羅馬以前一年有三〇四日，按月亮圓缺分十個月，每年春耕開始為第一個月，叫做 *Martius*，即是現在的三月 March。這種曆法到了冬天便不見了兩個月，十分不便。公元前七世紀，羅馬更改曆法，增加 *Januarius* 和 *Februarius* 兩個月，就是今天的一月 January 和二月 February。公元前一世紀，凱撒 Julius Caesar 把曆法再改，*Januarius* 才成為一年之始。January 的確以 Janus 來命名，但是否因為他是始終之神則未必。杰納斯也是大門之神，出入、通道、過渡，以至轉變和時間也和他有關，總之是從一點到另一點，一處到另一處，都是他的責任，所以戰爭開始和結束都由他主持。古羅馬有一座門樓，名「杰納斯門 (Gate of Janus)」，今天在羅馬廣場 Roman Forum 遺址仍可見其殘跡。門樓設前後兩重門，有戰事時打開，太平時關上，可惜羅馬自共和國到帝國無時無刻不是打人便是被人打，所以門樓的大門沒有多少日子關上。

　　杰納斯的造像有前後兩個面孔，象徵始終，其實任何一面看來都既是前亦是後，既是始亦是終。十七世紀的英語出現 Janus-faced「杰納斯面孔」這個形容詞，喻意兩面派。莎士比亞的《威尼斯商人》*The Merchant of Venice* 開場時，富商安東尼奧 Antonio 為了生意忐忑不安，他的朋友薩拉里諾 Salarino 逗他說話，取笑他既然不是為情，何以時喜時憂，然後搬出「雙頭杰納斯 (two-headed Janus)」，慨歎世人

分兩類，不是笑顏開便是眉頭鎖。Two-headed Janus 與 Janus-faced 稍有不同，「雙頭杰納斯」指人的兩種相反情緒，「杰納斯面孔」則諷刺人兩面三刀，那是虛偽和騙人了。Janus-faced 是形容詞，也可以用名詞 Janus faces 來表達同樣意思。J 須大寫。

例句
EXAMPLE SENTENCES

1　She wrote a book about the **Janus-faced** nature of nuclear power.
她寫了一本關於核能利弊的書。

2　His **Janus faces** won't do him any good.
他這樣兩面三刀不會有好處。

3　It's very difficult to get along with a **Janus-faced** person.
搞兩面派的虛偽人很難相處。

275 行仁忘家
JELLYBY

　　一宗遺產官司糾纏五十九年，為的是要澄清受益人是誰，結果原來豐富的遺產到判決時已所剩無幾。這宗官司為英國大文豪狄更斯 Charles Dickens 提供靈感，創作了小說《蕭索莊園》Bleak House。法律界卻頗不以為然，認為狄更斯誇張，曲解法律意義。但小說就是小說，讀者看得過癮，才不管你那麼多。

　　《蕭索莊園》故事情節複雜，主脈兩條，第一是男爵夫人婚前有私生女的秘密，第二是蕭索莊園的主人莊德斯 Jarndyce 成為兩個年輕遠

房親戚理查 Richard 與艾達 Ada，以及這個私生女艾絲特 Esther 的監護人。理查和艾達是表兄妹，理查是遺產受益人，只想官司快點完結好拿到錢。莊德斯是當事人，訴訟由他提出，只想澄清遺囑疑點。小說人物眾多，但有一個小配角不可不談。艾絲特、理查和艾達前往蕭索莊園途中，曾在杰利比太太 Mrs. Jellyby 經營的宿舍留宿，書內沒有詳細交代，這類宿舍大概是拿政府津貼收容受監管孩子的地方。杰利比太太的宿舍亂七八糟，樓梯陰暗，艾絲特他們上樓時，要小心翼翼才沒有踩到人，但還是有個男孩失足滾下樓梯。杰利比太太四五十歲年紀，矮矮胖胖，長得倒不錯，眼睛明亮，不過總是好像茫然看着遠方。她很忙碌，但不是打理宿舍，而是時間和精神都用來關心非洲土著，為他們奔走，到處寫信，籌措她永遠不會實現的慈善計劃，要改善非洲人的生活。可是非洲她沒有去過，對這片土地亦一知半解，她的女兒渴望得到母愛，宿舍亦要整頓，地方烏煙瘴氣，設備失修，孩子沒有人理，廚子煮的食物難以下咽，杰利比太太的心根本不在宿舍，她連打理自己也馬馬虎虎，她的心在非洲。

杰利比太太 Mrs. Jellyby 就是熱心為公益的好人，但忘記了好事應該從自己的家裏做起。古人說修身、齊家、治國，由內而外，步驟分明，真的不錯。簡稱 Jellyby 時，J 大小寫都可以。

1 Sam is a typical **jellyby**, volunteering for an aged home while neglecting his own senile parents.

阿森敬人老忘己老，跑去老人院做義工，年邁雙親卻置之不理。

2 European countries were criticized for resembling Mrs. **Jellyby** when they opened their doors to hundreds of thousands of refugees.

歐洲國家向數十萬計難民大開中門時，被批評為好行仁而欠齊家。

3 Her friends call her Mrs. **Jellyby**. She is busy taking care of stray cats when her children are running wild.

朋友稱她為自顧不暇的善長，她忙於照顧流浪貓，兒女卻不管不教。

276 巨輪
JUGGERNAUT

一三一六年，方濟各會修士 Franciscan 和德理 Odoric of Pordenone (1286－1331) 從意大利起程去中國，先到印度，再經錫蘭、蘇門答臘、婆羅州等地來到廣州，然後取道福建、杭州，到訪南京，再上北京，當時是元朝英宗在位的第二年。和德理在北京住了三年，傳教成績甚佳，一三二八年起程返國，由四川、陝西入中亞，經波斯回到意大利。

和德理去世前，曾口述旅程所見所聞，由他人筆錄。歷代研究和德理生平和他的遊記者大不乏人，尤其是他在病榻上口授的遊記，譯本和手抄本甚多。和德理在印度逗留期間，曾在東部奧里薩 Orissa 的蒲里 Puri 親歷印度教節日盛況。據他敘述，當地有一座大廟，供奉的神名 Jagannath，音思是「宇宙主宰 (Lord of the Universe)」，是印度教主神比濕奴 Vishnu 其中一個化身 avatar。每年六七月慶典舉行時，信眾把 Jagannath 的神像放在一輛碩大無朋的車子上，車高四十五呎，三十五呎見方，有十六個輪子，每個直徑七呎，是 Jagannath 的座駕。巨型車子由信眾自發地前仆後擁推動，一直往兩哩外的另一座廟推去，神像會在這廟停留數天，再坐上巨車，由信眾推回大廟。巨車所經處人山人海，非常熱鬧，推車的人如不慎失足，往往便被大車輾得粉身碎骨。還有那些在車前車旁伏地膜拜的信眾，有時候因為人太多而走避不及，亦會被輾死。

　　自馬可・勃羅 Marco Polo (1254–1324) 的遊記之後，歐洲人對神秘東方的興趣有增無減，和德理的東行見聞不用多久便流傳各地。英語大約是在十九世紀從 Jagannath 演變出 juggernaut 這個名詞，後來更引伸解作勢不可當的巨大力量。火車和第一次世界大戰面世的坦克車便被稱為 juggernaut。十九世紀末，汽車雖然已發明了，但尚未普及，只有富有人家才負擔得起駕着在街上呼嘯而過，其他人看在眼裏，心裏不服氣，於是叫這些橫行的機器做 rich men's juggernaut。

1 What can we do to stop the global warming **juggernaut**?
我們可以怎樣做來剎停地球暖化這個巨輪？

2 The peace of the seaside town will soon be shattered by the **juggernaut** of development.
那海邊小鎮的平靜很快便會被發展的巨輪徹底破壞。

3 No one would expect the retail **juggernaut** to crumble so fast.
誰也料不到那零售巨無霸瓦解得這樣快。

277 詭異怪誕
KAFKAESQUE

　　格里高爾 Gregor 一覺醒來，發覺自己變了一隻大臭蟲，把父母和妹妹嚇得半死。他無法賺錢養家，父母亦嫌棄這臭蟲兒子，妹妹同情哥哥，盡量照顧他。格里高爾只吃腐爛食物，整天在房裏，不敢外出。父母為了生計，招了三個租客住進來。有一天，清潔女工沒有關格里高爾房間的門，他聽到妹妹拉小提琴，忍不住爬出來，被租客發現。租客馬上搬走，還揚言要投訴房子不衛生。父母更嫌棄他了，妹妹也覺得他是負擔。格里高爾傷心地躲在房間裏，不吃東西，最後死了。

　　以上是《蛻變》（或譯作《變形記》）*The Metamorphosis* 的大綱，這部中篇小說是德語作家卡夫卡 Franz Kafka (1883-1924) 一九一五年發表的名作。卡夫卡出生於布拉格 Prague 一個中產猶太家庭，父親

是商人。卡夫卡的童年並不快樂，父母忙於生意，他和強人父親的關係亦不好，沉默冷漠的性格由此形成，而且老是懷疑別人以為他腦袋和身體有問題。

卡夫卡是二十世紀現代主義文學 modernist literature 的重要人物，他的作品主題鮮明，現實與幻想交錯，擅長描寫孤立無援的人面對荒誕詭異及超現實的困境，突出人的孤獨以及在不可思議的力量之下的無助和渺小，神秘氣息濃厚，悲觀及疑心重。第一次世界大戰後，歐洲文學流行的絕望、空虛和空無內容，可以說是自卡夫卡開始。他另一部作品《審判》*The Trial* 裏，銀行出納員被控犯罪，所犯何事完全不知，他到處奔走，想搞清楚，最後兩個人上門帶他出去處決，他在行刑前說：「就像一隻狗」 "like a dog"。讀者始終不知道罪名是甚麼。卡夫卡曾要求朋友布洛德 Max Brod (1884-1968) 在他去世後把他所有稿件燒毀。幸好布洛德沒有這樣做，卡夫卡的短篇《中國長城》*The Great Wall of China* 和未完成的小說《城堡》*The Castle* 才得以留存。

從 Kafka 衍生出 Kafkaesque 這個形容詞，意思是像卡夫卡風格的怪誕，神秘和令人驚慄。K 須大寫。

例句
EXAMPLE SENTENCES

1 His **Kafkaesque** account of his days during the war was hard to believe.
他那烽火歲月的荒謬怪誕記述令人難以置信。

2 The **Kafkaesque** movie is full of bizarre scenes.
那驚慄怪異電影有很多荒誕場面。

3 The situation couldn't be more **Kafkaesque** when the supposed victim of the murder case surfaced.
理應是謀殺案死者的人露面時，情況再詭異也沒有了。

278 萬花筒
KALEIDOSCOPE

「這器具引起全民狂熱，不分階層，由最低到最高，由最無知到最飽學，每人不但感覺到，亦在表達自己的感覺，一種新的樂趣已經添加進大家的人生」，英國皇家研究院 Royal Institution 一八一八年的季刊有一篇報導這樣說。當時街上男女老幼都在把玩這器具，有些人一面走一面玩，隨時和同樣入迷的路人碰個滿懷，不然便自己撞上牆壁。街上還有出租這種器具的販子，只需付一便士便可以玩過夠。

這種令人如痴如醉的器具叫做「萬花筒 (kaleidoscope)」，名字由希臘文的 *kalos*「美麗 (beautiful)」、*eidos*「形狀 (form)」和 *skopein*「看 (look at)」組成，合起來便是「看美麗的形狀」。萬花筒最簡單的設計是一個長筒，內裝三塊長寬相等的鏡片，成正三角柱體，筒底有兩片玻璃，一上一下造成小間隔，內裏散放彩色紙屑或顏色珠子等物。筒的一端開一小孔，從小孔內望，搖動筒身，彩紙彩珠因鏡子光線反射而呈現不同形狀，千變萬化，絢爛艷麗。

萬花筒的發明人是蘇格蘭物理光學家布魯斯特 David Brewster (1781–1868)。布魯斯特是英國科學協會 British Science Association 其中一位創辦人，曾任蘇格蘭愛丁堡大學 University of Edinburg 校長，除了萬花筒外，他還發明了雙筒望遠鏡 binoculars 和其他光學儀器。一八一五年，萬花筒甫推出便哄動歐洲和美國，三個月內已在倫敦和巴黎售出二十萬具。布魯斯特成為家傳戶曉的人物，肖像隨處可見，連香煙盒子也印上以作宣傳。可是布魯斯特卻沒有甚麼得益。他在一八一七年申請專利，但在專利權批出時，萬花筒的設計已經被抄襲複製了。一八一五年的萬花筒堪比二〇〇七年的第一代蘋果 iPhone，熱潮一浪接一浪，版本推陳出新，有餘錢者無不趨之若鶩。

當時利物浦 Liverpool 有一本文學雜誌出版，取名就是《萬花筒》*The Kaleidoscope*，可真的是無人不識了。

Kaleidoscope 可引伸解作千變萬化，或者種類繁多如萬花。形容詞是 kaleidoscopic。

例句
EXAMPLE SENTENCES

1 The exhibition is named "A **Kaleidoscope** of Chinese Culture".
   展覽名為「中國文化萬花筒」。

2 The carnival was a **kaleidoscope** of colours, sounds and tastes.
   那嘉年華會極盡視覺、聽覺和味覺之娛。

3 The exhibition is a **kaleidoscopic** display of indigenous artworks.
   那展覽陳列了各種各樣的本土藝術作品。

279 造王者
KINGMAKER

公元九六〇年，後周禁衛軍將領趙匡胤領兵出戰契丹，從開封出發，渡過黃河，到陳橋驛。趙匡胤的弟弟趙光義鼓動將官叛變，把天子才穿着的黃袍加在趙匡胤身上，擁立他為帝，改國號做宋。以今天流行的說話來形容，趙光義就是造王者 kingmaker。不過歷史早有定論，整件事是趙匡胤自己策劃的，他 made himself king。

「造王者」是第十六代華維克伯爵內維爾 Richard Neville, 16th Earl of Warwick (1428–1471) 的稱號。內維爾是「玫瑰戰爭（War of the Roses）」的其中一位主角，這場英國皇室家族皇位之爭的內戰斷斷續續打了三十年，一方是蘭開斯特家族 Lancaster，以紅玫瑰為徽號，另一方是約克家族，標誌是白玫瑰。內維爾本來支持蘭開斯特家族的英皇亨利六世 Henry VI (1421–1471)，但與朝中權臣因土地糾紛而生嫌隙，為免吃眼前虧，於是改為支持約克家族的約克公爵理查 Richard, Duke of York (1411–1460)。一四五五年，兩陣營首度交鋒，約克大勝。一四六〇年，內維爾再勝一場，還俘擄了亨利六世。內維爾獻計下，理查同意亨利繼續做他的弱勢皇帝。可是蘭開斯特家族反攻，約克軍不敵，理查陣亡。翌年，內維爾重整軍隊，直闖倫敦，亨利六世出亡，內維爾扶助理查的兒子登基，是為愛德華四世 Edward IV。內維爾權勢如日中天，愛德華逐漸不滿，君臣不和。一四七〇年，內維爾出走往法國，聯合其他勢力，組軍返英，把愛德華放逐，為亨利六世復位。一四七一年，愛德華在法國和荷蘭協助下回國，雙方血戰，內維爾陣亡。愛德華復位，亨利六世被囚倫敦塔，未幾猝逝。「玫瑰戰爭」則直到一四八五年才完結，兩個家族的男丁幾乎殆盡，元氣大傷。

莎士比亞的《亨利六世》*Henry VI* 三部曲說的便是這一段歷史，當然添油加醋戲劇化了。稱內維爾為造王者的是蘇格蘭史學家梅杰 John Major (1467–1550)，他用的是拉丁文 *regum creator*，就是今天的 kingmaker。梅杰還有按語：「據云彼造王，亦隨其意而黜之」"It was said that he made kings and at his pleasure cast them down"。

1　The **kingmaker** is social media, not anyone else.

社交媒體是造王者，其他人誰也不是。

2　Minor parties may occasionally become the **kingmaker** when they join force.

小政黨聯手有時候可以成為造王者。

3　"There're too many would-be **kingmakers**. Which one you want to please?"

「太多疑似造王者了。你想取悅哪個？」

280　痲瘋
LEPROSY

　　春秋大刺客豫讓為了改變容顏，「漆身為厲」，即是塗上有毒的漆樹汁，令全身生瘡腫潰爛。「厲」也寫作「癘」，指惡瘡或痲瘋。古代染上痲瘋無藥可治，豫讓的「厲」不是痲瘋，只是要令人認不到他。

　　痲瘋的英語是 leprosy，源自古希臘文 *léprā*，意思是「皮膚如鱗片剝落的疾病」，動詞是 *lépō*「剝落 (scale off)」。痲瘋在中國、希臘、羅馬和印度的古籍都有記載，古羅馬學者普林尼 Pliny the Elder 的《博物志》*Naturalis Historia* 第二十六卷便詳細記述了這種病。古羅馬人稱之為 *mentagra*，意思是「下巴疹 (eruption on the chin)」，因為病發時多數在下巴出疹，繼而蔓延頸部，再到胸和手，皮膚剝落，身體變形，唯一醫治方法是以腐蝕性極強的藥液塗抹患處，但病者非常痛苦，

無人能夠忍受。普林尼還說，這種病是派駐小亞細亞的官員帶回來的，源頭是埃及，羅馬人見所未見聞所未聞，是新傳染病。普林尼是公元一世紀人，所言屬實的話，痲瘋病傳入歐洲亦大概是這段時間。據普林尼的記載，女人和奴隸很少會染病，患者多數是貴族男子，這說法多半不確。

晚清文言短篇小說集《夜雨秋燈錄》有故事〈痲瘋女邱麗玉〉，頗為卡夫卡 kafkaesque。廣東西部某地的女子有痲瘋病根，十五六歲時，家人便誘騙不知就裏的外來男子與之交合，將痲瘋病根轉到男子身上，是為「過癩」，女子除根後才覓婚配，被過癩的男子則病發，自生自滅了。有女子邱麗玉，不忍心害人，放走上當男子，自己病發，被逐出家門。她輾轉找到那男子，暫得棲身之所，後來難抵病痛，亦不想成人家負累，飲毒蛇酒自殺，誰知反而治好頑疾，回復艷麗，於是和那男子成為夫妻。

Leprosy 是痲瘋病，leper 是痲瘋病人，亦引伸解作被排斥或者大家避之唯恐不及的人。

例句
EXAMPLE SENTENCES

1   Many people see smokers as **lepers** of modern society.
    很多人視吸煙者如現代社會的痲瘋病人。

2   The rumours are going to make her an untouchable **leper**.
    那些謠言將會令她成為大家避之唯恐不及的人。

3   **Leprosy** is no longer an incurable disease.
    痲瘋不再是無藥可治的疾病。

281 誹謗
LIBEL

　　魏其侯竇嬰和將軍灌夫時常聚眾飲宴，酒酣耳熱便高談闊論，批評時政，《史記》用詞很妙，指這班人是「腹誹心謗」。漢武帝當然知道，也很不高興，關起門來放其厥詞，對天子也是大不敬。今天沒有肚裏心裏的誹謗這回事，按普通法，誹謗分兩種，口頭上的是「短暫形式誹謗 (slander)」，白紙黑字的是「永久形式誹謗 (libel)」。

　　Libel 源自拉丁文 *liber*，指「樹皮的內面 (inner bark of a tree))」，古時沒有紙，書寫都在紙莎草 papyrus 木髓 pith 製成的「紙」上。木髓即是柑橘類果實皮和肉之間的纖維，紙莎草盛產於尼羅河三角洲 Nile Delta，埃及人三千年前發明以這種水草的木髓製成書寫用的「紙」。所以拉丁文 *liber* 也指書本，要說一本小冊子便在後面加 *ellus*，成為 *libellus*，法文吸收過去便是 *libelle*，十四世紀轉做英語成為 libel。原來的法文 *libelle* 和英語的 libel 都是指小冊子，與拉丁文原相同。英國神學家威克里夫 John Wycliffe (1330?–1384) 翻《希伯來聖經》時便用了 libel 這個詞，大意是祭司把詛咒懷疑不貞婦人的說話寫在 libel 上，再用水洗去，要婦人把水喝了，如姦情屬實，婦人便會受詛咒。這 libel 在後來的譯本改成「卷子 (scroll)」或者「書 (book)」；其實卷子或者書都累贅，除非是長篇大論的詛咒。

　　威克里夫選了 libel 一詞也是當時的慣用法，意思是立字為據，以作聲明。十六世紀時，印刷術已頗發達，書籍刊物出版易如反掌，尤其是小書小冊子或宣傳單張，通通稱為 libels。可是這些 libels 很多都是流言蜚語，諷刺挖苦權貴名人，大受小市民歡迎，被嘲笑者只有把出版和創作這些 libels 的人告到官裏去，這些人便得為自己的 libels 負上法律責任，誹謗就是 libel 了。十七世紀初，法庭的誹謗案件堆積如

山，不少都是政府控告出版商和作家的，案例多了，普通法裏的誹謗法 defamation law 基礎亦逐漸建立起來。

Libel 亦指誹謗性的文字或圖畫等，可作動詞用。形容詞是libellous。

例句
EXAMPLE SENTENCES

1 She was furious at the **libellous** newspaper story about her husband.
   報章上關於她丈夫的誹謗性報導令她暴跳如雷。

2 His claim that he had been **libeled** by the magazine was justifiable.
   他聲稱被那雜誌誹謗是說得過去的。

3 He won the **libel** case and was awarded damages of $100.
   他贏了誹謗案，獲得一百元賠償。

282 陰陽交界
LIMBO

一九五〇年代有一種林波舞 limbo，雖然說是舞，其實有如雜耍比賽。舞者須向後彎腰，配合音樂節奏，鑽過離地面很低的竹竿，成功之後，竹竿會放低一點，舞者再鑽，竹竿不斷低下去，至舞者鑽不過為止。林波舞在歐美國家曾大行其道，今天仍受歡迎，一九六〇年代初有一首林波舞搖滾樂曲 *Limbo Rock*，風靡一時。

林波舞最初在加勒比海 Caribbean Sea 地區流傳，時維十九世

紀，據說發源地就是千里達，是守靈時的活動。有研究說，這種舞蹈本來是非洲黑人在奴隸船上的運動，變化自他們的家鄉舞蹈，limbo 是土人訛讀英語的 limber「活動身子」。有研究者卻不同意，認為 limbo 就是基督教所稱的天堂與地獄之間，土著受基督教影響甚深，所以用 limbo 來稱呼這種守靈活動。這種舞原來的跳法是從竹竿放得最低開始，漸次提高，象徵人從死亡到再生，後來的林波舞是相反過來。

Limbo 從拉丁文 *limbus*「邊緣（edge）」而來，生前品行良好但沒有受洗禮的人，以及那些活在耶穌時代之前的人，死後上不到天堂，亦不會下地獄，便得留在這裏，等候耶穌重臨救贖。Limbo 分兩種，一種是成年人的，另一種則收容未受洗禮的孩子和夭折的嬰兒。Limbo 這個概念在中世紀才出現，目的就是解決上述這些人去世後的問題，但教會由始至終態度含糊，沒有明確釋義。中世紀歐洲人相信 limbo 的亡魂到處都是，而且就在大家身旁，世間人看不到而已。

英國大詩人彌爾頓 John Milton (1608–1674) 錚錚風骨，任重道遠死而後已。他著作甚多，其中有一系列五冊 libels 批評聖公會，最後一冊名《論辯》*Apology*，一六四二年出版，慷慨明志，反駁聖公會主教霍爾 Joseph Hall (1574–1656) 的人身攻擊，指霍爾扭曲他的說話來醜化他，譏諷霍爾是活在自己的「邪惡鬼域（wicked limbo）」。

Limbo 是天堂與地獄間的過渡區，不妨大膽譯作「陰陽交界」。Limbo 亦可引伸為監獄，拘禁，束縛，也解作過渡狀態，或者被遺忘者處身之處。

1　The no-peace-no-war **limbo** could not last long.
那不和不戰的過渡狀態不會維持很久。

2　These refugees seem stuck in **limbo**; the world has forgotten them.
這些難民好像被困在陰陽交界；世人已把他們遺忘。

3　The project will be left in **limbo** if they fail to reach a consensus.
他們無法有一致意見的話，計劃便會不死不活。

283 獨行其是
MAVERICK

　　美國得克薩斯州以畜牧業著名，牧場甚多，都是佔地廣袤，亦各有標記，烙在牛馬身上以作識別。一八四五年，大地主馬維里克 Samuel A. Maverick (1803–1870) 收到一羣牛，他沒有把牛烙印，任由牛隻走動，結果為英語添了一個常用字。

　　馬維里克的先祖移民北美洲時，定居南卡羅來納 South Carolina 的查爾斯頓港 Charleston。他祖父去世後，祖母嫁了給美國獨立戰爭英雄將軍安德遜 Robert Anderson (1741–1813)，他父親則娶了安德遜的女兒，所以安德遜是他繼祖父，也是外祖父。馬維里克耶魯大學畢業後隨父親營商，後改習法律，成為律師，一八三五年移居尚未成為美國一州的得克薩斯，並開始收購土地。他曾參與得克薩斯脫離墨西哥 Mexico 統治的運動，是得克薩斯獨立宣言簽署人之一。馬維里克健康一直欠佳，返了老家養病，一八三七年重回得克薩斯時，已經有

妻有兒了。馬維里克後來成為大地主，但沒有放棄法律事業，他收到那羣牛有四百隻，是欠他一千二百元的客戶給他作抵債用的。據他的遺孀和兒子說，他不同意這樣抵債，所以不把牛烙印，否則便是接受了。結果馬維里克的名字便用作指沒有烙印，隨意走動的牛隻。

十九世紀末，maverick 已成美國常用字，並喻作行為與別不同的江湖客，這類人美國西部多的是。一九〇七年獲諾貝爾文學獎的著名英國小說家吉卜林 Joseph Rudyard Kipling (1865–1936) 有短篇小說《桀傲軍人的叛變》*The Mutiny of the Mavericks*，一八九一年發表，內容講述美國一個反英國的愛爾蘭人組織派特務混入印度一個英軍部隊，企圖策動愛爾蘭軍人叛變。這些軍人都是亡命之徒，出名桀傲不馴，只懂亦只愛衝鋒陷陣殺人，綽號 Mavericks，就像「無主亦無烙印的牛 (masterless and unbranded cattle)」。文評家認為吉卜林用 Mavericks 作為小說名字，是以美國讀者為對象，可惜小說沒有甚麼讀者緣，只有研究吉卜林的學者才會認真捧讀。

Maverick 就是思想行為不合常規的人，或者獨行其是的異見者，可作形容詞用，亦解作離羣或者迷途。

例句
EXAMPLE SENTENCES

1 He is a **maverick** who never cares about what people think about him.
他是個獨行其是的人，從來不理會別人怎樣看他。

2 A **maverick** calf was found wandering on the highway.
一隻離羣的小牛被發現在公路上遊蕩。

3 The **maverick** writer is looking for a publisher who will accept him.
那別創一格的作家正在找一個會接受他的出版商。

284 點金有術
MIDAS TOUCH

漢武帝好神仙之術，下旨招募天下奇人異士。有個山東老術士李少君應徵，自言可以「飛（用水漂）丹砂成黃金」，吃了這些黃金便可成仙，天花亂墜，漢武帝深信不疑，厚加賞賜。可惜黃金沒有煉成，李少君卻病死了。

古希臘有人點金有術，不用煉甚麼丹砂，可是點金術令他痛苦不堪。這位倒楣幸運兒是弗里吉亞 Phrygia 王邁達斯 Midas，據記載是公元前二千年左右的人，他父親就是戈爾迪阿斯 Gordias，留下的繩結無人解得開，最後被阿歷山大大帝 Alexander the Great 一劍斬斷。邁達斯的點金術故事出自古羅馬詩人奧維德 Ovid (43 BC–18 AD) 的《變形記》*Metamorphosis*，話說酒神狄俄尼索斯 Dionysus 發覺他的養父和老師賽利納斯 Silenus 失蹤，原來老酒鬼喝得酩酊大醉，路上蹌跟，被人發現，送去見邁達斯。糟老頭報上名來，邁達斯待之如上賓，招呼了十天才送他和酒神團聚。

酒神很高興，要酬謝邁達斯，答應達成他一個心願。邁達斯起了貪念，要求雙手能點物成金，酒神答應了。邁達斯回到家裏，手到之處，美麗玫瑰花變成黃澄澄金子，他喜不自勝，但吃飯時，佳餚美酒被他一碰都變了黃金。邁達斯苦惱不已，雙手不能觸撫，有等於無。他向酒神祈求解除黃金手的能力，酒神教他到百多勒斯河 Pactolus 洗手，這才回復正常。百多勒斯河在今天土耳其西岸，流入隔着希臘的愛琴海 Aegean Sea，從前天然金銀合金 electrum 含量豐富，是古代製造金幣銀幣的原料，按傳說即因為邁達斯在河裏洗過手。至於說邁達斯的女兒被父親一抱之下亦變成黃金，那是十九世紀美國小說家霍桑 Nathaniel Hawthorne (1804–1864) 的創作，不在奧維德的原版之內。

弗里吉亞在今天土耳其中西部，名叫 Midas 的國王不只一位，點金邁達斯是其一。後世以 Midas touch「邁達斯的觸撫」喻賺大錢的本領，引伸作經手甚麼事情也會成功的能力。M 須大寫。

例句
EXAMPLE SENTENCES

1 The investment was the **Midas touch** that saved the company.
那投資點金有術，挽救了公司。

2 The movie was a disaster. The producer's so-called **Midas touch** did not work.
電影慘淡收場。那製片人的所謂點金有術不靈光了。

3 He seems to have **the touch of Midas**, making huge profit in every business venture.
他好像點金有術，做任何生意都一本萬利。

285 唯命是從
MYRMIDONS

特洛伊戰爭 Trojan war 由一個蘋果生出事端到真正打起來，相隔十年有多。希臘聯軍第一勇將是刀槍不入的阿基里斯 Achilles，這場十年血戰因他母親出嫁婚宴上風波而來，所以他出征時其實只是個十多歲的少年人。他率領的軍隊坐了五十艘船，每船五十人，這二千五百個士兵非常勇猛，忠心耿耿，而且全都是密耳彌多人 Myrmidons。

Myrmidons 來自希臘文 *murmekes*「螞蟻 (ants)」，所以密耳彌多

人可稱為「蟻人」，螞蟻服從領導，強悍堅毅，Myrmidons 亦然。密耳彌多人的故事有幾個版本。最流行的一個說天神宙斯 Zeus 誘姦了仙女艾珍娜 Aegina，產下伊埃卡斯 Aeacus。宙斯妻子赫拉降瘟疫到兩母子居住的島上，島人死光，兩母子向宙斯求援，宙斯把島上的大螞蟻變成人，令生機回復，這些人便是 Myrmidons。伊埃卡斯後來統治這個希臘南部的海島，即是今天旅遊好去處的艾珍娜島。伊埃卡斯其中一個兒子珀琉斯 Peleus 帶走一些 Myrmidons，在希臘本土北部建立塞薩利國 Thessaly，他兒子便是阿基里斯。

Myrmidons 軍在戰場上結的方陣 phalanx 非常有名，盾接盾盔連盔，緊密堅固，敵人如何衝擊都破不得。荷馬在《伊利亞特》*Iliad* 卷二十六裏，形容 Myrmidons 是「最兇猛的戰士 (fiercest warriors)」，正在「渴戰 (battle-thirsty)」。原來阿基里斯要求聯軍統帥阿伽門農 Agamemnon 放了擄獲的太陽神阿波羅 Apollo 神廟祭師的女兒，阿伽門農拒絕，阿基里斯於是按兵不上陣，Myrmidons 雖然很想殺敵，但都得聽主帥命令。希臘軍不敵特洛伊人，節節敗退，普特洛克勒斯 Patroclus 懇求阿基里斯出戰，阿基里斯鐵了心腸，只把盔甲借給情同手足的普特洛克勒斯，還派出 Myrmidons 兵助他一臂。餓虎出柙，戰局扭轉，普特洛克勒斯卻陣亡。阿基里斯大怒，重披戰袍，打了個落花流水。

Myrmidons 今天多作貶義，指唯命是從的人，盲目忠心的下屬，亦指冷冰冰的執行吏，兇橫的保鏢或警察。M 可小寫。

1　His project failed because he had a team of **myrmidons** working for him.
他的計劃失敗是因為他有一班只識盲目執行命令的手下。

2　The paparazzo was beaten up by one of her **myrmidons**.
那狗仔隊記者被她其中一個兇惡保鏢揍了一頓。

3　"You want a faithful worker or a **myrmidon**?"
「你要一個忠誠的職員還是唯命是從的下屬？」

286 婆婆媽媽
NAMBY-PAMBY

　　魏文帝曹丕說「文人相輕，自古而然」，真的不錯，中外一樣。十七世紀有英國詩人喜歡寫些溫馨句子，描寫童子之真，大詩人卻看不順眼，其他人在旁吶喊。文壇風波惡，英語則添新詞。

　　詩人是今天已少有人認識的菲利普斯 Ambrose Philips (1674–1749)，大詩人是英國文學史上鼎鼎有名的蒲伯 Alexander Pope (1688–1744)。菲利普斯的作品淺白簡明，詩集《牧歌》Pastorals 在當年評價頗高，且被稱為斯賓塞 Edmund Spenser 後第一人，這未免有點過譽，就是這樣把大詩人蒲伯惹惱了。蒲伯也有一本詩集，同樣名為《牧歌》，而且同一個出版商，怎會服氣，於是匿名投稿報刊，把兩本詩集比較，結論當然是蒲伯比菲利普斯好得多。蒲伯幼年患脊柱炎，癒後駝背，身高只有四呎半，自少受盡白眼，後來以辛辣文筆成

為諷刺文學大師，兩者豈會無關。蒲伯屬托利黨 Tory，即是今天的保守黨，菲利普斯則屬自由黨前身的輝格黨 Whig，兩黨是死敵，兩人於是在公在私都勢成水火。蒲伯有一首長詩《羣愚》*The Dunciard*，就是諷刺當時的輝格黨政府，Dunciard 意思是「一羣笨蛋 (a bunch of dunces)」，其中更影射菲利普斯曾寫詩稱讚的英國首相兼輝格黨領袖沃爾浦爾 Robert Walpole (1676–1745) 是「笨蛋之王 (king of dunces)」。

　　蒲伯陣營有好幾位知名作家，如斯威夫特 Jonathan Swift，這些人要損人易如反掌，於是模仿幼兒的 Ambrose Philips 發音，為菲利普斯起了個綽號 Namby-Pamby，挪揄菲利普斯的詩有如幼兒牙牙學語。菲利普斯大為光火，但奈何不得。蒲伯的好友凱里 Henry Carey (1687–1743) 更為這個綽號寫了一首詩，蒲伯樂不可支，其中幾句是這樣的：

Namby-Pamby's doubly mild　　　　婆媽之人力難伸

Once a man and twice a child...　　兩世童駿一世人……

Now he pumps his little wits　　　　而今動其小腦袋

All by little tiny bits　　　　　　　　零碎小知似屑塵

Namby-pamby 今天可作名詞或形容詞，意思是無病呻吟，婆婆媽媽，幼稚做作，軟弱無力。N 和 P 可不用大寫。

1   She did not want to send her **namby-pamby** son to the summer camp.

她不要把性格軟弱的兒子送去夏令營。

2   Students were angry about the university's **namby-pamby** handling of the case.

學生羣情洶湧，不滿大學處理那事件的優柔寡斷。

3   "He'll be fine in the team unless he is a **namby-pamby**."

「他不是婆婆媽媽的人便會和團隊內其他人合得來。」

287 用人唯親
NEPOTISM

北宋末年大貪官蔡京的弟弟蔡卞是王安石女婿，蔡卞後來官拜左丞相，被人取笑「都是夫人裙帶」。其實當時王安石已去世，蔡拜相前是皇帝的高級秘書，他的夫人頗知書，蔡每有國事都向夫人請教，「夫人裙帶」是就此而言，今天「裙帶關係」一詞亦由此而來。

英語有 nepotism，從意大利文 *nepote* 而來，其中一個意思是「姪兒／甥兒（nephew）」，中文很多時譯作「裙帶關係」。這個名詞十七世紀才出現，因教會神職人員不能娶妻生子的規定而起。原來中世紀的教皇很多來自歐洲望族，如果私心重，希望延續家族勢力，因為沒有兒子，退而求其次便委任姪兒或者甥兒出任要職，至於名義上是姪甥，事實上是私生子的，不好說了。這種私相授受的歪風由教皇嘉禮三世 Callixtus III (1378–1458) 開始。嘉禮出身西班牙波吉亞家族 Borgia，

在位期間擢升了九位樞機主教 Cardinals，姪甥佔其二，其中一人後來就是教皇阿歷山大六世 Alexander VI (1431–1503)。最過份的是西克斯圖斯四世 Sixtus IV (1414–1484)，任內親戚朋友無不高官厚祿，他擢升了三十四位主教 bishops，內有六個姪甥，還有一個姪甥孫，另外一個姪甥在他羽翼下成為羅馬最富有的人。亞歷山大則擢升情婦的哥哥為樞機主教，即後來的教皇保羅三世 Paul III (1468–1549)。保羅亦不甘後人，擢升了兩個年輕姪甥為主教，亦不斷賞賜土地與私生子。這種荒謬歪風到教皇英諾森十二世 Innocent XII (1615–1700) 才被遏止。英諾森頒布新例，教皇只可擢升一個合資格親屬為主教，除此之外不得賞賜土地、物業、稅項或委任公職與親屬。

中國二千多年前已說「內舉不避親」，其實是已知道用人唯親不對，可見一人得道，雞犬升仙，中外自古相同。十七世紀意大利作家勒諦 Gregorio Leti (1630–1701) 以為人作傳和寫歷史書而著名，一六七三年出版了一本《教皇之姪甥史》*A History of the Pope's Nephews*，雖然被不少人批評得一錢不值，今天的 nepotism 一詞即從中而來。Nepotism 的形容詞是 nepotistic。

例句
EXAMPLE SENTENCES

1 Everyone knows that John got the job through **nepotism**.
大家都知道約翰憑裙帶關係得到那工作。

2 He resigned after being accused of **nepotism**.
他被指控用人唯親後辭職。

3 The first thing she did when she took over the family business was to abolish the **nepotistic** practices.
她接手家族生意後第一件做的事便是廢除用人唯親的慣例。

288 賢明長者
NESTOR

　　古希臘因為分作多個城邦，組成聯軍出征可不是容易事。聯軍中年紀最輕的將領要算阿基里斯，年紀最大的是內斯特 Nestor。特洛伊城破後，希臘人姦淫擄掠，暴行令人髮指，天神震怒，要懲罰這些傷天害理的人。所以回家路上，希臘人不是顛沛流離，便是死的死散的散，歷盡劫難。內斯特沒有參與搶劫殺戮，得以安然回家。

　　內斯特統治的城邦在伯羅奔尼撒半島 Peloponnesus 西南部，名派洛斯 Pylos。奧德修斯 Odysseus 的兒子忒勒馬科斯 Telemachus 奉母命到處尋父，曾到訪派洛斯，荷馬在《奧德修斯記》Odyssey 裏有描述這個地方。內斯特喜見故人之子，但愛莫能助，奧德修斯的下落他亦毫無頭緒。一九三〇年代考古學家曾宣稱找到內斯特的宮殿遺跡，可惜第二次世界大戰爆發，研究不了了之。特洛伊戰爭時，內斯特已經一百一十歲，在兩個兒子陪同下領軍出征，雖然年邁，但勇猛不減，頭腦亦很清楚，說話條理分明，還坐在戰車上親自指揮。有一次被特洛伊王子帕里斯 Paris 一箭射中拉車的一隻馬，要不是他的兒子捨命救父，他已經死在陣上。阿基里斯拒絕出戰，但把盔甲借給普特洛克勒斯，是他獻的計，認為由普特洛克勒斯假扮阿基里斯，可以激勵希臘人士氣，亦可打擊特洛伊軍心。可惜普特洛克勒斯陣亡，盔甲被赫克托取去。

　　內斯特年輕時曾參與希臘人津津樂道的阿爾戈號 Argo 歷險，是位阿爾戈英雄 Argonaut，以他的經驗和見識以及年紀，說的話大家不可不聽。不過老人家好長篇大論，不說則已，一說便以想當年開始，滔滔不絕，幸好他言詞風趣，而且甚有智慧，在希臘軍中極受尊敬。後世便以 Nestor 指賢明的老前輩，或者睿智長者，尤其是某行業或領域內年紀大但經驗豐富的人。N 大小寫都可以。

1 "You don't need **Nestor** to tell you what to do?"
「你不用老行尊教也知道怎樣做吧?」

2 He is the last **nestor** of the trade.
他是這行業碩果僅存的老前輩。

3 The villagers mourned for the death of Grandpa Lee, their venerable **nestor**.
德高望重的李爺爺去世,村民哀悼。

289 遠古時代
NOACHIAN

　　基督教的挪亞方舟 Noah's ark 故事膾炙人口,大意說挪亞五百歲時上帝警告他說,將會用大洪水毀滅人類,命他用 Gopher 木造一個 ark,以肘尺 cubits 計算,長一百,闊五十,高三十,就像個巨箱。肘尺是古時長度單位,即成年男子從肘至中指端,大約四十五至五十六厘米。

　　Gopher 不知道是甚麼樹,研究者多番推斷仍沒有結論,千百年來亦難倒翻譯人,於是索性仍用原來的 Gopher,中文則音譯為「歌斐木」。Ark 是英語,希伯來原文是 *tebah*,《希伯來聖經》裏出現兩次,一次是指挪亞造的這個巨箱,另一次是摩西 Moses 出生不久,埃及人要殺光以色列人的嬰兒,父母把他放在一個蒲草筐子裏,順尼羅河漂流,這個筐子也叫做 *tebah*。這個古希伯來文名詞頗費解,有研究者認為是「救生器 (life-saver)」的意思。挪亞的巨箱照道理無法航行,

中文譯作「方舟」亦算貼切。自古以來相信確有方舟的人多得很，公元三世紀已有人尋找方舟遺骸，今天的方舟信徒大多數認為應該在土耳其東部山裏。

上帝在挪亞六百歲時降洪水，即是說挪亞有一百年的時間建造方舟。洪水之後，挪亞再活了三百五十年，壽終九百五十歲，比中國七百六十七歲的彭祖長命。挪亞只是長壽亞軍，冠軍是他的祖父馬士撒拉 Methuselah，九百六十九歲才去世。挪亞有三個兒子，長子閃 Shem 活了六百歲，次子含 Ham 五百三十六歲，幼子雅弗 Japheth 則歲數不詳，一門超級壽星公，不簡單。可惜自此以後，人的壽命愈來愈短了。

歷代都有人研究大洪水發生的年代，十七世紀時的推斷是公元前三千九百年左右，近代理論則修訂為公元前二千三百年，科學家當然認為毫無根據。挪亞生活在遠古時代則應該沒有人反對，所以從他的名字 Noah 衍生出形容詞 Noachian / Noachic，意思是古代的，古時的，或者老式的，過時的。N 須大寫。

例句
EXAMPLE SENTENCES

1   She found some **Noachian** clothes in her mother's wardrobe.
她在母親的衣櫃找到些古老衣服。

2   The landscape was formed by an earthquake in the **Noachian** period.
這地貌由遠古時代一次地震形成。

3   "I can't see why we have to stick to this **Noachic** rule."
「我不覺得我們要盲目遵守這過時的條例。」

290 洪荒
OGYGIAN

荷馬的《奧德修斯記》*Odyssey* 裏，奧德修斯流落奧杰吉厄島 Ogygia，島上仙女卡呂普索 Calypso 留住他，不許他離開。卡呂普索很愛奧德修斯，要嫁給他，但奧德修斯只想回家與妻兒團聚。後來一直暗中幫助奧德修斯的智慧女神雅典娜 Athena 向宙斯 Zeus 投訴，宙斯派天神使者赫爾墨斯 Hermes 去奧杰吉厄，下令卡呂普索放人，奧德修斯才得以離開這個困了他七年的地方。

公元前四世紀末，希臘神話作家尤希邁羅斯 Euhemerus 首先提出，奧杰吉厄島就是戈洛斯島 Gaulos，即是今天地中海中部島國馬耳他 Malta 的戈佐島 Gozo，馬耳他人亦深信不疑。不過更多人相信奧杰吉厄島是傳說中在直布羅陀 Gibraltar 以西沉沒入大西洋 Atlantic 的阿特蘭蒂斯島 Atlantis。公元一世紀的希臘作家普盧塔克 Plutarch 則描述，奧杰吉厄島就在歐洲和美洲之間，從不列顛 Britain 向西航行五日可達。總之眾說紛紜，其實文學創作，認真便傻了。

不過希臘神話裏有三場大洪水的故事，其中一場便名為「奧杰吉厄洪水 (Ogygian Deluge)」，在奧杰吉厄王 Ogyges 年代發生，Ogyges 是傳說人物，他的名字意思是「洪荒 (primeval)」。據傳說，Ogyges 逃過了洪水，但人民差不多死光，他去世後，有一百六十九年帝位懸空。柏拉圖 Plato 曾說，這場奧杰吉厄洪水在九千年前發生，柏拉圖是公元前四世紀人，Ogygian Deluge 或者 Ogyges 是甚麼年代，可想而知。但有好些問題仍然未能解決，例如 Ogyges 在傳說裏統治的國家名皮奧夏 Boeotia，位於希臘中東部，亦有說他的王國是在皮奧夏南面的阿提卡 Attica，兩個地方都與荷馬所說的海島不符。

Ogygia 後來也是一本史冊的名字。十七世紀愛爾蘭 Ireland 歷

史學家奧弗萊厄蒂 Roderick O'Fleherty (1629–1716 / 18) 把愛爾蘭古籍及神話傳說整理比較，寫了一本按事記述的愛爾蘭古史，一七九三年的英語版便以 Ogygia 作書名，以示遠古之意。至於 Noah 和 Ogyges 誰更古老則有待考證。Ogygia 和 Ogyges 的形容詞是 Ogygian，意思是太古洪荒。O 大寫。

例句
EXAMPLE SENTENCES

1　The expedition vanished in the **Ogygian** jungle.
那探險隊消失在那洪荒森林裏。

2　The archaeologists found an **Ogygian** settlement site in the valley.
考古學家在山谷裏找到一個太古時代的人類居住遺跡。

3　"Do I have to put up with you **Ogygian** thought?" his wife asked him.
「我難道要忍受你的洪荒思想嗎？」他妻子問他。

291 OK
OK

　　OK 可以說是有史以來全世界最通用的說話，男女老少不論甚麼國的人，一聲 OK，馬上 OK。這句美式英語應用之廣亦令人歎為觀止，「好」，「不錯」，「還可以」，「對嗎」，「沒問題」，「沒事」，「行嗎」，總之表示同意及放心，或者反問一句，都可以 OK。不過其起源至今仍然不大 OK，很難說得清楚。

對 OK 研究最有心得的是美國詞源學家和辭書編纂家里德 Allen Walker Read (1906-2002)，據他考證，OK 一詞最早出現在一八三九年三月二十三日美國波士頓 Boston《晨報》*Morning Post* 一篇花邊新聞，報導一次社交活動，提到諸事「妥當 (*o.k.* -all correct-)」。之前是否有其他人曾使用 OK 則不得而知了。當時美國報章文筆盡量輕鬆淺白，三言兩語便要交代清楚，往往用上縮略詞 abbreviation，務求迎合大眾，反正普羅市民教育程度不高，很多人更近乎文盲。使用縮略詞真的是投讀者所好，十九世紀初的年輕時髦男女很喜歡把句子縮略來鬧着玩，加上報章推波助瀾，其他人亦覺得有趣，縮略詞大行其道。例如男女約會後要告別了，可要求對方 O.K.K.B.W.P.，即是「告別前好好親一下 (One Kind Kiss Before We Part)」。這種縮略詞今天一樣大行其道，而且傳播得更快更廣，不過由報章換了網絡社交媒體吧。縮略詞遊戲的變奏是故意拼錯字，例如 all right 本來應該縮略成 A.R.，卻故意拼成 oll wright，於是變成 O.W.。所以波士頓《晨報》的 o.k. 是 oll korrect，正確是 all correct，難怪要在其後註明。

里德的解釋很有道理，很多人卻認為 OK 其實源自北美洲印第安喬克托族 Choctaw 的 *okeh*，意思是「就是這樣 (it is so)」。美國第二十八任總統威爾遜 Woodrow Wilson (1856-1924) 對這說法深信不疑，批閱文件時，同意便寫上 *okeh*，認為這才正確，OK 是錯的。可惜他主催的第一次世界大戰和談並不 OK，一九一九年的巴黎和會上，中國受到不公正對待，中國舉國嘩然，北京的大學生最不 OK，結果引發了「五四運動」。

OK 是口語，行文可免則免，拼寫成 O.K., ok, okay，一樣 OK。

1 "Just let me do it my way, **OK**?"
「我想怎麼做就怎麼做，行嗎？」

2 The service of the restaurant was **okay**, but the food was bad.
那餐館的招呼還可以，但食物不行。

3 "It's **ok** to cry. Who said men don't cry?"
「想哭便哭吧。誰說男子漢不哭的？」

292 迷人樂音
ORPHEAN

　　希臘神話裏有一羣仙女繆斯 Muses，掌管文化藝術，其中有一位名卡利俄珀 Calliope，負責雄辯和英雄史詩 epics，聲音之美令人痴醉。美國人在十九世紀發明了一種汽笛風琴，聲音洪亮，多數是馬戲團作宣傳活動之用，就以卡利俄珀的芳名稱為 Calliope。卡利俄珀有一個兒子奧菲士 Orpheus，是希臘神話裏獨一無二的大音樂家。

　　奧菲士年幼時，太陽神阿波羅 Apollo 送了一個金里拉 lyre 給他，還教他彈奏這種古希臘絃樂器，母親則教他寫詩歌來配合音樂吟唱，奧菲士天生聰慧，成為大音樂家。他的歌聲能令飛禽走獸停下來，樹木會婆娑，石頭會搖動。奧菲士曾參與阿爾戈號 Argos 歷險，船過妖怪塞荏 Sirens 聚居的海島時，他以美妙歌聲對抗塞荏的淫調，船隻才得以安然脫險。

奧菲士的妻子是歐律狄詩 Eurydice，結婚之日不幸被毒蛇咬死，奧菲士傷心欲絕，撫屍哀唱，歌聲淒怨，天神及仙女也落淚，教他到地府去懇求冥王黑德斯 Hades。奧菲士用歌聲打動了冥王，答應破例放走歐律狄詩，但警告奧菲士回到陽間前不可回頭望。於是奧菲士在前，歐律狄詩在後，一直往陽間走去，快到地府洞口，奧菲士擔心歐律狄詩沒有跟上，忍不住回頭一看，歐律狄詩就在他眼前消失。

奧菲士從此鬱鬱寡歡，後來一羣拜酒神的女人發起瘋不要聽他哀傷的歌，要趕他走，但扔向他的石頭和打他的樹枝被歌聲感染而全不管用。這羣女人竟然徒手殺死奧菲士，還把屍身撕開。奧菲士雖然死了，嘴巴卻仍在唱，阿波羅送給他的金里拉仍在響，一面隨河水流出大海。

Orpheus 的形容詞是 Orphean 或 Orphic，意思是和諧動聽的，或者迷人的，令人陶醉的，亦引伸為玄奧的，神秘的。O 大寫。

例句
EXAMPLE SENTENCES

1　Her **Orphean** singing wafted across the lake.
她令人陶醉的歌聲在湖面飄蕩。

2　It's the first time outsiders could set foot on that **Orphic** island.
這是第一次外人可以踏足那個神秘島。

3　It seemed that what the guests at the dinner party enjoyed was the **Orphean** music, not the food and wine.
看來晚宴賓客欣賞的是那些迷人音樂，不是酒菜。

293 言過其辭
OSSIANIC

　　愛爾蘭有神話說，漂亮的公主賽伊芙 Sadhbh 拒絕黑巫師的愛，被變成一隻鹿。過了三年，黑巫師的僕人不忍心，偷偷告訴她只要跑到獵人戰士的地方便可以脫離魔掌。賽伊芙千辛萬苦去到，被獵人戰士領袖芬 Fionn 捕獲，變回人，嫁了芬。後來賽伊芙不幸再落入黑巫師手中，又被變成鹿。芬不見了妻子，四出找尋，七年後在達特里山 Dartry Mountains 找到一個孩子，認得是自己骨肉，因為這孩子太像賽伊芙了。他把孩子名為奧辛 Oisin，意思是「小鹿（fawn）」。

　　一七六一年，蘇格蘭作家麥克弗森 James MacPherson (1736–1796) 宣稱發現了一卷公元三世紀的長篇敘事詩，以愛爾蘭和蘇格蘭通用的古文寫成，他翻譯了出來，其中就有芬和賽伊芙的故事。麥克弗森把這個譯本名為《古芬戈爾歌》*Fingal, an Ancient Epic Poem*，共六卷，詩中的芬戈爾 Fingal 就是芬，失明吟游詩人奧西恩 Ossian 是奧辛，全詩就是奧西恩敘述父親的英雄事跡。麥克弗森還陸續出版了幾冊詩集，輯錄了奧西恩的作品。這些「奧西恩詩（Ossianic poems）」很受歡迎，暢銷歐美，有各種歐洲語文版本。據說名震天下的拿破崙一世 Napoleon I (1769–1821) 也是忠實讀者，時常手不釋卷。

　　不過質疑之聲一直不斷，不少人羅列疑點詰問，認為麥克弗森的所謂古本翻譯是弄虛作假，這些詩全是他根據零碎資料創作而成，亦錯誤百出。最不客氣的是著名辭書編纂家約翰遜 Samuel Johnson (1709–1784)，罵麥克弗森是滿嘴大話的騙子和偽冒家，還說這種七拼八湊的東西小孩子也寫得到。事實上，麥克弗森的古本在他去世後才公開，卻被指是從英語版倒譯而成的。一八〇七年，皇家愛爾蘭學會 Royal Irish Academy 成立委員會研究，結論是麥克弗森的古本不可

靠，這些 Ossianic poems 應該是他從其他古籍擷取所需後創作而成，其中更有抄襲，但不失為文學傑作，故此糾纏真偽是浪費時間和精神。

Ossian 有形容詞 Ossianic，意思是奧西恩風格，即是誇張，言過其辭。O 大寫。

例句
EXAMPLE SENTENCES

1. "Don't be upset over her **Ossianic** remarks."
   「不要因她的言過其辭評論而不開心。」

2. He will tell his **Ossianic** survival story to anyone who is willing to listen.
   誰願意聽他那誇張的逃生故事他都會說。

3. The **Ossianic** statement only made things worse.
   那添油加醋的聲明只令事情更糟。

294 神氣十足
PANACHE

一六四〇年，法國有個後補軍官西拉諾 Cyrano，個性急躁，劍術了得，擅長詩歌和音樂，可是有一個大鼻子，長相怪異。他暗戀漂亮的表妹，但自慚形穢，不敢表白愛意，臨終歎息說，此生無憾的是他那高潔無瑕的「帽上羽毛 (panache)」。

這個西拉諾是法國劇作家羅丹 Edmond Rostand (1868–1918) 筆下人物，經典戲劇《西拉諾傳》Cyrano de Bergerac 的主角。這齣五幕劇一八九七年十二月首演，連演三百多場，盛況空前。西拉諾真有

其人，是十七世紀初法國著名劍客，的確有個大鼻子，自嘲說自己人未到鼻子先到。劇中的西拉諾則自嘲說，以他的樣子，最難看的女子也不會愛上他。同袍好友克理斯蒂安 Christian 卻愛上他暗戀的表妹羅克珊 Roxane，令他難受不已。克理斯蒂安拙於辭令，亦沒有文才，央求西拉諾代他寫詩和信給羅克珊，打動佳人芳心。第三幕裏，克理斯蒂安一開腔便得罪羅克珊，最後由西拉諾躲在暗角，夜色裏代他向樓上窗後的羅克珊盡訴衷情。後來克理斯蒂安覺醒，羅克珊愛的是寫這些詩和信的人，不是他。部隊被西班牙人圍困時，西拉諾為克里斯蒂安寫下訣別書給羅克珊，陣亡前的克理斯蒂安則要西拉諾向羅克珊坦白。十五年後，重傷的西拉諾掙扎着去探望在修道院生活的羅克珊，要求再看一次那封訣別書。昏黃燈光裏，西拉諾如流唸誦，聲音愈來愈弱。羅克珊恍然大悟，可惜已經太遲。

Panache 原是法文，意思是「羽毛 (plume)」，十六世紀初歐洲騎兵頭盔上的羽飾，後來普及。法皇亨利四世 Henry IV (1553–1610) 便最愛在帽子和頭盔上插一大條白羽毛，搖曳生姿，自覺威風凜凜，上陣時大呼要士兵隨着他的白羽毛衝殺。西拉諾一生莽撞，時常犯錯，身受重傷就是仇家伏擊所致，但對朋友忠誠，對所愛真心，剛強勇敢，帽上羽毛象徵他的丈夫肝膽，無愧無憾。

Panache 今天引伸作神氣十足，灑脫氣質，或者略帶貶義的指炫耀，誇示，擺架子。

1 The leather-clad motorcyclist roared past on his machine with **panache**.
那一身皮衣的摩托車手神氣十足地騎着車呼嘯而過。

2 Behind her **panache** is vanity.
她的炫耀背後是虛榮心。

3 The movie lacks style, neither has it **panache**.
那電影沒有風格，也沒有神采。

295 逢迎 PANDER

　　荷馬的《伊利亞特》*Iliad* 裏，特洛伊鄰邦都派軍來助陣對抗希臘人，其中有一位神箭手潘達洛斯 Pandarus，來自西南面的西利亞 Zeleia。斯巴達王梅內萊厄斯 Menelaus 和特洛伊王子帕里斯 Paris 決鬥，愛神阿佛洛狄緹 Aphrodite 變走帕里斯。梅內萊厄斯未及反應，智慧女神雅典娜卻化身特洛伊戰士，慫恿潘達洛斯射死梅內萊厄斯。神箭手中計，但雅典娜使法令射出去的利箭只輕傷梅內萊厄斯。梅內萊厄斯大怒，揮軍猛撲特洛伊城。

　　潘達洛斯在荷馬的史詩裏是受人尊敬的英雄，可是在後來的文學作品裏卻變成另一個人。始作俑者是十二世紀的法國作家聖莫里 Benoît Sainte-Maure (1154–1173)，他寫了一首長詩《特洛伊傳奇》*Le Roman de Troie*，以特洛伊戰爭作背景，講述帕里斯的弟弟特洛伊羅斯 Troilus 和祭司之女克蕾西達 Cressida 的故事，潘達洛斯是穿針引線

的媒人。第二位是以《十日談》*Decameron* 享譽的意大利文藝復興時期作家薄伽丘 Giovanni Boccaccio (1313-1375)，他有一首敘事詩《匐伏皆為愛》*Il Filostrato*，人物姓名稍有改動，故事情節基本相同，潘達洛斯變成克蕾西達的表兄 cousin，但仍是撮合一對男女的媒人。第三位是與薄伽丘同年代的喬叟 Chaucer，他也寫了一首《特洛伊羅斯與克蕾西達》*Troilus and Creseyde*，潘達洛斯變成克蕾西達的舅舅，口若懸河，個性狡猾。到了莎士比亞以喬叟的作品做藍本，寫成《特洛伊羅斯與克雷西達》*Troilus and Cressida* 一劇，潘達洛斯永不翻身了。他在劇裏巧舌如簧，熱心擺弄，把甥女克蕾西達送上特洛伊羅斯的床。第三幕第二場，潘達洛斯安排一對男女在他家裏幽會，厚顏地說，他千辛萬苦撮合了好姻緣，「從今以後，直到永遠，世上所有可憐媒人都應以我的名字作稱呼；就叫他們做潘達斯」"let all pitiful goers-between be called to the world's end after my name; call them all Pandars"。

Pandars 後來變成 panders，就是扯皮條的男子，或者淫媒，可作動詞用，引伸為卑劣地迎合，或者幫助或慫恿別人做壞事。

例句
EXAMPLE SENTENCES

1 He **pandered** to the management to get promotion.
他迎合管理層來博取晉升。

2 The politician lost his votes because he **pandered** to big businesses.
那政客因奉承大企業而失去選票。

3 They were surprised to hear Pat for being charged with **pandering**.
他們聽到帕特被控扯皮條都吃了驚。

296 潘黛拉的箱子
PANDORA'S BOX

盜天火的普羅米修斯 Prometheus 有個弟弟峨比米修斯 Epimetheus，腦袋比哥哥差得遠，是個只顧吃飯和工作的普通人，認為手停口便停，其他一切都不重要，是典型物質主義者。兩兄弟的名字也有深意，Prometheus 的意思是「先知 (foresight)」，Epimetheus 卻是「後覺 (afterthought)」。

據公元前八世紀的希臘詩人赫西奧德 Hesiod 敘述，宙斯很不高興普羅米修斯把火偷了給人類，決定要人類付出代價，於是命火神希菲斯特斯 Hephaestus 用泥土造了一個女人，然後請眾天神賞賜禮物。這個女人就名叫潘黛拉 Pandora，希臘文意思就是 *pān*「全部 (all)」和 *dōron*「禮物 (gift)」。潘黛拉收到的禮物五花八門，更有些並非物質，例如天神使者赫耳墨斯 Hermes 便賜她說謊和狡辯的巧舌，還有「下流心胸和不老實本性 (shameful mind and deceitful nature)」。潘黛拉抱着一個罐子下凡，這種罐子古時用作儲存酒、油或者穀物，甚至殮葬屍體也可以。十六世紀著名荷蘭學者伊拉斯謨 Desiderius Erasmus (1469–1536) 把希臘原文的 *pithos*「罐子 (jar)」改為 *pyxis*「箱子 (box)」，未必是誤譯，因為 *pyxis* 是古時希臘婦女用作盛載飾物和化妝品的箱子，潘黛拉抱着一個 *pyxis* 到人間，更有女子出嫁的氣氛。

宙斯老謀深算，把潘黛拉送給峨比米修斯。普羅米修斯早已猜到宙斯用意，力勸弟弟不要接受。頭腦簡單的峨比米修斯見到潘黛拉活色生香，怎會拒絕。潘黛拉的箱子是宙斯給她的，宙斯還警告她千萬不要打開，其實即是叫她打開。箱子一開，藏在裏面的東西都放了出來，死亡、疾病、恐懼、饑餓、戰爭，所有邪惡壞事散落人間，人從

此受盡折磨。潘黛拉趕緊合上箱子，把希望關住。至於為甚麼是希望？有甚麼含義？後世理論可多了，在此不贅。

Pandora's box 自此被喻為禍患、麻煩或災禍的根源。

例句
EXAMPLE SENTENCES

1 Turning over a rock is similar to opening a **Pandora's box**, all the ants and insects will come out.
翻轉石頭就像打開潘黛拉的箱子，所有螞蟻和昆蟲都爬出來了。

2 He warned the panel that the investigation could be a **Pandora's box**.
他提醒工作小組，那調查揭露的問題可能捅了馬蜂窩。

3 The chemical plant near the village proved to be a **Pandora's box**.
那鄰近村子的化工廠果然後患無窮。

297 拉夫
PRESSGANG

一七九七年，年輕海員畢特 Billy Bud 被英國皇家海軍拉夫到軍艦上服役。畢特和藹友善，甚得人緣，但有口吃，緊張時無法說話。軍艦上的糾察長不喜歡畢特，時常挑毛病，有一天竟然指控他叛變。艦長召糾察長和畢特對質，畢特有口難言，激動推撞起來，錯手殺了糾察長。艦長召開軍事法庭，畢特被判絞刑。

這是《比利‧畢特》*Billy Budd* 的故事大綱。這個短篇小說是以《白鯨記》*Moby Dick* 享譽文壇的美國小說家梅爾維爾 Herman Melville (1819–1891) 遺作。當時皇家海軍拉夫是慣常事，稱為 impressment，口語是 pressgang，即是「強迫 (press) 入伙 (gang)」。海軍派拉夫隊到海員出沒的地方，看到合適者便強行帶走，法例規定是十八至五十五歲的海員，其他壯丁如行為不檢偶爾也會被抓，但為數不多。

其實拉夫之事古今中外屢見不鮮，亦不止於海軍。英國皇家海軍的拉夫則始於十七世紀中期，很多人批評是違憲，但大英帝國要控制北美洲殖民地，必須維持龐大海軍，人手招募不足，唯有如此。美國獨立後，很多被英國海軍拉夫的海員自稱美國人，投訴被強迫在英國船上服役，據估計，這類被拉夫的美國海員多達九千人。英國置諸不理，照拉如故，還到處上船搜尋逃跑者。美國輿論一面倒指責英國，拉夫美國人是侮辱和挑釁，新仇舊恨之下，英美差點再打起來，結果美國要求所有英國船艦不得駛進美國水域，亦禁止民間與不肯離開的船艦接觸。美國獨立後，英國海軍其實已有點臃腫，打完拿破崙戰爭便大刀闊斧改革，加上科技日益進步，船艦效率提高，三軍編制及徵募亦改變，十九世紀在亞洲大肆擴張時，海軍規模反而比以前小，拉夫亦逐漸停止，不過有關法例到今天仍然沒有廢除。

Pressgang 可分開寫為 press gang，或加連字符號成 press-gang，作名詞用時指拉夫隊，今天已廢；動詞意思則引伸為強迫或威迫利誘別人做某事或參加某活動。

1　He **pressganged** his senior staff to play in the charity golf match.
他威迫他的高級職員參加那場哥爾夫球慈善比賽。

2　In a civilized society, no one can **pressgang** you to do things you don't like.
在文明社會，你不喜歡的事誰也不能勉強你去做。

3　They are volunteers; they haven't had to be **press-ganged**.
他們是志願者，不用強迫。

298　第五元素
QUINTESSENCE

　　孫中山先生的《建國方略》第一部名〈孫文學說〉，寫於一九一八年，闡釋了他的政治、社會和宇宙觀，有一段說：「元始之時，太極（此用以譯西名「伊太」也）動而生電子，電子凝而生元素，元素合而成物質，物質聚而成地球。」自此發展而「世界開化」，隨之物競天擇，適者生存，故此國民必須自強。

　　「伊太」西名是 ether，後來亦譯作「以太」，希臘原文是 *aithēr*，解作「鮮風（fresh air）」，指神話裏天神呼吸的純物質，正如人間的空氣，而因為風火相連，火動生風，風乘火勢，所以亦聯繫「燃燒（burn）」之義。古希臘人認為大自然由風、火、水、土四樣元素組成，四元素不同組合而生成天下萬物，太陽星辰則在四元素以外，由無形無體的第五元素組成，就是 ether。中世紀的哲學家認為以太變化不定，凝聚

則成天上星體。很多人更相信以太不但是天上物質，更瀰漫宇宙，萬物都有以太。煉金術士 alchemists 把以太稱為 quintessence，即拉丁文 *quinta*「第五 (fifth)」和 *essentia*「要素 (essence)」。很多術士窮一生之力試驗不同物質，希望可以從中提煉出 quintessence，再製成萬應靈藥和永生仙丹，當然徒勞無功。

古羅馬詩人賀拉斯 Horace (65–8 BC) 有一首詩，寫給他的情婦莉迪娥 Lydia，酸溜溜地叫她不要錯愛負心人，因為她的香吻「已濡染了維納斯之甘露精華」 "Venus has imbued with the quintessence of her nectar"。十七世紀英國詩人彌爾頓 John Milton (1608–1674) 有長篇敘事詩《失樂園》*Paradise Lost*，以基督教上帝創造世界的故事為基礎，講述人類的墮落，宗教意味濃厚，卻不失為文學傑作。第三部份裏，天使烏利 Uriel 憶述天地初開，有這幾句：「此太空之幽眇元素，／飛揚上升，乃與各樣形體冥合」 "And this ethereal quintessence of Heaven, / Flew upward, spirited with various forms"。Ethereal 就是 ether 的形容詞。

Quintessence 今天是常用名詞，意思是主要元素，精華，精髓，或者本質，典範。形容詞是 quintessential。

例句
EXAMPLE SENTENCES

1 The summary is the **quintessence** of the report.
那概要是報告的精髓。

2 The foreman is the **quintessential** tough guy.
那工頭是典型硬漢子。

3 Good company is the **quintessence** of a happy journey.
旅遊要開心，首要是有好伙伴同行。

299 賣國賊
QUISLING

南宋初的宰相秦檜已有定論是奸臣，抗金名將岳飛被害，他要負很大責任，杭州岳王廟前鑄有他的跪地像，以警後世。據說清代乾隆年間有狀元秦大士，秦檜後人，遊岳王廟時一時感觸，撰了一副對聯「人自宋後羞名檜，我到墳前愧姓秦」。

第二次世界大戰時，挪威出了個人物，姓氏成為英語裏賣國賊的同義詞，與秦檜同樣遺臭萬年，子孫可有愧則不得而知。此君就是納粹德國佔領挪威期間的傀儡政府總理桂斯林 Vidkun Quisling (1887-1945)，戰前是挪威駐莫斯科 Moscow 外交官，後來出任國防部長，一九三三年成立極右法西斯 Fascist 組織「國民聯盟 (National Union)」。一九四〇年，希特勒進攻挪威，料想不到挪威激烈抵抗，政府亦從首都奧斯陸 Oslo 撤退。桂斯林早已和納粹德國眉來眼去，馬上草擬了組織政府的人員名單，交給希特勒。德軍攻陷奧斯陸後，桂斯林在電台宣佈已成立臨時政府，呼籲國民棄械，還向軍方和警察下命令，可是沒有人理會他。納粹德國要脅挪威國王委任桂林斯，國王說要諮詢政府意見，然後向內閣慷慨陳詞，聲言寧可退位也不會妥協，於是上下一心，對抗敵人。結果王室和挪威政府撤到英國，桂斯林則在德國扶助下成立傀儡政府。這個「桂斯林政權 (Quisling regime)」曾協助納粹德國迫害猶太人，戰後桂斯林被控叛國、謀殺、貪污，罪名全部成立，一九四五年十月二十四日被槍決。

第二次世界大戰如火如荼時，英美報章已經罵桂斯林做賣國賊。一九四〇年四月十五日，希特勒開始進攻挪威不到一個星期，英國《時報》The Times 首先發炮，提醒毗連挪威的瑞典 Sweden 小心國內那些「潛伏的桂斯林 (possible Quislings)」。其他報章紛紛仿效，桂斯林來

桂斯林去，起初還按規矩大寫姓氏，後來索性小寫成 quisling，即是把桂斯林這個姓當作常用詞，指賣國賊，通敵叛徒，內奸。

例句
EXAMPLE SENTENCES

1　He did not believe that his grandfather was a **quisling** during the war.
他不相信他祖父在戰時通敵賣國。

2　It's farcical to see the politicians calling each other a **quisling**.
看見那些政客互相指責別人是賣國賊便覺得滑稽。

3　The **quisling** government was unpopular among the people.
那傀儡政府不受人民歡迎。

300 覆盆子
RASPBERRY

　　覆盆子 raspberry 亦名紅桑子，果實酸甜，紅色最常見，隨品種而深淺不同，亦有黑色的，較少有。覆盆子果實表面凹凸不平，粗糙的英語是 rough，古時是 rasp，所以 raspberry 是「粗糙樹莓」的意思。覆盆子通常用來造甜點或者果醬，不過「吹覆盆子 (blowing a raspberry)」可是另一回事。

　　覆盆子餡餅 raspberry tart 是家常食物，tart「餡餅」和 fart「屁」諧音，blow a tart「吹餡餅」就是轉過彎來說 blow a fart「放屁」。

Blowing a raspberry tart 這句俚語大約二十世紀初出現，是所謂「倫敦土話諧音俚語 (Cockney rhyming slang)」，觀眾覺得表演不對胃口，或者演員不討好，大喝倒采，方法是把舌頭放在兩片嘴唇之間吹氣，發出類似放屁的聲音，也可以把嘴巴按在手背上吹，效果相同，總之全場砵砵噗噗，就是「吹覆盤子」，加上口哨聲和叫囂聲，還有人擲物，台上狼狽不堪，台下鬧作一團，就當作同場加演好了。美國人則把 raspberry 簡化為 razz，引伸作嘲笑，取笑，作弄的意思。至於為甚麼是覆盤子餡餅而不是其他餡餅則無從稽考了，全世界的地方俚語都沒有道理可講。Cockney 原指倫敦東區說話有口音的居民，泛指倫敦工人階層，當眾 blow a fart 之事，斯文人不會做。倫敦諧音俚語頗有趣，例如 Adam and Eve「阿當夏娃」是以 Eve 押韻 believe「相信」，所以 "you don't Adam and Eve" 是「你不會相信」。

美國有個「金覆盤子獎 (Golden Raspberry Awards)」，簡稱 Razzie Awards，姑且譯作「倒采獎」，一九八〇年代初創立，獲獎的都是蹩腳演員和差勁電影及製作人。全世界行內人和有話要說的影迷加入成為會員便有權投票，獎座是八米厘電影模型片盤黏着一大顆金黃色塑膠覆盤子，得獎人有些無所謂，欣然前往領獎。四十年來高據榜首的是動作片巨星史泰龍 Sylvesta Stallone，獲十五次提名「最差演員」，四次得獎。吃了這麼多年覆盤子餡餅，他應該膩了。

Blowing a raspberry 引伸作做鬼臉拒絕，表示輕蔑，也可以是鬧着玩把嘴巴貼着別人吹氣。Raspberry 可單獨使用，指呸聲和噓聲。

1   He was incarcerated for two days for blowing a **raspberry** to the judge.
他因為向法官呸了一聲而坐了兩天牢。

2   There was a chorus of **raspberries** from the audience.
觀眾噓聲四起。

3   She blew a **raspberry** at her daughter's stomach, causing her to giggle.
她貼着女兒的肚皮吹氣，逗得她咯咯笑。

301 富麗堂皇
RITZ

　　一八九八年六月一日，巴黎第一區有新飯店開幕，衣香鬢影，盛況一時。飯店四層高，客房二百一十間，全部設有浴室，安裝了電話，還有電力供應，為全球首創。飯店地點極佳，毗連著名的旺多姆廣場 Place Vendôme，與羅浮宮 Le Louvre 只一箭之遙。老闆是後來被稱為「飯店經理的皇帝，皇帝的飯店經理 (King of Hoteliers, Hotelier to Kings)」的麗斯 César Ritz (1850–1918)。飯店亦名為麗斯 Ritz。

　　麗斯是瑞士人，出身貧家，據說曾在旅館打工，被解僱時老闆批評他不是這行業的料子。麗斯去了巴黎發展，努力工作和學習，巴黎麗斯飯店開業時，他在行內已頗有名氣。他本來和名廚艾斯高斐 Auguste Escoffier (1846–1935) 一起打理倫敦夏蕙飯店 Savoy，但雙雙被解僱，傳聞是收取供應商回扣和把價值不菲的美酒據為己有。兩

人有很多官紳名流捧場客，這些人慫恿他們另起爐灶，於是合伙創辦了這間新穎而富麗堂皇的大飯店。

飯店原址是一座十八世紀初建成的典雅房子，麗斯保存了原貌。甫開業，飯店客似雲來，麗斯馬不停蹄，到處複製他的傑作，王國不斷擴展。麗斯很快以豪華享受和美酒佳餚聞名，常客來自歐洲王室貴族及上流社會，美國的有錢人亦趨之若鶩，不惜遠渡重洋以一嚐滋味。麗斯收費昂貴，卻其門如市，第二次世界大戰時被納粹德國佔領軍徵用了作為總部，可說極有品味。麗斯戰後復業，瞬間便回復成為名流富人聚腳點，荷里活明星更絡繹不絕。

麗斯也是虛榮和勢利的同義詞。美國小說家費滋羅德 Francis Scott Fitzgerald (1896–1940) 有一個短篇小說便名為《大如麗斯的鑽石》*The Diamond as Big as the Ritz*。當時是二十世紀二十年代，美國人挪揄擺闊或者裝腔作勢之人時愛說：「擺出麗斯 (to put on the ritz)」，這句話今天仍常用，可見麗斯名氣之盛。

Ritz 作名詞用時指豪華飯店，R 大寫。形容詞 ritzy，意思是豪華高級，或者炫富，動詞則解作傲慢或冷淡對待；兩個都是口語用法。

例句
EXAMPLE SENTENCES

1　"You don't expect the **Ritz** with this price?"
「這個價錢你想住麗斯大飯店？」

2　The opening of the **ritzy** restaurant became the talk of the town.
那豪華餐館的開業成為城中話題。

3　He **ritzed** her friends and annoyed her.
他怠慢了她的朋友，令她惱怒。

302 拾荒者
SCAVENGER

英國的倫敦塔 Tower of London 建於一〇六六年，曾用作囚禁政治犯，令人聞之喪膽。十六世紀中期，倫敦塔典獄長史克文頓 Skevington 發明了一種刑具，用鐵架把人的頭部和手腳鎖住，然後合起令身體摺疊，鐵架收緊時，受刑人會被擠壓得口鼻出血。這種殘忍刑具名為「史克文頓女兒（Skevington's Daughter）」，諧音為「清道夫女兒（Scavenger's Daughter）」，今天到倫敦塔參觀便見得到。

Scavenger 源自一種叫做 scavage 的稅款，始於十四世紀，外來商販要進入倫敦做買賣必須繳交，收取這些稅款的人員稱為 scavagers，訛作 scavengers。這些收稅員亦負責商販秩序，保持街道整潔。到了十六世紀，經濟日漸發展，為了促進商貿，外來商販稅取消，scavengers 不用收稅，剩下來的工作便是街道整潔，於是成為清道夫，後來泛指拾荒者。二十世紀初，scavenger 是英國人口統計裏的一項職業，今天較常用的是「垃圾收集員（garbage collectors）」，清道夫則是 street cleaners，不是 scavengers 了。不過印度孟買 Mumbai 今天仍有很多 scavengers，但並非清潔街道，而是鑽進排污渠裏做疏通，這種工作只有賤民 Untouchables 才肯做。但就算是賤民，每天下渠前都要喝酒至帶醉才可以忍受工作環境，不幸他們只喝得起自己釀製的土酒，所以中酒精毒和患肝病十分普遍。社會上批評政府的聲音很多，但孟買排污系統龐大老舊，修修補補勉強還可以，徹底改善則着手無從，只有依靠這些 scavengers 了，所以批評繼續，一切依舊。

Scavengers 也指食腐動物，如禿鷹 vultures 和胡狼 jackals，是生態系統的重要一員，沒有牠們清除動物屍體，環境會變得惡劣。動物學家解釋，所有動物其實都會食腐，有現成屍體可吃，就算猛如獅虎都

不會介意做 scavengers。一九七〇年代有考古學家提出理論，認為人類遠祖在懂得狩獵前也是食腐，所以我們都是 scavengers 的後代。

Scavenger 的動詞是 scavenge，除了解作清潔或清除外，亦引伸為從中搜尋有用之物。

例句
EXAMPLE SENTENCES

1　Policemen **are scavenging** for evidence in the landfill.
警察在垃圾堆填區裏搜尋證物。

2　You can often **scavenge** nice snuff bottles in his curiosity shop.
在他的古董店裏常常會找到些不錯的鼻煙壺。

3　She calls her dog **Scavenger**. It eats any edibles that fall to the floor.
她叫她的狗做清道夫。掉到地上可以吃的東西牠都會吃。

---

303 烙印
STIGMA

北宋名將狄青少年從軍，按例人伍時在面上刺字為記。後來宋仁宗以狄青有功於國，命人勸他除去面上刺字。狄青回答說，他的成就都是這兩行刺面字所致，所以不會除去，「要使天下賤兒，知國家有此名位待之也」。話說得漂亮，宋代刺面賤兒不計其數，像他狄元帥那樣榮華富貴者似乎沒有幾人。

古希臘和羅馬亦有在人身上留印記這回事，戰俘、罪犯和奴隸

都會被刺青甚至像牲口一樣被烙印，以作識別或懲罰，希臘文叫做 *stigma*，源自動詞 *stizein*，意思是「刺 (prick)」，英語照模樣吸收了，眾數是 stigmas 或 stigmata。這類恥辱標記都印在額頭，公元一世紀的羅馬詩人馬提雅爾 Marcus Martial (40–104) 有一首警句詩 epigram 說，有個回復自由身的奴隸，用長長劉海遮掩額上印記，被人訕笑。公元三三〇年，羅馬皇帝君士坦丁大帝 Constantine the Great (274–337) 禁止在罪犯和奴隸額上刺青，要刺便只可以刺在手臂或者腿上。

基督教因君士坦丁才得以發展壯大，stigma 在基督教文化裏則有新的意思。早在公元一世紀，耶穌門徒保羅 Paul 已經自稱，他的疤痕是耶穌留在他身上的印記 stigmata。到了中世紀，基督徒都相信，手腳和身體無故出現的傷勢，總之與耶穌被釘十字架的傷勢相似的，都被視為聖跡，這些傷勢稱為 stigmata。據記載，第一個出現 stigmata 的是聖方濟各 St. Francis of Assisi (1181–1126)，不過很多這些 stigmata 案例後來都被揭發是騙局。科學家則嘗試解釋，十九世紀的醫學理論認為，這些所謂出現 stigmata 的人，很可能患有痙攣症 epilepsy 或者歇斯底里症 hysteria，病發時受傷而不知。十七世紀時，醫學界以 stigma 來指皮膚上的病變斑點，尤其是無緣無故流血的疣或痣。十八世紀中期，stigma 亦指昆蟲的斑點，或者柱頭，即花蕊的頂端。十九世紀末，stigma 則指身體或心理上失衡的癥候。

Stigma 今天是常用名詞，意思是恥辱或者污名，污點，形容詞是 stigmatic，動詞是 stigmatize。

1 Being divorced was once a **stigma**.
離婚曾經是丟臉的事。

2 His scandal **stigmatized** the family.
他的醜聞令家人蒙羞。

3 She refused to consult a psychiatrist, which she thought was **stigmatic**.
她不要去見精神科醫生，覺得這樣做是羞恥的事。

304 冥河
STYX

　　希臘神話裏，地府有五大河流，其中一條是隔開地府與人世的冥河 Styx，五條河流在地府中央匯合，形成一片沼澤，這地方亦稱為 Styx。冥河有神奇力量，大英雄阿基里斯 Achilles 就是浸過河水後刀槍不入。

　　Styx 也是一位女神的名字，冥河由她管轄。Styx 是 *stygos*「仇恨（hatred）」的化身，宙斯 Zeus 和泰坦巨人 Titans 打仗時，Styx 領着兒子站在宙斯一方，宙斯得勝後，為了答謝 Styx，下令所有天神及仙人今後許諾或發誓必須以冥河之名而為。那知宙斯自吃苦果，他的情婦塞默勒 Semele 懷孕後，受到化身為老婦的赫拉 Hera 唆使，要求宙斯以冥河之名答應她一個要求，宙斯不知就裏，亦想討好新歡，當下應允了。誰知塞默勒要宙斯現真形相給她看，宙斯大吃一驚，因為他的真形相金光萬丈且雷轟電擊，凡人不能觀望。但誓言不可違，宙斯

唯有盡量收斂之下展現，塞默勒剎那間烈火焚身，宙斯急忙把她腹中胎兒取出，縫在自己的大腿裏，塞默勒則化為灰燼。幾個月後，嬰兒出生，就是酒神狄俄尼索斯 Dionysus。

亡魂過冥河進入地府都要坐渡船，船伕名叫克倫 Charon。所以古希臘殮葬，必在遺體口內放一枚錢幣，作為過河渡費，不給渡費的亡魂便成為野鬼，永遠在河邊徘徊。十六世紀的荷蘭畫家柏蒂尼 Joachim Patinir (1480–1524) 有一幅《克倫渡河風景畫》*Landscape with Charon Crossing the Styx*，現存西班牙馬德里普拉多美術館 Prado Museum。畫中央是冥河，河中小舟上赤裸身體的就是船伕克倫，右岸是地獄，遠處可見熊熊煉火，左岸是天堂，綠草如茵，寧靜祥和，表達的是基督教文化的冥河 Styx，克倫送亡魂到右岸還是左岸，則視乎死者生前所為了。

Styx 的形容詞是 stygian，意思是像冥河般陰森森的，或者死一樣的，亦引伸作不可違背的，不可解除的。S 大小寫都可以。

例句
EXAMPLE SENTENCES

1　"I did look upon the stream that night…it rolled silent and as black as **Styx**." – *Lord Jim*, Chapter 33, Joseph Conrad (1857–1924)
「那天晚上我曾經看着那條河……河水默默翻滾，漆黑陰森。」
—康拉德《吉姆老爺》第三十三章 (1857–1924)

2　They don't want to leave the house in this **Stygian** darkness.
他們不想在這陰森的一片漆黑裏離開房子。

3　No oath is **stygian** unless the one who took it keeps it.
人要背信，甚麼誓言也沒有用。

305 惡棍
THUGS

　　明代小說有一個故事,講述神箭手劉東山退出江湖,販賣牛馬賺了大錢,自恃武藝,單人匹馬回家,路上遇到一個少年人請求同行。兩人頗投契,劉東山說到往日事跡,眉飛色舞。少年人向他借大弓來看,一伸臂把大弓拉滿,劉東山大驚,少年人把自己的弓給劉東山,他用盡氣力也拉不開。原來少年人是大盜,把劉東山的銀子劫走了。

　　以前印度也有類似的劫匪,混入商隊內,伺機行劫,劉東山遇到的少年大盜手下留情,印度劫匪可殺人不眨眼。這些印度匪徒叫做thugs,這類劫殺稱為 thuggee,當然是英語化了的印度話,原文的意思是「詐騙(swindle)」。Thugs 很有組織,以一家或者一族人為核心,行動亦有計劃,逐漸混進商隊行旅,探得虛實,自己人數亦足夠了,便出其不意施襲。他們很少攜帶利器,免啟人疑竇,下手時多數用繩子或者毛巾從後把人勒死,劫得財物後便毀屍滅跡。據記載,thuggee 十四世紀已出現,肆虐幾百年,起源則傳說紛紜,往往互相矛盾,例如 thugs 都自稱拜印度教女神卡莉 Kali,但英國人捕獲的 thugs 有差不多三分二是回教徒,他們連回教朝聖隊也照樣劫殺。十九世紀中期,英國殖民政府大力鎮壓,並立法嚴懲,擾攘了二十多年,thuggee 在一八七〇年代才沉寂下來。

　　十九世紀末,美國幽默大師馬克・吐溫 Mark Twain (1835–1910)曾到印度旅行,歸來後把所見所聞的文章收進文集《赤道行蹤》*Following the Equator*,其中就提到 thuggee,美國人亦學會 thugs 這個字。很多有種族歧視的美國人今天仍以為 thugs 指有色人種,二〇一五年馬利蘭州巴爾的摩 Baltimore 騷亂,黑人總統奧巴馬 Barack Obama 指責到處縱火的黑人是 thugs,引起舌戰。最愛用 thugs 來罵人的是已

故英國首相鐵娘子 Iron Lady 戴卓爾夫人 Margaret Thatcher (1925–2013)，在她口中，罪犯是 thugs，鬧事球迷是 thugs，恐怖份子是 thugs，愛爾蘭共和軍 IRA 是 thugs，總之天下壞蛋都是 thugs。

Thug 的形容詞是 thuggish，thuggery 是名詞，即是以前的 thuggee。

例句
EXAMPLE SENTENCES

1 The **thugs** who attacked him last night were arrested.
昨晚襲擊他的那些惡棍被捕了。

2 The match ended up in a **thuggish** fighting.
那比賽以流氓式毆鬥終場。

3 They did not believe that their son had participated in the **thuggery**.
他們不相信兒子有參與犯罪。

306 深山怪
TROLL

挪威 Norway 和瑞典 Sweden 山巒起伏，在山裏走着，時常看到各種形狀的大石塊。據民間傳說，這些石塊很多是怪物變成的，這些叫做 troll 的怪物很怕見到陽光，走避不及便會變成石頭。另外有些石頭則是 troll 從山上擲下來的，用作趕走外人。

Troll 有兩種，一種是巨人，另一種剛好相反，是侏儒。巨人 troll 長得很醜陋，一頭亂髮，骯髒不堪，有時候身上的泥巴還長着植物，

有些巨人 troll 甚至是獨眼怪。侏儒 troll 好一點，要不是有一條尾巴，很容易會被誤認是人類。Troll 都住在遠離人居的深山裏，通常三五成羣，最普遍是兩父女或者兩母子，不喜歡與人接觸，對人亦不友善。幸好 troll 都腦袋不靈光，對付他們並不困難。十三世紀初冰島 Iceland 文學著作《散文埃達》*The Prose Edda* 有一首詩，大概是關於 troll 的最早文字記載。詩裏說有個詩人黃昏時經過一個樹林，突然間有一個自稱是 troll 的老婦走出來攔路，還報上履歷，接着問來者何人，詩人說自己是寫詩的，老婦轉頭走了。

Troll 這個字有另一個解釋，就是「曳繩釣魚 (fish trolling)」，亦稱拖釣，以船艇拖曳多條釣線，也可以垂釣者使用釣竿，通常釣的都是比較大條的魚。互聯網普及後，troll 成為網絡俚語，網絡 troll 隱身在互聯網世界，所作所為稱為 internet trolling，他們隱秘的身份和出沒無常有如北歐深山怪，在網絡公共討論區挑釁，引起無意義的爭論，好比放餌曳繩釣魚。網絡怪的 internet trolling 出於無聊的惡作劇心態，亦可能另有目的，例如美國總統選舉時很多 trolls 挑起是非，發放假消息及擾亂討論議題，企圖影響選民，美國政府指責是俄羅斯策劃，俄羅斯當然否認。Internet troll 的中文譯名有好幾個，都是牛頭不對馬嘴，很多人認為閩南話的「小白」可信，但 troll 不一定年紀「小」，亦並非不懂狀況的「白目」，看來有待神來之筆了。

Troll 指人亦指上載到網絡的說話，作動詞用時可以解作在網絡上搜尋有用的資料。

1 He enjoys posting stupid **trolls**, which his girlfriend finds distasteful.
他最愛上載無聊的挑釁言論，令女朋友很反感。

2 They set off to **troll** for mackerel.
他們出發去釣鯖魚。

3 She **trolled** the internet for job opportunities.
她在網絡上搜尋工作機會。

307 自吹自擂
THRASONICAL

公元前二世紀的羅馬文學有一齣喜劇《閹人》*Eunuchs*，作者是著名劇作家泰倫斯 Terence (186?–161 BC)，劇中有一個喜歡自吹自擂的人物，這個角色為英語添了一個字。

故事講述雅典城名妓泰依斯 Thais，裙下之臣有隊長法拉素 Thraso和公子菲德里亞 Phaedria。法拉素頗富有，要送一個女奴給泰依斯，討她歡心，誰知這女奴是泰依斯的義妹彭菲拉 Pamphila。彭菲拉本來是雅典人，年幼時被拐，賣到遠方，泰依斯的母親買了她，所以泰依斯和彭菲拉一起長大，後來泰依斯定居雅典，想不到今天重逢這個妹妹，於是設法使彭菲拉與雅典家人團聚。

法拉素從軍事跡不詳，最愛自吹自擂，有一個拍馬屁伙伴諾圖Gnatho，其實是跟班。法拉素毫無軍人氣派，卻愛裝模作樣，說話夾

雜行軍術語唬人，在泰依斯面前卻任由擺佈。他向諾圖發表偉論，自比希臘英雄海格立斯 Hercules，而泰依斯是翁法拉 Omphela。據神話，海格立斯殺了朋友，按神喻指示贖罪，賣身與翁法拉為奴一年，翁法拉要大英雄穿上女裝做家務，海格立斯照辦不誤。法拉素洋洋自得，大英雄尚且如此，他投降算甚麼。後來他糾集一伙人要搶回彭菲拉，下令諾圖排好作戰陣勢，待他在陣後發號令。彭菲拉的哥哥告訴他真相，警告他不得妄動，法拉素馬上洩氣，諾圖還不識相地問他部隊要不要撤退。

這齣喜劇裏有幾個閹人奴隸角色，閹割的拉丁文是 *castrō*，亦可解作無能，不中用，不就是指法拉素這種好自吹自擂的人？劇終時，公子菲德里亞繼續情迷泰依斯，而在諾圖獻計之下，亦歡迎法拉素加入來個三人行，為的是可以分擔費用，泰依斯多情公子與有錢隊長兼得，綠楊移作兩家春。公子和軍官其實都是 eunuchs。

從法拉素 Thraso 的名字得出形容詞 thrasonical，意思是自吹自擂的，自誇自負的。助動詞是 thrasonically。T 不大寫也可以。

例句
EXAMPLE SENTENCES

1　No one would like to listen to his **thrasonical** ravings.
誰也不喜歡聽他自吹自擂的瘋話。

2　Half of the audience had left before he finished his **thrasonical** speech.
他誇誇其談的演說還未完結，半數聽眾已離開。

3　Panel members showed no expression as the candidate introduced himself **thrasonically**.
小組成員毫無表情地看着那候選人吹噓自己。

308 獨角獸
UNICORN

　　西方傳說裏有一種動物，形狀半馬半羊，毛白色，額上有螺旋紋尖角，名為「獨角獸 (unicorn)」。古希臘人認為獨角獸真有其物，來自印度。據古羅馬學者普林尼 Pliny the Elder (23-79) 所記，獨角獸雄鹿頭象腳，野豬尾，身軀似馬，鳴聲低沉，額中央有長兩肘尺的黑色獨角。中世紀歐洲人認為獨角獸在山林出沒，很難見得到，象徵天真和純潔，只有處女才可以接近和捉住，還相信獨角獸的角有神奇力量和療效。儘管似乎誰也沒有見過或者捕捉過獨角獸，這種傳奇動物的角及角製成品卻流傳坊間，是達官貴人不惜重金搜羅的珍品。到了十六世紀，終於有人追尋研究，證實所謂獨角獸角是西貝貨，假的。

　　威尼斯商人馬可・孛羅 Marco Polo（1254-1324）在元代中國逗留期間，曾經到過蘇門答臘 Sumatra，見到一隻獨角動物，以為是獨角獸，但大失所望，覺得這隻胖大兇惡的畜牲非常醜陋，完全不是傳說中的俊逸靈秀，其實他見到的多半是犀牛 rhinoceros。美國著名幽默作家和漫畫家瑟伯 James Thurber (1894-1961) 有一個膾炙人口的短篇小說《花園裏的獨角獸》The Unicorn in the Garden，講述丈夫在明媚的早上發現花園裏有一隻獨角獸，還在吃玫瑰花。他連忙叫醒賴在床上的妻子去看，妻子厭惡地罵他神經病，獨角獸這回事也相信。丈夫第二次叫醒妻子時，那婦人惱羞成怒，說要召精神病院的人來帶走他。丈夫不理她，走出花園，獨角獸不見了，於是在玫瑰花叢旁打盹。精神病院的人和警察來到，問丈夫是否看到一隻獨角獸，丈夫說沒有。結果被套上約束衣帶走的是那個活在自己主觀世界裏的妻子。

　　Unicorn 今天引伸為鳳毛麟角，罕有的人或物，尤其是誰也不知

道是否存在的東西。在投資界裏，市值超過十億美元的私人初創企業亦稱為 unicorn，通常是科技或軟件公司，並不常見。

1　It's his firm conviction that his software company will be the next **unicorn**.
他堅信他的軟件公司將會是下一個初創企業的成功例子。

2　Works of the Ming dynasty painter are like **unicorns** in the market.
那明朝畫家的作品在市場上有如鳳毛麟角。

3　"She's looking for a **unicorn**, not a husband."
「她在找一隻麒麟，不是一個丈夫。」

309 頑童
URCHINS

　　全世界的海洋都有海膽 sea urchins，深至五千公尺的海底也找得到。據化石研究，海膽四億五千萬年前已存在，近親是海參 sea cucumber，這近親也是它們的食物。海膽遍身尖刺，可吃的是生殖腺 gonads，也是海膽儲存營養素的器官。

　　Sea urchins 有時簡稱 urchins，不過 urchins 以前是指「刺蝟（hedgehogs）」，有些字典亦解作豪豬或箭豬。刺蝟和箭豬 porcupines 其實並不同科，豪豬是草食動物，山林間生活，能爬樹，體型比雜食 omnivorous 的刺蝟大，身上的刺較長較多，刺中敵人時可

以脫下，刺蝟的刺少得多，亦不會離體。刺蝟原產亞洲、歐洲和非洲，可以作寵物養，豪豬原產美洲，養在家是自討苦吃。Urchin 十四世紀拼作 *yrichon*，來自法文 *irechon* 意思就是刺蝟。現代法文的刺蝟是 *hérisson*，法國南部地中海沿岸仍有把海膽叫做 *hérisson de mer*，即是「海刺蝟（sea hedgehog）」。英國人在十五世紀中期漸漸棄用 urchins 這個名詞，改用 hedgehogs 來稱呼刺蝟，以其常常在「樹籬（hedge）」出沒和造窩，口鼻像「豬（hog）」。Sea urchins 這個名詞要到十六世紀末才出現，大約差不多時候，衣衫襤褸的年輕人亦開始被貶稱為 urchins。十八世紀的英國詩人柯珀 William Cowper (1731–1800) 有一封一七九〇年五月十日寫給朋友的信，提到他的醫生差了一個邋遢小厮 urchin 來找他，還解釋他的意思不是指 hedgehog，只是大家都這樣稱呼這種小子 "He sent an urchin (I do not mean a hedgehog...but a boy, commonly so called)"。

到了十八世紀，以 urchins 來指街童已經十分普遍，這些孩子都衣衫不整，骯髒討厭，時常闖禍生事。狄更斯 Charles Dickens (1812–1870) 的《雙城記》*A Tale of Two Cities* 有一個配角克隆查 Jerry Cruncher，白天是倫敦艦隊街一間錢莊門房，夜裏是盜屍人 body snatcher，每天「在艦隊街坐在他的櫈子上，身旁是他那個令人厭惡的小鬼」"...sitting on his stool in Fleet Street with his grisly urchin beside him..."，那小鬼就是他的兒子。

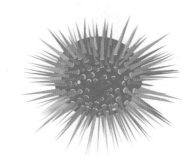

1 Street **urchins** are a big threat to the city's tourism.
街童問題對那城市的旅遊業是一大打擊。

2 Street **urchins** in Rome are said to be mostly Gypsy kids.
羅馬的街童據說大多數是吉卜賽孩子。

3 She only had herself to blame when she found that her son had become an **urchin**.
她發覺兒子變成個邋遢頑童，只好怪自己了。

310 吸血殭屍
VAMPIRE

《聊齋誌異》裏的女鬼聶小倩，半夜去媚惑不知死活的男子，待他色授魂與時用錐子刺穿他的腳板，吸乾血液，回去給老妖享用。聶小倩年輕貌美，老妖不得不依靠她，喝二手血是沒有辦法的事。西方的吸血殭屍 vampires 口味要求可不同。

Vampire 源自歐洲東部斯拉夫語 Slav 的 *vampir*，*vapir* 或 *uper*。十八世紀初，奧地利 Austria 控制了巴爾幹半島 Balkan Peninsula 北部地區，派駐的官員發覺當地人會開墓挖屍，用尖木條刺進屍體胸口，說是殺死 *vampir*，就是死後復活吸人畜血液的殭屍。這類報告接二連三，英語不久便有 vampire 這個字。其中一個報告說，有個奧地利士兵被吸了血，他找到殭屍的墓穴，挖出惡鬼，吃了墳裏泥巴，塗上殭屍血，這才解除了體內殘留妖毒。後來他意外身亡，變成吸血殭屍，村民挖出他的屍體，他如在生一樣，手指甲也長了，棺材內則一片血漬。村

民用尖木條刺進他的胸口時，他大聲慘叫，鮮血四濺。

　　吸血鬼的故事以愛爾蘭作家斯托克 Bram Stoker (1847-1912) 一八九七年出版的《德拉古拉伯爵》*Count Dracula* 最為經典，也是今天不少電影、電視劇和舞台劇的創作藍本。故事講述吸血殭屍德拉古拉伯爵從羅馬尼亞中部的特蘭西瓦尼亞 Transylvania 移居英國，幾個英國男女與他周旋，最後把他殺死。斯托克在小說的前言原本有一段自白，力言所說千真萬確，世上確有吸血殭屍，不過出版社把這段刪了。

　　吸血殭屍或吸血鬼的傳說其實由來已久，古希臘和羅馬都有記載，後世小說家推波助瀾才殭屍成風。現代社會也有吸血之事，但與殭屍鬼怪無關，據英國《衛報》*The Guardian* 報導，這些吸血圈子非常隱秘，吸人者與被吸者簽好買賣合約，賣方還要出示衛生證明，吸血方法非常科學，不會噬頸吮吸那樣粗野，當然吸者亦不怕蒜頭。世界之大，無奇不有，是耶非耶，不得而知。

　　Vampire 可引言為無情掠奪者，或敲詐勒索者。形容詞是 vampirish 或 vampiric。

例句 EXAMPLE SENTENCES

1　He is sucking the life out of her like a **vampire**.
　　他像吸血殭屍那樣在吮走她的生命。

2　The **vampirish** loan shark was charged with fraud and money laundering.
　　那吸血鬼高利貸傢伙被控詐騙和洗錢。

3　Workers protested against the company's **vampiric** exploitation.
　　工人抗議公司的吸血鬼式無情剝削。

311 伏都教 VOODOO

一九八〇年代初，新上任的美國總統列根 Ronald Reagan (1911–2004) 推行新政，以重振半死不活的經濟。他八年任期內，滯脹消失，GDP 上升，美國企業有長足發展，但國債上升如天文數字，貧富懸殊加劇，工商業壟斷嚴重。「列根經濟政策 (Reaganomics)」亦被譏為「伏都經濟政策 (Voodoo economics)」。

「伏都 (Voodoo)」是美國南部的一種宗教，主要在路易斯安那州流行，故又名「路易斯安那伏都 (Louisiana Voodoo)」，或者以州府新奧爾良之名而稱為「新奧爾良伏都 (New Orleans Voodoo)」。伏都教有巫術成份，列根政府一面減稅一面花錢，批評者認為就像迷惑人的巫術，後患無窮。加勒比海 Caribbean 的島國都有伏都教，亦各有特色，名稱略有分別，海地 Haiti 的伏都教就稱為「海地伏都 (Haitian Vodou)」，與路易斯安那伏都最相似，亦最常被混淆。伏都教可追溯至今天西非洲貝寧 Benin 和多哥 Togo 等地的部族傳統，由黑人奴隸帶到美洲，結合西方文化、土著文化和基督教信仰而成。Voodoo 這個名字也是從西非土語 *vodu*「神靈 (spirit)」而來。

伏都教徒相信世界陰陽並存，死亡不過是從實物的陽界轉入看不見摸不到的陰界，但先靈與人共存，而且會保佑在世家人。伏都教有一個大神 Bondye，另有其他稱為 loa 的各種神靈，農人會拜耕種的 loa，做買賣的則拜買賣的 loa，諸如此類。信徒還相信靈魂可以出竅，神靈可以上體，身體不過是工具，他們的宗教儀式和活動離不開唱歌，一面唱一面拍手和搖擺身體，與非洲部族傳統相似。巫術是伏都教一大環節，治病固然要用巫術，其他事情也可以用巫術處理，報仇雪恨或整治敵人最有效當然是巫術了。很多電影、電視劇和小說便以伏都

教巫術大做文章，結果伏都教總是給人邪氣印象，加以信徒以黑人為主，白人社會難免另眼相看了。

Voodoo 可引伸為巫術，魔法，或者無法解釋的奇怪現象。

例句
EXAMPLE SENTENCES

1 The statistician ridiculed himself as a **Voodoo** priest.
那統計學家自嘲是伏都教巫師。

2 No one at the meeting understood his **voodoo** talk.
與會者沒有人知道他在胡言亂語些甚麼。

3 "Advertising is nothing but **voodoo**," he said depreciatingly.
「廣告不過是巫術，」他輕蔑地說。

312 狼人
WEREWOLF

公元前五世紀古希臘史學家希羅多德 Herodotus 記述，今天烏黑蘭 Ukraine 北部與白俄羅斯 Belarus 南部接壤的地方有一個名為諾黎 Neuri 的民族，每年有幾天所有人都變成狼。希羅多德自言不相信，但告訴他的人言之鑿鑿，故且記之。

希臘神話裏最有名的人變狼是阿卡狄亞 Arcadia 的呂卡翁 Lycaon。故事說宙斯 Zeus 聽聞世人生活烏煙瘴氣，於是到凡間一看，來到阿卡狄亞，向當地人顯示身份，受眾人膜拜。國王呂卡翁嗤之以鼻，為了證實真偽，設宴款待宙斯。他命人殺了一個死囚，燒成菜餚款客，來者如果真是天神之首，不會不知道吃的是人肉。宙斯當然一清二楚，勃然大怒，把呂卡翁變成一隻狼。

從前西方最多人變狼事件，與「獵巫（witch hunt）」有莫大關連。始於中世紀末的獵巫是社會「集體歇斯底里（mass hysteria）」，擾攘歐美近三百年，至十八世紀中期才靜止，估計遇害人數達四萬多人。獵巫除了對付巫婆巫師外，狼人也是目標，據記載，最觸目驚心的是斯東夫 Peter Stumpf 案。斯東夫是德國科隆 Cologne 附近一個富農，一五八九年被捕，嚴刑之下招認是狼人，用魔鬼給他的一條腰帶變身，腰帶下落不得而知，審訊的人亦沒有追查。斯東夫招供吃了十四個孩子和兩個孕婦及她們的胎兒，還與女兒亂倫，情婦是魔鬼送給他的。結果三人同被處死，過程比清朝的凌遲殘忍得多。

狼人英語是 werewolf，古英語的 were 意思是「人（man）」。近代醫學曾試圖解釋人變狼這回事，但無法提出令人信服的理論。傳說殺死狼人必須用銀子彈，那是十九世紀小說家的幻想。第二次世界大戰尾聲時，納粹德國組織敢死隊，名為 *wehrwolf*，即是英語的 werewolf，潛到節節進迫的盟軍之後擾亂。納粹大勢已去，狼人敢死隊難有作為，戰後有些殘餘納粹狼人遁入山林，繼續作戰，幾年後才消失。

Werewolf 可引伸指狡猾兇殘的人，眾數是 werewolves。

例句
EXAMPLE SENTENCES

1　"I'm a **werewolf**!" he grinned at her, showing his long pointy canine teeth.
「我是狼人！」他向她咧嘴而笑，露出尖長的犬齒。

2　Only sharks and **werewolves** survive in that conglomerate.
只有鯊魚和狼人才可以在那聯合大企業裏生存。

3　He was born a **werewolf**, shrewd and brutal.
他是天生的狼人，狡猾而殘忍。

313 飄忽鬼火
WILL-O'-THE-WISP

西風東漸，近年很多亞洲地方都流行過萬聖節 Halloween，必備之物是南瓜燈，英語稱為「傑克燈（Jack-o'-lantern）」，原來的全寫是 Jack with the lantern「提燈傑克」，也是磷火 phosphorescence 的俗稱，另有名字 Will-o'-the-wisp，即 Will with the wisp「拿着紙捻的威爾」。

先說傑克燈的故事。傑克是個酒鬼，亦騙人不眨眼。有一天，魔鬼撒旦要帶他走，他說服撒旦放他去喝最後一次酒。撒旦想看他玩甚麼把戲，答應了，傑克喝了個痛快，叫撒旦付酒錢。撒旦怎會有錢，傑克教撒旦變做一個錢幣，反正隨時可以變回原形。撒旦變了，傑克連忙把錢幣放進內有十字架的口袋裏，撒旦動彈不得，只有答應傑克多給他十年壽命。十年後，傑克隨撒旦走着時，忽然說想吃個蘋果，這樣卑微的最後願望撒旦不應拒絕。撒旦爬上蘋果樹時，傑克趕忙在樹下周圍放了幾個十字架。撒旦無法，唯有再答應給傑克多十年時間。人壽有盡，傑克始終要下地獄，撒旦可不客氣了，不許他入內。傑克以寒夜黑暗，懇求撒旦憐憫，撒旦給他一塊餘火未盡的木炭。傑克挖空了一個蕪菁 turnip，即是蘿蔔之類，把木炭放在裏面，造成一盞燈，提着在夜裏到處流浪。後來大家看到野外磷火，便說傑克提燈來了。

傑克燈是愛爾蘭民間故事，由移民傳到北美洲，英格蘭和蘇格蘭則叫做「拿着紙捻的威爾（Will-o'-the-wisp）」，故事大同小異，人物由酒鬼傑克換了鐵匠威爾，木炭換了燃着的紙捻。古時英國土著凱爾特人 Celts 一年盡於十月，到時會燒起大火堆，以迎接寒冬，還會挖空瓜果，內置蠟燭，到處懸掛，嚇走妖魔鬼怪，這個習俗後來融入同一天的

萬聖節裏，由移民帶到北美洲，最先改用南瓜造燈的是東北部的移民，全因當地產南瓜。

南瓜燈是民間故事，解作俗稱鬼火的磷火時，因其飄忽不定而引伸為捉摸不定的東西，虛幻的目標，或者幻想。

例句
EXAMPLE SENTENCES

1   The city's attempt to host the Olympic Games is only a **Will-o'-the-wisp**.
那城市主辦奧運會的企圖只是個幻想。

2   Tommy is the kind of **Will-o'-the-wisp**, not easy to get hold of.
湯美是那種來去無蹤的人，要抓住他可不是容易事。

3   The truce agreement turned out to be a **Will-o'-the-wisp**.
那停火協議結果有如閃爍不定的磷火。

314 仙樂都
XANADU

河北省與內蒙古接壤處有一條河，蒙古名字的意思是「上都河」，因流經上都而得名，漢語諧音成「閃電河」。上都由元世祖忽必烈營造，他也在這個地方登基。終元一代，上都與今天北京前身的大都並稱兩都。

威尼斯人馬可・孛羅 Marco Polo (1254-1324) 在遊記裏提到曾經去過 Shangdu，就是上都。據他描述，上都宮殿用大理石和各種美

麗石塊建成，設計和手工十分精緻，大殿和所有廳堂都鍍了金，富麗非凡。皇宮方圓十六哩，中央是巨大花園，養了各種禽獸。大汗興致到了便放豹子捕獵動物，把肉餵獵鷹。十七世紀的英國聖公會牧師珀切斯 Samuel Purchas (1577–1626) 以編纂及出版旅行家遊記而知名，其中有一冊亦提到這個元代上都 Xamdu，沒料到為英國文學帶來了一首經典詩作。

一七九七年十月某天，英國詩人柯勒律治 Samuel Taylor Coleridge (1772–1834) 腹瀉，服食鴉片酊治療，寢前讀了珀切斯的遊記，念念不忘忽必烈的 Xamdu。一覺醒來，柯勒律治清清楚楚記得夢中寫成的二三百行詩句，馬上坐下來揮筆疾書，寫到第五十句時，有不速之客到訪。送走客人後，柯勒律治勉強繼續寫了四行，其他句子卻煙消雲散。柯勒律治把這首未完成的作品放下，只給朋友傳閱，後來在好朋友大詩人拜倫 Byron (1788–1824) 敦促及鼓勵下，才在一八一六年發表，名為《忽必烈汗—或夢中景象：片斷》*Kubla Khan; or, A Vision in a Dream: A Fragment*。

這首未完成的五十四行詩是柯律勒治另一傑作，內容與歷史裏的忽必烈及元上都當然是兩回事，只是詩人豐富想像力的發揮。詩中的上都稱為 Xanadu，名字亦不脛而走，英語則添了新詞，引伸作完美的地方，如夢幻般的樓房，或者宏偉華麗的殿閣樓台。二百年來，Xanadu 是各種創作的靈感，微軟創辦人蓋茨 Bill Gates 的大宅就被戲稱為 Xanadu 2.0。一九八〇年代初有一齣音樂劇電影，名叫 Xanadu，香港上映時譯作《仙樂都》，本文借用作題目，不敢掠美。

1　The small town is just like a **Xanadu** hidden in the mountain.
那隱藏在山裏的小鎮美麗得如夢如幻。

2　"This place may not be a **Xanadu**, but it's our home."
「這地方也許不完美，卻是我們的家。」

3　The ambitious developer plans to convert the small island into a **Xanadu**.
那野心勃勃的發展商計劃把小島建造成富麗豪華的地方。

315 河東獅
XANTHIPPE

　　蘇東坡有兩句詩取笑朋友陳季常懼內：「忽聞河東獅子吼，拄杖落手心茫然」。明代戲劇《獅吼記》渲染了事跡，陳季常成為懼內丈夫稱呼。古今中外懼內名人多得很，大哲學家蘇格拉底 Socrates 便家有惡妻贊西芘 Xanthippe，後世亦用這名字形容悍婦，潑婦，或者整天嘮叨抱怨及挑剔的妻子或女人。

　　莎士比亞的喜劇《馴悍記》*The Taming of the Shrew* 一開場，主角彼特齊奧 Petruchio 便形容烈性子的凱瑟琳娜 Katherina「有如蘇格拉底的贊西芘，也許更不堪」"As Socrates' Xanthippe or a worse"。贊西芘是雅典人，比蘇格拉底年輕差不多四十年，生了三個兒子，蘇格拉底去世時，長子還未成年。蘇格拉底的得意門生柏拉圖 Plato 記述，贊西芘是個好妻子和好母親，但柏拉圖沒有多說。蘇格拉底另一

個學生色諾芬 Xenophon 則提到蘇格拉底長子曾經抱怨母親太嚴苛。色諾芬在輯錄老師言談的著作內，記述蘇格拉底曾說，贊西芘是「所有女人中最難相處的一個」，但他就是喜歡贊西芘的好辯精神。蘇格拉底還以騎馬作比喻，認為騎得到悍馬，則天下無馬不可騎，與人相處亦一樣，能夠與最難相處的人相處，則無人不可相處，這便是他的擇偶原則。據其他記載，蘇格拉底有另一個妻子，名叫梅桃 Myrto。贊西芘當然知道這件事，丈夫有另一個女人還會和顏悅色，未免苛求。有一次，贊西芘大發脾氣，拿起便壺往大哲學家頭上潑濺。蘇格拉底面不改容說：「打雷後便下雨」"After thunder comes the rain"。

蘇格拉底的「名言」真真假假，世人引用千百年，樂此不疲。據說他曾經夫子自道：「娶妻，固可也。妻賢，樂矣；不賢，乃可成哲學家」"By all means, marry. If you get a good wife, you'll be happy. If you get a bad one, you'll be a philosopher"。不過蘇格拉底是成為大哲學家才娶贊西芘，並不是娶了贊西芘才成為大哲學家，先後次序要清楚。哲學家之言，有時候不可盡信。

例句
EXAMPLE SENTENCES

1 His sweet Mary turned out to be a **Xanthippe**.
他的可愛瑪麗原來是河東獅。

2 "I really pity John. He had married a **Xanthippe**, nagging all the time."
「我真的同情約翰，娶了一個老是嘮叨挑剔的女人。」

3 She didn't like shopping there only because of the **Xanthippe** at the cashier counter.
她不喜歡在那裏購物，只因為付款處有個惡婆娘。

316 自由民 YEOMAN

喬叟 Geoffrey Chaucer（1343-1400）的小說集《坎特伯雷故事集》*The Canterbury Tales* 敘述一班人在朝聖途中講故事解悶，朝聖隊從倫敦出發沒多久，一個教士和隨從騎着馬趕上來加入。這個隨從是一個自由民 yeoman。

Yeoman 的字義來源至今仍難確定，有解釋說是 young man「年輕人」的變異，亦有人說應該是 an additional man「另外的人」的意思，即是隨從之類。故事集裏地位最崇高的是一位騎士 Knight，以兒子作為等於騎士學徒的侍從 Squire，隨從是一個自由民 yeoman，衣着綠色，背一把大弓，還有一筒羽毛漂亮的箭，視綠林如家，是個不折不扣的獵人。司各特 Sir Walter Scott（1771-1832）的《撒克遜劫後英雄傳》*Ivanhoe* 裏，效忠獅心王理查 Richard the Lion Heart 的羅賓漢 Robin Hood 是騎士，參加過「十字軍（Crusade）」，他的綠林好漢很多都是自由民，但據更早的傳說，羅賓漢其實也是 yeoman。莎士比亞筆下的喜劇人物福斯泰夫爵爺 Sir John Falstaff 招募士兵時，被他威迫利誘入伍的就有「自由民的子弟（yeoman's sons）」。

自由民 yeoman 身份比士紳 gentry 低，較底層平民高，以財富而論則很難說。自由人一般比小農有更多田地，不耕種的通常以做隨從為業，亦有當低級吏人如捕快或衙役。偏遠鄉鎮連士紳也沒有的，自由民須肩負地方官之責。一四八五年，亨利七世 Henry VII (1457-1509) 還未得天下，有幾十個自由民貼身保護他，名為 Yeomen of the Guard。一六〇五年十月，破獲國會火藥庫的就是這隊禁衛軍。Yeomen of the Guard 現在是皇室儀仗隊，制服仍是十五世紀式樣。當年亨利七世調派一些禁衛軍去守倫敦塔 London Tower，稱為 Yeoman

Warders，後來自成一隊，今天是倫敦塔特色。

Yeoman 這名詞十四世紀初才出現，亦指小地主或自耕農，引伸為勤懇工作或者可靠的人。形容詞是 yeomanly。

例句
EXAMPLE SENTENCES

1　Every working place needs some good **yeomen**.
每個辦事處都需要些勤懇工作的人。

2　They'd done **yeoman** service in the fund raising campaign.
他們已為那籌款計劃盡心盡力。

3　We couldn't pull through if not because of his **yeomanly** help.
要不是他的切實幫助，我們不可能渡過難關。

317 搖搖
YO-YO

清末民初有一冊《清代野記》，記載晚清文物掌故，其中有一段說：「京師兒童玩具，有所謂『空鐘』者，即外省之『地鈴』。兩頭以竹筒為之，中貫以柱，以繩拉之作聲。唯京師之空鐘其形圓而扁，加一軸，貫兩車輪，其音較外省所製清越而長。」

這空鐘又名空竹，據說唐宋時代已是常見玩具，十九世紀初已傳至西方，名為 diabolo，字義源自意大利文的 *diabolus*，意思是「魔鬼（devil）」。Diabolo 在歐洲受歡迎了二三十年，熱潮冷卻後，成為馬戲團的雜耍表演。二十世紀初，改良了的 diabolo 也是運動項目，中文稱為「扯鈴」，英語有時候叫做 Chinese yo-yo。其實扯鈴和 yo-yo 同而

各異，扯鈴需雙手舞動，yo-yo 較小巧，單雙手都可以玩。

Yo-yo 香港稱為「搖搖」，在中國大陸是「溜溜球」，台灣是「悠悠球」。希臘在公元前四百年已有這種玩具，名為 *diabolla*，由 *dia*「過去（across）」和 *bolla*「拋擲（throw）」組成，後傳到歐洲，十六世紀由西班牙人帶到菲律賓，名為 bandelore。一九二八年，一個移民美國的菲律賓人科里斯 Pedro Flores (1896–1964) 把 bandelore 改良，名為 yo-yo，生產銷售，名字是菲律賓語，意思是「來來（come, come）」，這玩具耍弄時來來去去，上上落落，非常傳神。科里斯的小公司開業時只造了幾十個搖搖發售，一年後擴充至兩間廠房，僱了六百工人，每天生產三十萬個搖搖。科里斯的改良版主要在繫繩的設計，玩者可以變化出更多花式，所以成為很受歡迎的玩具。一九三二年，一個美國企業家收購了科里斯的搖搖公司，Yo-yo 這個名字卻搶先被一間加拿大公司註冊了。一九三〇年代，搖搖熱潮席捲歐美，首屆世界搖搖錦標賽在倫敦舉行，冠軍是加拿大華裔少年羅光裔 Harvey Lowe (1918–2009)。二〇〇五年，美國人漢斯 Hans van den Elzen 以五十一秒耍出五十四種花式，創下世界紀錄，迄今無人能破。

Yo-yo 可作動詞或形容詞，即上落搖擺不定，引伸為猶疑不決。

例句
EXAMPLE SENTENCES

1 The golfer's performance has **yo-yoed** over the years.
那哥爾夫球手的表現這些年來搖擺不定。

2 "He's wrong if he thinks he can **yo-yo** me around."
「他以為可以把我控制耍弄便錯了。」

3 **Yo-yo** dieting may cause a cyclical loss and gain of weight.
搖搖式節食會周而復始地令體重減了又增。

318 丑角
ZANY

　　清代戲曲大師李漁曾說，插科打諢是填詞末技，不過要雅俗同歡，智愚共賞，「則當全在此處留神」。戲劇裏的滑稽動作和詼諧言語向來受歡迎，出色丑角能令戲劇趣味更濃。京劇《法門寺》裏，縣令趙廉向大太監劉瑾報上姓名，劉瑾聽不清楚，問身旁小太監賈桂，小太監說：「他是笊籬兒，就是撈餃子的東西。」台下無不嘻哈絕倒。

　　十六至十八世紀歐洲流行一種巡迴劇團，源自意大利，搬演即興喜劇，原名 *Commedia dell'arte*，意思是「專業喜劇 (comedy of the profession)」。這種即興喜劇長短不一，演員戴面具上場，角色主要有四類：丑角、老糊塗、男女主角。劇情通常是男女相愛，老糊塗從中作梗，丑角插科打諢，因為是即興劇，只有故事大綱，對白由演員臨場發揮。老糊塗就是 doltard，即是北韓領袖金正恩回信給美國總統特朗普所用的貶詞，丑角稱為 *zanni*，英語是 zany，有如中文的張三李西，源於 John 的意大利文是 *Giovanni*，暱稱 *Gianni*，轉而為 *Zanni*。這 zany 通常是老糊塗的僕人，在旁把主人的動作和說話誇張重複或者曲解，製造混亂，產生戲劇效果，全劇的歡樂亦由他帶來。丑角還負責向觀眾說話，與台下溝通，十分重要。

　　莎士比亞的喜劇《愛的徒勞》*Love's Labour's Lost* 裏，第五幕第二場，法國公主的侍臣鮑逸 Boyet 偷聽到國王和朋友的對話，向公主通風報訊，四位美女於是調亂身份，把國王的求愛四人組戲弄一番。真相大白時，滿不是味兒的比羅尼 Berowne 歎道，這就像聖誕喜劇，不過有些學舌小人、逢迎奸佞，還有「無聊小丑 (slight zanie)」，為博紅顏一笑，挑起事端；這幾句話他當然是向着鮑逸說的。Zanie 即是 zany。

到了十七世紀，zany 已是常用詞，指那些以自己成為笑柄來娛樂別人的丑角、小丑，今天解作傻瓜或笨蛋，亦可用作形容詞，意思是荒唐可笑，愚蠢笨拙。

例句
EXAMPLE SENTENCES

1　His **zany** tricks entertained everyone at the party except his wife.
他的滑稽把戲把派對所有人都逗樂了，他太太例外。

2　Stephen was an awful **zany**; he shared the letter on Facebook.
史提芬是個糟透了的大笨蛋，竟然把那封信放上臉書。

3　They are a **zany** bunch of Peter Pans.
他們是一班永不長大的可笑傢伙。

319 狂熱者
ZEALOTS

二〇〇一年被列為「世界遺產（World Heritage）」的馬薩達 Masada 在以色列東南部，距死海 Dead Sea 約二十公里，這座孤崖之上的城堡建於公元前一世紀三十年代。公元七十三年四月，羅馬帝國第十軍團圍困了馬薩達差不多半年後，攻進城堡，只見一片火海，屍橫遍地，九百六十個猶太極端份子和堡內男女老幼猶太人全部自殺身亡。馬薩達的陷落，亦結束了第一次猶太人反羅馬統治的起義。

這些猶太極端份子名為 Sicarii，分裂自反羅馬的猶太人激進派

Zealots，在猶太人起義時佔據了馬薩達堡，把堡內七百個羅馬守軍殺光，後來有其他猶太人舉家遷至。Sicarii 好戰，稱號的意思就是「匕首客（dagger-man）」，認為猶太人必須團結，反抗羅馬人，不反抗的就是敵人，與羅馬人無異，殺無赦，作風和後來的阿拉穆特堡 Alamut 伊斯蘭殺手相似。馬薩達的事跡，只有猶太裔羅馬歷史學家約瑟夫斯 Titus Flavius Josephus (37–100) 記載。這位歷史學家本來就是猶太義軍領袖，戰敗被俘，後來投降，還獲得羅馬公民身份。據約瑟夫斯所述，zealots 是傳統猶太教三大支派之外的後起之秀，指激進的猶太人，儼然第四支派，宗旨就是要趕走羅馬人，復興猶太國。Zealots 是希伯來文 kanai 的英語翻譯，意思是「奉上帝之名熱誠行事者」。公元六年，羅馬人要在帝國行省的原猶太國地區普查人口，以便徵稅，傳統支派領袖呼籲猶太人合作，很多猶太人不滿。北部加利利 Calilee 的領袖余達斯 Judas 振臂一呼，提出不合作運動，他的信徒更襲擊向羅馬人登記的猶太人，燒毀這些人的房屋和偷走他們的牲口，Zealots 亦誕生。這個激進派初時與其他三大支派仍能共存，但彼此始終有很大分歧，公元六十六年終於爆發猶太人起義之戰，以 Zealots 為主力，Sicarii 則奪了馬薩達堡，最後慘劇收場。

　　Zealots 今天解作狂熱者，熱心者。名詞 Zeal 是熱心，熱忱，熱情。形容詞是 zealous，意思可以是熱心的，熱誠的。

1 Mary is a religious **zealot** who never hesitates to preach her belief.

瑪麗是宗教狂熱份子，從來二話不說便宣傳她的信仰。

2 "**Zeal** without knowledge is fire without light."
   – Thomas Fuller (1608–1661), English scholar

「無知識之熱誠如無光之火。」

一英國學者富勒（1608–1661）

3 **Zealous** readers lined up for his autograph.

熱情的讀者排隊索取他的親筆簽名。

320 喪屍
ZOMBIE

一九三〇年代有一齣電影，名為《白喪屍》*White Zombie*，講述一個白人女子在海地 Haiti 被伏都巫師施法，變成一具喪屍 zombie，是第一齣喪屍類型電影。

「喪屍」這個中文譯名頗有趣，誰人傑作不可考。英語名詞 zombie 則在十九世紀初出現，源自西非洲土話 *nzambi*，意思是「神（god）」，或者 *zumbi*，「神靈附着之物（fetish）」。喪屍傳說在海地非常流行，據說伏都巫師能夠令死人復活，這些活死人並無意識及自主能力，只聽命於巫師。另外有傳說，蛇靈進入屍體，死者便會復活變成喪屍。此外還有一種無形喪屍，名為「喪屍魂（zombie astral）」，是死者的

靈魂，由巫師攝來，裝在瓶子裏，賣給人作護身符或治病，甚至做生意祈求一本萬利之用。喪屍傳說根源於黑奴對往生的憧憬，他們相信死後神會把大家從墳墓裏喚出來，帶回非洲過幸福生活，不用再做奴隸，在世時雖然無法擺脫苦難，只要虔誠拜神，死後便可回鄉。

十九世紀初，美國曾經佔領海地達二十年，期間禁止巫術，但伏都教和喪屍這些引人入勝的新聞已被記者傳遍世界。一九三七年，美軍已撤出，美國人類學家赫斯頓 Zora Neale Hurston (1891-1960) 到海地研究，在醫院見到一個被指為死去二十年後變成喪屍的女子，親人鄰里都證實了她的身份，醫院亦有她去世的記錄。據醫生推斷，最合理的解釋是當年這女子只是中了巫師的毒藥而假死，後來「被復活」，但腦部受損，如行屍走肉，二十年後被發現，送到醫院。這女子為甚麼會中毒，也許她那獨佔家產的弟弟和已另組家庭的丈夫才解釋得到。赫斯頓想追查這種毒藥，可是不久因急病而不得不離開海地回國，至於是否也中了毒則不得而知，起碼她自己沒有這樣說。

Zombie 可引伸為遲鈍呆滯，木訥古板，或者生性怪僻的人。Zombie computer 是殭屍電腦，即黑客 hackers 用來發動網絡攻擊的電腦；zombie company 是等待注資才可以運作的公司，或者負債卻只能付利息不能償還本金的公司。Z 小寫即可，大寫時是一種用朗姆酒 rum 和果汁調成的雞尾酒。

1   He's just a **zombie** playing online games all day.
他只是個整天玩網上遊戲的活死人，

2   "I don't like the tourist guide. She drove people around like **zombies**."
「我不喜歡那導遊。她把人當作行屍一樣趕來趕去。」

3   Sammy did not sleep well and felt like a **zombie** in the morning.
森美睡得不好，早上覺得遲鈍呆滯。

英漢索引
English-Chinese Index

漢英索引

Chinese-English Index

十　劃

十一劃

參考書目

Bibliography

1　《英漢大詞典》，陸谷孫主編，三聯書店 (香港) 有限公司，一九九二。

2　*Aesop's Fables*, selected and adapted by Jack Zipes, Signet Classic, Penguin Books.

3　*Brewer's Dicionary of Phrase & Fable*, 14th edition, revised by Ivor H. Evans, Cassell Publishers Ltd., 1990.

4　*Classical Dictionary of Proper Names in Ancient Authors*, by John Lempriere, 3rd Edition, Routledge & Kegan Paul, 1984.

5　*To Coin a Phrase*, edited and revised by Alan Smith, Arrow Books Ltd., 1974.

6　*Dictionary of Classical Mythology*, by Edward Tripp, Collins Publishers, 1988.

7　*A Dictionary of English Idioms*, Penguin Books, 1986.

8　*A Dictionary of Word & Phrase Origins*, Sphere Books Ltd., 1990.

9　*The Encyclopedia Americana*, International Edition, Groller Incorporated, 1990.

10　*The Encyclopedia of Ancient Civilizations*, edited by Arthur Cotterell, Penguin Books.

11　*The Golden Treasury of English Songs and Lyrics*, compiled by Francis T. Palgrave J. M. Dent & Sons Ltd., 1971.

12　*The Greek Myths*, by Robert Graves, Penguin Books, 1960.

13　*The Holy Bible*, Revised Standard Version, William Collins Sons & Co., Ltd.

14　*The Illiad*, by Homer, translated by E. V. Rieu, Penguin Books, 1950.

15　*Mysteries of the Bible*, The Reader's Digest Association, Inc., 1988.

16　*Myths of Greece and Rome*, by Thomas Bulfinch, Penguin Books, 1981.

17　*The New Encyclopedia Britannica*, 15th edition, Encyclopedia Britannica, Inc., 1988.

18 *The Odyssey*, by Homer, translated by E. V. Rieu, Penguin Books, 1960.

19 *The Penguin Dictionary of Classical Mythology*, by Pierre Grimal, Penguin Books, 1990.

20 *The Penguin Dictionary of Historical Slang*, by Eric Partridge, Penguin Books, 1972.

21 *The Penguin Dictionary of Psychology*, by Arthur S. Reber, Penguin Books, 1985.

22 *Webster's Word Histories*, Merriam-Webster Inc., 1989.